한문학 연구의 이모저모

한문학 연구의 이모저모

이종문 지음

국학자료원

책머리에

　이 책은 필자가 그 동안 집필했던 논문들 가운데 연구사적 의의와 현재적 의미가 있다고 판단되는 것들을 선별하여 한 자리에 모은 것이다. 목차에서 살펴볼 수 있듯이, 고려전기 한문학, 고려후기 한문학, 조선시대 한문학, 유적 및 유적지 탐색과 관련된 연구 논문 등 크게 4개의 범주로 이루어져 있다.

　수록된 논문 가운데 「鄭襲明 研究」, 「高兆基論」, 「高麗前期의 詩僧 慧素에 關한 한 考察」, 「金之岱의 生涯와 詩世界」 등은 문학사에서 상당한 비중을 가졌던 작가임에도 불구하고 자료의 빈곤 등 여러 가지 이유로 크게 소외되어 왔던 작가에 대한 최초의 연구라는 점에서 적지 않은 의의를 지니며, 앞으로의 연구에 초석이 될 것으로 기대된다. 「栗谷과 柳枝, 柳枝詞의 전승 과정과 그 文化史的 意味」도 역시 율곡의 작품 가운데 연구 대상에서 소외되어 있었던 「柳枝詞」에 대한 최초의 본격적인 연구라는 점에서 위의 논문들과 같은 차원의 의미가 있다고 생각된다.

　「'武臣執權期의 文學的 轉換'에 對한 再檢討 序說」은 무신의 난을 고비로 하여 문학사가 크게 전환되었다는 기존 학설에 대한 문제 제기의 성격을 지닌 논문이며, 「青年期 李奎報의 집안 狀況 및 行動 樣式과 白雲居士傳」은 이규보에 대한 기존 학계의 보편적 이해에 대한 이의를 제기한 글이다. 「李玉峯의 작품으로 알려진 漢詩의 作者에 對한 再檢討」는 이옥봉의 것으로 알려진 작품 가운데 거의 절반에 가까운 작품이 이옥봉의 작품이 아니거나 아닐 가능성이 있다는 것을 실증적으로 검토한 논문이며,「三國史記 崔致遠 列傳에 投影된 金富軾의 意識의 몇 局面」은 최치원 열전을 통해서 김부식의 의식의 지향을 고찰한 논문이다.

「燕巖 朴趾源의 漢詩에 關한 한 考察」은 연암이 한시를 매우 좋아하면서도 한시 창작을 즐겨하지 않았던 이유를 자세하게 검토한 논문으로 그의 문학의 전체적 면모를 이해하는데 일정한 도움이 되지 않을까 싶다. 제 4부에 수록된 것은 나의 주 전공 영역과 약간의 거리가 있는 유적이나 유적지의 탐색과 관련된 것들이지만, 확고한 문제의식을 토대로 하여 집필했으므로 남다른 애착을 가지고 있는 논문들이다.

책으로 간행하기 위하여 원고들을 다시 검토해 본 결과, 서술 내용에 대한 기본적인 생각에 있어서는 집필 당시나 지금이나 이렇다 할 차이가 없었으며, 따라서 논지 자체를 근본적으로 뒤바꾼 것은 하나도 없다. 그러나 장문의 만연체 문장을 좀 더 간결하게 바꾸기도 했고, 약간의 부적절한 어휘를 새로운 어휘와 바꾸기도 했다. 요컨대 근본적인 변개가 없었던 것도 사실이지만, 약간의 수정과 첨삭이 있었던 것도 사실이므로 혹시 인용할 필요가 있을 때는 가급적 이 책의 것을 취해주시기 바란다.『한문학 연구의 이모저모』란 책의 제목에도 드러나 있듯이, 이 책에 수록된 논문들은 처음부터 체계적인 계획을 세우고 企劃的으로 서술한 것이 아니기 때문에 전체적인 흐름이 결여되어 있기도 한데, 독자 여러분들의 너그러운 이해를 바랄 뿐이다.

　논문을 집필하는 과정에서 존경하는 스승과 同學들로부터 결코 적지 않은 도움을 받았다. 그러나 변변치도 못한 책을 간행하면서 그분들의 성함을 낱낱이 밝히는 것은 매우 쑥스러운 일이므로 내 마음속에다 그 고마움을 뜨겁게 새겨두고자 한다.

2019년 2월
迎舞軒에서 이종문 씀

목차

제1부

高麗前期 漢文學

鄭襲明 研究

1. 머리말

이 논문에서 다루게 될 정습명(1094-1150)[1]은 고려전기 인종, 의종 대의 역사적 조건과 사회적 상황 속에서 다방면에 걸쳐 주목할 만한 행적을 남겼던 인물이다. 필자가 정습명에 대하여 관심을 가지게 된 일차적 동기는 그의 특이한 삶의 족적 때문이었다. 뒤에서 자세히 언급하겠지만 정습명은 지방 향리의 아들로 태어나서 과거를 통하여 중앙정부에 진출하여 종이품의 관직에까지 올랐던 입지전적인 인물이었다. 게다가 그는 의종의 잘못과 방만한 행동을 끝까지 집요하게 비판하다가, 여의치 않자 스스로 죽음을 선택하였던 보기 드문 충신이기도 했다. 그의 죽음이 결과적으로 고려전기 귀족사회의 몰락을 가져오는 원초적인 출발점이 되었다는 점도 주목되는 대목이 아닐 수 없다.

특이한 개인사나 역사적 비중 등과 함께 필자의 관심을 끌었던 것은

---

1) 李仁老의『破閑集』하권 제 6단락에 정습명을 가리켜 '榮陽襲明', '榮陽公'이라고 표기한 사례를 근거로 하여 정습명의 호나 諡號, 또는 封號가 榮陽이라고 알고 있는 경우가 있으나, 형양은 중국 鄭氏의 貫鄕이다. 姓을 중국의 관향으로 바꾸어 표현하는 것은 모화주의가 팽배하던 중세시대에 흔히 있는 일이었으며, 淸河 崔灌, 西河 林宗庇, 西河 嗜之(林椿), 濮陽 世材(吳世才), 복양선생(오세재)과 같은 사례들이 바로 그런 경우다. 요컨대 형양은 정습명에게 국한하여 사용한 것이 아니라 정씨를 가리킬 때 두루 사용했던 것으로 생각되며, 鄭邦輔를 榮陽公, 정여령을 榮陽與齡, 補闕 鄭知常을 榮陽補闕이라 부른 것 등 사례들도 여럿 발견된다.

시인으로서의 정습명의 면모다. 그의 한시는 중세시대의 각종 詩選集에 두루 수록2)되어 있을 뿐만 아니라 『파한집』이나 『역옹패설』 같은 시화집에서도 그 빼어난 면모를 언급하고 있다. 한시 예술의 미의식과 미학의 원리에 대하여 정감적이고 체득적인 차원의 이해를 가지고 있었던 중세시대의 문인들이 이처럼 정습명의 시를 높이 평가하고 있는 것을 보면 그는 대단히 빼어난 시인임이 분명하다. 현존하는 그의 작품들이 그것을 웅변적으로 말해주고 있기도 하다. 정습명이 이처럼 정치적, 사회적 위상이 높은데다 빼어난 작품을 남긴 시인이고, 게다가 포은 정몽주로 대표되는 영일정씨(迎日鄭氏＝延日鄭氏, 烏川鄭氏)의 시조이기도 하므로, 그는 상당히 널리 알려져 있는 인물이다. 다수의 오류를 포함하고 있기는 하지만, 정습명의 한시와 행적들에 관한 글들이 단편적이고 산발적이나마 인터넷 상에서 광범위하게 떠돌고 있기도 하다.

그러나 그럼에도 불구하고 정습명에 대한 본격적이고 체계적인 연구는 대단히 미흡한 상황이다. 그의 생애와 인간적 면모들도 파편화되어 드문드문 알려져 있을 뿐, 어떤 일관된 질서에 따라 체계적이고 종합적으로 재구성한 연구, 즉 완성된 퍼즐은 아직까지도 없는 것 같다. 생애나 인간적 면모뿐만 아니라 정습명의 시에 대한 연구 논문이 학계에 보고된 적도 없으며, 각종 문학사에서도 그에 대한 서술은 대단히 소략한 형편이다. 다만 이와 같은 상황 속에서도 최근에 발견된 정습명의 묘지명3)을 중심으로 하여 그의 생애와 정치활동 등을 밝히려는 한

---

2) 뒤에서 자세히 언급하겠지만, 현존하는 그의 시는 모두 3편에 불과하다. 하지만 그 가운데 「贈妓」는 『東文選)』, 『三韓詩龜鑑』, 『靑丘風雅』, 『箕雅』, 『大東詩選』, 『海東詩選』 등 역대 시선집에 두루 수록되어 있고, 「石竹花」도 『동문선』, 『청구풍아』, 『기아』, 『대동시선』, 『해동시선』 등의 시선집에 수록되어 있다.

3) 국사편찬위원회. 『고려·조선 墓誌 新資料』, 교학사. 2006, 24-28쪽 수록. 이 책에 소개된 바에 의하면 이 묘지명은 가로 34.2cm, 세로 25.5cm, 두께 2cm의 粘板岩에 楷

기문4)과 김용선5)의 노력들이 아주 크게 돋보일 뿐이다.

정습명이 연구 대상에서 이토록 소외된 일차적인 원인은 말할 것도 없이 자료적인 상황에서 찾을 수가 있다. 그의 생애와 행적을 알 수 있는 자료는 『고려사』와 『고려사절요』에 수록되어 있는 산발적인 기록이 거의 전부다. 최근에 정습명의 묘지명이 발견되었지만, 그 내용이 극히 간명하여 문제 해결에 근본적인 도움이 되지는 못하고 있다. 이와 같은 자료적 상황은 그의 문학 작품의 경우도 마찬가지다. 일반적인 정황에 비추어 볼 때 그는 일생 동안 수많은 한시를 지었을 터이지만, 현재까지 전하는 것은 고작 3편에 불과하다. 산문의 경우도 문예문이 아니라 실용문에 가까운 表文 2편이 달랑 남아 있을 뿐이다. 상황이 이렇기 때문에 정습명은 고려전기 역사의 흐름 속에서 비중이 매우 큰 인물로 짐작되면서도 체계적인 연구 대상이 되기가 사실상 매우 어려웠던 것이다.

그러나 고려전기는 원천적으로 자료가 대단히 엉성한 시대이며, 정습명보다 더 많은 자료가 남아 있는 인물이 그리 많은 것도 아니다. 향가 1수를 두고도 수많은 논문들이 쏟아졌음을 고려한다면, 그가 남긴 한시가 연구 수행이 불가능할 정도로 적다고만 말할 수도 없다. 뒤에서 자세히 언급하겠지만, 현존하는 정습명의 한시들이 대체로 작가의 생애와 일정한 대응 관계를 가진 정서적 等價物로서의 성격이 강하다는 점을 고려한다면 더욱 더 그렇다.

이 논문은 바로 이와 같은 연구사적 상황과 문제의식을 바탕으로 하여, 고려전기의 비중 있는 정치가이자 빼어난 작품을 남긴 시인임에도

書로 陰刻하고 朱墨을 가했다. 새겨진 글자의 수는 모두 127자(앞면 111자, 뒷면 16자)에 불과하다.

4) 한기문. 「고려시대 정습명 묘지명의 검토」. 『목간과 문자』 제 9호, 한국목간학회, 2012.

5) 김용선. 「새 고려 묘지명 여섯 사례의 검토」. 『한국중세사연구』 제 32호, 2012.

불구하고 그 동안 학계의 연구 대상에서 소외되어 왔던 정습명의 신분적 상황, 현실 대응 방식과 인간적 면모, 그리고 그의 시세계 등을 일관된 질서에 따라 종합적으로 해명하기 위한 노력의 일환으로 집필되었다. 자료적으로 근본적인 한계를 안고 출발하는 이러한 작업에서 처음부터 온당한 결론이 도출된다고 보장을 하기는 물론 어렵다. 그럼에도 불구하고 이와 같은 모험을 시도하는 것은, 이러한 노력이 계속될 때 정습명 개인에 대한 이해는 물론이고 고려전기 역사의 총체적 흐름을 보다 입체적이고 포괄적으로 파악할 수 있다고 믿기 때문이다.

2. 정습명의 신분적 상황과 행동 방식

앞에서도 이미 언급한 것처럼 정습명은 고려전기 인종, 의종 대에 괄목할 만한 정치적 활동을 전개했던 인물이었다. 그러므로 비록 산발적이기는 하지만, 『고려사』와 『고려사절요』, 『동문선』 등 각종 문헌에 그에 관한 기록들이 단편적으로 남아 있다. 게다가 근년에 와서 정습명의 묘지명이 새로 발견되어 그에 관한 정보가 좀 더 확충되었다. 이제 이들 기록을 토대로 하여 그의 개인사를 年譜[6] 형태로 간략하게 정리하면 다음과 같다.

> ▷ 1세: 선종 11년(1094) 아버지 부호장 鄭侯鑑과 어머니 鄭氏 사이
> 에 迎日縣에서 태어남[7].

---

6) 정습명의 연보는 한기문(앞의 논문. 115-116쪽)과 김용선(앞의 논문. 276-278)에 의하여 이미 작성된 바가 있다. 하지만 이 두 분의 연보 사이에 약간의 차이가 있는데다, 수정하고 보완해야 할 부분도 없지 않다고 판단되었다. 이 논문에서 제시한 연보는 이미 작성된 두 분의 연보를 참고로 하여 수정 또는 보완하고, 확실하지 않은 사건의 순서를 필자의 추정에 따라 재조정하여 작성한 것이다.
7) 묘지명.

▷ 11세: 숙종 9년(1104) 鄕貢이 됨[8].

▷ 17세: 예종 5년(1110) 成均試(=國子監試)에 합격함[9].

▷ 27세: 예종 15년(1120) 5월에 禮部試 및 覆試에 합격함[10].

▷ 시기 미상: 예종 때 「석죽화」라는 시가 계기가 되어 玉堂(=翰林院)의 어떤 직책에 보임되었음[11].

▷ 시기 미상: 어느 고을 군수에 재임함[12].

▷ 시기 미상: 군수 직을 마친 후 1년 동안 임시직 學錄(정9품)이 됨[13]

▷ 시기 미상: 안찰사로 근무하면서 「贈妓」라는 시를 지음[14].

▷ 41세: 인종 12년(1134) 7월 內侍로서 洪州 蘇大縣에 운하를 파려고 했으나 실패함.[15]

▷ 42세: 인종 13년(1135) 춘정월에 內侍祗侯(정7품)로서 水軍과 戰船을 징발하여 묘청 반란군의 선박을 방어하는 작전을 수행함[16].

▷ 42세: 인종 13년(1135) 윤이월에 兵船判官(판관은 5-9품)으로 上將軍 李祿千을 따라 서경 공격, 이 때 이녹천이 정습명의 조언을 듣지 않는 바람에 대패함[17].

▷ 42-3세: 인종 13-14년(1135-6) 경 左正言(정6품) 知制誥(정6품)에 임명됨[18].

▷ 48세: 인종 19년(1141) 윤6월 省郞으로 김부식, 임원애, 이중, 최

---

8) 묘지명.

9) 묘지명.

10) 묘지명. 한편『고려사』에는 정습명이 과거에 합격한 1120년(예종 15년)에 있었던 과거에 관하여 다음과 같이 기록되어 있다.
『高麗史』73卷, 志27, 選擧1, 科目1: (睿宗)十五年五月 韓安仁知貢擧 金富佾同知貢擧 取進士 覆試 賜李之氏等三十八人及第.

11) 李仁老,『破閑集』下卷, 제 17단락.

12) 鄭襲明,「謝左正言知制誥表」,『東文選』제 35권, 表箋.

13) 鄭襲明,「謝左正言知制誥表」,『東文選』제 35권, 表箋.

14) 이인로,『파한집』제 6단락.

15)『高麗史』第 16卷, 世家 第 16卷, 仁宗 二, 12年 秋七月 條.『高麗史節要』에도 유사한 내용이 수록되어 있음. 이하 유사한 내용이『고려사』와『고려사절요』에 함께 수록되어 있을 경우 지면 관계상 그 가운데 하나만 밝히기로 함.

16)『高麗史節要』제 10권, 仁宗恭孝大王 2, 乙卯 13년 春正月 乙丑 條.

17)『高麗史節要』제 10권, 仁宗恭孝大王 2, 乙卯 13년 閏二月 條.

18) 鄭襲明,「謝左正言知制誥表」,『東文選』제 35권, 表箋.

주, 최재 등과 함께 時弊 10 條의 척결을 상서하고 3일간 伏閤하였으나 답이 없자 모두 사직함[19].

▷ **48세**: 인종 19년(1141) 추7월에 인종이 건의한 내용 중 일부를 수용하고 일을 보게 했으나, 유독 정습명은 건의한 바가 모두 수용되지 않았다는 이유로 직무에 복귀하지 않음[20].

▷ **49세**: 인종 20년(1142) 춘정월에 國子司業(종4품) 起居注(종5품)로 있었는데, 위의 사건이 벌어졌을 때 김부식의 別第에 머무름으로써 간관의 법도를 잃었다고 탄핵을 받아 기거주에서 해임됨[21].

▷ **시기 미상**: 西北面兵馬副使(정 4품)에 임명됨[22].

▷ **시기 미상**: 順和縣 法弘山에 80여간 규모의 法興寺를 중창함[23].

▷ **시기 미상**: 秘書少監(종4품) 東宮侍讀學士(종4품) 지제고에 임명됨[24].

▷ **시기 미상**: 인종 때 承宣, 태자의 사부가 됨[25].

▷ **시기 미상**: 김부식과 함께 지리산 단속사에 노닐면서 시를 지어 남김[26].

▷ **51세**: 인종 23년(1145)에 右承宣(정3품) 尙書工部侍郞(정4품) 翰林侍講學士(정4품) 지제고의 직책에 있으면서 『삼국사기』 편찬에 관구(管句)로 참여함[27].

▷ **52세**: 인종 24년(1146) 1월에 禮部侍郞(정4품)으로 있으면서 태자에게 『書經』 大禹謨를 강론함[28].

---

19) 『高麗史節要』 제 10권, 仁宗恭孝大王 2, 庚申 18년, 閏六月 條.
20) 『高麗史節要』 제 10권, 仁宗恭孝大王 2, 庚申 18년, 秋七月 條.
21) 『高麗史節要』 제 10권, 仁宗恭孝大王 2, 壬戌 20년, 春正月 條.
22) 鄭襲明, 「謝賜物表」, 『東文選』 제 35권, 表箋.
23) 『新增東國輿地勝覽』 제 52권, 平安道, 順安縣, 佛宇, 法興寺 條: 해당 조목에는 癸卯年(1123년) 春三月에 공사를 시작하여 乙巳年(1125년) 봄에 완성했다고 되어 있으나, 같은 조목의 또 다른 부분에 묘청의 난(1135년)에 희생된 장병들의 영혼을 위로하기 위해 이 절을 지었다고 기록하고 있다. 상호간의 시기가 맞지 않아 법흥사의 중창 시기를 정확하게 알 수 없으나 내용상으로 보아 묘청의 난이 끝난 뒤가 아닐까 싶다.
24) 崔惟淸, 「鄭襲明讓秘書少監東宮侍讀學士知制誥 不允」, 『東文選』 29권, 批答.
25) 『高麗史節要』 제 11권, 毅宗莊孝大王, 辛未 5년(1151년) 三月 條.
26) 李陸, 『靑坡集』 제 2권, 「遊智異山錄」.
27) 金富軾, 「進三國史記表」, 『三國史記』.
28) 『高麗史』 17卷, 世家17, 仁宗3, 24년 春正月 戊寅 條.

▷ **52세**: 인종 24년(1146)에 인종이 위독할 때 태자(의종)에게 나라를 다스림에 있어서 정습명의 말을 쓰라고 당부함[29].

▷ **시기 미상**: 李公升이 격구를 좋아하는 의종에게 諫하다가 지방관으로 쫓겨나게 되자, 정습명이 건의하여 무마시킴[30].

▷ **55세**: 의종 3년(1149) 3월 辛酉에 翰林學士(정3품)에 임명됨[31].

▷ **55세**: 의종 3년(1149) 5월에 좌승선(정3품)에 재직하고 있으면서 국자감시의 지공거가 됨[32].

▷ **55세**: 의종 3년(1149) 8월에 左承宣으로 있으면서 의종의 부름을 받아 평장사 고조기, 어사대부 문공원, 중서사인 왕식과 함께 술을 차려놓고 국사를 논하고, 격구를 구경함[33].

▷ **시기 미상**: 의종 즉위 후에 추밀원지주사(정3품)에 오름[34]

▷ **57세**: 의종 4년(1150) 3월16일 대중대부(종4품 상) 예부상서(정3품) 동지추밀원사(종2품) 한림학사(정3품) 지제고(정6품)로 별세.[35]

▷ **별세 할 때**: 아내 정씨와의 사이에 태어난 외아들 淵博이 將仕郎 良醞令 同正으로 있었음.[36]

▷ **57세**: 의종 4년 3월 25일 牛峯縣 牛堭 좌측 산록에 장사를 치름.[37]

---

29) 『高麗史』98卷, 列傳11, 鄭襲明 條.

30) 작자 미상, 「李公升墓誌銘」(김용선, 제 3판 『高麗墓誌銘集成』, 한림대 아세아문화연구소, 2001, 245쪽).

31) 『高麗史』17卷, 世家 17, 毅宗1, 3년 三月, 辛酉 條.

32) 『高麗史』74卷, 志 28 選擧2-毅宗 3년 5월 條.

33) 『高麗史』17卷, 世家17, 毅宗1, 년 八月 條.

34) 『高麗史』98卷, 列傳11, 鄭襲明 條.

35) 묘지명. 『고려사』와 『고려사절요』에는 정습명이 의종 5년(1151) 3월에 樞密院知奏事로 있다가 별세한 것으로 되어 있으나 일반적으로 문헌 기록보다 묘지명의 기록이 신빙성이 훨씬 더 높고, 사망과 관련된 기록은 더욱 더 그렇다는 점에서 여기서는 묘지명의 기록을 따름.

36) 묘지명.

37) 묘지명.

보다시피 이상은 거의 대부분 정습명이 언제 어떤 벼슬에 임명되었다는 등 단순 사실의 평면적 나열에 불과하므로 그의 삶을 입체적으로 이해하는 데는 여러모로 한계가 있을 수밖에 없다. 그러므로 여기서는 이러한 자료를 참고로 하고 정습명이 남긴 시문이나 일화들을 바탕으로 하여 정습명의 신분적 상황, 행동 방식과 당시 역사의 흐름 속에서 그가 차지하는 위상 등을 살펴보기로 한다.

1) 정습명의 신분적 상황

정습명의 삶과 시세계를 이해하는데 무엇보다도 중요한 것은 그가 처해 있었던 신분적 상황이 아닐까 싶다. 위의 연보에서 볼 수 있듯이 정습명은 당시의 서울 개경과는 멀리 떨어진 바닷가에 위치한 영일현(현 경북 포항시)의 副戶長 鄭侯鑑의 아들로 태어났다. 여기서 말하는 부호장은 9단계로 구성된 향리 직에서 戶長에 이어 제 2위에 해당하는 상급 향리였지만, 鄕役의 부담계층으로 양반귀족에 비해 사회적 지위가 낮았다[38]. 그러나 부호장에게는 단계적인 절차를 거쳐서 과거에 응시할 수 있는 자격이 주어지고 있었으며, 이점에 대해서는 다음 기록들이 참고가 된다.

> ① (현종) 15년 12월에 결정하기를, 여러 州縣 가운데 인구가 1000 丁 이상 되는 지역은 해마다 3사람, 500 丁 이상은 2사람, 그 이하는 1사람을 천거하되 界首官(=수령)으로 하여금 시험을 주관하게 하여 선발하는데, 製述科는 五言六韻詩 1首로 시험하고 明經科는 五經 각 한 机로 시험하여 관례대로 서울로 보내면, (國子監에서 다시 시험을 쳐서 합격한 사람은 과거에 응시하는 것을 허락하고 나머지는 모두 본고장에 돌아가서 학습하게 하였다. 만약 계수관이 적당하지 못한 사람을 천거했을 때는 국자감에서 살펴서 죄를 주도록 한다[39].

---

38) 한국정신문화연구원,『한국민족문화대백과사전』, 副戶長 條 참조.

② 문종 2년 10월에 결정하기를, 각 주현의 부호장 이상의 손자까지와 副戶正 이상의 아들 가운데 제술과와 명경과에 응시하고자 하는 사람은, 해당 지방의 수령이 시험하여 서울에 천거하면, 尙書省 국자감에서 심사하여 지은 詩賦가 格에 어긋나거나 명경과 지원자로서 한두 궤도 읽지 못하는 자는 시험하여 천거한 수령에게 죄를 주도록 한다.[40]

①과 ②에서 보다시피 부호장의 아들과 손자에게는 과거, 즉 禮部試에 응시할 수 있는 길이 열려 있었다. 그러나 그들이 과거에 응시하기 위해서는 먼저 해당 지역의 지방장관인 계수관이 주관하는 界首官試에 합격해야 했다. 계수관시에 합격하고 난 뒤에도 그들은 다시 국자감 학생들과 함께 실력을 겨루는 國子監試에 합격해야 최종 시험인 예부시에 응시할 수 있었다. 이러한 과정을 거쳐서 예부시에 합격을 하면 중앙관료로 진출할 수 있는 길이 열리면서 신분 상승의 꿈을 이룰 수도 있었다[41].

부호장의 아들이었던 정습명이 중앙관계에 진출할 수 있었던 것도 바로 이와 같은 제도의 덕분이었다. 여기서 자연스럽게 제기되는 것은 정습명이 계수관시와 국자감시에서 제술과와 명경과 가운데 어느 쪽에 합격했을까 하는 의문인데, 결론부터 먼저 말한다면 정습명은 제술과에 합격했음이 거의 분명하다. 뒤에서 자세히 언급하겠지만 그는 문

---

39) 『高麗史』73卷, 志 27, 選擧1, 科目1: (顯宗) 十五年十二月判: 諸州縣千丁以上 歲貢三人 五百丁以上二人 以下一人 令界首官試 選製述業則試以五言六韻詩一首 明經則試五經各一机 依例送京 國子監更試 入格者 許赴擧 餘並任還本處學習 如界首官貢非其人國子監考覈科罪.

40) 『高麗史』73卷, 志 27, 選擧1, 科目1: 文宗 二年 十月 判 各州縣副戶長以上孫 副戶正以上子 欲赴製述明經業者 所在官試 貢京師 尙書省國子監 審考所製詩賦 違格者 及明經不讀一二机者 其試貢員科罪.

41) 國子監試와 관련된 제반 사항에 대해서는 다음 논문이 참고가 된다.
허흥식. 1981. 「고려의 국자감시와 이를 통한 향리의 신분상승(허흥식. 1981. 『고려과거제도사연구』. 일조각. 126-166쪽).

학적 능력이 남달랐던 인물인데다, 예부시에서도 제술과에 합격을[42] 하고 있기 때문이다. 요컨대 그는 지방 향리의 아들로 태어나 각종 시험의 제술과에 합격한 뒤 중앙정계로 진출하여 종이품의 고위직인 동지추밀원사에까지 오른 셈인데, 이와 같은 성공 사례는 매우 보기 드문 것[43]이었다.

그런데 이 대목에서 주목되는 것은 정습명이 각종 과거에 합격한 시점이다. 보다시피 그는 11살의 어린 나이에 5언6운의 詩 한 수로 당락을 결정하는 계수관시에 합격했는데, 이것은 정습명이 어려서부터 한시에 빼어난 인물이었음을 단적으로 보여주는 상징적 사건으로 생각된다. ①과 ②에서 보다시피 鄕貢을 잘못 선발할 경우 시험을 주관하는 계수관이 처벌을 받게 되어 있었으므로 계수관시가 엄정하게 치러질 수밖에 없었음을 고려하면 더욱더 그러하다. 정습명이 이처럼 문학에 빼어난 비범한 인물이었다는 것은 "걸출하게 빼어난 인물로서 힘써 배워 문장에 능했다[偁儻奇偉 力學能文][44]"거나 "문장으로 나라를 빛냈다[文章華國]"[45]는 기록을 통해서도 짐작이 되지만, 뒤에서 자세하게 언급할 이인로의『파한집』의 기록[46]을 통해서도 다시 한 번 확인된다.

그런데 이상한 것은 11살의 어린 나이에 향공이 될 정도로 빼어난 면모를 보였던 정습명의 국자감시와 예부시, 특히 예부시 합격이 상대적으로 다소 늦었다는 점이다. 연보에서 살펴볼 수 있듯이 그가 국자감시

---

42)『高麗史』73卷, 志27, 選擧1, 科目1: (睿宗)十五年五月 韓安仁知貢擧 金富佾同知貢擧 取進士 覆試 賜李之氐等三十八人及第.

43) 허홍식이 현존하는 각종 史料를 통해 조사한 바에 의하면 고려시대 전시기에 걸쳐 향공진사가 된 사람은 19명, 그 가운데 예부시에 급제한 사람은 13명에 불과하다 (허홍식. 앞의 논문. 147쪽).

44)『高麗史』98卷, 列傳11, 鄭襲明 列傳; 鄭襲明 迎日縣人 偁儻奇偉 力學能文.

45) 崔惟淸, 「鄭襲明 讓秘書少監東宮侍讀學士知制誥 不允」,『東文選』, 제 29권, 批答: 惟爾文章華國 儒術飭身.

46) 주 49) 참조.

에 합격한 것은 향공이 된지 6년 뒤인 17세 때의 일이었고, 예부시에 합격한 것은 그로부터 다시 10년 뒤인 27세 때의 일이었다. 문학적 능력이 남달랐던 정습명이, 문학적 능력으로 인재를 선발하는 국자감시[47]와 예부시에 이처럼 늦게 합격한 데는 여러 가지 이유가 있을 수 있겠지만, 그의 신분적 조건과 무관하지 않을 것 같기도 하다. 요컨대 문벌귀족이 지배하던 고려전기 사회에서 지방향리의 아들로 태어난 정습명이 귀족의 자제들을 제치고 과거에 합격하는 데는 아무래도 제약과 한계가 없을 수가 없었다고 생각되며, 그만큼 좌절과 고뇌로 점철된 젊은 날을 보낼 수밖에 없었을 것이다. 정습명의 이와 같은 신분적 조건은 과거에 합격하는 과정에서 뿐만 아니라 일생동안 관직생활을 하는 데도 커다란 제약이 되었음이 분명하며, 이점은 이인로의 『파한집』에 수록된 다음 글에서도 확인할 수 있다.

> 東館은 蓬萊山이고 玉堂은 鼇頂이라 부르는데 모두 신선과도 같은 직책이다 우리나라의 옛날 제도에 비록 천자라 하더라도 그 升黜을 마음대로 할 수 없었고, 만약 결원이 있으면 반드시 궁궐에 있는 관청의 여러 선비들의 추천을 받은 후에 임용하였다. 그러므로 세상에서 모두 이르기를 三多(多讀, 多作, 多商量)라는 기림과 일곱 걸음 걷는 동안 시를 지을 수 있는 曹植과 같은 천재적인 재주가 있는 사람이 아니면 그러한 자리를 얻는다 하더라도 '손가락에 피가 나고 얼굴에 땀을 뻘뻘 흘린대(血指汗顔)'는 꾸짖음을 면치 못한다. 예종 때 江南의 措大 鄭襲明이 기이한 재주와 큰 도량을 가지고도 세상을 건널 나루터가 없어서 일찍이 「石竹花」란 제목의 시를 지었다....〈시 생략〉.... 때마침 대궐의 문지기가 이 시를 외워 임금이 듣게 되었는데, 임금이 "狗監이 아니면

---

47) 다음에서 보다시피 시대마다 조금씩 다르기는 해도 국자감시에서 평가하는 것도 한시 창작 능력이었다.
  『高麗史』74卷, 志 28, 選擧 2, 科目 2, 國子監試: 國子監試卽進士試 德宗始置 試以賦及六韻十韻詩 厥後 或稱成均試 或稱南省試 文宗二十五年 只試六韻十韻詩 毅宗二年 試以賦及十韻詩.

어떻게 司馬相如가 아직도 있는 줄을 알 수 있었겠는가[48]"라고 하고 즉시 옥당에 보임하도록 명령을 내렸다[49].

보다시피 동관과 옥당의 관직은 신선과도 같은 직책으로 최고 통치자인 국왕으로서도 그 任免을 함부로 할 수 없는 곳이었고, 실로 걸출한 인재가 아니면 감당할 수도 없었다. 그런데 이인로는 바로 그 걸출한 인재가 특이하게 발탁된 대표적 사례로 정습명의 경우를 들고 있다. 앞에서 정습명이 문학적 능력이 빼어났음을 말한 바 있거니와, 시 한 수로서 옥당에 발탁된 이 일화도 역시 정습명의 탁월한 문학적 역량을 상징적으로 보여주고 있다. 게다가 국왕이기 이전에 빼어난 시인이기도 했던 예종[50]이 정습명을 중국의 걸출한 문인인 사마상여에 비유한 데서도 그의 문학적 능력을 다시 한 번 확인할 수 있다.

그러나 본고의 입장에서 더욱더 주목되는 것은 "강남의 措大 정습명이 기이한 재주와 큰 도량을 가지고도 세상을 건널 나루터가 없었다."는 표현이다. 여기서 말하는 措大는 일반적으로 '가난뱅이 선비'를 가리키는 말이며, 강남은 그가 머나먼 남방의 시골(영일현) 출신임을 드러낸 말이다. 요컨대 정습명은 개인적인 역량이 걸출했음에도 불구하고 중앙 귀족의 자제가 아니라 머나먼 시골에서 올라온 '가난뱅이 선비'였

---

48) 狗監은 천자의 사냥개를 기르는 것을 임무로 하는 직책으로 한 무제 때 구감을 역임한 楊得意를 말함. 예종이 문지기 덕분에 정습명을 만나게 된 것을 무제가 양득의를 통하여 사마상여를 만난 고사에 비유한 것임.

49) 李仁老, 『破閑集』下卷, 제 17단락: 東館是蓬萊山 玉堂號鼇頂 皆神仙之職 本朝舊制 雖天子莫得擅其升黜 苟有缺 必須禁署諸儒薦引 然後用之 非有三多之譽 七步之才 則世皆謂之處必未免汗顏之誚 睿王時 江南措大鄭襲明 抱奇才偉量 涉世無津 嘗賦石竹花 世愛牡丹紅 栽培滿院中 誰知荒草野 亦有好花叢 色透村塘月 香傳隴樹風 地偏公子少 嬌態屬田翁 時有大閽 誦此詩 達宸聰 上曰 非狗監何以知相如之尙在耶 卽令補玉堂

50) 시인으로서의 예종의 면모에 대해서는 다음 글이 참고가 된다.
이종문. 「고려전기 한문학 연구」. 고려대학교 대학원 박사학위논문. 1991, 171-179쪽.

기 때문에 출세를 하기가 어려웠던 것이다. 이렇게 볼 때, 비록 시 한편으로 옥당에 발탁되는 특별한 행운을 누리기는 했으나, 정습명이 향공으로 진출한 향리의 아들이라는 신분적 상황은 그의 관직생활에 여러 모로 장애요인이 되었을 것으로 생각되며, 이점에 대해서는 그가 남긴 다음 글을 통해서도 그 대강을 살펴볼 수 있다.

① 臣은 草野 출신[起自草莽]으로 행동에 법도가 없고 좌우에서 먼저 용납해주는 사람도 없었습니다. 다행하게도 임금님의 알아주심을 입어 영광스럽게도 내외의 직책을 역임하였고 총애가 席次에 비하여 남달랐습니다. 하지만 저 자신이 拙直하기 짝이 없는 성품인데다 외롭고 빈한한 처지여서 苦難이 많았습니다...51)

② 신은 시골에서 자취를 일으켜서[起迹畎畝] 훌륭하고 밝은 시대를 만나, 벼슬을 하여 그 녹봉으로 어버이를 섬겼던 古人의 뜻을 사모하였습니다.... 저에게는 바꿀 수 없는 어리석은 성품이 있어서 질책을 받아 쫓겨날 형편에 있었는데, 감히 빛나는 임금님의 명령이 홀연히 초야의 천한 사람[草茅之賤]에게 내려, 후배로서 윗자리를 차지하고 낮은 이가 높은 이를 넘는 것을 생각이나 했겠습니까. .... 거듭 생각하건대 臣은 세상과 어긋나고 不遇하여 나이 마흔에도 이름이 알려지지 못했으나 거칠게나마 詩書를 읽고 익혀 자못 고금의 理亂을 알았습니다.52)

①의 첫머리에서 정습명은 자신이 '초야 출신'이라고 말하고 있는데, 이와 같은 언표는 단순히 表文에서 흔히 볼 수 있는 상투적 겸사만은

---

51) 鄭襲明,「謝賜物表」,『東文選』제 35권, 表箋: 臣 起自草莽 行無町畦 蔑左右之先容 幸旦暮之一遇 榮踐中外 寵異班聯 自以拙直寡儔 孤寒多難…

52) 鄭襲明,「謝左正言知制誥表」,『東文選』제 35권, 表箋: 臣起迹畎畝 遭時休明 三釜逮親 慕古人之志…由愚有不移之性 故責在可黜之途 敢圖綸綍之華 忽被草茅之賤 以後居上 使卑踰尊…重念 臣與世謬悠而不偶 行年四十而無聞 粗能閱習詩書 頗識古今理亂…

아니라고 생각된다. 왜냐하면 그가 실제로 먼 시골의 향리의 아들인데다 ②에서도 자신이 "시골에서 자취를 일으켰다"거나, "초야의 천한 사람"이란 표현을 반복해서 쓰고 있기 때문이다. 이렇게 볼 때 그는 중앙에서 벼슬을 하고 있으면서도 자신을 초야 사람으로 인식하고 있었고, 초야 사람으로서의 한계와 소외의식을 느끼고 있었다고 생각[53]된다. "좌우에서 먼저 용납해주는 사람도 없었다."거나 "세상과 어긋나고 불우하여 나이 마흔에도 이름이 알려지지 못하였다"는 구절들에서도 그와 같은 상황이 비교적 선명하게 포착된다. 인용문 ②의 뒷부분에는 많은 고사들이 등장하는데, 그와 같은 고사들도 결국 孑孑單身이었던 그가 벼슬살이의 와중에서 겪었던 풍파의 험난함을 시사하고 있다. 이렇게 볼 때 영일현의 향리출신이라는 정습명의 신분적 상황은 그의 일생을 제약한 근원적인 조건이라 할 수 있으며, 이점은 그의 한시를 논하는 자리에서 다시 한 번 살펴보게 될 것이다.

끝으로 한 가지 첨언하고자 하는 것은 정습명의 일생 행적 가운데는 현장 실무와 관련된 것이 여러 번 있다는 사실이다. 그가 왕명을 받들어 順和縣 法弘山의 法興寺를 중창하는 토목공사의 현장 책임을 맡아 80여간 규모의 사찰을 중창한 것도 그러한 사례가 되겠지만, 다음에 인용한 것도 그와 같은 사례 가운데 하나다.

> 이 달에 內侍 정습명을 보내어 洪州 蘇大縣에 운하를 파게 했다. 安興亭 아래 바닷길은 여러 물길이 부딪치는 곳인데다 위험한 암석이 도사리고 있어서 가끔씩 배가 전복되었다. 어떤 사람이 건의하기를 소대현에다 운하를 뚫어 길을 내면 배가 다니기에 빠르고 편리할 것이라고 했으므로, 정습명을 보내어 인근 고을의 졸개 수천 사람을 차출하여 팠으나 마침내 이루지 못했다[54].

---

53) 한기문도 ②의 글을 두고 '향공 출신이 가진 한계를 토로한 것(한기문. 앞의 논문. 120쪽)'이라고 언급한 바 있다.

인용한 것은 1134년 7월 條의『高麗史』世家의 기록인데, 보다시피 정습명은 이 때 홍주 소대현[55]에 운하를 파는 공사의 현장 책임자로 부임하고 있다. 우리나라 국토 개조사의 새로운 장을 열었다는 점에서 대단히 중요한 의미를 지닐 수도 있는 이 엄청난 공사는 실패로 끝났지만, 그것이 정습명의 개인적인 능력의 부족 때문만은 아니었다. 왜냐하면 그 이후에도 이 일대에서 같은 목적을 지닌 운하를 파려고 여러 번에 걸쳐 시도했지만 모두 다 실패[56]했기 때문이다. 말하자면 그것은 정습명 개인의 한계라기보다는 아직 대규모의 자연 개조에 도전할 만한 공학의 발달이 이루어지지 못했던 당시 역사의 한계였던 것이다.

그런데 이 대목에서 자연스럽게 제기되는 것은 바다에서 운하를 뚫는 굴착공사의 현장 책임자로 하필이면 내시인 정습명을 임명한 이유다. 관련 자료가 남아 있지 않아 현재로서는 그 자세한 이유를 알 수 없다. 하지만 상식적인 견지에서 볼 때 만약 정습명이 바다에 익숙하고 현장 감각에 빼어난 인물이 아니라면, 내시인 그를 이와 같은 직책에다 임명하지는 않았을 터다. 그가 바다에 익숙한 현장감이 있는 실무형 인

---

54)『高麗史』第16卷, 世家 第 16권, 仁宗 二, 12年 秋七月; 是月 遣內侍鄭襲明 鑿河于洪州蘇大縣 以安興亭下海道 爲衆流所激 又有岩石之險 往往覆舟 或有獻議 由蘇大縣境鑿河道之 則船行捷利 遣襲明 發旁郡卒數千人鑿之 竟未就.

55) 정습명이 운하를 굴착 하려고 했던 곳은 충남 태안군 태안읍 인평리에서 태안읍 도내리까지다. 이 두 마을 사이의 거리는 12Km이나 그 가운데 8Km는 갯벌이었고, 갯벌 지역에는 밀물 때 배가 다닐 수 있었다. 그러므로 실제로 굴착을 해야 할 거리는 4Km 정도였다. 정습명은 그 가운데 약 2Km를 파는 데 성공했으나 나머지 2Km를 파지 못하여 운하 개통에 실패했으며, 그 당시 팠던 흔적이 아직도 부분적으로 남아 있다(곽호제.「고려-조선시대 태안반도의 漕運의 실태와 運河掘鑿」.『지방사와 지방문화』12권 1호. 2009, 312-313 쪽).

56) 고려 때만 하더라도 정습명이 실패한 곳에 운하를 파려는 시도를 두 번이나 더 했으나 모두 실패했고, 조선시대에도 태안반도 지역에 여러 번에 걸쳐 운하 굴착을 시도했으나 모두 실패하였다. 왜냐하면 당시 토목 공학의 수준으로는 이 지역에 광범위하게 분포하고 있는 화강암 암반을 파내는 데 한계가 있었기 때문이다(곽호제. 앞의 논문 참조).

물이라는 것은 다음 글에서도 드러난다.

> 드디어 內侍祇候 정습명, 濟危寶副使 許純, 雜織署令 王軾에게 명하여 서경 서남쪽 해도에 가서 水軍 4600여명과 戰艦 140척을 징발하여 순화현 南江에 들어가서 賊船을 막게 하였다.[57]

인용문은『고려사절요』1135년 1월 조에 수록된 기록인데, 정습명은 이 때 서경천도운동을 전개하다가 여의치 않자 반란을 일으킨 묘청을 토벌하는 일에 참여하고 있었다. 그런데 이 대목에서 주목되는 것은 문관으로서 임금의 측근인 내시지후로 있었던 그가 수군과 전함을 거느리고 있다는 점이다. 정습명이 이처럼 수군과 전함을 거느린 것도 그가 바다에 익숙했던 인물이기 때문이 아닐까 싶은데, 다음의 기록이 바로 이와 같은 추측에 대한 적극적인 증거가 된다.

> 上將軍 李祿千, 大將軍 金台壽, 錄事 鄭俊, 尹惟翰, 軍候 魏通元 등을 보내어 서해길로부터 兵船 50척을 거느리고 서경의 적(묘청의 반란군)을 도와서 토벌하게 했다. 이록천이 鐵島에 이르러 바로 서경으로 달려가려 했는데, 마침 날이 저물고 조수가 물러나고 있었다. 兵船判官 정습명이 "물길이 좁고 얕으니 밀물 때 조수를 타고 출발하는 것이 옳습니다." 하고 건의 했으나, 이녹천이 듣지 않고 출발했다가 물이 얕아 배가 바닥에 닿아버렸다… 병선과 병장기가 모두 불에 타고, 군사들은 거의 대부분 물에 빠져죽었으며, 김태수와 정준도 모두 죽었다. 이녹천은 쌓인 시체를 밟고 언덕 위에 올라가 겨우 자기 몸만 죽음을 면했다. 이로 말미암아 서경의 적들이 비로소 관군들을 경시하기 시작했다.[58]

---

57) 『高麗史節要』제 10권, 仁宗恭孝大王 2, 乙卯 13년(1135년) 春正月 乙丑: 遂命內侍祇候鄭襲明 濟危寶副使許純 雜織署令王軾 住西京西南海島 發水軍四千六百餘人 戰艦一百四十艘 入順化縣南江 以禦賊船.

58) 『高麗史節要』제 10권, 仁宗恭孝大王 2, 乙卯 13년(1135년) 閏二月: 遣上將軍李祿千 大將軍金台壽 錄事鄭俊 尹惟翰 軍候魏通元等 自西海路 領兵船五十艘 助討西賊 祿千 至鐵島 欲徑趣西京 會日暮潮退 兵船判官鄭襲明日 水道狹淺 宜乘潮而發 祿千

인용문은 앞의 기록보다 한 달 뒤인 1135년 윤이월 조에 수록된『고려사절요』의 기록이다. 그런데 주목되는 것은 이 한 달 사이에 그의 벼슬이 내시지후에서 병선판관으로 바뀌었다는 점이다. 병선판관은 다른 문헌에는 보이지 않고 오직 이 대목에만 등장하는 벼슬이기 때문에 그 역할이 무엇인지 확실하지 않지만, 명칭으로 보아 전함들을 통괄하는 업무를 맡았던 것이 아닐까 싶다. 이렇게 볼 때 정습명은 그만큼 병선들을 통괄하고 지휘하는데 빼어난 능력을 지녔다고 보아도 좋을 것이다. 아닌 게 아니라 그는 밀물과 썰물의 차이에 따른 상황의 변화를 정확하게 이해하고 작전을 펼 수 있는 능력을 갖추고 있었으며, 이점은 정습명의 사려 깊은 건의를 수용하지 않고 함부로 작전을 편 이녹천이 처절하게 패배를 했던 사실을 통해서도 단적으로 확인할 수 있다.

이상의 내용을 종합해 볼 때 정습명은 바다에 대한 이해가 매우 깊었던 실무형의 현장감이 있는 인물이었음이 분명하다. 만약 그렇다면 문신이었던 그가 어떻게 이처럼 바다에 익숙한 실무형 인물이 될 수 있었을까? 아마도 그것은 정습명이 중앙 귀족의 자제가 아니라 지방 향리의 아들로 태어났고, 더구나 그의 출신지가 바닷가에 위치한 영일현이었다는 사실과 무관하지 않을 것이다. 그러나 다른 한편으로 생각해보면 과거를 통해서 문신으로 출사한 정습명이, 현장 감각과 실무능력이 있다는 이유만으로 大土木 공사의 현장 책임자가 되는 등 번번이 힘든 자리에 임명된 것도 어쩌면 지방 향리의 아들이라는 그의 신분적 상황과 무관하지 않을 수도 있다. 만약 그렇다면 지방 향리 출신이었던 정습명의 정치적, 사회적 제약은 그만큼 더 컸다고도 볼 수 있을 것이다[59].

不聽 行至半途 水淺舟膠.... 兵船器仗皆燒 軍士 溺沒殆盡 台壽及鄭俊 皆死 祿千 蹈積屍登岸 僅以身免 由是 西賊始輕官軍.

59) 이 논문의 심사위원 가운데 한 분이 "정습명이 인종 12년(1134)에 내시지후를 맡아 소대현 운하의 책임을 맡고, 이듬해 병선판관으로 묘청의 난을 토벌하는 일에 참여한 것은 그가 인종의 총애를 받아 가문의 출신 성분을 떠나 일련의 국가적 난제를

2) 정습명의 행동방식과 역사적 위상

정습명의 인간적 면모 가운데 가장 크게 눈에 띄는 것은 타협을 모르는 강직한 신하로서의 모습인데, 이와 같은 면모는 그가 남긴 다음 글에서 살펴볼 수 있다.

> 임금의 총명은 충성스런 말을 받아들임에 있고, 나라의 안전함과 위태로움은 정승을 뽑는 데 달려있습니다. 陰陽을 조화롭게 하고, 현인을 나아오게 하고 그렇지 못한 이를 물러나게 하며, 모든 관리로 하여금 각기 제 직책을 다하게 하여, 온 세상 사람들로 하여금 걱정이 없게 하는 것은 정승이 해야 할 일입니다. 임금의 면전에서 잘못을 비판하고 조정에서 잘못을 비판하여 곧은 자를 쓰게 하고 굽은 자를 버리게 하여, 사특한 것들이 저절로 물러나고 바른 것들이 모두 펼쳐지게 하는 것은 諫官이 해야 할 일입니다. 참으로 이 두 가지 측면에서 적당한 인물을 얻으면 천하를 손바닥 위에 놓고 굴리듯이 쉽게 다스릴 수 있을 것입니다..... 저는 오직 충심으로 임금님께 사심 없이 아뢸 마음뿐이오니, 임금님을 위해서라면 죽음도 마다하지 않겠습니다. 폐하께서 만약 재산을 증식하고 완악하고 어리석은 무리들을 편들게 되면, 제가 나아가서 높은 자리에 있더라도 어찌 부끄럽지 않겠습니까. 폐하께서 만약 상과 벌을 살펴서 내리고 내쫓고 올림을 밝게 한다면 저는 물러나 산림에 살더라도 영광스럽게 생각할 것입니다. 그러므로 감히 말을 꾸며서 하지 아니하고 맹세코 충고를 다 하도록 하겠습니다.[60]

해결하는 중책을 맡은 사례로 보이는 바, 이를 지방 향리의 아들이라는 신분적 한계에 기인한 것으로 보는 것은 재고의 여지가 있다"는 견해를 제시한 바 있다. 해당 심사위원께서는 그 근거로 '인종이 정습명을 태자의 사부에 임명했을 뿐만 아니라 승하할 때 정습명에게 誥命을 내렸다는 사실을 통해서 볼 때, 정습명은 향리 출신임에도 불구하고 인종의 총애를 받고 고위관직을 역임했던 인물'로 판단된다는 사실을 제시하고 있다. 하지만 운하를 굴착하고 병선판관으로 묘청의 난 토벌에 참여한 것은 국왕의 총애를 받았던 인종 말기의 일이 아니라 각각 인종11년과 인종 12년에 일어난 일이며, 연보에서 볼 수 있듯이 정습명은 인종 19년과 인종 20년에도 국왕과 정치적인 대립각을 날카롭게 세우고 있었음을 고려할 필요가 있다고 본다.

60) 鄭襲明, 「謝左正言知制誥表」, 『東文選』 제 35권, 表箋: 上之聰明 在於納忠 國之安危 關乎論相 故調燮陰陽進退賢否 使百僚稱職四海無虞者 謂之相業 而面折廷爭擧直

인용한 글은 1235~1236년 경 정습명이 左正言 知制誥에 임명되자 감사의 뜻으로 임금인 인종에게 올렸던 표문이다. 보다시피 정습명은 이 글에서 치국의 요체가 훌륭한 재상과 바른 말을 하는 간관을 얻는데 달려 있다고 말함으로써 재상과 간관의 중요성을 역설하는 한편, 諫官職인 좌정언에 취임하는 포부의 일단을 밝히고 있다. '임금을 위해서는 죽음도 마다하지 않고 사심 없이 아뢰겠다'거나 '말을 꾸며서 하지 아니하고 맹세고 충고를 다 하겠다'는 언표가 바로 그 포부의 일단인데, 이와 같은 단호한 언표 속에는 어떤 비장감이 어려 있다. 물론 표문이란 장르는 원래 과도한 수사가 상투화되어 있는 장르이고, 게다가 이 글은 간관 직인 좌정언에 제수된 뒤 임금에게 올린 표문이다. 그러므로 정습명의 이러한 언표가 진실과는 다소 거리가 있는 상투적인 것이 아닐까, 하는 의심을 가질 수도 있다. 그러나 정습명이 남긴 몇몇 일화들과 일생 행적을 살펴보면 결코 그렇지만은 않음을 확인할 수 있다.

① 宰臣 金富軾, 任元敱, 李仲, 崔溱과 省郎 崔梓, 정습명 등 다섯 사람이 글을 올려 時弊十條의 시정을 요구하며 삼일동안 대궐문 앞에 엎드려 있었으나 모두 묵살하였다. 최재 등이 파직을 요청하고 출근하지 않았다.[61]

② 왕이 郎舍에서 건의한 바에 따라 執奏官을 없애고 여러 곳의 內侍別監 및 內侍院別庫를 줄인 뒤에 최재 등을 불러 출근하여 일을 보도록 했다. 그런데 유독 정습명은 건의한 바를 다 들어주지 않았다 하여 출근을 하지 않았다. 右常侍 崔灌은 유독 글을 올리는데 참여하지 않고

措枉 使群邪自屛衆正咸伸者 謂之諫官 斯二者苟得其人 則天下可轉於掌....唯有心可啓以沃 但爲主死且無辭 陛下若殖貨利比頑囂[1]則臣進處榮顯 豈無所媿 如審賞罰明黜陟則 臣退廢山林 適無爲榮 不敢飾言 誓殫忠告.

61) 高麗史節要 제 10권, 仁宗恭孝大王 2, 庚申 18년(1140년), 閏六月: 宰臣金富軾 任元敱 李仲 崔溱 與省郎[1]崔梓 鄭襲明等五人 上書 言時弊十條 伏閤三日 皆不報 梓等 乞罷不出

평소대로 근무를 했으므로 의논하는 사람들이 비루하게 여겼다.[62]

제시한 자료 ①에서 살펴볼 수 있듯이 정습명은 성랑으로서 김부식 등과 함께 인종에게 時弊 十條의 척결을 상소했던 인물이다. 자료가 없으므로 현재로서는 여기서 말하는 시폐 10조의 구체적인 내용을 모두 알기는 어렵다. 그러나 당시 여론이 '유독 상소에 참여하지 않았던 우상시 최관을 비루하게 여겼다'는 ②의 내용을 통해서 보면 그들의 상소 내용은 일단 보편적인 공감대를 얻었던 정당한 것으로 판단된다. 그럼에도 불구하고 상소한 내용이 수용되지 않자 그들은 일괄 사직으로 강력하게 항거했다. 상황이 이와 같이 전개되자 인종은 집주관을 없애고 내시별감과 내시원별고를 감축하는 등 시폐 10조 가운데 일부를 수용하는 조건으로 직무에 복귀토록 종용했다. 국왕의 부분적인 수용 조치에 다른 사람들은 모두 다 직무에 복귀했지만, 보다시피 정습명은 건의한 바가 모두 수용되지 않았다는 이유로 혼자 직무에 복귀하지 않고 있다. 이와 같은 일화를 통해서 볼 때 정습명은 자기 소신을 굽히지 않는 강직한 신하의 면모를 지닌 인물임을 확인할 수 있으며, 어설픈 절충이나 적당한 타협을 허용하지 않는 이와 같은 행동 방식은 다음에서도 확인할 수 있다.

애초에 毅宗이 태자가 되었을 때 정습명이 侍讀學士가 되었다. 仁宗은 태자가 국왕의 역할을 하지 못할까 염려하였고, 황후도 또한 둘째 아들을 사랑하여 장차 태자로 삼으려 했는데, 정습명이 마음을 다하여 의종을 보호했으므로 廢해지지 않을 수 있었다. 정습명이 오래도록 간관의 직책에 있으면서 諍臣의 風貌가 있었으므로 인종이 깊이 신임하여 태자의 師傅로 삼았다. 인종이 병이 들었을 때 의종에게 "나라를 다스림에 마땅히 정습명의 말을 쓰도록 하라"고 당부했다. 정습명이 스스

---

62) 高麗史節要 제 10권, 仁宗恭孝大王 2, 庚申 18년(1140년), 秋七月: 王 以郎舍所言 罷執奏官 減諸處內侍別監 及內侍院別庫 乃召崔梓等 令出視事 獨襲明 以所言不盡從 不起 右常侍崔灌 獨不預上書 供職如常 議者鄙之

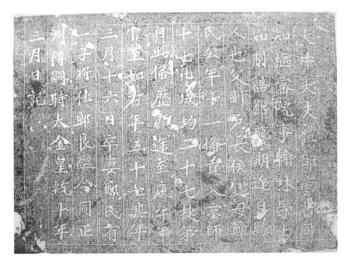

정습명 묘지명의 앞면

로 선왕의 顧命을 받았다고 여기고, (의종의 잘못을) 알고는 말하지 않음이 없으니 의종이 꺼려하였고, 金存中과 鄭諴이 밤낮으로 정습명을 헐뜯었다. 때마침 정습명이 병이 들었다고 알렸더니, 왕은 김존중으로 하여금 정습명의 직책을 임시로 대신하게 했다. 정습명이 왕의 뜻을 알고 독약을 마시고 죽었다.[63]

위의 글에서 살펴볼 수 있듯이 정습명은 '쟁신의 풍모'가 있는 인물이었으며, 정습명의 이와 같은 면모는 '바른 말로 간하는 왕신(王臣)의 풍모가 있었다'[64]는 이인로의 『파한집』의 기록을 통해서도 거듭 확인된다. 더구나 의종을 잘 보필하라는 인종의 고명까지 받았던 그는 의종의 잘못을 낱낱이 비판하고 충고했으며, 그와 같은 충언이 더 이상 수

---

63) 『高麗史』 제 98卷, 列傳 제 11권, 鄭襲明 열전: 初 毅宗爲元子 襲明侍讀 仁宗慮元子 不克負荷任 后亦愛次子 將立爲太子 襲明盡心調護1) 故得不廢 襲明久居諫職 有諍臣 風 仁宗深加器重 使傅東宮 及不豫 謂毅宗曰 治國當用襲明言 襲明 自以先朝顧托 知 無不言 毅宗憚之 金存中鄭諴 日夜短之 會襲明告病 以存中權代其職 襲明揣知王意 仰藥而死 自是 佞倖日進 王益縱恣 逸遊無度
64) 李仁老, 『破閑集』 下卷, 제 17단락: 鄭公 後入樞掖 居喉舌 受遺輔主 謇謇有王臣風.

용될 가망성이 없자 적당하게 절충하고 타협하기보다는 스스로 독배를 드는 결연한 선택[65]을 했던 것이다. 그가 죽음을 선택할 때까지 얼마나 치열하게 간쟁을 했는지, 나아가서는 그와 같은 정습명의 죽음을 의종이 어떻게 생각했는지를 상징적으로 보여주는 것은 최근에 발견된 그의 묘지명이 아닐까 싶다.

① 묘지명의 앞면 내용: 大中大夫 禮部尙書 同知樞密院事 翰林學士 知制誥인 정습명은 영일현 사람이다. 아버지는 부호장 侯鑑이며 어머니는 鄭氏다. 公은 11살 때 향공이 되어 서울에 들어와 17살 때 成均試에 합격하였고, 27살 때 예부시에 합격하였다. 이로부터 높은 벼슬들을 두루 역임하였다. 庚午年(1150년)에 관직이 위와 같았고 나이가 57살이었는데, 그해 3월 16일에 별세하였다. 아내는 정씨이고, 한 아들이 있는데 將仕郞 良醞令 同正 淵博으로 뒤를 이었다. 大金 皇統 10년(1150년) 아무 날 기록한다.[66]

② 묘지명의 뒷면 내용: 庚午年(1150년) 3월 25일 牛峯縣 牛峴의 왼쪽 산록에 장례를 치렀다[67]

보다시피 정습명의 묘지명은 그가 지닌 정치적, 사회적 위상에 비하여 그 형식과 내용이 대단히 간략하다. 우선 묘지명의 크기부터가 가로

---

65) 『고려사』 열전의 기록과 유사한 내용이 『고려사절요』에도 수록되어 있으나 그 죽음의 방식은 다르게 표현되어 있다. 『고려사』에는 '仰藥而死'라 되어 있는 반면, 『고려사절요』에는 '却藥而死'로 되어 있는 것이 바로 그것이다. 전자는 독약을 마시고 죽었다는 뜻이고, 후자는 병든 사람으로서 먹어야할 약을 먹지 않고서 죽었다는 뜻이다. 죽음을 선택하는 강약의 차이가 있기는 하지만 넓은 범주에서 보면 모두 自決한 것이라고 할 수 있을 것이다.

66) 묘지명 앞면: 大中大夫 禮部尙書 同知樞密院事 翰林學士 知制誥 鄭襲明 迎日縣人也 父副戶長 侯鑑 母鄭氏 公 年十一 備貢 入京師 十七中成均 二十七捷第 自此備歷顯途 至庚午年 官至如右 年五十七 其年三月十六日卒 妻鄭氏 有一子 將仕郞良醞令同正 淵博嗣 時太金皇統十年三月日記.

67) 묘지명 뒷면: 庚午 三月二十五日 葬牛峯縣牛峴左麓.

32.4Cm, 새로 25.4Cm 밖에 안 되는 데다 글자 수도 모두 127자(앞면 111자, 뒷면 16자)에 불과하다. 앞면은 그나마 세로로 선을 긋고 楷書로 정하게 쓴 뒤에 새겼으나 뒷면은 돌에다 바로 새겨 줄이 바르지 않고 글씨가 정제되어 있지도 않다. 더구나 이 묘지명에는 題額이 없을 뿐만 아니라 題目도 없고 찬자에 대한 기록도 없다.

정습명 묘지명의 뒷면

일반적으로 묘지명은 주인공의 가계와 일생 행적, 죽음과 장례, 자손들의 명단 등에 대하여 기록한 장문의 서문과 주인공의 공덕을 四言의 韻文體로 압축 서술한 銘으로 이루어져 있는데, 이 묘지명에는 그 명조차도 없으므로 엄밀한 의미에서 묘지명이라고 말하기도 어렵다.

게다가 묘지명은 원래 주인공의 일생 행적을 찬미하고 미화하려고 노력하는 특성을 지닌 장르인데, 정습명의 묘지명에는 그런 면모도 전혀 없다. 다만 묘지명에 필수적으로 포함되는 최소한의 내용인 최종 관직, 출신지, 부모, 과거 합격, 사망 시기, 향년, 아들, 묘지명 작성 시기, 장례일과 장지 등에 대한 아주 건조하고 단조로운 기술이 있을 뿐이다. 요컨대 정습명의 묘지명은 당시 사회에서 그가 지닌 사회적 위상을 고려할 때 기이하게 느껴질 정도로 간명하게 서술되어 있는 것이다[68]. 더구나 정습명의 장례 날이 사망일로부터 불과 열흘 뒤라는 것도 좀처럼 이해하기가 어렵다. 왜냐하면 정습명과 같은 시대인 인종, 의종 연간 관인들의 장례는 빈소(殯所) 마련, 다비, 유골 안치, 매장 등의 절차를 거치게 되는데, 대개 사망으로부터 짧게는 2달, 길게는 무려 1년 정도 걸리는 것이 일반적인 관례였기 때문이다.[69] 이렇게 볼 때 정치적 위상이 매우 높았던 정습명이 별세한지 열흘 째 되던 날, 그의 장례를 치렀다는 것은 무언가 몹시 서둘렀다는 느낌을 금할 수가 없는 것이다.

여기서 자연스럽게 제기되는 것은 정습명의 묘지명이 그의 정치적, 사회적 위상과는 달리 이토록 간략한데다 장례식마저 서둘러 치른 이유가 무엇일까, 하는 의문이다. 이와 같은 의문에 대해서 정습명이 자신의 충언이 수용되지 않는 의종대의 정치적 상황에 절망을 한 나머지 음독자결을 함으로서 갑자기 권력을 잃었다는 사실과 관련될 것으로 추측하는 견해[70]들이 제시되어 있다. 물론 타당한 견해라고 생각되지만, 나는 그와 같은 견해에다 좀 더 구체적으로 살을 붙여보고 싶다. 한마디로 말하여 정습명의 묘지명이 이토록 간명하고 장례 기일이 짧았던 것은 정습명의 죽음을 바라보는 의종의 시선이 아주 냉담했음을 의미하는 것이 아닐까 싶다. 만약 의종이 정습명이 별세한 후에라도 진정으로 자신의 잘못을 반성하고 스승에 대한 추모의 마음을 가졌다면, 정

---

68) 정습명의 묘지명이 지닌 이와 같은 특징에 대해서는 한기문과 김용선이 이미 지적한 바가 있다. 한기문의 앞의 논문 및 김용선의 앞의 논문 참조.
69) 박진훈.「고려 사람들의 죽음과 장례 - 官人 가족을 중심으로」.『韓國史硏究』135호, 2005.
70) 한기문, 앞의 논문, 105-106쪽 참조. 김용선, 앞의 논문 276쪽 참조.

습명의 장례는 온 국민의 애도 속에 성대하게 치러졌을 것이고, 당연히 묘지명도 사연이 아주 많았을 것이다.

그러나 의종으로서는 자신에게 거침없는 충언을 퍼붓다가, 그것이 수용되지 않는 현실에 비관하여 죽음을 선택한 정습명에게 과도하게 추모의 정을 표현하기가 싫었을 것이다. 왜냐하면 충신 정습명의 죽음에 대하여 곡진하게 추모의 정을 표현한다는 것은 자신의 실정을 시인하는 것이나 다를 바가 없기 때문이다. 더구나 정습명의 집요한 충언에 진절머리가 났던 의종은 그의 죽음에서 오히려 크나큰 해방감을 느꼈음이 분명하며,[71] 이점은 다음 글을 통해서 그 대강을 확인할 수 있다.

> ①이로부터(정습명이 죽음으로부터) 아첨하는 사람들이 날로 나아가게 되고, 왕이 더욱더 제 멋대로 행동하고 마음대로 놀아 법도가 없었다.[72]

> ②(1167년) 가을 7월 歸法寺에 거둥했다가, 드디어 玄化寺에 행차하여 말을 달려서 獺嶺茶院에 이르니 따르는 신하들이 모두 미치지 못하였다. 왕이 홀로 茶院의 기둥에 기대어 시종하는 사람에게 말하기를 "정습명이 만약 살아 있었다면 내가 어찌 여기에 이르렀겠는가[鄭襲明 若在 吾豈得至此]"라고 했다.[73]

---

71) 정습명은 영일현의 부호장의 아들로서 과거를 통하여 중앙에 진출하여 가문을 일으킨 인물이지만, 그의 가문은 정습명의 죽음과 함께 침체를 면하지 못했을 것으로 생각된다. 우선 그의 죽음을 바라보는 의종의 시선이 냉담했던 데다가, 정습명이 사망했을 때 외아들이었던 정연박의 관직도 將仕郎 良醞令 同正에 불과했기 때문이다. 여기서 말하는 장사랑은 從九品 下의 文散階이며, 양온령 동정은 정8품에 해당되지만 實職이 아니라 散職에 불과하였다. 실제로 고려 말기에 향리 출신인 정몽주가 중앙 정계에 등장하기까지 그의 후손들 가운데 저명인사는 별로 보이지 않는다.

72)『高麗史』제98卷, 列傳 제11권, 鄭襲明 열전: 自是 佞倖日進 王益縱恣 逸遊無度.

73)『高麗史節要』제11권, 毅宗莊孝大王, 丁亥 21년(1167년): 秋七月 幸歸法寺 遂御玄化寺 馳馬至獺嶺茶院 從臣 皆莫及 王 獨倚院柱 謂侍者曰 鄭襲明 若在 吾豈得至此.

①에서는 정습명의 별세를 고비로 하여 의종을 둘러싼 정치 환경과 의종의 행동에 큰 변화가 왔다는 것을 서술하고 있고, ②에서는 변화된 행동 방식의 구체적인 사례를 일화 형태로 보여주고 있다. ①에서 보다시피 정습명의 별세로 의종 정권의 마지막 충신이 사라지자 정치권에 커다란 변화가 왔다. 조정에는 아첨하는 신하들이 들끓게 되었고, 의종은 방종과 유흥을 제 멋대로 하기 시작했던 것이다. 이처럼 정습명의 죽음과 함께 의종의 행동에 커다란 변화가 왔다는 사실을 통해서 이미 정습명의 죽음에서 느꼈을 의종의 해방감을 어느 정도 짐작할 수 있다. 그 해방감을 극명하게 보여주는 것은 정습명이 별세한지 무려 17년 뒤인 1167년에 있었던 ②의 일화다.

②의 일화에 등장하는 "鄭襲明 若在 吾豈得至此"라는 의종의 말이 의미하는 바에 대해서는 조선시대부터 두 가지의 다른 해석이 있어 왔다. 그 가운데 하나는 '충신 정습명만 있었더라도 내(왕)가 이렇게 무분별한 행동을 하도록 놓아두지 않았을 것'이라는 의미로 이해하는 것인데, 그렇게 이해할 경우 이 문장은 정습명이란 충신이 사라진 데 대한 아쉬움과 의종의 자기반성을 내포하고 있는 표현74)이 된다. 다른 하나는 '사사건건 제동을 걸던 정습명이 아직도 살아 있다면 내(왕)가 이렇게 마음 내키는 대로 행동을 할 수는 없었을 것'이라는 의미로 이해하는 것인데, 이렇게 이해할 경우 이 문장은 '정습명이 사라진 데서 오는 해방감을 표현'한 것으로 이해된다. 물론 문법적으로만 본다면 이 두 가지 해석이 모두 가능하다. 하지만 이 무렵 의종의 유흥적인 삶과 無所不爲의 방만한 행동이 극도에 달한 시기였음을 고려한다면, 후자의 해석이 온당한 것으로 생각되며, 이에 대해서는 일찍이 順菴 安鼎福도 다

---

74) 위의 문장을 이와 같이 이해한 대표적 사례로 崔溥와 沈光世를 들 수 있다.
　　崔溥, 『錦南先生集』 제 2권, 東國通鑑論 참조.
　　沈光世, 『休翁集』 제 3권, 海東樂府, 「朝廷沈」 참조.

음과 같이 말한 바 있다.

> 의종의 말은 정습명을 追念한 것이 아니다. 그가 이미 죽고 없어서 하고 싶은 대로 행동할 수 있게 된 것을 다행스럽게 여긴 것이다. (의종이) 直言이 귀에 들리지 않는 것을 다행스럽게 여기고, 나라가 망하는 것을 두려워하지 않았으니 후세의 왕이 경계 삼을 만하다.[75]

이렇게 볼 때 "鄭襲明 若在 吾豈得至此"라는 의종의 말은, 결국 '정습명이 없기 때문에 내가 이렇게 마음 내키는 대로 행동할 수 있다'는 의미로 귀착된다. 요컨대 의종은 정습명의 죽음을 다행으로 여기고 있을 뿐만 아니라 그의 죽음에서 커다란 해방감을 느끼고 있는 것이다. 더구나 정습명이 세상을 떠난 지 이미 17년이 지났는데도 이런 말을 할 정도라면, 정습명이 죽었을 때 의종이 느꼈을 해방감이 어느 정도였을지는 짐작하고도 남음이 있다.

이와 같은 우회적 논의를 거쳐 다시 생각해보면 정습명의 묘지명이 극히 간명할 수밖에 없었던 사연과 함께 장례를 서둘러 치를 수밖에 없었던 이유를 짐작할 만하다. 그의 묘지명이 출신과 가계, 과거에 합격하는 과정 등에 대해서는 상대적으로 상세하게 서술하면서, 개인적, 역사적 측면에서 가장 중요한 부분인 벼슬 이후의 정치적 활동, 특히 의종과의 관계에 대해서 전혀 언급하지 않고 있는 이유도 짐작하기가 어렵지 않다. 말하자면 당시 국왕이었던 의종이 자신에게 간언을 마다하지 않았던 충신의 죽음 앞에서 해방감을 느끼는 상황에서는, 아무리 국왕의 스승이라도 정중한 장례가 불가능했을 뿐만 아니라 사실을 사실대로 쓴 자세한 묘지명을 작성하는 것도 매우 위험한 일이었을 것이다.

---

75) 安鼎福, 『東史綱目』 제9권 上, 毅宗 21년 秋七月 條의 '按': 毅宗之言 非追念襲明也
蓋幸其已死 而得恣其所欲也 幸直言之不聞 而不以國亡爲懼 可爲後王之戒

끝으로 첨언하고자 하는 것은 정습명의 죽음이 지닌 역사적 의미다. 결론부터 먼저 말을 한다면 의종의 방만한 행동에 철저히 제동을 걸었던 충신 정습명의 죽음은 고려전기 귀족사회의 파멸적 침몰을 알리는 원초적 출발점이 되었으며, 『고려사절요』에 수록된 다음 글이 이와 같은 상황을 비교적 분명하게 보여준다.

> 史臣 金良鏡이 말했다. 의종이 태자일 때 인종이 세상을 떠나면서 "나라를 다스리는 데는 모름지기 정습명의 말을 듣도록 하라"고 유언을 했다. 정습명은 본래 바르고 곧은 사람인 데다 무거운 부탁까지 받았으므로 나아가서 忠言을 다했을 뿐만 아니라 누락된 것들을 보충해주었다. 그러나 金存中, 鄭誠 등이 밤낮으로 참소하여 정습명을 제거하였다. 왕이 이에 김존중으로 하여금 정습명을 대신하자 이로부터 아첨하는 사람들이 날로 나아가고 충성스럽고 바른 말 하는 사람이 날마다 물러났다. 王이 더욱더 제멋대로 굴면서 유흥에 빠졌고, 즐기면서 노닒에 법도가 없었다. 처음에는 격구로 정중부와 친하여 臺諫들이 충고를 했으나 듣지 않았고, 나중에는 詞章으로 韓賴와 친하여 무인들이 분하게 여기고 원망하는데도 깨닫지 못했다. 그러다가 마침내 한뢰가 무신의 난을 야기하여, 한뢰 자신은 정중부의 손에 죽었고 조정의 신하들도 모두 다 죽었다. 대개 의종이 좋아한 바가 처음과 끝이 달랐으나 그 亂에 이르게 한 것은 마찬가지였다. 그러므로 임금은 좋아하는 바를 신중히 하지 않을 수가 없다.[76]

인용한 글은 정중부의 난으로 쫓겨났다가 비참한 최후를 맞았던 의종에 대한 史臣 김양경의 평가다. 보다시피 "임금은 좋아하는 바를 신

---

76) 高麗史節要 제 11권, 毅宗莊孝大王, 庚寅 24년(1170년): 史臣金良鏡曰 王之爲太子也 仁宗 臨薨 謂之曰 治國 須聽鄭襲明之言 襲明 本自正直 加以付托之重 進盡忠言 裨補闕漏 金存中 鄭誠等 日夜譖而去之 王 乃代以存中 自是 佞倖日進 忠讜日退 王益縱恣 淫于逸豫 盤遊無度 始以擊毬 昵仲夫 臺諫 言之而不聽 終以詞章 狎韓賴 武夫憤怨而不悟 卒之韓賴召亂 而身死於仲夫之手 朝臣盡殲 蓋其所好 終始有異 而其致亂則一也 故人主所好 不可不慎也.

중히 하지 않을 수 없다"는 말로 결론을 내리고 있기는 하지만, 이 글 속에는 고려전기 귀족사회의 침몰을 가져온 정중부 난의 원인에 대한 역사가의 인식이 깔려있다. 바른 말을 거침없이 했던 충신 정습명이 奸臣 김존중으로 대체된 것이 바로 고려전기 사회가 파멸적 침몰로 내달리게 된 중요한 분기점이었고, 정중부 난의 원초적 출발점도 바로 거기에 있다는 인식이 바로 그것이다. 이와 같은 인식은 정도전[77], 최부[78], 심광세[79], 안정복[80] 등 후대 학자와 문인들의 공통된 인식이기도 하다. 이렇게 볼 때 당시 역사의 큰 흐름 속에서 정습명이 차지하는 비중이 매우 컸음을 짐작할 수 있거니와, 한 충신의 죽음이 한 시대의 몰락을 가져왔다는 점에서 정습명의 죽음은 그의 10대 손인 圃隱 鄭夢周의 죽음을 떠올리게 하기도 한다.

3. 정습명의 시세계의 한 국면

앞에서도 이미 언급한 것처럼 정습명은 문학적 능력을 중심으로 하여 인재를 뽑았던 과거에 합격하여 높은 벼슬까지 했던 인물이었다. 게다가 그는 "힘써 배워 문장에 능했다.", "문장으로 나라를 빛냈다."고 평가될 정도로 문학적 능력이 남달랐던 인물이기도 했다. 이와 같은 상황을 고려할 때, 정습명이 수많은 시를 지었다는 것은 의심할 수 없는 사실이지만, 정습명이 지은 시 가운데 오늘날까지 남아 있는 것은 단지 3편에 불과하다. 이러한 상황에서 정습명의 시세계의 전체상을 온전하게 파악한다는 것은 애초부터 불가능한 일이다. 하지만 현재 남아 있는 시들이 대체로 소외된 존재에 대한 연민과 애정이라는 공통된 성향을

77) 鄭道傳,『三峯集』제 12권, 經濟文鑑 別集 下, 君道, 高麗 毅王 條 참조.
78) 崔溥,『錦南先生集』제 2권,「東國通鑑論」참조.
79) 沈光世,『休翁集』제 3권, 海東樂府,「朝廷沈」참조.
80) 安鼎福,『東史綱目』제 9권 上, 毅宗 21년 秋七月 條 참조.

보여주고 있는 것은 사실이다. 따라서 남아 있는 정습명의 시들이 그의 시세계의 전모를 보여줄 수는 없지만, 그의 시세계의 한 국면을 보여주고 있다고 말할 수는 있을 것 같다. 여기서는 바로 이와 같은 맥락에서 그의 시세계의 한 국면을 살펴보는 한편, 그와 같은 시세계의 배후에 도사리고 있는 창작 동인을 모색하여 보기로 한다.

十日秋香未必衰　　초열흘엔 가을 향기 아직 남아 있으리니
登高意欲共傾巵　　높은 산에 올라가서 술을 함께 하려 했네.
舊遊伴侶今無在　　옛 노닐던 그 친구는 남아 있지 아니한데
獨有黃花尙滿籬[81]　오로지 국화만 아직도 울타리에 가득하네.

위의 한시는 「十日 欲招咸尙書 同飮 聞其仙去 有感」이라는 긴 제목의 칠언절구다. 작자는 중양절 다음 날인 9월 10일, 옛 친구인 함상서와 함께 높은 산에 올라가서 모처럼 국화주를 마시며 가을 한 때를 즐기려고 했던 모양이다. 그런데 그날이 채 오기도 전에 함상서가 갑자기 세상을 떠났다는 소식을 듣게 된 것이 작품 창작의 직접적 동기다. 그러므로 이 작품은 갈래 상으로 볼 때 한시문화권에서 흔히 볼 수 있는 輓詩에 속하지만, 슬픔의 직접적 토로로 이루어져 있는 상투적인 만시와는 사뭇 다르다. 보다시피 작자는 친구의 죽음에 대한 슬픔을 직접적으로 토로하는 대신에, 모처럼 옛 친구와 멋진 자리를 계획하고 있는데, 갑자기 친구가 세상을 떠났다고 말함으로써 안타까운 마음을 극대화한다. 아울러 이제 사라지고 없는 친구와 울타리에 만발한 국화, 국화주에 띄워 함상서와 함께 마시려고 했던 그 국화를 대비시킴으로써 친구의 갑작스런 죽음으로 인한 망연자실의 슬픔, 그 허망함을 간명하면서도 가슴 뭉클하게 포착하고 있다. 이와 같은 점에서 이 시는 '말하지

---

81) 『동문선』 제 19권, 七言絶句, 「十日 欲招咸尙書 同飮 聞其仙去 有感」.

않고 말하는 것이 바로 시'라는 詩學의 명제에 아주 충실한 작품이라고 말할 수도 있을 것 같다.

그러나 그의 작품 중에서 더욱더 주목되는 것은 버림받고 소외된 존재에 대하여 연민어린 시선을 보여주는 작품들인데, 이러한 맥락에서 다음 작품이 우선적으로 주목된다.

百花叢裏淡丰容　　온갖 꽃떨기 중에 어여쁘던 그 얼굴이
忽被狂風減却紅　　홀연 미친바람에 붉은 빛을 잃었구나.
獺髓未能醫玉頰　　수달의 골수로도 옥 같은 뺨 못 고치니
五陵公子恨無窮[82]　오릉공자 그 한이야 어찌 끝이 있을 소냐.

인용한 작품은 「贈妓」라는 제목의 칠언절구인데, 고려 후기의 저명 시인인 洪侃이 가장 좋아한 작품이었을 뿐만 아니라, 益齋 李齊賢에 의하여 "오랫동안 음미하면 음미할수록 더욱더 여운이 있는" 빼어난 작품으로 평가된 작품[83]이기도 하다. 이 작품의 내용을 제대로 이해하기 위해서는 먼저 작품 창작의 동기를 살펴볼 필요가 있는데, 이인로의 『파한집』에 수록된 창작 동기는 다음과 같다.

　남쪽 고을의 妓籍에 한 기생이 있었는데, 모습과 기예가 함께 빼어났다. 이름을 잊어버린 한 군수가 그녀를 몹시 사랑했다. 그 군수가 임기가 만료되어 돌아가게 되었을 때, 홀연히 크게 취하여 옆에 있는 사람에게 "만약 내가 이 고을을 떠나면 얼마 안 되어 이 기생은 다른 사람의 소유가 되고 말 것이다"라고 말하고, 즉시 촛불로 기생의 두 뺨을 지져 엉망진창으로 만들어버렸다. 후에 정습명이 안절사가 되어 들렀다가 그 기생을 보고, 한탄하고 원망하는 마음을 그만 둘 수가 없어서 한 폭

82)『동문선』제 19권, 七言絶句, 「贈妓」.
83) 李齊賢, 『櫟翁稗說』後集 2, 제 6단락: 洪摠郞侃 最喜鄭承宣襲明(毅王時人也) 百花叢裏淡丰容 忽被狂風減却紅 獺髓未能醫玉頰 五陵公子恨無窮 豈以其含咀之久而有餘味乎.

의 질 좋은 종이를 꺼내어 손수 한 절구를 써서 기생에게 주었다…「贈
妓」생략… 그리고 나서 당부하기를 "만약 오고가는 使者를 만나면 이
시를 꺼내어 보여주도록 하라"고 했다. 기생이 삼가 정습명이 하라는
대로 했더니, 시를 보는 사람들이 모두 구휼해주어 鄭公이 알게 하고자
했으므로 이익을 얻어 부유함이 처음보다 배가 되었다.[84]

이와 같은 창작 동기를 통하여 다소 애매하게 느껴지던 작품의 내용
이 아주 선명하게 드러난다. 우선 이 일화를 통하여 작품 전체가 비유
로 이루어져 있음을 알 수 있거니와, "오랫동안 음미하면 음미할수록
더욱더 여운이 있다"는 익재 이제현의 언표도 바로 이러한 비유적 표현
의 오묘함과 무관하지 않음을 짐작할 수 있다.

그러나 이 일화에서 무엇보다도 주목되는 것은 군수에 의해 얼굴이
흉측하게 변해버린 기생에 대한 정습명의 태도다. 다 알다시피 중세사
회에서 기생은 원래 신분적으로 낮고 비천한 존재일 뿐만 아니라 사회
적으로도 소외되고 버림받은 존재다. 더구나 이 작품 속의 기생은 사회
적 강자인 군수의 어처구니없는 횡포로 인하여 여자로서의 自尊인 동
시에 기생으로서 먹고 사는 문제를 해결할 수 있는 가장 중요한 도구인
얼굴을 죄다 망쳐버린 더할 나위 없이 가엾은 존재다. 그런데 정습명은
바로 그 가엾은 존재를 외면하지 않고 따뜻한 애정과 연민의 눈길로 바
라보고 있다. 그리하여 마침내 그 불쌍한 기생을 소재로 하여 시를 짓
는 한편, 당면 과제인 먹고 사는 문제를 해결할 수 있도록 현실적이고
도 구체적인 후속조치까지 마련해주고 있는 것이다. 정습명의 이와 같
은 행위의 이면에는 소외되고 버림받은 사회적 약자에 대한 근원적인

---

84) 南州樂籍有倡 色藝俱絶 有一郡守忘其名 屬意甚厚 及瓜將返轅 忽大醉謂傍人曰 若我
去郡數步 輒爲他人所有 卽以蠟炬燒灼其兩頰 無完肌 後榮陽襲明杖節來過 見其妓悵
怏不已 出一幅雲藍 手寫一絶贈之….「贈妓」생략…. 因囑云 若有使華來過 宜出此詩
示之 妓謹依其教 凡見者 輒加賙恤 欲使榮陽公聞之 因得其利 富倍於初.

애정이 도저하게 깔려 있다고 생각되거니와, 이점은 다음 시에서 보다 구체적으로 확인할 수 있다.

世愛牧丹紅	세상 사람들이 붉은 모란 사랑하여
栽培滿院中	뜰 가운데 가득히 심고 가꾸네.
誰知荒草野	하지만 누가 알랴, 거친 풀 들판에도
亦有好花叢	아름다운 꽃떨기가 있다는 것을…
色透村塘月	그 빛깔 마을 연못 달빛 아래 투명하고
香傳隴樹風	그 향기 언덕 나무 바람결에 전해오네.
地偏公子少	외딴 곳에 있어서 보는 公子 없으니
嬌態屬田翁[85]	자태도 고운 꽃이 밭 늙은이 차지라네.

다 알다시피 과거 우리나라 시인들은 松柏과 四君子, 蓮과 牧丹 등 자신들의 기호에 맞는 몇몇 식물들을 아주 특별하게 사랑한 반면, 그 나머지 식물들을 도외시하는 편협된 자연관을 가지고 있었다. 이와 같은 자연관에 따라 우리나라 산야에 피어나는 야생화를 시적 대상으로 삼는 경우도 거의 없었음[86]은 물론이다. 이러한 점에서 앞에서 인용한 오언율시「石竹花」는 우리나라 산야에 피는 야생화인 석죽화, 즉 패랭이 꽃을 소재로 하고 있다는 사실 자체만으로도 대단히 주목된다.

하지만 이 한시에서 더욱 더 주목되는 것은 작품 속에 등장하는 모란과 패랭이꽃의 대조적 면모다. 다 알다시피 모란은 정원에서 가꾸는 탐스럽고 화려한 꽃으로 花中王이나 富貴花라는 별칭으로도 불려져 왔다. 게다가 모란은 양귀비와 같은 아름답고 豊艶한 미인에 대한 비유로 흔히 쓰였을 뿐만 아니라 별칭이 말해주듯이 부귀영화의 대표적 상징이기도 했다. 그러므로 모란은 대체로 당나라 때부터 사람들의 사랑을

---

85)『동문선』제 9권, 五言律詩,「石竹花」.
86) 정습명 이전까지의 우리나라 시인들 가운데 순수한 야생화를 소재로 한 한시를 남긴 시인은 아무도 없는 것 같다.

한 몸에 받아왔으며, 이점은 이 작품이 지어졌던 고려전기에도 결코 예외가 아니었다.[87] 이와 같은 맥락에서 볼 때 패랭이꽃은 모란과는 여러 모로 대조적인 성격을 지닌 꽃이다. 왜냐하면 패랭이꽃은 외딴 산야에서 피고 지는 작고 애조를 띤 野性의 꽃이므로 사람들의 사랑을 받을 수 없고, 그러한 점에서 邊方과 疏外를 상징하는 꽃이기 때문이다.

그럼에도 불구하고 정습명이 패랭이꽃에 주목하는 것은, 이 꽃도 그 나름대로의 독자적인 아름다움이 있기 때문이다. 5-6구에서 살펴볼 수 있듯이 패랭이꽃의 "그 고운 빛깔은 마을 연못 비추는 달빛 아래 투명하고/ 그 환한 향기는 언덕 나무 바람결에 전해온다." 요컨대 패랭이꽃의 비극은 아름답지 않은 데 있는 것이 아니라 변방에서 피어난 소외된 꽃이라는 점에 있는 것이다. 세상 사람들의 시선이 부귀영화의 상징인 모란을 향하고 있을 때, 정습명이 패랭이꽃에 대해 안타까운 마음을 토로하는 이유도 바로 여기에 있다.

여기서 자연스럽게 제기 되는 의문은 정습명이 변방과 소외의 상징인 패랭이꽃에 대해 애틋한 사랑을 느끼는 이유다. 소재의 선택이 우연이 아니라 작가의 의식의 지향, 개인적인 처지 등과 밀접한 상관관계를 지닌 것이라면, 이와 같은 질문에 대한 답변도 역시 정습명의 생애의 어떤 곡절과의 상관관계 속에서 찾는 것이 마땅하다. 이와 같은 맥락에서 최우선적으로 떠오르는 것은 정습명의 신분적 상황이다. 앞에서도 이미 언급한 것처럼 그는 머나먼 변방 영일현의 부호장의 아들로 태어난 향리 출신이었다. 요컨대 그는 문벌귀족에 의해서 지배되던 고려전기 사회에서 변방 향리 출신이 겪는 소외의식으로부터 자유로울 수가 없었던 '강남 출신의 措大'였던 것이다. 이러한 점에서 정습명 스스로가 패

---

87) 이점은 『고려사』의 기록과 이 때 만들어진 靑瓷, 石棺 등의 유물을 통해서도 거듭하여 확인할 수 있다. 그러니까 "세상 사람들이 붉은 모란 사랑을 사랑"한다는 이 작품의 첫 구절도 당시의 객관적인 실상을 반영한 표현이다.

랭이꽃과 다를 바가 없는 존재였으며, 佔畢齋 金宗直이 이 시에 대해서 '自比' 했다고 언표[88]한 것도 이와 같은 견지에서 이해할 수 있다. 이렇게 볼 때 패랭이꽃은 걸출한 능력을 지녔음에도 불구하고 문신 귀족사회 속에서 여러모로 소외를 겪었던 작자의 우수에 찬 삶에 대응하는 정서적 등가물[89]이라고 할 수 있으며, 그가 앞의 시에서 소외된 인간들에 대해서 따뜻한 애정을 가졌던 것도 이와 같은 맥락에서 이해 할 수 있을 것이다.

4. 맺음말

이상에서 필자는 정습명의 신분적 상황, 현실 대응 방식과 역사적 위상, 그리고 현존하는 그의 시 세계의 한 국면을 간략하게 살펴보았거니와, 이제 지금까지 논의한 내용을 요약하여 결론으로 삼고자 한다.

정습명의 생애와 시세계를 이해하는데 무엇보다도 중요한 것은 그가 처해 있었던 신분적 상황인데, 그는 머나먼 변방인 영일현의 부호장의 아들로 태어났다. 부호장의 아들에게는 계수관시와 국자감시를 거쳐 예부시에 응시할 수 있는 자격이 주어지고 있었고, 정습명은 바로 이와 같은 단계적 시험을 통과하여 중앙 관계에 진출하였다. 그러나 문벌 귀족이 지배하던 고려전기 사회에서 지방 향리의 아들이라는 신분적 조건은 그의 관직생활에 커다란 제약 요인이 되었다고 생각된다. 문

---

88) 金宗直이 이 작품을 평하면서 '自比' 즉 스스로를 비유한 것이라고 언급한 것도 같은 맥락에서 이해할 수 있다.
　金宗直, 『靑丘風雅』, 제 3권, 五言律詩, 「石竹花」 주석: 所以自比 亦可謂之四十字媒也.
89) 이와 같은 점에서 이 작품을 "한적한 곳에서 소박하게 살아가는 진실 된 자세를 되찾고자"하는 내용을 담은 것으로 본 조동일의 견해(조동일, 제 4판 『한국문학통사』, 지식산업사, 2005, 402쪽 참조)는 재론의 여지가 있다고 본다.

신인 그가 大土木 공사의 현장 책임을 맡는 등 번번이 힘든 자리에 임명된 것도 그의 이러한 신분적 상황과 무관하지 않을 수도 있다.

정습명의 인간적 면모 가운데 가장 크게 눈에 띄는 것은 자기 소신을 굽히지 않는 강직한 신하로서의 모습이다. 그는 어설픈 절충이나 적당한 타협을 허용하지 않는 강직한 인물이었으며, 자신의 충언이 수용될 가망성이 없다고 판단되자 결연하게 죽음을 선택하는 데서 이점을 단적으로 확인할 수 있다. 자신에게 충성을 다하다가 죽음을 선택한 정습명의 죽음 앞에서 의종은 오히려 크나큰 해방감을 느꼈으며, 최근 발견된 정습명의 묘지명이 극히 간략한 것이나, 그의 장례를 서둘러 치른 것도 의종의 이와 같은 태도와 무관하지 않다. 정습명의 죽음은 결국 고려전기 귀족사회가 파탄과 몰락을 향해 내달리는 원초적인 출발점이 되었다는 점에서 당시 역사의 큰 흐름 속에서 그가 차지한 비중을 가늠할 수 있다.

3편에 불과하지만 현재 남아 있는 정습명의 시 가운데 2편은 소외된 존재에 대한 연민과 애정이라는 공통된 성향을 보여주고 있다. 이와 같은 특징이 가장 잘 드러나고 있는 「석죽화」를 보면, 그는 세상 사람들이 부귀의 상징인 모란을 사랑하는 것과는 달리 변방과 소외의 상징인 패랭이꽃에 대하여 애틋한 사랑을 느끼고 있다. 정습명이 이처럼 패랭이꽃에 대해 각별한 애정을 가지게 된 일차적인 이유는 그의 신분적 상황에서 찾을 수 있다. 앞에서도 이미 언급한 것처럼 그는 고려전기 귀족사회 속에서 변방 향리 출신이 겪는 소외의식으로부터 자유로울 수가 없었으며, 이러한 맥락에서 패랭이꽃은 그의 자화상과 다를 바가 없었다. 요컨대 패랭이꽃은 걸출한 능력에도 불구하고 여러모로 소외를 겪었던 작자의 우수에 찬 삶에 대응하는 정서적 등가물이라고 할 수 있으며, 그가 다른 작품에서 소외된 인간들에 대한 따뜻한 애정을 보여주었던 것도 이와 같은 맥락에서 이해 할 수 있을 것이다.

수록처: 『한국학논집』 제 54집, 계명대 한국학연구원, 2014.

高兆基論

1. 머리말

　□碑文學을 論外로 할 때, 19 세기까지의 한국문학사는 대체로 국문문학과 한문문학이 상보적인 함수 관계를 지니면서 역동적으로 변모하고 발전했던 역사라고 할 수 있으며, 이러한 점에서 高麗前期는 한국문학사에서 예외적인 시대라고 이를 만하다. 왜냐하면 이 시대에는 향가문학이 현저하게 쇠잔해진 반면에 국문문학은 아직까지도 출현되지 않았고, 따라서 한문문학이 우리 민족의 사상과 감정을 표현하는 유일한 문학 양식으로 존재하고 있었기 때문이다. 고려전기 문학사가 지닌 이와 같은 국면을 깊이 인식할 때, 이 시대의 문학사에서 한문학이 차지하는 비중은 매우 큰 것일 뿐만 아니라, 그 의의 또한 아주 각별한 것으로 생각된다. 그러나, 그럼에도 불구하고 이 시대의 한문학은 그 동안 학계의 관심 대상에서 소외되어 온 것이 사실이고, 결과적으로 고려전기는 아직도 우리 문학사에서 엉성한 상태로 방치되어 있는 시대이다[1].

　한문학에 대한 연구가 학계의 중요한 관심사로 부각된 지 상당한 시간이 흘렀음에도 불구하고 고려전기 한문학에 대한 연구 성과가 이처럼 미흡한 일차적인 이유는 물론 자료적인 상황에 있다. 이와 같은 자

---

1) 李鍾文,「高麗前期 文學觀의 한 局面 - 海州崔氏家의 學問的文學的 성격에 關한 한 考察」,「韓國學論集」 제 13집, 계명대 한국학연구소, 1986, 115쪽 참조.

료적 상황은 본고에서 다루고자 하는 高兆基(? - 1157)의 경우에도 그대로 적용된다. 왜냐하면 그는 崔滋에 의하여 고려전기의 문학적 성과를 대표하는 유수한 시인으로 지목[2]된 바가 있을 뿐만 아니라 2권 분량의 개인 시집이 간행[3]된 적도 있으나, 현존하는 고조기의 작품은 고작 한시 8수가 전부이기 때문이다. 그러므로 그가 만약 방대한 분량의 작품들이 남아 있는 조선 후기의 시인이라면 본격적인 연구 대상으로 거론될 여지조차 별로 없을 것으로 생각된다. 그러나 250년의 장구한 기간에 걸쳐져 있는 고려전기 문학사에서 고조기 보다 단 1수라도 더 많은 시를 남긴 시인이 6명[4]에 불과함을 고려한다면, 비록 극소수라 하더라도 그의 한시가 지닌 의미는 매우 각별한 것일 수도 있다. 더구나 현존하는 고조기의 시들은 고려전기의 보편적인 시풍과는 구별되는 특이한 국면을 가지고 있을 뿐만 아니라, 그것이 또한 작가의 생애 및 기질적 측면과 일정한 대응 관계를 가진 정서적 等價物로서의 성격이 매우 강하다는 점[5]을 고려한다면 더욱 더 그렇다.

본고는 바로 이러한 문제의식을 바탕으로 지금까지 작품이 전하고 있는 최초의 제주도 출신 시인인 동시에 고려전기의 대표적인 시인임에도 불구하고 그 동안 학계의 연구 대상에서 소외[6]되어 왔던 고조기의 가계와 생애, 그리고 그의 시세계를 소박하게나마 해명하기 위한 노력의 일환으로 집필되었다. 물론 자료적으로 근본적인 제약을 안고 출

---

2) 崔滋는 그의 「補閑集序」에서 고려전기로부터 자기 시대까지의 대표적인 시인을 거론하면서, 그 가운데 한 사람으로 高唐愈(高兆基의 初名)를 꼽은 바 있다.
3) 鄭以吾, 「星主高氏家傳」, 『東文選』 제 101권, 傳; 子兆基 舊名唐愈.... 有詩集二卷 行于世
4) 6명은 고려전기의 문인으로서는 유일하게 개인 문집을 남기고 있는 義天을 위시하여, 郭興, 睿宗, 金富軾, 鄭知常, 崔惟淸 등이다.
5) 고조기의 시가 지닌 이와 같은 국면에 대해서는 뒤에서 자세히 논의할 것임.
6) 지금까지 고조기에 관한 본격적인 연구 논문이 학계에 보고된 바는 없으며, 따라서 각종 문학사에서의 간략한 언급이 그에 대한 논의의 전부로 파악됨.

발하는 이러한 작업에서 온당한 결론이 도출된다고 보장을 하기는 매우 어렵다. 그럼에도 불구하고 이와 같은 모험을 시도하는 것은, 앞에서 정습명을 논하는 자리에서 이미 서술한 바 있다. 요컨대 그것은 이와 같은 노력이 지속적으로 이루어질 때 개인의 시에 대한 이해는 물론이고, 고려전기 한문학의 총체적 흐름을 보다 포괄적이고 입체적으로 파악할 수 있다고 믿기 때문이다.

2. 高兆基의 家系와 生涯

高兆基의 本貫은 耽羅인데, 耽羅高氏(=濟州高氏)는 良乙那 夫乙那와 함께 毛興穴(=三姓穴)에서 솟아났다는 高乙那를 그 始祖로 하고 있다. 『濟州高氏族譜』에는 高乙那로부터 그의 45세손인 동시에 耽羅高氏의 中始祖이기도 한 高自堅까지의 家系가 하나도 빠짐없이 기록[7]되어 있으나, 신화적인 인물인 高乙那는 물론이고 나머지 사람들도 이렇다 할 증빙 자료가 없으므로 그 역사적 실체를 그대로 인정하기는 어렵다. 다만 高乙那의 15대손인 高厚와 高淸 등 3형제가 新羅에 朝會를 했다는 다음 기록이 그들의 행적을 보여주는 믿을 만한 자료로서 우리의 주목을 끌고 있을 뿐이다.

15대손인 高厚, 高淸 등 형제 세 사람이 배를 만들고 바다를 건너서 耽津에 닿았던 바, 대개 신라가 융성할 때 일이다. 그 때 客星이 남쪽에 나타났으므로 太史는 '異國 사람들이 와서 朝會할 조짐'이라 아뢰었다. 드디어 조회하자 신라왕이 그들을 가상하게 여겨서 厚에게 '星主'라고 부르는 한편, 둘째를 '王子'라고 부르고 그 막내를 '都內'라고 불렀다. 邑의 호칭을 '耽羅'라고 불렀는데, 그것은 그들이 신라에 올 때 처음 耽津에 닿았기 때문이다. 왕은 그들에게 각각 寶蓋와 衣帶를 하사하고 보냈

7)『濟州高氏族譜』, 계명대 중앙도서관 本, 5-6 면 참조.

는데, 이로부터 자손이 번성하면서 신라를 공경히 섬겼으므로 高氏를
星主로 삼고, 良氏를 王子로, 夫氏를 徒上으로 삼았는데, 뒤에 良氏를
梁氏로 고쳤다[8]).

위의 기록은 일차적으로 탐라국을 지배하던 토착적 지배 세력의 변
화를 보여주고 있다는 점에서 매우 주목된다. 주지하는 것처럼 탐라국
의 토착적 지배 세력은 양을나, 고을나, 부을나 등 세 神人의 후손인 良
氏와 高氏 및 夫氏로 알려져 있으며, 이들 상호간의 관계는 수직적인 상
하 관계라기보다는 수평적인 대등 관계에 보다 가까웠던 것으로 생각
된다. 그러나 각종 문헌에 세 신인의 순서가 양을나, 고을나, 부을나의
차례로 기록[9])되어 있고, 그들의 거처를 각각 第一都, 第二都, 第三都로
불렀다[10])는 사실을 감안하면, 그들이 모두 수평적 대등 관계라고 하더
라도 어떤 형태로든 良氏가 지배 세력의 구심적 위치에 있었다고 말할
수 있을 것 같다. 그런데 高厚 삼형제가 신라에 조회한 후로부터 고씨
가 星主가 되고 양씨가 王子가 된 것을 보면 양씨를 대신하여 고씨가
탐라의 핵심적인 지배 세력으로 새로이 부상했음이 분명하고, 그들의
상호 관계도 사실상 어느 정도의 수직적 상하 관계로 변모하게 되었다
고 생각된다.

---

8) 『高麗史』 제57권, 志 제11권, 地理 2, 耽羅縣 條; 至十五代孫高厚高清昆弟三人 造舟
渡海 至于耽津 蓋新羅盛時也 于時 客星見于南方 太史奏曰 異國人來朝之象也 遂朝
新羅王嘉之 稱長子曰星主 二子曰王子 季子曰都内 邑號曰耽羅蓋以來時初泊耽津故
也 各賜寶蓋衣帶而遣之 自此 子孫蕃盛 敬事國家 以高爲星主 良爲王子 夫爲都上 後
又改良爲梁
9) 『濟州高氏族譜』와 鄭以吾의 「星主高氏家傳」(『東文選』 제101권, 傳) 등 濟州高氏
家門과 관련된 저술에는 高乙那를 맨 앞에 서술하고 있으나, 『高麗史』 등 상대적으
로 신빙성이 높은 문헌에는 한결같이 양을나, 고을나, 부을나의 순서로 기록되어
있음.
10) 『高麗史』 제57권, 志 제11권, 地理 二, 耽羅縣 條; 三人 以年次分娶之 就泉甘土肥
處 射矢卜地 良乙那所居 曰第一都 高乙那所居 曰第二都 夫乙那所居 曰第三都.

이렇게 하여 탐라국 최고의 지배 세력으로 역사의 표면에 떠올랐던 耽羅高氏가 그 이후에 어떻게 살아 움직이고 있었는지를 분명하게 알수는 없다. 다만 그들이 주도했던 것으로 여겨지는 탐라국이 어찌된 연유인지 그 뒤에는 백제를 섬기게 되었고[11], 백제가 멸망하자 문무왕 원년에 耽羅國主 佐平 徒冬音律이 신라에 항복[12]을 했다는 등의 단편적인 기록이 남아 있을 뿐이다. 그러나 여러 가지 정황으로 살펴보건대 耽羅高氏는 여전히 탐라국 최고의 지배 세력으로 儼存하고 있었던 것으로 생각되며, 태조 21년(938년) 耽羅國의 太子 末路가 고려에 조회하여 태조로부터 星主 王子의 작위를 받으면서[13]부터 고려 왕조와 정식적인 외교 관계를 맺었다.

그러나 耽羅高氏가 신뢰할 만한 구체적이고 개별적인 존재로서 우리 역사에 뚜렷한 족적을 남기기 시작한 것은 高兆基의 아버지인 高維[14]

---

11) 『三國史記』제 26권, 百濟本紀 제 4권, 文周王 2년 條; 夏四月 耽羅國獻方物 王喜 拜使者爲恩率.
  『三國史記』제 26권, 百濟本紀 제 4권, 東城王 20년 條; 八月 王以耽羅不修貢賦 親征至武珍州 耽羅聞之 遣使乞罪 乃止.
12) 『高麗史』제 57권, 志 제 11권, 地理 2; 百濟滅 新羅文武王元年 耽羅國主佐平徒冬音律來降.
13) 『高麗史』제 57권, 志 제 11권, 地理 2; 太祖二十一年 耽羅國太子末路來朝 賜星主王子爵.
14) 『濟州高氏族譜』에는 高維가 末路의 아들로 되어 있는데, 그것이 사실인지는 의문이다. 왜냐하면 『高麗史』에 自堅의 태자 末路가 938년에 고려에 조회했다는 기록과 함께 高維가 1057년에 右拾遺, 1070년에 東北路兵馬使가 되고 1071년에 國子監試를 주관했다는 기록이 수록되어 있는데, 부자간의 시간적 간격치고는 너무 멀리 떨어져 있기 때문이다. 그러나 만약 고유가 末路의 아들이라면, 고유의 족적이 명백하므로 일단 末路의 조회 기록이 가진 신빙성을 의심하는 수밖에 없다.
  한편, 진영일 교수는 濟州高氏가 대외적으로 '高氏'로 자칭한 것은 고유와 고조기가 출세함으로써 그들의 가문적 영광을 확고히 한 데서 비롯되었다고 전제하고, 탐라국의 건국신화인 三姓神話도 이 무렵에 자기들이 초월적 존재의 후예임을 선전하는 과정에서 형성된 것이라는 특이한 주장을 한 바가 있다(진영일, 「高麗前期 耽羅國 硏究」, 『耽羅文化』, 제 16호, 제주대 탐라문화연구소, 1996, 170-173쪽 참조). 그러나 만약 탐라국의 건국신화가 고씨들에 의해서 의도적으로 형성되었다면 세 때부터다. 자료적인 사정으로 인하여 자세하게 알 수는 없으나 고유는 아마도 걸출한 능력을 지녔던 보기 드문 인물이었다고 생각되며, 다음 글에서 저간의 사정을 대략이나마 엿볼 수 있다.

高麗 太祖가 후삼국을 통일했던 바로 그 무렵 星主 高自堅과 王子 梁 具美(良乙那의 후손인데 梁氏로 고친 것은 음이 서로 비슷하기 때문이 다)가 한 세대에 한 번씩 조회했다. 태조께서는 그들을 극진하게 대접 하여 하루 낮에 세 번이나 접견했으며, 음식과 장막을 제공하는 것이 거의 王者의 禮에 비길 만 했다. 거느리는 종으로부터 뱃사공에 이르기 까지 물건을 풍성하게 하사했으니 대개 특별하게 대우한 것이었다. 그 러나 성주와 왕자의 작위를 세습했을 뿐 고려에 벼슬하여 크게 드러난 자가 없었다. 그런데 高維가 처음 賓貢으로서 靖王 乙酉年(1045: 정종 11년)에 南省(國子監試) 시험에 수석으로 합격했고, 다음 해인 丙戌 (1046: 정종 12년)의 李作挺[15] 榜에 3등으로 합격하였으며, 벼슬이 右 僕射에 이르렀다[16].

물론 자료의 신빙성에 대한 철저한 비판이 뒤따라야 되겠지만[17], 위 의 글은 일단 고려 초기 탐라와 고려의 관계를 대략이나마 엿볼 수 있 게 한다는 점에서 매우 주목되는 자료이다. 이 글에 따른다면 이 무렵

사람의 신인 가운데 고을나보다 양을나를 앞세울 근거를 찾을 수 없다는 점에서 필 자는 일단 진 교수의 견해를 유보하여 두기로 한다.

15) 『高麗史』에는 李作挺이 李仁挺으로 기록되어 있다.
  『高麗史』제 73권, 志 제 27권, 選擧 1, 靖宗 12년 조; 十二年三月 門下侍郎崔融知貢 擧 取進士 賜乙科李仁挺等四人 丙科六人 同進士十七人 明經一人 及第.

16) 鄭以吾, 「星主高氏家傳」, 『東文選』제 101권, 傳; 及前朝太祖統三之初 星主高自堅 王子梁且美 卽良乙那之後 改以梁 聲相近也 世一朝見 太祖待以優渥 晝日三接 飮食 供帳 殆擬王者 自率從至於櫂夫 賚予稠疊 蓋所以寵異之也 然世襲星主王子而已 未有 筮仕王國而大顯者 高維始以賓貢 靖王乙酉 首中南省試 明年丙戌 李作挺牓第三人 官 至右僕射.

17) 가령 앞에서 인용한 『高麗史』에는 태자 末老가 조회한 것으로 되어 있으나 이 자료 에서는 星主 高自堅과 王子 梁具美가 직접 조회온 것으로 되어 있는데, 이 두 기록 이 각각 다른 사건을 다룬 것인지 아니면 어느 한쪽이 잘못된 것인지는 의문이다.

탐라는 고려에 소속된 일개 주현이 아니라 고려로부터 독립된 독자적인 왕국으로 존재하고 있었으며, 따라서 고려와 탐라국의 관계는 대내적인 주종 관계가 아니라 대외적인 국제 관계였다[18]. 탐라가 고려에 '조회'를 하고, 태조가 조회 온 탐라국 사람들을 '王者'의 예로 대접했다는 말이나 '星主와 王子의 爵位를 세습'했다는 말, 그리고 '賓貢'이란 용어에 이점이 분명하게 드러나 있다. 말하자면 탐라는 고려에 일방적으로 繫縛되어 있었던 예속국이 아니라 한 세대에 한 번씩 형식적인 조회를 하기는 했지만 상당한 정도의 자율권이 보장된 독립국가[19]였으며, 양국 간의 문화적 교류도 별로 없었던 것으로 생각된다.

그러나 이 무렵 고려와 탐라와의 관계가 표면적으로 거의 수평적인 관계를 유지했다 하더라도 고려에서의 탐라국의 위상은 보잘 것도 없는 형편이었다. 이점은 그 무렵 고려가 형식적으로나마 탐라국을 고려의 질서 속에 편입시키기 위해 그 최고 지배자인 星主에게 하사한 武散階의 爵級이 겨우 從三品 乃至 從五品이었고, 성주와 왕자의 아들이 받을 수 있는 作級은 從九品에 불과[20]했다는 점에서 충분하게 짐작할 수 있다.

---

18) 고려와 탐라국의 이와 같은 관계에 대해서는 秦榮一 교수가 「高麗前期 耽羅國 研究」라는 논문(『耽羅文化』 제 16호, 제주대 탐라문화연구소, 1996)에서 아주 자세하게 논한 바 있다. 진 교수는 이 논문에서 조공이나 星主 爵位의 계승 등을 위하여 탐라가 고려에 파견한 사절에 대해 언급한 12회에 달하는 『高麗史』의 기록들이 모두 탐라를 독립된 政體로 인정하는 표현(예; 耽羅國太子末殊, 耽羅酋長周物子高沒, 耽羅世子孤鳥弩 等)을 사용하고 있다는 것 등을 근거로 하여 '탐라는 고려의 제후국에 해당되고, 탐라와 고려의 이러한 관계는 고려의 관리가 탐라에 파견되었던 의종 대 혹은 그 이후까지도 계속된 것'으로 파악하고 있다.(진영일, 위의 논문, 173-180쪽 참조)

19) 『高麗史』의 기록을 토대로 조사한 바에 의하면 실제로 '고려전기에 탐라국이 고려에 조공한 횟수는 20년에 1회 정도로서 한 星主 재위 기간에 1회 정도였다. 탐라국의 지배층은 고려국에 대한 매우 형식적인 朝貢을 매개하여 內外에서 그들의 지위를 보장받는 방식으로 그들의 독립성과 자율성을 유지'했던 것으로 파악된다.(진영일, 앞의 논문, 169-173쪽 및 183-184쪽 참조)

20) 진영일, 앞의 논문, 176-177쪽 참조.

이와 같은 상황 속에서 고유가 외로운 탐라국의 빈공생으로서 걸출한 성적으로 과거에 합격하여 벼슬이 從二品인 右僕射에 이르렀다는 것은 그 자체로서 그의 개인적 역량과 인물됨이 결코 범상하지 않았음을 뚜렷이 보여주는 증거라고 이를 만하다. 그러나 탐라국이 엄연히 독립국으로 존재하고 있었고, 문화적 교류도 거의 없었던 상황에서 고려에 건너온 고유가 중앙 정계에서 터전을 잡는 데는 여러 가지 어려움이 뒤따를 수밖에 없었을 것으로 생각된다. 더구나 고려에서의 탐라국의 위상이 실상 보잘 것이 없었으므로 고유의 고충은 더욱 더 클 수밖에 없었을 것으로 추측되며, 다음 자료는 실제로 그가 받았던 차별 대우의 한 양상을 구체적으로 보여주고 있다.

> 高維를 右拾遺에 임명했다. 中書省에서 "고유는 그 가계가 탐라에서 나왔으므로 諫省에는 합당하지 않습니다. 만약에 그 재주가 아깝다면 다른 벼슬을 제수하기 바랍니다"라고 아뢰었더니, 왕이 그 의견을 따랐다.

위의 글에서 볼 수 있는 것처럼, 고유는 문종 11년(1057) 右拾遺에 임명되었으나 中書省의 반대로 그 직책에서 해임되었다. 요컨대 그는 능력의 부족 때문이 아니라 오로지 탐라 출신이란 이유 때문에 특정한 관직에 종사할 수 없는 부당한 대우를 감수할 수밖에 없었던 것이다. 그러나 고유는 이러한 상황 속에서도 쉽게 좌절하거나 체념하는 부류의 인물은 아니었으며, 그가 고려 조정의 현저한 차별 대우에도 불구하고 秘書少監, 東北路兵馬副使(1070)를 거쳐 종이품인 우복야의 벼슬까지 오를 수 있었다는 사실 자체가 바로 그에 대한 적극적인 증거다. 더구나 고려 정부가 탐라국 성주의 아들에게 하사한 武散階 작급이 從九品에 불과했음을 감안한다면 고려의 중앙 정계에서 획득한 고유의 성취는 참으로 놀라운 것이 아닐 수 없으며, 이에 따라서 그의 정치, 사회, 문화적 지위는 거의 수직적인 상승 곡선을 그었던 것이 분명하다.

뿐만 아니라 그는 문종 25년(1071)에 자신이 수석으로 합격하였던 국자감시를 주관하는 고시관이 되어 75명의 진사를 선발[21]하는 영광을 누리기도 했는데, 고유가 六韻詩와 十韻詩 등 문학적 능력을 기준으로 하여 인재를 선발[22]하는 국자감시에 수석으로 합격하였고, 동시에 그 시험의 고시관이 되었다는 것은 그의 문학적 역량이 매우 뛰어났음을 의미하는 것으로 생각된다. 그리고 바로 이 문학적인 역량이야말로 그가 여러 가지 차별 대우 속에서도 자신의 입지를 마련할 수 있었던 원천적인 기반의 하나라고 보아도 좋을 것이다.

高維의 아들 高兆基(?-1157)는 예종 2년(1107년) 과거에 합격[23]하여 아버지가 닦아놓은 터전을 바탕으로 중앙 정부에서 매우 왕성하게 활동하였던 耽羅高氏 출신의 대표적 인물이다. 그러므로 비록 단편적인 것이긴 하지만 그에 관한 기록은『高麗史』와『高麗史節要』등에 높은 빈도로 수록되어 있고, 그 물리적 분량이 많지는 않지만 그의 전기가 列傳에 따로 立傳되어 있다. 열전을 제외한 대부분의 기록들은 특정 벼슬의 임면과 관련된 것이므로 본고의 입장에서는 크게 주목할 가치는 없지만, 그러한 가운데서도 눈이 가는 자료가 없지는 않다. 예컨대 우리는 이러한 단편적인 자료를 통해서 그가 인종 9년(1131) 11월에 금나라에 사신[24]으로 다녀오는 외국 체험을 했다는 것과, 인종 13년(1135)

---

21)『高麗史』제 74권, 志 제 28권 11면, 選擧 2, 科目 2 文宗 25년 十月 條; 秘書少監高維 取七十五人

22)『高麗史』제 74권, 志 제 28권, 選擧 2, 科目 2, 國子監試 條; 國子監試 卽進士試 德宗 始置 以賦及六韻十韻詩 厥後 或稱成均試 或稱南省試 文宗二十五年 只試六韻十韻詩

23) 鄭以吾,「星主高氏家傳」(『東文選』제 101권, 傳); 子兆基 初名唐愈 睿王 丁亥 韓卽 由榜登科
『高麗史』제 73권, 志 제 27권, 選擧1, 睿宗 2년 條; 二年 任懿知貢擧 朴景綽同知貢擧 取 韓卽由等

에 일어난 묘청의 난 때 金正純, 尹彦頤 등과 함께 토벌군의 원수인 김부식을 도와 참전[25]한 적이 있다는 사실을 확인할 수 있는 것이다. 그리고 의종 2년에 지공거가 되어 柳廷堅 等 25인을 뽑았다는 기록[26]과 의종 3년에 正二品職인 중서시랑 평장사에 임명되었다는 기록[27]은 고조기의 문학적 역량과 정치적 비중을 가늠하는 징표가 될 수 있다는 점에서 매우 주목되는 사실이다. 특히 고조기가 최고 관직이나 다름없는 평장사에 임명된 것은 그가 귀족 사회의 最上層에 편입되었음을 의미하는 것이라는 점에서 크게 주목되며, 그 임명 시점이 탐라국이 서서히 고려에 편입되어 가고 있던 때[28]였음을 감안하면 더욱 더 그렇다.

그러나 고조기의 시세계와 결부하여 그의 삶을 보다 입체적으로 이해하려할 때, 이러한 작업을 가능케 하는 거의 유일한 자료는 역시 그

---

24) 『高麗史』 제 16권, 世家 제 16권, 仁宗 2, 仁宗 9년 11월 己亥 條; 遣禮部郞中高唐愈如金謝賀生辰

25) 『高麗史』 제 98권, 列傳 제 11권, 金富軾 列傳; 十三年正月 妙淸與趙匡柳암等 據西京反 王以富軾爲元帥 將中軍 金正純 鄭旌淑 盧令琚 林英 尹彦頤 李瑱 高唐愈 劉英佐之

26) 『高麗史』 제 73권, 志 제 27권, 選擧 1, 毅宗 2년 閏八月 條; 高兆基知貢擧 庾弼同知貢擧 取進士 賜柳廷堅等二十五人及第

27) 『高麗史』 제 17권, 世家 제 17권, 毅宗 1, 毅宗 3년 夏四月 辛酉 條; 高兆基 爲中書侍郞平章事

28) 『高麗史』 제 57권, 志 제 11권, 地理 2, 耽羅縣 條; 肅宗十年 改托羅爲耽羅郡 毅宗時 爲縣令官. 이 기록은 일반적으로는 숙종 10년(1105년)에 탐라에 耽羅郡이 설치됨으로써 탐라는 고려의 한 군으로 편입되어 그 독립성을 상실하게 되었고, 毅宗代(1147-1170)에는 탐라군이 탐라현으로 강등된 것으로 이해하고 있다(김봉옥, 『濟州通史』, 도서출판 제주문화, 1987, 40-42쪽 참조). 하지만, 진영일 교수는 숙종 10년 조 기사 이후에도 고려 정부의 탐라에 대한 관리 파견이나 임명 기록이 없다는 것 등을 근거로 이 때 탐라군의 설치는 "고려가 지방관 파견을 위한 행정조직의 조직표상 또는 圖式上 계획에 불과하였고, 실제로 탐라가 고려에 예속되기 시작하는 것은 의종 때부터로 보고 있다(진영일, 앞의 논문, 168-169쪽 참조). 그러나 설사 도식상의 계획에 불과했다 하더라도 이러한 계획을 세웠다는 것 자체가 앞으로 전개될 고려의 탐라 정책을 보여주고 있다는 점에서 중요한 의미를 지닐 수 있으며, 그 이후에 활약하는 고조기의 개인적 처지를 이해하는 데도 참고 자료가 된다고 본다.

의 열전이며, 기타 단편적인 자료들도 이 열전과 함께 이해할 때 의미 파악이 가능한 경우도 적지 않다. 그러므로 필자는 약간의 번거로움을 무릅쓰고 그의 열전을 전문 인용하여 논의의 실마리로 삼고자 한다.

高兆基의 初名은 唐愈이고 耽羅사람이다. 아버지 維는 右僕射를 지냈다. 兆基는 性品이 慷慨하였고, 書籍과 歷史를 涉獵했으며, 특히 五言詩를 잘 지었다. 睿宗 初에 과거에 오른 뒤 남쪽 고을의 원으로 나가 淸白하게 공무에 봉직하였다. 仁宗朝에 侍御史에 제수되었는데, 李資謙이 弘慶院을 수리할 때 僧正 資富와 水州知事 奉佑가 그 일을 맡아 州縣의 장정을 동원하였으므로 그 피해가 매우 컸다. 資謙이 실각하자 資富는 연좌되어 섬에 귀양갔으나 오직 奉佑는 평소에 宦官과 결탁하고 있었으므로 僥倖히도 復職되었다. 兆基가 이 사실을 두고 上疏하고 論駁하기를 두 번 세 번을 거듭하다가 임금의 뜻을 거스려 工部員外郞으로 좌천되었다가 뒤에 다시 臺官이 되었다. 李資謙의 亂 때 조정의 신하들이 모두 협박을 못 이겨 절개를 지키지 못하였는데, 支黨들이 연줄을 타고 구차하게 면하여 宰輔의 지위까지 이른 자가 많았다. 兆基가 이들을 배척하려고 여러 번에 글을 올려 힘껏 간쟁하여 "비록 聖上께서는 寬大하여 그들의 잘못을 덮어준다 하더라도 그들이 무슨 면목으로 朝廷에 서서 해와 달을 볼 수 있다는 말입니까"라고 했다. 그러나 왕은 兆基의 말을 옳게 여기면서도 차마 대신들을 모두 버릴 수가 없었다. 그런지 얼마 후 兆基를 발탁하여 禮部郞中으로 삼았으나, 其實은 臺官의 職責을 빼앗은 것이었다. 毅宗이 卽位하여 正堂文學에 제수 하였다가 參知政事로 轉補되었고, 中書侍郞 平章事에 올랐다. 그 무렵에 金存中이 用事를 하고 있었는데 兆基가 소신을 굽히고 偸合하니 당시 사람들이 그릇되게 여겼다. 諫官에게 탄핵되어 尙書左僕射로 강등되었으나 存中의 구원에 힘입어 몇 달 뒤에 다시 平章事에 제수되었고, 곧이어 致仕했다. 의종 十一年에 죽었는데 자식은 없었다. 삼일간 조회를 보지 않았으며, 有司에게 명령하여 護喪케 하고 謚號를 내렸다[29].

29) 『고려사』 권 98, 열전 11권: 高兆基 初名唐愈 耽羅人 父維 右僕射 兆基 性慷慨 涉獵 書史 尤工五言詩 睿宗初登第 出守南州 淸白奉公 仁宗朝 拜侍御史 李資謙修弘慶院 以僧正資富及知水州事奉佑 幹其事 發丁州縣 爲害甚巨 資謙敗 資富坐配島 惟奉佑

너무나도 당연한 이야기가 되겠지만, 국왕의 두터운 총애를 바탕으로 의종 치하에서 정권을 농단함으로써 고려사의 嬖幸 列傳에 수록되어 있는 金存中(? - 1156)[30]과 결탁했던 고조기의 만년[31]은 철저하게 비판되어야 마땅하다. 그러나 그의 만년에 일어났던 이 사건을 제외하고 본다면 고조기는 광범위한 지식을 섭렵하였던 시인이자 청렴결백하게 공무를 집행했던 목민관으로서, 그리고 일체의 타협을 감연히 거부하며 당대의 모순과 치열하게 대결하였던 臺諫으로서 자신에게 주어진 직분에 매우 충실했던 인물이었다.

특히 대간으로서의 고조기는 오연한 志節을 바탕으로 부도덕한 조정에서 도덕을 구현하기 위하여 과감한 항거를 계속했으며, 더구나 그의 비판은 국왕의 뜻을 미리 간파하고 헤아린 데서 나온 阿諛的인 것도 결코 아니었다. 오히려 그는 국왕의 뜻과 상반된다는 것을 번연히 알고 있으면서도 같은 사안에 대해 거듭하여, 그리고 도저하게 비판하는 무서운 집념을 보였다. 특히 역적 이자겸의 잔당임에도 철면피하게 宰輔의 지위까지 올라있는 대신들을 끈질기게 비판하자, 그의 臺諫職을 빼앗기 위하여 오히려 그를 禮部郎中으로 승진시켜 버렸다는 일화는 그가 어떤 유형의 인물이었는지를 단적으로 보여주는 사례의 하나다. 그

素結宦官 僥倖復職 兆基上疏論駁 至再三 忤旨左遷 爲工部員外郞 後復爲臺官 資謙
之亂 朝臣皆脅從失節 其支黨 夤緣苟免 至宰輔者多 兆基 欲斥去之 屢上書力爭 曰 雖
聖上寬大 掩其疵疾 何面目 立朝廷 見日月乎 王雖是兆基言 不忍盡棄大臣 尋擢兆基
爲禮部郎中 實奪臺職也 毅宗卽位 拜正堂文學 轉參知政事 進中書侍郎平章事 時金存
中用事兆基屈己偸合 時議非之 爲諫官所劾 降爲尙書左僕射 賴存中救 不數月 復拜平
章事 尋致仕 十一年卒 無子 輟朝三日 命有司 護喪 賜諡
30) 『高麗史』 제 123권, 列傳 제 36권, 嬖幸 1, 金存中 條 참조.
31) 諫官에게 탄핵되어 尙書左僕射로 강등되었다는 列傳의 기록과 다음 기록을 종합해
볼 때, 高兆基가 金存中과 결탁했던 시기는 정계에서 은퇴하기 직전인 의종 4년경
의 일임이 분명하다.
『高麗史節要』 제 11권, 毅宗 莊孝大王 4년 冬十月 條; 諫官劾平章事高兆基 左遷爲
尙書左僕射.

러나 이와 같은 直言의 결과는 언제나 정치적인 좌절로 이어졌으며, 『高麗史』등의 歷史書에 이 사건이 일어난 직후부터 의종 즉위년까지의 17년 동안이나 그에 관한 기록이 없는 것도 고조기의 이와 같은 현실 대응 방식이 야기한 정치적 좌절로 간주된다[32].

따라서 의종의 嬖臣인 김존중과 결탁했던 만년의 행위를 제외할 경우, 고조기의 개인사에는 이렇다 할 결점을 찾을 수 없다. 『高麗史』의 편찬자가 그의 만년의 행위를 비판하고 있으면서도 고조기의 기질과 성품을 종합적으로 '慷慨'라고 표현하고 있는 것이나, 『補閑集』의 저자 崔滋가 그를 두고 "志節로 名宰相이 되었다"[33]고 평가하고 있는 것도 이러한 견지에서 이해해야 함은 말할 것도 없다. 이렇게 볼 때 그는 탐라 출신이라는 신분적 조건이 지닌 제약을 극복하고 평장사의 지위까지 오른 立志傳的 인물일 뿐만 아니라, 생애의 대부분을 현실과 타협하지 않는 강개한 성품으로 일관했던 志士形 인물에 가깝다고 해야 할 것이다[34].

---

32) 『高麗史』와 『高麗史節要』에 수록되어 있는 고조기 관계 기록을 중복되는 것까지 합하여 헤아리면 20여건에 달하는데, 인종 9년(1131년) 11월부터 의종 1년(1147) 11월까지의 17년간의 기록은 단 1건에 불과하다. 이 기간 전후에 그에 관한 기록이 적지 않게 보임에도 불구하고 정작 왕성하게 활동해야 할 시기에 이처럼 기록상의 공백 현상이 나타나는 것은 그가 모종의 정치적 좌절을 겪었음을 의미하는 것으로 풀이된다. 더구나 다음 기록에서 볼 수 있듯이 이러한 현상이 열전에서 말하는 간쟁에 따른 工部員外郎으로의 좌천 기사 및 臺諫職을 빼앗고 禮部郎中에 임명한 기사와 맞물려 있다는 점에서 더욱 더 그러하다.
『高麗史』제 16권, 世家 제 16권, 仁宗 2, 仁宗 8년 夏四月 戊子 條; 知御史臺事李周衍 中丞任元濬 雜端皇甫讓 侍御史高唐愈 殿中侍御史文公元等 上疏言時弊 王只從二三事.
『高麗史』제 16권, 世家 제 16권, 仁宗 2, 仁宗 8년 秋七月 庚申 條; 左遷侍御史高唐愈 爲工部員外郎.
『高麗史』제 16권, 世家 제 16권, 仁宗 2, 仁宗 9년 11월 己亥 條; 遣禮部郎中高唐愈 如金 謝賀生辰.
33) 崔滋, 『補閑集』上卷, 제 22단락; 果以志節 爲名宰相 歷仕三朝.
34) 『高麗史』列傳에는 고조기가 아들이 없는 것으로 되어 있으나, 다음과 같은 기록

3. 高兆基의 詩世界

려말, 선초의 시인 鄭以吾(1347-1434)는 '고조기의 시집 2권이 세상에 행해지고 있다'고 기록[35]한 바 있다. 이와 같은 기록에 비추어 볼 때 고조기는 많은 시를 지었음이 분명하지만, 앞에서도 이미 언급한 것처럼 현존하는 고조기의 한시는 모두 합하여 8편에 불과하다. 더구나 이마저도 특정한 주제나 風格을 뚜렷이 보여주는 시를 중심으로 엄정하게 선택된 것이 아니므로 이 작품들이 지닌 세계를 하나의 범주로 질서화하기도 매우 어렵고, 작품의 물리적인 분량상 여러 개의 범주로 나눌수도 없다. 그러므로 필자는 우선 현존하는 고조기의 시 가운데 시인으로서의 그의 능력을 비교적 유감없이 보여주는 것으로 생각되는 小品한편을 소개하는 것으로서 논의의 실마리로 삼고자 한다.

昨夜松堂雨	어제 밤 松堂에 비가 내려서
溪聲一枕西	베갯머리 서쪽에는 개울물 소리.
平明看庭樹	오늘 새벽 뜨락의 나무를 보니
宿鳥未離栖[36]	자던 새 둥지 속에 그냥 앉았네.

인용한 시는 고조기의 작품 가운데 비교적 널리 알려져 있는「山莊夜雨」라는 오언절구인데, 이 작품의 밑그림은 지극히 명료하고 지극히 단순하다. 작자는 어제 밤에 내린 빗소리와 잠결에 들은 개울 물소리

도 있으므로 재고할 필요가 있으리라 생각된다.
鄭以吾,「星主高氏家傳」,『東文選』제 101권, 傳; 子兆基 初名唐愈....位至平章判吏部事....有詩集二卷行于世 平章子 廷益之子高適 敍其卷端曰 子廷琥 職綴三品 與其弟誠明 俱早歿 唯廷益 元王癸巳 乞退還鄉先儒崔瀣 註東人文曰 無子有三女 蓋未知之也…

35) 鄭以吾,「星主高氏家傳」,『東文選』제 101권, 傳; 子兆基 初名唐愈....位至平章判吏部事....有詩集二卷行于世.
36) 高兆基,「山莊夜雨」,『東文選』제 19권, 五言絶句.

등 들려줄 수 있는 것을 죄다 들려주고, 오늘 새벽 나무와 비에 젖은 새 등 보여줄 수 있는 것을 그대로 보여주고 있을 뿐이다. 작품 속의 화자는 어느 곳에서도 자신의 주관적인 감정을 노출시키지 않고 있으며, 자신의 주장이나 메시지를 성급하게 내세우는 일도 없다.

따라서 이 작품에는 주제라고 할 만한 특별한 주제가 있을 수 없다. 구태여 주제가 있다고 한다면, 이른 새벽 한적한 나무 비에 젖은 채로 둥지 속에 쪼그리고 앉아 있는 새, 그리고 이러한 정경들을 바라보는 순간에 어제 밤의 일들을 꿈결처럼 아련하게 떠올리고 있는 작중 화자가 포괄적으로 조성하고 있는 청정하고도 삽상한 분위기가 바로 주제다. 말하자면 작자는 자신의 마음을 직접적으로 드러내는 대신에 객관적인 외부 세계를 들려주고 보여줌으로써 스스로의 마음을 은밀하게 투영하고 있으며, 그러한 가운데 비 내린 다음 날의 티 없이 고요한 아침 정취를 섬세한 언어와 감각적인 표현으로 절묘하게 포착하고 있는 것이다[37].

그러나, 현존하고 있는 그의 시 가운데 이 작품처럼 섬세한 언어와 감각적인 표현에 의존하고 있는 것은 거의 없다. 오히려 그의 작품들은 정도의 차이에도 불구하고 의연한 기상과 중후한 힘을 보여 주고 있으며, 다음과 같은 작품이 바로 그러한 사례의 하나다.

錦字裁成寄玉關　　비단에 사연을 새겨 玉關에 부치면서
勸君珍重好加殲　　그대에게 권하노니 몸조심에 많은 밥을,
封候自是男兒事　　공명은 원래부터 대장부의 일이어니
不斬樓蘭未擬還[38]　　오랑캐 못 베시거든 돌아오지 마시구려.

---

37) 高兆基의 이 시에 대하여 일찍이 洪萬宗은 다음과 같이 평한 바 있다.
　　洪萬宗,『小華詩評』: 余嘗宿丹陽鳳棲亭 時 秋雨終宵 溪聲聒耳曉夢初覺 開戶視之 濃雲滿壑 樹色依微 宿鳥猶在枝間 沾濕刷羽 忽憶高平章兆基 昨夜松堂雨, 溪聲一枕西, 平明看庭樹, 宿鳥未離栖之詩 始覺摸寫今朝情境 甚善.

「寄遠」이란 제목의 이 작품은 전쟁터에 나간 남편에게 부치는 사랑 노래다. 남성이 지은 시에 여성 화자가 등장하여 독수공방의 한스러움과 남편에 대한 간절한 그리움을 눈물어린 어조로 표현하고, 건강에 대한 祈願과 함께 빠른 귀환을 哀訴하는 것으로 주제를 삼는 이와 같은 계열의 시들은 이미 『詩經』이래 한시문화권에서 하나의 매너리즘을 이룰 정도로 고정화, 투식화 되어 있다. 이 시도 역시 부분적으로 그러한 투식에 깊이 점염되어 있을 뿐만 아니라 시적인 형상화보다는 주로 산문적 진술과 직설적 표현으로 이루어져 있어서 작품 자체의 문학적 성취도가 크게 높은 편은 아닌 것 같다.

그럼에도 불구하고 이 작품이 읽는 이로 하여금 상당한 정도의 정서적인 충격을 주는 일차적인 이유는 結句에 와서 이와 같은 계열의 시들이 보편적으로 지닌 千篇一律의 시상 전개 방식을 뒤집어엎은 데 있다. 요컨대 작품 속의 화자는 애상적인 눈물로써 빠른 귀환을 호소하는 대신에 오랑캐를 평정하여 공명을 이룰 때까지 돌아오지 말라고 힘차게 격려하고 작품을 종결하는 당당하고도 의연한 모습을 보여주고 있는 것이다. 더구나 이 작품은 이와 같은 주제가 강렬한 명령형 어법과 장중한 음성에 실림으로써 중후한 기세를 느끼게 하며, 이점은 아주 흡사한 주제를 다루고 있는 다음 작품들과의 대비를 통해서 보다 구체적이고 확실하게 살필 수 있다.

閨中少婦不知愁	규중의 젊은 새댁 시름을 모른 채로
春日凝粧上翠樓	봄날 단장을 하고 樓閣에 올랐다가
忽見陌頭楊柳色	홀연히 길 언저리 버들 빛을 보는 순간
悔敎夫壻覓封侯	후회로다! 공명 찾아 남편을 보낸 것을….

---

38) 高兆基,「寄遠」, 『東文選』제 19권, 七言絶句.

一別征車隔歲來	이별, 그 이후로 한해를 넘을 동안
幾勞登覿倚樓臺	몇 번이나 樓閣에 올라 그대 오길 바랐던고.
雖然有此相思苦	비록 이토록 가슴이 아프단들
不願無功便早廻[39]	공 없이 빨리 옴을 원하지 않는다오.

비교 대상으로 인용된 시 가운데 앞의 것은 당나라의 시인 王昌齡의 저명한 작품「閨怨」이고, 뒤의 것은 고조기보다 조금 앞서 활약한 고려 전기의 시인 최승로의 「代人寄遠」이란 작품이다. 보다시피 이 작품들은 모두 전쟁터에 나간 남편을 그리워하는 아내의 마음을 여성 화자의 목소리로 노래한 칠언절구라는 점에서 고조기의 작품과 공통되지만, 그 정서의 태깔과 언어의 質感은 크게 다른 것으로 생각된다. 부연하자면, 왕창령의 시는 여성의 미묘한 심리의 변화를 절묘하게 포착한 탁월한 작품이기는 하지만 결국은 私的인 애정 차원의 애상적 정서로 귀착되고 있다는 점에서 고조기의 그것과는 확실히 구별[40]된다. 그리고 최승로의 작품은 고조기의 시와 그 주제까지도 거의 완벽하게 일치하고 있으나, 공명에 대한 집착 때문에 남편에 대한 그리움을 기를 쓰고 억누르는 작중 화자의 안달하는 모습이 文面에 확연하게 드러나고 있다. 말하자면 다 같이 강렬하게 공명을 희구한다 하더라도 최승로의 작품에서는 고조기의 작품이 지닌 작중 화자의 의연한 태도와 장중한 기세를 찾아볼 수가 없는 것이다.

---

39) 崔承老,「代人寄遠」,『東文選』제 19권, 七言絶句.
40) 왕창령과 고조기의 시에 대한 비교 분석은 일찍이 徐居正에 의하여 다음과 같이 이루어진 바 있다.
唐詩閨中少婦不知愁 春日凝粧上小樓 忽見陌頭楊柳色 悔敎夫壻覓封侯 古今以爲絶唱 曾見高平章兆基寄遠詩 錦字裁成寄玉關, 勸君珍重好加飱, 封侯自是男兒事, 不斬樓蘭未擬還 唐詩雖好 不過形容念夫之深愛夫之篤 情意狎昵之私耳 高詩 句法不及唐詩遠甚 然先之以思念之深信書之勤 繼之以征戎之愼飮食之勤 卒勉之以功名事業之誠 無一語及乎燕昵之私 隱然有國風之遺意 詩可以工拙論哉.(徐居正, 東人詩話, 上卷)

그러나 고조기가 공명에 대한 강렬한 희구와 남다른 집착을 가졌다고 하더라도, 그는 결코 부박한 정치 현실에 철저하게 繫縛되어 私的인 가치를 추구하는데 급급했던 俗物的인 인간은 결코 아니었다. 오히려 그는 타락한 세계에 대한 자기 수호에의 의지 혹은 자기 초월에의 의지가 남달랐던 인물로 생각되며, 이 점은 그가 아직 寒微하던 젊은 시절에 지은 것으로 알려져 있는 다음과 같은 시에서 대략이나마 확인할 수 있다.

風入湖山萬竅號　　湖山에 바람들자 온갖 구멍 울부짖고
宿雲歸盡塞天高　　자던 구름 다 돌아간 변방 하늘 높기도 하다.
蒼鷹直上百千尺　　푸른 매 수직으로 백천 척을 솟구치니
那箇纖塵點羽毛[41]　그 어느 작은 티끌인들 저 깃털을 더럽히랴!

인용한 시는 「書雲巖嶺」이라는 칠언절구인데, 이 작품은 마치 '삭풍은 나무 끝에 불고'로 시작되는 김종서의 「豪氣歌」처럼 천지간을 뒤덮으며 격렬하게 울부짖는 바람 소리에서 시상이 시작된다. 화자는 지금 바로 이 거센 바람에 구름조차 모두 날려가고 난 뒤의 티 없이 높고 삼엄하게 푸른 변방 하늘을 날아가는 푸른 매를 바라보고 있다. 매는 거센 바람을 타고 하늘을 향해 百千尺 수직으로 솟구치고 있으며, 바로 이 수직적 심상이 빚어내는 강렬함 때문에 이 매의 행위에는 어떤 역동적이고 充溢한 기상이 어려 있다. 뿐만 아니라 탄력성이 강한 'ㅇ' 종성 및 'ㄴ' 종성과 촉급하게 막히는 入聲音이 중첩적으로 이어져 있는 소리의 연결 방식, 그리고 거친 소리 'ㅊ'이 연쇄적으로 충돌하여 폭발적으로 조성하는 轉句의 음성적 효과도 내용에 걸맞게 매우 격렬하다.

그러나 이 작품에서 단연 주목되는 부분은 역시 화자가 세속의 그 어

---

41) 高兆基, 「書雲巖嶺」, 『東文選』 제 19권, 七言絶句.

떤 작은 티끌도 저 매의 깃털을 더럽힐 수 없다고 단호한 어조로 선언하고 있는 결구다. 더구나 이 부분은 강렬한 어조를 지닌 수사적 의문문에 힘차게 실림으로써 드높은 긴장감을 형성하는 한편, 긴장의 정점에서 시상의 흐름을 돌연하게 종식하는 대신에 길고도 강렬한 여운을 남겨 창공으로 수직 상승하는 매의 역동성에 대응시키고 있다. 이 시에 등장하는 푸른 매는 결국 화자가 지향하는 고고한 자아에 대한 하나의 상징에 다름이 아니며, 따라서 이 작품에는 결국 혼탁한 사회 현실 속에서도 드높은 이상을 꿈꾸면서 자아를 순수하게 지키려는 작자의 삶의 자세가 참으로 강렬하게 투사되어 있음이 분명하다. 그러나 더욱 더 중요한 것은 고조기가 혼탁하고 부도덕한 사회로부터 자아의 순수성과 염결성을 온전하게 보존하는 私的인 차원의 자기 수호에 국한되어 있었던 인물 아니라, 개인적인 고고함과 염결성을 사회적 지평으로 확대시키려는 남다른 의지를 가지고 있었다는 점이다. 이점은 臺諫으로서의 그의 현실 대응 방식에서도 살펴볼 수 있지만, 바로 다음 시에서도 뚜렷이 확인된다.

安得凌河漢   저 은하수를 凌蔑하고서
高遊上界仙   드높은 天上界의 神仙이 되어
直將千斛水   곧장 千斛 들이 엄청난 물로
擧手洗雲天[42]   손들어 씻어버리리. 구름 낀 저 하늘을.

역시 작자가 寒微하던 젊은 날에 지었다는 이 작품은 모두 20자에 불과한 소품임에도 불구하고 작품의 배경을 이루는 공간은 宇宙大的 차원의 광활한 세계이다. 작품 속의 화자는 범속한 삶이 이루어지는 지상 세계를 초월하여 천상 세계로 자유자재하게 비상하는 신선이 되기를

---

42) 崔滋, 『補閑集』上卷, 제 22 단락.

희망하며, 그러기 위하여 은하수를 능멸코자 한다. 주지하는 것처럼 은하수는 한시 문화권에서 몽환적인 동경의 대상이거나 견우와 직녀의 사랑과 결부된 애수와 별리의 상징일지언정 능멸의 대상이 아님에도 불구하고 그가 은하수를 능멸하려고 하는 것은 더 높은 이상에 대한 강렬한 희구와 소명 의식이 있기 때문이다. 요컨대 그는 은하수를 압도하고 천상계에 노니는 신선이 되어서 구름이 낀 하늘을 千斛이나 되는 물로 일시에 씻어버리려고 하는 것이다.

　그러나 '飛翔하는 신선이 되어 千斛의 물로 구름 낀 하늘을 씻어버리고 싶다'는 화자의 언표를 그야말로 액면 그대로 받아들일 수는 없으며, 따라서 이 시는 작품 전체가 그 자체로서 하나의 거대한 비유 혹은 상징체계를 이루고 있음이 분명하다. 만약 그렇다면 이 시의 바탕에 깔린 실질적이고 원초적인 의미는 무엇일까? 결론부터 먼저 말한다면 그것은 결국 구조적인 모순과 부조리로 가득 찬 지상 세계의 혼탁함을 씻어내겠다는 강렬한 의지와 사명감이라고 할 수 있으며, 한시 문화권에서 하늘과 그것을 가리는 구름이 일반적으로 지니고 있는 상징적 의미를 고려하여 본다면 더욱 더 그렇다. 그러므로 이 시의 밑바탕에는 당시의 부도덕한 정치 현실에 대한 격렬한 비판 의식이 도저하게 깔려 있음이 분명하다. 그가 노닐면서 씻어내려 했던 곳도 그 무슨 천상계의 초월적 공간이 아니라 궁궐로 대표되는 현실 정치의 현장이었다. 더구나 그가 「珍島江亭」이란 또 다른 작품에서 일찍이 조정에서 벼슬하고 있던 자신을 '靑雲上界仙'으로 표현한 바 있음[43]을 감안한다면 더욱더 그렇다. 이렇게 볼 때, 이 시는 결국 훗날 대관이 되어 혼탁한 정치현실을 신랄하게 비판하였던 고조기가 젊은 날에 자신의 삶의 방식과 포부를 웅심한 구도 속에 포착한 것이라고 해야 할 것이다.

---

43)高兆基, 「珍島江亭」, 『東文選』 제 9권, 五言律詩; 白日孤査客 靑雲上界仙. 이 시에 대해서는 뒤에서 다시 자세하게 언급할 것임.

젊은 날의 고조기가 지었다는 위의 작품들이 보여주는 웅대한 구도
와 호방한 기상은 정도의 차이는 있다고 하더라도 그의 시가 지닌 중요
한 특징의 하나로 생각되며, 이점은 아마도 비교적 늦은 시기에 지었
다[44]고 생각되는 다음 작품에서도 확인할 수 있다.

行盡林中路	걸어서 수풀길이 다 끝나면
時回浦口船	때때로 포구로 가는 배를 타고 돌아온다.
水環千里地	물은 천리 땅을 휘둘러 싸고 있고
山礙一涯天	산은 하늘 한 쪽 끝을 가리고 있다.
白日孤査客	대낮에 외로운 조각배를 탄 나그네
靑雲上界仙	푸른 구름 타고 오른 상계의 신선이었지.
歸來多感物	돌아옴에 物에 느껴움이 많아서
醉墨灑江煙[45]	취한 붓 시를 갈겨 강 안개에 뿌린다네.

인용한 작품은 「珍島江亭」이란 오언율시인데, 이 작품의 배경을 이
루는 공간은 수렴과 확산, 수평과 수직이 번갈아 갈마드는 交織에 의하
여 구성되어 있다. 부연한다면 1-2구의 비교적 초점화 된 수렴적 공간
이 3-4구에서는 거의 무한대의 크기로 확산되고 있을 뿐만 아니라, 제
5구와 제 6구에서도 광활한 바다에 떠 있는 조각배에 몸을 싣고 있던
나그네에게 초점화 되어 있던 시선이 '靑雲上界仙'으로 일시에 확대되
면서 수직적으로 돌올하게 상승되고 있다. 제 3구와 제 4구는 수평적 광
활함이 빚어내는 안정감과 수직적 솟구침이 빚어내는 상승감이 날줄과
씨줄을 이루고 있다. 요컨대 이 시는 수평적 광활함과 수직적 돌올함, 초
점화 된 수렴적 공간과 초점으로부터 무한대로 확산된 호한한 공간이 상
호 반복되는 데서 빚어지는 시선 이동의 편폭에 따라 웅대한 스케일과

---

44) 頸聯의 내용을 참조 바람.
45) 高兆基, 「珍島江亭」, 『東文選』 제 9권, 五言律詩

광대한 구도를 보여주고 있는 것이다. 그러나 이 작품에서 더욱 더 주목
되는 것은 이러한 웅심한 구도에 걸 맞는 작중 화자의 도도한 풍류와 호
방한 기세다. 이점은 그가 객관적 대상물에서 일어나는 흥취를 醉墨으로
갈겨써서 江 안개에 뿌리는 파격적인 행위 속에서 단적으로 드러나고 있
거니와, 다음과 같은 작품도 역시 이와 같은 견지에서 주목할 만하다.

路橫層岫僻	첩첩 봉우리 외딴 곳을 돌아드니
城倚半天孤	성은 허공에 매달린 채 외롭다.
碧洞長虛寂	푸른 골짜기는 언제나 虛寂하고
行雲忽有無	구름 나타났다 홀연히 사라진다.
古松能自籟	늙은 소나무엔 바람 소리 바람 소리
春鳥巧相呼	봄날 짝 부르는 저 새들 고운 소리….
物像馴吟賞	들이 읊으면서 구경하기 좋으니
留連倒酒壺[46]	죽치고 술병을 기울이노라.

겹겹한 산봉우리 사이를 이리저리 돌아드는 길과 반공에 치솟은 외
로운 성이라는 서두의 정황에 뚜렷하게 드러나 있듯이, 이 작품은 범속
한 삶의 현장에서 수직적으로 높이 솟아오른 공간을 그 배경으로 하고
있으며, 이 공간을 지배하는 분위기의 양태는 脫俗이란 말로 요약된다.
언제나 虛寂한 푸른 마을과 홀연히 나타났다 사라지는 구름이 그렇고,
스스로 줄 없는 거문고를 연주하는 늙은 소나무와 새들의 지저귐이 모
두 다 그러하다. 이와 같은 물상들은 화자로 하여금 감정적 도취와 시
적 흥취를 불러일으키며, 마침내 그는 그 곳에 오래도록 죽치고 앉아
物像을 구경하고 시를 읊으면서 막무가내 술병을 기울여보는 도도하고
도 호방한 풍류를 마음껏 향유하고 있는 것이다.

그러나 고조기의 시가 모두 이와 같은 호방한 기세를 느끼게 하는 것

---

46) 高兆基, 「永淸縣」, 『東文選』 제 9권, 五言律詩

은 물론 아니다. 앞에서 이미 분석했던 것처럼 섬세한 언어와 감각적인 표현에 의지하고 있는 「山莊夜雨」도 있고, 영원히 순환하는 계절에 흘러가는 일회성의 인생을 대비하여 삶의 무상을 노래한 「安城驛」[47]이나 쇠락의 계절에 목적지에 이르지도 못한 채로 우수에 젖어 있는 화자의 모습을 보여주는 「宿金壤縣」[48] 같은 작품도 있다. 하지만 이상의 소박한 분석만으로도 현존하는 그의 시가 대체로 호한한 공간을 배경으로 한 거대한 구도 설정과 장중한 기세를 보여주고 있다는 데 대해서는 대체로 동의할 것으로 생각된다. 同 時代의 시인으로 당대의 모순된 현실에 대하여 신랄하게 비판하면서 悒鬱하고 悲憤에 찬 삶을 살았던 金莘尹[49]이 고조기의 시에 즐겨 次韻[50]을 했던 것도 결코 우연이 아니라고 해야 할 것이다.

4. 맺음말

이상에서 필자는 고려전기의 유수한 시인이었던 고조기의 생애와 시세계를 간략하게 검토하여 보았다. 이제 여기서는 아주 소박한 형태로나마 이와 같은 시세계의 형성 동인과 고려전기 문학사에서 고조기의 한시가 지닌 문학사적 위치를 가늠하여 보는 것으로서 결론을 대신하고자 한다.

---

47) 高兆基, 「安城驛」, 『東文選』 제 9권, 五言律詩; 山雨留行客 郵亭薄暮時 春風無好惡 物性有參差 柳眼已開嫩 花脣欲吐奇 如何雙鬢上 不改去年絲.
48) 高兆基, 「宿金壤縣」, 『東文選』 제 9권, 五言律詩; 鳥語霜林曉 風驚客榻眠 簷殘半規月 夢斷一涯天 落葉埋歸路 寒枝掛宿烟 江東行未盡 秋盡水村邊.
49) 李鍾文, 「高麗前期漢文學硏究」, 고려대 대학원 박사학위 논문, 1991, 167 - 170 쪽 참조.
50) 고조기와 김신윤의 관계에 대해서는 전혀 알 수 없으나, 김신윤이 남긴 5, 6편의 시 가운데 고조기의 시에 차운한 것이 두 편에 이르고 있다. 『東文選』 제 9권에 수록된 「永寧寺次高按部韻」, 「珍島江亭次高按部韻」.

특정 시인의 시가 특정한 風格과 특정한 세계를 형성되게 된 동인에 대한 해명은 원천적으로 결코 쉬운 일이 아닌데다가, 고조기의 경우에는 자료적 사정까지 겹쳐 있어서 더욱 더 어렵다. 그러나 적어도 그것이 탐라 출신이 겪을 수밖에 없었던 여러 가지 제약에도 불구하고 고려의 중앙 정계에 진출하여 정치, 사회, 문화 등 모든 면에서 전형적인 상승 곡선을 그으며 놀라운 성취를 이룩했던 그의 家門的 배경이 조성하는 모종의 자신감 및 진취적 기상과 무관할 수는 없을 것 같다. 아울러 그것은 고조기가 혼탁하고 부도덕한 사회로부터 자아의 순수성과 고고함을 온전하게 보존하려고 노력했던 자기 수호에의 의지는 물론이고, 개인적인 고고함을 사회적 지평으로 확대시키려는 의지가 남달랐던 인물이었다는 것과도 결코 무관할 수 없는 문제다. 요컨대, 고조기의 시가 가진 이러한 風格은 신흥 가문이 지닌 의식의 진취성이, 훗날 부도덕한 현실에 대하여 과감한 비판을 퍼부을 수 있었던 건강한 思惟 및 행동 양식과 결합하여 형성된 그의 삶의 정서적 등가물에 해당된다. 微時에 그가 지은 시에 대하여 崔滋가 "辭意가 豪壯하더니 과연 志節로 名宰相이 되었다51)'고 평한 것도 같은 맥락에서 이해할 수가 있을 것이다.

한편, 문학사의 흐름을 감안할 때, 고조기의 시들은 비록 소수에 불과하긴 하지만 고려전기 문학사에서 중요한 의의를 지니고 있는 것으로 판단된다. 주지하는 것처럼 고려전기에는 수식과 기교, 성률과 대구 등 섬세한 언어적 조탁과 형식미를 추구하는 문풍이 그 底流를 이루고 있는 가운데, 유교적 세계관의 정착과 함께 이러한 문풍을 비판하는 載道 指向的인 文學觀이 대두하고 있었다. 정지상과 김부식으로 대표되

---

51) 崔滋,『補閑集』上卷 22단락; 高學士唐愈微時云 安得淩河漢高遊上界仙直將千斛水 擧手洗雲天 書雲巖云 風入湖山萬竅號, 宿雲歸盡塞天高, 蒼鷹直上百千尺, 那箇纖塵 點羽毛 觀其詩 辭意豪壯 果以志節 爲名宰相 歷仕三朝.

는 이 두 가지 계열 가운데 前者가 대체로 華美한 미의식을 추구했다면, 後者는 대체로 전아한 미의식을 추구했다고 할 수 있으며, 지금까지 고려 전기 한시의 미의식에 대한 논의도 언제나 이 두 계열을 중심으로 진행되어 왔다. 그러므로 웅심하고 역동적인 남성적 기세를 바탕으로 하여 호한한 구도와 호방한 풍격을 보여주고 있는 고조기의 시들은 고려전기 한시사에서 非常하게 주목되는 精彩로운 작품들이 아닐 수 없다. 요컨대 그것은 화미한 미의식과 전아한 미의식을 중심으로 매우 단조롭게 논의되어 왔던 고려전기 한시의 美的 範疇를 확대하고, 나아가서는 고려전기 문학사의 흐름을 보다 豊厚하게 해준다는 점에서 그 의미가 매우 각별하다 해야 할 것이다.

수록처:『한국한문학연구』제 22집, 한국한문학회, 1998.

高麗前期의 詩僧 慧素에 關한 한 考察

I.

다 알다시피 高麗前期의 漢文學은 현존 자료의 거의 절대적인 빈곤으로 인하여 學界의 관심 대상에서 크게 소외되어 왔다. 최근 필자가 조사한 바에 의하면[1], 무려 250년이 넘는 장구한 기간에 걸쳐져 있는 이 시대의 한문학 관련 연구 논문은 고작 94편에 불과했으며, 이러한 수치는 고려전기 한문학 연구의 침체 상황을 그야말로 단적으로 보여주고 있다. 한문학이 문학의 주류를 이루고 있던 고려전기 문학사의 총체적이고도 거시적인 흐름이 아직까지 제대로 파악되지 않고 있는 것도 이와 같은 연구 상황과 관련되어 있음은 말할 것도 없다.

고려전기 문학사의 거시적인 흐름을 제대로 파악하기 위해서는 무엇보다도 문학사를 구성하고 있는 개별 작가 단위의 연구가 선행되는 것이 바람직하고도 온당한 순서다. 왜냐하면 문학사는 원칙적으로 그 시대에 활약한 작가들이 남긴 무수한 작품들의 역사적 흐름의 총체이기 때문이다. 그러나 고려전기의 한문학 관계 인물로서 단 한번이라도 본격적인 연구의 직접적인 대상이 된 작가는 고작 15명에 불과하다. 250년의 장구한 기간에 걸쳐져 있는 고려전기 문학사에서 활동했던 무수한 문인들 가

---

1) 李鍾文, 「고려전기 한문학 관계 인물 연구의 현황과 과제」, 『韓國人物史研究』창간호, 한국인물사연구소, 2004, 261-264쪽 참조.

운데 고작 15명밖에 조명을 받지 못했다는 사실에서, 우리는 이 시대 한 문학 연구의 침체 상황을 다시 한 번 절감하지 않을 수가 없다.

고려전기 한문학의 이와 같은 연구 상황 속에서도 더욱 더 소외를 당한 영역은 단연코 승려들의 문학이다. 다 알다시피 물리적인 분량이나 그 수준에 있어서 승려들의 문학이 유사들의 문학과 직접 자웅을 겨루기는 어렵다. 그러나 그렇다고 하더라도 유사들과 함께 승려들이 고려전기 문학의 兩大 擔當層을 이루고 있었음²⁾도 부정할 수 없는 사실이다. 그럼에도 불구하고 승려들의 한문학에 관한 연구는 문집이 남아 있는 대각국사 의천을 대상으로 한 두어 편의 논문이 그 전부이며, 이로 말미암아 그렇지 않아도 파악하기 어려운 고려전기 한문학사의 실체적 진실에 대한 총체적 인식에 일종의 파행성을 드러내고 있는 것이다.

이 논문은 바로 이와 같은 문제의식을 바탕으로 하여, 고려전기의 대표적인 시승이면서도 아직까지 본격적인 조명을 받지 못했던 慧素³⁾에 대한 연구⁴⁾의 일환으로 집필되었다. 물론 혜소의 경우도 역시 다른 승려들과 마찬가지로 남아 있는 작품이 거의 없으므로 作品論的 접근은 사실상 불가능하다 해도 과언이 아니다. 그러나 산발적이나마 여러 문

---

2) 이 점에 대해서는 沈浩澤 교수가 간명하게 지적한 바 있다.(沈浩澤, 「高麗前期 文學 擔當層과 文學의 性格」, 『韓國學論集』 제 25집, 계명대학교 한국학연구원, 1998, 20쪽 참조)

3) 혜소의 한자 표기는 문헌에 따라 惠素, 慧素, 惠袁, 惠遠, 惠臺 등 여러 가지로 나타나고 있어 혼란을 불러일으켰으나, 다음에서 볼 수 있듯이 혜소가 직접 쓰거나 관여한 금석문에 慧素로 나타나 있으므로 慧素가 옳다고 생각된다.
慧素, 「祭清平山居士眞樂公之文」(허흥식, 『韓國金石全文』 中世 上, 아세아문화사, 1984, 590쪽); 江西見佛寺沙門 慧素述 靖國安和寺沙門 坦然書
「贈諡大覺國師碑銘」 陰記(허흥식, 『韓國金石全文』 中世 上, 아세아문화사, 1984, 585쪽); 門人見佛寺住持沙門慧素 奉 宣書

4) 慧素에 대해서는 成範重이 「金富軾 故事의 詩的 變容과 傳承」(『울산어문논집』 제 11집, 1996)이란 논문에서 간단하게 언급한 것이 거의 유일하다. 그러나 그 무게 중심이 김부식과 혜소의 교유를 소재로 한 후대의 한시에 있기 때문에 혜소의 생애나 혜소와 김부식의 교유 등에 대해서는 보충할 부분이 적지 않게 있는 것 같다.

헌에 그와 관련된 자료가 남아 있으므로 그의 삶의 양식과 문학적 취향을 포함한 시승 혜소의 인간상을 어느 정도 근사하게 그려볼 수는 있을 것으로 기대된다. 더구나 혜소는 김부식과 절친한 사이로서 문학적인 교유가 빈번하였으므로, 이 논문은 고려전기의 儒士와 僧侶 사이의 문학적 교류의 한 양상을 파악하는 데도 적지 않은 도움을 줄 수 있을 것으로 생각되며, 이와 같은 연구가 집적될 때 고려전기 문학사의 입체적 흐름도 보다 또렷하게 포착될 수 있을 것이다.

II.

慧素에 대해서는 『파한집』과 『보한집』 등에 단편적인 자료만 산발적으로 남아 있으므로 그의 개인사를 자세하게 알 수는 없다. 이와 같은 상황 속에서 단연 주목되는 것은 이인로의 『破閑集』에 수록된 다음과 같은 기록이다.

> 西湖 僧 惠素는 內典과 外典에 해박했을 뿐만 아니라 시에 더욱더 뛰어났으며, 筆跡도 또한 오묘하였다. 일찍이 大覺國師를 사사하여 高弟가 되었다. 國師가 僧科에 응시하라고 권하였더니 대답하기를 "제가 天廐馬도 아닌데 어찌 달리는 속도를 시험하겠습니까" 라고 하였다. 항상 國師가 있는 곳을 따라 다니면서 문장을 토론하였다. 국사가 입적하자 국사의 『行錄』 10卷을 지었는데, 金侍中이 요약하여 碑文을 지었다. 西湖의 見佛寺에 머물렀는데, 方丈에는 아무런 물건도 없고 다만 크기가 방석만한 靑石 하나가 있을 뿐이었으며, 때때로 붓글씨를 쓰는 것으로써 마음을 달래었다. 侍中이 벼슬에서 은퇴한 후에 자주 나귀를 타고 찾아가서 밤이 새도록 道에 관한 이야기를 나누었다. 임금이 평소에 그의 이름을 듣고 內道場으로 맞이하여 華嚴寶典을 강론하게 하고 白金을 매우 많이 하사하였다. 대사는 그것을 모두 써서 砂糖 백 덩이를 사서 거주하는 곳 안팎에다 넣어놓았다. 사람들이 그 까닭을 물으면 "이

것은 내가 평소에 좋아하는 것이야. 혹시라도 명년 봄에 장사하는 배가 오지 않으면 어디에서 구할 수 있겠느냐." 라고 대답하니 듣는 사람들이 모두 그 진솔함을 보고 웃었다.[5]

보다시피 이 글은 아주 단편적인 기록이지만 혜소가 지닌 여러 가지 면모를 매우 다채롭게 보여주고 있다. 위의 글에서 우선적으로 주목되는 것은 혜소가 內典과 外典에 두루 해박하였던 大覺國師 義天의 高弟로서 국사가 입적한 후 10권에 달하는 국사의 『行錄』을 지었던 인물이라는 점이다. 왜냐하면 대각국사의 무수한 제자 가운데서 유독 혜소가 국사의 『行錄』을 지었다는 것은 국사의 문하에서 그가 차지한 위상을 단적으로 보여주는 대목이기 때문이다. 아울러 임금이 평소에 이름을 듣고 內道場으로 맞이하여 華嚴寶典을 강론하게 했다는 것도 참으로 의미심장하다. 왜냐하면 그것은 혜소의 華嚴學에 대한 이해 수준이 심오했을 뿐만 아니라 그 명성이 일세를 풍미했음을 짐작하게 하기 때문이다.

그러나 본고의 입장에서 더욱더 주목되는 것은 혜소의 관심이 불교 교리나 경전에 대한 탐구 쪽 보다도 시문과 서예 등 예술 분야에 기울어져 있었다는 점이다. 요컨대 혜소는 내전과 외전에도 해박했으나 시에 더욱더 뛰어난 인물이었으며, 이인로가 혜소의 이름 앞에 '詩僧'이라는 관형어를 붙여 불렀던 것[6]도 같은 견지에서 이해할 수 있다. 고려전기의 문헌 전승이 매우 엉성한 상황임에도 불구하고 당대의 대시인 김부식이 그의 시에 화답한 작품이 두 편이나 남아 있을 뿐만 아니라 그

---

5) 李仁老, 『破閑集』中卷, 제 11단락; 西湖僧惠素 該內外典 尤工於詩 筆跡亦妙 常師事 大覺國師爲高弟 國師勸令赴僧選 對曰我豈天廐馬也 試其步驟哉 常隨國師所在討論文 章 國師歿 撰行錄十卷 金侍中摭取之以爲碑 住西湖見佛寺方丈闃然 唯畜靑石一葉如 席大 時得揮灑以遣興 侍中納政後 騎驢數相訪 竟夕談道 上素聞其名 邀置內道場 講華 嚴寶典 賜白金至多 師盡用買砂糖百餠 列于所居內外 人問其故 曰 是吾平生嗜好 儻明 春商舶不來 則顧何以求之 聞者皆笑其眞率

6) 李仁老, 『破閑集』中卷, 제 8단락; 後詩僧惠素唱之....

의 산문에 대한 평을 남기기도 했다는 사실7)도 같은 맥락에서 주목되는 사실이 아닐 수 없다. 더구나 혜소는 시 뿐만 아니라 문장에도 상당한 조예가 있었던 인물로 판단되며, 보다시피 그가 대각국사가 머무르고 있는 곳을 따라 다니면서 토론한 것도 그 무슨 심오한 불교교리가 아니라 문장이었다. 대각국사가 입적한 후 그가 국사의『行錄』10권을 집필했던 것도 바로 이 문장력과 무관하지 않을 것으로 판단되거니와, 다음과 같은 기록도 저간의 사정을 보여주는 구체적인 사례의 하나이다.

> 鷄林人 金生은 필법이 기묘하여 진나라나 위나라 시대의 서예가들이 넘겨다 볼 수 있는 것이 아니었다. 본조에서는 오직 大鑑國師와 學士 洪灌이 그 이름을 떨쳐 寶殿 花樓의 현판 및 병풍의 훈계하는 글들은 모두 이 두 사람이 쓴 것이었다. 淸平 眞樂公이 입적했을 때 西湖僧 혜소가 제문을 지었고 국사가 쓰기를 더욱 더 힘을 다하여 돌에 새겨 전하니, 세상에서 三絶이라 일컬었다8).

위의 글에서 말하는 제문은 공식적인 작품의 명칭이「祭淸平山居士眞樂公之文」9)으로 1125년 眞樂公 李資玄이 입적했을 때, 그의 문인이기도 했던 혜소가 지은 것이다. 이 제문은 그로부터 5년 뒤인 1130년에 김부식의 아우 김부철이 지은 것을 대감국사 탄연의 글씨로 써서 돌에 새겼던「眞樂公重修淸平文殊院記」10)의 陰記이다. 이 제문은 혜소의 문

---

7) 이점에 대해서는 뒤에서 자세히 논의할 예정임.

8) 李仁老,『破閑集』下卷, 제 19 단락;鷄林人金生筆法奇妙 非晉魏時人所跂望 至本朝 唯大鑑國師 學士洪灌擅其名 凡寶殿花樓額題 及屛障銘戒 皆二公筆也 淸平眞樂公卒 西湖僧惠素撰祭文 而國師書之 尤盡力刻石以傳 世謂之三絶 固非崔楊輩 豐肌脆骨者 之所及 當有評者曰 引鐵爲筋 摧山作骨 力可伏軸 利堪穿札.

9) 慧素,「祭淸平山居士眞樂公之文」(허홍식,『韓國金石全文』中世 上, 아세아문화사, 1984, 590쪽).

10) 金富轍,「眞樂公重修淸平山文殊院記」(허홍식,『韓國金石全文』中世 上, 아세아문화사, 1984, 590쪽); 門人靖國安和寺住持傳 沙門坦然書門人繼住傳法沙門祖遠立石 門人大師知遠刻.

학적 수준을 가늠할 수 있는 유일한 자료이나 돌이 적지 않게 파손되어 버린 데다 숯拓마저도 남아 있지 않으므로 현재로서는 이 문장을 통하여 혜소의 문학이 도달한 수준을 직접적으로 논하기가 어렵다. 그러나 한문문장의 미적 특징과 미의식의 원리에 대한 정감적이고 체득적인 수준의 이해에 도달해 있었던 당시 사람들이 이 작품을 진락공 이자현, 大鑑國師 坦然의 글씨와 함께 三絶로 불렀다는 사실을 고려할 때, 그의 문장이 도달한 수준은 매우 높았다고 해야 할 것이다.

아울러 지적하고자 하는 것은 혜소가 시문뿐만 아니라 서예에도 상당한 수준에 도달하고 있었다는 점이다. 이인로가 고려시대의 대표적인 서예가로 대감국사 탄연과 학사 홍관 두 사람을 들고 있는 것을 보면 혜소의 書格은 아마도 걸출한 대가인 그들에게는 미치지 못했던 모양이다. 그러나 "필적도 오묘했다"는 『파한집』의 직접적인 언표와 "때때로 붓글씨를 쓰는 것으로써 마음을 달래었다."는 기록을 고려하면 혜소의 서예 수준도 결코 만만하지 않았다고 생각되며, 혜소가 왕명을 받들어 김부식이 지은 「大覺國師碑銘」의 음기를 직접 썼던 것은 그 단적인 사례의 하나다.

그러나 무엇보다도 주목되는 것은 현실권을 벗어나 淸淨空間에서 소요자적하는 혜소의 삶의 방식과 고매하고도 천진난만한 품성이다. 우선 그는 세속적 명리나 공명의식과는 거리가 먼 사람이었다고 생각된다. 이점은 僧科 응시를 권하는 대각국사에게 '天廐馬도 아닌데 승과에 나아가 달리는 속도를 시험할 수는 없다'는 이유로 단호하게 거부하는 태도에서도 단적으로 확인할 수 있다. 실제로도 혜소는 僧階 따위에는 연연하지 않았던 인물로 판단되며, 대각국사의 『行錄』을 저술하고 대각국사비의 음기를 직접 쓸 정도로 국사와 가까웠던 '국사의 고제'였음에도 불구하고 세속적인 그의 직위는 상대적으로 매우 미미했던 것으로 생각된다. 그 구체적인 증거의 하나가 대각국사가 입적한지 24년 뒤에 세워진 大覺國師碑 陰記의 기록인데, 앞에서도 이미 언급한 것처럼 혜소가 왕명을 받들어 쓴 이 음기에는 국사의 무수한 제자들의 이름이 승계에 따라 나열되어 있다. 그런데 비문 집필의 기초 자료인『行錄』을 저술하고 왕명을 받들어 음기를 쓰는 등 비석 건립을 주도한 '국사의 고제' 혜소의 당시 승계는 겨우 重大師에 불과하였다.

다 알다시피 敎宗 계열의 僧階는 大德-大師-重大師-三重大師-首座-僧統으로 昇階되므로 단순 순서로 볼 때 중대사는 전체 승계의 중간에도 미치지 못하는 단계다. 더구나 비석의 훼손으로 알 수 없는 사람을 제외하고도 국사의 비의 음기에 나열된 승통이 8명, 수좌가 9명, 삼중대사가 28명, 중대사는 무려 132명에 달하고 있고, 혜소는 그 132명 가운데 한 명으로 포함되어 있다. 대각국사의 고제로서 국사의 유업을 기리는 일을 주도했던 혜소가 국사가 입적한지 24년 뒤에 중대사의 僧階에 있었다는 것은 아무래도 그의 위상에 걸맞은 것이라고 보기 어렵다. 요컨대 이와 같은 결과를 초래하게 된 가장 중요한 원인이 바로 세속적 공명의식에 초연하였던 그의 자유분방한 삶의 방식에 있었다고 생각되는 것이다.

세속적 공명의식에 초연했던 혜소의 삶의 방식과 같은 맥락에서 주목되는 것은 그의 탈속적인 삶의 태도다. 혜소가 서울 開京의 거대한 사찰들이 아니라 개경에서 공간적으로 일정하게 떨어져 있는 예성강 건너 쪽의 견불사에 머무르고 있었던 것도 바로 이와 같은 삶의 태도와 무관하지 않은 것으로 생각되며, 더구나 그가 견불사에 머무르고 있었던 기간도 대단히 길었던 것 같다. 자료적인 사정으로 인하여 혜소가 언제부터 견불사에 머무르고 있었는지를 확실하게 밝힐 수는 없다. 그러나 견불사의 주지로 있으면서 大覺國師碑의 陰記를 쓰고 眞樂公의 제문을 지은 것이 1125년[11]이므로, 그는 아무리 늦어도 1125년 이전에

---

11) 慧素, 「祭淸平山居士眞樂公之文」(허흥식, 『韓國金石全文』 中世 上, 아세아문화사, 1984, 590쪽); 江西見佛寺沙門 慧素述 靖國安和寺沙門 坦然書

이미 견불사에 머무르고 있었던 것이다. 그리고 김부식이 은퇴한 후에 나귀를 타고 견불사에 있는 혜소를 자주 찾아갔다고 했으므로 적어도 김부식이 벼슬에서 은퇴한 1142년[12] 이후에도 견불사에 머무르고 있었음이 분명하다. 이렇게 볼 때 혜소는 최소한 17년 이상을 견불사에 머무르고 있었다고 판단된다. 혜소보다 훨씬 후대 인물인 이인로 (1152-1220)의 『파한집』에 등장하는 그의 이름 앞에 번번이 '西湖僧'이 라는 표현이 따라 다니는 것[13]도 혜소가 장구한 기간 동안 西湖의 見佛寺에서 생활하고 있었음을 의미하는 것으로 생각된다. 요컨대 혜소는 '서호승'이라는 인식이 후대에까지 보편화되어 있을 정도로 참으로 오랫동안 西湖의 견불사를 그 생활무대로 하고 있었던 것이다.

더구나 견불사에서의 혜소의 삶은 소탈, 대범하기 짝이 없는 것이었으며, 인용문에서 살펴볼 수 있듯이 그가 사용하는 방에는 아무런 물건도 없고 오로지 방석만한 청석 하나가 놓여있었을 뿐이었다. 바로 그 텅 빈 충만의 공간에서 혜소는 붓글씨를 쓰고 시문을 지으면서 뜰속의 홍취를 마음껏 누리고 있었다고 생각된다. 특히 혜소가 벼슬에서 물러나 나귀를 타고 찾아온 김부식과 밤새도록 도를 논의하는 장면은 바로 그 탈속적 興趣의 한 극점이라고 이를 만하다. 요컨대 그는 탈속적 공간인 견불사에서 임금이 하사한 백금으로 사탕을 사다 놓고 먹는 소탈하고도 천진한 모습으로 예술의 세계에서 노닐거나, 마음에 맞는 방문객과 함께 도를 논의하며 逍遙自在하고 있었던 것이다.

「贈謚大覺國師碑銘」陰記(허흥식, 『韓國金石全文』中世 上, 아세아문화사, 1984, 585쪽); 門人見佛寺住持沙門慧素 奉 宣書
대각국사비가 세워진 년도는 1125년이므로 見佛寺 住持였던 慧素가 그 陰記를 쓴 것도 같은 시점으로 추측되며, 見佛寺 沙門 慧素가 쓴 「祭清平山居士眞樂公之文」 (허흥식, 『韓國金石全文』中世 上, 아세아문화사, 1984, 590쪽)은 '維乙巳年(1125 년)...'으로 시작되고 있으므로 이 글이 창작된 년도는 1125년임이 분명하다.

12) 『高麗史』98卷, 列傳11권 金富軾; 二十年 三上表 乞致仕 許之 加賜同德贊化功臣號 詔曰 卿年雖高 有大議論 當與聞.

13) 李仁老, 『破閑集』中卷, 11 단락; 西湖僧惠素 該内外典 尤工於詩 筆跡亦妙...

III.

마지막으로 첨언코자 하는 것은 혜소와 김부식의 교류 문제다. '교류'라는 표현을 쓰기는 했지만 김부식과 혜소의 교류 양상과 그 성격을 구체적이고 실질적으로 보여주는 자료는 거의 없으며, 그러한 가운데 주목되는 것이 있다면 다음과 같은 단편적인 언급이다.

> (江西寺는) 고을 동쪽 匡正 나루 위에 있는데, 견불사라 부르기도 한다. 승려 혜소가 여기에서 주석하고 있었는데 金富軾이 매양 나귀를 타고 방문하였다[14].

인용한 글은『新增東國輿地勝覽』제 43권, 白川郡 佛宇 條에 수록된 江西寺에 대한 설명인데, 보다시피 見佛寺[15]라고 불리기도 하는 江西寺에 혜소가 살았고, 김부식이 매양 나귀를 타고서 그를 방문했다는 것이 내용의 전부다. 이와 같은 내용에 상당한 정도의 보충이 되는 기록이 앞에서도 이미 언급한『破閑集』의 다음과 같은 내용이다.

> 西湖의 見佛寺에 머물렀는데 方丈에 다른 것은 아무 것도 없고, 오직 크기가 방석만한 푸른 돌 하나가 있을 뿐이었으며, 때때로 글씨를 쓰면서 흥취를 즐겼다. 侍中이 벼슬에서 은퇴한 후에 자주 나귀를 타고 찾아가서 밤이 새도록 道에 관한 이야기를 나누었다.[16]

---

14) 『新增東國輿地勝覽』제 43권, 白川郡 佛宇 江西寺; 在郡東匡正渡上 一名見佛 僧惠素住于此 金富軾 每騎騾訪之.
15) 『高麗史』에 수록되어 있는 다음과 같은 글을 보면, 일단 見佛寺는 왕실과 모종의 관련을 가진 천태종 계열의 사찰이 아닐까, 싶으나 더 이상의 자료를 찾을 수 없는 현재로서는 자세한 사항을 알 수 없다.
『高麗史』10卷, 世家10卷, 宣宗 9년 6월 壬申 條; 王太后設天台宗禮懺法于白州見佛寺約一萬日.
16) 李仁老,『破閑集』中卷, 제 11단락; 住西湖見佛寺方丈闃然 唯畜青石一葉如席大 時時揮灑以遺興 侍中納政後 騎驢數相訪 竟夕談道.

侍中이 벼슬에서 은퇴한 후에'라는 대목을 음미해 보면 김부식
(1075-1151)이 나귀를 타고 혜소를 방문하면서 본격적인 교유를 시작
한 것은 정계에서 은퇴한 1142년(김부식의 나이 68세) 이후의 일이라
고 생각된다. 따라서 혜소와의 본격적인 교류도 주로 1142년부터 김부
식이 사망한 1151년 사이에 이루어진 것으로 생각되고, 이 무렵에는 그
방문의 빈도도 매우 높았던 모양이다.

그러나 이들이 교유를 맺기 시작한 것은 그 보다 훨씬 전의 일로 판단
되며, 앞에서도 이미 언급한 것처럼 김부식이 혜소가 지은 대각국사의
『行錄』을 토대로 하여「大覺國師碑銘」을 지었다[17]는 사실을 통해서 그
대강을 짐작할 수 있다. 요컨대 김부식과 혜소의 교유는 김부식이 혜소
의『行錄』을 바탕으로 대각국사의 비명[18]을 짓고, 이 비석의 음기를 혜
소가 썼던 1125년, 그러니까 김부식의 나이 51살 무렵에는 이미 시작되
었다고 판단되며, 대각국사의 비석을 세우는 일에 함께 관여한 것이 두
사람 사이의 관계 증진에도 일정한 도움이 되었을 터[19]이다.

이렇게 볼 때, 김부식은 은퇴 이후에는 물론이고 은퇴 이전에도 혜소
와 서로 사귀어 왔다고 생각된다. 고려전기의 문헌 전승이 매우 엉성한

---

17) 다음 기록에서 볼 수 있듯이 김부식이 찬한「開城靈通寺大覺國師碑文」에는 비문
   집필의 기초가 된 자료가 大覺國師의 문인 都僧統 澄儼 等이 가져온 국사의 행적으
   로 되어 있다. 그러나『破閑集』의 기록을 통해서 볼 때 여기서 말하는 행적이 바로
   혜소가 지은『行錄』이나 그 축약본일 가능성이 있고, 그것이 아니면 이 행적과는
   별도의『行錄』이 김부식에게 제공된 것이 아닌가 싶다.
   金富軾,「開城靈通寺大覺國師碑文」; …大覺國師門人 都僧統澄儼等 其師之行事以聞
   曰 吾先師卽世久矣 而碑銘未著… 遂授臣富軾以行狀曰汝其銘之
18)「大覺國師碑銘」은 원래 윤관이 왕명을 받아 지은 것이었다. 그러나 제자들이 비밀
   히 왕에게 문장이 공교롭지 못하다고 사뢰었고, 왕은 김부식에게 명령을 내려 碑銘
   을 새로 짓게 하였고, 이 사건으로 인하여 尹瓘 家와 金富軾 家 사이에는 심각한 갈
   등이 야기되었다.
19) 1125년 眞樂公 李資玄이 입적했을 때 이자현의 문인이기도 했던 혜소가 제문을 지
   었고, 이 제문이 1130년 김부식의 아우 김부철이 지은「眞樂公重修淸平文殊院記」
   의 음기로 새겨졌다는 점도 같은 맥락에서 음미할 만한 기록이다.

상황 속에서도 이 두 사람이 문학적인 교류를 나누었던 흔적이 산발적이나마 보이는 것도 이와 같은 견지에서 이해할 수 있으며, 그들이 설사 만나서 밤을 새워 도를 논의했다 하더라도 그들의 교류가 지닌 의미는 역시 문학 분야에서 찾을 수가 있을 것 같다[20]. 앞에서 우리는 이미 김부식이 혜소가 지은『行錄』을 바탕으로 대각국사의 비문을 지었다고 말한 바 있거니와, 그는 혜소가 지은 시문에 대하여 평가 또는 화답을 하기도 했으며, 이와 같은 사실은 다음 기록들에서 그 편린을 엿볼수가 있다.

(1) 金蘭의 叢石亭에 山人 慧素가 記文을 지었는데, 文烈公(김부식의 諡號)이 장난삼아 말하기를 "이 스님이 율시를 지으려고 하나?" 했다.[21]

(2)文烈公이 慧素 스님의「猫兒」라는 시에 화답하여 말하기를 "땅강아지와 개미에게도 도는 있고 이리와 호랑이도 어지니/ 반드시 망령됨을 보내어야 비로소 진리를 구할 수 있는 것은 아닐세. 우리 스님 慧眼에는 分別이 없어/ 물건마다 모두 청정한 몸을 드러내네." 라고 했다. 文順公이「蟾」이라는 시에 이르기를 "울퉁불퉁 종기 난 듯 그 모습 밉살스럽고/ 엉금엉금 기어가는 모습 또한 어설프네./ 그러나 뭇 벌레들아 가볍게 여기지 마라./ 그래도 이 두꺼비는 달 속으로 들어갈 줄 안다네." 라고 했다. 眉叟(이인로의 字)의「蟻」라는 시에 이르기를 "몸을 움직이면 마치 소가 싸우는 듯/ 구멍이 깊으니 산이 무너질까 걱정/ 공명의 구슬은 모두 몇 구비냐/ 부귀의 꿈에서 처음으로 깨어나네."라고 했다. 文順公은 形容한 것이 심히 공교롭고, 李學士는 구절구절 모두 용사를 구사했으며, 문열공은 불교에 뜻을 붙여 이치를 말한 것이 가장 심오하다. 대개 詠物詩는 用事가 言理보다 못하며, 言理가 形容보다 못하다. 그러나 그 공교롭고 졸렬함은 뜻을 구성하고 말을 표현하는 데 달려있을 따름이다[22].

---

20) 이점은 혜소가 내전과 외전에 모두 해박한 승려였지만, 시문에 더욱더 뛰어난 면모를 보였다는 사실과도 부합된다.

21) 崔滋, 『補閑集』上卷 제 38단락; 金蘭叢石亭 山人慧素作記 文烈公戲之曰 此師欲作律詩耶中

보다시피 (1)은 혜소의 <叢石亭記>에 대한 김부식의 평가다. 김부식의 기준에서 볼 때, 혜소의 기문은 아마도 律詩的 성향을 강하게 지녔다는 점에서 記文이란 장르의 본연적 모습과는 일정한 거리가 있었다고 판단한 모양이나, '장난삼아' 라는 말이 보여주듯 신랄한 비판과는 일정한 거리가 있어 보인다. (2)에는 김부식이 혜소가 쓴 「猫兒」라는 작품에 화답한 시에 대한 이인로의 평을 담고 있다. '불교에 뜻을 부쳐 이치를 말한 것이 가장 심오하다'는 최자의 평을 통해서 보면 김부식의 시는 심상한 음풍농월이 아니라 불교적 사유체계를 바탕으로 한 철학적 성향의 시임을 짐작할 수 있으며, 이점은 김부식과 혜소가 만나 '밤새도록 도를 논하였다'는 대목에 상응되는 것이기도 하다. 그러나 이 두 사람의 교류가 남긴 부산물 가운데 가장 의미가 있는 것은 아마도 다음 사건이 아닐까 싶다.

　　무릇 樓閣과 池臺를 만드는 방식은 한결 같이 중국의 甘靈寺를 모방했으며, 공사를 마친 뒤에 절 이름도 또한 甘露寺라 했다. 지휘하고 계획하여 經營한 것이 제대로 이루어지니 萬像이 채찍질을 하지 않아도 저절로 달려왔다. 후에 詩僧 惠素가 시를 짓고, 侍中 金富軾이 이으니 전해들은 사람들이 모두 화답하여 '幾千餘篇'이나 되어서 드디어 鉅集을 이루었다[23]

22) 崔滋, 『補閑集』 中卷, 제 9단락; 文烈公和慧素師猫兒云 螻蟻道存狼虎仁 不須遣妄始求眞 吾師慧眼無分別 物物皆呈淸淨身 文順公蟾云 痱磊形可憎 爬 行亦澁 羣虫且莫輕 解向月中入 眉叟蟻云 身動牛應鬪 穴深山恐穨 功名珠幾曲 富貴夢初回 文順公形容甚工 李學士句句皆用事 文烈公寄意浮屠言理最深 大抵體物之作 用事不如言理 言理不如形容 然其工拙 在乎構意造辭耳
23) 李仁老, 『破閑集』 中卷, 제 18단락;昌華公李子淵 杖節南朝登潤州甘露寺 愛湖山勝致 謂從行三老曰爾宜審視山川樓觀形勢 具載胸臆間 毋失豪毛 舟師曰謹聞命矣 及還朝與三老約曰夫天地間凡有形者 無不相似 是以湘濱有九山相似 行者疑焉 河流九曲而南海亦有九折灣 由是觀之 山形水勢之相賦也 如人面目 雖千殊萬異 其中必有相髣髴者 況我東國去蓬萊山不遠 山川淸秀甲於中朝萬萬 則其形勝豈無與京邑相近者乎 汝宜以扁舟短棹 泛泛然與鳧雁相浮沉 無幽不至無遠不尋 爲我相收 當以十年爲期 愼

인용한 글의 내용과 관련하여 주목되는 것은 훗날 감로사에서 있었던 혜소와 김부식의 창화 행위와 이 두 사람의 창화에 이어진 무수한 문사들의 화답 행위다. 보다시피 혜소의 시에 김부식이 화답하자 문사들이 다투어 화답하여 지은 작품이 幾千餘篇에 이르렀고, 그리하여 마침내 鉅集을 이룬 것으로 되어 있다. 물론 幾千이란 숫자는 구체적이고도 실질적인 숫자라기보다는 물리적인 분량이 매우 많음을 나타내는 수사적 과장일 수도 있으며, 따라서 이 숫자를 액면 그대로의 객관적 숫자로 받아들이기가 어려운 측면이 있는 것도 사실이다.

그러나 그렇다고 하더라도 우리는 바로 이 幾千이란 표현에서 화답한 작품의 물리적인 분량이 엄청나게 많았음을 알 수 있으며, 이 엄청난 작품량에 깜짝 놀라지 않을 수가 없다. 화답한 사람의 수가 이토록 많았던 것은 정치적인 영향력과 문단 내의 비중에 있어서 다른 이를 압도했을 김부식과, 物外의 세계에서 유유자적하게 閒遊하고 있었던 당대의 고승 혜소가 창화의 주인공이었다는 특수 상황에 힘입은 바가 매우 컸다고 생각된다. 아울러 오랜 기간에 걸친 이들의 특별한 교유가 風流韻事로 세상에 이미 널리 알려져 있었다는 것도 그들의 창화에 적극적인 관심을 불러일으키게 하는 근본적인 추동력이 되었을 터이다.

그러나 한 작품에 대한 화답작품이 이토록 많았던 이유를 모두 김부식과 혜소의 교유가 지닌 특수성 탓으로 돌릴 수는 없다. 아무리 그들의 교유가 특별하고 또 그것이 세상에 널리 알려져 있었다고 하더라도, 만약 한시를 창작할 수 있는 역량을 지닌 다수의 문사들이 없었다면 이와 같은 일은 도저히 일어날 수 없기 때문이다. 이러한 점에서 이 사건은 歷代

無欲速焉 三老曰唯 凡六涉寒暑 始得之於京城西湖邊 走報公曰旣得之矣 三殤可返 糞煩王趾一往觀焉 遂相與登臨之 喜見眉鬚曰且南朝甘露寺 雖奇麗無比 然但營構繪飾之工 特勝耳 至於天生地作自然之勢 與此相去眞九牛之一毛也 卽捐金帛疋材瓦 凡樓閣池臺之制度 一倣 中朝甘靈寺 及斷手 用題其額亦曰甘露 指畫經營旣得宜 萬像不鞭而自至 後詩僧惠素唱之 而金侍中富軾斷之 聞者皆和幾千餘篇 遂成鉅集

王의 崇文政策과 한문학이 중심이 된 과거제도의 실시 등 한문학의 홍성을 추동한 제반 요인들이 상호 끊임없는 상승작용을 불러일으키면서 한문학이 크게 발전하였던 고려전기의 문학사적 추이를 단적으로 보여주는 사례라고 이를 만하다. 요컨대 그것은 한문학의 급격한 확산과 함께 고려전기에 한문학을 창작하고 향유하는 문사들의 폭이 대단히 광범위하게 확대되었음을 보여주는 상징적인 사건이라 할 수 있는 것이다.

아울러 혜소의 시에 화답한 김부식의 시 등 창화의 결과물들이, 그 간행 여부를 알 수는 없으나 한권의 거대한 책으로 묶였다는 것도 대단히 중요한 사실이다. 이와 같은 거대한 창화집이 엮어졌다면 이 창화집은 당연히 최소한 필사의 형태로라도 고려사회에 널리 유통되었을 터이고, 경우에 따라서는 각각의 작품이 다시 旣刊本이건 筆寫本이건 개별적인 문집에 수록되어 광범위하게 전파되었음이 분명하다. 이와 같은 현상들은 다시 문인들의 창작 욕구를 자극함으로서 창화문화를 대중화시키고 문단의 범위를 더욱더 확대하는 결과를 가져왔음은 말할 것도 없는 사실이며, 이러한 과정을 통하여 김부식과 혜소의 교유가 고려사회에 더욱더 널리 알려졌음도 확실하다. 비록 혜소의 시에 직접 화답한 시는 아니지만 益齋 李齊賢을 위시하여 及菴 閔思平, 圓齋 鄭樞, 柳巷 韓脩, 陽村 權近, 梅月堂 金時習 등에 의하여 이들의 교유를 소재로 한 한시들이 간헐적이나마 줄기차게 창작[24]되었던 것도 이러한 맥락에서 이해할 수 있다.

그러나 이와 같은 창화문화의 광범위한 대중화를 바람직한 현상으로 볼 수만은 없을 것 같다. 왜냐하면 이와 같은 창화문화는 주제와 소

---

24) 成範重, 「金富軾 故事의 詩的 變容과 傳承」, 『울산어문논집』 제 11집, 1996, 46-54쪽 참조. 성범중은 이 논문에서 김부식과 혜소의 교유, 특히 김부식이 나귀를 타고 강서로 혜소를 찾아갔던 일화를 소재로 한 고려후기 이후 한시들을 찾아내고, 시대 상황의 변화에 따라 서 이들 한시들이 어떤 변용을 보여주고 있는지를 명쾌하게 포착하여 제시하고 있다.

재가 같고, 韻字마저도 같거나 유사한 판박이 형 작품들을 대량으로 생산하는 심각한 매너리즘 현상을 야기했을 터이기 때문이다. 뿐만 아니라 혜소의 시에 화답한 시인들 가운데 거의 대부분은 아마도 실제로 현장에서 화답한 것이 아니라 그의 시에 화답한 다른 사람의 작품을 보고다시 화답한 작품일 터이다. 그러므로 그들이 노래한 감로사의 산수는눈앞에 살아 움직이는 구체적인 산수가 아니라 서재에서 고독하게 상상한 관념 산수에 불과하다는 것도 부정할 수 없는 사실이며, 이와 같은관념적 산수시의 창작은 후대 한시에 이르기까지 부정적인 전통을 짙게드리웠다[25]. 아울러 이 엄청난 창화시들은 한문학이 창화를 통한 식자층의 교제 수단으로 광범위하게 정착되기 시작했음을 단적으로 보여주고 있고, 이러한 현상은 결국 진지한 작가의식의 침체를 가져올 가능성이 많다는 점에서도 결코 바람직한 일만은 아니라고 해야 할 것이다.

다른 한편으로 혜소의 시에 대한 대대적인 규모의 화답 사건은 고려전기 한문학 작품의 전승 상황을 상징적으로 보여주고 있기도 하다. 무엇보다 먼저 혜소의 감로사 시에 화답한 기천편의 시가 수록되어 있었던鉅集의 창화집이 실전되면서, 창화집에 수록되어 있던 시들도 뿔뿔이 흩어지기 시작했다. 개별적인 원고로 존재했던 대부분의 작품들은 문집으로 묶일 겨를조차도 없이 사라졌을 터이고, 더러 간행된 문집 속에 수록되었을 작품들도 문집의 실전과 함께 모두 사라졌다. 그리하여 마침내혜소가 지은 原韻마저도 사라져버린 상황에서, 幾千篇의 和答詩 가운데김부식이 차운한 단 한편의 시만[26] 오늘날까지 전해지고 있다. 요컨대

---

25) 오늘날에도 여전히 활동하고 있는 전국 각 지역의 漢詩 詩社에서 자기 지역의 名勝을 소재로 한 한시를 전국적으로 공모를 하는 경우가 적지 않다. 이 때 詩社 측에서해당 명승지 주변의 인문 지리적 환경에 대한 정보를 紙面으로 알려주면, 현장에가본 적도 없는 시인들이 이를 토대로 한시를 지어 보내는 것을 흔히 볼 수 있다.

26) 金富軾, 「甘露寺次惠遠韻」, 『東文選』 제 9권, 五言律詩; 俗客不到處 登臨意思淸 山形秋更好 江色夜猶明 白鳥孤飛盡 孤帆獨去輕 自慚蝸角上 半世覓功名. 이 시의 題目

鉅集의 창화집과 개별적인 문집 등 여러 경로를 통하여 광범위하게 유통되고 있던 幾千篇의 시 가운데서 단 한편만 현존하고 있다는 것은 고려 전기 문헌 전승 상황의 엉성함[27]을 단적으로 보여주고 있는 것이다.

IV.

이상에서 필자는 우선 아직까지 본격적인 관심을 끌지 못했던 혜소라는 승려에 대하여 자료가 허용하는 범위 내에서 자세히 살펴보았거니와, 이와 같은 작업을 통하여 혜소의 취향이나 삶의 양식이 어느 정도는 드러난 것 같다. 요컨대 혜소는 大覺國師의 高弟였으나 불교 교리나 경전에 대한 탐구 쪽 보다는 現實圈을 일정하게 벗어난 청정공간에서 시문과 서예 등 예술세계에 逍遙自適하며 脫俗的 홍취를 마음껏 누렸던 자유분방한 인물이었다. 특히 혜소가 나귀를 타고 빈번하게 찾아왔던 金富軾과 함께 밤새도록 도를 논의하는 장면은 바로 그 탈속적 興趣의 한 극점이라고 이를 만하다.

은 『東文選』에는 「甘露寺次惠遠韻」, 『三韓詩龜鑑』에는 「甘露寺次惠袁韻」, 『青丘風雅』에는 「甘露寺次惠素韵」, 『箕雅』, 『大東詩選』, 『海東詩選』에는 「甘露寺次韻」으로 되어 있으며, 『青丘風雅』, 『箕雅』, 『大東詩選』, 『海東詩選』에는 '孤'가 '高'로 되어 있음.

27) 문집이 간행되었던 몇몇 문인들의 작품을 제외한 이 시대의 대부분의 문인들의 작품들은 무신집권기에 이미 거의 인몰되고 없었던 것으로 생각된다. 아울러 무신집권기 문인의 작품들도 무신집권기에 이미 대부분 인몰된 경우도 허다했으며, 這間의 사정은 『補閑集』의 도처에서 드러나고 있다. 예컨대 수십 권에 이르던 權適의 詩 가운데 崔滋가 『補閑集』을 편찬할 때까지 남아 있었던 것은 20여 首수에 불과하였고, 『補閑集』序文에 고려시대의 대표적인 문인으로 들고 있는 劉冲基의 경우는 저술이 모두 없어져서 『補閑集』에 수록할 수가 없었으며, 산처럼 쌓였던 吳世材 형제들의 시가 모두 散逸되었다는 기록 등이 그것이다. 그러나 이 시대의 문헌 전승이 얼마나 엉성했는지를 단적으로 보여주는 것은 다음 기록이 될 것이다. 崔滋, 『補閑集』卷中, 42단락 ; 長老曰 補閑集(李陽의 文集) 已行於世 其有文章優於補關 而家集未行者有誰 曰中古已上名賢 不可勝數 今世 吳先生兄弟 安處士 陳補闕 兪金二李許多輩 比於補闕 宵壤懸絕 時無知己掊拾 遺稿皆散亡.

혜소가 남긴 삶의 족적 가운데 무엇보다도 각별하게 음미할 만한 것은 그가 甘露寺에서 지은 시에 몇 천편에 달하는 和篙 작품들이 쏟아져 나왔던 사건이다. 화답한 시인이 이토록 많았던 것은 정치적인 영향력과 문단 내의 비중에 있어서 다른 이를 압도했을 김부식과, 物外의 세계에서 유유자적하게 閒遊하고 있던 당대의 고승 혜소가 창화의 주인공이었다는 특수 상황에 힘입은 바가 매우 컸다고 생각된다. 그러나 그렇다고 하더라도, 만약 한시를 창작할 수 있는 다수의 문사들이 없었다면 이와 같은 일이 도저히 일어날 수 없다는 점에서, 이 사건은 고려전기에 한문학을 창작하는 문사들의 폭이 광범위하게 확대되어 있었음을 상징적으로 보여준다고 할 수 있을 것이다.

아울러 혜소의 시에 화답한 시들이 한권의 거대한 책으로 묶였다는 것도 대단히 중요한 사실이다. 이와 같은 창화집이 엮어졌다면 당연히 고려사회에 널리 유통되었을 터이고, 이것이 다시 문인들의 창작 욕구를 자극함으로서 창화문화를 대중화시키고 문단의 범위를 더욱더 확대하는 결과를 가져왔을 터다. 그러나 이와 같은 창화문화의 대중화는 주제와 소재가 같고, 대부분 운자마저 같은 판박이 형 작품들을 대량으로 생산하는 심각한 매너리즘 현상을 야기했을 뿐만 아니라, 관념적 산수시를 유행케 했다는 점에서 바람직한 것만은 아니라고 해야 할 것이다. 다른 한편으로 이 사건은 고려전기 한문학 작품의 전승 상황을 상징적으로 보여주고 있기도 하다. 요컨대 무려 몇 천편의 시 가운데 김부식의 次韻詩 한편만 오늘날까지 전해지고 있다는 것은 고려전기 문헌 전승 상황을 그야말로 유감없이 보여주고 있으며, 따라서 이 사건은 고려전기 한문학 연구에서 자료전승의 영성함이 언제나 진지하게 고려되어야 한다는 것을 유감없이 보여준다고 할 수 있을 것이다.

수록처:『대동한문학』제 24집, 대동한문학회, 2006.

『三國史記』 崔致遠 列傳에 投影된
金富軾의 意識의 몇 局面

I.

주지하는 것처럼 崔致遠은 한국문학사의 서두를 장식한 걸출한 문인
일 뿐만 아니라 우리 정신사와 문화사의 총체적인 흐름 속에서도 매우
큰 비중을 차지하고 있는 중세 지성의 상징적 존재다. 그러므로 그는
과거로부터 오늘날에 이르기까지 실로 다양한 각도에서 지속적으로
평가 또는 연구의 대상이 되어 왔으며[1], 그 내용이나 방향도 해당 시대
의 문화적인 조건과 개인적인 입장의 차이에 따라 상당한 변모를 보여
왔다. 이러한 점에서 우리 조상들의 최치원에 대한 인식의 변모 양상을
밝히는 일은 단순히 그들의 崔致遠觀을 밝힌다는 고립적인 범주를 넘
어서서, 그 자체로서 우리 문학사와 사상사 등 문화사의 대체적인 추이
를 점검하는 방법의 하나로서도 매우 유효한 것이라고 믿는다.

이 논문은 바로 이와 같은 문제 의식을 바탕으로하여『三國史記』최
치원 열전에 투영된 金富軾의 崔致遠觀, 혹은 이를 통해서 유추할 수 있

---

1) 최치원에 대해서는 고려시대 이후부터 최근에 이르기까지 끊임없이 언급되어 왔으
며, 과거의 우리 문화 유산에 대한 체계적이고 본격적인 연구가 이루어지기 시작한
20세기 이후의 것만 하더라도 줄잡아 100편 정도의 연구 논문이 학계에 보고되어
있는 것으로 파악된다.

는 그의 의식의 몇 국면을 포착하기 위한 노력의 일환으로 집필되었다. 따라서 필자는 이 글에서 최치원 열전을 그 주된 자료로 삼으면서도 최치원보다는 열전의 집필자인 김부식을 중심으로 논의를 전개할 예정이며, 경우에 따라서는 이규보가 남긴 최치원 관계 자료를 비교 대상으로 내세움으로써 김부식의 의식을 보다 선명하게 포착하도록 노력하게 될 것이다. 이와 같은 논의는 앞에서도 이미 언급한 것처럼 김부식의 崔致遠 觀이라는 고립적인 범주를 넘어서서 여러 가지 면에서 김부식과『三國史記』에 대한 이해를 심화시키는 데 일정한 도움을 줄 수 있을 뿐만 아니라 김부식과 이규보의 문화 의식의 차이를 이해하는 데도 얼마간의 기여를 할 수 있으리라 기대된다. 아울러 김부식과 이규보로 상징되는 무신집권기 전후의 문화사적 추이를 가늠하는 데도 최소한의 의의를 지니게 되리라고 믿는 바이다.

II.

김부식이 편찬한『三國史記』의 문학적 수준, 특히 열전에 수록된 고문의 탁월성과 개별 작품이 지닌 傳記文學的 우수성[2]에 대해서는 한문

---

2)『三國史記』는 김부식이 혼자 편찬한 책이 아니라 8명의 '參考'의 도움을 받아 편찬하였고, 편찬 당시에 그의 나이는 70세의 고령이었다. 따라서 이 책 전체를 김부식이 직접 집필했는지에 대해서는 의문이 있을 수 있으며, 고병익 교수도 論贊을 위시한 극히 일부분을 제외한 나머지 부분의 사실 자체에 대한 서술은 '參考'들이 한 것으로 보고 있다(高柄翊,「三國史記에 있어서의 歷史 敍述」,『韓國의 歷史認識』上, 創作과 批評社, 1984, 37-38쪽 참조). 이러한 주장에 따르면『三國史記』열전도 8명의 '參考'가 집필한 셈이 되겠지만, 필자는 한문의 문체미학에 대한 남다른 식견을 가졌던 金澤榮의 다음과 같은 기록을 근거로하여『三國史記』의 열전 부분이 전적으로 김부식이 집필한 것은 아니라고 하더라도 최소한 그의 가필이 더해진 것으로 보고자 한다.
金澤榮,『合刊韶濩堂集』, 文集 八卷, 雜言 四; 余 初疑金文烈三國史 多仍三國本文 故能豊雅矣 後讀其慧陰寺記 見其與三國史同爲一手筆 然後疑始破矣

문장의 문체 미학에 대한 정감적이고 체득적인 이해를 가졌던 중세 시대의 문인들로부터 이미 누누히 언급된 바 있다3). 그리고 이점에 대해서는 한문학 연구에 종사하고 있는 현대의 학자들도 거의 대부분 동의4) 하고 있는 것으로 생각된다5).

그러나,『三國史記』열전 가운데는 그 분량이 매우 짧은데다가 문학적 형상성이 결여된 단순 사실의 기술에 불과하여 한편의 전기 문학으로 취급하기 어려운 것도 적지 않게 수록되어 있음이 사실이다. 더구나 상당한 정도의 분량을 가지고 있으면서도 문학적으로 성공하지 못한 경우도 아주 없다고는 할 수 없으며, 적어도 상대적인 차원에서 본다면 본고에서 다루고자 하는 최치원 열전의 경우도 바로 그러한 사례의 하나라고 생각된다.6)

---

3) 가령 다음과 같은 언급들은 그 대표적인 사례에 해당된다.
崔滋,『補閑集』下 제 19단락; 古四六龜鑑 非韓柳則宋三賢 不及此者 以文烈公 爲模範 可矣
金澤榮,『合刊詔濩堂集』八卷, 雜言 四; 吾邦之文 三國高麗 專學六朝文 長於騈儷 而高麗中世 金文烈公 特爲傑出 其所撰三國史 豊厚樸古 綽有西漢之風
河謙鎭,「校正三國史記序」(金澤榮,『校正三國史記』); 其書法之簡嚴 文章之撲茂 議論之精確 謂得三長之神髓 非夸言也
4) 더구나 김부식의 문장에 대한 이와 같은 평가는 그동안『三國史記』에 나타난 그의 사관에 대한 인식이 매우 비판적인 것이었고, 이에 따라서 김부식 개인에 대한 이미지가 전반적으로 부정적인 분위기 속에서 이루어진 것임을 고려한다면 그 신뢰성은 더욱 더 높다고 해야 할 것이다.
5)『三國史記』열전에 대한 문학적 연구는 1960년대의 박두표 교수의「삼국사기 열전의 설화성」(청구공전논문집 제 1집, 1964)에서 시작되어 임형택 교수의「삼국사기 열전의 문학성」(한국한문학연구 제 12집, 한국한문학연구회, 1989), 김도련 교수의「삼국사기의 문예적 성과와 사료적 가치」(『三國史記의 原典 檢討』, 한국정신문화연구원, 1995) 등 10편 정도의 연구 논문이 이미 학계에 보고된 바 있으며, 이들 논문들은『三國史記』열전의 문학성이 매우 높다는 데 그 의견을 같이하고 있다.
6) 그러나『三國史記』등 紀傳體 史書의 列傳의 문학성을 논의하는 자리에서 언제나 고려해야 할 사항은 저자, 혹은 편찬자는 기본적으로 문학작품을 쓴다는 자세로 열전을 창작했다기보다는 歷史書의 일부로 열전을 서술했다는 점이다.『三國史記』열전의 문학성도 이러한 전제 아래서 평가되어야 할 것으로 생각되며, 따라서 열전의 문학성을 지나치게 기대해서도 안 된다고 본다. 그리고 필자가 여기서 '상대적인 차

주지하는 것처럼 최치원은 몰락의 조짐이 현저하게 드러나던 신라 말기, 혹은 당나라 말기라는 역사적인 조건 속에서 영광과 좌절로 범벅이 된 파란만장한 삶을 살았다. 따라서 그의 개인사는 그 자체로서도 매우 서사적인 국면을 갖추고 있고, 후대에 그를 소재로 한 갖가지 설화와 소설들이 마구 쏟아져 나왔던 것도[7] 그의 이와 같은 개인사와 결코 무관하지 않을 것이다. 그럼에도 불구하고『三國史記』의 崔致遠 列傳은 金澤榮에 의하여 '고려시대 산문 중 최고의 걸작'으로 '『戰國策』이나『史記』의 수준에 조금도 손색이 없는 명문'으로 평가된 바 있는「溫達傳」[8]은 물론이고, 같은 문예열전에 수록된「强首傳」이나「薛聰傳」에 비해서도 그 문학적 형상성이 떨어지는 것으로 생각된다.

崔致遠 列傳의 문학적 형상성이 이처럼 다른 작품보다 떨어지는 이유 가운데 하나는 상대적으로 우수한 것으로 평가되고 있는 작품들이 대체로 주인공의 생애를 집약적으로 보여주는 구체적인 일화를 중심으로 하여 구심화 됨으로써 인물의 성격이 생동적으로 형상화되어 있음에 비하여, 崔致遠 列傳의 경우는 삶의 궤적을 순서대로 나열하는 평면적 구성을 취하고 있기 때문으로 생각된다. 그러나 崔致遠 列傳이 문학적으로 큰 성공을 거두지 못한 더욱 더 근본적인 이유는 역시 단락과 단락간의 물리적인 분량의 불균형 때문에 작품의 전체적인 균형 감각이 크게 훼손된 데 있다고 할 수 있을 것 같다. 이점을 입증하기 위해서는 우선 崔致遠 列傳을 그 내용상의 구성에 따라 몇 개의 단락으로 나누고 각 단락별 분량을 검토할 수밖에 없는데, 조사 결과 주석을 제외하고 모두

원'이란 용어를 쓴 것도 어디까지나『三國史記』열전의 우수한 작품에 비해서 '상대적'이란 뜻임은 물론이다.

7) 韓碩洙,『崔致遠傳承의 硏究』, 계명문화사, 37-48 쪽 참조.

8) 金澤榮,「答李明集論三國史校刊事書」(金澤榮,『校正三國史記』); 如溫達一傳 置之戰國策史記之中 幾不可辨
金澤榮,『合刊韶濩堂集』, 八卷, 雜言 四; 高麗文之傑作 當以金文烈公溫達傳 爲第一

1238자로 이루어져 있는 이 작품의 각 단락별 글자 수는 다음과 같다.

(1) 제 1단락; 崔致遠 - 傳之至今(149 자) ; 입당 유학 과정에서의 아버지의 말씀과 빈공과 급제 과정 및 당 나라에서의 활동 등을 기록.

(2) 제 2단락; 及年二十八歲 - 出爲大山郡太守(74자); 귀국과 신라 중앙 정부 에서의 실의와 좌절에 따라 외직으로 나가게 된 배경 등을 기록.

(3) 唐昭宗景福二年 - 此所謂太師侍中名亦不可知也(622자);사신으로 중국에 가려다가 도적들의 발호로 가지 못했으나 그 후 언젠가 중국으로 간적이 있으며, 그것은 「上太師侍中狀」이라는 글을 통해 확인할 수 있음(말미에 인용된「上太師侍中狀」514자)을 기록.

(4) 致遠自西事大唐 - 以終老焉(123자); 최치원의 생애를 총체적으로 좌절로 규정하고 은둔한 뒤의 생활을 기록.

(5) 始西遊時 - 又有文集三十卷行於世(184자) ; 중국 문인들의 인정을 받고 중국에 문명을 떨쳤음과 최치원의 저술을 기록.

(6) 初我太祖作興 - 贈諡文昌侯(86자); 고려 왕조와의 관계, 즉 태조에 대한 密贊, 문인들의 入朝 및 최치원에 대한 고려왕조의 추증 사항 등을 기록.

이상에서 볼 수 있는 것처럼 崔致遠 列傳은 제 3단락의 분량이 전체 분량의 절반 이상을 차지하고 있다. 말하자면 최치원이 귀국 후 언젠가 중국으로 가려다가 도적의 발호로 가지 못했다는 것과, 그럼에도 불구하고 그후 언젠가 중국에 간적이 있었음을 밝히기 위하여 전체의 절반 이상을 할애하고 있는 것이다.

그러나 더욱더 근본적인 문제는 이 부분이 작품의 전개상 거의 필요가 없는 내용으로 간주된다는 사실에 있다. 왜냐하면 최치원이 중국에 가려다가 도적들의 발호로 가지 못했다는 사실과, 그 뒤에 언젠가 다시 중국에 간적이 있다는 것을 입증하기 위한 글9)이 최치원 열전의 절반 이상을 차지해야 할 이유는 없을 터이기 때문이다. 이렇게 볼 때 崔致遠 列傳이 그 균형 감각을 상실하고 있는 것은 단순히 단락과 단락간의 물리적인 분량 때문이 아니라 없어도 별다른 문제가 없는 내용을 아주 지리하고 장황하게 서술하고 있다는 데 그 원인이 있으며, 이로 인하여 지방관으로 나간 뒤에 와야할 은둔이 아득하게 뒤로 밀리면서 작품의 전개에 있어서 일종의 거대한 단층을 형성하고 있기도 하다.

바로 이와 같은 균형상의 문제는 崔致遠 列傳의 절반 이상을 차지하는 제 3단락의 「上太師侍中狀」이라는 최치원의 작품에서도 현저하게 드러나는 현상이다. 이 작품은 모두 514자로 이루어져 있는데, 논의의 편리를 도모하기 위하여 다소 장황한대로 원문을 통채로 인용해보면 다음과 같다.

> (1)伏聞 東海之外有三國 其名馬韓卞韓辰韓 馬韓則高麗 卞韓則百濟 辰韓則新羅也 高麗百濟全盛之時 强兵百萬 南侵吳越 北撓幽燕齊魯 爲 中國巨蠹 隋皇失馭 由於征遼 貞觀中 我唐太宗皇帝 親統六軍渡海 恭行 天罰 高麗畏威請和 文皇受降廻蹕 此際 我武烈大王 請以犬馬之誠 助定 一方之難 入唐朝謁 自此而始 後以高麗百濟 踵前造惡 武烈王 朝請爲鄕 導 至高宗皇帝顯慶五年 勅蘇定方 統十道强兵 樓舡萬隻 大破百濟 乃於 其地 置扶餘都督府 招輯遺氓 莅以漢官 以臭味不同 屢聞離叛 遂徙其人 於河南 摠章元年 命英公徐勣 破高句麗 置安東都督府 至儀鳳三年 徙其 人於河南隴右 高句麗殘孼類聚 北依太白山下 國號爲渤海 開元二十年 怨恨天朝 將兵掩襲登州 殺刺史韋俊 於是 明皇帝大怒 命內史高品何行 成太僕卿金思蘭 發兵過海攻討 仍就加我王金某爲正太尉持節充寧海軍 事鷄林州大都督 以冬深雪厚 蕃漢苦寒 勅命廻軍 至今三百餘年 一方無

9)『三國史記』제 46권, 崔致遠 列傳; 其後 致遠亦嘗奉使如唐 但不知其歲月耳 故其文集 有上太師侍中狀云......此所謂太師侍中姓名 亦不可知也.

事 滄海晏然 此乃我武烈大王之功也(362자)

(2)今某 儒門末學 海外凡材 謬奉表章 來朝樂土 凡有誠懇 禮合披陳
伏見元和十二年 本國王子金張廉 風飄 至明州下岸 浙東某官 發送入京
中和二年 入朝使金直諒 爲叛臣作亂 道路不通 遂於楚州下岸 邐迤至楊
州 得知聖駕幸蜀 高太尉差都頭張儉 監押送至西川(105자)

(3)已前事例分明 伏乞太師侍中 俯降台恩 特賜水陸券牒 令所在 供給
舟舡熟食 及長行驢馬草料 幷差軍將 監送至駕前(47자)

　　내용상으로 볼 때 이 글은 신라와 당나라의 전통적인 우호 관계를 누
누히 강조하면서 이와 같은 우호 관계에 초석을 놓은 무열왕의 공적을
특별히 언급한 첫째 단락(362자), 신라 사신들이 뜻하지 않은 상황을
만났을 때 당나라 정부에서 편의를 제공했던 전례를 들고 있는 둘째 단
락(105자), 그리고 같은 경우를 당한 자신에게 편의 제공을 청탁하는
마지막 단락(47자) 등 세 부분으로 이루어져 있으며, 이 세 부분은 분량
상으로 심한 차이를 드러내고 있다. 요컨대 첫째 단락이 작품 전체의
7/10 가량을 차지하고 있는 반면에 나머지 두 단락을 합해도 3/10에 불
과할 뿐만 아니라, 둘째 단락과 셋째 단락을 비교해 보면 셋째 단락은
둘째 단락의 절반에도 미치지 못하고 있으며, 이러한 점에서 이 작품은
전체적으로 용두사미 형을 이루고 있는 것이다.
　　더구나 이 글은 분량상에 있어서 뿐만 아니라 그 기세에 있어서도 그
야말로 용두사미다. 보다시피 이 글의 첫 부분은 마치 동해 밖에 있는
삼국이란 광대한 공간과 유구한 시간에 걸친 역사적 사실을 소재로 한
대 서사시의 서두처럼 사뭇 장엄하고 육중한 어조로 시작되고 있어 그
무슨 큰 일이 곧 벌어질 듯한 팽팽한 긴장감이 어려 있다. 그러나 그 장
중턴 기세는 문맥이 흐를수록 점점 약화되기 시작하며, 마침내 前例까

지 들먹이면서 太師侍中에게 水陸 통행증과 배, 숙식, 장거리 통행에 필요한 말먹이 따위를 제공해 주기를 청탁하는 초라하고 구차스러운 구걸 행위로 끝나고 만다. 결국 太師侍中에게 이 글을 올린 이유도 새삼스럽게 당나라와 신라의 전통적인 우호관계를 논의하기 위한 것이 아니라 그것을 수단으로하여 참으로 구차스런 구걸 행위를 성사시키는 데 있음은 말할 것도 없는 사실이며, 이러한 점에서 이 작품은 내용상으로도 역시 용두사미라고 해야할 것이다.

말하자면, 「上太師侍中狀」은 그 자체로서 작품의 분량은 물론이고 내용이나 기세에 있어서도 심한 불균형을 이루고 있으며, 崔致遠 列傳 전체의 맥락에서 볼 때도 이 긴 작품이 불필요하게 삽입됨으로써 그 불균형을 심화시켰음은 이미 앞에서 언급한 대로다. 더구나 이 작품은 김부식의 고문체 문장이 앞 뒤로 펼쳐지는 가운데 돌연히 난해한 騈儷套로 아주 장황하게 삽입됨으로써 문체적인 부조화까지 겹쳐져 있다. 요컨대 崔致遠 列傳은 바로 이러한 여러 가지 불균형, 또는 부조화한 국면들이 상호 끊임없는 상승 작용을 불러일으켜 일종의 기형적인 형태를 취하고 있다고 할 수 있으며, 상대적으로 다른 작품에 비해 崔致遠 列傳의 문학성이 떨어지는 중요한 이유의 하나가 바로 이러한 구성상의 문제에 있다고 해야 할 것이다.

그렇다면 김부식이 崔致遠 列傳을 거의 기형적인 형태로 몰아가면서까지 그 자체로서도 기형적인 「上太師侍中狀」을 열전 한 가운데 삽입한 이유는 무엇일까? 물론, 이러한 의문에 대한 표면상의 답변은 이 글 속에 이미 마련되어 있다. 요컨대 그것은 앞에서도 이미 언급한 것처럼 최치원이 귀국한 후에도 언젠가 한 번 중국에 간적이 있다는 사실을 입증하기 위한 증빙 자료로서의 역할이지만, 여러 가지 정황으로 보아 이 긴 작품을 이처럼 단순한 목적만을 위하여 작품의 한 가운데 포치했다고 보기는 매우 어려울 것이다. 왜냐하면, 만약 그것이 유일한 목적일 경우 다른 방식, 예컨대 '최치원은 그 후 언젠가 중국에 간적이 있었는데, 이점은 그의 문집에 수록되어 있는 「上太師侍中狀」을 보면 알 수가 있다'는 식으로 아주 간략하게 처리할 수도 있었을 터이기 때문이다.

따라서 김부식이 그 당시까지 남아 있던 실로 방대한 분량의 최치원의 글들[10] 가운데 하필이면 「上太師侍中狀」을 아주 장황하게 인용한 데는 또다른 이유가 있다고 해야 마땅할 터인데, 그것은 도대체 무엇일까? 필자는 이 작품의 전체적인 내용으로 미루어 볼 때 일단 그것은 최치원의 역사의식을 보여주기 위한 것으로 볼 수 있지 않을까 한다.[11] 왜냐하면 이 작품은 중국에 대해서는 대단히 사대적·모화적이며, 백제와 고구려·발해 등에 대해서는 동일 문화권, 동일 겨레임을 인정하면서도 아주 강렬한 배타 의식을 지녔고, 신라에 대해서는 우호적일 수밖에 없었던 최치원의 역사의식을 총체적으로 보여주는 글이기 때문이다.

그러나 다른 한편으로 생각해보면 어디까지나 「上太師侍中狀」은 최치원의 수많은 글 가운데서 김부식에 의하여 선택된 것이므로 崔致遠 列傳은 결국 김부식의 역사의식을 투영하고 있는 글이기도 하다. 더구

---

10) 다음과 같은 글들을 보면 최치원의 저술들 가운데 적어도 『桂苑筆耕』과 별도의 문 집 30권은 김부식이 『三國史記』를 집필하던 시대까지 전하고 있었음이 분명하다.
　金富軾, 『三國史記』, 제46권, 崔致遠 列傳; 新唐書藝文志云 崔致遠 四六集一卷 桂苑 筆耕二十卷……又有文集三十卷 行於世
　金富軾, 『三國史記』, 제11권, 新羅本紀 제 11권, 眞聖王 卽位年 條; 崔致遠文集 第二 卷 謝追贈表云……

11) 최치원이 다른 무엇보다도 문인이었다는 점을 고려한다면 우리는 일단 그 이유를 그가 도달한 문학적 수준을 구체적인 작품을 통하여 보여주기 위한 것이라고 생각 해 볼 수도 있다. 그러나 앞에서도 이미 언급한 것처럼 이 작품이동정심을 유발할 수 있을지는 몰라도 진정한 의미에서 최치원의 문학을 대표할 만한 우수한 작품이 라고 볼 수는 없으며, 만약 그러한 의도에서 삽입했다면 김부식이 접할 수 있었던 20권의 『桂苑筆耕』과 30권의 문집 가운데 수록된 탁월한 작품들, 예컨대 모두가 공인하는 그의 대표작인 「討黃巢檄文」과 같은 작품을 선택해야 마땅할 것이다.

나「上太師侍中狀」중에 있는 역사적 사실의 오류들, 특히 麗唐 전투의 승리자가 당태종이라는 잘못된 기록까지도 아무런 조치없이 그대로 방치하고 있다는 점에서 더욱 더 그러한 느낌이다.「上太師侍中狀」의 이러한 잘못이 역사적 사실에 대한 최치원의 오해에서 비롯된 것인지 그의 역사의식의 한계가 빚어낸 의도적인 왜곡에서 기인한 것인지에 대해서는 현재로서는 명확하게 판단할 자료가 없다. 그러나 적어도 김부식은 그것이 잘못임을 분명히 알고 있었으며, 이점은『三國史記』의 다른 부분을 통해 분명하게 확인할 수 있다[12].요컨대 김부식은「上太師侍中狀」의 내용이 역사적 사실과 다르다는 것을 번연히 알고 있으면서도, 그리고『삼국사기』가 異說에 대해서는 주석을 달아 처리하는 방식을 취하고 있음에도 불구하고[13] 민족적 긍지가 걸려있는 중요한 오류를 그대로 방치함으로써 이 오류에 대해 무관심한 듯한 태도를 취하고 있는 셈이다. 이것은 결국 김부식이 이 글에 나타난 최치원의 역사의식에 대해 방관적, 혹은 追認的 태도를 띠고 있다고 할 수 있으며, 이와 같은 부면은『삼국사기』가 사대주의 사관에 의하여 편찬되었다는 주장이 근거 없는 것이 아님을 보여준다. 아울러 그것은 그가 신라를 중심으로『三國史記』를 편찬했다는 주장 역시 근거가 있음을 보여주며,『三國史記』의 신라 중심주의는 책 자체가 지닌 물리적인 분량의 신라 편중 보다는 이러한 의식의 신라 편중에 더욱 더 심각한 문제가 있다고 해야할 것이다.

---

12)『三國史記』제 21권, 高句麗 本紀 제 9권, 寶藏王 上, 4년 冬十月 條;....我軍及唐兵馬 死亡者甚衆 帝以不能成功 深悔之 嘆曰 魏徵若在 不使我有是行也

13) 현재『三國史記』에는 560여개의 주석이 첨부되어 있는데, 이들 모두가 편찬자의 주석인지의 여부는 분명하지 않으나 그 중의 대부분은 편찬 당시의 주석으로 생각되고, 그리 많지는 않으나 분명히 편찬자의 주석임이 밝혀진 경우도 있다. (이강래,『三國史記 典據論 硏究』, 고려대 대학원 박사학위논문, 1993, 7쪽 및 12-13쪽) 그러므로 김부식이 '述而不作'의 차원에서 최치원의 이 글을 원문 그대로 수록했다 하더라도 그럴 뜻만 있었다면 주석을 통하여 얼마든지 정정할 수 있었을 것이다.

III.

『三國史記』崔致遠 열전을 읽을 때마다 필자는 김부식이 최치원을 실상보다 다소 가볍게 취급하고 있는 것이 아닌가 하는 느낌을 갖게 되며, 우선 최치원 열전의 분량부터가 그렇다. 예외적인 경우가 없는 것은 아니라고 하더라도 열전의 분량은 대체로 한 인간이 차지하는 역사상의 비중에 따라서 결정되는 것이 정당하겠지만 실제로는 자료적 사정이 더 큰 변수로 작용하는 경우가 많고, 자료가 넉넉하지 못한 상황에서 편찬되었던『三國史記』의 경우는 더욱 더 그러하다.[14]

이러한 맥락에서 볼 때 崔致遠은 列傳의 분량이 길어질 수 있는 당위적 조건과 현실적 조건을 아울러 갖춘 경우로 판단된다. 왜냐하면 그는 9세기 말의 동아시아 사회의 전환기를 살면서 동아시아 문화권 전체에서 통할 수 있는 신라 지성의 상징적 존재이자『三國史記』가 쓰여지던 고려전기까지의 이 나라 문학사에 나타난 가장 걸출한 문인이었고,『桂苑筆耕』20권과 文集 30권 등 방대한 자료가 남아 있었기 때문이다. 더구나 그의 생애가 영광과 좌절로 뒤범벅이 된 파란만장한 것이었으므로 마음먹기에 따라 그의 열전은 상당히 길어질 수는 있는 서사성을 띄고 있음에도 불구하고 실제로 최치원 열전의 분량은 당위적,

---

14) 예컨대 김유신 열전이 10권에 불과한『三國史記』열전 가운데 3권의 방대한 분량을 차지하게 된 것도 삼국 통일에 헌신한 김유신이란 인물의 역사적 비중과, 그 비중에 대한 김부식의 주관이 크게 작용했겠지만, 일차적으로 김유신의 현손인 金長淸이 지은 10권 분량의 金庾信『行錄』이 있었기 때문에 가능했으며, 그 반대로 당 태종을 격파한 양만춘의 열전이 없는 것도 다음 글에서 감지할 수 있듯이 바로 이러한 자료적인 사정 때문이었다.
『三國史記』, 제43권, 列傳 제3권, 金庾信 列傳 끝 부분; 庾信玄孫 新羅執事郎長清 作行錄十卷 行於世 頗多釀辭 故刪落之 取其可書者 爲之傳
『三國史記』제21권, 高句麗 本紀 제9권, 寶臧王 上, 4년 條 論; 論曰 唐太宗聖明……至於用兵之際 出奇無窮 所向無敵 而東征之功 敗於安市 則其城主可謂豪傑非常者矣 而史失其姓名 如楊子所云 齊魯大臣 史失其姓名 無異 甚可惜也

현실적 조건에 비하여 그리 긴 편이 못된다고 생각된다.15)

이 점은 무언가를 더 보완하고 싶었음에도 불구하고 자료적 사정으로 보완하지 못함을 애석히 여기는 듯한 분위기가 행간에 역력히 깔려 있는 설총 열전16)과 특히 대조된다. 요컨대 김부식은『三國史記』의 도처에서 자료 부족에 대한 아쉬움을 토로하고 있으나 최치원 열전을 쓰면서 그가 남긴 방대한 문집을 충분히 검토하고 자료로 활용했는지는 매우 의심스러우며, 이점은 최치원 열전 뿐만 아니라『三國史記』전체에 적용해도 큰 잘못이 없을 것이다.17).

여기서 제기될 수 있는 반론의 하나는 최치원 열전에서 빠져서는 안 될 것이 빠져버린, 따라서 더 보완해야 할 것에 어떤 것이 있겠느냐는 질문이다. 이와 같은 질문에 대해서 우선적으로 들 수 있는 것은 그의 입당과 수학 과정인데, 이점을 설명하기 위해서는『桂苑筆耕』서문과 최치원 열전의 해당 부분을 비교해 볼 필요가 있다.

---

15) 물론 같은 문에 열전에 수록된 強首나 薛聰보다는 상당히 더 길지만 그것은 인물이 갖는 역사적 비중에 상응하는 차이에 불과하며, 더구나 문맥상으로 볼 때 좀 엉뚱하게 들어가 있는 듯한「上太師侍中狀」을 제외하고 보면 그 분량은 두 사람의 열전과 비슷해진다. 그러나 문제는 두 사람의 열전과의 단순한 분량 차에 있는 것이 아니라 두 사람과는 달리 최치원은 모든 조건이 구비되어 있고, 따라서 마음만 먹으면 얼마든지 보완할 수 있음에도 불구하고 그렇게 하지 않았다는 사실에 있다.

16) 薛聰 列傳에는 설총의 문장력을 알아볼 자료를 구하기 위하여 南地에 있는 그의 비명을 조사하기까지 했음에도 불구하고 문자가 결여되어 끝내 알 수 없음을 애석히 여기는 한편, 그와 직접적인 관련이 없는 일본국 眞人의 글까지 삽입하고 있는데, 이는 최치원의 경우와 크게 대조적이다.

17) 가령 新羅本紀 遣唐史 관계 기록에는 최치원의 금석문에 등장하는 수차례의 견당사 기록이 반영되어 있지 않을 뿐만 아니라『桂苑筆耕』등 문집에 수록된 글에 등장하는 견당사 기록도 여러 차례 누락되어 있는데(권덕영,「三國史記 新羅本紀 遣唐史 記事의 몇 가지 問題」,『三國史記의 原典 檢討』, 한국정신문화연구원, 1995, 100-102 쪽 참조), 이것은 김부식을 위시한『三國史記』의 편찬자들이 최치원의 문집이나 금석문(아마도 30권에 달했다는 최치원의 문집에는『四山碑銘』을 위시한 금석문들도 거의 모두 수록되어 있었을 것임)들을『三國史記』편찬에 적극적으로 활용하지 않았음을 보여주는 하나의 증거라고 해도 좋을 것이다.

桂苑筆耕序; 年十二 離家西泛 當乘桴之際 亡父計之曰 十年不第進士
則勿謂吾兒 吾亦不謂有兒 往矣勤哉 無隳乃力 臣佩服嚴訓 不敢弭忘 懸
刺無遑 驥諧養志實得人百之己千之 觀光六年 金名榜尾[18]

崔致遠 列傳; 至年十二 將隨海舶 入唐求學 其父謂曰 十年不第則非吾
子也 行矣勉之 致遠至唐 追師學問無怠 乾符元年甲午 禮部侍郎裴瓚下
一擧及第

위의 인용에서 살펴볼 수 있듯이「桂苑筆耕序」의 해당 내용에는 육
두품 출신의 신분적 비애가 강렬하게 반영되어 있는 것으로 생각되는
아버지의 가혹하고도 비장한 선언과, 이에 상응하는 어린 아들의 뜨거
운 향학열로 인하여 비상한 긴장감이 어려있다. 그러나 崔致遠 列傳의
내용은 이러한 긴장감이 크게 희석되고 사실에 대한 평면적이고 나열
적 진술이 중심을 이루고 있다. 그러므로 이러한부분은「桂苑筆耕序」
의 것을 취할 법하며,『三國史記』가 대체로 '述而不作'의 정신에 따라
기존 사료를 옮겨 싣는 방식을 취하고 있는 역사서 임을 고려한다면 더
욱 더 그러하다.
다음으로 들 수 있는 것은 그의 문장 뿐만 아니라 우리나라 변려문이
도달한 수준을 대표하는 걸작으로 일컬어지는「討黃巢檄文」[19]과 함께,

---

18) 崔致遠,『崔文昌侯全集』, 성균관대학교 대동문화연구원, 1982, 287쪽.
19)「討黃巢檄文」에 대해서는 이미 서거정, 정약용 등을 위시한 많은 분들에 의하여 그
 우수성이 언급된 바 있고, 柳夢寅의『於于野談』을 통해서 우리나라의 많은 사람들
 이 중국의 四六 選集에 이 작품을 수록하지 않은 것을 중국인들의 편협된 마음의
 소치로 간주할 정도로 이 작품에 대한 강한 자부심을 지니고 있었음을 알 수 있다.
 그러나 이러한 기록을 남긴 유몽인은 이 작품의 우수성을 부분적으로 인정하면서
 도 전체적으로는 견해를 달리하고 있었으며, 저간의 사정은 다음 글에서 확인할 수
 있다.
  柳夢寅,『於于野談』(洪萬宗 編,『詩話叢林』, 亞細亞文化社, 1973, 274쪽): 東國人
 多稱崔致遠黃巢檄 不選於四六之書 中國亦不免隘也 以余觀之 黃巢檄 雖有驚人之句
 而立語命意 亦多顚錯 東國人 信乎不識文矣

이 작품으로 황소의 기를 꺾어놓았다는 유명한 일화다. 최치원의 문명을 천하에 떨치게 했던 이 사건은 실로 동국인으로서는 전무후무한 파천황의 쾌거로 볼 수 있고, 후대 문인들이 최치원의 귀국을 금의환향의 대명사처럼 인식하게 된 것도 賓貢科 합격과 함께 이를 염두에 둔 것이라고 해도 과언이 아니므로, 필자의 소견으로는 상당한 정도의 감정적 도취와 흥분을 곁들여서 대서특필 해도 좋을 것이라고 생각된다. 더구나 이 사건이 왕조의 권위에 도전하는 역적 토벌과 관련되어 있다는 점에서 묘청의 난을 토벌하고 史筆을 잡은 김부식의 개인적 처지와 조응될 뿐만 아니라, 「進三國史記表」에서 볼 수 있는 그의 교훈주의 사관[20]과도 잘 부합된다는 점에서 특히 그렇다. 따라서 필자의 느낌으로는 김부식이 「討黃巢檄文」의 전문을 인용하며 아주 특별히 다루어주거나[21], 전문 인용까진 어렵다고 하더라도 『白雲小說』의 짤막한 기록 가운데 삽입된 다음 글과 같은 정도의 밀도와 경탄을 수반하여 표현되는 것이 마땅하다는 생각이다.

崔致遠孤雲 有破天荒之大功 故東方學者 皆以爲宗..... 如黃巢檄一篇
雖不載於史籍 巢讀至 不惟天下之人皆思顯戮 抑亦地中之鬼已議陰誅 不
覺下床而屈 如非泣鬼驚風之手 何能至此[22]

그럼에도 불구하고 崔致遠 列傳의 해당 부분은 다음 인용에서 볼 수 있듯이 우리의 상식적인 판단과는 달리 매우 간략하게 기록되어 있다.

---

20) 金富軾, 「進三國史記表」, 『東文選』 제44권; 是以 君后之善惡 臣子之忠邪 邦業之安
   危 人民之理亂皆不得發露以垂勸戒 宜得三長之才 克成一家之史 貽之萬世 炳若日星.
21) 『三國史記』 열전 가운데 장편의 글을 인용하고 있으면서도 이 인용문으로 인하여
   더욱 더 돋보이는 甄萱 列傳과 같은 사례가 있음도 참고할 만하다.
22) 『白雲小說』, 제 3단락

時黃巢叛 高騈爲諸道行營兵馬都統以討之 辟致遠爲從事 以委書記之
任 其表狀書啓 傳之至今

　보다시피 이 글에는「討黃巢檄文」그 자체에 대해서는 대서특필은
고사하고 일언반구의 언급조차 없다. 더구나 좌절과 영광으로 점철되
어 있는 최고운의 일생에서 가장 눈부셨던 날들인 이 무렵의 삶을 서술
하는『三國史記』의 필치도 감정적 도취나 흥분은커녕 냉정하리만큼
담담하며, 이점은 강한 주관성을 바탕으로 한『白雲小說』의 힘찬 호흡
및 흥분으로 가득 찬 표현과는 여러모로 크게 대조가 된다. 이러한 점
에서 이 사건을 다루는 김부식의 태도, 특히「討黃巢檄文」에 대한 편언
척자의 언급조차 하지 않고 있는 김부식의 태도에는 무언가 납득하기
어려운 점이 있으며, 이와 같은 의문점에 대해서는 이미 과거에도 지적
된 바 있다. 예컨대 앞에서 인용한『白雲小說』의 '雖不載於史籍'이란 표
현 속에도 '수록됨직 함에도 불구하고'라는 전제가 깔려 있거니와, 일
찍이 이수광도 이에 대하여 다음과 같은 강한 의문을 표시한 바 있다.

　　唐書藝文志 載崔致遠四六一卷 桂苑筆耕二十卷 註高麗人 賓貢及第
　　爲高騈從事云 蓋唐書成於宋時 故以新羅爲高麗 又致遠將還本國 同年顧
　　雲贈儒仙歌 略曰 十二乘舟渡海來 文章感動中華國 其爲中朝人推重如此
　　而討黃巢檄 不載於史籍何也[23]

　당연히 수록됨 직한「討黃巢檄文」에 대한 언급이 누락된 것과 함께
지적하고자 하는 것은 최치원이 귀국한 후의 활동에 대한 이렇다 할 언
급이 없다는 점이다. 귀국한 후의 최치원의 활동이라고는 그가 신라말
기의 무질서한 역사적 상황 때문에 중앙 정부에서 제대로 뜻을 펴지 못
하여 실의와 좌절을 거듭하다가 지방관으로 나가게 되었고, 마침내 이

---

23) 李睟光,『芝峯類說』제 8권, 文章部 1, 東文 條 참조.

리저리 방랑하다가 가야산에 은거하여 일생을 마쳤다는 내용이 그 전부로 되어 있다. 따라서 귀국 후의 기록은 실의와 좌절에 관한 것 밖에 없다고 해도 과언이 아니며, 비단 귀국 후 뿐만 아니라 崔致遠 列傳 전반에 걸쳐서 김부식은 유난히도 최치원의 실의와 좌절을 강조하고 있음도 간과할 수 없다.[24]

최치원의 개인사를 실의와 좌절의 역사로 파악한 김부식의 견해는 참으로 탁월한 것이라고 하겠지만, 최치원이 실의하고 좌절하면서도 신라말기의 총체적인 위기 국면을 극복하기 위하여 나름대로 노력을 기울이지 않았을 리는 없다. 그 구체적인 사례의 하나로 김부식은 최치원이 진성여왕에게 時務十餘條를 올린 것을 알고 있었음[25]에도 불구하고 열전에는 이에 대해서 전혀 언급하지 않고 있다. 아울러 귀국 후의 저술만도 30권의 文集이 전해질 정도로 실로 왕성한 저술 활동을 했음에도 불구하고 이에 대한 일체의 언급이 없다. 특히 김부식이 『三國史記』를 쓸 때 참고로 했던 최치원의 역사적 저술인 『帝王年代曆』에 대해서도 그 내용의 부당성을 강조하는 문맥 속에서나 한번 언급[26]했을 뿐 列傳에서는 역시 언급하지 않고 있으며, 崔致遠 列傳에는 저자의 강렬한 주관이 투영되는 논찬도 없다. 그러므로 최치원 열전을 읽어보면 역동적으로 살아 움직이는 한 인간으로서의 최치원의 모습은 거의 보

---

24) 『三國史記』, 崔致遠 列傳; 致遠 自以西學多所得 及來將行己志 而衰季多疑忌 不能 容……時 致遠爲富城郡太守 祇召爲賀正使 以比歲饑荒 因之盜賊交午 道梗不果行…. 致遠 自西事大唐 東歸故國 皆遭亂世 屯邅蹇連 動輒得咎 自傷不遇 無復仕進意 逍遙 自放 山林之下 江海之濱 營臺榭植松竹 枕藉書史 嘯詠風月….最後隱伽耶山海印寺…. 終老焉.

25) 『三國史記』제 11권, 新羅本記 제 11권, 眞聖王 8년 條; 八年春二月 崔致遠 進時務 一十餘條 王嘉納之 拜致遠爲阿湌.

26) 『三國史記』제 4권, 新羅本記 제 4권, 智證麻立干; 論曰 新羅王 稱居西干者一次次 雄者一 尼師今者十六 麻立干者四 羅末名儒崔致遠 作帝王年代曆 皆稱某王 不言居西 干等 豈以其言鄙野 不足稱也 曰左漢中國史書也 猶存楚語穀於菟 匈奴語撑犁孤塗等 今記新羅事 其存方言 亦宜矣.

이지 않으며, 이것이야말로 김부식이 최치원을 실상보다 다소 가볍게 취급하고 있음을 뜻하는 것이 아닐까?

만약 이와 같은 논의가 타당하다면 '김부식은 왜 최치원을 이렇게 가볍게 취급하고 있는가'라는 의문이 자연스럽게 떠오르는데, 현재로서는 이에 대해서 확신에 찬 답변을 할 수 있는 자료가 없다. 다만 잠정적이라는 전제 아래 추측하여 본다면 여기에는 혹시 성공한 귀족인 김부식이, 고뇌와 좌절에 찬 삶을 살았던 육두품 출신의 최치원을 바라보는 신분의식이 암암리에 작용하고 있는 것이 아닐까 생각되며, 그 무렵 최치원의 후손이 계층적으로 몰락해 있었던 점[27]을 고려한다면 더욱 더 그러한 느낌이다. 그러나 보다 중요한 이유는 기본적으로 유자이면서도 불교에 경도되어 있었던 최치원의 사상적 편력과, 만당풍과 사륙 변려문 등 유미적이고 장식적 시풍을 지녔던 최치원의 문학에 대한 김부식의 거부감이 크게 작용한 데 있는 것이 아닐까 한다. 말하자면, 고려 문화의 유교화를 스스로의 책무로 여기면서 유교적 교훈주의 사관에 입각하여『三國史記』를 편찬했을 뿐만 아니라, 만당풍과 변려문을 비판하고 이와는 대조적인 송시풍과 고문풍을 정착시키려고 노력했던 김부식으로서는 최치원의 사상과 시문풍에 대하여 호의적일 수가 없었을 것이다. 그리고 이점은 불교에 침잠했다는 이유로 최치원을 비판하거나, 최치원을 동국문종으로 인정하면서도 작품 자체의 작품성에 대해서는 그의 시문풍이 만당풍이었다는 이유로 부정적인 평가를 내렸던 후대의 문인들의 태도[28]와도 대체로 상응하는 것이 아닐까 한다. 게다가 김부식과 문학적, 정치적으로 대립적인 위치에 있던 鄭知常 역

---

27) 김부식과 같은 시대를 살았던 鄭知常이 남긴 다음 시에서 저간의 사정을 짐작할 수 있다.
　　鄭知常,「栢栗寺」,『新增東國輿地勝覽』21권, 慶州;……記憶崔儒仙 文章動中土 邈哉九世孫 結髮混卒伍 喚來峨其冠 人識賢者後….
28) 한석수, 위의 책 29-32쪽 참조.

시 고려전기 만당풍 시문과 변려문의 수준을 대표하는 문인이므로[29] 넓은 의미에서 최치원 문학의 계승자 였다는 점도 크게 참고할 만한 사항이다. 요컨대 현존하는 20수에 불과한 정지상의 시에 '문장으로 중국을 뒤흔든' 최치원의 좌절을 아쉬워하거나 최치원에 대한 정감적인 그리움을 투영하고 있는 작품이 두편[30] 이나 있는데 비하여, 상대적으로 훨씬 많은 글을 남기고 있는 김부식의 시문에 최치원에 대한 언급이 전혀 없는 것도 결코 우연이 아니라고 해야 할 것이다.

IV.

『三國史記』의 崔致遠 列傳에서 다음으로 우리의 주목을 끄는 것은 최치원의문학적 탁월성을 설명하는 김부식의 기술 방식이다. 말하자면 그것은 김부식이 최치원의 문학 활동 상황, 또는 그가 문명을 떨쳤던 구체적인 사실이나 작품을 통하여 그의 문학적 수준을 가늠하는 것이 아니라 '負才自高'하여 좀처럼 남을 허여하지 않던 羅隱이 최치원을 허여했고[31], 顧雲이 '十二乘船渡海來 文章感動中華國'[32] 이라고 격찬

---

29) 그의 시풍이 晚唐風의 범주에 속한다는 것은 이미 널리 알려진 사실이거니와, 그가 고문의 대가였던 김부식과는 달리 변려문의 대가 였다는 것은 최자의 다음과 같은 언급을 통해서 그 대략을 엿볼 수 있다.
崔滋, 『補閑集』下卷, 제 19단락; 古四六龜鑑 非韓柳則宋三賢 不及此者 以文烈公爲 模範可矣....予少時 嘗頌貞肅公場屋賦 願一效顰 及登第後 慕林宗庇鄭知常之爲四六 竊欲畵虎焉

30) 鄭知常, 「栢栗寺」, 『新增東國輿地勝覽』21권, 慶州;......記憶崔儒仙 文章動中土 絲 往錦還鄉 年未二十九 白玉點蒼蠅 不爲時所取 至今南山中 唯有一遺圖 邈哉九世孫 結髮混卒伍 喚來峨其冠 人識賢者後
鄭知常, 「月影臺」(崔滋, 補閑集 上, 제 21단락); 碧波浩渺石崔嵬 中有蓬萊學士臺 松 老壇邊蒼蘚合 雲低天末片帆來 百年諷雅新詩句 萬里江山一酒杯 回首鷄林人不見 月 華空炤海門回. 이 시는 최치원의 유적지인 月影臺에서 그의 문학에 대한 찬양과 인간에 대한 그리움을 작품내적 구도 속에 포착한 것이다.

31) 『三國史記』, 崔致遠 列傳; 始西遊時 江東詩人羅隱相知 隱負才自高 不輕許可人示致

했기 때문에 최치원의 문학적 수준이 탁월하다는 式이다33). 따라서 이 부분은 최치원 열전임에도 불구하고 최치원이 主體가 되는 것이 아니라 오히려 그가 중국 문인에 대한 客體가 되어버림으로써 主客이 전도되는 형식으로 되어 있다. 『唐書』藝文志에 '崔致遠 四六集 一卷, 桂苑筆耕 二十卷'이란 기록과 함께 '최치원은 고려 사람으로서 빈공과에 급제하여 고변의 종사관이 되었다'는 주석이 첨부되어 있다는 것을 근거로 '그 이름이 상국에 알려진 것이 이와 같았다'고 서술한 것34)도 같은 맥락에서 이해된다. 말하자면 그는 모든 기준을 중국에다 두고 최치원의 이름이 상국에 알려진 것만을 기록했을 뿐만 아니라 우리나라에서의 문학 활동에 대해서는 전혀 언급도 하지 않고 있으며, 따라서 우리나라 문학사에서 그가 차지하는 문학사적 위치에 대해서도 이렇다 할 언급이 없다. 구태여 언급이 있다고 한다면 '그의 문인들이 고려에 來朝하여 현달한 자가 한둘이 아니었다.'35)는 구절 정도이다. 뿐만 아니라 김부식은 『唐書』예문지의 기록에 대해서도 그의 문학적 명성에 대한 약간의 감탄을 곁들여서 영광스럽게 수용하는 자세를 보여주고 있는데, 이러한 점들은 이규보의 다음과 같은 이해와는 크게 대조되는 국면이라고 해야할 것이다.

遠所製歌詩五軸.

32) 『三國史記』, 崔致遠 列傳; 又與同年顧雲友善 將歸 顧雲以詩送別 略曰.....十二乘船渡海來 文章感動中華國.....

33) 이것은 論贊이 아니면 가급적 개인의 주관적인 서술을 피하고 기존 자료를 인용하는 방식을 취하고 있는 『三國史記』의 체제상 김부식으로서도 얼마간 어쩔 수 없는 일이기는 하다. 그러나 김부식의 의식 여하에 따라서는 고변의 종사관으로 문필을 전담하며 방대한 작품을 지었던 최치원의 문학 활동이나 「討黃巢檄文」으로 인한 문학적 명성 등을 예로 든다면 최치원을 주체로 한 서술도 얼마든지 가능했을 것이다.

34) 『三國史記』, 崔致遠 列傳; 新唐書藝文志云 崔致遠四六集一卷 桂苑筆耕二十卷 注云 崔致遠高麗人 賓貢及第 爲高駢從事 其名聞上國如此 又有文集三十卷 行於世

35) 『三國史記』, 崔致遠 列傳; 初 我太祖作興 致遠知非常人必受命開國 因致書問 有鷄林 黃葉鵠嶺靑松之句 其門人等 至國初來朝 仕至達官者非一

按唐書藝文志 載崔致遠四六一卷 又桂苑筆耕二十卷 自注云 高麗人
賓貢及第 爲高騈淮南從事 予讀之 未嘗不嘉其中國之曠蕩無外 不以外國
人爲之輕重 而其令文集行於世 又載史如此者 然於文藝列傳 不爲致遠特
立其傳 予未知其意也 若以爲其行事不足以立傳 則崔孤雲年十二渡海 入
中華游學 一擧甲科及第 遂爲高騈從事 檄黃巢 巢頗沮氣 後官至都統巡
官侍御史 及將還本國 同年顧雲贈儒仙歌 其略曰十二乘船過海來 文章感
動中華國 其迹章章如此 以之立傳 則固與文藝所載沈佺期柳幷崔元翰李
頻輩之半紙列傳 有間矣 若以外國人則 已見于志矣 又於藩鎭虎勇 則李
正己黑齒常之等 皆高麗人也 各列其傳 書其事備矣 奈何於文藝 獨不爲
孤雲立其傳耶予以私意揣之 古之人於文章不得不相嫌忌 況致遠 以外國
孤生 入中朝 蹣躞時之名輩 是近於中國之嫌者也 若立傳直其筆 恐涉其
嫌 故略之歟 是予所未知者也[36]

위의 글에서 볼 수 있는 것처럼 이규보는 우선 최치원이 외국인임에
도 불구하고 『唐書』예문지에 그의 저술들을 차별 없이 기록하고 있는
중국인의 공평한 역사 서술 자세를 '嘉尙'하게 여기는 태도를 보였다.
그러나 다른 한편으로 그는 그 문학적 수준과 행적으로 보아 『唐書』의
문예 열전에 당당히 수록되어 있어야 할 최치원의 열전이 누락된 데 대
하여 격렬한 불만을 토로하면서, 그 이유를 그가 외국의 외로운 서생으
로 入唐하여 당시 중국의 이름난 문인들을 압도, 유린하여 버린 데서
오는 중국인들의 시기심의 발로로 파악하고 있다. 이규보의 이와 같은
논의가 반드시 타당하고[37) 반드시 바람직한지[38)에 대해서는 의문의

36) 李奎報, 『東國李相國集』제22권, 唐書不立崔致遠列傳議
37) 李正己와 黑齒常之 등 '高麗人'이 『唐書』열전에 수록되어 있다는 것을 근거로 하
    여 '최치원이 단순히 외국인이기 때문에 『唐書』의 문예열전에서 제외된 것이라고
    볼 수는 없다'는 이규보의 주장에 대하여 盧重國 敎授는 사석에서 최치원의 경우와
    다른 두 사람을 같이 취급하기는 어렵다는 견해를 피력한 바 있다. 요컨대 흑치상
    지와 이정기가 '고려인' 혹은 '고려인'의 후예이기는 하지만 당나라에 가서 중국인
    이 되어 중국에서 활동하다 죽은 반면에, 최치원은 끝까지 신라인으로 자처했을 뿐
    만 아니라 빈공과 급제 후부터 따진다면 사실상 그가 중국에서 활약한 기간은 10년
    에 불과하고, 귀국한 후부터 죽을 때까지는 줄곧 신라에서 활동했으므로 같은 경우

여지가 없지 않으나 적어도 그의 이러한 태도는『唐書』藝文志의 단편적인 기록을 그 자체로서 영광스럽게 수용하는 자세를 보였던 김부식의 그것과는 현저히 구별되는 것으로 생각된다[39].

또 하나 간과할 수 없는 것은 이규보가 우리나라 사람으로 중국에 가서까지 문명을 떨친 탁월한 시인이란 범주를 넘어 적어도 당시의 세계 문학사 전체 속에서 최상급의 시인으로 최치원의 문학사적 위치를 자리매김하고 있다는 점이다. 최치원에 대한 이규보의 이와 같은 인식은 세계문학사 속에서 우리 문학사를 일단 분리한 후에 최치원에게 東國文宗이라는 빛나는 영광을 부여했던 후대 문인들의 태도와도 매우 다르다. 그리고 그것이 앞에서 살펴본 김부식의 경우와 크게 구별됨은 말할 것도 없는 사실인데, 잠정적으로 말해본다면 이러한 차이는 김부식과 이규보, 그리고 후대 문인들의 개별적인 차이인 동시에 그들로 대표되는 각 시대의 문화사적 상황에 대응하는 차이라고 해야할 것이다.

V.

이상에서 필자는『三國史記』최치원 열전에 투영된 김부식의 의식을 몇가지 국면으로 나누어 두서없이 살펴보았거니와, 이 밖에도 최치원 열전에는 김부식의 의식과 관련하여 주목되는 부분이 없지 않다. 우

로 보기는 매우 어렵다는 것이다.

38) 이 논문은 '고려대학교 국어국문학과 창립 50주년 기념 학술대회'에서 발표된 것인데, 이 자리에서 李東歡 교수는 이규보의 이러한 논의가 반드시 바람직한 것으로 볼 수만은 없다는 견해를 피력한 바가 있다. 요컨대 이규보의 논의대로 한다면 최치원은 이른 바 大唐帝國의 문인으로 귀속되어 버리게 된다는 것이다.

39) 추측컨대 최치원도 아마 자기 자신이『唐書』의 문예 열전에 수록되기를 기대하지 않았을 터이고, 후대 문인으로부터 이와 같은 엄청난 격찬을 받으리라고 생각해본 적도 없었을 것이다. 만약 그렇다면 이규보의 이러한 태도는 최치원의 그것과도 크게 다르다고 해야 할 것이다.

선 필자는 최치원 열전을 읽을 때마다 김부식이 최치원과 고려 왕조와의 관계를 유난히 강조하고 있는 것이 아닌가 하는 느낌을 받게 된다. 왜냐하면 김부식은 이 글의 끝 부분에서 최치원이 왕건에게 '鷄林黃葉鵠嶺靑松'이란 구절이 포함된 편지를 올렸음[40]을 강조하고 있을 뿐만 아니라 이를 통하여 고려왕조의 창업을 은밀하게 도왔다는 이유로 고려에서 최치원에 대하여 추중한 사실들을 열거하고 있고[41], 아울러 그 문인들의 고려조 입조를 강조함으로써[42] 신라 문화의 상징적 존재인 최치원을 은연중에 고려 왕조와 연결시키려는 듯한 기술 태도를 보여주고 있기 때문이다. 물론 이러한 내용들 가운데 역사적 사실과 다른 것[43]이 있다고 하더라도 김부식이 고의로 조작한 것이라고 볼 수는 없겠지만, 이와 같은 내용들이 그의 의도에 부합했기 때문에 이처럼 특별히 강조하고 있는 것도 사실일 것이다. 이렇게 볼 때 이 부분은 경순왕의 투항을 극도로 찬양하면서 '고려 현종이 신라의 외손으로 보위에 올

---

40) 주 35 참조.
41) 『三國史記』, 崔致遠 列傳; 顯宗在位 爲致遠密贊祖業 功不可忘 下敎贈內史令 至十四歲 太平二年壬戌五月 贈諡文昌侯
42) 주 35 참조.
43) 최치원이 왕건에게 편지를 올렸다는 『三國史記』의 내용에 대해서는 여러 가지 의견이 제시되어 있으나, 이 편지는 고려 왕조가 건국된 후에 조작된 것으로 진실일 가능성은 매우 희박하다는 것이 학계의 대체적인 견해이다(崔敬淑, 「崔致遠硏究」, 『삼국사기 연구논선집』 3, 백산자료원, 1985, 772-774쪽 참조). 다른 한편으로 적어도 현존하는 자료상 신라계 문사로서 고려 초기에 입조하여 활약한 사람이나 그들이 남긴 작품은 거의 없으며, 그 가운데서 최치원의 문인임이 확실하게 확인되는 사람은 아무도 없는 상황이므로 그의 문인으로서 '고려조에 입조하여 達官에 이른 자가 한둘이 아니었다'는 『三國史記』의 내용을 액면 그대로의 진실로 받아들일 수 있는지도 의문이다. 요컨대 고려초기는 문학사적으로 무인지경적 공동화 현상을 보여주고 있으며, 이와 같은 공동화 현상이 단순하게 문헌의 부재에서 오는 것만은 아닐 것으로 생각된다(이동환, 한문학, 한국사 17(고려전기의 교육과 문화), 1994, 188-195쪽). 그러나 최치원 문인들이 다수 入朝했다는 기록이 사실과 어긋난다 하더라도 그 이전 단계에서 서서히 그렇게 인식된 것이지 김부식 개인이 새삼스럽게 조작한 것은 아닐 것이다.

랐고, 이후 그 후손들이 대대로 왕위에 오르게 된 것은 그 음덕의 소
치'[44]라고 진술함으로써 고려왕조가 신라를 계승한 나라임을 은연중
에 강조했던 장면을 연상하게 하기에 충분하다. 그러나 이러한 부면들
에 대해서는 더 자세히 언급할 자료를 찾지 못했으므로 다음 기회에 다
시 보완하고자 한다.

수록처: 『어문논집』 제 35집, 민족어문학회, 1996.

---

44) 『三國史記』 제 12권, 新羅本記 제 12권 끝부분 論贊; 若敬順王之歸命太祖 雖非獲已
亦可嘉矣 向若力戰守死 以抗王師 至於力屈勢窮 則必覆其宗族 害及于無辜之民 而乃
不待告命 封府庫籍郡縣 以歸之 其有功於朝廷 有德於生民甚大 昔錢氏 以吳越入宋
蘇子瞻謂之忠臣 今新羅功德 過於彼遠矣 我太祖妃嬪衆多 其子孫亦繁衍 而顯宗自新
羅外孫 卽寶位 此後繼統者 皆其子孫 豈非陰德之報者歟

제2부

高麗後期 漢文學

'武臣執權期의 文學的 轉換'에 對한 再檢討 序說

I.

한문학을 포함한 한국문학의 전체적인 흐름을 거시적인 관점에서 총체적으로 파악할 때, 무신의 난을 고비로 하여 문학사가 거대한 전환을 보였다는 견해는 이제 통설의 단계를 넘어서서 기정사실로 수용되고 있는 것으로 생각된다. 요컨대 무신의 난이 일어나면서 文學 擔當層이 문신귀족에서 신진사인, 혹은 신흥사대부로 변화됨에 따라 새로운 문학관과 새로운 장르(가전, 경기체가 등)가 대두되었고, 이와 함께 고려전기의 귀족 문학과는 구별되는 고려후기의 사대부 문학이 형성되어 조선전기 문학으로 계승, 발전되었다는 것이다[1].

필자도 역시 무신의 난이 정치, 경제, 사회, 문화 등 인간 활동의 전

---

1) 뒤에서 자세하게 언급하겠지만 이러한 통설의 형성에 큰 영향을 미친 논저들을 들면 다음과 같다.
이우성, 「고려중기의 민족서사시」, 『성균관대학교논문집』 제7집, 1962
이명구, 「경기체가의 역사적 성격고찰」, 『대동문화연구』 제1집, 1961
조동일, 『한국문학사상사시론』, 지식산업사, 1978.
김시업, 「무신집권기의 문학적 전환」, 『한국문학연구입문』, 지식산업사, 1982
조동일, 『한국문학통사』, 지식산업사, 1982
이명구, 「고려후기의 문화 - 문학」, 『한국사』 8, 국사편찬위원회, 1984.
김시업, 「고려후기 사대부문학의 성격」, 성균관대 박사학위논문, 1989.

분야에 걸쳐서 엄청난 파장을 몰고 온 충격적인 사건이라는 데 대해서는 전적으로 공감하고 있고, 이 사건이 미친 문학사적 파장도 매우 큰 것으로 생각하고 있다. 그리고 만약 고려시대를 전기와 후기로 양분하는 경우라면 무신의 난이 그 분기점이 될 수 있다는 주장에 대해서도 얼마든지 수긍을 할 수 가 있다.

그러나 그럼에도 불구하고 필자는 무신의 난이 문학사 서술에서 삼국시대에서 조선전기까지를 포괄하는 장구한 시대를 양분할 거대한 분수령이 될 정도로 엄청난 변화를 몰고 왔다는 견해2)에 대해서는 진작부터 적지 않은 의구심을 가져왔다3). 이와 같은 의구심의 시원적 근원은 이 시기가 문학사적으로 거대한 전환기라고 주장하는 분들이 제시하고 있는 증거가 과연 어느 정도 구체적이고도 실질적인 증거력을 지니고 있는가, 라는 의문에서부터 시작되었다. 왜냐하면, 뒤에서 자세히 살피게 되겠지만, '무신집권기의 문학적 전환'은 뚜렷한 논리적 근거와 실증적 자료를 바탕으로 하여 충분하고도 진지한 논의 끝에 도출된 귀납적인 결론이 아니라고 판단되기 때문이다. 말하자면 그것은 다분히 초창기 역사학계의 연구 성과를 거의 그대로 문학사에 적용한 연역적인 '규정', 좀 더 심하게 말하자면 일방적인 '선언'에 가깝다는 느낌을 지우기가 어려운 것이다.

더구나 이와 같은 '규정' 혹은 '선언'에 대한 後續的인 증거 보완이나 보다 정치한 입증 과정이 없었음에도 불구하고 '규정'과 '선언'이 대체로 그대로 수용되고 있는 학계의 현실은 필자의 의구심을 더욱 더 증폭

---

2) 주 1)의 논문들이 대체로 이러한 입장을 취하고 있으며, 조동일 교수의 저서에는 특히 이점을 분명히 하고 무신의 난을 중세전기(삼국 및 남북국-고려전기)문학과 중세후기(고려후기-조선전기) 문학의 분기점으로 파악하고 있다.
3) 필자는 이 글의 초고를 1994년에 완성하여 같은 해 8월에 개최된 계명한문학회 제53회 월례발표회에서 발표한 바 있다. 그러니까 무려 8년 동안 상자 속에 묵혀둔 원고에 약간의 수정과 보완을 가하여 同學 앞에 내어놓게 된 셈이다.

시켰다. 그러므로 필자는 무신집권기가 삼국시대에서 조선전기까지를 포괄하는 장구한 문학사를 양분할 만한 거대한 전환기였다는 주장이 결과적으로 타당한 것이라고 하더라도 그 타당성을 재점검하는 과정이 반드시 필요하다고 생각하게 되었다. 왜냐하면 이와 같은 재점검 과정에서 '무신집권기의 문학적 전환'이 단순한 '연역적 규정이나' '일방적인 선언'이 아니라 문학사의 확실한 실상임을 구체적으로 입증해줌으로써 더욱 더 신뢰성을 확보할 수 있을 터이기 때문이다.

이 논문은 바로 이와 같은 견지에서 '무신집권기의 문학적 전환'에 대한 재검토를 위한 '序說'的 차원에서 집필되었다. 여기서 구태여 '序說'이란 꼬리를 붙인 것은 필자로서는 이점에 대해서 막연하게 의구심만 품어왔을 뿐 구체적인 연구를 진행하여 보지 못했고, 따라서 이 문제를 정면으로 거론할 역량 자체가 근본적으로 부족하다고 판단되기 때문이다. 그러므로 필자는 이 논문에서 우선 무신의 난이 문학사의 거대한 분수령이었다는 기존의 견해가 기정사실처럼 수용되게 된 과정자체의 문제점을 지적하는데 그 주안점을 두고자 한다. 만약 과정 자체에 근본적인 문제가 있음이 드러나면, 그와 같은 견해가 지닌 타당성 여부를 다시 생각하는 분위기를 조성하는데 일정한 기여를 할 수 있을 터이기 때문이다.

따라서 이 논문은 '무신집권기의 문학적 전환'이 반드시 타당하지 않다는 확고한 신념 아래 집필된 것은 아니며, 그 타당성 여부를 당장 이 자리에서 확실하게 가리기 위하여 집필된 것도 아니다. 그러니까 이 짤막한 글은 그럴 필요성이 있다는 공감대가 형성되는 경우에 본격적인 작업을 진행하기 위한 기초 작업의 일환으로서, '무신집권기의 문학적 전환'을 둘러싼 평소의 생각을 바탕으로 한 소박한 문제 제기에 불과하다. 그러나 그럼에도 불구하고 이를 계기로 하여 이 문제에 대한 본격적인 논의와 검토가 이루어지기를 기대하는 마음으로 본론에 들어가고자 한다.

주지하는 것처럼 '무신집권기의 문학적 전환'과 관련된 일련의 논의
들은 '이조 사대부'의 시원적 근원을 무신집권기에서 찾으려는 노력의
일환으로 50년대 말 60년대 초반에 가설적으로 제시한 이우성 교수의
일련의 논문4)에 그 뿌리를 두고 있다. 1959년 역사학회 월례발표회에서
'李朝 士大夫의 기원을 地方 吏屬 出身의 新興官僚에서 찾아야 한다'5)는
견해를 제기했던 이 교수는 1964년 본고와 관련하여 특히 주목되는 「高
麗朝의 吏에 對하여」라는 논문을 발표하였다. 이우성 교수는 이 논문에
서 무신정권이 文吏의 융합에 의한 '能文能吏'의 새로운 관인형을 지향
하게 되자 향리층이 대량으로 진출하였고, 그들을 주축으로 하여 과거의
문신 · 무신과 그 유형을 달리하는 새로운 권력담당자로서의 사대부 계
급이 성립되었다는 견해6)를 밝히면서 다음과 같이 설명하였다.

　　지방 향리의 신분으로 과거에 급제하여 당당한 관인으로 진출할 때
　에 刀筆을 家業으로 삼아오던 그들의 實務 技術的 傳統 위에 문학적 교
　양을 아울러 구비하여, 그야말로 '能文 能吏의 新官僚'로서의 새로운 官
　人層이 이룩되었던 것이다. 이 能文能吏의 새로운 官人層은 곧 '士大夫'
　계급이었다. 사대부는 과거의 '文臣''武臣'과 '型'을 달리하는 지배계급
　이었다. '讀書曰士 從政爲大夫'라고 한 바와 같이 '學者的 官僚'이며 '官
　僚的 學者'인 이 신흥 계급은 高麗後期에서 末期로 접어들면서 정치적
　사회적 기반을 확립시키고 나아가 李氏朝鮮의 건국에 主動的 사명을
　담당했던 것이다.7)

<hr>

4) 이우성, 「高麗後期의 新興官僚」, 동아대학교신문, 1959, 8, 15.
　이우성, 「高麗百姓考」, 『역사학보』 제 14집, 1961
　이우성, 「高麗朝의 吏에 對하여」, 『역사학보』 제 23집, 1964.
　이우성, 「高麗의 營業田」, 『역사학보』 제 28집, 1965.
5) 이우성, 「고려백성고」, 『역사학보』 제 14집, 1961, 25쪽
6) 이우성, 「고려조의 吏에 대하여」, 『역사학보』 제 23집, 1964, 제 25-26쪽.
7) 이우성, 「고려조의 吏에 대하여」, 『역사학보』 제 23집, 1964, 제 24-25쪽

이와 같은 견해에 이어 이우성 교수는 「고려의 永業田」이라는 논문에서 '新進士大夫는 中小地主層'이라는 견해[8]를 첨가함으로서 고려후기 사대부에 대한 이 교수의 논의의 전반적인 초석이 확립[9]되었다. 이우성 교수의 이와 같은 논의는 이 시대를 연구하는 학계에 커다란 반향을 불러일으키면서 적극적으로 수용되었고, 후학들에 의해 지속적으로 연구되었다. 그리하여 마침내 학자들마다 사용하는 용어가 다르고 견해 상에 있어서 약간의 차이가 나기는 하지만 대체적으로 다음과 같은 사항을 그 핵심적 내용으로 하는 새로운 학설이 하나의 통설로 자리를 잡았다.

(가) 무신의 난으로 고려전기 문신귀족이 일망타진되자

(나) 田柴科 체제의 붕괴 과정에서 私有地를 점유한 中小地主層의 地方 土着鄕吏들이

(다) 문학적 교양과 행정적 실무능력을 갖추고 문벌에 의해서가 아니라 자신의 능력에 의하여 중앙 관계로 진출하였고

(라) 이 新興官僚(新進士人)들은 독자적인 세력을 형성하지 못하고 무신정권 아래서 문학으로 봉사하고 육성되어오다가

(마) 무신정권이 넘어지고 점차 그 정치적 진출이 활발하여지면서

(바) 성리학적 세계관을 지닌 고려후기의 新進士大夫(新興士大夫) 계급으로 성장하여 李氏朝鮮의 건국에 주동적 사명을 담당했다.

이와 같은 논의는 거시적인 입장에서 고려후기 사회사, 특히 지배계

---

8) 이우성, 「고려의 영업전」, 『역사학보』 제 28집, 1965, 21쪽 참조.
9) 김광철, 「高麗時代 '士大夫'의 用例 硏究」, 『石堂論叢』 제 14집, 石堂傳統文化硏究院, 1988, 73쪽 참조.

층의 동향과 이조 사대부의 형성, 나아가 이 시대의 정치사회문화사상 등의 諸 局面을 이해하는 데 결정적인 기여를 한 노작들임은 말할 것도 없는 사실이다. 하지만 진전된 오늘날의 연구 성과를 바탕으로 보면 얼마간의 의문점도 없지는 않은 것으로 보이며, 실제로도 적지 않은 異議가 있는 것은 물론이고 이와 같은 통설을 거의 전면적으로 부정하는 학자들도 있는 것 같다[10]. 우선 무신집권기 이후에 새로 진출한 신진 사인들이 고려말기에 성리학적 이념으로 무장한 신흥사대부로 성장하여 지배층으로 부상되었다가, 이조를 건국하고 그 지배층이 된 사대부 계급을 형성했다는 주장부터가 그렇다. 왜냐하면 기왕에 진출했던 신진 사인들이 대부분 보수 세력으로 화하여 새로운 문벌을 형성하고, 나아가서는 벌족이나 왕실과 중첩된 혼인관계를 맺어 혈연의 범위를 한정시켜 간, 따라서 고려후기의 새로운 귀족이라 할 수 있는 권문세족으로 변해버렸기 때문이다.[11]

실상 이우성 교수도 초창기의 논문에서는 대국적인 견지에서 무신집권기의 신흥 관료와 고려말기의 신진사대부를 연속선상에서 본 것 같으나, 뒤에 와서는 자신의 견해를 수정하여 이 양자를 분리하여 보고 있는 것 같으며, 이점은 77년 발표된 「高麗 武臣執權下의 文人知識層의 動向」[12]이란 글에서 비교적 선명하게 드러난다. 이 교수는 이 논문에서 무신집권하의 문인지식층의 동향을 다음과 같은 4가지 부류로 나누어서 설명을 한 바가 있다.

---

10) 이 점에 대해서는 김광철 교수가 「고려시대 '士大夫'의 용례 연구」(『石堂論叢』 제14집, 石堂傳統文化研究院, 1988, 75-76쪽)라는 논문에서 간명하게 정리한 바 있는데, 이에 따르면 다음과 같은 문제들이 제기되어 있다. (가)공민왕대 이전의 신흥관료를 신진사대부라 할 수 없다. (나)신흥사대부는 향리 출신이고 중소지주출신인가는 개별적인 검토를 요하는 문제다.
11) 박용운, 『高麗時代史』下, 일지사, 1987, 527-565쪽 참조.
12)이우성, 「高麗 武臣執權下의 文人知識層의 動向」, 『영남대학교개교30주년기념 국제학술회의발표논문집』, 1977. (이우성, 『한국의 역사상』, 창작과 비평사, 1982년. 재수록)

(가) 정중부 난 후 도피하여 유학자의 신분을 포기하고 승려가 되어 현실권 내로 귀환하지 않은 신준, 오생과 같은 부류,

(나) 정중부 난 초 멀리 피했으나 유학자의 신분을 포기하지 않고 처사 생활로 일생을 보낸 권돈례와 같은 부류,

(다) 정중부 난초에 피했다가 세상이 약간 달라진 후 수도로 돌아와 벼슬을 구했으나 여의치 않아 불우하게 일생을 보낸 임춘과 같은 부류,

(라) 정중부 난 이후 얼마 안 되어 과거로 발신했거나 최씨 정권 이후에 등용되어 최씨의 문객이란 평을 듣게 된 이인로, 이규보와 같은 부류.

이우성 교수는 이 4가지 부류 가운데 신진사인이 주를 이루는 것은 (라) 부류로 파악하였다. 그리고 이 교수는 이 (라) 부류에 속하는 인물들이 최씨정권의 기만적 문화정책에 의하여 아유, 타협, 왜곡 형 인간으로 변해버렸다고 서술하고, 최씨정권이 무너지고 난 뒤에 진작 올바로 정국을 담당할 인재가 나타나지 못하고 장기간 혼미를 거듭했던 이유가 바로 여기에 있었다고 비판하기도 했다[13].

다른 한편으로 이 교수는 이 가운데 주목할 만한 가치가 있는 것은 (가)와 (나) 부류라고 지적했다. 왜냐하면 이들이 '끝내 무신정권과의 타협을 거부하고 현실권 밖에서 자기의 주체성을 지니고 고려말 신흥 사대부가 될 지방 자제의 교육에 종사하면서 청고한 일생을 살았기'때문이라는 것이다. 이렇게 볼 때 고려말기의 새로운 시대의 개창자였던 신흥 사대부의 조상은 (가), (나) 부류이고 최씨의 문객을 중심으로 하는 무신집권기의 신진사인은 역사 발전의 장애요인에 불과했던 셈이

---

13) 이우성, 「高麗 武臣執權下의 文人知識層의 動向」, 『한국의 역사상』, 창작과 비평사, 1982, 190-191쪽.

다. 요컨대 무신집권기의 신진사인은 그 원초적인 진출 수단과 과정, 그리고 사회 경제적 성격상에 있어서 설사 고려 말기의 신흥사대부와 유사한 측면이 있다 하더라도 결국 고려말기에 와서는 신흥사대부의 타도 대상으로 변질되어 있었다[14]. 더구나 신흥사대부의 중요한 특징인 성리학에 대한 접촉과 관심이 신진사인에게는 결여되어 있는 등 양자 사이의 동질성이 박약하므로, 무신집권기의 신진사인과 고려 후기의 신흥사대부는 구별해야 한다는 것[15]이 최근 사학계의 대체적인 동향이기도 하다. 그럼에도 불구하고, 뒤에서 자세히 언급하겠지만 국문학계에서는 훗날 당사자조차 수정했던 이우성 교수의 초창기 가설들을 전폭적으로 수용한 바탕 위에서, 이 교수조차 분리하여 설명했던 신진사인과 신흥사대부를 함께 뒤섞어서 '무신집권기의 문학적 전환'을 논의하고 있는 것이다.

III.

필자가 조사한 바에 의하면 지금까지 간행된 한문학사를 포함한 수십 종의 국문학사 가운데 의식적이든 무의식적이든, 시기 구분을 짧게하든 길게 하든 무신집권기를 문학사적 전환기로 파악하고 있는 것은 대략 4~5종 정도인 것 같다. 그 가운데서 무신집권기가 국문학사, 특히 한문학을 중심으로 한 국문학사의 전환기였음을 문학사 서술을 통하여 최초로 드러내고 있는 저술은 1961년에 公刊된 이가원 교수의『

---

14) 이점에 대해서는 일찍이 이우성 교수가「고려조의 吏에 대하여」(『역사학보』제 23집, 1964, 제 26쪽)에서도 다음과 같이 말한 바 있다. '新興官人들은 자기네의 정치세력의 고정을 위하여 향리층의 계속적 진출을 봉쇄하였고, 따라서 향리층은 그 分娩兒에 의하여 스스로가 다시 통제되고 지배되었다.'

15) 이태진,「高麗末朝鮮初의 社會 變化」,『진단학보』제 55집, 1983, 제 2쪽 참조. 이태진 교수는 이러한 점에서 고려말 조선초의 역사 변동의 상한선을 14세기초로 파악한 바 있다.

韓國漢文學史』16)다. 이 교수는 대체로 왕조의 교체별로 시대 구분을
하는17) 가운데 고려 시대 한문학 전체를 '儒佛思潮의 交媾' 아래 형성된
것으로 파악하면서도 무신의 난을 분기로 하여 그 이전의 고려전기 문
학을 '儒佛思潮의 交媾 1', 그 이후의 고려후기 문학을 '儒佛思潮의 交媾
2'로 구분하였다18). 따라서 이가원 교수의 이와 같은 구분은 고려시대
의 정치상황의 변화와 문학사를 서술하는 서술상의 편의를 고려한 것
이지 사상이나 문학 현상의 변천과정에 대한 심각한 문제의식에서 기
인된 것은 아니라고 보아도 좋을 듯하다. 요컨대 이 교수가 무신의 난
을 문학사의 분기점으로 파악했다 하더라도 오늘날 우리가 이해하고
있는 '무신집권기의 문학사적 전환'과는 그 차원이나 성격과 무게가 크
게 다른 것이었던 것이다.

　이가원 교수의 뒤를 이어 문학사 서술에서 무신의 난을 시대 구분의
기점으로 파악한 이는 조윤제 교수였다. 조 교수는 63년에 간행한『韓
國文學史』19)의 개정판에서 초판에 '위축시대'로 분류했던 고려시대
를20) 무신의 난을 중심으로 '위축시대'와 '잠동시대'로 나누어 파악했
다21). 조 교수의 시대구분은 전체적으로 '역사적인 정치변동을 충분 고

16) 이가원,『韓國漢文學史』, 보성문화사, 1961.
17) 이가원 교수는 이 책에서 대체로 漢文學 思潮의 변모를 중심으로 시대구분을 시도
　했으며, 이 점은 '漢文學思潮研究'라는 이 책의 副題나 각 시대의 명칭에서 단적으
　로 확인할 수 있다. 그러나 실제로는 한문학 사조의 내부적 변모에 따라 문학사를
　시대 구분한 것이 아니라 각 왕조에 대해 그에 상응하는 사조의 명칭을 외부에서
　부여한 것이었고, 세부적인 서술 과정에서도 사조의 변화에 따른 서술을 찾기는 어
　렵다. 이러한 점에서 이가원 교수의 시대 구분은 왕조의 교체에 따른 분류에 가깝
　다고 해야 할 것이다.
18) 이가원, 상게서, 5-7 쪽
19) 조윤제,『韓國文學史』, 탐구당, 1963.
20) 조윤제, 상게서 제 1쪽의 서문 참조.
21) 조윤제, 상게서, 2-3쪽의 목차 참조. 이 목차에서는 무신의 난을 고비로 고려시대
　(中古時代)를 전, 후기로 나누고 있으나 제 7쪽의 ' 시대구분'에서는 의종대를 潛動
　時代에 넣고 있는데, 실제 내용을 통해서 보면 이것은 「정과정곡」 한 수를 고려후

려하'고, '순 국문학을 중심으로 하되 한문학의 발달 소장도 약간 고려한' 것이었으며, 무신의 난이 시대구분의 기점이 된 것도 역시 이러한 견지에서 이루어진 것으로 판단된다.[22]

한편 조윤제 교수는 1975년에 간행된 『國文學史槪說』에 와서는 기존의 견해를 수정하여 무신의 난을 우리 문학사에서 고대와 중세의 분수령이 되는 중대한 사건으로 파악하였다[23]. 그러나 조 교수의 이와 같은 시대 구분은 '문학사의 시대구분은 왕조의 흥망과 중요한 정치적 사건이 표준이 되는 정치사의 시대구분과는 달리, 민족생활의 내면적인 정신이 중요하다'는 전제 아래서 이루어진 것이었다.[24] 따라서 다 같이 무신의 난을 문학사의 분수령으로 삼았다고 하더라도 한문학이 중심이 되고, 문신귀족에서 신진사인 혹은 신흥사대부로 문학 담당층이 변화되면서 이루어진 제반 문학사적 變貌를 기준으로 하는 오늘날의 시대구분과는 그 의미와 성격이 크게 다른 것이었다.

기의 長歌에 넣어 설명하기 위한 고식적 조치로 판단된다.

22) 조윤제, 상게서 7쪽 참조. 그러나 조 교수의 시대 구분, 특히 이 시대의 시대구분에서 한문학은 거의 고려의 대상이 되지 못한 것으로 생각된다.

23) 참고로 조 교수의 시대 구분을 제시하면 다음과 같다(조윤제, 『國文學史槪說』, 을유문화사, 1975, 제 6쪽).
  1. 고대(삼국-고려인종)
  (1) 전기(新羅統三以前)(2) 중기(統一新羅一代) (3) 후기(麗初 -仁宗)
  2. 중세(毅宗-朝鮮景宗)
  (1) 전기(毅宗 - 麗末) (2) 중기(鮮初 - 壬辰)(3) 후기(壬亂-景宗)
  3. 근세(英祖-삼일운동)
  (1) 전기(英祖-甲更) (2) 후기(甲更-삼일운동)
  4. 최근세(삼일운동 - 8·15 해방)
  5. 현대(8·15 해방 이후)

24) 그러나 그의 시대구분은 초창기 연구가 지닌 역사적 한계 때문이겠지만 '민족 생활의 내면적 정신'의 변모에 대한 진지한 탐구의 결과에 따른 것이 아니라 다분히 '느낌'에 입각한 시도에 지나지 않았으므로, 그 타당성이 어느 정도인지도 재론의 여지가 있을 것 같다. 가령 본고와 관련되는 부분 가운데 '민족의식의 각성이란 측면에서 무신의 난으로부터 조선조 경종 때까지 별 변동이 없었으므로 중세라는 같은 시대에 포함된다'는 주장부터가 그렇다고 생각된다(조윤제, 상게서, 5쪽).

이러한 점에서 고려 후기에 문학 담당층이 문신 귀족에서 신진사인 혹은 신흥사대부로 변모하고, 이와 더불어 귀족문학이 사대부문학으로 전환되었기 때문에 무신의 난이 문학사의 중요한 전환점이 되었다는 주장의 단초를 연 것은 이우성 교수의 「高麗中期의 民族敍事詩」[25]였다고 생각된다. 이 논문에서 이우성 교수는 '무신집권기는 낡은 귀족 세력의 청산, 신진사인들의 진출이라는 측면에서 두 가지의 중요한 역사상의 의의를 지닌다'고 전제하고[26], 이규보의 「東明王篇」과 이승휴의 「帝王韻紀」의 출현 동인을 신진사인의 주체적이고 전진적인 성격에서 찾았다. 그러나 이러한 논의는 어디까지나 「동명왕편」과 「제왕운기」를 설명하는 과정에서 나온 의견이므로 문학사의 총체적인 측면에서 전면적인 전환을 주장한 것은 아니었다.

개별적 작품의 설명 과정에 적용된 이우성 교수의 이와 같은 논의는 갈래론에 대한 연구가 보다 깊이 있게 진행되면서 그 세력을 넓혀가기 시작했는데, 이명구 교수와 조동일 교수의 논의들이 바로 여기에 해당된다. 이명구 교수는 「景幾體歌의 歷史的 性格 考察」[27]이란 논문에서 경기체가, 특히 「翰林別曲」의 성격을 제대로 규명하기 위해서는 作家群인 翰林 諸儒의 '사회적, 정치적 성격과 역사적 위치를 해명'해야 한다고 전제하고, '고려사회를 근본적으로 변질시킨 크나큰 계기'였던 무신집권기에 '신흥사대부 계급'이 등장한 것은 「한림별곡」 출현과 밀접한 관련을 지닌다고 주장하였다. 그리고 이 교수는 일반적으로 최씨 門客들의 遊興的이고 향락적인 분위기를 반영한 것으로 간주되는 「한림별곡」을 '舊貴族과는 체질을 달리한 발랄하고 새로운 지식층에 의하여

---

25) 이우성, 「高麗中期의 民族敍事詩」, 『성균관대 논문집』 제7집, 1962. (이우성 등 편, 『韓國의 歷史認識』 上, 창작과 비평사, 1976. 재수록)
26) 이우성, 상게 논문, 『韓國의 歷史認識』 上, 157-158쪽 참조.
27) 이명구, 「景幾體歌의 歷史的 性格 考察」, 「대동문화연구」 제1집, 성균관대 대동문화연구원, 1963.

지어진, 신흥사대부의 이념을 반영한 장르'28)라고 결론을 내렸다29). 조동일 교수는 경기체가를 신흥사대부의 새로운 사물 인식과 결부하여 파악하는 이러한 견해를 보다 구체화시키는 한편30), 경기체가의 출현 이야말로 한국문학사에서 중세후기 시대(무신집권에서 조선전기까지) 의 시작을 말해주는 명확한 근거이며, 오직 이때만 존재했던 갈래가 경기체가라는 사실을 토대로 이 시대, 즉 중세 후기 시대를 '경기체가시 대'로 명명키도 했다31). 한편 조 교수는 그 타당성 여부가 다시 점검되어야 할 몇 가지 사항들32)을 근거로 하여 가전체도 또한 이러한 사회 변동의 와중에서 '성리학에서 체계화 된 신흥사대부의 사고를 잘 반영한

---

28) 이명구, 전게 논문, 33-46쪽 참조. 이명구 교수는 「고려후기의 문화 - 문학」(한국사 8, 국사편찬위원회, 1984)에서도 비슷한 견해를 피력한 바 있다.

29) 그러나 이와 같은 결론을 내리기 위해서는 이 교수의 말대로 作家群인 高宗 時 翰林 諸儒의 `사회적, 정치적 성격과 역사적 위치를 해명'해야 한다. 이 교수의 논지에 부합하자면 결국 한림 제유가 신흥사대부 집단임이 밝혀져야 하는데, 이 문제는 아직도 의문 사항으로 남아 있는 것으로 보인다.

30) 조동일, 「景幾體歌의 장르적 性格」, 『한림원논문집』 제6집, 1976.

31) 조동일, 『한국문학통사』 제1권, 36-37쪽, 1982.

32) 지면을 달리하여 다시 자세하게 다룰 문제가 되겠지만, 조교수의 주장 가운데서 우선 가전체가 성리학적 이념으로 무장한 신흥사대부의 사고를 반영한 것이라는 내용부터 좀처럼 수긍하기가 어렵다. 이러한 주장을 하기 위해서는 무엇보다도 이 시대에 성리학적 세계관에 기반한 사고가 나올 수 있었던 사상사적 상황에 대한 납득할 만한 설명이 필요하다. 주지하는 것처럼 성리학은 고려말기에 도입되었다는 것이 정설로 되어있으므로, 별도의 설명이 없는 한 무신집권기에 새로 등장한 가전이 '성리학적 이념으로 무장한 신흥사대부의 사고의 반영'이라는 것은 이해하기 어려운 주장이다. 요컨대 가전이 성리학적 사고의 반영이라는 주장의 타당성 여부에 대해서도 더욱더 자세한 논의가 필요하겠지만, 설사 그것이 성리학적 사고의 반영이라 하더라도 이때의 성리학은 고려전기 문신귀족에 의하여 도입된 북송 성리학이라고 보아야할 것으로 생각된다. 아울러 가전이 신흥사대부의 성리학적 사고의 소산이라면 이 장르의 창출은 신흥사대부 계층에 의하여 이루어지는 것이 자연스럽다. 그런데 이규보의 나이 20세 무렵에 임춘이 이미 사망했으므로 현존하는 자료상 최초의 가전 작가가 문신귀족의 후예인 임춘이라는 것과, 문신 귀족의 후예인 임춘이 '성리학적 이념으로 무장한 신흥사대부의 사고를 반영'한 가전에 남다른 관심을 가졌다는 것도 석연하지 못한 점이 있는 것 같다.

것'이라고 주장하였다[33]. 이와 같은 주장은 비록 문학사 서술이 아니라 특정 갈래의 성격을 논의하는 가운데 산발적으로 드러난 것이지만 여기서 이미 오늘날 우리가 말하는 '무신집권기의 문학적 전환'이란 학설의 골격이 드러나고 있다는 점에서 크게 주목해야 마땅하다.

그런데 이 교수와 조교수의 이와 같은 논의에서 무엇보다도 주목되는 것은 무신집권기의 문학을 논의하는 자리에서 그들이 한결같이 '성리학' 혹은 '신흥사대부'란 용어를 사용하고 있다는 점이다. 앞에서 이미 언급한 것처럼 '신진사인(신흥관료)', '신흥사대부(신진사대부)' 등의 용어는 '이조 사대부'의 근원을 무신집권기에서 찾으려는 노력의 일환으로 쓰여진 이우성 교수의 일련의 논문에 근거하고 있다. 그런데 애초에 이 교수는 무신집권기에 새로 등장한 관료를 '신진사인(신흥관료)'이라 부르는 한편, 고려 말에 등장하여 조선조 사대부 계급을 형성한 사람들을 '신진사대부(신흥사대부)'로 구분하여 사용했으며, 그런 만큼 용어의 내용도 서로 구별되는 것이었다.

그러나, 조동일 교수 등은 이우성 교수의 논지를 바탕으로 논의를 진행하고 있으면서도 별다른 사유를 밝히지도 않은 채 신진사인과 신흥사대부를 구별하지 않고 모두 '신흥사대부'로 불렀다. 그리고 역사적 조건상 신진 사인이 갖출 수 없었던 성리학적 세계관 같은 신흥사대부의 기본 조건들을 신진사인에게 소급 적용했으며, 무신집권기에 대두한 경기체가와 가전체에 관한 논의에서 '신흥사대부'나 '성리학적 이념' 등 시대 상황에 걸맞지 않은 용어가 등장하게 된 것도 바로 이 때문이다. 요컨대 '무신집권기의 문학적 전환'은 용어의 혼란에서 시작된 측면도 없지 않다고 생각되는 것이다.

이러한 와중에서 이 시기의 문학적 전환에 대한 보다 구체적인 거론

---

33) 조동일, 「假傳體의 장르 규정」, 『장암지헌영선생화갑기념논총』, 1971.

은 1978년 조동일 교수가 저술한 『韓國文學思想史試論』[34]에서 이루어졌다. 이 책은 문학사상에 관한 연구의 의의와 중요성을 구체적으로 보여준 책으로 평가되고 있지만, 본고의 입장에서 더욱더 중요한 것은 조 교수가 제시한 한국문학사상사의 시대구분 방법이다. 조 교수는 이 책에서 일단 문학사상사에서 큰 비중을 차지하는 것으로 판단되는 중요 인물의 문학사상을 시대적으로 체계화하여 다음과 같이 4 시기로 구분하였다.

> 제 1기; 12세기 이전(文學思想의 起源에서 金富軾까지)
> 제 2기; 13-16세기(李奎報에서-李珥까지)
> 제 3기; 17-19세기(許筠에서 崔漢綺까지)
> 제 4기; 20세기(崔南善에서 趙潤濟까지)[35]

조 교수의 이 같은 4 분법에 의하면 결국 아득한 옛날 문학사상이 기원된 때로부터 16세기까지의 문학사상사에서 가장 큰 분수령을 이루는 시점은 김부식의 시대와 이규보의 시대 사이에 있었던 무신의 난이라는 의미로 해석되며, 이점은 같은 책의 다음과 같은 언급을 통해서 거듭하여 확인할 수 있다.

> 무신란이 일어난 후에도 문학은 계속되었을 뿐만 아니라, 오히려 더욱 활발한 모습을 나타내었다. 李仁老, 李奎報, 崔滋, 李齊賢, 李穡 등은 무신란 이전의 문인들에게서는 찾아볼 수 없었던 왕성한 창작 의욕과 날카로운 비평 의식을 가지고 문학을 새롭게 했으며, 그 결과 문학사의 새로운 시대가 시작되었던 것이다.[36]

김부식을 공격의 대상으로 삼으면서 뒤 시대에서 앞 시대로, 사회적

---

34) 조동일, 『韓國文學思想史試論』, 지식산업사, 1978.
35) 조동일, 『韓國文學思想史試論』, 차례 및 22 -26쪽 참조.
36) 조동일, 『韓國文學思想史試論』, 지식산업사, 1978, 68쪽 참조.

공간의 저변에서 표면으로 작용한 사람은 바로 이규보였다. 이규보는 구귀족을 대신해서 문화 창조의 주역으로 등장하기 시작한 지방 향리 출신의 신흥사대부의 선구자로서, 현실적 경험의 새로운 면모를 문학으로 표현하면서, 문학이야말로 物에서 존재하는 道나 興을 氣로써 나타내는 것이라고 했다. 이렇게 되니 문학에 관한 문제 제기가 아주 달라지고, 문학사상은 참으로 심각한 문제의식을 가지고 활발하게 전개되었다[37].

이와 같은 주장에 이어 조동일 교수는 무신집권기에 문학이 오히려 왕성할 수 있었던 이유를 '도피 문인들의 문학에 대한 탐닉'과 '최씨 정권의 문화 정책'에서 찾았던 기존의 연구 결과를 아주 간단하게 일축하였다. 이러한 주장은 설득력이 없거나 '출발부터 잘못되었'으므로 다음과 같이 이해를 해야 한다는 것이다.

무신란 이전의 문인과 무신란 이후의 문인은 동질적인 문인이 아니다. 이 점을 분명하게 하는 데서 새로운 논의의 출발점을 마련해야만 한다. 문인은 글을 하는 사람에 대한 범칭이다. 문인이라는 개념은 역사적인 개념이 아니며, 어떤 사람들이 어떤 입장에서 어떤 글을 하는가는 역사적인 시기와 조건에 따라서 달라지기 마련이다. 문인이나 문학에도 파괴와 건설에 의한 역사적인 변화나 발전이 있게 마련이다. 무신란이 결정적인 몰락을 강요하고, 회복하기 어려운 피해를 끼친 것은 구시대의 문인에 대해서이고, 낡은 문학에 대해서이다. 신라 이래의 오랜 인습을 지켜오며, 문벌에 의해서 권력을 독점하고, 외세에 대항해서 나라를 지키려는 민족의 의지를 약화시키고, 자기들의 안일을 도모하는데 힘을 기울인 문벌 귀족인 문신들의 특권 의식, 사대의식, 형식주의, 보수성과 관련된 문학이 파괴된 것이다. 이러한 문학은 청산해야할 인습이었다는 점에서 파괴될 것이 파괴된 셈이며, 무신란은 결과적으로 파괴의 공적을 이룬 셈이다. 이러한 문학만이 문학인 것은 아니다. 이러한 문학이 파괴되면, 이러한 문학 때문에 창조력을 발휘하지 못하던 세력이 이와는 다른 문학을 건설할 수 있게 되는 것이다. 무신

37) 조동일, 『韓國文學思想史試論』, 지식산업사, 1978, 22-26쪽 참조.

란 이후 문학의 새로운 동향은 이러한 각도에서 이해되어야 하며, 이규
보는 그 주역으로서 주목될 필요가 있다[38]

　조동일 교수의 이와 같은 주장이 타당한 것인가의 여부에 대해서는
지면을 달리하여 신중하게 다루어야 할 문제다. 그러나 그 이전까지는
들어볼 수 없었던 새로운 분야의 논의를, 그것도 문학사를 근본적으로
새로 서술해야할 만큼 아주 새롭고도 획기적인 주장을 전개하는 조 교
수의 논의 방식에 대해서는 언급하지 않을 수가 없다. 왜냐하면 이러한
획기적인 주장을 전개하는 과정에서 조동일 교수는 단 한 번도 원전 자
료나 작품을 인용하지 않았을 뿐만 아니라, 그 어떤 실증적 근거도 제
시하지 않고 있기 때문이다. 그것은 비단 자신의 주장에서 뿐만 아니라
무신집권기에 문학이 오히려 왕성했던 이유를 설명한 기존의 연구 내
용을 부정하는 과정에서도 마찬가지여서, 일방적인 주장과 선언이 있
을 뿐 객관적인 근거는 아무 것도 없다. 따라서 조 교수의 이와 같은 주
장은 뚜렷한 논리적 근거와 실증적 자료를 바탕으로 하여 진지하게 검
토한 끝에 내려진 귀납적인 결론으로 보기는 어렵다. 이와 같은 논의
방식은 비단 위에서 소개한 내용뿐만 아니라 이 책 전반에 해당하는 사
항이며, 저자 스스로가 이 책을 '연구의 중간보고서'[39]로 규정하고 있
는 것도 이러한 견지에서 이해된다. 따라서 위의 주장도 적어도 당시로
서는 자료에 대한 진지한 검토 끝에 도달한 최종적인 결론이 아니라 연
구의 중간단계에서 세운 가설에 불과하였고, 따라서 그 가설의 타당성

---

38) 조동일, 「李奎報」, 『韓國文學思想史試論』, 지식산업사, 1978, 68-69쪽.
39) 조동일 교수는 『韓國文學思想史試論』에서 다룬 인물들을 선정한 동기를 ˋ우선 보
　기에 이분들이 중요한 것 같아 이분들부터 다룬 데 지나지 않는다…. 그러므로….이
　책은 연구의 중간보고서에 지나지 않는다'고 언급한 바 있다.(조동일, 『韓國文學思
　想史試論』, 지식산업사, 1978, 27쪽.) 조교수가 그의 저서 가운데 유독 이 책에 ˋ試
　論'이란 제목을 붙인 것도 이러한 견지에서 이해된다.

여부는 추후에 다시 점검되어야 할 사항이었다.

조동일 교수의 주장이 이처럼 사실 여부가 확실하게 점검되지 않은 가설임에도 불구하고 이 글이 학계에 미친 파장은 결코 적지 않은 것이었으며, 조교수가 학계에서 차지하는 비중에 따라 그 신뢰도도 점차 확대 재생산된 감마저 없지 않다. 그리하여 마침내 무신집권기가 문학사적으로 커다란 전환기였다는 가설은 단순한 가설의 범주를 넘어서 서서히 학계의 보편적인 견해로 수용되다가, 마침내 통설로 정착되었다.

이러한 상황 속에서 무신집권기의 문학적 전환에 대한 전면적인 재검토를 시도한 연구 결과가 학계에 보고되었다. 김시업 교수의 「무신집권기의 문학적 전환」40)이 바로 그것인데, 이 논문은 서술의 시각과 접근 방법 자체에 이미 적지 않은 문제를 내포하고 있는 것 같다. 왜냐하면 김 교수는 엄정하고도 객관적인 시각에서 문제에 접근한 것이 아니라, 무신집권기가 문학적 전환기라는 기존의 주장을 그대로 수용하는 전제 위에서 이를 입증하는 방향으로 논의를 전개했기 때문이다. 김시업 교수는 '대개가, 특히 한문학에 있어서 무신집권기를 귀족문학과 사대부문학의 분기점으로 보고 있으면서도 기존 연구에서 이 시대의 문학적 전환을 입증할 구체적이고도 충분한 사실들을 만족스럽게 제시하지 않고 있다41)'면서, 무신집권기가 문학사적 전환기임 전제하고 이를 입증하는 방향으로 논의를 진행했던 것이다.

따라서 김 교수는 무신집권기의 '전환기적 징후'를 찾기 위하여 참으로 진지한 노력을 기울였으며, 이점은 그의 글을 한번이라도 읽어본 사람이면 대체로 동의를 하리라고 믿는다. 이와 같은 노력에 따라 김 교수는 문학 담당층의 변화, 가전체 등 새로운 갈래의 등장, 이규보의 문학에 드러난 몇 가지 특징적 국면 등 문학적 전환의 징표가 되는 얼마

---

40) 김시업, 「武臣執權期의 文學的 轉換」, 『韓國文學硏究入門』, , 지식산업사, 1982.
41) 김시업, 상게 논문, 210쪽.

간의 근거를 발견하였다. 김 교수가 제시한 징표의 타당성 여부는 다시 따져봐야 하겠지만, 중요한 것은 이러한 몇 가지의 근거에도 불구하고 김 교수 스스로가 이 글에서 무신집권기가 문학적 전환기라고 말할만 한 근거가 부족함을 여러 곳에서 암시하고 있다는 점이다. 우선 그는 이우성 교수가 분류한 무신집권기의 문인지식층의 유형 가운데 이 교수가 역사발전의 장애요인으로 신랄하게 비판했던 집단인 최씨의 문객들을 '새로운 문학을 담당할 신진사인층'[42]이라고 주장하고, 구체적인 인물로 이인로, 이규보, 진화를 들면서도 다음과 같이 말하고 있다.

> 그러나 흔히 말하는 신진사인층도 그들 모두가 과도기적 인물의 성격을 완전히 벗어난 것으로 보기는 어려울 것 같다. 실제로 이인로는 구 문벌 귀족 출신이오, 이규보도 하급에 속하지만 관원의 자제였으며, 진화는 더구나 무신집권에 공이 있는 무관의 아들이었다. 그럼에도 이 인로를 제외한 이규보, 진화 등은 과거의 문벌귀족들과는 다른 의식과 체질의 문학을 보여주고 있다.…… 이점이 그들을 신진사인의 대표적인 인물로 보는 근거가 아닌가 한다. 이리하여 문벌적 귀족문학은 막을 내리고 새로운 세계관에 눈뜨는 신진사인들에 의해 사대부 문학의 서장이 열리기 시작한다.[43]

만약 이러한 논의를 수용한다면 김 교수가 새로운 문학담당층인 신진사인층으로 거명한 사람 가운데 전형적인 신진 사인의 모습을 갖춘 사람은 아무도 없다. 이인로는 물론이고 이규보, 진화 등도 모두 신진 사인으로서의 결함을 가지고 있는 과도기적 인물임에도 불구하고 신진사인의 대표가 될 수밖에 없는 이유가 바로 여기에 있다. 따라서 '다른 의식과 체질의 문학'을 보여준 것이 사실이라 하더라도 과도기적 인물인 진화와 이규보가 대표가 되어 문학사의 새로운 시대가 열렸다는

---

42) 김시업, 상게 논문, 212-213쪽.
43) 김시업, 상게 논문, 213쪽.

결론은 별도의 논리적 중간항이 없는 한 설득력이 약한 것으로 간주된다. 더구나 김시업 교수의 다음과 같은 서술을 보면 우리가 이 시기를 문학적 전환기로 받아들여도 좋을지 의문이 들지 않을 수 없다.

> 또 한 가지 연구의 현황에서 드러나는 점은 이 시기의 문인 가운데 문학적 전환의 징후를 찾아볼 수 있는 사람이 이규보에 국한되고 있다는 점이다. 다른 사람에게서는 남겨진 작품의 양이 워낙 적고 또한 문학이 아직 관인적 교양으로부터 완전히 분화 독립되지 못했던 시기임을 감안할 때 어쩔 도리 없이 주로 이규보를 통해서 이 시기에 등장하는 새로운 문학의 방향을 연역해 볼 수밖에 없게 된다. 새로운 문학의 방향마저도 경우에 따라서는 이 시기에 후속되는 문학사의문제를 고려에 넣고 현실 문맥의 범위를 넘어서서 전망하게 되는 것이다.[44]

김시업 교수는 임춘, 이인로 등 죽림고회의 구성원들이 새로운 문학 세계를 보여주지 못하고 있으므로 '무신집권기의 문학적 전환은 결국 이규보, 진화 등 신진사인들에게서 그 방향을 기대할 수밖에 없게 된다'[45]고 거듭 말하면서 그들의 문학을 재검토하고 위와 같이 말하였다. 요컨대 기대했던 진화에게서도 「奉使入金」이란 시에 나타난 문명의식[46]을 제외하고는 전환기 문학의 뚜렷한 징표를 찾을 수 없었고, 따라서 '어쩔 도리 없이 문학적 전환의 징후가 드러나는 이규보를 주로 하여 이 시기에 등장하는 새로운 문학의 방향을 연역해 볼 수밖에' 없었다는 것이다.

그러나 필자로서는 이규보의 문학에 새로운 징후가 드러났다는 김 교수의 지적이 전적으로 타당하다 하더라도 그의 논의에 동의할 수 없는 요소가 있다. 우선 한국문학사는 적어도 원칙적으로 우리나라 문학

---

44) 김시업, 상게 논문, 218-219쪽.
45) 김시업, 상게 논문, 215쪽.
46) 김시업, 상게 논문, 217쪽.

사에 등장했던 작가의 모든 문학 작품이 지닌 역사적 흐름의 총체라는 관점에서 볼 때, 그것이 아무리 새롭다 하더라도 한 사람의 문학이 지닌 부분적인 새로움만으로 문학사적 전환을 말하기는 어렵다고 생각되기 때문이다. 아울러 '후속되는 문학사를 고려에 넣고 현실문맥의 범위를 넘어서서 새로운 문학의 방향을 전망'할 수도 있다는 주장도 같은 견지에서 납득하기 어렵다. 문학사의 서술의 기본 재료가 작가와 작품임이 분명하다면 이렇다 할 작가와 작품이 없는 상태에서는 전환은 물론이고 계승도 말하기가 쉽지 않기 때문이다. 마지막으로 지적하고 싶은 것은 '이규보를 통하여 이 시기에 등장하는 새로운 문학을 연역해'볼 수 있다고 하더라도 연역된 새로운 문학에 대해서는, 그것이 연역이기 때문에 별도의 증명이 필요하다는 점이다. 그러나 이와 같은 증명 작업은 당시는 물론 지금까지도 획기적인 진전을 보지 못하고 있다고 생각된다.

이렇게 볼 때 '무신집권기의 문학적 전환'은 적어도 현재까지는 완전히 입증되지 않은 하나의 가설이라 해야 옳다. 그럼에도 불구하고 조동일 교수는 한문학뿐만 아니라 국문문학과 구비문학 전체를 포괄하는 통사적 저술인『한국문학통사』에서 무신의 난을 삼국시대부터 조선전기까지를 포괄하는 중세문학을 前, 後期로 나누는 분기점으로 파악[47] 하였다. 김시업 교수도 그의 학위 논문「高麗後期 士大夫文學의 性格」

---

47) 조동일,『한국문학통사』1, 지식산업사, 1982, 36-37쪽. 참고로 조동일 교수가 무신란이 중세후기 문학의 시작으로 보는 근거는 다음과 같다.
네 째 시대(중세후기문학; 무신란에서 16세기까지 - 인용자 주)의 시작을 말해 주는 명확한 증거는 경기체가이다. 1216년쯤 이루어진 <한림별곡> 이 그 첫 작품이라고 알려진 경기체가는 16세기까지 지속되었으니, 네 째 시대의 하한선을 그을 수 있는 근거도 여기에 있다. 이 시대 문학의 주된 담당층은 원래 지방 향리였다가 무신란을 계기로 해서 중앙 정계에까지 등장하기 시작해서는 마침내 조선왕조 건국의 주역으로까지 성장한 신흥 사대부다.... 네 째 시대는 오직 그때에만 존재했던 갈래를 들어 말하자면 경기체가 시대라 할 수 있겠고, 더욱 포괄적인 성격을 지칭하자면 교술시와 서정시의 공존시대라고 해도 좋다.

에서 고려후기 문학을 신진사인과 신흥사대부 문학으로 나누고 그들의 사회시를 중심으로 설명했으나 별다른 논리의 확충이 없이 기존 논의를 대체로 그대로 수용하였다[48].

그리하여 무신집권기 이규보의 문학을 신진사인의 문학으로 규정하고 이곡과 윤여형의 문학을 신흥사대부 문학으로 규정했으나 신진사인으로는 이규보만을 다루었고, 이규보와 이곡 사이의 장구한 기간을 공백기로 비워두었다. 이것은 물론 '고려후기 사대부 문학'이란 논제에도 불구하고 사회시 계열만 주로 다룬 데서 오는 한계라고도 할 수 있으나 근본적으로 이렇다 할 作家群[49]과 作品群[50]을 찾을 수 없었음을 말해주는 증거라고 해야 할 것이다.

---

48) 김시업, 「高麗後期 士大夫文學의 性格」, 성균관대 대학원 박사학위 논문, 1989.

49) 아울러 이우성, 조동일, 김시업 교수의 논저들은 자료적 한계 때문이겠지만 신진사인의 역사적 실체를 선명하게 부각시키지 못한 아쉬움이 있다. 애초에 이우성 교수는 신진 사인의 구체적인 사례로 許珙, 柳光植, 張鎰, 朴恒 등 몇몇 사람을 거명하고 '이외에도 趙文拔, 李藏牧 등 수없이 많다'고 말했다(이우성, 「高麗朝의 吏에 對하여」, 『역사학보』 제 23집, 21-25쪽 참조). 그러나 이 교수가 신랄하게 비판한 최씨 정권의 문객들을 제외할 경우 그 실체를 확인할 수 있는 무신집권기의 신진사인 출신 문인은 별로 없는 것으로 보인다.

50) 설사 신진사인의 실체가 확인된다 하더라도 신진사인이 남긴 구체적인 문학 작품이 없다면 적어도 문학사에서 이를 논의하기는 매우 어려운 측면이 있다. 여기서 제기되는 것은 무신집권기의 신진 사인 가운데 문학사에서 거론할 만한 작품을 남긴 이가 있는가에 대한 의문이다. 그런데 필자가 조사한 바에 의하면 최씨의 문객인 이인로, 이규보, 최자, 진화 등을 제외하고 생각할 경우 이우성 교수가 신진사인으로 제시한 이들 가운데 문집을 남기고 있는 사람은 아무도 없다. 고작 『東文選』에 겨우 극소수의 작품이 수록되어 있거나 전혀 작품이 남아 있지 않은 경우도 있는 실정이며, 이교수가 제시한 신진사인 가운데 이 시기의 문학적 전환을 가장 적극적으로 주장한 조동일 교수의 『한국문학통사』에 언급된 문인은 아무도 없다. 따라서 무신집권기에 문학적인 전환이 있었다면 그 주체는 최씨정권의 문객이 될 수밖에 없다. 무신집권기의 문학적 전환의 징후를 찾던 김시업 교수가 이우성 교수가 크게 비판한 최씨정권의 문객에게 주목할 수밖에 없었던 것도 이러한 견지에서 이해된다. 참고로 이우성 교수가 제시한 신진사인이 남긴 작품을 살펴보면 다음과 같다. 허공 -7언절구 1수, 박항 -7언율시 8수, 7언절구 1수, 유광식 -없음. 장일 - 7언절구 2수. 이순목 -없음. 조문발 - 산문 4편

IV.

이렇게 볼 때, 무신집권기에 문학적 전환이 이루어졌다는 주장이 사실이라고 하더라도 그것이 정설처럼 굳어져가는 과정상에서 무언가 석연하지 않은 느낌이 있음을 부정할 수 없다. 더군다나 이와 같은 立論의 역사적인 근거를 제공한 이우성 교수의 논지가 이미 적지 않게 흔들리고 있고, 이 교수 스스로가 신진사인과 신흥사대부의 관계에 대한 자신의 견해를 수정한 것으로 보인다는 점에서 더욱 더 그러하다. 그럼에도 불구하고 아직까지도 문학계에서 오래 전에 제시된 사학계의 가설을 바탕으로 하여 '무신집권기의 문학적 전환'을 기정사실처럼 수용하고 있고, 이를 전제로 한 논문들이 집필되고 있다는 것은 이상한 일이 아닐 수 없다. 따라서 이 시기의 문학적 전환은 그것이 타당하다 하더라도 다시 진지하게 재검토 되어야할 필요성이 있다고 판단되는 것이다.

끝으로 첨부해 두고자 하는 것은 만약 '무신집권기의 문학적 전환'이 타당하지 않을 경우 어떤 시점을 문학사적 전환기로 파악할 것인가에 대한 문제다. 물론 이 문제는 '무신집권기의 문학적 전환'이 타당하지 않다는 공감대가 형성된 이후에 제기해도 늦지 않다고 생각할 수도 있다. 그러나 무신집권기가 과연 문학사의 거대한 전환기인가를 보다 정확하게 판단하기 위해서도 이 시기와 비견될 수 있는 다른 시기에 대한 잠정적인 가설이 필요하며, 더구나 현재의 정설을 회의하고 있는 입장에서는 더욱 더 그렇다. 이러한 견지에서 필자는 麗末鮮初를 큰 전환기로 보는 역사학계의 일반적인 동향에다 다음과 같은 몇 가지 이유를 첨가하여 그 전환의 시기를 일단 고려말 성리학의 도입기로 조심스럽게 가정해보고 싶다.

우선 성리학의 도입은 우리 사회를 지배하던 이념의 교체를 의미할 뿐만 아니라, 사회 전반에 걸쳐 거대한 영향을 미쳤으며, 조선시대 문학관의 주류를 이루던 성리학적 문학관의 정착에 초석의 역할을 다하였다. 그리고 이 무렵 성리학적 이데올로기로 무장한 신흥사대부와 그 계승자들이 조선시대 역사의 주체가 되었고, 그들이 바로 조선시대 새로운 문학의 담당층이기도 했다. 문학관의 전환과 함께 문학사 전환의 중요한 징표가 되는 것 가운데 하나가 문학 담당층과 세계관의 변화에 따른 역사적 현상으로서의 새로운 장르의 출현인데, 다 알다시피 이 시기에 조선조 사대부 문학의 대표적인 장르인 시조와 가사가 출현하였다. 이러한 점들을 종합적으로 고려할 때 고려말은 무신집권기를 대신할 만한 문학사적 전환기로서의 잠재력을 충분히 가지고 있다고 생각된다51). 그러므로 현재 통설로 되어 있는 '무신집권기의 문학적 전환'이 과연 타당하냐는 문제와 함께 '고려말 성리학 도입기의 문학적 전환' 가능성에 대해서도 보다 진지하게 검토될 필요가 있다고 믿는다.

수록처:『麗末 鮮初 漢文學의 再照明』, 태학사, 2003.

---

51) 이와 관련하여 조선초기의 문인 서거정의 다음과 같은 글도 麗末鮮初 성리학의 도입을 사상사와 문학사의 주요한 고비로 인식하고 있었다는 점에서 크게 주목된다. 徐居正,『東人詩話』下卷, 제 1단락. 高麗光顯以後 文士輩出 詞賦四六 穠纖富麗 非後人所及 但文辭議論 多有可議者 當是時程朱輯註不行於東方 其論性命義理 之奧 紕繆牴牾 無足怪者 盖性理之學 盛於宋 自宋而上 思孟而下 作者非一 唯李 翶韓愈爲近正 況東方乎 忠烈以後輯註始行 學者駸駸入性理之域 益齋而下 稼亭 牧隱圃隱三峰陽村諸先生 相繼而作 倡明道學 文章氣習 庶幾近古 而詩賦四六 亦 自有優劣矣.
徐居正,『東人詩話』下卷, 제 2단락; 吾友金頤叟嘗語予曰高麗詩文. 詞麗氣富. 而體格生疎. 近代著述. 辭纖氣弱. 而義理精到. 孰優. 予曰豪將悍卒抽戈擁盾. 談 說仁義. 腐儒俗士冠冕章甫. 從容禮法. 先生何取. 頤叟大笑.

靑年期 李奎報의 집안 狀況 및 行動 樣式과 「白雲居士傳」

1. 머리말

　주지하는 것처럼 이규보(1168-1241)는 20대의 청년기에 이미 문학적인 명성을 크게 떨쳤던 인물이었다. 요컨대 그는 이 시기에 벌써 「白雲居士傳」, 「白雲居士語錄」, 「東明王篇」, 「開元天寶詠史詩」 등 여러 가지 면에서 자신을 대표하는 작품인 동시에 문학사적으로도 크게 주목되는 일련의 작품들을 창작했던 것이다.

　그 당연한 결과로서 이들 작품들은 그 동안 이규보를 다루는 논문에서 본격적으로든 주변적으로든 끊임없이 언급되어 왔다. 더구나 기존의 견해들이 이미 학계의 상식으로 정착되어 버린 경우도 있으므로 지금 새삼스럽게 이 작품들에 대해 논의하는 것 자체가 진부하게 느껴지는 측면마저도 없지 않을 지경이다.

　그러나 그럼에도 불구하고 필자는 이 작품들에 대한 지금까지의 논의에 얼마간의 문제점이 내포되어 있다고 믿으며, 경우에 따라서는 지금까지의 논의가 작품의 내용을 진지하게 이해하는데 일종의 장애 요인이 되어온 측면도 없지 않다고 생각하고 있다. 요컨대 우리는 이규보가 가진 문학적 명성과 그를 연구한 몇몇 학자들의 긍정적 평가가 오랫

동안 통설로 정착된 나머지 치밀한 분석을 거치기 전에 다소 성급하게 결론을 내린 것이 아닌가 하는 의구심이 들곤 하는 것이다.[1] 더구나 대부분의 논의가 거시적인 역사적 문맥에 집착한 나머지, 당시 이규보의 가정 상황이나 의식의 기저 및 행동 양식과 관련하여 작품의 성격을 정면으로 논의한 경우는 별로 없었다고 생각된다.

이 논문은 바로 이와 같은 연구사적 상황에 초점을 맞추어 젊은 날의 이규보의 가정적 상황과 의식의 기저 및 행동 양식을 검토하고, 이를 바탕으로 이 시기에 지어진 작품들 가운데 「백운거사전」을 하나의 모델로 삼아 젊은 날의 그의 작품들을 보다 깊이 있게 이해하기 위한 노력의 일환으로 집필되었다. 모쪼록 이와 같은 노력이 이규보 문학을 이해하는 새로운 시각을 확립하는데 일정한 기여가 될 수 있기를 기대하는 마음 간절하다.

2. 청년기의 집안 상황

주지하는 것처럼 이규보의 출신 지역은 黃驪이고 성장 지역은 개경이었다. 문집에 산견되는 기록들을 통해서 볼 때, 어린 날의 이규보에게 적지 않은 영향을 미친 것으로 생각되는 인물은 그의 아버지 允綏(?-1191)인데,『東國李相國集』에 수록된 이규보의 연보에 의하면 이윤수의 관력은 다음과 같다.

---

1) 예컨대 「동명왕편」같은 경우, 투철한 역사의식을 바탕으로 하여 거시적인 차원에서 작품을 검토하고 그 역사적, 문학적 의미를 부여했던 이우성 교수의 논의와, 이규보의 서문이 지닌 열정적 어투와 민족의식에 매혹된 나머지 작품 창작의 동인이나 작품의 예술성 등에 대한 진지한 성찰은 상대적으로 부족했다고 판단되며, 이점에 대해서는 필자가 이미 지적한 바 있다.(이종문, 「동명왕편의 창작 동인과 문학성」,『고려시대 역사시 연구』, 한국정신문화연구원, 1999, 3-61쪽)

1171년(이규보 4세); 成州郡守로 부임.

1174년(이규보 7세); 內侍로 불려져 서울로 돌아옴.

1183년(이규보 16세); 水州郡守로 부임.

1186년(이규보 19세); 수주군수에서 교대되어 서울로 옴.

연대 미상; 戶部郎中(혹은 戶部侍郎 역임[2])

보다시피 이윤수는 지방 고을의 군수와 중앙관직을 번갈아서 역임하였다. 『新增東國輿地勝覽』의 수원도호부 名宦 條에 그의 이름이 올라있는 것을 보면 수주군수로 재직할 때 치적도 남달리 뛰어났던 것으로 생각되며, 그가 역임한 최고의 벼슬은 정5품직인 호부낭중(혹은 정4품 호부시랑) 이었다. 이 정도의 벼슬이 대단한 것은 아닐지 몰라도 이규보의 가문이 고려전기 문신귀족의 후예가 아니라 무신란을 고비로 하여 새롭게 등장한 가문이라는 학계의 정설에 견주어 볼 때, 이윤수의 벼슬은 결코 낮지 않은 벼슬이다. 더구나 이윤수가 정중부 등에 의하여 무신의 난이 일어나던 바로 다음 해인 1171년에 이미 한 고을의 군수로 부임했다는 점과, 그의 장인이자 이규보의 외조부인 金施政이 中古의 名儒로서 과거에 장원으로 급제하여 울진현위를 역임[3]하면서 특별한 치적[4]을 남겼던 것을 감안하면, 이규보의 집안은 무신란 이후에는 물론이고 그 이전에도 사회의 상층은 아닐지라도 무시하지 못할 정도의 위치에 있었다는 추측이 가능하다. 요컨대 이규보의 아버지가 무신정권으로부터 그 무슨 특혜를 입어 갑자기 군수에 임명된 경우가 아니라면, 그는 무신의 난 이전에 이미 과거에 급제하여 벼슬에 종사하고 있었을 것으로 추측되며, 이와 같은 점에서 이규보를 무신난을 고비로

---

2) 『東國李相國集』제 1권,「年譜」,(이하「年譜」라 표기함)에는 이윤수가 호부낭중을 역임한 것으로 되어 있으나 『新增東國輿地勝覽』제 7권 驪州牧 人物 條에는 호부시랑으로 기록되어 있음.

3) 「年譜」; 母金氏 金壤郡人 諱仲權 後改施政 中古名儒也 擢高第 官至蔚珍縣位

4) 『新增東國輿地勝覽』제 45권 蔚珍縣 條에는 그를 名宦으로 소개하고 있음.

새로 진출한 新進士人이라고 보기는 어려운 측면이 있다고 생각된다.

이규보 가문의 성격을 파악하는데 이윤수 못지않게 중요한 인물은 그의 숙부였던 李富라는 인물인데, 이규보의 연보에는 그에 대한 다음과 같은 기록이 수록되어 있다.

이 해(이규보의 나이 11살이던 1178년)에 숙부인 直門下省 이부가 省郎들에게 자랑하여 말했다. "나의 조카는 나이가 아직 얼마 안 되지만 글짓기에 능하니 불러서 시험해 보는 것이 어떻겠소." 여러 성랑들이 기뻐하면서 맞아들이게 하여 聯句詩를 짓도록 명령하였다. 때마침 바깥 고을에서 바치는 종이를 받았으므로 '紙'자를 불렀더니, 公이 대번에 "종이 길로는 언제나 毛學士가 달린다."라고 했다. 여러 성랑들이 손수 받아쓰고 또 대구를 놓도록 명령을 했다. 공이 대번에 "술잔 속엔 언제나 麴先生이 있다네."라고 했더니, 모두 탄복하여 '奇童'이라 부르고 칭찬하고 격려하여 돌려보냈다[5].

보다시피 이규보의 숙부 이부는 1178년에 이미 종삼품의 문반직인 직문하성의 벼슬에 있으면서 어린 이규보의 문학적 천재성을 사회적으로 널리 알리는 계기를 마련한 인물이었다. 그런데, 바로 그 이부가 뜻밖에도 고위 무관직을 맡고 있었음을 보여주는 다음과 같은 기록이 있어 우리의 비상한 주목을 끈다.

정국검의 집은 수정봉 아래에 있었다. 봉우리로 가는 길이 깊숙하고 후미지고 높고 험하여 젊은 불량배 대여섯이 항상 그 봉우리 아래에서 모여 예쁘장한 부인을 보면 반드시 겁탈하고 그 衣物까지 약탈하였다. 어느 날 국검이 보니 한 부인이 盛粧을 하고 가사를 입고 봉우리 길을 따라 내려오는데.... 도적들이 맞이하여 윽박질러 잡으니 따르는 여종

---

5) 「年譜」, 戊戌; 是年 叔父 直門下省李富 誇於省郎曰 吾猶子 年可若干 能屬文 召試之可乎 諸郎 欣然使迎之 命爲聯句 時方受外郡貢紙 以紙字占之 公應聲曰 紙路長行毛學士 諸郎手書之 又令爲對 卽日 盃心常在麴先生 郎皆嘆伏 號奇童 慰勉遣之.

들이 모두 흩어졌다. 국검이 차마 그냥 볼 수가 없어서 사위인 內侍 이유성과 令同正 최겸으로 하여금 집안 종을 거느리고 가서 잡게 했더니, 세 사람을 잡아 大理에 가두었는데 그들은 바로 大將軍 이부의 생질 및 권세 있는 무관의 子姪들이었다. 청탁이 빗발쳐서 법관이 다스리지 않으려고 하거늘 형부원외랑 조문식이 홀로 항의하여 국문하고 곤장을 쳐서 죽여버리니 당시 여론이 유쾌하게 여겼다[6].

『고려사』에는 이 사건이 정국검 열전에 수록되는 바람에 사건이 발생한 구체적인 연대가 명시되어 있지 않으나, 『고려사절요』에는 이와 내용이 거의 같은 기록이 명종 9년(1179년) 3월 條에 수록[7]되어 있다. 따라서 이부는 1179년 3월에 종삼품 무관직인 대장군을 역임하였고, 그 무렵 그의 생질이 외숙을 믿고 권세 있는 무관의 자질들과 함께 부인네를 겁탈하고 의물을 약탈하는 행패를 상습적으로 자행하다 체포되어, 청탁이 쇄도하는 상황 속에서 장살을 당한 적이 있었음을 알 수 있다.

그런데 여기서 주목되는 것은 이 사건과 관련된 이른 바 '권세 있는 무관'의 대표격으로 이부를 들고 있다는 점이다. 이와 같은 정황과 당시 편제상 종삼품 대장군이 무관직으로는 최고 직위인 정삼품 상장군 다음으로 높은 직위[8]라는 사실에 비추어볼 때 이규보의 숙부인 이부는 당시 권력의 최정상에 선 것은 아니라고 하더라도 상당한 정도의 권력을 지녔던 무신정권의 실세 중에 한 사람이었다고 생각된다. 바로 그 이부가 1179년 4월에는 西北面知兵馬使가 되어 조위총의 잔당들을 소탕하고 있었는데, 이때의 일을 『고려사』에서는 다음과 같이 기록하고 있다.

---

6) 『高麗史』제 100권, 列傳 제 13권, 鄭國儉 條; 國儉家 在水精峰下 峰路幽僻高險 惡少五六人 常聚其峰 見婦人有姿色者 必劫亂之 至奪其衣物 一日 國儉見一婦人 盛飾著袈裟 由峯下.... 賊邀而劫執 從婢皆散 國儉不能忍視 遣女婿內侍李維城 令同正崔謙 率家僮捕之 獲三人囚大理 乃大將軍李富甥姪 及權勢武官子姪也 請謁交午 法官欲不治刑部員外郎趙聞識 獨抗議 訊鞫杖殺 時議快之.

7) 『高麗史節要』제 12권, 明宗 1, 九年 3월 조 참조.

8) 당시 무관직에는 2품 이상의 관직은 없었으며, 상장군이 8명, 대장군이 8명이었음.

西北面知兵馬使 이부가 西賊(조위총을 말함)의 잔당들이 틈을 타고 다시 일어날까 근심되어 모두 다 죽이려고 생각하였다. 그들이 양식이 떨어졌다는 소문을 듣고 公牒을 만들어 여러 賊屯들을 속여 말하기를 "아무 날 소재하고 있는 아무 성에서 식량을 받으라."고 하고는, 비밀스럽게 여러 성에 권하기를 "만약 적이 성에 들어오면 문을 닫고 모두 죽여야 할 것이다"라고 했다. 이에 공첩을 받고 잡아서 죽인 것이 모두 다섯 성인데, 그 가운데 귀주에서 죽인 사람은 300여인에 이르렀다. 또 가주 사람은 적 100여명을 유인하여 창고에 들게 한 뒤 문을 잠그니 적이 탈출할 방법이 없자 뜀박질을 하면서 "관가로부터 이와 같이 속임을 당할 줄은 몰랐다. 우리들은 차라리 자결을 할지언정 어찌 남의 손에 제압을 당하리오."하고 불을 찔러 스스로 불타 죽어버렸으며 穀米도 무려 10만 斛이 모두 잿더미로 변했다. 오직 牛方田 등 賊帥가 속임수를 깨닫고 다시 불러 모아 도적이 되었다. 병마사가 아뢰고 여러 성의 병사를 일으켜 공격을 했으나 관군이 불리하여 安北都護判官 咸壽山이 전사하였다. 이에 다시 군사를 더 파견하여 여러 번 싸운 끝에 겨우 멸망시켰다.[9]

보다시피 이부는 조위총의 잔당을 소탕한다는 명목으로 굶주리는 적도들에게 식량을 주겠다고 공첩으로 유인하여 귀주에서만도 300명을 죽게 하였다. 뿐만 아니라 가주에서는 창고에 갇혀 죽게 된 100여명의 적도들이 스스로 창고에 불을 질러 10만 곡의 곡식을 불태우고 집단적으로 자살하는 끔찍한 일이 일어나기도 했다. 기록의 미비로 인하여 구체적인 상황을 알 수 없으나 다섯 고을 중 나머지 세 고을에서도 정

---

9)『高麗史』제 20권, 世家 제 20권, 明宗 二, 九年 夏四月 庚戌 條; 西北面知兵馬使李富 患西賊遺種承間復起 思欲盡誅之 聞其乏食 爲公牒 紿諸賊屯曰 以某日受糧于所在某 城 仍密誘諸城曰 若賊來入城 宜閉門 悉誅之 於是承牒捕誅者凡五城 龜州所殺至三百 餘人 嘉州人 引誘百餘人 入倉鎮門 賊脫出無計 洶踊曰 不意官家 見紿如此 吾寧自絶 豈可見制於人手 乃鑽燧燒倉 自焚而死 穀米無慮十萬斛 盡爲煨燼 獨牛方田等賊帥 覺 之 復嘯聚爲賊 兵馬使奏 發諸城兵 擊之 官軍失利 安北都護判官咸壽山 戰死 於是 復 濟師 屢戰乃滅之

도의 차이는 있었겠지만 이와 유사한 일이 일어났을 가능성도 있다. 이와 같은 행위를 저질렀던 그는 이규보의 나이 14세 때인 명종 11년(1181년) 5월에 다시 종삼품 문관직인 직문하성에 임명[10]되었다.

그 이후 무신집권기라는 역사적 상황과 사회적인 조건 속에서 이부가 어떻게 살아 움직였는지를 보여주는 기록은 아무 것도 없다. 그러나 숙부의 행적을 통해서 보면 이규보의 집안도 그가 10대의 소년이었던 시절에는 적어도 한 때나마 무신정권과 상당한 정도의 유대와 친연성을 가졌던 것으로 짐작된다. 아울러 아버지의 벼슬과 숙부가 차지하고 있는 사회적 위상을 감안하면 이규보의 집안은 대토지를 소유한 부호에 속하지는 않았을지 모르지만 결코 만만하지 않을 정도의 경제적 기반을 가졌던 것으로 생각되며, 이 점은 우선 다음과 같은 자신의 언표를 통해서도 확인된다.

我家全盛時	우리 집이 전성시절 이었을 때는
壓甑炊香玉	시루를 눌러가며 향기로운 옥 같은 쌀밥을 했다네.
厭飫不下匙	그래도 먹기 싫어 젓가락도 대지 않았으니
況肯喰脫粟	하물며 좁쌀 밥이야 먹으려고 했으랴.
雪色蜀蠶錦	눈빛 같은 최고급 비단은
十斤方一掬	열 근이나 되어야 겨우 한웅큼인데
費之不甚珍	그다지 귀하게 여기지도 않고 허비하여
柳絮空飄撲[11]	버들 솜처럼 공연히 날려 보냈다네.

얼마간의 수사적 과장이 있을 수는 있겠지만, 보다시피 전성시절의 이규보의 집안에는 경제적인 풍요가 넘쳐흘렀으며, 여기서 말하는 전성 시절은 그의 아버지가 살아 계실 무렵, 나아가서는 그의 숙부인 이

---

10) 『高麗史』 제 20권, 世家 제 20권, 명종 11년 5월 조;以崔忠烈判刑部事 李富直門下省
11) 『東國李相國集』 제 10권, 「謝文禪老惠米與錦」.

부가 무신정권의 권력 실세로 있을 무렵을 말하는 것으로 판단된다. 요컨대 이규보는 젊은 날 아버지와 숙부의 사회적인 위상을 바탕으로 형성된 경제적인 풍요를 누리면서 꿈과 낭만이 점철된 행복한 어린 시절을 보냈다고 생각되며, 돌아갈 수 없는 어린 시절에 대한 정감적인 그리움을 다음과 같이 회고하고 토로하기도 했다.

結髮少年日　　머리를 묶던 소년시절에
輕裝寄漢南　　가벼운 행장을 漢南에 붙였다네.
乘閑頻劇飮　　한가함을 틈타서 자주 술에 크게 취했고
遇勝輒窮探　　좋은 경치 만나면 끝까지 찾았다네.
水共魚相樂　　물속에서 고기와 함께 즐겼고
花先蝶自貪　　꽃을 보면 나비보다 먼저 탐했네.
　　……………
往事渾成夢　　지나간 일 모두 다 꿈같이 되었으니
何時更理驂12)　　어느 때 다시 돌아갈까나.

　작품 속의 漢南은 바로 水州의 다른 이름이다. 따라서 이 시는 고을살이를 하던 아버지를 따라 수주에 머무르고 있던 16-18세 때의 일을 회상한 것이라고 생각되는데, 보다시피 이규보는 이미 획득된 경제적인 기반을 바탕으로 하여 다복한 소년시절을 보냈다. 그러나 이와 같은 경제적 풍요가 얼마나 계속되었는지는 의문이다. 무신들 상호간에 피비린내 나는 권력 쟁탈이 계속되던 상황 속에서, 이규보의 나이 14세 이후 숙부의 생애가 어떻게 전개되었는지를 확인할 만한 단서가 아무것도 없는데다가, 24세 때는 아버지마저 별세하였으므로 아무래도 경제적 상황이 악화되었을 가능성이 높기 때문이다. 그러나 적어도 20대 후반까지는 이규보가 안정된 삶을 누리는 데는 별다른 문제가 없었던

12)『東國李相國集』제 1권,「江南舊遊」

것으로 생각되며, 다음 기록이 저간의 사정을 단적으로 보여주고 있다.

성 동쪽 草堂에 上園과 下園이 있는데, 상원은 세로가 30步이고 가로도 또한 그 정도다. 하원은 가로와 세로 각각 겨우 10여보 정도인데, 보는 옛날의 밭을 계산하던 방법으로 계산한 것이다.... 집에는 키가 작은 종 3명과 파리한 아이 5명이 있었으며...13).

이 글은 이규보의 나이 27세이던 1194년 5월에 지은 것인데, 보다시피 그는 이 무렵에도 성 동쪽에 초당을 가지고 있었으며, 이 초당에 소속된 성년 미성년의 종들은 모두 8명이었다. 이때는 아직 이규보가 벼슬을 하기 전이어서 일정한 수입이 없었으므로 이 초당은 외아들이었던 그가 부친으로부터 물려받은 것으로 생각되거니와, 그는 이 초당 외에도 부친으로부터 물려받은 또 다른 별장을 가지고 있었다.

옛날 돌아가신 아버지께서 일찍이 서쪽 성곽 바깥에 별장을 마련했는데, 계곡이 깊숙하고 지경이 후미져 마치 별도로 한 세계를 창조하여 놓은 것 같아 즐거워할 만하였다. 내가 얻어서 소유하게 되어 자주 왕래하면서 책을 읽는 한적한 곳으로 삼았다. 田地가 있어서 갈아먹을 만하고, 뽕나무가 있어서 누에를 길러 옷을 해 입을 만하고, 샘이 있어서 마실 만하고, 나무가 있어서 땔감을 마련할 만하니, 나의 뜻에 맞는 것이 네 가지이므로 그 집의 이름을 四可齋라 하였다14)

보다시피 이 별장은 서쪽 성곽의 바깥에 위치하고 있었으므로 앞에서 말한 동쪽 초당과는 다른 곳임이 분명하며, 이 글에 나타난 여러 가

---

13) 『東國李相國集』 제 23권, 「草堂理小園記」; 城東之草堂 有上園下園 上園縱三十步 橫如之 下園縱橫纔十許步 步則古算田法而計之也....家有矮奴三 羸童五.....甲寅(1194)五月二十三日記.

14) 『東國李相國集』 제 23권, 「四可齋記」; 昔予先君 嘗置別業於西郊之外 溪谷窅深 境幽地僻 如造別一世界 可樂也 予得而有之 屢相往來 爲讀書閑適之所 有田可以耕而食 有桑可以蠶而衣 有泉可飮 有木可薪 可吾意者有四 故名其齋曰四可.

지 정황으로 보아 서쪽 별장[15]이 동쪽 초당보다 그 규모가 컸던 것으로 짐작된다. 따라서 서쪽 별장에도 그 규모에 상응하는 노비들이 있었던 것으로 생각되며, 초당과 별장에 적지 않은 노비가 딸려 있었다면 서울에 있었던[16] 본집에도 당연히 상당수의 노비들이 있었다고 보아야 할 것이다.

이규보 집안의 이와 같은 경제적 상황과 사회적 위상은 29세 때 약간의 변화가 왔음 직하다. 이 때 그는 고향인 황려와 상주 일원을 여행하면서 '南遊詩'로 불리는 적지 않은 시를 남겼는데, 문집의 연보에는 이 무렵의 상황을 다음과 같이 기록하고 있다.

> 4월에 서울에 난리가 일어나 姉夫(=姉兄)가 남쪽 황려로 유배를 당하였으므로 5월에 公이 누나를 모시고 자부에게 갔다. 이해 봄에 어머니가 상주군수로 있던 둘째 사위에게 머무르고 있었으므로 6월에 황려로부터 상주로 가서 어머니를 문안했다. 寒熱病에 걸렸는데 몇 달이 지나도 낫지 않았으므로 10월에야 비로소 돌아왔다. 시집 가운데 南遊詩가 무려 90 여 수나 남아 있는데, 이 작품들은 황려와 상주에서 지은 것이다[17].

여기서 말하는 4월은 1196년 4월인데, 바로 이 달에 그 동안 강력한 권력을 장악하고 있던 이의민이 최충헌에 의하여 죽임을 당했다. 그러므로 이른 바 '서울의 난리'는 바로 최충헌에 의한 이의민 정권의 타도를 말하며, 이와 같은 권력 교체의 와중에서 이규보의 자부가 황려로

---

15) 『東國李相國集』 제 2권에 수록된 「遊家君別業西郊草堂」, 「復遊西郊草堂」 등에 나오는 '西郊草堂'이 바로 이 별장을 가리키는 것으로 생각됨.
16) 『東國李相國集』 제 6권, 「十月二日自江南入洛有作示諸友生」; 家在鳳城南北傍 身遊蠻嶺三千里...
17) 「年譜」, 丙辰; 四月京師亂 姉夫南流黃驪 五月 公携姉氏往焉 是年春 母家後壻 出守尙州 六月自黃驪赴尙州覲省 得寒熱病 數月不愈 至十月方還 詩集中 有南遊詩無慮九十餘首 是黃麗尙州所著也

유배를 당한 것을 보면 그는 최충헌과는 적대적인 입장에 있었던 것으로 판단된다. 최충헌과 적대적이라고 하여 반드시 이의민과 우호적인 관계였다고 단정할 수는 물론 없다. 그러나 하여간 이규보의 자부는 이의민 정권 아래서 상당한 위치에 있었던 것으로 짐작되며, 이규보의 집안도 그 자부와 정치적 입장을 같이 했을 가능성이 대단히 높다. 이 무렵에 그가 남긴 다음과 같은 시가 그 증거다.

主人起舞屬我彈	주인이 일어나 춤추며 나에게 연주하라 하기에
把琴欲弄先霑巾	거문고 잡고 타고자 하니 먼저 눈물이 수건을 적시네.
四筵賓客各相顧	자리에 가득한 손님들이 모두 돌아보면서
問我何事多酸辛	무슨 일로 슬픔이 많으냐고 나에게 묻네.
答云近者王城亂	답하기를 근래에 서울의 난리로
白日九街殷血新	대낮 큰 거리에서 검붉은 피를 흘린다네.
我亦僅免崑岡焚	나 또한 겨우 함께 죽음을 면했으나
離遊艱厄難勝陳	떠돌아다니는 고생스러움을 다 말하기 어렵다네.
危腸觸地卽嗚咽	불안한 마음에 가는 곳마다 흐느껴 우니
況此嶺外煙霞晨	하물며 嶺外의 산수 속 새벽에랴.
痛飮粗堪寬我恨	흠뻑 마시면 나의 한이 조금 누그러질 것이니
請君更酌三四巡[18]	그대에게 청하노니 서너 잔 더 따르시오.

위의 시는 이규보가 황려에 내려가서 진사 이대성의 초청을 받아 술을 마시는 자리에서 지은 것인데, 이 작품에서 주목되는 것은 전체적인 정황으로 보아 이규보가 최충헌의 집권을 매우 부정적으로 인식하고 있다는 점이다. 더구나 그가 이의민이 타도되고 최충헌이 정권을 장악하는 과정에서 '겨우 죽음을 면하고 불안한 마음으로 고생스럽게 떠돌아다닌다.'고 한 것을 보면, 적어도 그 당시 이규보의 집안도 최충헌과는 정치적인 입장을 달리하고 있었음을 알 수 있다. 이렇게 볼 때 그가

---

18) 『東國李相國集』 제6권, 「李進士大成邀飮席上走筆贈之」.

최충헌이 집권한 직후인 5월에 서울을 떠나 황려로 내려간 것도 이와 같은 정치상황과 밀접하게 관련된 것이었으며, 더구나 그 자부가 정권 쟁탈의 와중에서 유배를 당했으므로 이 사건은 이규보의 집안에도 적지 않은 영향을 미쳤다고 생각된다. 그러나 이러한 와중에서도 그의 집안이 당장 몰락의 나락으로 떨어진 것은 아니었으며, 저간의 사정은 이 무렵에 지은 90여 편의 남유시[19])에서도 두루 드러난다.

남유시에 산발적으로 드러나는 바에 의하면, 이규보는 그의 고향인 황려 근곡촌에 토지를 가지고 있었다. 이규보를 대하는 마을 사람들의 태도[20])를 보면 이 토지를 바탕으로 적지 않은 영향력을 행사할 수 있을 정도로 토지의 분량도 상당히 많았던 것으로 짐작된다. 게다가 황려와 용궁 등 두 고을의 원이 그를 위하여 잔치판을 열어주었으며, 관청의 서기, 고을 유지, 향교 생도, 승려, 도사 등으로부터 가는 곳마다 환대를 받았다. 당연한 결과로서 남유시의 도처에는 술과 거문고와 기생들이 참여한 잔치판의 遊興的 분위기가 풍겨나고 있다.

요컨대 이규보는 적어도 20대 후반까지는 수도 개경에 집이 있었을 뿐만 아니라 수도 동서 쪽에 각각 별장을 소유하고 있었고, 여러 곳에 적지 않은 전지가 있어 노비를 부려 농사를 짓고 있었음이 분명하다. 바로 이와 같은 경제적 기반을 바탕으로 하여 그는 '날마다 기생을 끼고 음악을 연주하며 마음대로 노닐면서 江湖之樂을 즐기는[21])' 질펀한 풍류를 만끽할 수 있었던 것이다.

---

19) 이규보의 남유시 90여수는 『東國李相國集』 제 6권에 수록되어 있음.
20) 『東國李相國集』 제 6권, 「六月十一日發黃驪向尙州出宿根谷村(予田所在)」; 入山蒙密初迷路 村人過嶺相迎去 畦丁羅拜似獼猴 嘍囉頗帶南蠻語 田家主人瘴髮黃 邀我欣然具鷄黍 髥奴异甕走汲泉 癭嫗洗臼力擧杵…
21) 『東國李相國集』 제 6권에 '明日 放舟不棹'로 시작되는 긴 제목의 시의 제목 가운데 '噫 江湖之樂 雖病中不可以不樂 況乎日擁紅粧 彈朱絃 得意而遊則 其樂 曷勝道哉'라 는 대목이 있음.

3. 청년기의 행동방식

무신정권과 모종의 유대 관계 혹은 친연성을 가진 집안에서 경제적
으로 부족함이 없는 환경 속에서 자라난 이규보의 행동 방식은 참으로
남다른 바가 있었는데, 젊은 날의 그의 삶을 이해하는데 도움이 되는
자료들을 대충 열거하여 보면 다음과 같다.

(1) 9세 때 이미 글짓기에 능하여 奇童이라 일컬었으며 조금 자라서
는 경사백가와 불교 노장 서적을 한 번 보면 모두 외웠음[22]. 앞에서 이
미 언급한 것처럼 11세 때 숙부인 이부의 주선에 의해 이규보의 탁월한
문학적 재질이 알려지기 시작했음.

(2) 14세 때 誠明齋의 急作에 계속 1등하여 여러 유학자들이 기이하
게 여기기 시작했으며[23], 15세 때도 급작에서 1등하여 咸淳 등으로 하
여금 감탄을 그만두지 못하게 함[24].

(3) 16세[25], 18세 때 각각 사마시에 응시했으나 불합격[26].

(4) 이규보가 지은 「七賢說」에 의하면 그는 19세 때에 이미 35세 연
장인 오세재와 忘年友를 맺고 그를 따라 당대 최고 수준의 문인들의 모
임인 竹林高會에 무시로 참여했음. 오세재가 동경으로 가고 난 뒤에는
죽림고회의 구성원들이 오세재 대신 죽림고회 회원으로 정식 참여할
것을 요청받았으나 당돌하게도 거부함. 그들의 속물근성을 야유하고
성난 그들을 남겨둔 채 傲然히 크게 취해 나와 버렸음. 이규보는 죽림

---

22) 『高麗史』제 102권, 李奎報 列傳; 奎報 幼聰敏 九歲能屬文 時號奇童
梢長 經史百家佛老之書 一覽輒記.
23) 「年譜」, 辛丑; 是年 始籍文憲公徒誠明齋肄業 每夏課 先達輩 會諸生刻燭占韻賦詩 名
曰急作 公連中膀頭 諸儒始奇之.
24) 「年譜」, 壬寅; 是年六月 又於夏科急作....先達咸淳等 皆嘆賞不已 升爲第一 一等唯置
公 示其異也
25) 「年譜」, 癸卯; 赴司馬試 不捷.
26) 「年譜3」, 乙巳; 遂赴司馬試 不捷.

고회의 구성원들을 '방약무인'한 집단으로 규정하는 한편, 자신의 행위 역시 '미치광이 짓'이었다고 회고하고, 이런 행위 때문에 세상 사람들로부터 '광객狂客'으로 지목되었다고 술회함[27].

(5) 20세 때 사마시에 응시했으나 불합격. 이때까지 4-5년간 술에 크게 취해 지내는 등 放達한 생활을 했을 뿐만 아니라 오로지 풍월을 일삼고 科擧文을 익히지 않았으므로 연달아 사마시에 불합격했음[28].

(6) 22세 때 꿈에 奎星으로부터 장원 급제를 암시 받고 사마시에 장원급제 후 이름을 奎報로 바꾸었음[29].

(7) 23세 때 6월 禮部試에 同進士로 합격했음. 저조한 성적으로 합격했다는 이유로 합격을 사퇴하려했으나 그러한 전례도 없거니와 부친의 질책으로 사퇴하지 못함. 이 자리에서 크게 취하여 하객에게 이르기를 '내가 과거에는 비록 하위로 합격했으나 3-4번 과거를 주관할 사람'이라고 큰 소리를 쳐 하객들의 조소를 받음. 그는 과거문을 일삼지 않아 賦를 지음에 거칠고 격률에 맞지 않았고, 또한 이때 과거장 안에서 임금이 하사한 술을 마시고 크게 취하여 어지럽게 답안지를 써서 찢어버리려 했으나 주변에 있던 이가 빼앗아 제출했다고 함.[30]

---

27) 李奎報,「七賢說」, 先輩 有以文名世者某某等七人 自以爲一時豪俊 遂相與爲七賢 蓋慕晉之七賢也 每相會 飮酒賦詩 傍若無人 世多譏之 然後稍沮 時予年方十九 吳德全 許爲忘年友 每携詣其會 其後德全遊東都 予復詣其會 李淸卿目予 曰子之德全 東遊不返 子可補耶 予立應 曰七賢豈朝廷官爵 而補其闕耶 未聞嵆阮之後 有承之者 闔座皆大笑 又使之 賦詩 占春人二字 予立成口號 曰榮參竹下會 快倒甕中春 未識七賢內 誰爲鑽核人 一座 頗有慍色 卽傲然大醉而出 予少狂如此 世人皆目 以爲狂客也.

28)「年譜」, 丁未; 是年春 又赴司馬試 不捷 公自四五年來 使酒放曠 不自檢 唯以風月爲事 略不習科擧之文 故連赴試 不中.

29)『高麗史』제 102권, 李奎報 列傳; 其赴監試也 夢有奎星 報以居魁 果中第一 因改今名. 「年譜」, 己酉; 是年春 擧司馬試 中第一 座主柳公 嗟賞不已 遂擢第一

30)「年譜」, 庚戌; 六月 赴禮部試 擢第同進士 公嫌其科劣 欲辭之 以嚴君切責 且無舊禮 不得辭 因大醉謂賀客等 曰予科第雖下 豈不足三四度陶鑄門生者乎 坐客掩口竊笑 公旣不事科擧之文 其作賦荒蕪 不合格律 又試圍內 奉命承宣朴純與座主 受宣醞大召 公飮以一魽 卽大醉亂書 欲裂棄之 傍座孫得之 奪而呈之.

(8) 24세 때 아버지를 여의고 천마산에 들어감. 25세 때 천마산에서 「白雲居士語錄」과 「白雲居士傳」을 지어 자신의 모습을 우주적 차원에서 자유자재하게 소요하는 대자유인으로 형상화함. 그러나 다른 한편으로 백운의 양면적 속성을 들어 현실 참여를 포기한 것이 아님을 보여줌.[31]

(9) 26세 때 舊三國史의 동명왕 신화를 보고 「동명왕편」을 지음. 이규보는 그 서문에서 동명왕 신화가 '怪力亂神'이 아니라 창국의 신령스런 자취로 재인식하고 온 천하로 하여금 우리나라가 본래 성인이 도읍한 곳임을 알리려고 이 시를 지었다고 열정적인 어조와 격렬한 호흡으로 언급하고 있음.

(10) 27세 때 당 현종 시대의 고사를 7언절구 형식 속에 포착한 「開元天寶詠史詩」 43수를 지음.

(11) 20대 후반부터 「留醉閣判官光孝家主人走筆增之」, 「無官歎」 등 현실적 성취의 좌절을 노래한 작품과 상대방에 대한 찬사와 아유로 가득 찬 求官詩가 나타나기 시작함.

이상의 자료[32]를 종합하여 볼 때 이규보는 천부적이라고 해도 좋을 정도로 탁월한 문학적 재능을 가졌음에도 불구하고 사마시 합격 과정에서 세 차례나 좌절을 겪었으며, 예부시의 성적도 자신의 기대에 크게 미치지 못하는 불만족스러운 것이었다. 이규보가 탁월한 문학적 재능을 가지고 있으면서도 문학적 능력을 척도로 인재를 선발하는 과거에

---

31) 『東國李相國集』 제 20권, 「白雲居士傳」과 「白雲居士語錄」 참조.
32) 대부분 年譜에서 摘出한 이 자료들은 일차적으로 연보의 작성자에 의하여 걸러진 것이라는 점에서 이규보의 실질적 행위와는 일정한 거리가 있을 가능성을 배제할 수 없다. 그러나 연보 속에는 당시의 보편적 규범에서 크게 일탈된, 따라서 이규보를 미화하려는 입장에 선다면 삭제됨직한 내용까지 고스란히 담겨져 있고, 이러한 내용들이 문집에서 산견되는 이규보의 회고와 일치하고 있다는 점에서 그 어떤 연보보다 높은 진실성을 가지고 있다고 생각된다.

번번이 실패한 것은 과거문의 형식적 폐쇄성에 대한 강한 거부감 때문이었으며, 이를 통해서 그가 보편적인 규범에 구애되기를 싫어했던 인물임을 알 수 있다.

다른 한편으로 그는 술을 매우 좋아했을 뿐만 아니라 방달하고 즉흥적인 데다가 성급하고 저돌적인 기질의 소유자였다. 특히 사마시에 조차도 번번이 불합격한 19세의 나이 어린 이규보가, 경우에 따라 그 자신보다도 수십 년 연장자들이자 당대 최고의 문인들로 구성되어 있었던 죽림고회의 구성원들에게 행했던 광기에 찬 행동은 저간의 사정을 단적으로 보여주는 사례에 해당된다. 요컨대, 이규보의 젊은 날은 이처럼 언제나 술과 광기에 의해 지배되고 있었으며, 자타가 공인하는 광객이었던 이규보가 자신을 광객으로 지목하는 사람들에게 "자신이 미친 것이 아니라 실상 미쳤다고 하는 사람이 미쳤다"고 변론하는 「狂辨」[33]을 짓는 행위도 기본적으로 이러한 광기와 무관하지는 않으리라 생각된다.

아울러 지적하고자 하는 것은 적어도 젊은 날의 이규보는 기고만장한 돌발적 유형의 인물로 호락호락 남을 허여하지 않는 기질과 함께 자료 (7)에서 볼 수 있듯이 남에게 지지 않으려는, 혹은 최상이 아니면 달가워하지 않는 승부 근성에 투철했던 인물이었다는 점이다. 이점은 이규보가 그의 장기로 널리 알려진 唱韻走筆에 대해서 언급한 다음 글에서도 그 대강을 엿볼 수 있다.

> 창운주필이라는 것은 다른 사람에게 韻字를 부르게 하고는 눈 깜짝할 사이에 시를 짓는 것이다. 처음에는 다만 친구들과 함께 술에 크게 취했을 때 그 狂氣를 해소할 수 없어서 드디어 시에 의탁하여 그 기세를 격앙케 함으로써 일시적으로 유쾌한 웃음거리를 제공하려는 것일

---

33) 『東國李相國集』 제 20권, 「狂辨」; 世人皆言居士之狂 居士非狂也 凡言居士之狂者 此豈狂之尤甚者乎…噫世之人多有此狂 而不能求己也 又何暇笑居士之狂哉 居士非狂也 狂其迹而正其意也.

따름이었다. 그러므로 常法으로 삼아서도 안 되고 존귀한 사람 앞에서
해서도 또한 안 되는 것이다. 이것은 원래 李湛之 淸卿이 처음 시작한
것인데, 내가 젊었을 때 미치광이였으므로 '이담지는 누구이고 나는 누
구이기에 나는 그것을 못하겠는가.' 라고 스스로 생각하여 왕왕 청경과
더불어 읊조리면서 시작하게 되었던 것이다. 그러나 나 같은 사람은 성
격이 본래 조급하여 그 조급한 성격을 그대로 주필에 투사하게 되고,
게다가 반드시 술이 가득 취한 상태에서야 비로소 짓는 까닭으로 작품
의 수준을 고려치도 아니하고 오로지 빨리 짓는 것만을 미덕으로 삼았
다. 따라서 비단 글씨가 어지러울 뿐만 아니라 傍邊點劃이 모두 떨어져
나가 글자의 모습을 갖추지 못했으므로 만약 그 당시에 바로 옆에 사람
이 있어서 써내려 가는 것을 지켜보다가 번번이 물어서 그 옆에 별도로
적어놓지 않으면 나 자신도 또한 까마득히 알아볼 수가 없었다. 작품의
품격도 평상시에 지은 것보다 그 등급이 백배나 떨어지므로 章句 體裁
를 따져볼 가치조차 없는 것이니, 실은 詩家의 죄인이다[34].

먼 훗날에 젊은 날을 회고하는 형식으로 쓴 이 글을 통해서 우리는
대취한 가운데서 일어나는 광기를 창운주필을 통하여 해소하면서 도
도하게 기세를 올렸던 젊은 날의 이규보의 모습을 선명하게 포착할 수
있거니와, 이와 함께 주목되는 것은 이른 바 그의 창운주필이 이담지와
의 대결 의식의 소산이었다는 점이다. 특히 "舜 임금은 어떤 사람이며
나는 어떤 사람인가"[35]라고 하면서 성인에 대한 치열한 희구심을 바탕
으로 순과 같은 인물이 되기 위하여 노력했던 顏淵의 말투를 그대로 빌

---

34) 『東國李相國集』 제 22권, 「論唱韻走筆事略言」; 夫唱韻走筆者 使人唱其韻而賦之
　　不容一瞥者也 其始也 但於朋伴間使酒時 狂無所洩 邃託於詩 以激昻其氣 供一時之快
　　笑耳 不可以爲常法 亦不可於尊貴之前所爲也 此法 李湛之淸卿始倡之矣 予少狂 自以
　　爲 彼何人予何人而獨未爾也 往往與淸卿賦焉 於是乃始之 然若予者 性本燥急 移之於
　　走筆 又必於昏醉中乃作 故凡不慮善惡 唯以拙速爲貴 非特亂書而已 皆去傍邊點劃 不
　　具字體 若其時 不有人隨所下 輒問別書于旁 則雖吾亦莽莽不復識也 其格亦於平時所
　　著 降級百倍 然後爲之 不足以章句體裁觀之 實詩歌之罪人也…
35) 『孟子』, 「滕文公」上, 제 1단락; 顏淵 曰舜何人也 予何人也 有爲者
　　亦若是.

어 와서 창운주필에 적용한 데서 그의 도저한 광기와 대결 의식의 강렬
함을 엿볼 수 있다. 이규보 보다 한 세대 위였던 죽림고회의 구성원에
대한 그야말로 방약무인한 태도도 이러한 대결의식 혹은 '나도 한번 해
보자'라는 의식과 무관하지 않은 것으로 이해된다. 그의 假傳인「麴先
生傳」과「淸江使者玄夫傳」은 임춘의「麴淳傳」및「孔方傳」에 대한 대
결 의식이란 맥락에서 이해할 만하며, 도연명이 죽은 후 그의 제자들이
靖節先生이란 諡를 증정했던 사례를 근거로 하여 오세재가 죽은 후 玄
靜先生이란 사시를 증정했던 것36)도 역시 그렇다.

마지막으로 지적하여 두고자 하는 것은 전반적으로 젊은 날의 이규보
는 尖塔的 隆起와 맨홀적 墜落이라 할 수 있을 정도로 의식, 또는 행동 양
식의 낙차와 편폭이 매우 크다는 점인데, 이점은 특히 자료 (8)(9) 와 (11)
의 비교에서 단적으로 드러난다. 말하자면 이규보의 젊은 날은 확고한 세
계관의 정립이 없는 상태에서의 오연한 패기와 즉흥적 방달, 그리고 보편
적인 규범에서 일탈된 酒使와 광기에 의해서 지배되고 있던 시기였으며,
이러한 방달과 광기야말로 경우에 따라서는 걸출한 작품을 창출할 수 있
었던 에너지의 원천이기도 했다. 따라서 이 시기에 지어진 작품들 가운데
는 상당한 정도의 감정적 과장과 허풍이 깔려있을 뿐만 아니라 작품의 수
준, 주제나 기세, 그리고 감정상의 낙차와 편폭이 매우 크다고 생각된다.

4. 白雲居士의 의식의 基底

이상에서 간략하게 젊은 날의 이규보의 행동양식을 살펴보았거니
와, 이제 이를 기반으로 하여 천마산에 은둔하던 25세 때 지었다는「백
운거사전」을 살펴볼 차례다.

---

36)『東國李相國集』제 37권,「吳先生德全哀詞」; 昔陶潛死 門人私贈諡曰靖節先生 予之
　以稚齒 被先生靳埋 不啻若門人 以是私贈諡曰 玄靜先生

백운거사는 선생의 自號이다. 그 이름을 숨기고 그 호를 드러낸 것인데, 백운이라고 자호한 까닭은 선생의 「白雲居士語錄」에 자세히 기록되어 있다. 집이 가난하여 쌀독이 여러 번 비었으므로 밥도 제대로 못먹을 지경이었으나 거사는 스스로 즐거워하였다. 성품이 방달하고 몸단속이 없었으며, 우주를 좁게 여기고 천지를 협소하게 여겼다. 항상술을 마셔 비몽사몽으로 지냈으며, 초청하는 사람이 있으면 흔연히 나아가서 대번에 취하고 돌아오니, 옛날 도연명의 무리라고나 할까. 거문고를 두드리고 술을 마시면서 마음에 맺힌 바를 풀었나니, 이것은 사실의 기록이다. 거사가 취하여 시를 읊조리다가 스스로 傳을 짓고 스스로贊을 지었는데, 그 찬의 내용은 다음과 같다. "내 뜻은 본디 우주밖에있으므로 천지가 나를 구속하지 못하나니, 장차 우주의 元氣와 더불어無何有의 세계에서 노닐 것이로다."[37]

주지하는 것처럼 「백운거사전」은 장자적 세계관에 근거한 작자 자신의 초연하고도 자유분방한 삶을 형상화한 작품으로 널리 알려져 있다. 일견 그는 유교적 윤리와 예법이 지배하는 답답한 세속 세계를 벗어나 우주적 차원의 초월적 삶을 지향하고 있는 듯이 보이는 것도 사실이고, 이규보도 스스로 진술한 내용이 '사실의 기록'임을 강조한 바 있다.

그러나 '사실의 기록'임을 강조하고 있음에도 불구하고 이 글을 액면 그대로의 言志的 진실로 받아들이기는 매우 어렵다고 생각된다. 결론 부터 먼저 말한다면 이 작품의 내용은 그 무렵 이규보를 지배하던 방달 과 광기, 돌발적 행동방식이나 개인적 상황 등을 통해서 볼 때 확고한

---

37) 『東國李相國集』 제 20권, 「白雲居士傳」; 白雲居士 先生自号也 晦其名顯其号 其所以自号之意 其載先生白雲語錄 家屢空 火食不續 居士自怡怡如也 性放曠無檢 六合爲隘 天地爲窄 嘗以酒自昏 人有邀之者 欣然輒造 徑醉而返 豈古陶淵明之徒歟 彈琴飮酒 以此自遣 此其錄也 居士醉而吟 自作傳 自作贊 贊曰 志固在六合之外 天地所不圍將與氣毋 遊於無何有乎. 작품 가운데 '此其錄也'는 『東文選』과 『詩話叢林』 소재 『白雲小說』에는 '此其實錄也'로 되어 있다. 어느 쪽이 옳은지 알 수 없으나 모두 그 사실 대로의 기록이란 뜻으로 이해해도 좋을 듯하다. 아울러 『詩話叢林』 소재 『白雲小說』에는 '居士醉而吟' 이하가 다음과 같이 되어 있다. 居士醉而吟一詩曰 天地爲衾枕江河作酒池 願成千日吟 醉過太平時 又自作贊曰…

세계관적 기반을 토대로 쓴 것이 아니라 다분히 취기를 동반한 즉흥적 과장과 허풍의 소산으로 생각된다.

우선 이 무렵의 이규보의 경제 상황부터 그렇다. 앞에서도 이미 살펴본 것처럼 이규보는 수도 개경에 집이 있었을 뿐만 아니라 수도의 동서 쪽에 각각 집과 田地 및 적지 않은 종들이 있었고, 고향인 황려에도 상당한 규모의 전지가 있었다. 요컨대 그의 집안이 대부호는 아닐지라도 궁핍에 시달릴 정도로 가난했던 것은 아니라는 점에서, '집이 가난하여 쌀독이 여러 번 비었으므로 밥을 제대로 못 먹을 지경' 이었다는 표현은 객관적인 사실과는 거리가 멀다고 해야 할 것이다.

아울러 지적하고자 하는 것은 25세 젊은이가 지은 글로 보기에는 이 글에 과장적이고 虛套的인 요소가 너무나도 많다는 점이다. 비록 무신 집권기가 유교적 엄숙성과 겸손함이 삶의 지침으로 자리 잡은 조선시대가 아니라 현학적 자랑풍이 만연하고 있던 시대라고 하더라도, 그리고 일찍이 도연명이 자신을 '오류선생'이라 일컬은 적이 있다고 하더라도 자신을 자칭 '선생'으로 표현한 것부터 그렇다. 아울러 일반적으로 제3자가 편찬한 고승의 法語集에 붙이는 '語錄'이란 용어를, 자신의 호를 백운거사라고 지은 경위를 설명하고 있는 자기의 글에다 붙여 '백운거사어록'이라고 거창하게 표현한 것도 같은 맥락에서 이해된다. 그 자신이 지은 「백운거사어록」에서 '거사'는 '樂道者에게 붙이는 용어'인데, 자신은 '집에 있으면서 도를 즐기는 자'이므로 백운거사라고 호칭38)했다고 한 것이나, 약관을 겨우 지난 젊은이가 자기 자신을 도연명에 自況하고 있는 것도 같은 경우라고 판단된다. 앞에서 언급한 이규보의 성격을 고려하여 본다면 이 작품이 다분히 자신이 흠모했던 도연명의 「오류선생전」을 의식하고 쓴 것이라고 생각해볼 수도 있을 것 같다.

---

38) 『東國李相國集』 제20권, 「白雲居士語錄」; 或曰 居士之稱何哉 曰或居山 或居家 惟能樂道者而後好之也 予則居家而樂道者也

그러나 더욱 더 중요한 것은 이 글의 내용이 자신이 체득한 세계관적 진실을 자신의 목소리로 진술하게 말하고 있는 것이 아니라, 다분히 도연명의 「오류선생전」, 劉伶의 「酒德頌」 등 고인의 작품을 거의 그대로 모방하고 있다는 점인데, 다음의 비교에서 저간의 사실을 확인할 수 있다.

(1)家屢空 火食不續 居士自怡怡如也 - 五柳先生傳; 簞食屢空 晏如也

(2)六合爲隘 天地爲窄 - 酒德頌; 以天地爲一朝 萬物爲須臾 日月爲扃牖 八荒爲庭衢

(3)嘗以酒自昏 人有邀之者 欣然輒造 徑醉而返 - 五柳先生傳; 性嗜酒 家貧不能常得 親舊知其如此 或置酒以招之 造飮輒盡 期在必醉 旣醉而退

(4)豈古陶淵明之徒歟 - 五柳先生傳; 無懷氏之民歟 葛天氏之民歟

(5)彈琴飮酒 以此自遣 - 五柳先生傳; 常著文章自娛…以此自終

(6)白雲小說 本의 "天地爲衾枕" - 李白의 友人會宿; 天地卽衾枕

「백운거사전」은 짧막한 소품에 불과한데도, 보다시피 도처에 도연명의 「오류선생전」과 유령의 「酒德頌」, 이백 시 등의 어투와 내용, 口氣 등으로 점철되어 있다.[39] 요컨대 이 작품은 순수 창작이 아니라 기존의 작품을 적절하게 모방하고 변형하여 결합한 것이라고 할 수 있으므로 그 내용의 진지성을 의심할 수밖에 없는 것이다.

이와 아울러 「백운거사전」에서 크게 주목되는 것은 '거문고와 술로써 마음에 맺힌 바를 푼다.'는 대목이다. '마음에 맺힌 바를 푼다.'고 한 것을 보면 이규보의 가슴에 무언가 풀어야 할 불만이나 답답함 같은 것

---

39) 사실에 대한 해석의 시각은 다르지만 「백운거사전」이 「오류선생전」과 「주덕송」의 내용을 차용했다는 객관적 사실에 대해서는 신용호 교수가 이미 지적한 바가 있다(신용호, 『이규보의 의식세계와 문학론 연구』, 국학자료원, 1990, 제 71쪽).

이 있었다고 볼 수밖에 없는데, 그 불만과 답답함의 구체적인 내용은 무엇일까? 이와 같은 의문에 대답하기 위해서는 무엇보다도 이 작품과 같은 때에 지어진 자매편에 해당되는 「백운거사어록」을 참고할 필요가 있을 것 같다.

「백운거사어록」은 자유자재한 백운의 모습을 빌어 기회가 주어지면 세상에 나가서 德化와 은택이 온 누리에 퍼지도록 仁政을 베풀고, 물러나야 할 상황에서는 물러나서 虛心으로 결백을 지키는 생활, 즉 行藏, 出處의 어느 쪽에도 구애되지 않으면서 그 어느 쪽도 부정하지 않는 초월과 포괄의 경지40)를 표방한 작품이다. 이규보가 이처럼 기회가 되면 세상에 나가서 큰일을 하겠다는 포부를 지녔음에도 불구하고 은둔의 방식을 택하였다면, 그것은 결국 현재의 은거가 주체적인 선택이 아니라 객관적 상황에 의해 강요된 것일 가능성이 그만큼 높다고 생각된다. 이점은 그 당시 이규보가 처해 있었던 개인적 처지에서도 비교적 뚜렷이 포착할 수 있다.

앞에서도 이미 언급한 것처럼 이규보는 3번이나 불합격되는 좌절을 겪은 끝에 22세 때 겨우 사마시에 합격하였고, 23세 때 만족할 만한 성적은 아니었지만 예부시에 합격하였다. 이규보가 체질적으로 폐쇄적인 과거문을 싫어하면서도 이처럼 끊임없이 과거에 응시한 것을 보면 현실에 대한 관심이 그만큼 컸다고 생각되며, 예부시에 합격했을 때 자신이 '나중에 3-4번 과거를 주관할 사람'이라고 큰 소리를 친 데서도 現實圈에서의 성취에 대한 강렬한 열망이 꿈틀대고 있음을 살펴볼 수 있다.

그럼에도 불구하고 이규보가 은둔을 택하게 된 데는 여러 가지 이유가 있겠지만, 천마산에 은둔하기 얼마 전에 있었던 아버지의 죽음이 그 가운데서도 가장 중요한 원인일 것 같다. 왜냐하면 사회적으로 상당한

---

40) 신용호,『이규보의 의식세계와 문학론 연구』, 국학자료원, 1990, 70-71쪽 참조.

위치에 있었던 아버지의 죽음은 세상에 진출하는 중요한 통로의 상실을 의미할 수도 있으려니와, 인생에 대한 무상감을 절실하게 느끼는 계기가 되었을 터이고, 사회 통념상 상주의 처지에 있었던 그가 벼슬에 나서는 것도 사실상 어려웠을 것이기 때문이다. "팔월에 아버지의 상을 당하자 천마산에 우거하여 스스로 백운거사라 일컬었다"[41]는 연보의 기록도 이러한 각도에서 이해할 수 있다. 아울러 부수적으로 주목되는 것은 당시의 정치적인 상황이다. 요컨대 이 무렵에 정권을 잡고 있었던 이의민은 무신집권자 가운데서도 가장 무식하고 난폭한 자였으므로 이규보가 선뜻 정치현실에 나서기가 주저되는 측면도 있었다고 판단되는 것이다. 이 시기에 지은 「寓天磨山有作」이란 시 가운데 다음 대목은 이와 같은 사실을 보여주는 단적인 사례에 해당된다.

天下有山豈遁象　　하늘 아래 산 있음을 왜 은둔의 상이라 했을까.
改曰遁嵒何所疑　　고쳐서 둔암이라 한들 무슨 문제가 있으랴
我今來遁是亦晚　　내 지금 은둔함도 오히려 늦으니
二陰寢長今方知[42]　　두 음효陰爻 자라남을 이제야 알겠구나.

음이 자라서 점점 성대해지고 양이 소멸되어 점점 약해져서 소인이 득실대므로 군자는 물러나서 은둔해야 할 卦인 주역의 遯卦를 그 밑바탕에 깔고 있는[43] 이 시를 통해서 당시 현실을 인식하는 이규보의 시각을 여실히 읽어낼 수 있다. 이렇게 볼 때 천마산에서의 그의 은거는 무하유의 세계에서 노닌다는 거창한 언표에도 불구하고 소인들이 득실대는 상황에서 현실을 주시하는 가운데 아버지의 상중에 이루어진 일종의 칩거 상태라고 말할 수 있다. 말하자면 그것은 상주라는 개인적

---

41) 「年譜」, 辛亥 條; 秋八月 丁父憂 寓居天磨山 自稱白雲居士.
42) 『東國李相國後集』 제 1권.
43) 신용호, 『이규보의 의식세계와 문학론 연구』, 국학자료원, 1990, 67쪽 참조.

처지와 혼란한 정치 상황에 따라 벼슬을 하는 것이 불가능한 상황에서 야기된 일시적인 도피이자 관망이었지 현실에 대한 관심의 포기는 결코 아니었다. 이점은 20대 후반에 지어진 것으로 판단되는 「無官歎」이란 시에서 보다 확실하게 포착된다.

常無官常無官	항상 관직이 없구나 항상 관직이 없어.
四方糊口非所	사방으로 풀칠하러 다니는 것 좋아하는 건아니지만
圖免居閑日遣	일없이 날 보내기가 너무도 지루하네.
噫噫人生一世賦命何酸寒[44]	아, 아! 부여받은 내 운명이 어이 이리 괴로운고.

보다시피 話者는 '언제나 벼슬이 없음'을 거듭 강조하고 '아!' 하는 탄식을 되풀이하면서 사방으로 호구하는 자신의 초라하고 고통스런 삶을 장단구의 격렬한 호흡에 실어 비분에 찬 마음으로 토로하고 있다. 불과 몇 년 전 저 우주 공간에서 소요자적하는 대 자유인으로 자처했던 이규보가, 이제는 오히려 그 스스로 백안시 혹은 초연시하는 듯한 태도를 취했던 현실, 특히 관직에 대하여 강렬하게 집착하는 현실주의자, 혹은 세속주의자로 변모하여 버렸던 것이다.[45]

마침내 그는 20대 후반부터 이 無官의 상태를 탈출하기 위하여 상대

---

44) 『東國李相國集』 제 3권.

45) 물론 이 무렵에 지은 그의 시 가운데도 벼슬에 초연한 듯한 태도를 보여주는 작품이 없지는 않은데, 아래 인용하는 「全履之家 大醉口唱 使履之 走筆書壁」이 그 대표적인 사례에 해당된다. 白雲居士本狂客 十載人間空浪迹 縱酒酣歌誰復訶 一生放意聊自適…與君痛飮擊唾壺 志在萬里思騰騫 烈士壯心何日已 長劍依靑天 功名富貴不須論 昔日王侯今朝馬鬣墳 石崇金谷芳草沒 都是一場夢. 그러나 이 시는 제목에서 볼 수 있는 창작 배경과 벼슬을 구하기 위해 노력하고 있던 이규보의 태도를 고려할 때 言志의 眞實로 보기 어렵다. 요컨대 "功名富貴不須論 昔日王侯今朝馬鬣墳 石崇金谷芳草沒 都是一場夢" 등의 싯구에 공명과 부귀를 얻지 못한 이의 관념적 위안이 내포되어 있음은 두 말을 할 필요가 없을 것이다.

방에 대한 아유와 자신의 딱한 처지를 담은 求官詩를 지어 수시로 有力
者에게 바치기 시작했다. 이규보의 이러한 행위는 그가 「광변」에서 '내
가 미친 것이 아니라 점잖은 체 하다가 권력자만 보면 거침없는 아유를
하는 세상 사람이 도리어 미쳤다'고 했을 때의 바로 그 미친 사람과 근
본적인 차이가 없다고 생각된다. 이러한 점에서 이규보의 20대 후반 이
후의 구차스런 구관과 세속지향은 20대 중반의 자유자재한 우주적 소
요의 세계와 표리 관계를 이룬다고 할 수도 있을 것이다.

따라서 천지의 구속을 벗어난 우주의 바깥에서 우주를 창조하는 에
너지의 원천인 氣母와 함께 無何有의 세계에서 자유자재하게 노닌다는
이규보의 소요에는 현실적 성취를 이루지 못한데 대한 관념적인 위안
이 포함되어 있다고 생각된다. 그리고 관념 세계에서 창출되어 소요하
는 우주의 크기는 바로 현실에의 진출이 불가능한 데서 오는 불만의 거
대함과 비례하는 것이기도 하다. 저간의 사정을 보다 자세하게 이해하
기 위해서는 「大醉走筆示東皐子」라는 작품을 참고할 필요가 있다.

大地不能戴我足	대지도 내 발을 떠받들지 못하고
泰山不足呑吾胸	태산도 내 가슴을 삼키지 못하나니
軒然要出六合外	휘얼휠 저 우주 밖으로 벗어나고 싶어
六合之內轍皆窮[46]	내가 놀기에 우주는 너무도 좁아.

줄기찬 구관에도 불구하고 벼슬을 얻지 못한 채 좌절하고 있었던 30
대 중반에 술에 크게 취해 주필로 지었다는 작품인데, 「백운거사전」에
서 볼 수 있는 장자적 상상력은 이 작품의 세계와 매우 흡사하다. 요컨
대 이 작품은 현실권을 떠나 장자적 소요의 세계에서 자적하고 싶다는
내용을 담고 있음에도 불구하고, 그 행간에 당대의 객관적 상황에 따라

---

46) 『東國李相國集』 제 3권.

현실에의 진출이 불가능한 데서 오는 터질 듯한 불만과 울분이 도저하게 깔려있다고 생각되며, 정도의 차이가 있기는 하지만「백운거사전」도 이와 같은 맥락에서 이해할 수 있을 것이다.47)

5. 맺음말

이상에서 필자는 청년기 이규보의 집안 상황 및 행동양식을 검토하고, 이를 바탕으로「백운거사전」에 드러난 그의 의식의 基底를 살펴보았거니와, 이제 지금까지 논의한 결과를 간략하게 요약함으로써 이 글을 마무리하고자 한다.

무신정권과 일정한 유대관계를 지니고 있다고 판단되는 집안에서 경제적으로 아무런 부족함이 없이 자라났던 이규보의 청년기의 행동양식은 참으로 남다른 바가 있었다. 그의 젊은 날은 확고한 세계관의 정립이 이루어지지 못한 상태에서, 기고만장의 오연한 패기와 즉흥적 방달, 그리고 보편적인 규범에서 일탈된 酒使와 狂氣에 의하여 지배되고 있었던 것이다.

따라서 이 시기에 지어진 작품들에는 言志的 진실과는 일정한 거리가 있는, 상당한 정도의 감정 과잉과 허풍이 깔려있을 가능성이 매우 높을 것으로 추측되었다. 그의 대표작 가운데 하나인「백운거사전」을 대상으로 대략 검토해본 결과, 이와 같은 추측은 상당 부분 구체적인 사실로 드러났다.「백운거사전」에 드러난 이규보의 경제 사정은 객관적 사실과는 크게 다를 뿐만 아니라 작품 전반에 과장적이고 虛套的인 요소가 적지 않고, 게다가 고인들의 작품을 적절하게 모방하고 변형하

---

47) 이점에 대해서는 박창희 교수도 "白雲居士는 그의 불우한 사정으로부터의 관념적 도피를 꾀한 나머지의 일일 뿐이지 절대적 이상향을 찾으려는 선비로서의 自號는 아니다"라는 요지로 간명하게 언급한 바 있다.(박창희,「무신정권시대의 문인」,『한국사』7, 국사편찬위원회, 1984, 270-271쪽 참조

여 결합한 부분이 많아 그 독창성과 진지성을 의심할 수밖에 없는 측면도 있다. 작품 속에서 무하유의 세계에서 노닌다고 거창하게 언표하고 있음에도 불구하고, 실상 그의 은거는 현실참여가 불가능한 상태에서 정치 상황을 주시하는 가운데 이루어졌던 일종의 칩거라고 생각되었으며, 그런 만큼 이규보의 老莊 지향에는 현실적 성취가 좌절된 데서 오는 관념적 위안이 내포되어 있다고 판단되었다.

하나의 사례로 분석해 본 「백운거사전」에 대한 이와 같은 이해가 타당하다면, 이규보가 청년기에 지은 작품들에 대한 접근은 보다 진지하고 신중하게 이루어질 필요가 있다. 요컨대 이 무렵의 이규보의 행동 방식을 고려할 때, 「백운거사전」뿐만 아니라 다른 작품들도 이와 같은 경향을 지닐 가능성이 매우 높다고 판단되며, 이점은 시기적으로 「백운거사전」과 「무관탄」을 위시한 求官詩 사이에 놓여 있는 「東明王篇」 등 중요 작품에 대해 논의하는 자리에서도 반드시 고려되어야 할 것이다.

수록처: 『한국한문학의 새 지평』, 소명출판사, 2005.

金之岱의 生涯와 詩世界

1. 머리말

이 논문에서 다루게 될 金之岱는 고려 무신집권기라는 역사적 조건과 사회적 상황 속에서 다방면에 걸쳐 주목할 만한 행적을 남겼던 인물이다. 필자가 金之岱에 대하여 관심을 가지게 된 일차적인 동기는 그의 莊重한 삶과 傲然한 행동방식이 주는 감동 때문이었다. 뒤에서 자세히 언급하겠지만 金之岱의 삶과 행동 방식은 같은 시대에서 그 유례를 찾기가 어려울 정도로 대단히 突兀한 것이었으며, 특히 그가 남긴 두어 가지 일화들은 그 자체로서 대중적 교양으로 시급하게 승화되고 정착되어야 되겠다는 느낌이 들 정도로 매우 감동적인 것이었다. 그러나 그럼에도 불구하고 金之岱에 대해서는 대중적 교양은 고사하고 전문가에 의한 언급조차도 제대로 이루어지지 않은 채 역사 속에 파묻혀 있었고, 따라서 필자로서는 그의 삶과 일화를 세상에 알려야 할 필요성을 절감하지 않을 수 없었다.

삶 자체가 주는 남다른 감동과 함께 필자의 관심을 끌었던 것은 시인으로서의 金之岱의 면모다. 한시 예술의 美意識과 美學의 原理에 대하여 정감적이고 體得的인 차원의 이해를 가지고 있었던 과거의 비평가의 언급들을 살펴보면, 그는 결코 그대로 묻혀 있어서는 안 될 시인으로 판단된다. 예컨대 徐居正은 그의 『東人詩話』에서 고려 전기 및 무신집권기를 대표하는 15명의 시인 가운데 金之岱를 포함시키고 있고[1], 壺谷 南龍翼은 그의『壺谷詩話』에서 고려 시대 전체를 대표하는 시인 25명 가운데 한 사람으로 그를 포함시키고 있다[2]. 뿐만 아니라 金之岱는 崔滋의『補閑集』, 李齊賢의『櫟翁稗說』, 徐居正의『東人詩話』, 洪萬宗의『小華詩評』등 역대의 詩話集에서도 비교적 높은 빈도로 등장하는 시인으로 鄭知常과 함께 拗體詩로 널리 알려져 있기도 하다[3]. 이렇게 볼 때 金之岱가 李奎報 등 稀代의 대시인과 같은 반열에 오르지 못한 것도 사실이지만, 적어도 그가 한 시대를 風靡한 탁월한 시인이었다는 것도 부정할 수 없는 사실로 생각된다.

그럼에도 불구하고 필자가 조사한 바로는 金之岱의 문학에 대한 단한편의 본격적인 연구 논문도 아직 학계에 보고된 바가 없는 것 같다. 더구나 각종 문학사에서도 金之岱에 대한 서술은 매우 疏略했던 것으로 파악되며, 경우에 따라서는 片言隻字의 언급도 없이 완전히 누락된 문학사도 있다. 金之岱가 고려시대를 대표하는 빼어난 시인 중 한 사람임에도 불구하고, 연구 대상에서 이토록 소외된 일차적인 원인은 자료적인 상황에서 찾을 수가 있다. 일반적인 정황에 비추어 볼 때 金之岱는 일생 동안 매우 많은 한시를 지었을 터이지만 현재까지 전하는 것은

---

1) 徐居正,『東人詩話』下卷; 高麗光宗始設科 用詞賦 睿宗喜文雅 日會文士唱和 繼而仁明 亦尙儒雅 忠烈與詞臣唱酬 有龍樓集 由是俗尙詞賦 務爲抽對 如朴文烈寅亮 金文成緣 金文烈富軾 鄭諫議知常 李大諫仁老 李文順奎報 金內翰克己 金諫議君綏 兪文安升旦 金貞肅仁鏡 陳補闕澕 林上庠椿 崔文淸滋 金英憲之岱 金文貞坵 尤其傑然者也.

2) 南龍翼,『壺谷詩話』제 1단락; 余以臆見 妄論勝國與本朝之詩 曰 麗代之雋者 如朴小華寅亮之丰亮 郭眞靜輿之玄闊 金文烈富軾之嬌健 林西河椿之奔放 金老峰克己之醞藉 李銀臺仁老之要妙 兪文安升旦之巧密 吳玄靜世才之枯硬 陳翰林澕之流麗 金英憲之岱之騰踔 洪舍人侃之穠麗 李稼享穀之醇厚 鄭雪谷誧之纖美 偰近思遜之哀抗 李樵隱仁復之詳隱 鄭圓齋樞之平鋪 金惕若九容之苦夐 李牧隱穡之渾博 鄭圃隱夢周之豪暢 李遁村集之安寂 李陶隱崇仁之精鍊 元文定松壽之沖確 各造其妙 而至於色韻之精雅 當以李益齋齊賢爲宗 聲律之淸新 當以鄭司諫知常爲主 氣力之雄壯 當以李文順奎報爲冠.

3) 그의 拗體詩에 對한 언급은『東人詩話』,『小華詩評』등에서 찾아볼 수 있음.

겨우 9 수가 전부이고[4], 따라서 현존하는 작품만으로는 그의 詩世界를 온전하게 드러내기가 어려울 수밖에 없는 것이다[5].

그러나 그가 남긴 시를 두고 일방적으로 그 물리적 분량이 '적다'고 만 말할 수도 없다. 왜냐하면 막상 헤아려보면 무신집권기의 문학사에서 金之岱보다 단 한편이라도 더 많은 작품을 남긴 시인은 두 손으로 꼽을 정도에 불과하기 때문이다. 더구나 현존하는 그의 시들은 다른 시인들의 그것과는 구별되는 특이한 운율과 남다른 風格을 지니고 있다는 점에서 문학사적으로 주목할 만한 가치가 있다. 이러한 점에서 金之岱가 남긴 작품들은 설사 분량이 적다고 하더라도, '적음에도 불구하고' 그 나름대로 소중한 의미를 지니고 있는 것이다.

본고는 바로 이러한 문제의식을 바탕으로 하여 金之岱의 생애와 그의 詩世界를 소박하게나마 해명하기 위한 노력의 일환으로 집필되었다. 하지만 이 연구는 개인의 시에 대한 이해를 넘어서서 당대 한문학의 역사적인 흐름을 보다 입체적이고 포괄적인 관점에서 파악하는 데도 일정한 도움을 주게 될 것이다.

2. 金之岱의 生涯

金之岱의 初名은 仲龍, 諡號는 英憲이며, 淸道 金氏의 始祖[6]로서 慶

---

4) 金之岱가 남긴 詩文과 그에 관한 후대의 글들은 1913년에 후손들에 의하여 간행된 『英憲公實記』에 수록되어 있다. 『英憲公實記』에 수록된 한시는 대부분 『東文選』이나 『高麗史』 등에 수록되어 있는 것을 再收錄한 것이므로 몇몇 글자의 출입을 제외하고는 새로울 것이 없다. 다만 「遊中華」란 作品은 前代 문헌에 보이지 않는 것이므로 과연 金之岱의 작품인지 의심스러운 측면이 있으나, 作品의 風格으로 보아 筆者는 일단 金之岱의 작품으로 보고자 한다.

5) 그는 시 이외에도 崔滋, 『補閑集』 下卷 제 20단락에 '狀' 2편이 실려 있다. 그러나 겨우 2편에 불과한데다 그나마 완전한 작품이 아니라 그 일부만을 수록해두었을 가능성이 높으므로 여기서는 일단 논외로 하기로 한다.

6) 淸道 金氏의 世系에 의하면 慶州 金氏의 始祖 金閼智는 그의 먼 조상이며, 味鄒王은

北 清道에서 태어났다. 앞에서도 이미 언급한 것처럼 그는 무신집권기라는 사회적 상황 속에서 괄목할 만한 활동을 전개했던 인물이었다. 그러므로 비록 단편적인 것이기는 하지만 『高麗史』 등 각종 문헌에 그에 관한 기록들이 적지 않게 수록되어 있으며, 이와 같은 단편적인 기록을 토대로 그의 個人史를 간략하게 정리하면 다음과 같다.

(1) 1190년[7]; 탄생함.
(2) 1219년(高宗 6년) 5월; 장원으로 과거에 급제[8]. 급제 후 全州司錄이 됨[9].
(3) 1219 - 1241년 사이; 시기를 확실히 알 수 없으나 寶文閣校勘에 補任 되었다가 全羅道按察使로 나감[10].
(4) 1240년경; 晉州牧使를 지낸 듯함.[11]
(5) 1243년(高宗 30년) 春正月; 秘書少監으로 蒙古에 가서 方物을 바침[12].

그의 29대조, 경순왕은 그의 8대조에 해당된다.
7) 『高麗史』 金之岱 列傳에는 그가 77세에 사망한 것으로 되어 있고, 『高麗史』 世家에는 1266년(元宗 7년)에 金之岱의 사망 기록이 실려 있다. 그러므로 『高麗史』의 기록을 수록할 경우 그의 탄생 연도는 1190년에 해당되며, 각종 인명사전에도 모두 그렇게 되어 있다. 그러나 淸道金氏族譜(丁卯譜)에는 金之岱가 1200년에 태어난 것으로 기록되어 있으며, 그의 후손이 金之岱의 시문 및 관련 기록을 모아 간행한 『英憲公實記』에서도 『高麗史』의 기록이 잘못된 것으로 보고 丁卯譜의 기록을 따르고 있다.
8) 『高麗3史』 제 73권, 志 27권, 選擧 一, 科目 一 高宗 6년 5월; 政堂文學趙冲 知貢擧 國子祭酒李得紹 同知貢擧 取進士 賜金仲龍等二十八人 明經一人 恩賜七人及第.
9) 『高麗史』 102권, 列傳 15, 金之岱 列傳; 明年 冲知貢擧 之岱擢第一名 例補全州司錄
10) 『高麗史』 제 102권, 列傳 15, 金之岱 列傳; 入拜寶文閣校勘 後爲全羅道按察使.
11) 『東文選』 제 18권, 七言排律, 「寄尙州牧伯崔學士滋」; 去歲江樓餞我行 今年公亦到 黃堂…洛邑溪山雖洞府, 晉陽風月亦仙鄕....이 시를 보면 金之岱가 진주목사로 부임한 것은 崔滋가 상주목사로 부임한 前 해임을 알 수 있으며, 다음 글에서 볼 수 있듯이 최자가 상주목사로 부임하여 四佛山을 尋訪한 것이 고종 28년(1241년)이었다. 그러므로 金之岱의 부임 년도는 적어도 1240년 이전이었다고 생각된다.
天頙, 「遊四佛山記」, 『湖山錄』 下卷(『韓國佛敎全書』 제 6권, 동국대출판부, 1984, 206-207쪽); ....高宗 二十八年 越歲在辛丑 少卿崔滋 出守尙州 聞其奇異 試尋訪焉....
12) 『高麗史』 제 23권, 世家 23권, 高宗 二, 癸卯 30년 春正月 庚子; 遣樞密院副使崔璘

(6) 1243-1247년 사이에 刑部侍郎이 되었다가 1247년(高宗 34년) 東南路按廉使 兼 副行으로 나감[13].

(7) 1255년(高宗 42년) 6월; 判司宰監事로 同知貢擧가 됨[14]

(8) 1255년(高宗 45년) 5월; 判秘書省事로 北界知兵馬事가 됨[15].

(9) 1258년(高宗 45년) 11월; 樞密院副使가 됨.[16]

(10)1258년(高宗 45년) 12월; 同知樞密院事가 됨.[17]

(11)1260년(元宗 元年) 12월; 政堂文學 吏部尙書가 됨[18].

(12)1261년(元宗 2년) 5월; 知樞密院事로서 知貢擧가 됨.[19]

(13)守太傅中書侍郎平章事로 致仕함[20]

(14)1266년(元宗 7년) 2월 癸巳; 別世함.[21]

보다시피 이상은 거의 대부분 金之岱가 언제 어떤 벼슬에 임명되었다는 등 단순 사실의 기록에 불과하다. 그러므로 이와 같은 평면적인 기록만으로는 그의 삶을 입체적으로 이해하는데 여러모로 미흡할 수밖에 없지만, 그러한 가운데서도 주목할 만한 내용이 적지 않게 포함되

秘書少監金之岱 如蒙古 獻方物.

13) 崔滋, 『補閑集』下卷, 제 20단락; 丁未春 國家因胡寇備禦 以三品官爲鎭撫使 分遣三方 時金壯元之岱 以刑部侍郎爲東南路按廉使兼副行

14) 『高麗史』』제 73권, 志 27권, 選擧 一, 科目 一 高宗 42년 6월;樞密院副使崔溫 知貢擧 判司宰監事金之岱 同知貢擧 取進士 賜乙科郭王府等三人 丙科七人 同進士二十三人 明經二人 恩賜二人及第.

15) 『高麗史節要』제 17권, 高宗安孝大王 四, 壬午 45년 5월; 北界知兵馬事(?)洪熙免 以判秘書省事金之岱代之 熙耽嗜女色 不恤國事 一方離心.

16) 『高麗史』제 24권, 世家 24권, 高宗 三, 戊午 45년 11월 癸酉; 以金之岱爲樞密院副使柳璥 簽書樞密院事

17) 『高麗史』제 24권, 世家 24권, 高宗 三, 戊午 45년 12월 壬寅; 金之岱 同知樞密院事

18) 『高麗史』제 25권, 世家 25권, 元宗 一, 庚申 元年 12월 庚申; 金之岱爲政堂文學 吏部尙書

19) 『高麗史』제 73권, 志 27권, 選擧 一, 科目 一 元宗 2년 5월; 知樞密院事金之岱 知貢擧 禮部尙書鄭芝 同知貢擧 取進士 賜乙科鄭謙等四人 丙科七人 同進士十九人 明經一人及第

20) 『高麗史』제 102권, 列傳 15, 金之岱 列傳; 元宗初 拜政堂文學吏部尙書 未幾 上章請老 加守太傅中書侍郎平章事致仕

21) 『高麗史』제 236권, 世家 26권, 元宗 二, 丙寅 7년, 2월 癸巳; 平章事致仕金之岱卒

어 있다. 예컨대 우리는 이러한 단편적인 기록을 통해서 그가 과거에 장원으로 급제했을 뿐만 아니라 몽고에 다녀오는 등 외국 여행을 통하여 견문을 넓혔음을 확인할 수 있는 것이다. 아울러 金之岱가 同知貢擧와 知貢擧가 되어 두 번이나 과거를 주관했다는 것과 正二品職인 中書侍郞平章事에 임명되었다는 것도 金之岱의 문학적 역량과 정치적 비중을 가늠하는 징표가 될 수 있다는 점에서 대단히 주목되는 기록이다.

그러나 金之岱의 삶을 보다 깊이 있게 이해하려할 때, 이러한 작업을 가능케 하는 보다 중요한 자료는 역시 『高麗史』에 수록된 그의 列傳이다. 왜냐하면, 그 분량이 그리 많은 것은 아니지만 『高麗史』 金之岱 列傳에는 이와 같은 단편적인 사실 이외에도 그에 관한 정보들이 다양한 모습으로 함축되어 있기 때문이다. 더구나 앞에서 제시한 단편적인 자료도 列傳의 기록과 함께 이해할 때 그 의미와 성격을 보다 정확하게 파악할 수 있는 경우도 있으므로 金之岱 연구에서 그의 列傳이 차지하는 비중은 거의 절대적이라고 이를 만하다. 그러므로 필자는 여기서 金之岱의 列傳에 수록되어 있는 내용을 중심으로 하여 그의 삶에 보다 豊厚한 입체성을 부여하여 보고자한다.

『高麗史』 金之岱 列傳에 의하면 그는 '풍채가 거대하고 倜儻不覊하여 원대한 뜻이 있었으며 힘써 배워 문장에 뛰어났다'[22]고 하는데, 이 기록은 그의 거대한 外樣은 물론이고 기질적인 측면을 포함한 내면세계의 動態까지를 총체적으로 보여주고 있다. 요컨대 이와 같은 기록을 보면 金之岱는 세속적 가치에의 탐닉에 급급한 범용한 부류와는 그 類 자체를 달리하는 인물이었던 것이다. 그 가운데서 '힘써 배워 문장에 뛰어났다'는 것은 일차적으로 金之岱의 문학적 역량과 관련된 언급인데, 이점은 그가 科擧에 장원으로 급제하고 두 번에 걸쳐 科擧를 주관

---

22) 『高麗史』 제 102권, 列傳 제 15, 金之岱 列傳; 風姿魁梧 倜儻有大志 力學能文.

했을 뿐만 아니라 고려시대를 대표하는 유수한 시인이었다는 사실과
도 유기적인 함수관계를 이룬다. 그러나 그 앞에 서술된 金之岱의 거대
한 외양 및 내면세계의 動態와 연결시켜 음미해보면, 이 대목은 金之岱
의 문학적 力量 뿐만 아니라 그의 문학이 지닌 風格을 추측해보는 자료
로서도 의미가 없지 않을 것 같다. 金之岱의 이러한 믿음직한 외양과
내면세계의 動的 指向은 실상 문학뿐만 아니라 그의 삶 전체를 강렬하
게 지배하는 원천적인 磁場으로 작용하고 있거니와, 우리는 이점을 다
음과 같은 기록들에서도 다시 한번 확인해 볼 수가 있다.

(1) 그 다음 해 趙冲이 知貢擧가 되자 之岱를 장원으로 발탁하고 관
례에 따라 全州司錄에 補任했더니, 고아와 과부를 구휼하며 세력이 강
한 자를 억누르고 잘못을 귀신같이 적발했으므로 아전과 백성들이 공
경하고 두려워했다[23].

(2) 그 때 蒙古兵이 北쪽 邊境을 침범했는데 知兵馬事 洪熙가 女色을
좋아하고 軍務를 돌보지 않으니 한 지방 사람들의 마음이 떠나 있었다.
之岱가 才略이 있었으므로 簽書樞密院事로 올려 洪熙 대신에 鎭營으로
나가 恩惠와 信義로서 어루만지니 西北 쪽의 四十餘城이 이에 따라 편
안하게 되었다[24].

인용한 글 (1)을 통해서 우리는 金之岱가 약자에 대한 부드러움과 강
자에 대한 단호함을 아울러 가지고 있었던 빼어난 목민관이었음을 확
인할 수 있으며, (2)에서는 군사 전략가로서도 남다른 면모를 지니고 있
었던 그의 모습을 살펴볼 수 있다. 이러한 맥락에서 볼 때 金之岱는 기

---

23) 高麗史 제 12권, 列傳 제 15卷, 金之岱 列傳; 明年 冲知貢擧 之岱擢第一名 例補全州
司錄 恤孤寡 抑强豪 發摘如神 吏民敬畏
24) 『高麗史』 제 102권, 列傳 제 15, 金之岱 列傳; 時蒙古兵犯北邊 知兵馬事洪熙嗜女色
不恤軍務 一方離心 以之岱有才略 陞簽書樞密院事 代熙出鎭 撫以恩信 西北四十餘城
賴以安.

본적으로 문인이었지만 결코 우유부단하고 나약한 문인이 아니라 현실에 대한 대응 능력이 빼어나고 부드럽되 중후한 이미지를 지닌 武人風의 역동적인 문인이었으며, 그가 "머리를 깎고 앉은 채로 逝去"하였다는 기록25)도 같은 맥락에서 이해할 수 있다. 왜냐하면 일생을 勇猛精進한 드높은 高僧의 涅槃을 연상시키는 金之岱의 맨 마지막 모습에서 우리는 절대적인 靜寂 속에서 강렬하게 분출되는 힘찬 에너지를 느낄 수가 있기 때문이다. 이러한 에너지의 원초적인 근원은 그의 삶을 도저하게 지탱했던 정신세계라고 할 수가 있으며, 이와 같은 정신세계는 젊은 날에 있었던 다음과 같은 일화를 통해서 이미 뚜렷하게 드러나는 바이다.

> 高宗 四年 江東의 戰役에 그 아버지를 대신하여 군대에 편입되어 출정하였는데, 隊卒들이 모두 방패에 기괴한 짐승을 그렸으나 之岱는 유독 다음과 같은 시를 썼다. "나라의 근심은 신하의 근심/ 어버이 근심은 자식의 근심/ 어버이 대신 나라 은혜 갚는다면/ 忠과 孝 두 가지를 다 닦는 거라" 元帥 趙冲이 병졸들을 점검하다가 보고 놀라서 (시를 지어 적은 까닭을) 묻고 內廂으로 불러들여 적재적소에 등용하였다. 그 다음 해 趙冲이 知貢擧가 되자 之岱를 장원으로 발탁하고…26)

이 일화 속에는 金之岱의 정신세계가 보다 분명하고 강렬한 형태로 투영되어 있다. 아버지를 대신하여 출정을 한다는 그 자체부터가 이미 그렇지만, 출정하면서 지었다는 한시의 내용이나 정서의 質이 그러하고, 한시를 방패에 붙이는 행위도 역시 그렇다. 요컨대 이 일련의 행위 속에는 유교적 윤리 의식의 바탕을 이루는 국가에 대한 충성심과 부모에 대한 효심이 도저한 무게로 깔려있으며, 이러한 점에서 金之岱는 유교 문화가 보편

---

25)『高麗史』제 102권, 列傳 제 15, 金之岱 列傳; 得疾 剃髮坐逝 年七十七.
26)『高麗史』제 102권, 列傳 제 15, 金之岱 列傳; 高宗四年 江東之役 代其父 隸軍隊以
　　行 隊卒皆於楯頭 畵奇獸 之岱獨作詩 書之曰 國患臣之患 親憂子所憂 代親如報國 忠
　　孝可雙修 元帥趙冲　點兵見之 驚問 召入內廂 器使之 明年 冲知貢擧 之岱擢第一名

화된 중세 사회에서 추구하는 이상적인 인물의 한 典型이라고 이를 만하다. 그가 趙沖에 의하여 특별히 발탁될 수 있었던 것이나, 유교 문화가 보다 견고한 형태로 토착화되었던 조선조 識者들에 의하여 적지 않은 찬사를 받았던 것27)도, 바로 이 일화에 투영되어 있는 忠孝雙修의 강렬한 상징성 때문임은 말할 것도 없는 사실이다28). 충효쌍수의 유교적 윤리가 짙게 투영되어 있는 이 일화와 함께 金之岱의 면모를 더할 나위 없이 강렬하고 오연한 이미지로 부각시키는 것은 역시 그 당시 崔氏政權의 집정자였던 崔怡의 아들 崔沆과의 사이에 있었던 다음과 같은 逸話이다.

> 뒤에 全羅道 按察使가 되었다. 중이 된 崔怡의 아들 萬全이 珍島에 있는 어느 절에 머무르고 있었는데, 그 무리들이 橫暴하고 放恣하게 굴었다. 그 가운데서도 通知라는 자가 더욱 더 심했는데, 之岱는 그의 청탁을 죄다 물리치고 시행하지 않았다. 일찍이 그 절에 갔더니 萬全이 거만하게 만나지도 않았다. 之岱가 바로 들어가 堂에 오르니 樂器가 있었으므로 드디어 橫笛으로 몇 曲調를 연주하고 거문고를 잡고 두드리니 그 音節이 悲壯하였다. 萬全이 欣然히 나와서 "마침 사소한 병이 있어서 公이 여기 온 줄 몰랐습니다." 라고 말하고 서로 더불어 즐겁게 마셨는데, 이를 기회 삼아 열 몇 가지 일을 청탁하였다. 之岱가 즉시 시행하고 몇 가지 일을 보류하면서 "行營에 가야 할 수 있는 일이니 通知를 보내주면 같이 살피도록 하겠습니다."라고 했다. 行營으로 돌아온 지 며칠 뒤에 과연 通知가 찾아오자 之岱가 그를 묶도록 명령하고 그 不法 행위를 하나하나 헤아린 뒤 강물 속에다 던져버렸다. 萬全은 곧 崔沆인데, 비록 앞의 일로 유감을 품고 있었으나 之岱가 청렴하고 삼가며 이렇다 할 허물이 없었기 때문에 끝끝내 헤칠 도리가 없었다29).

---

27) 이점은 金之岱의 遺稿 및 그와 關聯된 기록들을 모두 모은 『英憲公實記』의 도처에서 찾아볼 수 있음.

28) 金之岱를 모시기 위하여 세워진 南溪書院의 講堂과 墓齋가 각각 '雙修堂', '念修堂'으로 명명된 것도 같은 맥락에서 이해할 수 있다.

29) 『高麗史』제 102권, 列傳 제 15, 金之岱 列傳; 後爲全羅道按察使 崔怡子僧萬全 住珍島一寺 其徒橫恣 號通知者 尤甚 其所請謁 之岱皆抑不行 嘗至其寺 萬全慢罵不見 之

이 일화는 적어도 두 가지 측면에서 중요한 의미를 지닐 수 있는 데, 그 가운데 하나는 金之岱의 음악적 소양이다. 보다시피 그는 橫笛과 거문고 등 각종 악기를 연주하여 '悲壯'한 情調를 자아냄으로써 바로 전까지 강렬한 적대감을 가지고 있던 최항의 마음을 일시에 뒤바꾸어 놓을 정도로 음악에 대하여 남다른 조예가 있었던 것이다. 뒤에서 다시 언급하겠지만 金之岱의 이와 같은 음악적 조예는 의식적이든 무의식적이든 詩의 世界에도 영향을 미친 흔적이 역력하며, 그의 시에 간헐적으로 모습을 드러내는 豪快한 風流[30]도 같은 맥락에서 이해할 수 있을 것도 같다.

그러나 이 일화에서 더욱 더 주목되는 것은 역시 부도덕한 권력에 대한 金之岱의 유연하면서도 오연한 대응 방식이다. 물론 시기적으로 이 사건이 일어났을 때는 최충헌의 아들 崔怡가 집정한 시기였고, 그 당시 최항은 아직 萬全이란 法名을 사용하던 승려의 신분에 불과하였다. 그러나 아버지 최이가 국가 권력을 완전히 장악하고 있었으므로 그는 아버지의 권력을 믿고 無所不爲의 횡포를 자행하고 있었고, 따라서 그 당시의 상황에서 최항에 대하여 奕兀하게 맞선다는 것은 결코 쉽지 않은 일이었다.[31] 더구나 '당시의 문인지식층들은 최씨정권의 절대적 지배 하에서 수족처럼 움직이는 존재들로서 그 대다수가 표면적으로는 국가의 공적인 관료였지만 실제로는 최씨의 門客에 속하는 私人들이었

岱直入升堂 堂上有樂器 乃橫笛數弄 操琴鼓之 音節悲壯 萬全欣然出曰 適有微疾 不知公至此 相與歡飮 因托以十餘事 之岱卽行之 留數事曰 至行營 乃可爲耳 宜遣通知相候 還營數日 通知果至 之岱命縛之 數其不法 投之江 萬全卽沉也 雖挾前憾 以之岱廉謹少過 竟莫能害.

30) 가령 다음과 같은 싯구들이 그러하다.
  『東文選』제 18권, 七言排律, 「寄尙州牧伯崔學士滋」; 欲把琴書尋舊要 況看簾幙報新凉 嗟公虛負中秋約 更約重陽飮菊香
  『東文選』第14卷, 七言律詩, 「寄慶尙按部韓侍郞就」; 尋僧不害穿山翠 携妓何妨踏月明
31) 이점에 대해서는 『高麗史』崔怡 列傳(『高麗史』129권, 列傳 42권)의 끝 부분에 자세히 기록되어 있음.

다. 요컨대 이 시대의 문인들은 동양의 官人 신분에 상응하는 정당한 권리를 소유한 자들이 아니었던 것이다'[32]. 이와 같은 상황을 고려할 때, 金之岱가 최항의 手足 通知의 죄를 낱낱이 따지고 그를 결연하게 水葬해버린 것은 놀라운 사건이 아닐 수 없다. 더구나 金之岱가 최씨정권 때 과거에 급제하여 생애의 대부분을 최씨정권 아래서 관인으로 보냈다는 점을 고려하면 더욱더 그렇다.

아울러 부당한 권력에 대한 결연한 저항에도 불구하고 金之岱에게 이렇다 할 허물이 없었기 때문에 최항이 당시에는 물론이고 집권 후에도 그를 어찌하지 못했다는 기록도 대단히 주목되는 부분이다. 왜냐하면 暴壓的 권력에 격렬하게 저항하는 유형의 인물들은 대체로 집권자에 의해 처참하게 꺾이거나, 아니면 오히려 집권자에게 치욕스럽게 무릎을 꿇는 결과로 끝장이 나기가 쉬운 법인데, 金之岱는 참으로 보기 드물게도 이 양 극단을 지혜롭게 극복하고 있기 때문이다. 요컨대 권력의 턱없는 횡포에 대하여 이토록 매섭고 突兀하게 저항하면서도 스스로의 自我의 고고함을 현명하게 지켜낸 경우는 매우 드물다고 할 수 있으며, 이와 같은 점에서도 金之岱는 주목할 만한 인물인 것이다.

3. 金之岱의 詩世界.

이상의 논의를 통해서 우리는 장대한 체구에다 역동적인 이미지로 떠오르는 金之岱라는 한 걸출한 인물과 마주하게 된다. 그는 詩人, 牧民官, 戰略家 등 다양한 면모를 두루 갖추고 있었을 뿐만 아니라 절대 권력에 대해서도 결연히 대결하여 자아의 介潔性을 끝까지 수호해낸 인물이기도 했다. 요컨대 金之岱는 여러 가지 측면에서 당시의 역사적 조

---

32) 이우성, 「高麗 武臣執權下의 文人知識層의 動向」, 『韓國의 歷史像』, 창작과 비평사, 1982년, 188쪽 참조.

건과 사회적 상황이 요구하는 바를 가장 적절하고 효과적인 형태로 실천했던 보기 드문 사람으로서, 적어도 무신집권기에 종합적으로 이만한 무게를 지닌 인물을 달리 구하기가 쉽지 않을 것이다.

그러나 현존하는 金之岱의 한시 가운데 주제나 내용의 측면에서 그의 인물됨과 직접적으로 대응되는 작품은 아버지를 대신하여 출정하면서 방패에 써서 붙였다는 이른바 「題盾頭」라는 詩가 거의 유일하다. 하지만 필자는 그럼에도 불구하고 金之岱의 시가 그의 삶과 일정하게 대응되는 情緖的 等價物이라고 생각하고 있다. 이렇게 말할 수 있는 근거는, 뒤에서 자세하게 설명하겠지만 그의 작품들이 주제나 내용의 측면이 아니라 운율적 요소 등 形象이나 美學의 측면에서 그의 삶과 일정한 대응 관계를 이루면서 장중한 힘과 웅대한 기상이 언어와 언어 사이의 침묵의 공간에 到底하게 깔려 있기 때문이다.

金之岱의 작품들이 이와 같은 성향을 지니게 된 일차적인 이유는 작품 자체가 지닌 음악적 요소에서 찾을 수 있다. 이러한 점에서 우선적으로 주목되는 것은 그의 시들에 유난히도 악기나 그에 準하는 聽覺的 시어들이 매우 빈번하게 등장하고 있다는 점이다. 고작 9수에 불과한 작품 가운데 玉笛, 長笛, 玉簫 등 피리 소리가 4번이나 울려 퍼지고, 종소리와 거문고 소리, 휘파람 소리와 韶를 연주하는 소리[33]도 각각 1번씩 곁들여져 있다. 장편의 古詩가 전혀 없는 9편의 짧막한 작품들에서 청각을 자극하는 음악 소리가 이처럼 빈번하게 울려 퍼지는 것은 최항과의 일화에서 드러난 그의 음악적 취향과도 밀접한 함수관계를 지니고 있는 것으로 생각된다. 아울러 이와 같은 음악적 취향과 관련하여 주목되는 것은 金之岱의 시를 팽팽한 긴장감으로 채우고 있는 운율적 요소

---

33) 「義城客舍北樓」 나오는 '聞韶'는 물론 의성의 옛날 이름이지만, 이 고유명사가 청각적 이미지를 함축하고 있음도 사실이다.

인데, 「瑜伽寺」란 제목의 다음과 같은 시는 그 하나의 사례에 해당된다.

寺在煙霞無事中	절은 안개와 노을 일없는 가운데 있는데
亂山滴翠秋光濃	겹겹산엔 푸른 물 뜯고 가을빛이 짙어가네
雲間絶磴六七里	구름 사이 끊어진 돌길 육 칠 리나 이어지고
天末遙岑千萬重	하늘 끝 먼 봉우리 천만으로 겹쳐졌네.
茶罷松簷掛微月	차 다 마신 솔 처마에 조각달 걸려있고
講闌風榻搖殘鍾	끝난 바람 자리 종소리의 여운이 흔들리네.
溪流應笑玉腰客	개울물은 틀림없이 벼슬아치를 비웃겠지.
欲洗未洗紅塵蹤[34]	씻으려도 홍진의 자취 씻을 수가 없다고.

　작품의 형식요소에 대한 작자의 裁量 幅이 극히 제한적인 近體詩의 경우 작자가 운율을 재량할 수 있는 곳은 주로 글자의 소리 및 소리의 연결 방식과 이것이 빚어내는 호흡에 있다[35]. 그런데 보다시피 이 작품의 경우는 탄력성이 매우 강한 'ㅇ' 終聲을 가진 글자가 12자, 상대적으로 강한 탄력성을 지니고 있는 'ㄴ'과 'ㅁ' 종성을 가진 글자 13자가 곳곳에 배치되어 있다. 아울러 주목되는 것은 이 작품에 촉급하게 막히는 'ㄱ', 'ㅂ' 종성을 가진 글자 5자와 격렬한 느낌을 주는 'ㅊ','ㅌ','ㅍ' 初聲을 가진 글자 9자가 적재적소에 布置되어 있다는 점이다. 그리하여 마침내 이 작품은 강한 탄력성을 지닌 종성과 촉급하게 막히는 종성, 그리고 격렬한 느낌을 주는 초성 소리가 다른 소리들과 부드럽게 화해하기도 하고 때로는 격렬한 충동을 불러일으키기도 하여 작품 전체가 소리의 연결 방식에 따른 높은 역동성과 팽팽한 긴장감을 형성하고 있는 것이다[36].

---

34) 『東文選』 第14卷, 七言律詩, 「瑜伽寺」
35) 李東歡, 「晦齋의 道學的 詩世界」, 『한시연구』, 국어국문학회편, 태학사, 1997, 231쪽.
36) 김지대가 살았던 고려 무신집권기의 한자음과 오늘날 한자음 사이에 약간의 차이가 있을 수 있으므로 이러한 분석을 하는 데도 얼마간의 한계가 예상된다. 그러나 우리나라 한자음은 신라시대 한자음에서 근본적인 변화는 없었으며, 따라서 고려시대의 한시를 오늘날의 한자음을 기준으로 분석한다고 하더라도 결정적인 무리

聞詔公館後園深	聞詔公館에 後園이 깊은데
中有危樓百餘尺	그가운데 百餘尺의 높은 樓閣이 있네
香風十里捲珠簾	香風十里에 주렴을 걷어놓고
明月一聲飛玉笛	밝은달 아래 한 가락 옥피리 부는 소리
煙輕柳影細相連	안개가벼워 버들 그림자 가늘게 이어지고
雨霽山光濃欲滴	비그치고 산 빛 짙어 물이 뚝뚝 떨어질 듯
龍荒折臂甲枝郎	흉노에 팔이 꺾인 甲枝郎이
仍按憑欄尤可惜.37)	按察使 되어 欄干에 기대니 더욱더 애석해라.

　보다시피 이 작품도 역시 글자 하나하나의 소리들이 포괄적으로 조
성하는 느낌이 대단히 역동적이다. 이와 같은 느낌을 받게 되는 일차적
인 이유는 작품의 분량이 그리 길지 않음에도 불구하고 격렬한 느낌을
주면서 촉급하게 닫히는 'ㄱ' 종성으로 끝나는 글자가 무려 7자나 되기
때문이다. 더구나 'ㄱ' 종성으로 끝나는 글자의 위치를 살펴보면 7자 모
두가 各 聯의 後句 가운데서도 뒷부분에 배치되어 있는 반면에, 前句로
부터 後句의 전반부에 이르기까지는 상대적으로 부드러운 소리들로 연
결되어 있다. 요컨대 이 작품은 소리와 소리들이 대체로 和諧의 관계를
이루면서 나직하고 부드럽게 진행되던 흐름이 각 聯의 뒷부분에 배치
되어 있는 'ㄱ' 종성과 격렬하게 부딪히면서 높은 파도를 일으키는 과
정을 네 번이나 반복하고 있는 것이다. 金之岱의 시가 지닌 이와 같은
운율적 요소와 함께 그의 시에서 주목되는 것이 있다면 작품의 배경을
이루는 공간의 광활함이다. 물론 현존하는 그의 시가 모두 9수에 불과
한데다, 그 가운데 일부는 공간 개념이 개입할 여지가 별로 없는 작품
들이기 때문에 이러한 특징을 그의 시 전체에 적용시킬 수는 없을 것

는 없을 것 같다.
37)『東文選』제6권, 칠언고시, 「義城客舍北樓」.『東文選』에는 8구의 마지막 글자가
　'怕'로 되어있다. 그러나 '怕'로 해서는 운자가 맞지 않으므로 일단 「東人詩話」를
　따라 '惜'으로 보기로 한다.

같다. 그러나 그러한 가운데서도 金之岱의 시에 등장하는 배경이 대체로 광활하고 거대한 공간이라는 것은 인정할 만한 사실로 생각된다. 이 점은 앞에서 이미 인용한 바 있는「瑜伽寺」라는 작품에서도 비교적 뚜렷하게 살펴볼 수 있지만, 다음과 같은 작품에서도 這間의 사정을 엿볼 수 있다.

花落鳥啼春睡重　　꽃 지고 새가 울고 봄잠은 무거운데
煙深野闊馬行遲　　안개 자욱, 들은 넓어 말 걸음 더디도다.
碧山萬里舊遊遠　　푸른 산 만 리 옛 놀던 곳 멀기만 한데
長笛一聲何處吹[38]　한 소리 긴 피리는 어디에서 부는고?

家在三千里外地　　내 사는 집 삼천리 그 밖에 있고
身遊十二帝王城　　이내 몸은 열두 제왕의 성에 노네.
玉簫吹罷江南夢　　옥퉁소 불기를 끝내고 강남을 꿈꾸니
窓外無心度五更[39]　창밖에는 무심하게 오경이 지나가네.

위의 작품들은 모두 七言 四句의 짧은 시 형식을 취하고 있지만, 보다시피 작품의 배경을 이루는 공간은 대단히 광활하다. 앞의 작품의 경우 1句에서는 작품의 배경이 떨어지는 꽃과 새 우는 소리라는 상대적으로 작고 미세한 것에 머물고 있지만, 2句에 오면 그 배경은 말의 발걸음조차도 더디게 느껴지는 廣大無邊한 들판으로 확대되어 1句와는 크게 대조를 이룬다. 그리하여 마침내 이 작품은 萬里 碧山과 그 所從來를 알 수 없는 피리소리를 보여줌으로서 어떤 유장하고 장중한 기세를 풍기고 있으며, 이와 같은 장중한 기세는 뒤의 작품의 1-2句에서도 뚜렷하게 드러나 있다. 金之岱의 시가 지니고 있는 이와 같은 광활한 공간

---

38)『東文選』제 20권, 七言絶句,「愁歇院途中」.
39)「遊中華」,『英憲公實記』

설정과 역동적인 운율을 총체적으로 보여주는 것은 아마도「贈西海按部王侍御仲宣」라는 제목의 다음 작품이 될 것이다.

雲海茫茫空復空   구름바다 아득하게 비고 다시 비었는데
倚樓長嘯生雄風   樓閣을 의지하여 긴 휘파람 부니 거센 바람 일어나고
白鳥去盡暮天碧   백조는 저무는 하늘 푸른 빛 속으로 사라지고
靑山猶含殘照紅   靑山은 아직도 석양의 붉은 놀을 머금었구나.
花塼侍講老學士   한림원에서 임금님을 모시고 강론하던 늙은 학사와
栢署提綱賢按公   어사대에서 벼리를 잡던 현명한 안찰사가
握手一笑百憂散   손을 잡고 한번 웃음에 근심 죄다 흩어지니
乾坤可盡心難窮40) 이 천지가 다할 수는 있어도 마음은 다하기 어려워라

보다시피 이 작품의 배경은 구름바다가 끝없이 펼쳐져 있는 우주대적 크기의 廣闊한 공간이다. 서정적 자아는 이 거대한 공간의 어느 한 쪽 모퉁이에 위치하고 있는 조그만 樓閣에 의지하여 '茫茫'하고 '空復空'한 구름바다를 응시하면서 길게 휘파람을 불고 있으며, 다분히 정적인 상황에서 난데없는 雄風을 불러일으키는 휘파람 소리가 빚어내는 動態는 비상한 긴장감을 형성하고 있다. 요컨대 이 대목은 서정적 자아의 우주대적 局量과 장대한 기세를 실로 유감없이 보여주고 있으며, 이 점은 3-4구에 布置된 자연의 모습에서도 다시 한 번 확인할 수 있다. 보다시피 '저무는 하늘로 사라지는 백조', '청산에 어리는 붉은 노을' 등이 대목에 제시되어 있는 자연도 현미경적 관찰에 의하여 포착된 미시적인 세계가 아니라 망원경적 시선에 의하여 포착된 참으로 거대한 세계인 것이다. 하지만 이 작품에서 더욱더 주목되는 것은 이러한 거대세계를 배경으로 하여 등장하고 있는 인간의 모습이다. 서정적 자아와

---

40)『東文選』, 第14卷, 七言律詩,「贈西海按部王侍御仲宣」

이 작품을 받게 될 상대방인 王仲宣이 바로 그들인데, 자신과 상대를 소개하는 서정적 자아의 목소리에는 어떤 당당함과 드높은 자부심이 어려 있다. 더구나 이 두 사람이 광활한 우주를 배경으로 등장하여 악수를 나누면서 웃음을 터뜨리고 있는 다분히 극적인 모습 속에는 知己를 만나는 데서 오는 환희와 희열이 어려 있으며, 그 당연한 결과가 '百憂散'이라는 표현으로 나타난다. 두 사람의 정서적 교감이 조성하는 크기를 天地보다 크게 설정하고 있는 맨 마지막 구절도 이러한 맥락에서 이해되며, 정서적 크기를 거대한 천지와 비교하는 행위를 통해서도 우리는 작자의 국량과 氣勢를 다시 한 번 더 절감하게 된다.

그러나 이 작품이 주목되는 더욱더 근본적인 이유는 작자의 局量과 氣勢가 작품의 내용에 드러나 있다는 단순 사실 때문이 아니라, 그 국량과 기세가 美學的 형상성에 의하여 강렬하게 뒷받침되고 있기 때문이다. 그러한 美的 요소 중의 하나가 작품의 효과를 극대화시키기 위하여 작자가 적재적소에 배치해놓은 소리와 소리들이 화해와 충돌을 되풀이하면서 빚어내는 音聲 象徵의 효과다. 보다시피 56자로 이루어져 있는 이 작품에서 받침이 있는 글자는 모두 36자인데, 그 가운데서 강한 탄력성을 가진 'ㅇ'이 14자, 상대적으로 강한 탄력성을 가진 글자인 'ㄴ'이 13자에 이르고 있으며, 그 사이에 촉급하고 격렬한 느낌을 조성하는 'ㄱ'이 군데군데 배치되어 있다. 그러므로 이 작품은 부드럽고 탄력성이 있는 소리와 난폭하고 격렬한 소리들이 이어지고 부딪히면서 빚어내는 음성 자체가 팽팽한 긴장감을 형성하고 있으며, 'ㄱ'종성과 'ㅇ' 종성, 그리고 'ㅊ' 초성이 실로 절묘하게 포치되어 있는 3구와 4구는 특히 그렇다. 더구나 이 대목은 白碧, 靑紅의 보색대비[41]가 주는 강

---

41) 이 대목은 여러 가지 면에서 杜甫의 「絶句」 詩에 나오는 '江碧鳥逾碧 山靑花欲然'에 그 뿌리를 두고 있는 것 같다.

렬한 색채 이미지에다 제 6 자를 제외하고는 모두 仄聲으로 구성되어 있는 3구와, 역시 제 6자를 제외하고는 모두 평성으로 구성되어 있는 4구간의 拗體的 수법에 따른 극단적인 平仄 構成까지 겹쳐져 힘찬 대비를 이루고 있다. 이와 같은 요소들은 작자의 거대한 局量이나 드높은 氣勢와 유기적인 상관관계를 지니고 있는 것으로 생각되며, 壺谷 南龍翼이 金之岱의 시가 지닌 風格을 '騰踔'이라고 규정했던 것42)도 이와 같은 맥락에서 이해할 수가 있을 것이다.

4. 맺음말

이상에서 살펴본 것처럼 金之岱는 詩人, 牧民官, 戰略家 등 다양한 면모를 두루 갖춘 인물일 뿐만 아니라, 절대적인 힘을 지닌 권력에 대해서도 오연히 대결하여 자아를 介潔하게 지켜낸 인물이기도 했다. 그러나 현존하는 金之岱의 시들은 주제나 作家意識의 측면에서 볼 때 그의 이와 같은 個人史와 직접적인 대응 관계를 가진 작품은 거의 없다. 하지만 金之岱의 작품들은 적어도 美學的 측면에서는 그의 삶과 유기적으로 결합되어 있는 情緒的 等價物이라고 이를 만하다. 왜냐하면 金之岱의 시가 지닌 배경 공간의 거대함과 소리와 소리의 연결 방식이 빚어내는 팽팽한 긴장감 및 힘찬 운율은 역시 그의 傲然한 행동 방식과 장중하고도 역동적인 삶을 떠나서는 이해하기가 어렵기 때문이다. 여기서 우리는 한 시인의 個人史가 작품의 주제나 의식의 차원이 아니라 美學의 차원에서 행복하게 만나는 하나의 사례를 발견하게 된다. 그러므로 거대한 구도와 역동적인 운율을 바탕으로 팽팽한 긴장감을 보여주

---

42) 南龍翼, 『壺谷詩話』 제 1단락; 余以臆見 妄論勝國與本朝之詩 曰 麗代之雋者… 金英憲之岱之騰踔

고 있는 金之岱의 시들은 그 자체로서도 무신집권기의 문학사에서 매우 특이하고 精彩로운 작품들이지만, 앞에서 말한 바로 그 '하나의 사례'로서도 주목에 값한다고 할 수 있을 것이다.

수록처:『한문학연구』제17집, 계명한문학회, 2003.

제3부

朝鮮時代 漢文學

栗谷과 柳枝, 「柳枝詞」의 전승 과정과 그 文化史的 意味

1. 머리말

다 알다시피 栗谷 李珥(1536-1584)는 사상사와 정치사 등 다방면에
걸쳐 뚜렷한 족적을 남겼던 중세시대의 상징적 지성 가운데 한분이다.
그의 이와 같은 면모에 대해서는 비교적 풍부하게 남아 있는 자료를 바
탕으로 지속적인 연구가 이루어져 왔고, 이제 그 결과가 대중적 상식이
되어 가고 있다. 그러나 그럼에도 불구하고 당대의 역사적 조건과 사회
적 상황 속에서 고뇌에 찬 삶을 살았던 한 감성적 인간으로서의 그의
면모를 보여주는 자료는 상대적으로 적은 편이며, 이에 대한 연구도 별
로 없는 것 같다. 이와 같은 편향적 연구로 인하여 율곡은 점점 더 위대
한 정치가, 거룩한 학자로 승화되어갔으며, 이에 따라서 율곡의 인간상
을 포괄적이고 입체적으로 조망하기가 어려웠던 것도 사실이다.

이 짤막한 글은 바로 이와 같은 연구사적 상황에 초점을 맞추어 율곡
이 妓生 柳枝에게 준 글들에 대하여 관심을 가져보기로 한다. 현존하는
자료에 의하면 율곡은 유지에게 두 번에 걸쳐서 곡진하고도 배려깊은
사랑을 담은 글을 지어주었다. 그가 유지와 처음 만나던 무렵에 써준
오언율시와 마지막으로 헤어지면서 친필로 써준 「柳枝詞」라는 詞 作

품이 바로 그것이다. 뒤에서 다시 언급하겠지만 율곡이 유지에게 준 글들과 두 사람의 사랑에 대해서는 조선시대부터 이미 제법 알려져 있었다. 그러나 이 글들이 여러 번 간행되었던 율곡의 문집에 단 한 번도 수록되지 못했기 때문에, 알려진 범위가 그리 넓을 수 없었던 것도 사실이다.

주로 율곡의 학통을 계승한 노론 계열을 중심으로 하여 아주 제한적으로 알려져 왔던 이 글들 가운데 핵심을 이루는 율곡의 친필「유지사」는 1958년 誠齋 李寬求가 경향신문에 몇 차례에 걸쳐 譯註하여 소개[1]함으로써 처음으로 대중에게 알려졌다. 그 뒤 鷺山 李殷相이 1966년에 이 작품을 다시 역주하여 소개[2]하였고, 노산의 번역문을 토대로 하여 약간의 자의적 해설을 덧붙인 글들을 인터넷 상에서 쉽게 확인할 수 있다. 게다가『조선을 뒤흔든 16인의 기생들』등 각종 대중서적[3]들을 통해서도 이미 이 작품들이 몇 차례 소개된 바가 있고, 율곡이 유지에게 준 오언율시 한편도 출처불명 상태로 인터넷상에 이리저리 떠돌아다니고 있다.

그런데 참으로 이상한 것은 저명 학자 율곡과 나이 어린 기생 유지와의 사랑이 이처럼 오래전부터 알려져서 대중들의 호기심을 끌고 있음에도 불구하고, 막상 이 문제에 대한 본격적이고도 진지한 연구는 아직까지 거의 없었다는 점[4]이다. 그러다 보니 율곡 자신이 '詞'를 지어준다

---

1) 이관구,「人間 栗谷」, 경향신문, 1958 6월 3-7일..김권섭,『선비의 탄생』, 다산초당, 2008.
2) 이은상,『사임당과 율곡』, 성문각, 1996..
3) 율곡이 유지에게 준 글들과 그들의 사랑을 소개한 대중서적으로는 다음과 같은 것이 있다.
영구,『숨겨둔 애인』, 한강, 2001.
권섭,『선비의 탄생』, 다산초당, 2008.
이광수,『조선을 뒤흔든 16인의 기생들』, 다산초당, 2009.
4) 율곡과 유지에 대한 글들 가운데 학술지에 실린 것으로는 다음과 같은 것들이 있다.
조남국,「栗谷이 柳枝에게 준 詩」,『강원문화연구』제 12집. 1993.
박종수,「율곡이 유지에게 준 애정시」,『한국한자문화』92호, 2007.

고 분명히 명시하고 있는데다 조선후기에도 이 작품을 「유지사」라고 불렀음에도 불구하고, 「유지사」의 장르를 '詩' 또는 '書'로 설명하는 경우마저 허다하다. 제 나름의 수준에서 다시 이루어진 오역들과 객관적 근거를 확인할 수 없는 추측들이 인터넷 상에 난무하고 있을 뿐만 아니라 의도적인 스토리텔링까지 겹쳐져서, 그들의 사랑은 본격적인 연구가 진행되기도 전에 허구화의 길을 걸어가고 있기도 하다. 게다가 율곡과 유지에 관련된 의미 있는 문헌 기록들이 적지 않게 남아 있음에도 불구하고, 대중적 언급이 오로지 율곡이 유지에게 준 글들에만 국한되어 있다는 것도 지금까지 담론의 근본적인 한계가 아닐 수 없다.

이 논문은 바로 이와 같은 상황에 대한 문제인식을 바탕으로 하여 신뢰할 만한 문헌기록과 합리적인 해석에 근거하여 율곡과 유지와의 관계를 다시 살펴보는 것을 그 일차적인 목표로 한다. 아울러 율곡이 유지를 받아들일 수 없었던 이유, 율곡 별세 후 유지의 動靜과 「유지사」의 전승 과정, 율곡이 유지에게 준 글들이 율곡의 문집에 수록되지 못한 배경 등을 아울러 구명하여 보고자 한다. 모쪼록 이 연구가 율곡의 전체적 인간상을 포괄적이고 입체적으로 조망하는데 일정하게나마 도

우봉, 「조선시대 기생 시첩의 존재양상과 문화사적 의미」, 『한국고전여성문학연구』 18집, 2009.
　이 가운데 조남국의 「栗谷이 柳枝에게 준 詩」는 작품 해제에 해당하는 글로 「유지사」의 친필 원본과 이은상의 번역문을 재수록한 부분을 제외하면 분량이 2쪽에 불과하다. 박종수의 「율곡이 유지에게 준 애정시」는 전체 3쪽 분량의 칼럼 성격의 글인데, 다른 문헌에서 확인할 수 없는 유지의 가계, 유지와 율곡이 만나게 되는 과정 등을 비교적 자세히 언급하고 있다. 그러나 주석이 없어서 사실의 객관성 여부를 확인하기 어렵고, 글쓴이에게 문의를 해봐도 '이미 오래된 일이라서 그 근거 자료를 찾을 수가 없다'고 하므로 일단 논의에서 제외하였다. 정우봉의 「조선시대 기생 시첩의 존재양상과 문화사적 의미」는 지금까지 발견된 20여종의 조선시대의 각종 기생시첩들을 종합 정리하고, 기생 시첩들이 만들어진 배경, 기생 시첩이 지닌 문화사적 의미 등을 종합적으로 서술한 것인데, 앞으로 진행될 이 분야 연구의 초석을 다졌다는 점에서 매우 중요한 의의가 있다. 하지만 모든 기생 시첩들을 종합적으로 살피는 논문이므로 율곡과 유지, 그리고 「柳枝詞」에 대한 언급은 아무래도 단편적일 수밖에 없었다.

움이 되고, 나아가서는 조선시대 문화사의 흐름을 이해하는데도 다소
나마 기여하게 되기를 기대하는 마음 간절하다.

2. 율곡과 유지의 인연

율곡과 유지 사이의 인연을 확인할 수 있는 최초의 자료는 율곡이 40세 되
던 1575년 정월 초이튿날 유지에게 지어준 시와 그 서문이다.

> 내가 栗谷이 손수 쓴 詩稿를 살펴보니 그 가운데 乙亥年(1575년) 정월
> 초이튿날 黃州에서 지은 시가 있었는데, 그 서문에는 이렇게 적혀 있었다.
> "어린 기생 柳枝가 있었는데 자태가 매우 아름다웠다. 앞으로 다가 오라고
> 불렀더니, 고개를 숙이고 들지 못했다. 물어보았더니 선비의 딸이었으나 그
> 어머니가 妓籍에 있었기 때문에 黃州 소속의 기생이 되었다고 한다. 내가
> 가엾게 여겨 시를 지어주었다". 그 詩의 내용은 이렇다. "弱質羞低鬢 가녀
> 린 몸 부끄러워 고개 숙이고/ 秋波不肯回 그 고운 눈길 한번 아니 주노나/
> 空聞海濤曲 부질없이 파도 소리 듣고 있을 뿐/ 未夢雨雲臺 운우대에 오르
> 는 꿈 아직 못 꿨네. / 爾長名應擅 너 자라면 응당 이름 떨치련마는/ 吾衰閤
> 已開 나 쇠약해 널 가까이 할 수 없다네. / 國香5)無定主 이 나라 제일 미녀
> 주인도 없이/ 零落可憐哉 기생되어 살다니 가련하구나". 이 시는 전후에 간
> 행된 율곡의 문집에 수록되어 있지 않다. 이 시를 쓴 시기는 선생이 황해도
> 감찰사로 있을 때다.6)

---

5) 한시에 나오는 '國香'은 사전적으로 '나라에서 제일가는 미녀'라는 뜻임. 그러나 '國
   香'은 중국의 시인 黃庭堅과 관계를 맺었던 기생의 이름이기도 하며, 여기서는 유지
   를 가리킴.

6) 李喜朝,『芝村先生文集』제 20권, 題跋,「書栗谷柳枝詞草本後」: 愚按栗谷手書詩稿中,
   有乙亥元月初二日, 在黃岡所作詩. 其序曰, 有少妓柳枝者, 甚有姿態, 呼之前, 低首不
   擧, 問之, 則是士人之女, 緣其母在妓籍, 服屬黃州. 余憐而贈詩云, 詩曰, 弱質羞低鬢,
   秋波不肯回. 空聞海濤曲, 未夢雨雲臺. 爾長名應擅, 吾衰閤已開. 國香無定主, 零落可
   憐哉! 此詩, 不載於前後所刊文集中. 此卽先生按海西時也.*인용문의 밑줄 친 부분은
   이희조의 글이 아니라 주석임.

보다시피 유지는 선비의 딸이었지만, 어머니가 기생 신분이었기 때문에 황주 관아에 소속된 기생이 되어 있었다. 율곡이 이 어여쁘고 어린 기생을 처음 만난 것은 그가 황해도 감찰사로 재임하고 있을 때였으며, 그가 황해도 감찰사로 부임한 것은 그의 나이 39세 때였던 1574년 10월이었다. 따라서 유지가 율곡을 처음 만난 것은 1574년 10월 이후가 되겠지만, 그 확실한 시기를 알기는 어렵다. 물론 인용한 내용을 얼핏 보면 율곡이 유지에게 이 시를 써준 을해년 정월 초이튿날, 그러니까 율곡이 관찰사로 부임한 다음 해인 1575년 1월 2일에 두 사람이 처음 만난 것처럼 느껴지기도 한다. 하지만, 율곡과 유지가 처음 만난 날이 아마도 그날은 아닐 것 같다. 왜냐하면 그날 율곡이 유지에게 써 준 시의 '雲雨'라는 표현 속에 남녀 간의 애정문제가 확연하게 드러나 있는데, 근엄한 유학자였던 율곡이 처음 만난 어린 기생에게 이런 시를 써주었을까 하는 의구심이 들기 때문이다. 이러한 의구심에 신뢰를 더하는 것이 '開閤逐妓'[7)]의 고사를 배경으로 한 '吾衰閤已開'라는 구절이다. 요컨대 이 시를 짓기 전에 유지는 이미 율곡에게 자신을 소실로 삼아주기를 요청한 것으로 생각되고, 율곡은 몸이 쇠약하다는 이유로 유지의 요청을 거절했던 것이다. 이렇게 볼 때 율곡이 유지에게 이 시를 써준 것은 1575년 1월 2일이지만, 그 이전에 이미 두 사람 사이에 상호 교감이 오고갔다고 보는 것이 자연스럽지 않을까 싶다.

여기서 자연스럽게 제기되는 것은 그 당시 유지의 나이가 어느 정도였을까, 하는 의문이다. 구체적인 언급은 없지만 "어린 기생" 이라거나 "앞으로 나오라고 불렀더니 고개를 숙이고 들지 않았다."는 표현을 통해서 보면, 그녀는 아직 수줍음을 몹시 타는 어린 소녀였던 것 같다. 이러한 상황을 확인하는데 다음 자료가 참고가 된다.

---

7) 많은 기생을 거느리고 있던 晉 나라 王敦이 몸이 쇠약해지자, 閤門을 열고 기생을 모두 내쫓았다는 고사가 있음.

선생이 일찍이 黃海監司가 되었을 때 순시를 하다가 黃州에 갔더니,
　　어린 기생 柳枝가 있었는데 선비의 딸이었다. 나이가 아직 16살도 되지
　　않았는데「年未二八」, 자태와 용모가 아름다웠다…8)

　이 글에 의하면 율곡이 유지를 만났을 때 유지는 '年未二八'이었다.
'年未二八'을 액면 그대로 받아들이면 아직 열여섯 살이 채 되지 않았다
는 뜻이 된다. '아직 열여섯이 되지 않았다'면 15살 이하라는 뜻이 되겠
지만, 그렇다고 하여 그 당시 유지의 나이가 15살 이하였다고 단정하기
는 어려울 것 같다. 왜냐하면 '年未二八'이라는 용어가 구체적인 나이를
지시하는 표현이라기보다는 어디까지나 나이가 매우 어렸음을 의미하
는 상투적인 표현일 수도 있기 때문이다. 그러나 그렇다고 하더라도
'二八'이 한창 피어오르는 여성의 나이를 의미하는 것은 분명하므로 그
당시 유지는 아직 여인으로 충분히 성숙하지 못한 16살 안팎의 소녀였
다고 생각되며, 따라서 율곡과는 적어도 스무 살 이상의 나이 차가 있
었다고 판단된다.
　율곡과 유지와의 관계를 보다 확실하게 보여주는 자료는 1584년 9
월 28일 율곡이 친필로 유지에게 써준「柳枝詞」다. 현재 이화여대 박물
관에 소장되어 있는 이 문서는「유지사」를 짓게 된 경위를 적은 序文과
「유지사」, 그리고「유지사」뒤에 부록처럼 첨부된 3편의 7언절구 등으
로 이루어져 있다. 그 중에 율곡과 유지의 인연을 구체적으로 보여주는
곳은 바로 그 서문이다. 다소 번거롭기는 하지만 서술상의 편의를 도모
하기 위하여 전문을 인용하기로 한다.

---

8) 李珥,『栗谷全書』제 38권, 附錄, 諸家記述雜錄: 先生, 曾爲黃海監司時, 巡到黃州. 有少
　妓柳枝者, 士人女也. 年未二八, 有姿色. 以房妓, 來侍, 而未嘗有情欲之感. 其後, 先生
　或以遠接使, 或以省姊, 往來黃州, 柳枝必在房, 有侍寢之願, 先生明燭不近, 製詞喩情,
　其和而不流如此.(出李有慶所撰遺事)

柳枝는 선비의 딸인데, 황주의 기생이 되어 있었다. 내가 황해도 감사로 있을 때 어린 소녀로서 나에게 시중드는 기생이 되었다. 날렵한 몸매에다 아리땁고 세련되어 모습이 빼어난데다 생각이 지혜로웠다. 그러므로 내가 어루만지면서 어여쁘게 여기기는 했으나 애초부터 정욕을 품지는 않았다. 그 후 내가 遠接使로서 關西 지방을 왕래할 때(1582년)도 柳枝가 언제나 안방에 있었으나 단 하루도 서로 가까이 하지는 않았다. 癸未年(1583년) 가을 내가 海州에서 황주에 계시는 누나에게 문안을 갔을 때도 유지와 술잔을 함께한 것이 여러 날 이었고, 해주로 돌아갈 때는 절까지 따라 와서 나를 전송해주었다. 그리하여 마침내 작별을 하고 밤곳이 강마을에서 하룻밤 묵게 되었는데, 밤중에 어떤 사람이 문을 두드리기에 나가 보니 바로 유지였다. 방실방실 웃으면서 방으로 들어오기에 이상해서 그 연유를 물었더니 유지가 하는 말이 이러했다. "선생님의 명분과 의리를 온 나라 사람들이 모두 흠모하는데, 하물며 저같이 시중이나 드는 기생이야 말할 나위가 있겠나이까. 게다가 예쁜 여자를 보고도 무심하시니 더욱더 탄복하는 바이옵니다. 이번에 이별하면 다시 만날 날을 기약하기가 어렵기에 감히 이렇게 멀리 찾아왔사옵니다." 드디어 촛불을 밝히고 밤늦도록 이야기를 나누었다. 아아! 기생들은 다만 다정하게 구는 뜨내기 건달들만 좋아하는 법이니, 그 가운데 어느 누가 명분과 의리를 사모할 줄을 알겠는가. 더구나 사랑받지 못하는 것을 부끄럽게 여기지 않고 도리어 감복하는 것은 더욱더 어려운 일이다. 아, 이 여자 선비가 천한 사람들에게 곤욕을 받게 될 것을 생각하니 애석하기만 하다. 또 지나가는 길손들이 내가 유지와 잠자리를 같이하지 않았을까 의심하여 유지를 돌아보지 않게 된다면, 나라 제일의 미인에게 더욱 더 안타까운 일이다. 그러므로「柳枝詞」를 지어 유지와의 인연이 情에서 시작되어 예의에서 그쳤음을 서술해놓았으니, 읽는 분들은 이점을 자세하게 헤아려주시라.[9]

9) 李珥,「柳枝詞」, 梨花女大博物館 所藏: 柳枝士人女也. 落在黃岡妓籍. 余按海西時, 以 丫鬟爲侍妓, 纖細妖冶, 貌秀而心慧. 余撫憐之, 初非有情欲之感也. 厥後, 余以遠接使, 往來關西, 柳枝必在閣, 而未嘗一日相昵. 癸未秋, 余自首陽, 省女嫛于黃岡, 又與柳枝 同杯觴者數日. 還首陽時, 追送余于蕭寺. 旣別, 余宿于栗串江村, 入夜有人扣扉, 乃柳 枝也. 一笑入室, 余怪問其由, 則其言曰, 公之名義, 國人皆慕, 況號爲房妓者乎. 且見色 無心, 尤所歎服. 此別, 後會難期, 故玆敢遠來耳. 遂明燭夜話. 噫, 娼家只愛浪子之多情, 孰知有名義之可慕者乎. 且不以不見親爲恥, 而反服焉, 尤所難得. 惜乎女士, 困于賤隷

인용한 글에서 율곡과 유지와의 관계가 더욱더 분명하게 드러난다. 다소간의 수사적 과장이 있을 수는 있겠지만, 율곡의 표현에 의하면 그녀는 '나라 제일의 미인「國香」'이었다. '날렵한 몸매에다 아리땁고 세련되어, 모습이 빼어난데다 생각이 지혜로웠다'는 표현을 통해서 볼 때 아마도 柳枝는 청순가련형의 어여쁘고 슬기로운 소녀였다고 생각된다. 그런데 이 글에서 더욱더 주목되는 것은 율곡과 유지의 관계가 황해감사 때 맺은 몇 달 간의 인연으로 끝나지 않았다는 점이다. 보다시피 그들은 율곡이 원접사로 관서지방을 왕래할 때 다시 만났는데, 율곡이 明나라 사신 黃洪憲과 王敬民을 영접하는 원접사가 된 것은 47세 때인 1582년 10월이었다. 이 무렵 율곡은 유지를 다시 만나서 상당 기간 동안 아주 가까운 관계를 유지했으며, 이점은 "언제나 안방에 있었다."는 표현에서 단적으로 드러나고 있다. 게다가 그 다음 해인 1583년 율곡이 해주에서 황주에 계시는 누나를 문안하러 갔을 때도 유지와 여러 날을 두고 술을 마셨고, 해주로 돌아올 때는 유지가 절에까지 따라 와서 율곡을 전송해주었다. 율곡을 몹시 흠모했던 유지는 작별한 뒤에도 못내 율곡과 헤어질 수가 없어서, 밤곶이 마을에 묵고 있는 율곡을 밤중에 난데없이 찾아가서 밤늦도록 이야기를 나누기도 했다. 이러한 과정에서 유지는 명분과 의리로 온 나라에 그 이름이 알려져 있었던 율곡을 몹시도 사모하였고, 아름다운 여인 앞에서도 마음이 흔들리지 않는 율곡의 인품에 탄복하였다. 율곡은 율곡대로 기생의 신분으로서 명분과 의리를 사모할 줄 아는데다가, 사랑받지 못하는 것을 부끄럽게 여기지 않고 도리어 감복하는 유지의 태도를 어여쁘게 여기면서도 단 한 번도 잠자리를 같이 하지는 않았다. 율곡이 이처럼 유지를 가까이 하지 않으면서도 멀리 하지도 않았던 이유는 무엇일까? 이와 같은 의문에 대해서는 다음 글에서 답변의 실마리를 살펴볼 수 있다.

也. 且過客疑余有枕席之私, 莫之顧眄, 則國香, 尤可惜也. 遂製詞以叙其發乎情止乎禮義之意, 則觀者詳之.

牛溪先生이 城으로 들어오던 날 마침 松江의 아들의 출생을 축하하는 모임에 갔다. 선생이 섬돌에 이르렀을 때 곱게 꾸민 기생들이 대열에 있는 것을 보고 主人에게 말했다. "저 기생들은 오늘의 모임에 걸맞지 않은 것 같소이다." 그러자 栗谷先生이 웃으면서 "검은 물을 들여도 검어지지 않는 것도 한 가지 방법일세." 라고 말하니 우계가 드디어 자리에 올랐다.10)

보다시피 율곡은 기생들과는 아예 相從도 하지 않으려고 했던 牛溪 成渾과는 상당히 다른 태도11)를 보였다. 진흙 속에 있으면서도 진흙에 물들지 않는 연꽃처럼, 검은 물을 들여도 검게 물들지 않으면 그만이라는 것이 율곡의 기생에 대한 태도였던 것이다. 유지가 율곡이 머리를 얹어주기를 간절히 바라고 있었고, 율곡도 유지에게 정을 주고 있었음에도 불구하고 일정한 선을 넘지 않으면서 끝까지 아슬아슬한 관계를 유지할 수 있었던 것도 바로 율곡의 이와 같은 태도와도 결코 무관하지 않을 터이다.

이 대목에서 제기되는 의문은 그 당시의 역사적 조건과 사회적 상황을 고려할 때, 율곡이 유지의 머리를 얹어준다 하더라도 크게 문제가 될 것이 없음에도 불구하고, 율곡이 그러지 않았던 이유다. 이러한 의문에 대한 일차적인 답변은 "사랑하면서 어여쁘게 여기기는 했으나 애초부터 정욕을 품지는 않았다"는 율곡의 언표에서 찾을 수 있다. 앞에서도 이미 언급한 것처럼 율곡과 유지가 처음 만났을 때 유지의 나이는 불과 16살 안팎의 아직 성숙되지 못한 소녀였고, 율곡과는 최소한 스무

---

10) 李顯益,『正菴集』제 14권, 雜著,「自警說」: 牛溪先生入城日, 適赴松江懸弧之會. 先生及階, 見紅粉在列, 語主人曰, 彼紅粉, 恐不宜於今日之會也. 栗谷先生笑曰, 涅而不緇, 亦一道也, 牛溪遂陞座.

11) 우계의 이와 같은 태도는 다음 일화에서도 확인할 수 있다.
李顯益,『正菴集』제 14권, 雜著,「自警說」: 栗谷牛溪松江, 同會李希參家設酌. 石介, 以一時名娼, 在席, 將行酒歌發. 牛溪遽起, 座上無敢挽止.

살 이상의 나이 차가 있었다. 그러므로 육체적 욕망을 가지기에는 유지의 나이가 너무 어렸다고 생각된다. 그러나 유지의 나이가 점점 많아지면서 상황이 많이 달라졌고, 여러 가지 정황으로 보아 유지가 율곡을 간절히 원하고 있었음도 분명하다. 그럼에도 불구하고 율곡이 끝내 일정한 선을 넘지 않았던 데는 또 다른 사유가 있었을 것 같다.

> 栗谷이 遠接使로 黃州에 이르렀을 때 고을에서 한 기생으로 하여금 잠자리에서 모시게 했다. 그 이름이 柳枝였는데, 재주와 자태가 出衆했다. 栗谷이 말하기를 "너의 재주와 자태를 보니 아주 사랑스럽기는 하다. 다만 한번 사사로운 관계를 맺게 되면 의리상 집으로 거느리고 가야하는데 이것은 매우 중요한 일이므로 사사로운 관계를 맺지 않는 것이다" 하고 드디어 물리쳤다. 후에 율곡이 해주에 寓居하고 있을 때 유지가 밤을 틈타 멀리 율곡을 찾아갔다. 드디어 「柳枝詞」 한 곡을 지어 거듭 물리치는 뜻을 밝혔으며, 끝까지 더럽힌 바가 없었다.[12]

이 글의 내용에 따르면[13], 율곡이 유지를 거절한 것은 일단 한번 관계를 맺으면 의리상 小室을 삼아야하는 부담이 있었기 때문이기도 했다. 게다가 율곡은 유지를 만나기 전에 이미 소실을 둘씩이나 거느리고 있었다.[14] 율곡이 소실을 둘씩이나 거느리게 되었던 것은 본 부인 盧氏의 몸에서 아들을 얻지 못했기 때문이 아닐까 싶다. 본부인이 아들을

---

12) 朴世采, 『南溪先生文集』57권, 「記少時所聞」: 栗谷, 以遠接使到黃州, 州使一妓薦枕, 名曰柳枝, 才姿出衆. 栗谷語之, 曰看汝才姿, 殊可玩愛, 但一與之私, 義當率畜于家, 此擧甚重, 故不爲也. 遂却之. 及後寓居海州, 柳枝乘夜遠訪. 栗谷遂製柳枝詞一闋, 申以却之之意, 終無所汚.

13) 율곡이 직접 쓴 「유지사」의 서문과 비교해볼 때, 이 글에는 다소간의 오류가 있다. 그러나 그렇다고 하여 그 나머지 부분까지 미리부터 불신할 필요는 없을 것이다.

14) 율곡은 부인 노씨와의 사이에 아들을 두지 못했고, 겨우 딸 하나를 얻었으나 그마저 어려서 세상을 떠났다. 그러므로 율곡은 소실 이씨를 얻었으나 이씨도 또한 아들을 낳지 못했다. 다시 소실 김씨를 들였더니 김씨가 1남 1녀를 낳았는데, 뒤이어 이씨도 아들을 낳았다. 그러므로 율곡이 낳은 2남 1녀의 아들딸들은 모두 서자, 서녀이다.

낳지 못하자 율곡은 대를 잇기 위하여 소실 金氏를 들였고, 그 소실 몸
에서도 아들을 얻지 못하자 다시 소실 李氏를 얻었던 것으로 짐작되는
것이다. 율곡의 이와 같은 조처는 후손이 없어서 조상의 제사를 끊는
것을 가장 큰 불효로 인식하고 있었던[15] 유교사회에서는 매우 자연스
런 일이기도 했다. 하지만 율곡이 황해감사가 되어 유지를 만났을 때는
이런 후사 문제가 해결되어 있었다. 유지를 만나기 직전인 1574년 6월
소실 이씨가 아들 景臨을 낳았고, 5년 뒤에는 소실 김씨가 다시 景鼎을
낳았던 것이다. 그러므로 소실을 두는 것이 관습화 되어 있는 시대라고
하더라도, 소실을 둘씩이나 두어 후사 문제까지 해결된 상황에서 나이
어린 소실을 또다시 얻는다는 것은 아무래도 주위의 시선이 느껴질 수
밖에 없었을 터다. 게다가 다음 글을 보면 집안의 경제 문제도 고려가
되었을 것 같기도 하다.

> 吏曹判書 李珥가 세상을 떠났다... 이이는 서울에는 집이 없었고, 집
> 에는 남은 곡식이 없었다. 친구들이 襚衣를 마련하고 賻儀를 거두어 殮
> 하고 장례를 치러주었다. 또 조그만 집을 사서 가족들에게 주었으나 가
> 족들은 여전히 살아갈 수 없었다.[16]

이상 『修正宣祖實錄』에 수록된 율곡의 卒記에서 살펴볼 수 있듯이
율곡은 매우 가난한 삶을 살아가고 있었고, 그러한 상황에서 다시 소실
을 들이는 것은 경제적으로도 매우 부담스런 일이었을 것이다. 하지만
율곡이 끝까지 유지를 받아들일 수 없었던 가장 큰 이유는 아마도 율곡
의 건강 상황이 아닐까 싶다. 1575년 율곡이 유지에게 처음 지어준 시
에 이미 "나 쇠약해 널 가까이 할 수 없다네(吾衰閤已開)"라는 구절이

---

15) 『孟子』, 離婁 上; 不孝有三, 無後爲大.

16) 『修正 宣祖實錄』17년(1584) 正月朔 己卯 條: 吏曹判書李珥卒... 珥京中無宅, 居家無
餘粟. 親友襚賻殮葬, 且爲買小宅, 以與其家屬, 家屬猶不能存活. 有庶子二人.

있거니와, 실록의 卒記에도 율곡은 병조판서로 재직하고 있던 1582년 (47세) 12월부터 이미 병들어 있었다고 기록하고 있다[17]. 유지를 맨 마지막으로 만났을 때 율곡은 이미 건강이 크게 악화되어 병색이 완연한 상태였으며, 이와 같은 상황은 뒤에서 다룰 「유지사」의 내용에서도 두루 드러나고 있다. 마지막으로 만났다가 헤어진 유지가 밤중에 다시 찾아와서 '이번에 헤어지면 다시 만나기 어려울 것 같아서 찾아왔다.'고 했던 것도 율곡의 건강 상황이 암묵적으로 반영된 언표일 가능성도 있다. 실제로 율곡은 유지와 헤어진 지 불과 넉 달도 채 안 된 시점인 1584년 1월 16일 서울에서 세상을 떠남으로써 유지와의 인연도 막을 내렸다. 요컨대 율곡은 이처럼 병색이 완연한 상황에서 사랑하는 사람을 함부로 대할 수 없다는 윤리의식과 의리정신, 육체적 사랑을 넘어선 정신적 사랑 때문에 끝내 유지를 받아들일 수가 없었다고 생각되는 것이다.

유지에 대한 율곡의 사랑은 유지에게 「유지사」를 친필로 써 준 데서도 분명하게 드러난다. 아무리 순수한 사랑이라 하더라도 율곡 같은 저명 학자가 기생과의 일화를 친필로 남길 경우 호사가들의 입방아에 오르기 마련이다. 그러므로 「유지사」는 결과적으로 율곡의 이미지에 손해가 될 가능성이 다분하고, 뒤에서 살펴보게 되겠지만 실제로 그런 일이 발생하기도 했다. 그럼에도 불구하고 율곡이 구태여 친필의 「유지사」를 남긴 것은 유지와 자신이 아무런 육체적 관계가 없었음을 분명하게 밝힘으로써, 자신으로 인하여 유지의 명예를 손상하거나 앞날을 가로막는 일이 없도록 하려는 사랑과 배려의 소산이 아닐 수 없다. 하지만 율곡의 이와 같은 태도가 결과적으로 유지를 더욱 더 어렵게 했을 가능성도 많다. 우선 율곡을 몹시 사랑했던 유지에게는 율곡의 그와 같

---

17)『修正 宣祖實錄』17년(1584) 正月朔 己卯 條: 珥自爲兵判, 盡瘁成疾, 至是疾甚…

은 태도가 오히려 대단히 안타깝고 고통스러웠을 것이다. 게다가 유지가 자신과 아무런 육체적 관계가 없음을 알림으로써 유지의 앞길을 열어주기 위해서 쓴 「유지사」가, 오히려 유지로 하여금 운신의 폭을 제약하게 하는 족쇄가 되었을 가능성도 높다. 그 어떤 남자도 당대를 대표하는 학자 율곡의 사랑을 받은 여인이라는 보증서가 붙어 다니는 여성을 가까이 하기는 어려울 터이기 때문이다.

좌우간 유지에 대한 율곡의 사랑은 그가 세상을 떠남으로써 일단 대단원의 막을 내렸다. 하지만 율곡에 대한 유지의 사랑은 율곡이 세상을 떠난 후에도 결코 끝나지 않았다. 유지는 율곡이 세상을 떠나자 3년 동안 상복을 입었다고 하며[18], 상복을 벗은 후에도 율곡에 대한 애모의 마음을 아주 곡절하게 이어나갔다. 다음 글이 이와 같은 상황을 아주 분명하게 보여주고 있다.

> 柳枝는 황주의 기생이다. 일찍이 기생이 되었는데 재주와 용모가 빼어났다. 栗谷 李先生이 원접사로서 황주를 지날 때 황주 고을의 원이 유지에게 선생을 모시게 했다. 선생이 그 재주와 용모를 어여삐 여겨 더불어 거처하면서도 어지럽힘이 없었으며 詞 한편을 지어주었다. 선생이 세상을 떠나자 유지가 선생을 추모하기를 마지 아니 하면서, 이 詞를 帖으로 만들고 황주를 지나 서쪽으로 가는 지체 높은 사대부들을 찾아가 화답을 요청하지 않음이 없었다. 己酉年(1609) 겨울에 내가 북경으로 가다가 황주를 지날 때 유지가 또다시 찾아 와서 화답을 청했으므로 내가 절구를 지었다…[19]

---

18) 유지의 3년 상에 관한 기록은 朴世采의『南溪見聞錄』에 나온다고 한다(이은상 (1966), 134면).

19) 申欽,『象村稿』제 19권,「題柳枝詩帖 幷小序」: 柳枝, 黃岡妓也. 早屬敎坊, 有才貌. 栗谷李先生, 以遠接使過黃, 黃守以柳枝侍先生. 先生賞其才貌, 與之處而能不亂, 作一詞與之. 及先生歿, 柳枝追慕先生不已, 持是詞作帖, 薦紳之西行者, 無不求見而續之. 己酉冬, 余赴燕經黃, 枝又來倩言, 余題絶句. 春蠶絲盡燭成灰, 舊事悠悠夢幾回. 一曲丁香歌自苦, 傍人那解有餘哀.

위의 글은 象村 申欽(1566-1628)이 지은 「題柳枝詩帖 幷小序」라는 글인데, 이 글을 통해서 우리는 다음과 같은 몇 가지 사실[20]을 알 수가 있다. 우선 유지가 율곡이 직접 써준 「유지사」를 帖으로 만들고, 황주를 지나가는 지체 높은 사대부들을 애써 찾아다니면서 「유지사」에 대한 화답을 요청했음을 알 수 있다. 현재로서는 유지의 요청을 받고 화답을 한 사대부의 작품들이 얼마나 되는지는 알 수 없지만, 그 수가 결코 적지 않았을 것으로 보인다. '황주를 지나가는 사대부들이 있으면 화답을 요청하지 않음이 없었다'는 상촌의 언표가 그 일차적인 증거이다. 그러나 더욱더 적극적인 증거는 상촌이 이 글을 쓴 시점이 율곡이 별세한지 무려 25년 후인 1609년이라는 점이다. 게다가 "유지가 또다시 찾아 와서 화답을 청했다"는 표현을 통해서 보면 유지는 그 전에도 상촌을 찾아와 화답시를 받은 적이 있었다고 생각된다. 그러니까 유지는 율곡이 별세한지 25년이 지난 시점[21]에서도 여전히 첩으로 만든 「유지사」를 들고 사대부들을 찾아다니면서 화답을 요청하고 있었고, 경우에 따라서는 한 사람에게 두 번 이상 찾아가서 화답시를 받기도 했던 셈이다. 이와 같은 상황을 고려할 때 「유지사」에 화답한 작품들이 상당히 많았을 것으로 생각되며, 상촌의 작품 이외에도 최립의 次韻詩[22]가 전하고 있기도 하다.

그렇다면 유지가 율곡이 별세한 이후에 「유지사」를 첩으로 만들고 지속적으로 화답시를 받은 이유는 무엇일까? 우선적으로 생각해볼 수 있는 것은 유지가 자신의 사회적 위상을 높이기 위한 수단으로 저명인

---

20) 이 글의 기록이 사실이라면 율곡과 유지의 만남을 주선한 사람이 황주의 원이었음을 알 수 있다.
21) 아울러 이 일화를 통하여 우리는 유지가 최소한 50살 안팎의 나이였을 것으로 짐작되는 1609년까지는 생존하고 있었음을 확인할 수 있다.
22) 崔岦, 『簡易文集』제 8권, 「次韻栗谷公黃州妓柳枝卷中絶句第二首, 蓋公有自敍」; 詎將文字重纖娥, 一笑前頭當少多. 最是先生名義感, 新粧不復攬菱華.

사들의 시들을 받아 시첩을 만들었을 가능성이다. 조선시대 기생들이 이와 같은 시첩 만들기를 통하여 사회적 명성을 얻은 경우가 많았던 것[23]을 보면 그럴 가능성이 더욱더 높다. 설사 유지에게 그런 의도가 없었다고 하더라도 당대의 명유였던 율곡으로부터 사랑을 받았다는 증명서인 「유지사」를 세상에 널리 알리고, 저명인사들의 화답시들을 두루 받아둠으로써 결과적으로 그녀의 사회적 위상이 크게 높아진 것은 사실일 터이다. 그러나 유지가 「유지사」를 들고 지속적으로 화답시를 받으러 다닌 것은 자신이 율곡의 사랑을 받은 '율곡의 여자'임을 계속 강조하는 행위일 수도 있다. 그러니까 율곡을 사랑한 유지가 율곡이 별세한 후 자신에게 접근하는 뭇 남성들로부터 자신을 보호하기 위한 방패막이로 「유지사」를 이용했을 가능성도 있으며, 만약 그렇다면 율곡 사후에도 율곡에 대한 유지의 사랑은 조금도 변하지 않았다고 보아도 좋을 것이다.

3. 「유지사」 검토

율곡과 유지의 애틋한 사랑은 산문적 언술인 「유지사」의 서문보다는 감성적 표현으로 이루어져 있는 「유지사」에서 보다 구체적이고 농밀하게 드러난다. 설명상의 편의를 위하여 압운의 변화에 따라 문단을 나누어가면서, 전문을 인용하기로 한다.

若有人兮海之西	여기 사람 있네, 황해도 땅에
鍾淑氣兮稟仙姿	맑은 기운 모아 신선 같아라
綽約兮意態	그 마음 그 모습 곱기도 하고
瑩婉兮色辭	그 얼굴 그 목소리 맑고도 예뻐
金莖兮沆瀣	쟁반에 받아놓은 이슬 같은 이

---

23) 정우봉(2009), 428-433면 참조.

胡爲委乎路傍 어쩌다가 길가에 버려졌는고
春半兮花綻 봄이 한창이라 꽃이 피는데
不薦金屋兮哀此國香 황금 집에 못살다니, 슬프다 미인!

昔相見兮未開 그 옛날 만났을 땐 피지 않은 꽃이로되
情脈脈兮相通 맥맥히 마음만은 서로 통했네.
靑鳥去兮蹇脩 좋은 중매장이 가고 없음에
遠計參差兮墜空 먼 계획 어긋나 허공에 떨어졌네.

展轉兮愆期 이럭저럭 좋은 때 다 놓쳤으니
解佩兮何時 어느 때나 좋은 님 만나게 될꼬.
日黃昏兮邂逅 날 저물어 우연히 다시 만나니
宛乎昔之容儀 옛 모습 완연히 그대로 있네.

曾日月兮幾何 세월이 얼마나 흘러갔던가
悵綠葉兮成陰 푸른 잎 그늘진 거 슬프다, 슬퍼
矧余衰兮開閣 나 하물며 쇠약해 색을 멀리해야 하고
對六塵兮灰心 온갖 욕정 재같이 마음 식었네.

彼姝子兮婉孌 저 곱디 곱고 어여쁜 사람
秋波回兮眷眷 고운 눈결 던지며 나를 못 잊네.
適駕言兮黃岡 때마침 황주 땅을 지나가는데
路逶遲兮邐遠 길은 구불구불 멀기만 했네.

駐余車兮蕭寺 그래, 내 수레를 절에 멈추고
秣余馬兮江湄 물가에서 내 말에 먹이 먹였네.
豈料粲者兮遠追 어찌 생각했으랴, 멀리까지 쫓아와
忽入夜兮扣扉 밤 깊어서 홀연히 문 두드릴 줄

逈野兮月黑 먼 들판 달이 져서 캄캄도 하고
虎嘯兮空林 텅 빈 수풀 호랑이는 울어대는데
履我卽兮何意 그 무슨 마음으로 날 따라 왔나.

懷舊日之德音 　　　지난날의 덕음이 그리워서 라네.

閉門兮傷仁 　　　　문을 닫아걸면 仁이 아니고
同寢兮害義 　　　　잠자리를 같이 하면 義가 아니라
撤去兮屛障 　　　　병풍도 치워놓고 같은 방에서
異牀兮異被 　　　　다른 침상 다른 이불 덮고 누웠네.

恩未畢兮事乖 　　　그 사랑 다 못하고 일이 어긋나
夜達曙兮明燭 　　　밤새도록 촛불을 밝혀두었네.
天君兮不欺 　　　　하늘을 속일 수는 없는 것이니
赫臨兮幽室 　　　　깊숙한 방 속까지 보고 계시네.
失氷泮之佳期 　　　혼인할 좋은 시기 놓쳐버리고
忍相從兮鑽穴 　　　차마 어찌 남모르게 관계를 하랴.

明發兮不寐 　　　　새 날이 다 밝도록 잠 못자다가
恨盈盈兮臨岐 　　　이별하는 마당에 한이 출렁출렁
天風兮海濤 　　　　하늘에 바람 불고 바다에는 물결인데
歌一曲兮悽悲 　　　노래 한 곡조가 처량코 슬퍼

繫本心兮皎潔 　　　아아 본마음 깨끗도 하여
湛秋江之寒月 　　　가을 강에 차가운 달빛 같거늘
心兵起兮如雲 　　　어지러운 마음 구름같이 일어남에
最受穢於見色 　　　그 중에도 욕정이 제일 더럽네.
士之耽兮固非 　　　선비의 욕정은 원래 그르고
女之耽兮尤惑 　　　여인의 욕정은 더욱 문제라.

宜收視兮澄源 　　　당연히 아니 보고 근원을 맑혀
復厥初兮淸明 　　　맑고 밝은 본마음을 돌이켜야지.
倘三生兮不虛 　　　다음 세상 있다는 말 정말이라면
逝將遇爾於芙蓉之城24) 　신선세계, 거기서 너를 만나리.

---

24) 李珥, 「柳枝詞」, 梨花女大博物館 所藏.

「유지사」는 모두 56구로 이루어져 있는데25), 이 56구는 압운의 변화에 따라 모두 13개의 단락으로 이루어져 있다. 보다시피 제 1단락에서는 황해도에서 만난 유지의 내면적, 외면적 아름다움을 극찬하고 있으며, 제 2단락에서는 한창 꽃 피어야 할 유지가 버려져 있는데 대한 안타까움을 표현했다. 3-4단락에서는 처음 만났을 때의 상황과 만년에 다시 만났을 때의 상황을 각각 서술했고, 제 5단락에서는 율곡이 이미 몸이 쇠약하여 이성에 대한 욕망이 소멸 단계였음을 고백하고 있다. 제 6-8단락에서는 그럼에도 불구하고 율곡을 흠모하는 유지의 마음에 아무런 변화가 없었고, 마침내 한 밤중에 율곡의 숙소로 난데없이 찾아왔다는 것, 온갖 위험을 무릅쓰고 유지가 이처럼 율곡을 찾아온 이유가 덕음에 대한 欽慕心 때문이었음을 각각 서술하고 있다. 제 9단락과 10단락에서는 仁과 義라는 유교적 덕목을 모두 다 지키기 위해 같은 방에서 다른 침상 다른 이불을 덮고 하룻밤을 보냈다는 것과 하늘을 속일 수는 없으므로 유지와 아무런 관계도 맺지 않았다는 것을, 제 11단락에서는 밤을 지새우고 이별해야 하는 한을 각각 표현했다. 제 12단락과 제 13단락에서는 사람이 타고난 순선한 본성을 더럽히는 것 가운데 제일 심한 것이 남녀 간의 욕정이라고 규정하고, 그 순선한 본성을 회복하고 다음 세상에서의 아름다운 사랑을 기약하는 것으로 작품을 마무리하고 있다.

「유지사」가 지닌 이와 같은 내용과 함께 아주 각별하게 주목되는 이 작품의 특징 가운데 하나는 작품의 분량이 그리 길지 않음에도 불구하고 그 표현이 구체적이고도 대단히 진솔하다는 점이다. 예컨대 "나 하물며 쇠약해 색을 멀리해야 하고/ 온갖 욕정 재같이 마음 식었네."라는 구절에서 살펴볼 수 있듯이, 율곡은 자신의 건강 상황까지 아주 적나라하게 표현하고 있으며, 건강 상황만 아니었어도 유지를 받아들이고 싶

---

25) 그 가운데 일곱 구를 제외하고는 모두 어조사인 '兮'가 들어가 있다.

었던 심정까지도 진술하게 드러내고 있다. 유지와 마지막 날 밤의 상황을 표현한 "병풍도 치워놓고 같은 방에서/ 다른 침상 다른 이불 덮고 누웠네."라는 구절이나, 남녀 간의 욕정 문제를 직접 거론한 "어지러운 마음 구름같이 일어남에/ 그 중에도 욕정이 제일 더럽네./ 선비의 욕정은 원래 그르고/ 여인의 욕정은 더욱 문제라." 같은 구절도 같은 맥락에서 주목된다.「유지사」가 지닌 이와 같은 특징은 이 작품의 뒤편에 부록처럼 붙여놓은 3편의 한시에서도 그대로 드러나고 있다.

天姿綽約一仙娥	타고난 자태 아름다운 선녀같이 고운 사람을
十載相知意態多	10년 아는 동안 意態가 많았도다.
不是吳兒腸木石	내 비록 목석같은 사내는 아니지만
只緣衰病謝芬華	쇠약하고 병이 들어 예쁜 사람 사절일세.
含悽遠送似情人	슬픔 품고 멀리 송별 정둔 사람 같지마는
只爲相看面目親	다만 서로 만나 얼굴로만 친하도다.
更作尹邢從爾念	다음에 또 기회되면 네 뜻대로 하겠다만
病夫心事已灰塵	병든 사내 마음은 이미 찬 재처럼 식었도다.
每惜天香棄路傍	매양 예쁜 사람 길가에 버려져 애석하니
雲英何日遇裵航	운영이는 어느 날에 배항이를 만나려고.
瓊漿玉杵非吾事	사랑을 꿈꾸는 것 내 일이 아니라서
臨別還慚贈短章[26]	이별 앞에 短章이나 주는 것 부끄럽네.

보다시피 이 한시들에서도 율곡의 진솔한 감정이 그대로 드러나고 있다. 예컨대 "내 비록 목석같은 사내는 아니지만/ 쇠약하고 병이 들어 예쁜 사람 사절일세."라는 대목에서는 유지를 받아들일 수 없는 이유를 아주 진솔하게 표현하고 있고, "다음에 또 기회 되면 네 뜻대로 하겠다만/ 병든 사내 마음은 이미 찬 재처럼 식었도다."라는 대목에서는 유지와 함께 하고 싶으면서도 건강상 그럴 수 없었던 안타까운 마음을 그대

---

26) 李珥,「柳枝詞」, 梨花女大博物館 所藏.

로 드러내었다. 너무나도 진솔하여 근엄한 유학자가 기생에게 써준 시라고는 믿어지지 않을 정도이며, 이점은 앞에서 언급한 오언율시에서도 그대로 드러나는 현상이다. 요컨대 율곡이 유지에게 준 글들에는 적당하게 넘어갈 수도 있는 상황이나 표현하면 구설수에 오르기가 십상인 내용, 자신의 심리적인 갈등, 이룰 수 없는 사랑에 대한 미련, 버려진 유지에 대한 안타까움 등 대단히 애민한 부분까지도 아무런 가감 없이 묘사되어 있으며, 이 글들이 큰 감동을 주는 이유 중의 하나도 바로 이와 같은 진솔한 표현에 있다고 할 수 있을 것이다.

4. 「유지사」의 전승 과정과 문집에 누락된 경위

유지가 율곡의 친필 「유지사」를 첩으로 만들었다는 것과 「유지사」를 들고 황주를 지나가는 사대부들에게 화답을 요청했다는 것은 앞에서 이미 말한 바 있다. 아마도 유지는 사대부들의 화답시들을 별도로 모아 간직하고 있었음이 분명하지만, 이 화답시들이 그 후 어떻게 되었는지를 알려주는 자료는 없는 것 같다. 유지가 첩으로 만들어 소장하고 있던 율곡의 친필 「유지사」가 그 후 어떤 과정을 통하여 지금까지 전승되었는지도 확실하지 않지만, 이 글이 사대부들 사이에 화제를 모으면서 제한적이나마 읽혀져 왔던 것은 사실이다. 우선 유지가 율곡의 친필 「유지사」를 들고 사대부들을 두루 찾아다니면서 화답시를 받았으므로 이 작품을 읽은 사대부들이 상당히 많았다고 생각되며, 앞에서 언급한 신흠과 최립의 글 이외에도 「유지사」에 대해 언급하고 있는 문헌들이 더러 남아 있기도 하다. 예컨대 율곡의 문인 李有慶이 편찬한 「遺事」에 유지에 관한 글이 수록되어 있었으며27), 그 내용이 「유지사」의 그것과

---

27) 李珥,『栗谷全書』제 38권, 附錄, 諸家記述雜錄: 先生曾爲黃海監司時, 巡到黃州. 有少妓柳枝者, 士人女也. 年未二八, 有姿色, 以房妓來侍 而未嘗有情欲之感. 其後, 先生或

정확하게 일치하고 있는 것으로 보아 이유경도 「유지사」를 보았다고 생각된다. 유지가 세상을 떠난 후에도 몇몇 사람이 「유지사」를 보았음이 확인되며, 芝村 李喜朝(1655-1724)도 그 가운데 한 사람이다.

(1) 대개 先生의 詩稿 및 「柳枝詞」의 草稿本은 모두 선생의 친필인데, 庚辰年(1700)에 내가 해주목사로 재직하고 있을 때 선생의 傍孫 李紳 等의 집에서 얻었다.[28]

(2) 근래 栗翁이 손수 쓴 詩稿 한 冊子를 얻었는데, 모두 빼어난 보배들이었습니다. 또 친필 초고본 「柳枝詞」를 얻었는데, 참으로 기이하게 여길 만한 것이었습니다. 그 가운데 과연 '문을 닫아 걸면 仁이 아니고, 잠자리를 같이 하면 義가 아니라'는 등의 구절이 있었는데, 한 本을 베껴 보낼까 합니다.[29]

인용문 가운데 (1)은 이희조의 「書栗谷柳枝詞草本後」라는 글의 일부이고, (2)는 이희조가 農巖 金昌協에게 쓴 편지글의 일부다. 보다시피 이희조는 해주목사로 재직하고 있던 1700년에 율곡의 방손인 이신 등의 집에서 친필 「유지사」를 얻었으며, 그 초고본 뒤에다 「書栗谷柳枝詞草本後」라는 장문의 글을 남겼다. 아울러 그는 「유지사」를 베껴 농암에게 보내기도 했던 것 같다. 그런데 여기서 각별하게 주목되는 부분은 「유지사」를 보니 "그 가운데 과연 '문을 닫아 걸면 仁이 아니고, 잠자리를 같이 하면 義가 아니라'는 등의 구절이 있었다."고 한 언표다. 왜냐하면 이 구절을 통해서 「유지사」를 얻어 보기 전에도 이희조와 김

以遠接使, 或以省姊, 往來黃州, 柳枝必在房. 有侍寢之願, 先生明燭不近, 製詞喩情, 其和而不流如此. (出李有慶所撰遺事)

28) 李喜朝,『芝村先生文集』제 20권, 題跋, 「書栗谷柳枝詞草本後」: 盖先生詩稿及柳枝詞草本, 皆先生手筆, 而余於庚辰, 牧海陽時, 得之於先生傍孫李紳等家.

29) 李喜朝,『芝村先生文集』제 8권, 書,「與金仲和」; 近得栗翁自書詩稿一冊子, 儘是絶寶. 又得柳枝詞草本親筆, 誠可奇也 .其中果有閉門傷仁 同寢害義等句, 欲模一本以去耳.

창협 두 사람 모두가 「유지사」의 존재와 그 주요 내용을 대강 알고 있었음을 확인할 수 있기 때문이다. 그만큼 율곡과 유지의 일화는 비교적 널리 알려져 있었으며, 문헌 기록들 가운데는 「유지사」에 바탕을 두고 있다고 생각되면서도 「유지사」의 내용과 어긋나는 것들도 있는 것을 보면 일화가 구비로 전승되면서 변개되기도 했던 것 같다.

유지의 손을 떠나 이신, 이희조 등이 소장하고 있던 율곡의 친필 「유지사」가 그 후 어떻게 전승되었는지는 알 수 없다. 그러나 현존하는 친필 「유지사」의 맨 뒷 부분에 '自坡州尹進士來'라는 구절이 쓰여져 있는 것을 보면[30], 윤진사가 누구인지 확실하지 않으나 한 때 파주의 윤진사가 소장하고 있었던 것 같다. 파주의 윤진사가 소장하고 있던 친필 「유지사」는 그 뒤 載寧郡 淸川里 康氏宅에서 소장[31]하여 왔다고 하며, 이러한 과정에서 「유지사」의 형태가 다시 변개되었다. 앞에서 이미 언급한 것처럼 율곡의 친필 「유지사」는 유지에 의하여 帖으로 그 모습이 바뀌었는데, 누군가가 그 첩을 다시 오려서 긴 종이 한 장(가로 115.5cm, 세로 26cm[32])에다 순서대로 붙여놓았던 것이다. 載寧郡 淸川里 康氏宅에서 소장하고 있던 「유지사」는 1950년 대 중반에 성재 이관구(1898-1991)의 손으로 넘어간 것 같으며[33], 1965년 1월 23일 이화여대

---

30) 친필 「유지사」의 앞부분에도 누군가가 "栗谷 李珥 字 叔獻 德水人 官至右贊成 謚文成 牛溪先生曰 聲山河間氣 三代上人物"이란 글씨를 써두었다. 이처럼 선인의 친필에 간략한 약력을 써두는 것은 흔히 있는 일이다.

31) 이관구(1898-19918)는 (1958)에서 「유지사」를 보게 된 경위를 다음과 같이 말하고 있다. "栗谷 선생의 柳枝에 관한 이야기는 栗谷全書 '拾遺'에서 조금 비쳤지만 너무 소략하여 憑據할 자료가 되지 못한다. 日前 15일날 밤 방송을 듣자니 율곡선생에 관한 野談 속에서 잠간 유지 이야기가 나왔으나 또한 매우 애매하였다. 그런데 내가 年前에 小阜 兄의 주선으로 載寧郡 淸川里 康氏宅 蒐藏으로 전해온 書簡帖(처음에는 坡州 尹進士家로부터 온 것)을 얻어 栗谷선생께서 親筆로 柳枝에게 써주신 短章을 보게 되었다. 유지에 관한 이야기는 이보다 더 정확하고 曲盡한 것이 없겠기로 이에 이 글을 번역하여 소개하기로 한다."

32) 조남국(1993),198면 참조.

박물관이 이관구가 가지고 있던 「유지사」를 매입함으로써 「유지사」
는 그때부터 이화여대박물관의 소장품이 되었다.

이처럼 우여곡절을 겪은 끝에 율곡의 친필 「유지사」가 오늘날까지
전해지기는 했지만, 이 작품이 율곡의 문집에 수록되지 못했기 때문에
독자의 폭은 아무래도 제한적일 수밖에 없었다. 여기서 자연스럽게 제
기되는 것은 율곡의 문집에 이 작품이 수록되지 못한 연유인데, 쉽게
예상 가능한 연유는 다음 두 가지로 요약된다. 그 하나는 율곡 문집의
편찬자들이 「유지사」를 보지 못하여 수록할 수 없었을 가능성이다. 자
료상의 사정으로 인하여 확실히 알 수 없으나 혹시 1611년 11권으로
이루어진 『율곡선생문집』의 초간본이 간행될 때는 그랬을 가능성을
배제할 수 없다. 玄石 朴世采(1631-1695)에 의하여 續集과 外集 등이 간
행될 때도 혹시 현석이 「유지사」를 입수하지 못하여 수록하지 못했을
가능성을 생각해 볼 수 있고, 실제로 芝村 李喜朝에 의하여 그와 같은
가능성이 제기 되기도 했다.

> 玄石의 『南溪記聞』에 나오는 내용이다. … 〈내용 생략〉… 또 「유지
> 사」의 서문을 살펴보니…〈서문 생략〉… 내가 栗谷이 손수 쓴 詩稿를
> 살펴보니 …〈생략〉…「유지사」의 서문에 의하면 유지가 선생을 방에
> 서 모시는 기생이 된 것은 乙亥年 황해감사가 되어 황주를 순회할 때였
> 는데, 玄石의 기록에 원접사로 갔을 때였다고 한 것은 착오이다. 또 서
> 문에는 임오년 원접사 때도 같은 방에 거처했으나 선생이 가까이 하지
> 않았고, 계미년 해주에서 황주로 왕래할 때 유지가 율곶이 촌으로 선생
> 을 찾아왔으므로 선생이 드디어 詞를 지어 준 것으로 되어 있다. 그러
> 나 현석의 기록에는 다만 "해주에 우거하고 있을 때 유지가 밤을 틈타

---

33) 자세한 경위는 알 수 없으나 「유지사」는 그 후 이관구가 소장하고 있었다고 생각
된다. 왜냐하면 현재 이 글을 소장하고 있는 이화여대박물관에서 이 글을 구입한
목록에 의하면 상당한 고가로 이관구에게 매입한 것으로 밝히고 있기 때문이다(조
남국(1993), 197면 참조).

멀리 방문을 했다'고 했으니 이것도 또한 사실과는 다른 내용이다. 대개 선생의 詩稿 및「유지사」의 草稿本은 모두 선생이 직접 쓴 것으로 내가 庚辰年에 海州 목사로 있을 때 선생의 傍孫인 李紳 等의 집에서 얻은 것이다. 가만히 생각하건데 이 詩와 詞는 비록 간행하여 후세에 전하더라도 선생에게 累가 되지 않을 뿐만 아니라 선생의 드높은 경지를 더욱더 살펴볼 수 있거늘 玄石이『율곡집』의 續集과 外集 가운데 모두 다 수록하지 않은 것은 어째서 일까? 어쩌면 玄石이 다만 해주사람에게 유지와의 일화를 전해 듣기만 하고 詩와 詞를 직접 보지는 못했기 때문에 기록한 내용부터 이미 조금 다르고, 보지 못했기 때문에 율곡의 문집에 거두어 수록하지 못했던 것이 아닐까? 우선 이렇게 기록해놓고, 뒷날의 군자를 기다리노라. 34)

보다시피 芝村은 율곡이 직접 쓴「유지사」의 서문과 玄石 朴世采의 『남계기문』의 내용상의 차이를 주목하고, 현석이 율곡과 유지의 일화를 들어 알고는 있었으나「유지사」를 직접 보지는 못했기 때문에 이와 같은 현상이 일어났을 것으로 추측하고 있다. 아울러 지촌은 현석이 그 전에 간행된『율곡집』에다 續集과 別集을 합한 율곡의 문집을 간행하면서, 선생의 이미지에 오히려 도움이 될 수도 있는「유지사」를 수록하지 않은 것도 작품을 직접 보지 못한데서 일어난 일로 보고 있으며, 을

---

34) 李喜朝,『芝村先生文集』제 20권,「題跋書栗谷柳枝詞草本後」: 玄石南溪記聞曰.... 愚按栗谷手書詩稿中.... 且考柳枝詞 其序曰.....據此, 柳枝之爲先生房妓, 始在乙亥按海西廵到黃州之日, 則玄石所記以遠接使却之云者, 未免差誤. 且壬午遠接使時, 亦在闕而先生未嘗近之. 癸未自海州往來黃岡時, 柳枝來訪先生於栗串江村, 故先生遂作詞以與之. 然玄石所記只云, 寓居海州, 柳枝乘夜遠訪云, 此亦似欠詳備. 盖先生詩稿及柳枝詞草本, 皆先生手筆, 而余於庚辰牧海陽時, 得之於先生傍孫李紳等家. 竊意此詩與詞, 雖刊以傳後, 不但不足以爲累, 益足以見先生之高, 而玄石於續外集中, 並不入錄, 何也? 豈玄石只傳聞於海人, 而不及見此詩與詞, 故所記旣有少差, 而亦未能收入於集中耶? 姑識之, 以俟後之君子. 현존하는 친필본「유지사」에도 마멸된 부분이 있어 더러 있고, 지촌 문집에 수록된「題跋書栗谷柳枝詞草本後」에 포함된「유지사」도 오탈이 매우 심하다. 그러나「題跋書栗谷柳枝詞草本後」에 수록된「유지사」는 친필본에 마멸된 내용을 복원하는데 도움이 된다는 점에서 의미가 있다.

해년에 쓴 율곡의 친필 시가 누락된 것도 같은 맥락에서 이해하고 있다. 그러나 현석이 간행한 율곡의 문집에 「유지사」와 친필시가 수록되지 못했던 것은 작품을 보지 못해서가 아니라 의도적인 삭제 때문임이 분명하며, 이에 대해서는 다음 글이 참고가 된다.

> 『栗谷集』을 삼가 받아서 대략 읽었습니다. 이미 尊兄께서 바로잡으시려는 뜻을 알았습니다. 다만 正本은 이미 先輩가 간행하였으므로 그 후에 편집하는 것은 속집과 별집으로 별도로 편찬하는 것이 옳을 것 같습니다. 또 그 가운데 요긴하거나 閑慢하게 주고받은 시문들을 모두 수록해도 본래 옳지 않은 것은 아닙니다. 하오나 柳枝에게 준 詞와 율시 한 수 및 花巖副守에게 준 절구 한 수는 수록하지 않는 것이 옳습니다. 왜냐하면 이러한 글들이 비록 선생의 성대한 덕에 누가 된다고 말할 수는 없으나 또한 후세에 가르침을 남길 수 있는 일이 아니니, 이런 글들을 수록하는 것은 (先德의 문집을 간행할 때) 후세 사람들이 살펴서 결정하고 편집하는 뜻이 아닐 것 같아서 저어됩니다. 가만히 바라건대 다시 생각해보시는 것이 어떻겠습니까?[35]

인용한 글은 恥菴 李之濂(1628-1691)이 율곡의 문집을 다시 편찬하고 있던 玄石 朴世采에게 보낸 편지다. 이 글을 통해서 보면 현석이 치암에게 보낸 율곡 문집의 초고본에는 「유지사」와 유지에게 준 律詩 한 수가 들어 있었음이 분명하다. 따라서 현석이 「유지사」와 율시를 보지 못했기 때문에 이 글들이『율곡집』에서 누락되고 말았을 것이라고 추측했던 芝村 李喜朝(1655-1724)의 추측도 잘못된 것임이 분명해졌다. 그런데 여기서 비상하게 주목되는 것은 현석이 보내온 초고본『율곡집』

---

35) 李之濂,『恥菴集』제 2권,「與朴和宿」: 栗谷集, 謹受而畧閱之, 已知尊兄訂定之意矣. 第正本旣是先輩所爲, 則其後所輯, 似當爲續別, 別發纂定, 似穩矣. 且其中緊慢酬唱, 並爲收載, 本非不可, 而如贈柳枝詞一律及如贈花巖副守一絶, 則並不當載. 何者? 雖不敢謂有累於先生之盛德, 亦非所以垂訓於後世者, 則收載此文, 恐非後人審定纂集之意也. 竊望更加商量如何?

에서 율곡이 유지에게 준 글들을 본 치암이 현석에게 삭제를 요청하고 있다는 점이다. 요컨대 이러한 글들이 '율곡의 성대한 덕에 累가 된다고 할 수는 없지만 후세에 모범이 되는 일도 아니므로 삭제하는 것이 옳다'는 것이다. 치암의 이와 같은 견해는 "후세에 전하더라도 선생에게 누가 되지 않을 뿐만 아니라 선생의 드높은 경지를 더욱더 살펴볼 수 있다"고 했던 지촌의 견해와는 사뭇 다르다.

오늘날 우리에 입장에서 볼 때 「유지사」 등의 삭제를 주장한 치암의 견해에 동의를 할 사람은 아마도 별로 없을 것이다. 하지만 주자학이 교조적 권위를 가지면서 점차 경색되어 가고 있었던 데다, 집권세력인 노론에 의해서 율곡에 대한 성역화 작업 진행되고 있던 조선후기 사회에서 지촌과 같은 종류의 견해가 설득력을 가지기 어려웠던 것도 사실이다. 이와 같은 상황을 이해하기 위해서는 正菴 李顯益의 다음 글을 살펴볼 필요가 있다.

> 靜菴이 젊었을 때 한번은 밤에 앉아서 책을 읽고 있었다. 한 處子가 담장을 넘어오니 靜菴이 義理에 근거하여 질책을 하고 회초리를 쳐서 보냈다고 한다. 松都의 기생 황진이는 徐花潭을 사모하여 한밤중에 침소로 뛰어들었으나 화담은 끝내 마음을 움직이지 않았다고 한다. 栗谷이 黃海監司가 되었을 때 순시를 하다가 黃州에 갔더니, 柳枝라는 기생이 있었다…〈유지와의 일화 생략〉… 이분들의 행위를 살펴보면 여러 선생 가운데 오로지 靜菴의 資品이 제일 높다는 것을 알 수 있으니, 배우는 사람들이 본받을만한 분은 오직 정암 뿐일 것이다. 화담이나 율곡이 한 행위는 그 마음을 잡아 지키는 것이 다른 사람보다 훨씬 뛰어나기는 하지만, 배우는 사람들의 공부가 아직 이런 경지에 이르지 못했는데 갑자기 이와 같은 방법을 쓰면 그 가운데 점점 **빠져들지** 않을 사람이 거의 드물다. 눈으로 간사한 빛을 보지 말고 귀로 음란한 소리를 듣지 말라는 성현의 밝은 가르침이 있으니, 다만 마땅히 삼가 지켜서 실수가 없어야 할 것이다.[36]

보다시피 正菴 李顯益(1678-1717)은 여성과 관련된 靜菴 趙光祖, 花潭 徐敬德, 율곡 이이의 일화를 소개하고, 이 세분의 자품의 우열을 논하고 있다. 그는 여성에 대해서 단호한 태도를 취한 정암이 제일 자품이 높다고 평가했다. 아울러 그는 여성과 가까이 하면서도 여성을 넘어선 화담과 율곡이 실로 대단한 것은 사실이지만, 배우는 사람이 본받을 만한 모범적인 사례는 아니라고 지적했다. "눈으로 간사한 빛을 보지 말고 귀로 음란한 소리를 듣지 말라"는 공자의 말까지 인용하면서 화담과 율곡의 행위의 문제점을 지적하고 있으므로, 그의 논의에 대해 반론을 펴기도 쉽지 않다.

이처럼 유지와 관련된 율곡의 일화는 기호학파의 학문적 祖宗인 저명한 학자의 일화이기 때문에 세상 사람들의 호기심을 자극할 요소가 다분했다. 위의 사례에서 살펴볼 수 있듯이 그것은 율곡의 이미지를 손상시킬 가능성이 농후했으며, 다음 글도 바로 그와 같은 사례 가운데 하나다.

元聘君이 일찍이 "潛冶가 栗谷과 牛溪 두 선생이 女色에 실수를 한 輕重을 논했는데 우계의 실수가 율곡의 실수보다 작다고 하더이다."라고 말했다. 그의 말인 즉 "牛溪의 경우는 변소에 가다가 우연히 한 발을 잘못 디딘 것이고, 栗谷의 경우는 비록 발을 잘못 디딘 적은 없으나 똥같이 더러운 것을 책상에서 가지고 노는 도구로 삼았으니 그 실수가 적지 않을 듯하다"는 것이다. 牛溪가 일찍이 창가에다가 '아무 해 아무 달 아무 날'이라고 써 놓았다. 나그네가 간혹 보고 그 의미를 물으면 우계는 이렇게 대답을 했다. "이날 우연히 시비와 관계를 가졌더이다. 훗날

---

36) 李顯益,『正菴集』제 14권, 雜著, 「自警說」: 靜菴少時, 嘗夜坐讀書, 有一處子踰墻而來. 靜菴據義理責之, 撻楚而送云. 松都妓眞, 慕徐花潭, 投宿三夜, 終不能動得云. 栗谷爲黃海監司, 巡到黃州, 有妓柳枝者.... 按此可見諸先生之中, 惟靜菴資品最高處, 學者所可法者, 其惟靜菴乎! 至如花潭栗谷所爲, 則其操守尤可謂過人遠甚. 然學者工夫, 旣未及此, 而遽以此爲法, 則其不駸駸然入於其中者, 幾希矣. 目不視邪色, 耳不聽淫聲, 自有聖賢之明訓, 只當謹守而勿失也.

진실을 어지럽히는 폐단에 이르게 될까 염려되어 기록해 둔 것이지요".
뒤에 아들 文潛을 낳았다.…〈율곡과 유지와의 일화 생략〉…. 潛冶가
논한 바가 옳다. 그러나 愼齋의 견해는 잠야와 상반되니 과연 누구의
논의가 定論인지는 모르겠다.[37)]

　여성과 관련된 선현들의 일화가 세상에 알려지게 되면 세상 사람들
의 입방아에 오르기 마련이다. 위의 사례에서 볼 수 있듯이 잘못에 대
한 優劣論이 전개될 가능성도 있으므로 당사자의 학맥을 이은 후학으
로서는 곤혹스런 일이 아닐 수 없다. 율곡의 행위가 아무나 할 수 없는
대단히 어려운 것이긴 하지만, 원칙적으로 모범적인 것은 아니라는 점
에서 더욱더 그렇다. 게다가 이런 종류의 기록을 남긴 玄石 朴世采와 正
菴 李顯益이 모두 넓은 범주에서 율곡의 학맥을 이은 노론 계열의 학자
들이라는 것도 주의 깊게 살펴볼 대목이다. 같은 학맥과 당파에 속한
사람 사이에서도 이처럼 율곡의 행위를 문제 삼는다면, 다른 학맥과 당
파에 속한 사람들이 입방아를 찧으리라는 것은 자명한 사실이기 때문
이다. 앞에서 이미 언급한 것처럼 恥菴이 율곡의 문집을 편찬하고 있던
玄石에게 유지와 관련된 글을 삭제하도록 요청한 것도 이러한 맥락에
서 이해할 수 있다. 문제는 현석이 치암의 요구에 어떻게 대응했느냐
하는 점인데, 이해 대해서는 치암이 현석에게 답한 다음 편지 글에서
그 대강을 살펴볼 수 있다.

　「유지사」는 이미 저의 의견에 따라 산삭하여 없앴으니 몹시 다행스
　럽습니다. 松溪에게 戲贈한 한 절구는 비록 산삭해 없애더라도 사람들

---

37) 朴世采,『南溪先生文集』57권,「記少時所聞」: 元聘君嘗言潛冶論栗谷牛溪二先生色
失輕重, 以爲牛溪勝. 其說曰, 牛溪如如廁而偶失一足, 栗谷雖無失足之事. 有若以糞
穢爲几案玩戲之具者, 恐其失不細也. 蓋牛溪嘗書窓邊, 曰某年某月某日. 客或見而問
之, 牛溪答曰, 此是偶與侍婢有私, 恐致異日亂眞之弊, 故記之. 後生子曰文潛. 此則絶
無而僅有也.… 潛冶所論爲是也. 然愼齋之見, 又與潛冶相反, 未知果孰爲定論耳.

이 모두 전하여 외우는데 무슨 상관이 있겠습니까. 다만 正集을 고치기
는 어려우므로 쉽게 의논할 수는 없겠습니다.[38]

앞에서도 이미 언급한 것처럼 현석이 편집하고 있던 율곡 문집 초고본
에 「유지사」 등 유지 관련 시문을 수록해 둔 것을 볼 때, 처음에는 그도
이 글들을 율곡의 문집에 수록해도 무방하다고 보았을 것이다. 현석이 유
지와 관련된 글을 자신의 문집에 수록해둔 것도 같은 맥락에서 이해된다.
그러나 이 글을 통해서 볼 때 현석은 치암으로부터 유지와 관련된 시문의
삭제 요청을 받고, 그 글들을 삭제를 했음을 알 수 있다. 요컨대 유지 관
련 시문은 이러한 시문들이 저명 학자였던 율곡의 이미지를 훼손시킬지
도 모른다는 후학들의 염려 때문에 문집에 수록될 수 없었던 것[39]이다.

5. 맺음말

이상에서 나는 율곡과 유지와의 관계, 「유지사」와 한시 등 율곡이 유지
에게 준 글들에 대하여 살펴보는 한편, 친필 「유지사」의 전승 과정과 유지
관련 글들이 율곡의 문집에 수록되지 못한 사유 등에 대해서도 검토해 보
았다. 이제 지금까지 논의한 내용을 요약하여 다음과 같이 결론을 맺는다.
栗谷은 1574년 黃海道 감사로 부임하여 黃州의 어여쁘고 슬기로운

---

38) 李之濂, 『恥菴集』 제 2권, 與朴和叔: 柳枝詞, 旣蒙俯採刪去, 幸甚. 戲贈松溪一絶, 雖
   使刪去, 何關於人皆傳誦. 顧正集難改則未易議耳. 如何如何?
39) 한 가지 첨언하고자 하는 것은 유지의 요청으로 「유지사」에 화답한 사대부들의
   시가 거의 전승되지 못하고 있는 사유다. 앞에서도 이미 언급한 것처럼 유지는
   황주를 지나는 사대부들에게 두루 「유지사」에 대한 화답을 요청했고, 율곡이 별
   세한지 25년 뒤에도 화답을 받는 일을 계속하고 있었다. 만약 그렇다면 화답한
   작품들이 꽤 많았을 것으로 생각되는데, 현재 전해지고 있는 것은 간이당 최립과
   상촌 신흠이 지은 시 한편씩이 전부다. 이와 같은 결과도 역시 후손들이 선조들
   의 문집을 편집할 때 조상에게 누가 될 가능성이 있는 작품을 배제한 데서 기인
   했을 가능성이 높다.

기생인 柳枝를 만나 애틋한 사랑을 나누었다. 1582년 율곡이 중국 사신을 맞이하기 위하여 關西地方을 왕래할 때, 그들은 다시 만나 상당 기간 동안 아주 가깝게 지냈다. 1583년에도 유지와 만나 여러 날을 두고 술을 마셨고, 돌아올 때는 유지가 절에까지 따라 와서 전송했다. 작별한 뒤에도 율곡과 헤어질 수가 없었던 유지는 밤중에 난데없이 그를 찾아가 밤늦도록 이야기를 나누기도 했다. 이러한 과정에서 유지는 율곡을 몹시도 사모하였고, 율곡도 유지를 대단히 어여쁘게 여기기는 했으나 단 한 번도 잠자리를 같이 하지는 않았다.

小室을 두는 것이 일반화 되어 있던 당시 상황을 고려할 때, 율곡이 유지를 소실로 삼더라도 크게 문제가 될 것은 없었다. 그럼에도 불구하고, 그렇게 하지 않았던 일차적인 이유는 "사랑하면서 어여쁘게 여기기는 했으나 애초부터 정욕의 마음을 품지는 않았다"는 율곡의 언표에서 찾을 수 있다. 그러나 유지가 간절히 원하고 있었음에도 불구하고 율곡이 끝끝내 허락하지 않았던 데는 다른 여러 가지 사유가 있었다고 판단된다. 소실이 이미 둘이나 있었던 율곡이 다시 소실을 둔다는 것이 사회적, 경제적으로 부담이 되는 일일 수도 있었지만, 무엇보다도 문제가 되는 것은 율곡의 건강 상황이었다. 요컨대 율곡은 병색이 완연한 상황에서 사랑하는 사람을 함부로 대할 수 없다는 윤리의식과 의리정신, 육체적 사랑을 넘어선 정신적 사랑 때문에 끝내 유지를 받아들일 수가 없었다고 생각되는 것이다. 그러나 율곡을 몹시 사랑했던 유지에게는 율곡의 그와 같은 태도가 오히려 고통스러웠을 수도 있다.

유지에 대한 율곡의 사랑은 유지에게 친필의 「유지사」를 써 준 데서도 분명하게 드러난다. 아무리 순수한 사랑이라 하더라도 저명 학자가 기생과의 일화를 친필로 남길 경우 호사가들의 입방아에 오르기 마련이다. 그럼에도 불구하고 율곡이 이런 글을 남긴 것은 유지와 자신이 육체적 관계가 전혀 없었음을 분명하게 밝힘으로써, 자신으로 인하여 유지의 명예가 손상되거나 앞날에 장애가 되는 일이 없게 하려는 사랑

과 배려의 소산이 아닐 수 없다. 율곡 별세 후 유지는 율곡의 친필「유
지사」를 帖으로 만들고, 황주를 지나는 사대부들을 애써 찾아다니면서
「유지사」에 대한 화답을 요청했으며, 경우에 따라서는 한 사람에게 두
번 이상 찾아가서 화답시를 받기도 했다. 유지의 이와 같은 행위는 율
곡이 별세한지 25년이 지난 1609년에도 계속되고 있었음이 확인된다.
유지의 이와 같은 행위를 통하여 율곡에 대한 그녀의 사랑이 얼마나 지
극했는지를 확인할 수 있지만, 결과적으로 그러한 행위는 자신의 사회
적 명성을 높이는 일이기도 했을 것이다.

　근엄한 유학자가 기생에게 써준 시라고는 도저히 믿어지지 않을 정
도로 진솔하고도 감성적인 표현으로 인하여 깊은 감동을 주는「유지사」
는 조선 후기에도 사대부들 사이에 화제를 모으면서 더러 읽혀졌다. 하
지만 아쉽게도 율곡의 문집에 수록되지 못했기 때문에 독자의 폭은 아
무래도 제한적일 수밖에 없었다. 율곡의 문집이 여러 번 간행되었음에
도 불구하고 유지에게 준 글들이 그 어떤 문집에도 수록되지 못했던 것
은 편찬자들이 끝내 이 작품을 보지 못해서가 아니라 의도적인 삭제 때
문이었다. 그것을 단적으로 보여주는 것이 恥菴 李之濂이 율곡 문집을
편찬하고 있던 玄石 朴世采에게 보낸 편지다. 이 편지에 의하면 玄石이
편찬한 율곡 문집 草稿本에는「유지사」와 오언율시 등 유지와 관련된
글들이 모두 포함되어 있었다. 그러나 이와 같은 사실을 알게 된 恥菴
이 玄石에게 이 글들을 삭제해 줄 것을 요청하였고, 현석은 치암의 요
청에 따라 이 글들을 삭제하였다. 유지와 관련된 글들이 '율곡의 盛大한
덕에 累가 된다고 할 수는 없지만 후세에 모범이 되는 일도 아니므로 삭
제하는 것이 옳다'는 치암의 주장을 수용한 결과다. 요컨대 유지 관련
시문은 기생과 관련된 시문들이므로 율곡의 이미지를 훼손시킬지도 모
른다는 後學들의 염려 때문에 문집에 수록될 수 없었던 것이다.

　　　　　　　　수록처:『한국한문학연구』제51집. 한국한문학연구회, 2013.

李玉峯의 작품으로 알려진 漢詩의 作者에 對한 再檢討

1. 머리말

다 알다시피 이옥봉은 그다지 많은 작품을 남기지는 못했으나 「自述」 (일반적으로 「夢魂」이란 제목으로 알려져 있음), 「閨情」 등 인구에 회자되는 참으로 걸출한 佳篇들을 남김으로써 조선시대부터 許蘭雪軒과 나란히 평가되어온 최고의 여성 한시 작가다. 그 당연한 결과로서 그의 작품들은 고금을 통하여 인구에 회자되어 왔으며, 그 가운데서 「自述」과 「閨情」 등은 오래 전부터 한문교과서에도 두루 수록되어 왔다. 특히 '한문고전'을 포함하여 현재 일선학교에서 사용하고 있는 11종의 한문교과서에서는 「自述」과 「閨情」, 제목은 같으나 내용이 다른 작품인 「閨情」 등 그의 작품 3편이 6회에 걸쳐서 수록1)되어 있으며, 이와 같은 수치는 「送人(大同江)」 1편으로 8회에 걸쳐서 수록된 정지상 다음으로 높은 것이다. 게다가 「自述」은 우리나라 현대 시인들이 좋아하는 한시2)

---

1) 「閨情」(有約來何晚…: 천재교육, 대한교과서, 금성(한문고전) 등 3개 교과서 수록. 「自述」(近來安否問如何…): 대학서림, 금성출판사 등 2개 교과서에 수록. 「閨情」(平生離恨成身病…): 대학서림에 수록.

2) 한 사례로 시 전문지 『현대시학』 1993년 9월호에서 22명의 시인들이 자신이 읽은 중국과 우리나라의 한시를 1편씩 소개한 바 있는데, 22명 가운데 3명이 이옥봉의 「自述(夢魂)」을 들고 있다.

로 꼽히기도 했으며, 한시를 소개하는 수많은 대중서적들에서도 이옥봉의 한시들이 단골 품목이 됨으로써 그의 몇몇 시들은 이제 고전으로 자리를 잡아가고 있다. 더구나 이옥봉의 시와 불행했던 개인사가 남긴 몇 가지 일화들이 지닌 대중적 매력으로 인하여 그의 삶과 시가 허구적 소설들로 태어나기도 했다.3) 특히 근년에 와서 새로 등장한 비장하기 짝이 없는 전설이 검증된 역사적 사실처럼 온라인상에 여기저기 떠돌아다니고 있기도 하다4).

그런데 참으로 이상한 것은 이옥봉이 이처럼 대중적인 인기를 끌고 있음에도 불구하고 그의 삶과 문학 작품에 대한 진지한 연구는 별로 없었다는 점이다. 이와 같은 상황은 그를 소개하는 그만그만한 대중적인 글들은 넘쳐흘러도 그의 삶과 문학을 정면으로 다룬 논문은 교육대학

3) 조두진,『몽혼』, 휴먼 앤 북스, 2009.
    은미희,『나비야 나비야』, 문학의 문학, 2009.
4)전설의 내용은 대략 이렇다. "조원의 아들 조희일이 중국에 사신을 갔다가 한 원로대신을 만났다. 그 원로대신은 조희일에게 '조원을 아느냐'고 물었다. 아버지라고 대답을 했더니 그는 표지에『이옥봉 시집』이라 적혀 있는 책을 한권 꺼내보였다. 이옥봉은 40여 년 전 행방불명이 된 아버지 조원의 첩이었다. 깜짝 놀란 조희일이 어떻게 된 일이냐고 물었더니, 그는 대략 다음과 같은 사연을 늘어놓았다. '40여 년 전 중국 동해안에 괴이한 시체가 떠다녔다. 시체는 너무나 흉측하여 아무도 건지려 하지 않았으므로 파도에 밀려 이 포구 저 포구로 떠돌아다녔다. 젊은 날의 그 원로대신이 건지게 했더니 온몸을 종이로 수백 겹 감고 노끈으로 묶은 여자의 시체였다. 노끈을 풀고 겹겹이 두른 종이를 한 겹 두 겹 벗겨내니, 종이 바깥에는 아무 것도 씌어 있지 않았으나 종이 안쪽에는 빽빽하게 뭔가가 적혀 있었다. 시였다. '해동 조선국 승지 조원의 첩 이옥봉'이라는 이름도 보였다. 시를 읽어보니 하나같이 빼어난 작품이었다. 그러므로 그는 그 시를 거두어 책을 만들었다." 역사연구가 박은봉이 1997년 7월 17일자『한겨레 21』에 대략 위와 같은 내용의 전설을 처음 게재한 뒤 이 전설은 온라인상으로 광범위하게 유포되어 있다. 필자가 박은봉에게 이야기의 출처를 전화상으로 문의했더니, 그는 어떤 문헌적 근거가 있는 것은 아니고 '조원의 후손에게 들은 이야기'라고 말했다. 이밖에도 온라인상에 사실처럼 떠도는 이옥봉과 관련된 내용 가운데는 검증되지 않은 것이 적지 않다. 이옥봉이 첫 결혼에 실패하여 조원에게 다시 시집왔다는 것, 조원이 다시는 시를 쓰지 않는다는 조건으로 이옥봉을 받아들였다는 것 등이 가장 대표적인 것들이다.

원의 석사학위 논문 4편5)이 전부라는 사실에서 단적으로 드러나는 바다. 말하자면 이옥봉은 진지한 연구가 이루어지기 전에 대중화되고 전설이 되어버린 시인인 것이다.

이와 같은 결과를 초래한 데는 물론 그럴 만한 이유가 있다. 그의 생애를 정확하게 밝힐 수 있는 자료가 거의 없을 뿐만 아니라 현존하는 작품이 그리 많지 않다는 것이 바로 그것이다. 그러나 그렇다고 하더라도 이토록 저명한 시인의 작품을 본격적으로 연구하기 위한 원전비평 차원의 기초적 작업인 작품의 진위를 보다 진지하게 검증해보지 않았다는 것은 아무래도 문제가 아닐 수 없다. 더구나 조선시대부터 이옥봉의 것으로 알려진 작품 가운데 4수에 대한 진위 문제가 제기6)되어 왔다는 점을 고려한다면 더욱더 그렇다.

필자는 바로 이와 같은 연구사적 상황에 입각하여 이옥봉의 시들을 검토7)하는 과정에서 뜻밖에도 놀라운 사실을 발견하였다. 현재 이옥봉의 작품으로 알려진 한시 가운데서 거의 절반에 가까운 작품이 이옥봉

---

5) 임기연, 「이옥봉 연구」, 성균관대학교 교육대학원, 1992.
   태선경, 「이옥봉 한시 연구」, 연세대학교 교육대학원, 1999.
   박지연, 「이옥봉 한시 지도방안 연구」, 아주대학교 교육대학원, 2006.
   이광호, 「이옥봉 한시 연구」, 강원대학교 교육대학원, 2011.

6) 趙正萬, 『嘉林世稿』 부록으로 수록된 이옥봉의 시에 첨부된 주석: "右十一篇, 見錄於皇明列朝詩集, 其題辭有曰, 李淑媛, 自號玉峯主人, 承旨學士趙瑗之妾, 遭倭亂死之云, 而寶泉灘詩, 載於佔畢齋集, 斑竹怨 採蓮曲 兩詩, 載於李達詩集中, 未詳孰是. 第錄於此, 以爲傳信傳疑之地."
   李德懋, 『靑莊館全書』 제 33권, 『淸脾錄』 제 2권, 雲江小室 條; "小室李氏, 宗室裔也. 號玉峯. 有詩三十二篇, 而十一篇, 見錄於列朝詩集. 其中寶淺灘詩, 桃花高浪幾尺許, 銀石沒頂不知處, 兩兩鷺鴣失舊磯, 啣魚飛入菰蒲去, 載於佔畢齋集. 其斑竹怨, 採蓮曲, 載於蓀谷集, 秋恨詩, 夢覺羅衾一半空句, 載於蘭雪集, 此十一篇中也. 其外, 妾身非織女, 郎豈是牽牛, 載於詩學大成, 閨人志慮甚淺, 聞見未廣, 故往往以古人詩集, 爲枕寶帳秘, 畢竟敗露於慧眼, 蘭雪許氏, 爲錢虞山柳如是所摘發, 眞贓狼藉, 幾無餘地, 可謂剽竊者之炯戒."

7) 이 논문에 소개된 중국문헌 소재 이옥봉의 시를 검증하는 작업에 계명대 대학원생 조영호, 천성원 군의 도움을 받았음.

의 작품이 아니거나 아닐 가능성이 있다는 것이 바로 그것이다. 이 논문은 바로 이와 같은 사실을 학계에 그대로 보고하고, 그 타당성 여부를 검증 받기 위하여 집필된 것이다.

2. 이옥봉의 생존 시기

본격적인 논의에 들어가기 전에 먼저 언급해 두고자 하는 것은 이옥봉의 생몰 연대다. 왜냐하면 이옥봉의 생존 시기는 그의 작품의 진위 여부를 결정하는 데 대단히 중요한 의미를 지니기 때문이다. 예컨대 이옥봉의 한시로 알려진 작품 가운데 그녀보다 먼저 태어난 인물들의 문집에 수록되어 있는 작품이 있다면, 그것은 이옥봉의 작품일 가능성이 전혀 없는 것은 아니지만[8] 아닐 가능성이 훨씬 더 높다. 이옥봉이 죽은 후 구전되거나 여기저기 흩어져 있던 시고들이 100여년이 지난 뒤에야 『가림세고』로 묶여졌음을 고려한다면 더욱더 그렇다. 게다가 이옥봉이 태어나기 전에 이미 간행된 문집에 수록되어 있다면 그것은 이옥봉의 작품일 수가 없다. 만약 이옥봉과 같은 시대에 활약했던 인물의 문집에 이옥봉의 시가 수록되어 있다면, 게다가 미적 성향이나 정서의 질까지 비슷한 시인의 작품이라면 그것이 누구의 작품인지 알 수 없으므로 판단을 유보해둘 수밖에 없다. 요컨대 작품의 진위를 결정하는데 이처럼 생존시기가 중요한 역할을 하므로 생몰 연대에 대한 최소한의 언급이 요구되는 것이다.

이옥봉이 임진왜란 때 죽었다는 사실에 대해서는 여러 문헌의 기록들이 완전히 일치하고 있다. 그러므로 그의 사망 시기에 대해서는 임진

---

8) 왜냐하면 이옥봉보다 먼저 태어난 시인의 문집에 수록된 것이라고 하더라도 만약 문집이 간행된 연도가 이옥봉의 생존시기보다 뒤라면, 이옥봉의 시가 해당 시인의 문집으로 잘못 들어갔을 가능성도 배제할 수는 없기 때문이다.

왜란이 일어난 1592년에서 그리 멀지 않는 시점이라고 잠정적으로 규정할 수 있다. 하지만 이옥봉이 태어난 시기를 정확하게 규명할 수 있는 자료는 아무 것도 없는 것 같다. 그러므로 우리는 다음과 같은 사실들을 통해서 그의 생존 시기를 근사하게 짐작해볼 수밖에 없다.

이옥봉이 태어난 시기를 짐작하는데 무엇보다도 참고가 되는 것은 이옥봉의 남편인 조원(1544-1595)의 생몰 연대인데, 조원이 태어난 것은 1544년이었다. 조선시대에 정상적인 부부의 경우에는 아내가 남편보다 나이가 더 많은 일이 허다했지만, 남자가 자신보다 나이가 더 많은 여자를 첩으로 들이는 경우는 거의 없었던 것으로 판단된다. 이옥봉은 조원의 첩이었으므로 아무리 빨라도 남편이 태어난 1544년 이전에 태어났을 가능성은 거의 없다.

그 다음으로 고려해야 할 것은 이옥봉을 첩으로 삼았을 때의 조원의 나이인데, 이점에 대해서는 조원의 玄孫인 趙正萬의 다음과 같은 기록이 참고가 된다.

나의 고조부 雲江公(운강: 조원의 호)에게는 小室 李氏가 있었는데 왕실의 먼 후손이었다.… 이씨는 그 재주를 自負하여 가볍게 남에게 허락하지 않고 빛나는 재주와 문학적 명망이 한 세상에서 높이 뛰어난 남자를 구하여 시집을 가고자 했다. 그 아버지가 딸의 이러한 마음을 알고 그러한 인물을 구하려고 애를 썼으나 찾지 못했다. 운강공이 본디부터 성대한 명성이 있음을 듣고 명함을 품에 품고 만나기를 청하여 사실대로 이야기 했으나 공은 허락하지 않았다. 이옥봉의 아버지는 드디어 新菴 李公(조원의 장인 李俊民을 말함)의 집으로 옮겨가서 다시 사정을 이야기했는데, 新菴은 곧 공의 장인 李尙書였다. 신암이 웃으면서 허락하고, 인하여 雲江公에게 말했다. "자네는 어찌하여 아무개의 간청을 들어주지 않느냐?" 운강공이 "나이가 적고 명망 있는 관리가 어찌 번거롭게 첩을 두겠습니까." 하고 대답을 했다. 新菴이 웃으면서 말하기를 '이런 일에 거절을 하는 것은 대장부다운 행동이 아닐세.' 하고, 드디어 날을 잡아 데

려오게 했는데 그 모습이 재주처럼 빼어났으므로 新菴도 기이하게 여겼다. 雲江 公이 吏部郞으로부터 나가서 괴산군수가 되고 후에 三陟과 星州의 원으로 제수되었을 때도 이 씨가 모두 따라다녔다.[9]

보다시피 이옥봉이 조원의 첩이 된 것은 조원이 이미 과거에 합격하여 '명망 있는 관리'가 되고 난 뒤의 일이었다. 조원은 1564년(21세) 式年 進士에 제 1등으로 합격하였고, 1572년(29세) 別試 文科에 丙科로 급제하였다. 혹시 기록에 누락이 있을 수는 있겠지만, 현존하는 기록으로 볼 때 그가 맡았던 첫 번째 벼슬은 1575년(32세)에 제수된 正言이었다. 그러므로 그가 '명망 있는 관리'가 된 것은 최소한 32세 이후라고 보는 것이 자연스럽고, 맨 마지막 문장의 내용을 보면 아마도 조원이 이옥봉을 맞아들인 것은 이조좌랑으로 있었던 1576년(33세) 이후의 일이 아닐까 싶다. 만약 그렇다면 이 무렵에 이옥봉의 나이는 어느 정도였을까? 이와 같은 의문에 대해서는 그 당시 여성들의 결혼 적령기가 언제였는지를 통하여 근사한 답변을 마련할 수밖에 없다.

『경국대전』에는 "남자 15세, 여자 14세가 되면 혼인하는 것을 허락한다."는 규정이 있고, 주자학의 도입과 함께 큰 영향력을 발휘하였던 『주자가례』에도 남자는 16세에서 30세, 여자는 14세에서 20세 사이를 결혼 적령기로 기록하고 있다. 이 나이가 지나면 사실상 결혼하기가 어려워지므로 부모들은 이 결혼 적령기를 놓치지 않으려고 고심했다는 보고[10]도 있다. 혼서를 토대로 조사한 결과 조선후기 양반 여성들의 결

---

9) 趙正萬, 「李玉峰行蹟」, 『䆶齋集』 제 3권, 行狀; 我高祖雲江公有小室李氏, 卽瑢係戚盡者也. …自負其才, 不肯輕易許人, 欲求才華文望之高出一世者而從之. 其父體其意, 求之不得, 聞公雅有盛名, 懷刺請謁, 以實告之, 公不許, 遂轉往新菴李公宅, 更申其情, 新菴卽公之外舅李尙書也, 笑而許之. 仍謂雲江公曰, 君何不從某人之懇乎? 公對以年少名官, 何煩滕御之卜耶? 新菴笑曰非丈夫事也, 遂令卜日擎來, 貌如其才, 新菴亦奇之. 雲江公自吏部郞, 出補槐山, 後除三陟星州, 李氏皆隨往.
10) 정성희, 『조선의 성 풍속』, 가람기획, 1994. 44쪽.

혼 평균 연령은 17.75세였다는 연구 결과11)도 나와 있다.

이와 같은 사실들을 종합해 볼 때 이옥봉은 대략 1560년 전후에서 임진왜란(1592년) 무렵까지 생존한 것으로 생각되며, 설사 생존 연도를 빨리 잡더라도 1550년 이전에 태어났을 가능성은 별로 없다고 생각된다. 동시대 인물인 허균(1569-1618)이 1563년에 태어나서 1589년에 세상을 떠난 자신의 누나 허난설헌과 이옥봉이 같은 시기에 활동했다는 기록12)을 남기고 있을 뿐만 아니라 이옥봉과 거의 동시대의 명나라 인물인 諸葛元聲도 이옥봉이 허난설헌과 시문을 주고받으면서 아주 친하게 지냈다는 기록13)을 남기고 있어 이상의 추측에 대한 신뢰도를 높여주고 있기도 하다.

이제 이와 같은 이옥봉의 생존 연대를 토대로 하여 그의 작품으로 알려져 있는 한시 가운데서 문제의 소지가 있는 작품들을 차례대로 거론하여 보기로 한다.

3. 漢詩의 作者에 對한 再檢討

현재 이옥봉의 시로 전해지는 작품들 가운데 작품 전체가 완전한 것은 『가림세고』에 수록되어 있는 32편과 『가림세고』에는 수록되어 있지 않고 다른 문헌에 수록되어 있는 6편 등 38편이고, 기타 일부만 전하는 것 2편 등 모두 40편14)이다. 이제 40편 가운데 작가가 이옥봉이 아

---

11) 박희진: 「양반의 혼인연령: 1535-1945 – 혼서를 중심으로」, 『경제사학』 40호, 2006.

12) 許筠, 『惺叟詩話』; "家姉蘭雪一時, 有李玉峰者, 卽趙伯玉之妾也."

13) 韓致奫, 『海東繹史』, 제 70권, 인물고4, 李淑媛 條. 한치윤은 『해동역사』의 이 부분에서 제갈원성의 『兩朝平壤錄』을 인용하여 이옥봉이 허난설헌과 시문을 주고받으면서 아주 친하게 지냈다고 서술하고 있음.

14) 조정만이 편찬한 『李玉峰集』에 수록된 「金自菴綠次李逢子雲韻」, 「寧越西軒次子雲韻」은 제목으로 보아 自菴 金綠가 이옥봉의 아버지 子雲 李逢의 시에 차운한 것이

니라고 판단되는 것과 이옥봉의 시인지 아닌지 의심이 가는 것들을 차
례대로 검증하여 보기로 한다.

(1) 登樓[15]

(가) 小白梅逾耿 深青竹更妍 憑欄未忍下 爲待月華圓[16]

(나) 白髮南荒滯 丹心北闕懸 春山明似黛 風幔薄於煙
    小白梅愈耿 深青竹更妍 登樓未忍下 爲待月華圓[17]

    (가)는 조정만이 편찬한『가림세고』는 물론이고 오방제의『조선시선』,
조정만의『이옥봉집』, 전겸익의『열조시집』등에 이옥봉의 작품으로
수록되어 있고, (나)는 1572년에 간행된 林億齡의 시집『石川先生詩集』
제 3권에「登官樓」라는 제목으로 수록되어 있는 오언율시이다. 그런데
보다시피 (나)의 마지막 4구는 비록 밑줄 친 두 글자가 다르기는 하지만
이옥봉의「등루」와 거의 완전히 일치되고 있어 이 두 작품을 각각의 독
립적인 작품으로 보기는 대단히 어렵다.

    여기서 자연스럽게 제기되는 것은 두 시인의 생몰 연대인데, 石川 林
億齡은 조선조 명종 무렵의 시인으로서 1496년에 태어나서 1568년에
사망하였다. 앞에서도 이미 언급한 것처럼 이옥봉은 1560년경에 태어
났다고 판단되므로 임억령은 이옥봉보다도 대략 60년 가량 먼저 태어
난 시인이다. 게다가 1572년에 간행[18]된『석천성생시집』에 이미 이 시

    라고 생각되므로 제외하였고, 온라인상으로 아무런 문헌적 근거도 없이 이옥봉 혹
    은 洪原周(1791~?)의 작품으로 떠돌아다니는「送別」도 일단 제외하였음.
15) 작품이 다수의 문헌에 수록된 경우 문헌에 따라서 제목이 다르거나 작품 속의 글자
    에 다소간의 차이가 있는 경우가 많은데, 이 논문에서 제시한 시의 제목과 작품의
    내용은『가림세고』에 수록된 작품은『가림세고』를 따르고,『가림세고』에 수록되
    지 않은 것은 작품 밑에 소개된 수록 문헌 가운데 첫 번째 문헌에 근거한 것임.
16) 趙正萬 編,『嘉林世稿』下編 附錄.
17) 林億齡,『石川先生詩集』제 3권, 五言四韻,「登官樓」
18) 이 논문에 나오는 간행년도에 관한 것은 모두 민족문화추진회에서 간행한『한국문

가 수록되어 있으므로 이 한시는 임억령의 작품임이 거의 분명한 것으로 판단된다.

(2) 樓上

紅欄六曲壓銀河 瑞霧霏微濕翠羅 明月不知滄海暮 九疑山下白雲多[19]

이 작품은 『가림세고』, 『국조시산』, 오방제의 『朝鮮詩選』, 『열조시집』, 『이옥봉집』, 『해동시선』에 이옥봉의 시로 수록되어 있다. 그러나 허균의 『鶴山樵談』에 이 시의 3-4구를 鄭百鍊의 시로 기록[20]하고 있어 의심의 여지가 없지 않다.

(3) 自適

(가)虛簷殘溜雨纖纖 枕簟驚寒曉漸添 花落後庭春睡美 呢喃燕子要開簾[21]
(나)虛簷殘滴雨纖纖 枕簟輕寒曉覺添 花落後庭春睡美 呢喃巢燕要開簾[22]

(가)는 『가림세고』, 오방제의 『朝鮮詩選』, 『열조시집』, 『명시종』, 『이옥봉집』 등에 이옥봉의 시로 수록되어 있고, (나)는 企齋 申光漢의 企齋別集 5권에 역시「自適」이란 제목으로 수록되어 있다. 보다시피 이 두 작품 사이에는 두어 자의 글자상의 차이가 있다. 그러나 내용이나 시상의 흐름을 살펴보면 각각 독자적으로 창작한 시라고 보기는 어렵다. 결론부터 먼저 말한다면 이 시는 企齋 申光漢(1484-1555)의 작품일 가능성이

집총간 해제』를 참고한 것임.
19) 趙正萬 編, 『嘉林世稿』 下編 附錄.
20) 許筠, 『鶴山樵談』: "鄭鎔子百鍊 … 盆之又傳, 明月不知滄海暮, 九疑山下白雲多之句, 則已入夢境矣."
21) 趙正萬 編, 『嘉林世稿』 下編 附錄.
22) 申光漢, 『企齋別集』 卷之五, 詩, 「自適」

훨씬 더 높다. 왜냐하면 기재는 1484년에 태어나서 1555년에 사망했는데, 이옥봉은 기재가 사망할 무렵에야 비로소 태어났기 때문이다.

  (4) 歸來亭

    (가) 解綬歸來早 亭開一水分 溪山知有主 鷗鷺得爲群
         秫熟先充釀 心閑欲化雲 菟裘終老計 非是傲徵君[23]
    (나) 解綬歸來早 亭開兩水分 溪山知有主 鷗鷺得爲群
         秫熟先充釀 心閒欲化雲 菟裘終老地 非是作徵君[24]

  (가)의 시는『가림세고』, 오방제의『朝鮮詩選』, 람방위의『조선시선』,『열조시집』,『이옥봉집』에 모두 이옥봉의 작품으로 수록되어 있고, (나)는 퇴계 이황의 숙부 松齋 李堣(1469-1517)의『松齋續集』1권에「題歸來亭」이라는 제목으로 수록되어 있다. 보다시피 두 작품 사이에는 글자상의 출입이 두어 자 있을 뿐 사실상 같은 작품이다. 송재는 1469년에 태어나서 1517년에 사망했으며, 따라서 이옥봉은 송재가 사망한지 대략 40년 뒤에야 태어났다.

  귀래정이라는 이름을 가진 정자는 전국 각처에 산재해 있지만, 이우의 작품 속에 등장하는 정자는 안동시 정상동에 위치하고 있는 귀래정이다. 이 정자는 1513년 洛浦 李宏이 벼슬에서 물러나 안동으로 온 후 지은 것으로서 현재 경상북도 문화재 자료 17호로 지정되어 있으며, 이 정자에 걸린 시 가운데는 이우의 이 작품도 포함되어 있다. 이러한 상황을 종합해 볼 때 이 작품은 송재 이우의 작품일 가능성이 훨씬 더 높다고 판단된다.

---

23) 趙正萬 編,『嘉林世稿』下編 附錄.
24) 李堣,『松齋續集』卷之一,「題歸來亭」, 歸來亭詩 載於原集者三首 而此一首 逸於原集 見於永嘉誌.

(5) 詠雪

　　(가) 閉戶何妨高臥客 牛衣垂淚未歸身 雲深山徑飄爲席 風捲長空聚若塵

　　　　渚白非沙欺落雁 窓明忽曉恠愁人 江南此日梅應發 傍海連天幾樹春25)

이 시는『가림세고』, 오방제의『朝鮮詩選』,『열조시집』,『이옥봉집』
등에 모두 이옥봉의 작품으로 수록되어 있다. 그런데 대단히 주목되는 것
은 조원의 현손 조정만이 편찬한『이옥봉집』에 수록된 이 시에 훗날 누
군가가 '이 시는 雲江公의 詩인에 여기에다 잘못 수록하였다(此詩雲江公
詩而誤錄於此也)라는 기록을 필사해 넣었다는 사실이다. 만약에 이 필사
가 사실이라면 이 작품은 조원의 한시다. 그러나 현존하는『운강유고』에
도 이 작품이 수록되어 있지 않으므로 지금으로서는 작자 판단을 유보해
둘 수밖에 없다.

(6) 秋恨

　　(가) 絳紗遙隔夜燈紅 夢覺羅衾一半空 霜冷玉籠鸚鵡語 滿堦梧葉落西風26)

　　(나) 絳紗遙隔夜燈紅 夢覺羅衾一半空 霜冷玉籠鸚鵡語 滿階梧葉落西風27)

(가)의 작품은『가림세고』,『열조시집』,『이옥봉집』등에 모두 이옥봉
의 작품으로 수록되어 있고, (나)의 작품은 許楚姬의『蘭雪軒詩集』에 수록
되어 있는 같은 제목의 七言絶句인데 보다시피 같은 작품이다. 앞에서도
이미 언급한 것처럼 이옥봉과 許蘭雪軒은 같은 시대에 활동했던 인물이므
로 현재로서는 이 작품이 누구의 작품인지 판단을 유보해둘 수밖에 없다.

---

25) 趙正萬 編,『嘉林世稿』下編 附錄.
26) 趙正萬 編,『嘉林世稿』下編 附錄.
27) 許楚姬,『蘭雪軒詩集』, 七言律詩,「秋恨」. 이 시가『난설헌시집』에 수록된 사실에
　　대해서는 이덕무가 이미 언급한 바 있다. 주석 5)번 참조.

(7) 斑竹怨[28]

二妃昔追帝 南奔湘水間 有淚寄湘竹 至今湘竹斑
雲深九疑廟 日落蒼梧山 餘恨在江水 滔滔去不還[29]

위의 시는『가림세고』, 람방위의『조선시선』,『열조시집』,『이옥봉집』
등에 모두 이옥봉의 시로 수록되어 있다. 그러나 이 한시는 蓀谷 李達의『
蓀谷詩集』에도 같은 제목으로 수록되어 있으며, 두 작품 사이에는 片言
隻字의 차이도 없다. 손곡은 1539년에 태어나서 1612년에 별세했고, 그
의 생존 기간은 이옥봉의 그것과 겹쳐지므로 별도의 근거가 나타나지 않
는 한 이 작품의 작자에 관한 판단을 유보해 둘 수밖에 없을 것 같다.

(8) 採蓮曲

    (가) 南湖採蓮女 日日南湖歸 淺渚蓮子滿 深潭荷葉稀
        蕩槳嬌無力 水濺越羅衣 無心却回棹 貪看鴛鴦飛[30]
    (나) 南湖采蓮女 日日湖中歸 淺渚菱子滿 深潭蓮葉稀
        蕩舟不慣手 水濺越羅衣 無心却回棹 葉底鴛鴦飛[31]

(가)는『가림세고』, 람방위의『조선시선』,『열조시집』,『명시종』,『이
옥봉집』등에 모두 이옥봉의 작품으로 수록되어 있고, (나)는 蓀谷 李達
의 蓀谷詩集에「采菱曲」이란 제목으로 수록되어 있다. 보다시피 두 작품
사이에는 제목의 차이를 포함하여 약간의 글자상의 출입이 발견된다. 하
지만 주제는 물론이고 그 정서의 질도 동일하므로 이 정도의 차이가 있다
고 하여 이 두 작품을 각각의 독립적인 작품으로 볼 수는 없다. 앞에서도

---

28)「斑竹怨」,「採蓮曲」,「寶泉灘卽事」가 다른 사람의 작품일 가능성에 대해서는『가림세
    고』를 간행한 조정만이 이미 언급한 바 있다. 주석 5)번 참조.
29) 趙正萬 編,『嘉林世稿』下編 附錄.
30) 趙正萬 編,『嘉林世稿』下編 附錄.
31) 李達,『蓀谷詩集』卷之一, 詩, 古風,「采菱曲」

이미 언급한 것처럼 손곡 이달의 생존 기간은 이옥봉의 그것과 겹쳐지며, 따라서 별도의 근거가 나타나지 않는 한 이 작품의 경우에도 작자 판단을 일단 유보해 둘 수밖에 없다.

(9) 寶泉灘卽事

　　(가) 桃花高浪幾尺許 銀石沒頂不知處 兩兩鸕鷥失舊磯 銜魚飛入菰蒲去[32]
　　(나) 桃花浪高幾尺許 狠石沒頂不知處 兩兩鸕鷀失舊磯 銜魚飛入菰蒲去[33]

(가)는 『가림세고』, 오방제의 『조선시선』, 『열조시집』, 『이옥봉집』 등에 모두 이옥봉의 시로 기록되어 있고, (나)는 金宗直(1431-1492)의 『佔畢齋集』에 역시 「寶泉灘卽事」라는 제목으로 수록되어 있는 2首의 작품 가운데 첫째 수이다. 보다시피 두 작품 사이에 글자 상에 있어서 약간의 차이가 있기는 하지만 기본적으로는 같은 작품이다. 이옥봉은 점필재가 별세하고도 대략 60년 뒤에 태어났을 뿐만 아니라 옥봉이 태어나기 대략 40년 전인 1520년에 간행한 『점필재집』에도 이 작품이 이미 수록되어 있으므로 이 한시는 점필재가 지은 것이 분명하다.

(10) 初月

　　(가) 誰採崑山玉 巧成一半梳 自從別離後 愁亂擲空虛[34]
　　(나) 誰斲崑山玉 裁成織女梳 牽牛一去後 愁擲碧空虛

(가)는 『가림세고』에 이옥봉의 한시로 수록되어 있는 작품이고, (나)는 황진이의 작품으로 널리 알려진 「詠半月」이다.[35] 보다시피 두 작품

---

32) 趙正萬 編, 『嘉林世稿』 下編 附錄.
33) 金宗直, 『佔畢齋集』 卷之十九 詩, 「寶泉灘卽事」 2首 중 첫째 수.
34) 趙正萬 編, 『嘉林世稿』 下編 附錄.
35) 張志淵의 『大東詩選』에 수록된 작품은 글자가 다른 것과 다소 다른데, 참고삼아 제

은 글자상의 적지 않은 차이에도 불구하고 시상의 흐름이 동일하므로 각각 독자적으로 지은 작품이라고 볼 수는 없다. 따라서 누구의 작품인지 궁금해지는데 결론부터 먼저 말하면 이 한시는 황진이가 이옥봉보다 훨씬 앞선 인물이므로 일단 황진이의 시로 판단되지만, 황진이의 작품도 아닐 가능성도 배제할 수 없다. 왜냐하면 이가원이 다음과 같은 기록을 남기고 있기 때문이다.

> 창강 김택영이 일찍이 黃眞傳을 지으면서 '誰斲崑山玉 裁成織女梳 牽牛一去後 愁擲碧空虛'를 황진이의 시라고 했다. 그러나 이 시는 알려져 있지 않은 당나라 사람의 옛 시이다. 황진이가 늘 이 시를 즐겨 읽었으므로, 창강이 잘못 알고서 실은 것이다. 『唐詩品彙』에는 崑山이 崑崙으로 되어 있고, 一去가 相別로 되어 있으며, 擲碧이 亂擲으로 되어 있다.[36]

이 글을 통해서 보면 『당시품휘』에 수록된 작품은 '誰斲崑崙玉 裁成織女梳 牽牛相別後 愁亂擲空虛'가 된다. 글자상의 출입은 다소 있어도 시상의 흐름이 거의 같으므로 (가)와 (나)의 작품이 모두 바로 이 唐詩에 뿌리를 두고 있음이 분명하다. 그런데 이상한 것은 이가원 교수의 언표와는 달리 『唐詩品彙』에 이 작품이 수록되어 있지 않다는 점이다. 하지만 이 교수가 두 작품 사이의 차이를 이토록 구체적으로 비교하고 있는 것을 보면, 수록한 책에 착각을 했을 수는 있으나 아무런 근거 없이 이런 서술을 했을 것 같지는 않을 것 같지는 않다. 이점에 대해서는 추후 확인이 필요하나 좌우간 이 작품을 이옥봉의 창작으로 볼 수는 없다.

시하면 다음과 같다.
黃眞, 『大東詩選』 제 12권, 오언절구, 「詠半月」: "誰斲崑崙玉, 裁成織女梳, 牽牛別離後, 謾亂擲空虛."
36) 이가원 (1980), 1129-1130면 참조.

(11) 詠梨花

(가) 樂天敢比楊妃色 太白詩稱白雪香 別有風流微妙處 淡烟疏月夜中央[37]

(나) 樂天曾比楊妃臉 太白詩稱白雪香 最是此花堪賞處 淡煙籠月夜中央[38]

(가)는『가림세고』에 이옥봉의 작품으로 수록되어 있는「詠梨花」이
고, (나)는 四雨亭 李湜(1458-1488)의『四雨亭集』에 수록되어 있는「吳
愼孫所畫詠物八首」가운데 梨花를 읊은 여섯 번째 작품이다. 보다시피
두 작품 사이에는 약간의 글자상의 출입이 있고, 특히 두 작품의 승구
는 그 내용이 매우 다르다. 하지만 작품 전체를 놓고 볼 때 이 두 작품을
각각의 독립적인 작품으로 보기는 대단히 어렵다. 그런데 이옥봉은 사
우정이 세상을 떠나고도 대략 60-70년 뒤에야 비로소 태어난 인물이었
을 뿐만 아니라 1500년 이식의 아들 李轍이 家藏草本을 바탕으로 간행
한 초간본[39]에 이미 수록되어 있다. 따라서 이 작품의 작자가 이옥봉이
아니라 사우정 이식임은 말할 것도 없다.

(12) 七夕

(가) 無窮會合豈愁思 不比浮生有別離 天上却成朝暮會 人間謾作一年期[40]

(나) 無窮會合豈愁思 不比浮生有別離 天上定成朝暮遇 人間看作一年期[41]

(가)는『가림세고』,『朝鮮詩選』등에 이옥봉의 작품으로 수록되어
있고, (나)는 企齋 申光漢의 企齋別集에「七夕 詠女牛」라는 제목으로
수록되어 있는 작품이다. 보다시피 이 두 작품 사이에는 두어 자의 글

---

37) 趙正萬 編,『嘉林世稿』下編 附錄.
38) 李湜,『四雨亭集』卷之下, 詩,「吳愼孫所畫詠物」八首 中 梨花를 읊은 여섯째 작품.
39)『한국문집총간』16권, 508쪽,『사우정집』범례 참조.
40) 趙正萬 編,『嘉林世稿』下編 附錄.
41) 申光漢,『企齋別集』卷之四 詩 七夕「詠女牛」

자상의 차이가 있지만, 각각 독립적인 작품이라고 볼 수는 없으므로 두 사람 모두를 작자로 인정할 수는 없다. 결론부터 먼저 말한다면 이 시는 企齋 申光漢(1484-1555)의 작품일 가능성이 대단히 높다. 왜냐하면 기재는 1484년에 태어나서 1555년에 사망했는데, 이옥봉은 기재가 사망할 무렵에야 비로소 태어났기 때문이다.

(13) 自述

　(가) 近來安否問何如 月白紗窓妾恨多 若使夢魂行有跡 門前石路已成沙[42]

　(나) 人間離合固無齊 忍淚當時慚解携 若使夢魂行有迹 西原城北摠成蹊[43]

　(가)는『가림세고』,『대동시선』,『이옥봉집』,『일사유사』등에 이옥봉의 시로 수록되어 있는데, 이 작품은 조선시대부터 인구에 회자되어 시조로 탈바꿈해 불려졌을 뿐만 아니라 신위에 의하여 시조가 다시 칠언절구의 소악부로 번역되기도 했다.[44] 게다가 서도소리의 대표 격일 수 있는 「愁心歌」의 가사로 채택되기도 했고,[45] 현대에 와서도 한문교과서에 단골로 오르내리는 이옥봉의 대표작 중에서도 대표작이다. 그리고 (나)는 菊磵 尹鉉(1514-1578)의『菊磵集』에「題贈淸州人」이란 작품으로 수록되어 있는 작품이다. 보다시피 두 작품 사이에는 글자상의 차이가 적지 않으며, 같은 것은 전구 하나 밖에 없다고 할 수도 있다. 그러나 전체적인 시상의 흐름과 정서의 질이 비슷하다. 더구나 (가)의 시가 걸출한 이유는 평

---

42) 趙正萬 編,『嘉林世稿』下編 附錄.

43) 尹鉉,『菊磵集』卷下, 七言雜著,「題贈淸州人」

44) 李明漢의 시조: 꿈에 다니는 길이 자취 곧 날 양이면/ 임의 집 창 밖이 石路라도 달으련마는/ 꿈길이 자취 없으니 그를 슬허 하노라. (손종섭,『다시 옛 시정을 더듬어』, 태학사, 2003, 535면 재인용)

　申緯의 한역시: 夢魂相尋屐齒輕 鐵門石路亦應平 原來夢徑無行蹟 伊不知儂恨一生. (손종섭,『다시 옛 시정을 더듬어』, 태학사, 2003, 535면 재인용)

45) 하응백,『이옥봉의 몽혼』, human &Books, 2009, 144면 참조.

범한 진술에 의존하고 있는 기구와 승구에 있는 것이 아니라 전구의 놀라운 상상력에 있는데, 이 작품의 눈에 해당되는 바로 이 부분이 같을 뿐만 아니라 결구도 역시 표현된 문자가 다를 뿐 상상력의 방향은 완전히 일치한다. 따라서 이 두 편의 한시는 표면상 많은 차이가 있음에도 불구하고 두 사람이 각각 개별적으로 창작한 독립적인 작품이라 보기는 어렵지 않을까 싶다. 만약 그렇다면 이 작품의 실제 작자는 누구일까? 이와 같은 궁금증을 해소하는 데는 다음과 같은 기록이 참고가 된다.

> 판서 尹鉉이 忠淸道의 方伯이 되었을 때 淸州에 사랑하는 사람이 있었는데, 훗날 다음과 같은 시를 지었다. "인생살이 헤어지고 만남 도무지 알 수가 없으니, 눈물을 참으며 헤어질 그 때 손 놓아 준 것 슬프구나. 만약 꿈속의 넋 걸어갈 때 자취가 있었다면 청주성 북쪽이 모두 길이 되고 말았을 걸세. 오직 결구가 좋은 듯하다.[46)

윤현이 충청도의 방백, 즉 충청도의 관찰사가 되었던 것은 1571년이었고, 그가 사망을 한 것은 1578년이었다. 따라서 윤현의 「題贈淸州人」이 창작된 연도는 1571년에서 1578년 사이로 판단된다. 국간의 만년이었던 이 시절이 이옥봉의 어린 날과 겹쳐지긴 하지만 두 작품 가운데 선행 작품은 국간의 것임이 거의 확실하다. 왜냐하면 이옥봉의 작품은 이옥봉의 만년에 남편인 조원으로부터 소박을 당한 후에 조원에게 보낸 것인데다가 간행된 윤현이 이 시를 남기게 된 배경적 동인까지 이처럼 시화의 형태로 남아 있기 때문이다. 이렇게 볼 때 위의 두 작품 가운데 윤현의 작품이 창작품이고, 이옥봉의 것은 윤현의 시를 표절한 작품이라는 혐의를 면하기가 어려울 것이다.

---

46) 李睟光, 『芝峯類說卷』十四, 文章部 7, 麗情: "尹判書鉉, 爲忠淸方伯時, 淸州有所眄. 後有詩曰, 人生離合苦無齊, 忍淚當時愴解携, 若使夢魂行有跡, 西原城北摠成蹊, 唯結句似好."

(14) 春日有懷

   (가) 章臺迢遞斷腸人 雙鯉傳書漢水濱 黃鳥曉啼愁裏雨 綠楊晴裊望中春
      瑤階寂歷生青草 寶瑟凄涼閉素塵 誰念木蘭舟上客 白蘋花滿廣陵津[47]
   (나) 章臺迢遞斷腸人 雙鯉傳書漢水濱 黃鳥曉啼愁裏雨 綠楊晴裊望中春
      瑤階羃歷生青草 寶瑟凄涼閑素塵 誰念木蘭舟上客 白蘋花滿廣陵津[48]

  (가)는『가림세고』,『기아』,『해동시선』,『동시화』[49] 등에 이옥봉의
작품으로 수록되어 있고, (나)는 蘭雪軒 許楚姬(1563-1589)의 許楚姬의
『蘭雪軒詩集』에「春日有懷」라는 제목으로 수록[50]되어 있는 작품이다.
보다시피 이 둘 사이에는 단 한 글자의 차이 밖에 없으므로 독자적인
창작품으로 볼 수는 없다. 그러나 蘭雪軒 許楚姬의 생존 시기와 이옥봉
의 생존 시기가 거의 일치하고 있으므로 현재로서는 이 작품이 이 누구
의 작품인지 판단하기가 대단히 어렵다.

  (15) 苦別離

   (가) 西隣兒女十五時 笑殺東隣苦別離 豈知今日坐此恨 青鬢一夜垂霜絲
      愛郎無計繫驄馬 滿懷都是風雲期 男兒功名自有日 女子盛歲忽已馳
      吞聲那敢歡離別 掩面却悔相見遲 聞郎已過康城縣 抱琴獨對南江湄
      妾身恨不似江鴈 翩翩羽翮遙相隨 粧臺明鏡棄不照 春風寧復舞羅衣
      天涯魂夢不識路 人生何用慰愁思
   (나) 妾年十五嬌且癡 見人惜別常發嚬 豈知吾生有此恨 青鬢一夜垂霜絲
      愛君無術可得留 滿懷都是風雲期 男兒功名當有日 女子盛麗能幾時
      吞聲敢怨別離苦 靜思悔不相逢遲 歸程已過康城縣 抱琴久立南江湄
      恨妾不似江上雁 相思萬里飛相隨 狀頭粧鏡且不照 那堪更著宴時衣

---

47) 趙正萬 編,『嘉林世稿』下編 附錄.
48) 許楚姬,『蘭雪軒詩集』, 七言律詩,「春日有懷」
49) 3-4구만 수록되어 있음.
50) 이 시가『난설헌시집』수록된 사실에 대해서는 태선경이 이미 언급한 바 있다(태
   선경, 1999, 4면).

愁來唯欲徑就睡 夢中一笑携手歸 天涯魂夢不識路 人生何以慰相思[51]

 (가)는 오방제의『朝鮮詩選』,『동양역대여사시선』에 이옥봉의 작품
으로 수록되어 있고, (나)는 고려말의 시인 雪谷 鄭誧(1309-1345)의『雪
谷先生集』에 수록되어 있는「怨別離」[52]다. 이 두 작품은 작품의 구절 수
가 다를 뿐만 아니라 표현이 다른 곳도 더러 있기는 하다. 그러나 작품의
정조가 같을 뿐만 아니라 거의 대부분 비슷한 내용으로 이루어져 있으므
로 두 작품 모두를 독자적인 창작품이라 볼 수는 없다. 그런데 정포의 생
존 시기는 이옥봉의 그것보다 200년 이상 앞서고 있을 뿐만 아니라 이옥
봉이 태어나기 훨씬 전인 1478년에 간행된『동문선』에도 이미「怨別離
」라는 정포의 작품으로 수록되어 있다. 그러므로 이 한시는 기본적으로
정포의 작품이라고 볼 수밖에 없으며, 이옥봉이 만약 정포의 작품을 위
와 같이 변개하여 발표했다면 표절의 혐의를 벗어나기 어려울 것이다.

(16) 詠燕

> (가) 畫棟深深翠模低 雙飛雙去復雙棲 綠楊門巷東風晚 青草池塘細雨迷
>   趁蝶幾番穿藥圃 累巢終日啄芹泥 託身得所高堂上 養子年年羽翼齊
> (나) 畫閣深深簾額低 雙飛雙語復雙棲 綠楊門巷春風晚 青草池塘細雨迷
>   趁蝶有時穿竹塢 疊巢終日啄芹泥 托身得所誰相侮 養子年年羽翼齊[53]

 (가)는『東洋歷代女史詩選』에 이옥봉의 시로 수록되어 있는「詠燕」
이고, (나)는 三灘 李承召(1422-1484)의『三灘先生集』에 수록되어 있는
「燕」이란 작품인데, 이 작품은『해동역사』,『悝所覆瓿稿』,『禦選宋金

---

51) 鄭誧,『雪谷先生集』上, 詩,「怨別離」
52) 이 두 작품의 유사성에 대해서는 하응백이 이미 지적한 바 있다.(하응백, 2009,
    68-69면.
53) 李承召.『三灘先生集』卷之四, 詩,「燕」.

元明四朝詩』, 『明詩綜』에도 이승소의 작품으로 수록되어 있다. 보다
시피 글자상의 차이가 약간 있긴 하지만 역시 그 정도가 미미하므로 두
작품을 모두 독자적인 창작물로 인정할 수는 없다. 이승소의 생존 시기
가 이옥봉보다 적어도 100년 이상 앞설 뿐만 아니라 이옥봉이 태어나
기 훨씬 전인 1515년에 간행된 『삼탄선생집』에 이미 수록되어 있으므
로 이 작품은 이승소의 작품이 분명하다.

(17) 竹西樓

　　　江吞鷗夢闊 天入雁愁長

이 작품은 『서애집』, 『晴窓軟談』, 『일사유사』 등에 이옥봉의 작품으
로 수록되어 있으며, 특히 상촌 신흠은 이 시에 대하여 '고금의 시인 가
운데 이 작품에 미친 사람이 없었다'고 극찬한 바 있다.[54] 하지만 홍만
종의 다음과 같은 기록을 보면 이 작품이 이옥봉의 작품인지 의심하지
않을 수가 없다.

　　　象村의 『晴窓軟談』에 이르기를 趙瑗의 妾 李氏의 시 '江涵鷗夢闊, 天
　　入鴈愁長.'은 古今의 詩人들 가운데 여기에 미친 사람이 없다고 했다.
　　내가 당나라 사람 項斯의 시를 보니 "水涵萍勢遠, 天入鴈愁長."이라 하
　　니, 李氏의 이 구절은 전적으로 여기에서 나왔거늘 象村이 어찌하여 항
　　사의 시를 보지 못했던가.[55]

이옥봉이 지었다는 시와 홍만종이 제시한 항사의 시[56]를 비교해보

54) 申欽, 『晴窓軟談』; " "近來閨秀之作, 如趙承旨瑗之妾李氏爲第一. 其卽景詩一句曰, 江
　　涵鷗夢闊, 天入雁愁長, 古今詩人未有及此者."
55) 洪萬宗, 『詩話叢林』, 「附證正」 6: 象村晴窓軟談云, "趙瑗妾李氏詩一句, '江涵鷗夢
　　闊, 天入鴈愁長.' 古今詩人, 未有及此者." 余見唐人項斯詩曰, "水涵萍勢遠, 天入鴈愁
　　長." 李氏此句, 全出於此, 象村豈不見項斯詩耶?

면 뒤 구절을 꼭 같지만 앞 구절은 그래도 상당히 다른 면모를 보여준다. 그러나 다음과 같은 작품을 보면 상황은 완전히 달라진다.

水宿乍移浦 客程初望鄕 江涵鷗夢濶 天入鴈愁長
漢月關山白 淮雲草樹蒼 東遊何限意 搔首聽鳴榔⁵⁷⁾

위의 한시는 송나라의 陳杰이 지은 「初出大江移泊別浦」라는 작품인데, 보다시피 이 작품의 3-4구는 이옥봉의 「題竹西樓」와 완전히 일치하고 있다. 따라서 진걸이 항사의 시를 표절했는지의 여부에 대해서는 별도의 논의가 필요하겠지만 이 작품이 이옥봉이 지은 것이 아님은 명백하다.

4. 맺음말

이상에서 필자는 이옥봉의 시로 알려져 온 한시들 가운데 이옥봉의 작품이 아니거나 아닐 가능성이 있는 작품들에 대하여 검토해보았거니와, 이제 그 결과를 간략하게 정리하면 다음과 같다.

(1) 「登樓」: 石川 林億齡(1496-1568)의 작품임이 거의 분명함.
(2) 「樓上」: 鄭百鍊의 작품일 가능성도 있음.
(3) 「自適」: 企齋 申光漢(1484-1555)의 작품일 가능성이 높음.

---

56) 이 시는『全唐詩』에 「遠水」라는 제목으로 수록되어 있는데, 필자가 확인해본 中華書局 本(1992년, 554권 수록), 상해고적출판사 본(1992년, 9函 제 1冊 수록), 宏業書局 本(중화민국 71년, 554권에 수록)『전당시』에 수록된 작품은 모두 다음과 같은데, 홍만종이 제시한 내용과는 약간 다르다.
　項斯,『全唐詩』554권, 「遠水」: "渺渺浸天色, 一邊生晩光(一作凉), 闊浮(一作含)萍思(一作勢)遠, 寒入雁愁長, 北極連平地, 東(一作南)流卽(一作接)故鄉,扁舟來(一作當)宿處,彷彿似瀟湘."
57) 陳杰, 「自堂存藁」四卷 別集類三:,문연각 사고전서1189권, 집부 128권.

(4)「歸來亭」: 松齋 李堣(1469-1517)의 작품일 가능성이 높음.

(5)「詠雪」: 雲江 趙瑗(1544-1995)의 작품일 가능성도 있음.

(6)「秋恨」: 許蘭雪軒(1563-1589)의 작품일 가능성도 있음.

(7)「斑竹怨」: 蓀谷 李達(1539-1612)의 작품일 가능성도 있음.

(8)「採蓮曲」: 蓀谷 李達(1539-1612)의 작품일 가능성도 있음.

(9)「寶泉灘卽事」: 佔畢齋 金宗直(1431-1492)의 작품임.

(10)「初月」: 당나라 어느 시인 혹은 황진이의 작품으로 판단됨.

(11)「詠梨花」: 四雨亭 李湜(1458-1488)의 작품임.

(12)「七夕」: 企齋 申光漢(1484-1555)의 작품일 가능성이 높음.

(13)「自述(夢魂)」: 菊磵 尹鉉(1514-1578)의 작품을 표절 또는 변개한 것임.

(14)「春日有懷」: 許蘭雪軒(1563-1589)의 작품일 가능성도 있음.

(15)「苦別離」: 雪谷 鄭誧(1309-1345)의 작품을 표절 또는 변개한 것임.

(16)「詠燕」: 三灘 李承召(1422-1484)의 작품임.

(17)「題竹西樓」: 당나라의 시인 項斯 또는 송나라의 시인 陳杰의 작품임.

이상의 내용을 요약하면 현재 이옥봉의 시로 알려져 있는 시 가운데 이옥봉의 시가 아님이 확실한 것이 5수, 이옥봉의 시가 아님이 거의 분명한 것이 1수, 이옥봉의 시가 아닐 가능성이 높은 시가 3수, 다른 사람의 작품을 거의 그대로 표절 또는 변개한 것이 2수, 다른 사람의 작품일 가능성도 있으므로 판단을 유보할 수밖에 없는 것이 6수다. 따라서 결국 이옥봉의 시로 알려져 온 40수의 한시 가운데 거의 절반에 육박하는 무려 17수가 이옥봉의 작품이 아님이 분명하거나 아닐 가능성이 있다. 게다가 이 17수에 이옥봉의 대표작으로 널리 알려진「自述(夢魂)」과「竹西樓」가 사실상 표절이거나 이옥봉의 작품이 아님이 확실하여 문제는 더욱더 심각하다.

만약 이와 같은 논의가 타당하다면 이 한시들을 이옥봉의 작품으로 인정하고 진행된 기존의 연구물은 물론이고, 그의 작품을 번역하여 소개한 대중서적들 가운데서도 수정되어야 할 부분이 결코 적지 않을 것 같다. 요컨대 이제 이옥봉의 한시에 대한 연구는 이 17수를 일단 제외하고 시작할 수밖에 없는 당황스런 국면에 처할 수밖에 없게 되었으며, 그렇게 할 경우 이옥봉의 시세계에 대한 이해도 지금까지의 이해와는 상당히 다르게 될 것이다.

수록처:『한국한문학연구』제47집, 한국한문학연구회, 2011.

燕巖 朴趾源의 漢詩에 關한 한 考察

1. 머리말

다 알다시피 우리나라 고전 문학사에서 문학의 제반 문제에 대하여 참으로 치열하고도 진지하게 고민하고, 그 고민의 결과를 걸출한 작품으로 승화시켰던 대표적인 작가 가운데 한 사람은 燕巖 朴趾源(1737-1805)이다. 그러나 그럼에도 불구하고 정말 기이하게도 연암은 문학예술의 꽃이라고 일컬어지는 시문학에 대해서는 그 자체를 결코 싫어한 것 같지는 않으면서도[1], 작품 창작에 대한 관심의 정도는 극히 미미했던 것으로 생각된다. 그 당연한 결과로서 현존하는 연암의 한시 작품은 34題 45首[2]에 불과하며, 결코 적지 않은 비중으로 남아 있는 그의 산문 작품과 상대적으로 비교한다면 거의 없다고 해도 좋을 정도다. 그 동안 연암에 대한 연구논문이 연구사의 서술이 어려울 정도로 마구 쏟아져 나왔음에도 불구

---

1) 연암은 그의『熱河日記』에서 무려 180여회에 걸쳐 한시를 인용하고 있다. 이들 한시는 형식적으로 4언, 5언, 6언, 7언, 잡언시 등이 두루 포함되어 있고, 대부분 중국 시들이나 우리나라 한시도 20여회 인용되어 있다. (全在康,「熱河日記 所載 揷入詩 의 性格과 機能」,『伏賢漢文學』제 8집, 복현한문학회, 1992. 13-29쪽 참조.)

2) 한시 형식으로 쓰여진 墓誌銘의 銘詞 등을 제외할 경우, 현존하는 연암의 한시는『燕巖集』제 4권 映帶亭雜詠에 수록되어 있는 32제 42수와 김윤조 교수가 발굴 소개한 「輓趙淑人」,「送李懋官次修入燕 二首」(김윤조,『역주 과정록』, 태학사, 1997, 397-398쪽), 그리고 연암의 아들 朴宗采의『過庭錄』제4권에 수록된 13聯의 散句가 전부인 것 같다.

하고 그의 한시에 대한 연구가 적요함을 면하기가 어려웠던 것[3])도 일차적으로 자료적인 상황에서 오는 너무나도 당연한 결과였다.

그러나 필자는 현존하는 작품의 물리적인 분량이 적다는 것 자체가 연암의 한시들을 방치해도 좋다는 명분이 되어서는 안 된다고 믿는다. 왜냐하면 이 시들이 문학사에 무수히 명멸했던 평범한 시인의 시가 아니라 우리 역사가 일찍이 가져보지 못했던 파천황의 문인인 연암의 시이고, 뒤에서 자세히 언급하겠지만 연암의 한시들이 지닌 작품의 탁월성과 예술적 성취도가 그 어느 시인에게도 못지않다고 판단되기 때문이다. 더구나 연암이 시문학에 관심을 가지지 않았던 이유가 단순히 개인적 취향에서 오는 우연의 산물이 아니라 당대의 역사적 조건과 사회적 상황에서 빚어진 문학사적 필연의 산물이라면, 시문학에 대한 연암의 무관심 그 자체가 하나의 문학사적 사건일 수도 있다. 이 논문은 바로 이와 같은 견지에서 연암이 빼어난 한시를 얼마든지 쓸 수 있으면서도 좀처럼 한시를 쓰지 않았던 이유를 구체적인 작품을 통하여 보다 밀도 있게 검증하기 위한 노력의 일환으로 집필되었다. 이와 같은 목적을 달성하기 위하여 필자는 이 논문에서 연암의 한시 가운데서도 장편고시가 아닌 근체시 혹은 근체시를 의식하고 쓴 짤막한 시들을 주로 문제 삼기로 한다는 것을 미리 전제하고 논의에 들어가기로 한다.

---

3) 그 동안 학계에 보고된 연암 시에 대한 본격적인 연구 논문으로는 다음과 같은 것을 들 수가 있다.

강혜선, 「法古創新과 朴8趾源의 燕行詩」, 『한국한시연구』3, 한국한시학회, 태학사, 1985.

박노준, 「'叢石亭觀日出'과 '해'의 지향세계」, 『조선후기 시가의 현실인식』, 고려대학교 민족문화연구소, 1988.

宋載邵, 「燕巖의 詩에 對하여」, 『이조후기 한문학의 재조명』, 창작과 비평사, 1983.

宋載邵, 「燕巖詩 '海印寺'에 대하여」, 『한국한문학연구』제 11집, 한국한문학회, 1988.

尹在根, 「燕巖의 詩世界에 나타난 現實認識과 藝術的 特性 考察」, 『靑坡徐楠春敎授 停年退任紀念論文集』, 경운출판사, 1990.

趙麒永, 「燕巖의 시 생각」, 『동양고전연구』제 12집, 1999.

2. 燕巖 漢詩의 藝術的 位相

앞에서도 이미 언급한 것처럼 연암은 한시에 대해서 기이하다고 느껴질 정도로 소극적인 관심밖에 가지지 않았다. 그러나 그럼에도 불구하고 그가 쓴 한시들은 작품의 탁월성과 예술적 성취도라는 측면에서 결코 범상하지 않은 것 같다. 이점은 한시의 文藝美에 대한 情感的이고도 體得的인 이해를 가지고 있었던 중세시대의 문인들에 의해서 산발적이나마 거듭하여 지적된 바 있다.

(1) 先君께서 금강산에 노닐면서 「叢石亭觀日出」이라는 詩 한편을 지으셨다. 尙書 洪象漢이 從子의 집에서 보고 놀라서 "오늘날 세상에 능히 이와 같은 필력이 있다는 말인가. 이런 글은 공짜로 읽을 수가 없다"고 하시고, 크고 작은 중국 붓 200자루를 門下의 客을 통해 보내주었는데, 부치는 뜻이 鄭重하였다.[4]

(2) 큰 형님의 상을 당하여 연암 골짜기의 집 뒤 子坐의 묘 자리에 시름겨워하면서 장례를 치렀다. 〈중략〉先君께서 훗날 연암 골짜기에 들어가셨을 때, 한번은 흐르는 물가에 앉아 있노라니 북받치는 슬픔을 이길 수가 없어서 시를 지어 스스로 애도하였다. 〈시 생략〉李懋官이 읽고 눈물을 흘리면서 말하기를 "情이 언어 사이에 두루 사무쳐서 사람으로 하여금 까닭 없이 눈물을 줄줄 흐르게 하니 진실되고 간절하다 말할 만하다. 나는 공의 시를 읽고 눈물을 흘린 것이 두 번이니, 배에 실려가는 누나의 행상을 전송하면서 지은 시에 이르기를 〈시 생략〉 눈물이 줄줄 흐르는 것을 금할 수 없었다."라고 하였다.[5]

---

4) 朴宗采,『過庭錄』제 1권 乙酉秋; 先君 於金剛之遊 有叢石亭觀日出詩一篇 洪尙書象漢 從子舍見之 驚曰 今世 能有此筆力乎 是不可空讀也 以唐筆大小共二百枝 送門下客 致之 寄意鄭重焉

5) 朴宗采,『過庭錄』제 1권 丁未; 七月 遭伯父喪 愁窆于燕巖屋後子坐之兆 戊戌伯母恭人李氏之喪 先窆于此 今祔焉 先君後入燕峽也 嘗臨流而坐悲摧不自勝 有詩自悼云 我兄顏髮曾誰似 每憶先君看我兄 今日思兄何處見 自將巾袂映溪行 李懋官讀而揮涕曰 情到語 令人淚無從始 得謂眞切 吾於公詩 讀而垂淚者再 其舟送姊氏喪行云 去者丁寧

(3)고체시는 오로지 한유를 배웠으나 그 奇嶮함은 한유보다도 오히려 더하여, 情境이 逼眞하게 이루어지고 筆力이 무궁하였다.[6]

이상의 인용문들은 모두 연암의 아들 朴宗采의 『過庭錄』에 수록되어 있는 것들을 옮긴 것이다. 보다시피 「叢石亭觀日出」은 아무런 대가 없이 공짜로 읽기가 미안하여 200자루의 붓을 보냈다는 고사가 생길 정도로 걸출한 시였다. 아울러 형님과 누나의 죽음을 배경으로 하여 창작된 두 편의 한시는 당대의 빼어난 시인 중의 하나인 이덕무로 하여금 눈물을 흘리게 할 정도로 감동적인 작품이었으며, 박종채 스스로도 아버지 연암의 고체시를, '한유를 배웠으되 그 기험함이 오히려 한유를 능가하여 情境이 逼眞하고 筆力이 무궁한 작품'으로 평가하고 있다. 이와 같은 평가는 아들의 기록에서 나온 것이므로 얼마간의 수사적 과장이 있을 수도 있겠지만, 그러나 그럼에도 불구하고 연암의 시가 도달한 예술적 품격이 결코 만만하지는 않았다고 생각된다. 왜냐하면 이와 같은 생각에 드높은 신뢰성을 부여해주는 다음과 같은 제 3자의 기록들이 남아 있기 때문이다.

(1) 燕巖의 古文詞는 재치 있는 생각이 넘쳐 나와서 고금을 가로질렀다. 때때로 平遠山水를 그리면 疎散하고 幽逈하여 넉넉히 米市의 경지에 들어갔으며, 그 行書와 작은 楷書 글씨는 제대로 되었을 때 작품이라면 빼어난 자태가 마구 넘쳐서 奇奇하고 怪怪하여 다른 작품에 비교할 수 없었다. 일찍이 지은 시에 이르기를 "물 푸르고 모래 밝은 섬은 외롭고/ 해오라기 같은 身世 티 한 점 없네."라고 했으니 또한 그 詩品이 오묘한 경지에 들어갔음을 알 수가 있다. 〈중략〉 일찍이 나에게 五言詩를 주어 文章을 논했는데 자못 宏肆하여 볼만하였다.[7]

留後期 猶令送者淚沾衣 扁舟一去何時返 送者徒然岸上歸 眼水自不禁潸然
6) 朴宗采, 『過庭錄』제 4권; 古體則專學昌黎而奇嶮過之 情境逼造而筆力不窮
7) 李德懋, 『靑莊館全書』, 제 34권, 『淸脾錄』제 3권, 燕巖; 燕巖古文詞 才思溢發 橫絶古

(2) 그러나(律詩를 좀처럼 짓지 않는 燕巖이 율시를 짓자 楚亭이 축하하는 시를 지었지만 - 필자 주) 楚亭이 「送尹副使之燕」이란 詩에서 "李勣이 일찍이 都護府를 열었던 곳에 가을은 황량하기만 하고/ 田疇가 옛날 숨었던 산에 눈이 뒤덮여 있네."라고 한 것은 바로 燕巖이 遼陽 가는 도중에 지은 시[8] 가운데 "李勣이 일찍이 都護府를 열었던 곳에 나무가 이어져 있고/ 동명왕이 옛날 살던 궁궐에 구름이 뒤덮였네." 라는 구절을 답습한 것이다. 이로 보건대 楚亭은 律詩조차도 燕巖에 크게 미치지 못한다.[9]

인용한 글 (1)은 李德懋의 『靑莊館全書』에 수록되어 있는 기록이고, (2)는 河謙鎭의 『東詩話』에 수록되어 있는 기록이다. 보다시피 이덕무는 연암이 고문사와 산수화, 그리고 서예 등 폭넓은 영역에서 걸출한 경지에 올랐을 뿐만 아니라 그의 詩品도 또한 오묘한 경지에 들어갔다고 말하고 있다. 하겸진도 또한 律詩를 좀처럼 짓지 않는 燕巖이 율시를 짓자 楚亭이 축하하는 시를 지었지만, 율시를 즐겨 짓는 당대의 대표적 시인이었던 초정이 율시에서조차도 연암에게 크게 미치지 못한다고 평가하고 있다. 이렇게 볼 때 연암의 시는 어떤 드높은 경지에 도달했던 것이 분명하며, 이점은 현존하는 작품을 통해서도 구체적으로 확인할 수 있다.

叱牛聲出白雲邊	흰 구름 속, 이랴, 이랴, 소 모는 소리
危嶂鱗塍翠挿天	가파른 산 비늘 논둑 푸르게 하늘로 올라갈 듯

今 時作平遠山水 疎散幽逈 優入大米之室 其行書小楷 得意時作 逸態橫生 奇奇怪怪 不可方物 甞有詩曰 水碧沙明島嶼孤 鵁鶄身世一塵無 亦知其詩品入妙 但矜愼不出 如包龍圖之笑比河淸 不得多見 同人慨恨 甞贈我五言詩 論文章 頗宏肆可觀
8) 『燕巖集』 제 4권에는 제목이 「露宿九連城」으로 되어 있음.
9) 河謙鎭, 『東詩話』 제 2권; 然楚亭 送尹副使之燕詩曰 秋荒李勣曾開府 雪壓田疇舊隱山 乃襲用燕巖遼陽道中詩 樹連李勣曾開府 雲壓東明舊駐宮之句 此見楚亭 雖律詩 亦不及燕巖遠甚

牛女何須烏鵲渡 　　　견우야, 직녀야 너 왜 하필 오작교냐
銀河西畔月如船[10] 　　　은하수 서쪽 가에 조각달 배 떠 있는데…

「山行」이라는 詩다. 작품 속의 산길은 산길이라도 보통 산길이 아니라 하늘에 닿을 듯이 드높은 산길이다. 게다가 고기비늘 같은 계단식의 다랑이 논이 하늘 속으로 치솟아 있고, 그 어디 가마득한 흰 구름 속에서, 이랴!, 이랴!, 소 모는 소리가 들려온다. 그 순간 작자는 그 특유의 돌올한 상상력으로 저 아득히 높은 흰 구름 속에서 소를 모는 농부를 하늘나라 牽牛로 환치시킨다. 견우가 소를 몰고 있다면 은하수 건너편에 직녀가 애타게 지켜보고 있을 터다. 때마침 바라보니 은하수 서쪽 가에 조각달 하나가 일엽편주로 두둥실 떠 있다.

보다시피 이 작품은 이 대목까지만 하더라도 갖출 것을 죄다 갖춘 한 편의 빼어난 서경시다. 그러나 연암은 바로 이 순간에 천편일률의 견우, 직녀 설화를 창조적으로 수용[11]하여 노동의 고통에 시달리는 땀 냄새 나는 삶의 현장을 또 다른 세계로 승화시킨다. 요컨대 흰 구름 속에서 밭을 가는 견우, 그의 애인 직녀, 그리고 은하수 서쪽가의 조각배 같은 시어들을 교묘하게 연결시켜서 작품을 돌연 아득한 '동화의 세계'[12]로 이끌고 있으며, 이와 같은 작품의 반대쪽에 다음과 같이 처연한 시가 기다리고 있다.

我兄顔髮曾誰似 　　　우리 형님 그 모습은 누구를 닮았던고
每憶先君看我兄 　　　아버지가 그리우면 형님을 보았다네
今日思兄何處見 　　　이제 형님 그리운들 어디 가서 다시 볼꼬.

---

10) 『燕巖集』제 4권, 映帶亭雜詠, 「山行」. 이 시의 제목 밑에 '一作山耕'이라는 주석이 첨부되어 있음.
11) 송재소(1983), 24 쪽.
12) 손종섭, 『옛 詩情을 더듬어』, 정신세계사, 1992, 495쪽.

自將巾袱映溪行13)　　　옷매무새 바로 하고 시냇물에 비춰보리

「燕巖憶先兄」이라는 작품이다. 보다시피 시인의 형님의 모습은 돌아가신 아버지의 모습과 닮았다. 그러므로 시인은 돌아가신 아버지가 그리울 때마다 형님의 얼굴에서 그리운 아버지의 모습을 보았다. 그런데 그 형님도 돌아가셔서 이제 다시 볼 수가 없다. 그러므로 형님이 그리워진 시인은 개울물 위에 형님을 닮은 자신의 얼굴을 비추면서 바라본다. 그러니까 시인은 자신의 모습을 통해 그리운 형님의 모습을 보고, 그 형님의 모습을 통해 그리운 아버지를 바라보면서, 자신이 아버지의 아들인 동시에 형님의 아우임을 다시 한 번 절감하게 된다. 이와 같은 의미에서 이 작품의 제목은 「燕巖憶先兄」으로 되어 있지만 '燕巖憶先君'이기도 하고, 자신의 정체성을 확인한다는 의미에서 시인의 '자화상'이라고도 할 수 있으며, 그만큼 단순하지 않은 중층의 의미망을 거느리고 있다.

요컨대 이 작품은 자신의 얼굴에서 형님의 모습을 찾고, 형님의 모습에서 다시 아버지를 찾는 지극히 단순한 연상 행위와 제 혼자 중얼거리는 듯 나직하고 처연한 어조, 그리고 반어법과 우회적인 답변 등을 통하여, 아무리 보고 싶어도 다시는 볼 수 없는 형님과 아버지에 대한 그리움을 가슴이 뭉클하게 포착한 감동적인 작품이 아닐 수 없다. 이덕무가 이 작품을 읽고 눈물을 흘렸던 것14)도 그럴 만한 연유가 있었던 것이다. 그러나 연암의 한시 가운데 연암다운 천재성이 유감없이 발휘된 작품은 아마도 다음이 될 것이다.

---

13)『燕巖集』제4권, 映帶亭雜詠,「燕巖憶先兄」.
14) 朴宗采,『過庭錄』제1권 丁未; 先君後入燕峽也 嘗臨流而坐悲摧不自勝 有詩自悼云 我兄顏髮曾誰似 每憶先君看我兄 今日思兄何處見 自將巾袱映溪行 李懋官讀而揮涕 曰 情到語 令人淚無從始 得謂眞切

一鷺踏柳根	한마리 해오라기 버들 뿌리 밟고 섰고
一鷺立水中	또한 마리 해오라기 물 가운데 우뚝 섰고
山腹深靑天黑色	산 중턱 짙푸르고 하늘빛 먹물인데
無數白鷺飛飜空	무수한 흰 해오라기 허공에서 퍼덕거림.
頑童騎牛亂溪水	개구쟁이 소를 타고 시냇물 첨벙 첨벙
隔溪飛上美人虹15)	시내 건너 고운 무지개 저 하늘로 솟구쳐 오름!

「道中乍晴」이라는 제목16)이 암시하듯, 길을 가다가 내리던 비 그치고, 날씨가 잠시 개었을 때의 풍경을 생동감 있게 포착한 작품이다. 무엇보다도 이 작품은 천편일률의 매너리즘에 빠진 한시의 전개 방식에서 일탈하여 '~하니 ~하고', '~하여 ~하다'는 식의 상투적인 현토를 다는 것을 허용하지 않는 참으로 독창적 구성이 돋보인다. 그리고 바로 그러한 점에서 이른 바 연암의 '法古創新'의 바로 그 '創新'을 유감없이 보여주고 있는 작품이라 해도 좋을 것 같다.

"생동감 있게"라고 표현하긴 했지만, 그러나 보다시피 이 작품의 앞부분은 절대적인 고요와 靜寂이 조성하는 너무나도 靜的인 모습이다. 우선 1구와 2구는 그 하나하나가 조그만 액자 속에 들어 있는 그림이다. 앞의 그림이 한 마리 해오라기가 버드나무 뿌리를 밟고 서서 아마도 茫然自失 먼 산을 바라보는 풍경이라면, 뒤의 그림은 한 마리 해오라기가 물속에 잠겨 있는 제 그림자를 황홀하게 들여다보고 있는 데칼코마니다.

시선을 들면 비에 젖은 산중턱은 짙푸르고 하늘은 온통 먹물을 뒤엎은 듯 캄캄하다. 그러니까 잠깐 개이기는 했지만 완전히 화창한 날씨는 아니고, 아직도 찌푸리고 있는 날씨다. 그런데 바로 그 시퍼런 산과 캄캄한

---

15) 『燕巖集』 제 4권, 映帶亭雜詠, 「一鷺」.
16) 『燕巖集』 제 4권 映帶亭雜詠에 수록된 이 작품의 제목 아래 '一作 道中乍晴'이라는 주석이 첨부되어 있음.

하늘을 배경으로 하여 실로 무수한 흰 해오라기 떼가 날아오른다. 시퍼런 산색, 시커먼 하늘빛과 무수한 해오라기 떼들의 희디흰 날개의 퍼덕거림, 그 현란하고도 강렬한 보색대비 속에서 지극히 정적이던 풍경이 돌연히 동적으로 뒤바뀌면서 화면 전체가 아연 살아서 퍼덕거린다.

이 대목에서 우리는 다시 이 작품의 앞부분으로 되돌아가는 것이 좋을 것 같다. 보다시피 작가는 1-2구에서 마치 백로가 두 마리밖에 없는 것처럼 묘사를 했다. 그러나 만약 백로가 두 마리밖에 없었다면 뜬금없이 나타난 무수한 해오라기 떼들의 정체는 도대체 무엇이란 말인가. 요컨대 해오라기는 두 마리만 있었던 것이 아니라 실로 무수하게 많았던 것이다. 그러니까 그 무수한 해오라기 가운데 한 마리는 버드나무 뿌리를 밟고 있고, 또 한 마리는 물 가운데 고요히 서 있고…. 상상력을 좀 발휘해보자면 또 다른 한 마리는 논둑 위에 서서 도롱이를 쓰고 삽을 든 채로 들판을 달려가는 농부의 뒤통수를 멍하니 쳐다보고 있고. 또 다른 한 마리는 한쪽 발을 들고 비에 젖은 날개를 퍼덕퍼덕 털며 오들오들 떨고 있고… 말하자면 2구 뒤의 여백, 그 언어와 언어 사이의 침묵의 공간에는 실로 무수한 해오라기 떼가 앉아 있었고, 그 무수한 해오라기 떼들을 어디에다 어떤 모습으로 배치하여 풍경화들을 만들어낼 것인가는 완전히 독자의 상상력에 맡겨져 있는 것이다.

만약 그렇다면 그토록 정적인 자세로 서 있던 무수한 해오라기 떼들은 왜 돌연하게도 허공을 향해 날개를 퍼덕이며 날아올랐을까? 이와 같은 질문에 대한 해답은 그 다음 구절에 나타나 있다. 보다시피 그것은 개구쟁이 아이가 소를 타고 갑자기 첨벙첨벙 개울물에 뛰어들었기 때문이다. 만약 그렇다면 그 개구쟁이는 왜 갑자기 개울물로 뛰어들었을까? 그 다음 구절에서 볼 수 있듯이 개울 건너편에 아름다운 무지개가 하늘로 솟구쳐 올랐기 때문이다. 말하자면 작자의 동화적 상상력의 발동에 의하여 아이는 갑자기 황홀토록 고운 그 무지개를 향해 개울물로 돌연히 풍덩 뛰어들게 되는 것이다.

이쯤에서 작품을 시간의 순서대로 다시 한 번 정리해볼 필요가 있다. 내리던 비 그치자 산은 짙푸르고 하늘은 아직도 비가 더 내릴 듯 캄캄하다. 그러한 풍경을 배경으로 무수한 해오라기 떼들이 제 나름의 자세를 취한 채로 아주 고요하게 앉아 있다. 그때 돌연히 개울 건너편에 무지개가 하늘로 솟구쳐 오르고, 그 무지개를 보고 환장한 아이가 소를 탄 채로 개울물로 풍덩풍덩 뛰어든다. 깜짝 놀란 무수한 해오라기 떼들이 날개를 퍼덕이며 저 무한 허공으로 솟구쳐 오른다. 요컨대 이 작품은 지극히 정적인 풍경과 지극히 동적인 상황이 시간의 순서를 무시하고 이리저리 충돌하여 아주 뜻밖의 상황을 울퉁불퉁 전개하면서 빚어내는 실로 놀라운 정서적 충격을 거느리고 있으며, 다음 작품도 같은 맥락에서 이해할 수 있다.

北岳高戍削	드높다. 북악산은 깎아질렀고
南山松黑色	저 남산 소나무도 검은 빛일세
隼過林木肅	새매가 지나감에 수풀은 오싹
鶴鳴昊天碧[17]	학 울음 메아리친 시퍼런 하늘!

이 작품은 제목이 「極寒」인데, 얼핏 보면 「極寒」이라는 제목을 붙인 이유가 아리송하다. 왜냐하면 시인은 작품 내에서 명시적으로 추위를 나타내는 말을 단 한마디도 사용하고 있지 않기 때문이다. 그러나 다시 한 번 찬찬하게 음미해 보면 이 작품의 내적 상황은 추위도 이만 저만 추운 것이 아니다.

우선 추위와 직접적인 관계가 전혀 없는 시어들을 추위와 교묘하게

---

17) 『燕巖集』 제4권, 映帶亭雜詠, 「極寒」.

연결시키는 말 부리는 솜씨부터가 매섭다. 가령 '戌削'은 '대패로 밀어 만든 듯이 깎아지른 모습'을 말하는데, 작자는 바로 이 '깎는다'는 말에서 뼈를 깎는 추위를 연상하도록 독자들에게 주문한다. 산천초목을 공포에 떨게 하는 무서운 동물인 새매도 또한 으스스하고 매서운 추위를 연상시키는데다 '오싹 움추린다.'는 뜻을 지닌 '肅'이라는 글자도 추위와 결코 무관하지 않다. 작품의 도처에 스타카토로 컥, 컥, 걸리는 'ㄱ' 終聲이 무려 9개나 구사될 정도로 유난히도 入聲 받침을 많이 사용하고 있고, 특히 각 구절의 마지막 글자가 단 하나의 예외도 없이 'ㄱ' 終聲을 놓고 있는 것도 소리의 미묘한 뉘앙스로서 극한 상황을 뒷받침하고 있음은 말할 것도 없다. 두 번째 구절에서 소나무의 빛깔을 검은색으로 표현한 것은 일견 생뚱해 보일지 몰라도, 색깔에 대하여 유달리도 예민한 감각을 지녔던 연암의 다음과 같은 언표를 보면 금방 생각이 뒤바뀌게 된다.

아아 저 까마귀를 쳐다보면 그 날개보다 검은 것은 없다. 그러나 날개의 그 검은 빛은 홀연 乳金빛으로 무리지기도 하고 다시 石綠빛으로 반짝거린다. 해가 비치면 자주 빛이 떠올라서 눈이 번쩍번쩍하다가도 푸른빛으로 바뀌기도 한다. 그러므로 우리는 푸른 까마귀라 부를 수도 있고 붉은 까마귀라 부를 수도 있다. 본래 까마귀는 이와 같이 일정한 빛이 없거늘 눈으로 보고 검은 까마귀라고 먼저 대못을 박아버린다. 어찌 눈을 기다리겠는가. 보기도 전에 마음으로 먼저 대못을 박는다.[18]

보다시피 까마귀의 빛깔은 처음부터 고정불변의 실체로서 존재하는 것이 아니라, 객관적 조건과 상황에 따라 천변만화한다. 그러므로 까마

---

18) 朴趾源,「菱洋詩集序」,『燕巖集』제 7권; 噫 瞻彼烏矣 莫黑其羽 忽暈乳金 復耀石綠 日映之而騰紫 目閃閃而轉翠 然則吾雖謂之蒼烏可也 復謂之赤烏亦可也 彼旣本無定色 而我乃以目先定 奚特定於其目 不覩而先定於其心

귀도 검은 까마귀로 고정되어 있는 것이 아니라, 푸른 까마귀가 될 수도 있고 붉은 까마귀로 변할 수도 있다. 그럼에도 불구하고 우리는 언제나 검은 까마귀란 선입관에 철저하게 세뇌되어 있으므로 까마귀의 실체를 제대로 포착할 수 없고, 따라서 상투적인 인습의 벽을 넘어설 수 없다.

그것은 소나무의 경우도 마찬가지다. 다 알다시피 한시 문화권에서 소나무는 이미 '靑松'이란 어휘로 견고하게 굳어져 있지만, 소나무의 빛깔이 언제나 푸른 것은 결코 아니다. 자세히 살펴보면 소나무의 빛깔도 계절과 상황에 따라 수시로 달라지며, 혹독한 추위 속에 으스스 떨고 있는 겨울 소나무는 원래의 푸른빛에다 검은 빛을 더한다. 요컨대 검은 빛은 박지원의 예리한 관찰력이 창조적으로 포착하고 표현해낸 겨울 소나무의 독자적인 빛깔이며, 바로 이 소나무의 검은 빛에 酷寒 상황이 아주 강력하게 암시되어 있다.

그러나, 이 시에서 혹한 상황을 가장 잘 포착하고 있는 대목은 역시 마지막 구절의 학 울음소리가 아닐까 싶은데, 연암은 「夜出古北口記」에서 학 울음소리를 '淸憂'이란 말로 표현[19]한 바 있다. '淸憂'은 '淸'은 맑고 서늘하고 처연하다는 뜻이며 '憂'은 쇠와 돌이 부딪히는 소리다. '憂然'은 학 울음소리를 가리키는 동시에 금석이 부딪히는 소리를 나타내는 단어이기도 하다. 따라서 학 울음소리는 비상한 긴장감을 동반하며 길게 울려 퍼지는 차갑고 날카로운 쇳소리에 가깝다. 요컨대 추위에 시퍼렇게 멍들어 새파랗게 질려있는 하늘에 날카롭게 메아리치는 저

---

[19] 「極寒」의 학 울음소리가 지닌 이미지를 이해하는 데 연암의 「夜出古北口記」의 다음 대목이 크게 참고가 될 것이다.
朴趾源, 「夜出古北口記」, 『熱河日記』, '山莊雜記'에 수록; 其城下 乃飛騰戰伐之場 而今四海不用兵矣 惟見其四山圍合 萬壑陰森 時月上弦矣 垂嶺欲墜 其光淬削 如刀發硎 少焉 月盆下嶺 猶露雙尖 忽變火赤 如兩炬出山 北斗牛挿關中 而蟲聲四起 長風肅然 林谷俱鳴 其獸嶂鬼巇 如列戟總干而立 河瀉兩山間 鬪狠如鐵駟金鼓也 天外有鶴 鳴五六聲 淸憂如笛聲長口+弱 或曰 此天鶩也

차가운 금속성의 학 울음소리는 독자들을 그야말로 오싹하게 만드는 것이다[20].

거듭되는 이야기가 되겠지만 이 작품은 제목이 「極寒」임에도 불구하고 작품 내에 명시적으로 추위에 관계되는 시어는 단 한 마디도 없으며, 풍경을 빌어 극한 상황을 분위기화 하고 있을 뿐이다. 이와 같은 의미에서 이 작품은 '시는 말하는 것이 아니라 보여주는 것'이라는 명제에 매우 충실하다고 할 수 있으며, 시적 상황이야 여러모로 다르지만 이점은 다음에서도 뚜렷하게 포착할 수 있다.

翁老守雀坐南陂	할아버지 남쪽 둑에 참새 쫓고 앉았는데
粟拖狗尾黃雀垂	개꼬리 조 이삭엔 노란 참새 조롱조롱.
長男中男皆出田	맏이도 그 다음도 모두 다 밭에 가고
田家盡日晝掩扉	초가집은 하루 종일 사립이 닫혀있네.
鳶蹴鷄兒攫不得	소리개 병아리를 채려 왔다 허탕치고
群鷄亂啼菢花籬	박꽃 핀 울타리에 놀란 닭들 꼬꼬댁, 꼭꼭!
小婦戴棬疑渡溪	밥함지 인 젊은 아낙 시내 건널 걱정인데
赤子黃犬相追隨[21]	벌거숭이, 누렁이는 앞서거니 뒤서거니.

「田家」라는 작품이다. 보다시피 이 한시는 연암이 살았던 조선 후기 농촌의 모습, 아니 지금도 이 땅에 살고 있는 기성세대가 최후로 목격했던 농촌의 모습을 더할 나위 없이 핍진하게 그려내고 있으며, 이 핍진한 풍경에 생명의 활기를 불어넣고 있는 것은 바로 대조의 기법이다.

우선 작품 속의 할아버지에게 맡겨진 임무는 참새를 쫓는 일이지만, 나이와 함께 멍청해진 할아버지는 자신의 임무를 망각하고 들판 풍경

---

20) 부분적인 견해의 차이가 있기는 하지만 필자가 이 시를 분석하는 과정에서 전반적으로 송재소(1983, 26면)의 글과 정민(1996, 118-119면)의 글을 참고했음을 밝혀둠.
21) 『燕巖集』 제 4권, 映帶亭雜詠, 「田家」.

에 얼이 빠져있는 모양이고, 그 빈틈을 비집고 참새들은 개꼬리 같은 조 이삭에 조롱조롱 매달려서 쩍쩍, 맛있다, 야단법석이다. 여기서 멍청하게 얼이 빠진 할아버지와 생기가 발발하여 호들갑을 떠는 약삭빠른 참새 사이의 극명한 대조가 성립된다. 게다가 수확기를 맞이하여 밭으로 나가 눈코 뜰 새 없이 바쁘게 움직이는 가족들과, 그 바람에 개미새끼조차도 한 마리 얼씬대지 않는, 한가하다 못해 적막하게 문이 닫힌 초가집의 대조가 다시 이어진다.

그러나 바로 그 다음 순간, 이 절대적인 적막의 뒤통수를 죽비로 후려치는 일대 사건이 벌어진다. 하늘을 빙빙 돌며 기회를 노리던 소리개가 병아리 떼를 보고 돌연히 하강했다가, 어미닭의 일사불란한 지휘와 필사적인 저항으로 인해 허탕을 치고 돌아간다. 아직도 공포에 질려있는 닭 떼들이 박꽃이 핀 울타리 밑에 모여 꼬꼬댁, 꼭꼭 수다스런 비명을 질러댄다. 그 비명이 끝나면 마을은 다시 절대적인 정적으로 돌아가지만, 돌연히 벌어진 이 한1 바탕의 야단법석으로 작품에는 아연 생기가 동탕하다. 허리가 휘이청, 기울어지도록 무거운 들밥이 담긴 함지박을 이고 개울물 건널 일을 걱정을 하는 아낙과, 벌거숭이 아들 및 누렁이의 관계도 그렇다. 아낙이 걱정을 하거나 말거나 신바람이 나서 앞서거니 뒤서거니 징검다리를 뛰어 건너가다가, 때로는 첨벙첨벙 시냇물에 뛰어드는 신바람 난 누렁이와 벌거숭이 아들도 이만 저만한 대조가 아니다. 이와 같은 대조의 기법이 빚어내는 '얼빠짐'과 '약삭빠름', '바쁨과 한가함', '야단법석과 쥐죽은 듯한 고요', '무거운 심사와 경쾌한 마음' 등이 장면에 따라 울퉁불퉁 뒤바뀌며 빚어내는 총체적인 이완과 긴장이 조선적 정취가 물씬 풍기는 풍경들로 점철된 이 한편의 작품을 생동감으로 펄펄 살아 뛰게 하는 것이다.

3. 燕巖 漢詩의 破格性, 그 動因과 文學史的 意味

이상에서 우리는 한시 예술의 미학적 기반과 미의식의 원리 및 한시의 문예미를 체득하고 있었던 몇몇 선인들의 언급을 살펴보는 한편, 연암의 몇몇 한시에 대하여 간략하게나마 검토하여보았다. 그 결과 연암의 한시가 도달한 예술적 경지가 결코 범상하지 않은 것으로 판단되었음은 물론이다. 그런데 참으로 기이한 것은 연암이 이토록 수준 높은 한시를 창작했을 뿐만 아니라 『熱河日記』에 무려 180여회에 걸쳐서 한시를 인용[22]하고 있을 정도로 한시를 애호하고 있으면서도 한시를 짓는 일에 대해서는 대단히 소극적이었다는 사실이다. 저간의 사정은 연암의 한시 작품을 '不常有之寶', '稀世之玩'이라 일컬었을[23] 뿐만 아니라 현존하는 그의 한시 작품이 고작 34題 45首와 약간의 散句에 불과하다는 사실에서도 단적으로 드러나지만, 다음과 같은 과거 문헌의 언급을 통해서도 뚜렷이 살펴볼 수 있다.

> (1) 시는 고체시와 금체시를 합하여 모두 42수다. 돌아가신 아버지께서는 본래부터 시인으로 자처하지 않으셨을 뿐만 아니라 다른 사람과 화답한 것도 극히 드물었으며, 심상하게 응부한 작품도 상자 속에 넣어 제대로 보관하지 않았기 때문에 작품 수가 대단히 적다. 게다가 다른 사람이 외우는 것을 얻은 것도 많으므로 누락되거나 확정하지 못한 곳도 더러 있다.[24]

---

22) 주석 1) 참조.
23) 연암의 시가 극히 적었다는 것은 다음과 같은 기록을 통해서도 그 대강을 엿볼 수 있다. 朴宗采, 『過庭錄』제 4권; 洪太湖元燮 與先君 屢爲文酒之會 其作宰忠州也 官舍失火 倉卒 僅以身免 後與成靑城大中書曰 昏夜回祿 魂神尙悸 故人書牘之隨身巾衍者 盡入灰燼 最可惜者 燕巖詩一篇 是不常有之寶 而今亦不可復見云云 不知當時所藏果何詩也 洪元燮,「答耦山書」, 『先考(太湖集)』제 5권; 且念湛軒燕巖之詩 獨於余一發而已 雖其子弟 亦未之見也 今燕巖則 雖存而亦以疾廢矣 是皆稀世之玩 而一朝泯然(김윤조(1997), 281쪽 재인용)

(2) 先君께서는 시를 지으심에 일찍이 하나하나 거두어 기록해두지 않으셨다. 상황에 따라 지은 시들도 간혹 다른 사람이 외워 전하는 것을 얻었으니 그 흩어져서 얻지 못한 것도 모두 몇 편이나 되는지 알 수가 없다. 사람들이 외워 전하는 것도 또한 한두 구절의 散句에 불과한데, 예를 들면…25)

인용한 글 (1)은 『燕巖集』 4권 映帶亭雜詠에 수록된 연암의 한시에 대한 연암의 아들 朴宗侃의 「後識」이고, (2)는 같은 인물인 朴宗采26)의 『過庭錄』의 한 대목이다. 보다시피 연암의 아들은 아버지의 시의 물리적인 분량이 극히 적다고 전제하고27), 그 이유를 '원래부터 시를 많이 짓지 않았던 데다가 제대로 보관조차 하지 못했다28)'는 두 가지로 나누어 설명하고 있다. 연암의 한시작품이 이토록 적었던 것은 물론 제대로 보관하지 못한데도 그 연유가 없지는 않을 것으로 생각되며, 다음과 같은 글이 그 방증 자료가 된다.

成青城이 太湖 洪公에게 물었다. "燕巖의 글 가운데 어떤 작품이 제일 좋습니까?" 洪公이 말했다. "나는 평소에 燕巖의 「酒禁策」을 몹시도 좋아하여 일찍이 산가지를 늘어놓고 읽었습니다'. 青城의 아들 海應이 나를 찾아와서 읽어보고 싶다고 요청을 했다. 나는 그제서야 비로소 그

---

24) 朴宗侃, 「後識」, 『燕巖集』 4권: 詩古今體共四十二首 府君雅不以詩自命 與人唱酬絶罕 尋常應副之作 亦未曾留之巾箱 故篇目甚尠 且因人傳誦而得者多 故頗有斷缺未定處

25) 朴宗采, 『過庭錄』 제 4권; 先君爲詩 未嘗一一收錄 逢場之作 或因人誦傳而得 其散佚 未得者 又不知有幾篇 人之誦傳 亦不過一二散句 如云云

26) 朴宗侃: 『過庭錄』의 저자 朴宗采의 初名.

27) 『過庭錄』에도 유사한 내용이 수록되어 있으나 작품 수에 있어서 다소간의 차이를 보이고 있다. 朴宗采, 『過庭錄』 제 4권; 先君詩藁甚寡 古今體共五十首

28) 제대로 보관하지 못했다가 구비전승되는 것을 얻은 것이 많은 탓인지 연암의 시에는 제목이 완전 결락된 작품이 1편, 제목의 일부가 결락된 작품이 2편, 시구의 일부가 결락된 작품이 4편 이나 있다. 게다가 김윤조에 의하면, 「次洪太和秘城雅集韻」은 홍태화의 『太湖集에』도 부록으로 수록되어 있는데, 내용이 크게 다르다고 한다 (김윤조, 1997, 281면).

글의 제목을 들었으나 그 글은 이미 잃어버리고 없었다. 아아! 先君이
中年에 어수선한 일을 겪은 것이 난리와 다를 바가 없었으니, 이와 같
이 글을 잃어버린 것을 어찌 말로 다할 수가 있겠는가.[29]

역시 朴宗采의 『過庭錄』의 한 대목인데, 이 글에 의하면 연암의 글
가운데 얼마간의 작품이 중도의 불안정한 개인사적 상황 속에서 인몰
된 것이 사실인 것 같다. 그러나 연암의 시가 극히 적게 된 더욱더 중요
하고 본질적인 이유는 역시 연암이 원래부터 시를 많이 짓지 않았다는
사실에 있었다고 판단되며, 이점은 다음과 같은 기록을 통해서 단적으
로 확인할 수 있다.

(1) 次修(朴齊家의 자임 - 필자 주)가 내가 지은 시를 보고 말하기를,
"혹시 詩魔를 만난 것이 아닙니까?"라고 하니 자리에 있던 사람들이 모
두 다 크게 웃었다.[30]

(2) 美仲(朴趾源의 자임 - 필자 주)이 일찍이 한편의 시도 짓지 않았
는데, 지금 억지로 강요함에 비로소 지으니 甚히 기이한 일이다. 그러
므로 수록해 둔다.[31]

위의 인용문 (1)은 太和 洪元燮의 「秘城雅集」이란 시에 차운한 연암
의 시[32]에 연암 스스로가 부친 自註이고, (2)는 홍원섭의 『太湖集』에

---

29) 朴宗采, 『過庭錄』 제 4권; 成靑城 問於太湖洪公曰 燕巖文 何篇最勝 洪公曰 吾平生
   酷愛燕巖酒禁策 嘗開箒而讀之也 靑城之子海應 來訪請讀 不肖 於是 始得聞其篇目
   而文佚不存 嗚呼 先君中年經劫 無異搶攘 文篇散佚如此類者 可勝道哉 以洪公高眼
   猶復開箒讀之 則其爲有數文字 從可知也 時洪公亦已下世 無處求問 至今不得編入家
   集 惟竊望當世君子之見此篇者 爲之搜訪而錄贈焉
30) 『燕巖集』 제 4권, 映帶亭雜詠, 「次洪太和秘城雅集韻」의 自註: 次修見余詩曰 無乃
   邂逅詩魔乎 座皆大笑
31) 김윤조(1997), 281쪽에서 재인용; 美仲 未嘗作一詩 今强之始發 甚奇事也 故錄之
32) 『燕巖集』 제 4권, 映帶亭雜詠, 「次洪太和秘城雅集韻」

부록으로 수록된 바로 이 연암의 시에 대한 주석인데, 이들을 통해서 보면 연암은 정말 좀처럼 시를 짓지 않았던 것 같다. 연암이 '일찍이 시를 한편도 짓지 않았다'고 한 것은 수사적 과장이라 하더라도, 주변의 강요에 못 이겨 시를 지은 일조차 '심히 기이한 일'로 여겨져서 詩魔를 만났을 것이라는 농담이 오고갈 정도였던 것이다. 저간의 사정을 보다 구체적으로 보여주는 자료로 다음과 같은 기록들이 있다.

(1)…또한 그 시품이 오묘한 경지에 들어간 것을 알 수 있지만, 다만 삼가고 신중히 하여 좀처럼 가볍게 내놓지 않은 것이 마치 包龍圖가 웃으면 黃河가 맑아진다고 하는 경우와 같아서, 많이 얻어 볼 수가 없으므로 同人들이 모두 한탄하였다.

(2) 從古文章恨橘鰣　　예로부터 문장은 귤시가 한이거니
　　幾人看見燕巖詩　　연암 시 본 사람이 겨우 몇 사람이 될까.
　　曇花一現龍圖笑　　우담발화 한번 피고 용도가 웃는 때가
　　正是先生覓句時[33]　　바로 연암선생 시를 지을 그 때라네.

(1)과 (2)에 공통적으로 등장하는 '龍圖'는 宋나라 때 龍圖閣 待制를 역임하였고, 한 때 「포청천」이라는 드라마의 주인공으로 이름을 날렸던 包拯이다. 그는 성격이 워낙 강직하고 근엄하여 웃는 일이 없었으므로 당시 사람들이 '포증이 웃으면 도무지 맑을 날이 없는 황하의 물이 맑아질 것'이라고 했다고 한다. 요컨대 연암은 웃으면 황하가 맑아진다는 포증의 웃음에 비교될 정도로 좀처럼 시를 내놓지 않았던 것이다. 중국의 남방 특산물로서 아무 때 아무 데서나 얻을 수 없는 희귀한 물건인 귤시(귤과 준치)나, 삼천 년 만에 한번 핀다는, 그리하여 마침내 희귀한 일의 대명사가 되어 있는 優曇鉢花에 연암의 시를 비유한 것도 같

---

33) 朴齊家,「賀燕巖作律詩」,『貞蕤閣全集 上』詩集 3권, 驪江出版社, 1986.

은 맥락에서 이해할 수 있다. 더구나 박제가가 지은 (2)의 시는 그 제목부터가 「연암이 율시 짓는 것을 축하하면서(「賀燕巖作律詩」)」인데[34], 연암이 도대체 얼마나 律詩를 짓지 않았으면, 연암이 율시를 짓는 것을 축하하는 시까지 지었겠는가.

여기서 자연스럽게 제기되는 것은 연암이 일단 짓기만 하면 귤이나 준치, 우담발화 같이 희귀한 시를 지을 수 있는 시적 재능을 가지고 있음에도 불구하고 시를 좀처럼 짓지 않았던 이유가 무엇인가에 대한 의문이다. 이와 같은 의문에 대해서 연암의 아들 박종채는 다음과 같이 대답하고 있다.

> 고체시는 오로지 한유를 배웠으나 그 奇嶮함은 한유보다도 오히려 더하여, 情境이 逼眞하게 이루어지고 筆力이 무궁하였다. 그러나 율시와 절구 등 근체시에 이르러서는 聲律에 구속되어 작자의 의도를 그대로 표현할 수 없음을 못마땅하게 여겼으므로 경우에 따라서는 한 두 구절만 짓고 말았다.[35]

위의 기록에서 특별히 주목되는 것은 같은 한시라고 하더라도 고체시와 근체시에 대한 연암의 태도가 다소 달랐다는 점이다. 보다시피 연암은 고체시에 대해서는 근체시보다 적극적으로 인식하여, '情境이 逼

---

34) 이 일화는 조선후기 문인사회에 널리 알려져 있던 모양으로 朴宗采의, 『過庭錄』과 河謙鎭의 『東詩話』에도 다음과 같이 기록되어 있다.

朴宗采, 『過庭錄』 제 4권; 李懋官淸脾錄稱 燕岩文章妙天下 而於詩獨矜愼 不肯輕出 如包龍圖之笑比河淸 不得多見云 在先詩云 從古文章恨橘魚十時 幾人看見燕巖詩 優曇一現龍圖笑 正是先生落筆時

河謙鎭, 『東詩話』 제 2권; 朴楚亭齊家 有賀朴燕巖作律詩 詩曰 從古文章恨橘魚十時 幾人看見燕巖詩 曇花一現龍圖笑 正是先生覓句時 燕巖平日 不習爲律詩故 楚亭 偶見其作而賀之如此

35) 朴宗采, 『過庭錄』 제 4권; 古體則專學昌黎而奇嶮過之 情境逼造而筆力不窮 至於律絕諸體 常病其拘束於聲律之間 不可直寫胸中所欲言 故往往就一二句而止者多矣

眞하고 筆力이 無窮한 경지'에 도달했던 모양이다. 그러나 근체시에 대해서는 상대적으로 더욱더 소극적이고 부정적으로 인식하고 있었음이 분명하며, 앞에서 박제가가 연암이 율시를 짓는 것을 특별히 축하한 것도 율시로 대표되는 근체시 창작에 대한 연암의 무관심을 반영하고 있음은 말할 것도 없다.

아울러 지적하고자 하는 것은 연암이 시, 특히 근체시를 좀처럼 짓지 않았던 것은 우연한 일이 아니라 문학사적 필연의 소산이라는 점이다. 다 알다시피 平仄法, 押韻法 등 근체시의 여러 규율들은 중국 특정시대의 언어와 문화적 조건 속에서 완성된 것으로 음악성을 중시하는 한시 예술의 미학적 기반이자 美感을 창출하는 기본 원리이다. 그러나 이와 같은 규율은 중국시인에게는 적극적인 의미가 있을 수 있을지 몰라도 그 언어와 문화적인 조건이 전혀 다른 조선 후기의 우리나라 시인에게는 아무래도 적극적인 의미를 가지기가 어려웠다. 이러한 상황 속에서 연암은 한시 미학의 창출 원리로서 긍정적인 작용을 하기 보다는 자유로운 창의력을 제약하는 족쇄가 되어 있었던 전통한시의 규율이 지닌 폐쇄성에 강렬한 거부감을 느꼈으며, 이점은 다음과 같은 시구를 통해서도 거듭 확인되는 사실이다.

> 高低排字詩難就　　높고 낮은 글자 안배하려니 시 이루기 어렵고
> 輾轉思鄕夢未成[36]　이리 뒤척 저리 뒤척 고향생각에 꿈 이루기 어려워라

주지하는 것처럼 높은 자와 낮은 자는 원래 측성과 평성을 말하지만, 여기서는 平仄法으로 대표되는 각종의 까다로운 근체시의 제반 규율에 대한 대표적 상징이다. 물론 이 두 구절은 수사법상 興에 해당되는 것

---

36) 朴宗采, 『過庭錄』 제 4권에 수록된 散句.

으로서 작자가 정작 하고 싶은 말은 앞 구절이 아니라 뒤 구절에 있다. 그러나 연암이 고향 생각에 잠 못 드는 것을 말하기 위하여, 그와 유사한 상황으로서 제반 규율에 繫縛되어 근체시 짓기가 어렵다는 내용을 끌어오고 있다는 것은 깊이 음미되어야 마땅하다. 왜냐하면 근체시 짓기의 어려움을 근체시로 토로하고 있는 이 구절은, '근체시는 聲律에 구속되어 작자의 의도를 그대로 표현할 수 없음을 못마땅하게 여겨 경우에 따라서는 한 두 구절만 짓고 말았다[37]'는 박종채의 언급과 함께, 연암이 평소 한시의 까다로운 규율에 얼마나 구속과 염증을 느끼고 있었는지를 단적으로 보여주고 있기 때문이다.

그러나 연암이 까다로운 한시의 규율에 얼마나 큰 구속과 염증을 느끼고 있었는지를 가장 명확하게 보여주는 것은 그가 지은 작품 그 자체다. 연암의 한시 34題 45首 가운데 「叢石亭觀日出」, 「贈左蘇山人」, 「一鷺」, 「搜山海圖歌」, 「海印寺」, 「笠聯句」, 「山中至日書示李生」「趙淑人挽」 등 8제 8수는 고시이고, 나머지 26제 37수는 5언 4구, 5언 8구, 7언 4구, 7언 8구로 이루어져 있어 표면상 근체시의 형태를 취하고 있다. 그러나 엄밀히 따져보면 이 가운데 적어도 6제 7수는 근체시가 요구하는 절대적인 규율울 위반하고 있으므로 고체시에 귀속될 수밖에 없다[38]. 그렇다고 하여 연암이 처음부터 근체시를 전혀 의식하지 않고 완전히 고체시로 이 작품들을 쓴 것도 아닌 것 같다. 왜냐하면 長短句가 섞인 「一鷺」 한편을 제외하고는 연암의 고체시들이 한결같이 최소한 50句 이상의 長篇으로 구성[39]되어 있는데, 이 작품들은 言數와 句數에 있어서

---

37) 『과정록』에 수록된 13聯의 散句 가운데는 앞에서 언급한 박종채의 말처럼 원래 온전한 작품이었는데 구비전승 과정에서 전모를 잃은 경우도 있을 수 있겠지만, 聲律의 구속에 대한 염증으로 인하여 애초부터 한 두 구절만 짓고 그만 둔 경우도 있을 것으로 생각해 봄직하다.

38) 그밖에도 근체시의 전통 규율에서 과감한 파격을 감행하고 있는 것이 여럿 있다.

39) 6구의 장단구로 구성된 「一鷺」를 제외할 경우 연암의 고체시 가운데 길이가 제일 긴

모두 근체시와 완벽하게 일치하고 있기 때문이다. 李圭瑢의『海東詩選』에 이 가운데 2수를 근체시로 수록40)하고 있는 것도 이 작품들이 고체시이지만 근체시와 전혀 무관하게 쓰인 것이 아니라는 하나의 방증이라 이를 만한데, 다음에 인용한 시가 바로 그 가운데 하나다.

斜陽倏斂魂　　　　　○○●●○
上明下幽靜　　　　　●●○○●
花下千萬人　　　　　●●○●○
衣鬚各自境　　　　　○●●●●
*○; 平聲.　　　　　●;仄聲.

「弼雲臺看杏花」라는 작품인데, 이 작품은 5언 4구로 이루어져 있으므로 얼핏 보면 5언절구로 생각하기 쉽고, 李圭瑢의『海東詩選』에도 오언절구로 수록하고 있지만, 5언절구로 보기가 어렵다. 2구와 3구, 그리고 4구에서 각각 孤平과 孤仄, 下三連을 범한 것은 강한 금기사항이긴 하지만 절대적 규율은 아니고, 평성자로 압운하는 일반적 관례를 벗어나서 仄聲韻인 梗韻으로 압운한 것도 간혹 그와 같은 경우가 없지는 않으므로 모두 너그럽게 이해를 할 수도 있다. 그러나 二四不同의 대원칙이 지켜진 구절이 起句 하나 밖에 없다는 것은 이 작품이 5언절구가 될 수 없는 결정적인 사유에 해당되며, 다음 작품도 같은 견지에서 이해할 수 있다.

一鵲孤宿萄黍柄　　　　　●●○●●●●
月明露白田水鳴　　　　　●○●●●○●○

「海印寺」는 무려 198구로 이루어져 있고, 길이가 제일 짧은 「山中至日書示李生」도 52구로 이루어져 있다.
40) 李圭瑢,『海東詩選』, 彰文閣, 1978, 33면 참조.

樹下小屋圓如石　●●●●○○●
屋頭匏花明如星　●○○○○○●

「曉行」이란 작품이다. 이 작품도 역시 二四不同과 二六通의 대원칙이 도처에서 준수되지 않고 있을 뿐만 아니라 換韻을 인정하지 않는 一韻到底格의 근체시에서 운자가 평성 庚韻에서 평성 靑韻으로 換韻되고 있다. 첩어 등 특별한 경우를 제외하고는 동일 작품 내에서 같은 글자를 사용하지 않는다는 원칙에서 일탈하여 '明'과 '如'를 두 번씩 사용하고 있기도 하다. 결국 이 작품의 형식을 구태여 따지자면 7언절구가 아니라 7언고시로 귀속될 수밖에 없으며, 다음 작품도 마찬가지다.

翁老守雀坐南陂　○●●●●○●
粟拖狗尾黃雀垂　●○●○○●○
長男中男皆出田　●○○○○○○
田家盡日晝掩扉　○○●●●●○
鳶蹴鷄兒攫不得　○●○○●●●
群鷄亂啼匏花籬　○○●○○○○
小婦戴棬疑渡溪　●●●○○●○
赤子黃犬相追隨　●●○●○○○

「田家」라는 작품인데, 이 한시도 7언 8구로 이루어져 있어 얼핏 보면 7언율시로 착각하기 쉽지만, 실상은 7언율시가 아니다. 보다시피 이 작품에는 근체시가 되기 위한 필수적 요건인 二四不同과 二六通의 원칙이 도처에서 지켜지지 않고 있으며, 이것만으로도 이 한시는 이미 7언율시가 될 수가 없다[41]. 換韻이 불가능한 一韻到底格의 근체시에서

---

41) 이 작품이 지닌 이와 같은 특성에 대해서는 손종섭도 "簾에 관심을 두지 않은 이른바 '조선시'다" 라고 간략하게 언급한 바 있다. 손종섭, 『다시 옛 詩情을 찾아서』, 태학사, 2003. 386쪽.

평성 支韻과 평성 微韻을 뒤섞어서 압운하고 있을 뿐만 아니라 압운자
가 아닌 마지막 글자는 측성으로 놓아야 한다는 일반 원칙도 무시되고
있다. 절대적인 규율은 아니지만 강력한 금기사항인 孤平(2구, 3구)과
孤仄(7구), 平三連(6구, 8구) 仄三連(5구)의 下三連 등이 도처에 나타나
고 있을 뿐만 아니라 율시에서 3구와 4구, 5구와 6구는 서로 대구가 되
어야 한다는 원칙도 지켜지지 않고 있고, 특별한 경우를 제외하고는 같
은 작품 내에서 같은 글자를 두 번 쓰지 않는다는 근체시의 金科玉條마
저도 지키지 않고(黃, 雀)있다. 요컨대 이 한시는 7언 8구로 이루어져
있기는 하나 7언율시와는 아무래도 거리가 먼 작품이며, 애초부터 까
다로운 규율의 지배를 받아야하는 7언율시가 되기를 포기했기 때문에
오히려 자유로운 창의력을 유감없이 발휘하여, 작자가 살았던 조선 후
기 농촌의 모습을 더할 나위 없이 생기발발하게 포착할 수 있었던 것이
다. 다음 작품「極寒」도 같은 맥락에서 이해할 수 있다.

北岳高戌削　　●●○●●
南山松黑色　　○○○●●
隼過林木肅　　●●○●●
鶴鳴昊天碧　　●○●○○

李圭瑢의『海東詩選』에는 이 작품도 역시 오언절구로 수록하고 있
지만, 아무래도 이 시를 5언절구로 보기는 어려울 것 같다. 만약 이 시
가 5언절구라면 제 2구와 제 4구의 마지막 글자에 동일한 운이 놓여야
하는데, '色'은 仄聲 職韻이고 '碧'은 仄聲 陌韻이다. 압운자를 평성으로
하는 근체시의 일반적 규율에서 벗어나고 있을 뿐만 아니라 네 구절 모
두 마지막 글자에 촉급하기 짝이 없는 'ㄱ' 終聲의 入聲字를 놓는 보기
드문 파격을 보여주고 있다. 근체시의 절대적 규율인 二四不同의 원칙

을 지키고 있는 것도 네 구절 가운데 오로지 勝句 하나밖에 없다.

우연히 쓰다 보니 이렇게 되었을까? 아마도 그렇지는 않을 것이다. 요컨대 작자는 자신이 표현코자 하는 한겨울의 극한 상황을 효과적으로 포착하는 데 평측법과 압운법 등의 근체시의 문학적 장치가 작품의 예술적 성취에 상승효과를 불러일으키기보다는 오히려 장애요인이 된다는 인식 아래, 처음부터 이들을 아예 무시하는 대신 극한에 상응하는 소리의 뉘앙스와 의미의 연상 효과를 십분 활용[42]하고 있는 것이다. 새삼스런 이야기가 되겠지만 시인의 목적은 근체시를 짓는 데 있는 것이 아니라 작품의 예술적 성취도를 극대화하는 데 있으므로 박지원의 이와 같은 선택이 탁월했음은 말할 것도 없다.

이밖에도 연암의 시 가운데는 표면적으로 근체시처럼 보이면서도 근체시가 아니거나 근체시에서 일탈과 파격을 보이고 있는 사례가 적지 않게 발견[43]되고 있는데, 이러한 파격과 일탈들이 작품내적 질서 속에서 어떤 유기적 상관관계를 가지고 있는지에 대해서는 작품마다 개별적인 검토가 필요하다. 그러나 한 가지 분명한 것은 이와 같은 파격과 일탈이 근체시의 형식적 폐쇄성에서 벗어나서 자유로운 창의력을 마음껏 발휘하고 싶었던 연암의 의식의 소산이란 점이다.

4. 맺음말

연암이 살았던 조선후기에는 '조작적이지 않은 자연태'와 '규율에 구속되지 않는 자유'의 이념을 그 핵심적 지향으로 하는 天機論이 광범위하게 유포되어 있던 시기였다. 이 시대에는 '順自然'이라는 우리나라의

---

42) 앞의 작품 분석 참조.
43) 평측이 맞지 않은 「江居謾吟」과 「送李懋官次修入燕 二首」, 같은 글자를 중복 사용한 「燕岩憶先兄」, 「山行」 등이 그 대표적인 경우에 해당된다.

始原的인 미학 사유 내지 문화심리와는 기본적으로 다른 중국 문예의 그 상대적으로 높은 격식지향성에 대한 因循과 이로 말미암은 매너리즘, 그리고 유교문화의 그 강한 典禮主義的 규범주의적 성향이 누적되어 일정한 한계에 도달해 있었다.

이러한 시대적인 분위기 속에서 바로 이와 같은 한계상황을 돌파하기 위하여 우리나라의 始原的인 미학 사유 내지 문화심리인 순자연의 한 更新形態로서 대두된 것이 바로 天機論이었다. 조선후기에 율시의 까다로운 규율이 지닌 구속에서 벗어나기 위하여 고시를 선호하는 경향이 나타났던 것도 이와 같은 맥락에서 이해되며44), 중국의문화적 조건 속에서 형성된 각양 각종의 형식적 구속과 기교적 조탁으로부터의 해방을 선언하고 나온 茶山의 이른 바 '朝鮮詩 宣言'은 이러한 흐름의 한 극점에 해당된다. 말하자면 근체시의 형식적 폐쇄성에서 벗어나서 자유로운 창의력을 마음껏 발휘하고 싶었던 연암의 의식은 평지돌출의 개인적인 의식이 아니라 당시 문단에 적지 않게 유포되고 있었던 상당한 정도의 역사성을 가진 의식이었던 것이다.

그러나 그럼에도 불구하고 아직도 대부분의 시인들이 근체시의 폐쇄적 규율을 맹목적으로 추수하고 있던 상황 속에서, 연암이 탁월한 시적 재능을 가지고 있으면서도 이와 같은 흐름에 대한 거부감으로 한시, 특히 근체시의 창작에 냉담한 반응을 보였다는 것은 크게 주목되어야 마땅하다. 물론 근체시에 대한 연암의 이와 같은 태도는 당대의 매너리즘에 대응하는 방식으로서는 대단히 소극적인 것이지만, 그 자체로서 하나의 문학사적 사건이기 때문이다. 더구나 연암의 한시 가운데 적지

---

44) 天機論과 관련된 대목은 전적으로 다음을 참고하였음(李東歡, 「조선 후기 '天機論'의 개념 및 미학 이념과 그 문예·사상사적 함의」, 『실학시대의 사상과 문학』, 지식산업사, 2006, 249-268쪽)

않은 작품들이 근체시를 의식하고 지은 것임에도 불구하고 근체시의 전통규율에서 완전히 일탈하거나 심한 파격을 보여주는 작품도 결코 적지 않게 있다는 점에서 더욱 그렇다. 요컨대 다산의 '조선시 선언'이 이러한 흐름의 토대 위에서 표출되었던 공식적인 하나의 '선언'이라면, 근체시 창작에 대한 연암의 소극적 태도와 근체시의 보편 규율에서 거침없는 일탈과 파격을 감행한 그의 일련의 시들은 구체적인 작품 속에서 실천적으로 '선언'을 구현한 선구적인 사례라고 할 수 있을 것이다.

수록처:『한국한문학연구』제39집, 한국한문학연구회, 2007.

제4부

遺蹟 및 遺蹟地 탐색

鍪藏寺碑를 쓴 서예가에
대한 再檢討

1. 머리말

　현재 국립중앙박물관에 처절하게 깨어진 채 소장되어 있는 鍪藏寺
碑는 중국의 명필 중의 명필인 王羲之 體의 대단히 빼어난 글씨로 인하
여 서예가들과 금석학자들 사이에 조선시대부터 이미 널리 알려져 있
었다. 하지만 비석이 크게 파손된 데다 남아 있는 것이 일부분에 불과
하기 때문에 이토록 빼어난 글씨를 쓴 서예가가 누구인지에 대해서는
아직까지도 확실하게 밝혀진 바가 없다. 다만 이 문제를 두고 무려 수
백 년 동안에 걸쳐서 한국을 위시하여 중국, 일본 등 동양 3국의 학자들
사이에 설왕설래가 무성하게 오고 갔을 뿐이다.

　수 백 년 동안 무장사비를 쓴 사람이 누구인가를 둘러싸고 벌어졌던
이견들을 정리하면 크게 두 가지로 압축된다. 그 가운데 하나는 과거
우리나라 학자들이 남긴 다수의 기록들에 따라 무장사비를 쓴 사람이
신라의 명필 金陸珍이라고 보는 견해다. 만약에 그럴 경우 한국서예사
에 김육진이라는 실로 걸출한 명필 한 사람이 새롭게 등장하게 된다.
다른 하나는 무장사비의 글씨가 왕희지의 글씨와 닮아도 정말 너무나
도 흡사하게 닮았으므로 도저히 김육진이 썼다고는 볼 수가 없고, 무장

사비는 결국 왕희지의 글씨를 集字하여 세운 集字碑라는 주장이다. 이와 같은 두 가지 견해 가운데 집자비란 견해가 거의 완전히 대세를 이루고 있는 상황에서, 필자도 10여 년 전에 바로 이 논쟁에 참여한 바 있다. 그 당시 필자는 집자비설이 지니고 있는 문제점들을 비판하고, 이 비석을 쓴 사람은 신라의 명필 김육진임이 거의 확실하다는 결론을 내린 바[1]가 있었다.

그 후 한동안 잠잠하던 무장사비 논쟁은 2009년 경주시에서 무장사비 복원을 추진할 때, 연구진의 책임연구원을 맡았던 최영성에 의하여 새로운 국면으로 접어들었다. 그는 무장사비는 김육진이 쓴 것도 왕희지의 글씨를 모은 집자비도 아니고, 황룡사의 승려가 쓴 것이라는 새로운 견해를 제시[2]하였고, 2010년 경주에서 열린 '신라 무장사비 국제 학술회의'에서도 같은 견해[3]를 피력하였다. 회의에 참석한 동양 3국의 학자들도 적극적이든 소극적이든 그의 견해를 두루 수용했으며, 따라서 이제 무장사비를 쓴 사람은 황룡사의 승려라는 쪽으로 그 대세가 기울어진 느낌마저 없지 않다.

하지만 필자가 최영성이 제시한 증거와 논리를 꼼꼼하게 검토해 본 결과, 그의 주장이 타당할 가능성은 그리 높지 않다고 판단되었다. 그럼에도 불구하고 국제회의에 참석한 동양 3국의 학자들이 모두 그의 견해를 수용하는 태도를 보인 데 대해서도 필자로서는 좀처럼 수긍을 할 수가 없었다. 이 논문은 바로 이와 같은 맥락에서 '황룡사 승려설'의

---

1) 이종문, 「무장사비를 쓴 서예가에 관한 한 고찰」, 『남명학 연구』제 13집, 남명학연구소, 2002.
   이종문, 『한문고전의 실증적 탐색』, 계명대 출판부, 2005(재수록).
2) 최영성, 「무장사 아비타불 조상비 연구」, 『무장사 아미타불 조상사적비 정비 연구 보고서』, 경주시, 2009.
3) 최영성, 「신라 무장사 비의 書者」에 관한 연구, 『신라 무장사비 국제학술회의 논문집』, 경주시, 2010.

타당성 여부를 검토하는 한편, 무장사비를 쓴 서예가가 지금까지 서예사에서 거의 주목받지 못하고 있는 신라의 명필 김육진이 거의 분명함을 보다 확실하게 해두기 위해 집필되었다. 그러므로 이 논문의 일차적인 목적은 무장사비를 쓴 사람이 누구냐를 가리는데 있지만, 그것이 궁극적으로 통일신라시대의 서예사를 어떻게 서술할 것인가를 밝히는 일과 직결되어 있음은 말할 것도 없다.

무장사비 탁본4)의 일부(제일 큰 비신과 제일 작은 비신)

---

4) 성균관대학교박물관, 『신라금석문탁본전- 돌에 새겨진 신라인의 삶』, 2008, 73면에서 인용.

2. 기존 연구사에 대한 검토

이해의 편의를 도모하기 위해, 먼저 수 백 년 동안 무장사비를 쓴 사람이 누구인가를 둘러싸고 벌어졌던 이견들을 간단하게나마 정리[5]해 둘 필요가 있을 것 같다. 무장사비를 쓴 사람에 대해 최초로 언급하고 있는 문헌은 조선후기의 서예가 朗善君 李俁(1637-1693)가 편찬한『大東金石書』인데, 이 책에는 김육진이 무장사비를 썼다고 기록해두고 있다. 이어서 편자 미상의 10 권 본『金石淸玩』의 편찬자, 耳溪 洪良浩 (1724-1802), 冠巖 洪敬謨(1774-1851), 秋史 金正喜(1786-1856) 등 당대의 대가들을 포함한 다수의 학자들도 무장사비를 쓴 서예가가 신라의 명필 김육진이라고 기록하고 있다. 서예와 금석학 분야에서 탁월한 위치를 차지하고 있는 큰 학자들이 한 결 같이 무장사비를 쓴 사람은 김육진이라고 기록하고 있으므로, 상식적인 견지에서 본다면 무장사비를 쓴 사람이 김육진이라는 것을 의심할 여지는 아무 것도 없다.

그러나 그럼에도 불구하고 이와 같은 문헌 기록을 부정하는 학자들이 줄을 지어 나타나기 시작했다. 신뢰할 만한 기록이나 확실한 증거가 있어서가 아니었다. 그들이 무장사비를 집자비라고 보는 유일한 이유는 그 글씨가 중국의 명필 중의 명필인 왕희지의 글씨와 닮아도 정말 너무 많이 닮았다는 사실에 있었다. 요컨대 왕희지의 글씨와 너무나도 많이 닮았으므로 아무래도 김육진이 쓴 것이라고 보기는 어렵고, 결국 무장사비는 왕희지의 글씨를 集字하여 세운 集字碑라고 볼 수밖에 없다는 것이다. 하지만 현재 남아 있는 3개의 비편 가운데 제일 큰 비편의 첫째 줄에 나오는 다음 부분이 이러한 견해를 주장할 수 있는 기본적인 터전을 마련해 준 것도 사실이다.

---

5) 논쟁의 내용에 대해서는 앞에서 제시한 필자의 논문을 토대로 하여 대폭 축소하고 부분적으로 보완한 것임.

···/守大奈麻臣金陸珍奉敎/···皇龍···

앞에 제시된 탁본에서도 보다시피 무장사비의 제 1행은 빗금 부분을 경계로 하여 '守'字 위가 깨어지고 없다. 게다가 '敎'字 아래도 깨어져서 '皇龍'이란 글자가 남아 있는 그 아래 부분과 그 윗부분이 완전히 분리되어 있는 상태다. 그러므로 현재로서는 '敎'字 바로 아래 있었던 글자를 전혀 알 수가 없다. '敎'字 아래 몇 글자만 더 남아 있었더라도 김육진이 왕명을 받들고 한 일이 무엇이었는지를 분명하게 알 수 있었을 터이고, 무장사비를 둘러싼 논쟁 자체가 아예 일어나지도 않았을 것이다. 그런데 불행하게도 '敎'字 바로 아래부터 깨어진데다가, 그 글씨가 왕희지의 그것과 정말 너무나도 흡사했기 때문에 집자비란 주장이 대두될 수가 있었던 것이다.

무장사비가 집자비란 견해는 무장사비 탁본을 입수한 淸나라의 翁方綱(1733-1818)[6]에 의하여 처음 피력되었다[7]. 그는 집자의 대본이 된 왕희지의 글씨는 定武本「蘭亭序」, 당나라의 승려 懷仁과 大雅가 각각 집자한 「聖敎序」 및 「興福寺碑」라고 구체적으로 말하기도 했다. 추사가 몹시 존경했던 중국인 스승이자 청나라의 대학자로서 당대의 독보적인 금석학자이자 서예가였던 옹방강의 이와 같은 견해는 의식적이든 무의식적이든 후대 학자들에게 적지 않은 영향을 미쳤던 것으로 생

---

6) 일반적으로 옹방강이 추사를 통해서 무장사비 탁본을 입수했다고 말하고 있으나, 그것은 사실이 아닌 것 같다. 옹방강의 연보에 의하면 그가 「新羅鍪藏寺碑殘本跋」이란 글을 쓴 것은 62세 때인 1794년인데, 추사가 중국으로 간 것은 24세 때인 1809년, 옹방강을 처음 만난 것은 25세 때인 1810년 이었다. 그러니까 옹방강은 추사를 만나기 16년 전에 이미 「新羅鍪藏寺碑殘本跋」을 쓴 셈이며, 그 때 추사는 나이 9살의 어린이에 불과했다.

7) 翁方綱, 「新羅鍪藏寺碑殘本跋」, 『復初齋文集』 제 24권, 『續修四庫全書』 1455권: 碑行書 雜用右軍蘭亭及懷仁大雅所集字 蓋自咸亨開元以來 唐人集右軍書 外國皆知服習而所用蘭亭字 皆與定武本合 乃知定武本實是唐時所刻 因流播於當時耳.

각된다. 우선 그의 아들로 추사와 절친했던 翁樹崑(1786-1815)이 '집자비설'을 계승한 것으로 생각8)되고, 劉喜海의『海東金石苑』에「題辭」를 쓴 李惠吉도 같은 견해를 피력9)하였다. 무장사비가 왕희지의 글씨를 집자한 집자비라는 견해는 일제 강점기 이후 일본인 금석학자들에 의해서도 꾸준히 수용되고 주장되었다. 특히 조선총독부에서 수집하고 간행된『朝鮮金石總覽』편찬 작업을 시종일관 주도했던 저명한 일본인 금석학자 葛城末治는 '비문의 撰者는 金陸珍이다.... 집자비이기 때문에 글씨를 쓴 사람이 김육진이 될 수는 없다'고 말하기도 했다.10) 그는 당시 한국에서 발견된 중국의 침략과 관련된 금석문과 집자비, 그리고 年號의 借用 등을 중요시하는 등 한국사의 체계화보다는 은연중에 한국 문화의 중국에 대한 예속성을 강조하려고 했던 사람이었다.11) 그러니까 갈성말치는 이 땅에다 이른 바 식민사관을 심는데 열성적이었던 학자였으며, 무장사비를 집자비로 강하게 밀어붙인 이면에는 이와 같은 학문외적 정치성이 은연중에 도사리고 있었을 가능성도 물론 배제할 수 없다.

하지만 그러한 와중에서도 '집자비설'을 부정하는 학자들이 전혀 없었던 것은 아니다. 스승 옹방강이 집자비라고 했음에도 불구하고 집자비가 아니라고 거듭하여 언급했던 추사 김정희12)나 호암 문일평13)이

---

8) 翁樹崑, (藤塚鄰,『秋史金正喜研究』, 과천문화원, 2009, 314면): 大淸嘉慶十有九年歲在庚戌 冬十月二十有五日 星原弟翁樹崑 百拜... 新羅鍪藏寺碑 守大南令金陸珍撰 雖殘缺 亦當在貞元十六年 惠求全拓

9) 李惠吉,「海東金石苑題辭」, (劉喜海,『海東金石苑』, 아세아문화사, 1976, 제 12면): 鍪藏麟角 碎金 集右軍之書. 新羅鍪藏寺碑高麗麟角寺碑 俱集王右軍行書 頗具典型. 惠吉은 李尙迪의 字임.

10) 葛城末治,『朝鮮金石攷』, 1935(아세아문화사, 1978, 230-231면 참조)

11) 허흥식,『고려불교사연구』, 일조각, 1986, 566면.

12) 翁樹崑,,「鍪藏寺碑」,『海東金石零記』, 과천문화원, 2010. : 新羅金陸珍書, 此碑亦在慶州 只此殘本而已 碑在慶尙道慶州 卽鷄林也 秋史.
    金正喜,「與金東籬敬淵」,『阮堂先生全集』4 卷, 書牘: 鍪藏碑果是弘福字體 非集字

바로 그런 경우다. 하지만 황수영, 김응현, 유홍준 등 20세기 이후 무장사비의 글씨를 언급한 수많은 학자들은 거의 모두가 '집자비설'을 계승하였다. 게다가 무장사비를 소개하고 있는 각종 안내문이나 전시 도록에서도 거의 예외 없이 왕희지 집자비로 소개하고 있다[14]. 아마도 대부분 옹방강이나 갈성말치 등의 주장을 무비판적으로 답습한 것이겠지만, 어쨌든 이제 무장사비는 왕희지 글씨를 집자한 집자비란 것이 식자들 간에 하나의 상식이 되어버렸다. 요컨대 확실한 증거가 아무 것도 없음에도 불구하고 왕희지의 글씨와 닮아도 너무나도 닮았다는 단 한 가지 사실 때문에 무장사비는 이제 왕희지 집자비로 고착화되어버린 것이다.

이와 같은 상황 속에서 필자는 무장사비가 집자비라는 주장을 강력하게 비판하고, 과거 우리나라 문헌 기록대로 일단 김육진의 글씨로 보지 않을 수 없다는 의견을 개진[15]한 바 있다. 우선 무장사비에 나오는 글씨의 1/4 정도가 옹방강이 말한 「蘭亭序」, 「聖教序」, 「興福寺碑」에 없는 글자인데, 집자가 불가능할 정도로 획이 복잡한 글자도 대단히 많다. 그럼에도 불구하고 글씨의 크기와 획이 대단히 고를 뿐만 아니라 전후의 필세와 기맥이 살아 움직이고 있는데다, 전체적으로 놀라울 정도의 조화를 이루고 있다. 그리하여 마침내 축소도 확대도 쉽게 할 수가 없었던 시대에 이렇게까지 전체적인 조화를 이룬 탁월한 집자비를 만든다는 것은 불가사의한 일이라고 생각되었다. 아울러 이 비석에 대

如麟角碑矣 金陸珍是新羅末葉之人 而碑之年代 今不可考矣.

『海東金石零記』의 저자가 옹수곤이라는 것은 박현규가 다음 논문에서 밝힌 바 있음. 박현규, 「『海東金石零記』의 저자와 실상」, 『대동한문학』 35집, 대동한문학회, 2011.

13) 文一平, 「新羅 名筆 金陸珍」, 『湖岩全書』 제 2권, 1940, 99-101면 참조.

14) 사례가 너무 많아서 일일이 언급할 수 없을 정도임.

15) 보다 자세한 내용은 이종문의 '앞의 논문' 참조.

한 정보가 상대적으로 부족할 수밖에 없는 後代의 학자들이 별다른 근거 없이 다수의 先代 학자들이 남긴 기록을 너무 쉽게 불신하는 풍토 자체가 정말 기이하게 느껴지기도 했다.

이러한 가운데 2009년 이은혁이 무장사비의 탁본 글씨와 왕희지의 글씨를 첨단 기계를 이용한 상호 비교를 통하여 무장사비가 집자비가 아니라는 필자의 주장을 다시 한 번 확인[16]하였다. 지금까지 집자비이기 때문에 김육진이 쓴 것이 아니라고 주장했는데, 집자비가 아니라는 것이 과학적으로 재확인되었으므로 이제 무장사비를 쓴 사람은 과거의 기록에 따라 김육진으로 귀착되는 것이 자연스럽고도 당연한 일이었다.

3. 황룡사 승려설의 대두와 그 의문점

그런데 바로 이와 같은 상황 속에서 최영성이 '김육진은 어디까지나 무장사비의 비문을 지은 사람이고, 비석의 글씨를 쓴 사람은 황룡사의 승려'라는 새로운 주장을 들고 나왔다. 그가 이와 같은 주장을 하는 근거를 직접 인용하면 다음과 같다.

> 서자와 관련하여 필자는 비문 첫 줄에 나오는 "…守大奈麻臣金陸珍奉敎□□…皇龍…"이라 한 대목을 주목해야 한다고 본다. 김육진이 임금의 명령을 받들어 글을 짓고 썼다면 "奉敎撰幷書"가 되어야 할 터인데 떨어져나간 '□□'에는 '撰幷書' 석 자가 들어갈 수 없다. '봉교찬'은 인정할 수 있지만 '병서'까지 들어갈 수는 없다. 더욱이 그 밑에 '황룡' 운운하는 대목은 글씨를 쓴 사람과 관련하여 간과할 수 없는 중요한 부분이

---

16) 이은혁, 「무장사비 아미타불 조상비의 서체 분석과 복원안」, 『무장사 아미타불 조상사적비 정비 연구보고서』, 경주시, 2009.
이은혁, 「무장사비와 왕희지 체의 비교 고찰」, 『신라 무장사비 국제학술회의 논문집』, 경주시, 2010.

다. 중국이나 우리나라 할 것 없이 글씨에 뛰어난 스님이 금석문을 쓰거나 집자를 한 이는 적지 않다. 성교서 비를 집자한 회인 스님의 예는 너무나 유명하여 더 말할 나위 없지만 신라의 경우만 하더라도「斷俗寺碑」를 쓴 靈業이라든지「智證大師碑」를 쓴 慧江과 같은 승려 출신의 대표적 書家가 있다. 필자의 단견으로는 위에서 말한 대목은 '皇龍寺僧(沙門)○○書'일 가능성이 높지만 '皇龍寺沙門○○奉 敎書'일 수도 있다. 종래 선학들은 '황룡' 운운한 대목을 대수롭지 않게 보아 넘겼지만, 필자는 이와 같은 추정에 따라 서자를 김육진이 아닌 황룡사 스님으로 보고자 한다. 이 스님이 누구인지는 구체적으로 알 수는 없지만, 한국 서예사를 새로 써야 할 정도로 서예에 능했으며, 특히 왕희지체에 정통했음을 알 수 있다. 이 서자에 대한 추정은 종래 집자비니, 김육진의 글씨니 하는 논란을 일거에 잠재울 수 있는 좋은 근거가 되리라 생각한다.[17]

보다시피 최영성은 제 1行의 '敎'字 바로 아래 '撰'자가 있었을 것으로 추측하고, 비석의 제작 과정에서 김육진이 한 일은 글씨를 쓰는 일이 아니라 비문을 짓는 일이었다고 주장했다. 무장사비가 집자비라고 주장한 학자들도 같은 생각을 그 바탕에 깔고 있었으므로, 이와 같은 주장이 새로울 것은 아무 것도 없다. 그러나 그가 무장사비의 글씨를 쓴 사람이 황룡사의 승려라고 주장한 것은 완전히 새로운 견해였다. 하지만 인용문에서 살펴볼 수 있듯이 무장사비를 황룡사 승려가 썼다고 하는 주장은 확실한 근거가 있는 것이 아니라 아주 소박한 '추정'에 지나지 않는다. 이와 같이 단순하고 소박한 추정을 바탕으로 하여 글씨를 쓴 사람이 황룡사 승려이고, 따라서 그 위에 있는 김육진은 비문을 지은 이라고 주장하는 것은 매우 위험하고도 성급한 결론이 될 수도 있다. 그는 2010년 경주에서 있었던 '신라 무장사비 국제학술회의'에서도 같은 논리를 펴면서 다음과 같이 말한 바 있다.

---

17) 최영성(2009), 24면.

먼저 선학들이 인식한 것처럼 김육진이 임금의 명령을 받들어 글을 짓고 썼다면 "奉 敎撰幷書"가 되어야 할 것이다. 그러나 결락된 '□□' 두 칸에는 "撰幷書" 석 자가 들어갈 수는 없다·· 이점은 김육진이 서자가 아니라는 분명한 방증이 된다. 다시 말해서 김육진은 비문만 지었다는 결론에 이르게 된다·· 그렇다면 자연스럽게 황룡사 스님이 서자라는 결론에 도달하게 될 것이다·· 이 점을 부각시킨 것은 본고의 눈동자에 해당한다고 자부할 수 있겠다·· 무장사비 글씨를 보고 감상하면서도 서자인 황룡사 스님에 대해 일말의 정보도 갖지 못함을 우리는 애석하게 생각한다··18)

이와 같은 서술을 보면 마치 무장사비를 쓴 사람이 황룡사 승려임을 최종적으로 확인한 것 같은 느낌마저 준다. 제시한 근거에 비하여 견해에 대한 믿음이 아무래도 크게 지나치다는 느낌을 지울 수가 없는 것이다. 그런데 이상한 것은 이와 같은 추정을 학계에서 서서히 수용하기 시작했다는 사실이다. 무장사비 복원을 위한 연구진의 연구 결과를 검토한 자문회의에서는 "무장사비의 글씨를 쓴 사람이 신라의 황룡사 스님이라고 추정한 것은 이번 연구의 가장 큰 수확"이라고 규정19)했으며, 특히 한 자문위원은 "비문의 書者가 황룡사 승려일 가능성을 확인한 것은 정확하고 옳은 판단이다.20)"라고 말한 바 있다.

무장사비를 쓴 사람이 황룡사 승려라는 소박한 추정을 객관적인 사실로 수용하는 듯한 이상한 현상은 2010년 경주에서 열렸던 '신라 무장사비 국제학술회의'에서도 다시 한 번 드러났다. 먼저 무장사비 복원을 위한 연구진의 일원으로 참여하였던 이은혁은 서체에 대한 과학적인 대조를 통하여 집자비설을 부정하는 한편 다음과 같이 주장하였다.

---

18) 최영성(2010), 14-15면.
19) 『무장사 아미타불 조상사적비 정비 연구보고서』, 경주시, 2009, 157면.
20) 『무장사 아미타불 조상사적비 정비 연구보고서』, 경주시, 2009, 163면.

비문의 구성에서 書者가 뒤에 오는 관례에 비추어볼 때, 첫 행의 皇龍寺는 書者와 관련이 있는 사찰임에 분명하다. '황룡사와 관련이 있는 스님'이 최우선적으로 판단되는 서자이다. 사례를 비추어 斷俗寺信行禪師碑를 쓴 東溪沙門 靈業의 경우, 왕희지체를 핍진하게 구사한 동시대 인물이란 점에서 書者일 가능성이 매우 높다. 아니면 아직까지 역사에 드러나지 않은 제 3의 皇龍寺 스님일 것이다. 결론적으로 서체를 대조 비교한 결과, 무장사비는 집자비가 아닌 황룡사 스님이 쓴 창작비임을 알 수 있다.[21]

보다시피 이은혁은 최영성의 논리를 그대로 계승하면서, "첫 행의 皇龍寺는 書者와 관련이 있는 사찰임에 분명"하고, 따라서 무장사비는 "황룡사 스님이 쓴 창작비 임을 알 수 있다"고 결론을 맺고 있다. 한편 같은 회의에 참석하여 발표한 宋明信(중국 廈文大 美術學院 教授)도 역시 '김육진은 書者가 아니고 비문을 지은이라는 결론에 이르게 된다', '최 교수의 추론은 상당히 합리적이고 설득력이 있어 김육진 서자설이나 집자설보다 더 진실에 근접한 것으로 느껴진다.'고 주장[22]하였고, 일본인 학자 太田 剛도 이와 같은 견해에 동의[23]를 표했다. 이처럼 국제학술대회에 참석한 한국과 중국, 일본의 학자들이 소극적이든 적극적이든 '황룡사 승려설'에 동의를 표함으로써 이제 무장사비의 글씨를 쓴 사람은 황룡사 승려라는 쪽으로 크게 기울어진 느낌이다.

그러나, 그럼에도 불구하고 필자는 무장사비를 쓴 사람이 황룡사 승려라는 주장을 그대로 받아들이기가 어렵다. 이와 같은 주장을 그대로 수용하기에는 여러 가지 의문점들이 줄줄이 뒤따르기 때문이다. 최영

---

21) 이은혁(2010), 122면.
22) 송명신, 「신라 무장사비의 書者와 서체 분석」, 『신라 무장사비 국제학술회의 논문집』, 경주시, 2010, 225면.
23) 太田 剛, 「신라 무장사비 서에 관한 연구에 대해」, 『신라 무장사비 국제학술회의 논문집』, 경주시, 2010, 225면.

성이 제 1행의 끝부분에 있는 '皇龍'이란 두 글자를 주목한 것은 큰 의미가 있다고 각되지만, '황룡' 아래 있었던 글자들이 마멸되고 없는 마당에 이 두 글자만을 가지고 '황룡사 승려가 무장사비를 썼다'고 말할 수가 있을까? 혹시 '敎'字 아래 '書'字가 들어 있어서 비문을 쓴 사람은 김육진이고, 비문을 지은 사람에 대한 기록은 깨어지고 없는 상단부에 있었을 가능성은 없을까? 혹시 깨어진 부분에 '撰書' 두 글자가 들어 있었을 가능성은 전혀 없을까? 신라시대 비문들을 모두 조사해본 결과 승려들이 글씨를 쓴 사례는 4번인데 비하여 글씨를 새긴 사례는 6번이나 되어, 새긴 경우가 쓴 경우보다도 더 많았다[24]. 그러므로 '황룡'이 황룡사 승려를 가리킨다고 하더라도 그가 한 일이 글씨를 쓴 일이 아니라 새긴 일이었을 가능성[25]은 없을까?

이와 같은 몇 가지의 소박한 문제 제기만으로도 황룡사 승려가 무장사비를 썼다는 주장은 이미 적지 않게 흔들리고 있는 느낌이다. 게다가 더욱더 의문스러운 것은 제 1행의 "....守大奈麻臣金陸珍奉敎"의 '敎'字

---

24) 필자가 신라시대 비문 전체를 대상으로 비석을 세우는 과정에서 승려가 한 역할을 조사한 결과, 비문을 새긴 경우가 6번, 비문을 쓴 경우가 4번, 비문을 집자한 경우가 1번이었다.

25) 이러한 점에서 고선사 誓幢和尙碑의 제 1행은 대단히 주목된다. 왜냐하면 제 1행의 마지막 부분, 그러니까 무장사비의 '皇龍'이 위치한 바로 그 자리에 "音里火三千幢主級湌高金□礪"이라고 하여 새긴 사람에 대해 기록하고 있기 때문이다. 서당화상비와 무장사비는 두 비석의 일부를 같은 자리「止淵」에서 발견할 정도로 가까운 거리에 있고, 발견 당시 행정 구역상으로도 같은 암곡동에 위치하고 있었다. 게다가 서당화상비가 세워진 시기는 800-808년(애장왕대) 사이이고, 무장사비가 세워진 시기는 800-801년경 혹은 그 보다 다소 후로 추정되고 있으므로 두 비석이 세워진 시기도 비슷하다. 어느 것을 먼저 세워졌는지 알 수 없지만, 귀부와 이수가 있는 본격적인 비석을 세우는 일이 거의 없던 시대에 같은 마을에 먼저 세워진 비석이 있다면, 그것은 새로 세우는 비석의 모델이 되기 십상이다. 이러한 점에서 무장사비의 '황룡사'가 있는 자리가 서당화상비의 새긴 사람이 있는 위치와 일치한다는 것은 '황룡사'가 글씨를 쓴 사람이 아니라 글씨를 새긴 사람과 관련된 사찰일 가능성을 보여주고 있다고도 볼 수 있을 것이다.

밑의 깨어진 부분에 두 글자가 들어갈 수 있는 여백 밖에 없다는 주장
이다. 이와 같은 주장의 타당성을 살펴보기 위해서는 제일 큰 비편과
제일 작은 비편을 연결하여 판독한 다음 판독문을 주목할 필요가 있다.

> ...□守大奈麻臣金陸珍奉　教...
> ...測汜兮若存者敎亦善救歸于九□□物乎嘗試論之佛道之...
> ...□以雙忘□而不覺遍法界而冥立□□□□而無機齊大空而□...
> ...是微塵之刹沙數之區競禮微言爭崇□□□廟生淨心者久而□...
> ...能與於此乎鍪藏寺者
> ...逈絕累以削成所寄冥奧自生虛白碧潤千尋□□□塵勞而滌蕩寒...[26]

그 동안 대부분의 금석학자들은 무장사비를 판독할 때, 세 덩이로 깨
어진 채 남아 있는 비신을 각각 고립적으로 분리하여 판독해 왔다. 그런
데 최연식이 1992년 학계에서 최초로 제일 큰 비편과 제일 작은 비편을
연결하여 위와 같이 판독한 뒤로부터 이러한 판독이 통용되어 왔고, 최
영성도 기본적으로 이와 같은 판독을 따르고 있다.[27] 그런데 이 판독문
에서 주목되는 것은 제일 큰 비편과 제일 작은 비편 사이의 깨어진 부분
에 행에 따라서 2자 혹은 3자가 들어갈 수 있는 공간이 있는 것으로 추정
하고 있다는 점이다. 만약 이와 같은 추정이 타당하다면 '敎'字 아래 들어
갈 수 있는 글자는 최대한 2자[28]가 맞고, 최영성도 바로 이점을 근거로

26) 최연식, 「무장사 아미타여래 조상비」, 『역주 한국고대금석문』, 한국고대사회연구
　　소 편, 1992. 306면.
27) 최영성의 판독문은 그의 연구 결과에 따라 무장사 터에 복원된 무장사비에 새겨진 것
　　을 따름. 인용한 부분에서 최영성의 판독이 최연식의 판독과 다른 점은 제 1행의 '奉 敎'
　　밑에 있는 글자 수를 2자로 추정한 것과 그 아래 부분에 위치하고 있는 '皇龍寺'를 새로
　　판독한 것이고, 그 나머지 부분은 동일하다. 이렇게 볼 때 이 부분에 대한 최영성의 판
　　독은 기본적으로 최연식의 판독을 수용하면서 부분적으로 보충한 것이 아닐까 싶다.
28) 현존하는 비석과 탁본을 자세히 살펴보면 2행 이하를 이렇게 판독할 경우 '敎'字 아
　　래 여백에 들어갈 수 있는 글자는 최대한 2자다.

하여 '황룡사 승려설'을 주장했다는 것은 앞에서도 이미 말한 바 있다. 하지만 비신과 비신 사이의 깨어진 부분에 행에 따라서 2-3문자 혹은 3자가 들어갈 수 있는 공간이 있다는 추정이 타당한지는 의문이다. 왜냐하면 이우의『대동금석서』[29]와 편자 미상의 10권 본『金石淸玩』[30]에 모두 수록된 무장사비 탁본 쪽 가운데 다음과 같은 내용이 수록되어 있기 때문이다.

비석의 2행: 嘗試論之佛道之
비석의 3행: 無機齊大空而□
비석의 4행: 廓生淨心者久而
비석의 6행: 乎而塵勞而滌蕩[31]

이 탁본 쪽에는 현존하는 비신은 말할 것도 없고 지금까지 알려진 탁본에도 발견되지 않았던 글자가 2자 더 보인다. 제6행 상단의 '乎而'가 바로 그것이다. 이 두 글자를 기존의 6행에다 보충해서 판독해 보면 다음과 같은 문장이 된다.

6행 보충 판독: (幽谷)逈絶 累以削成 所寄冥奧 自生虛白 碧潤千尋 □乎而塵勞而滌蕩寒

위의 문장에서 밑줄 친 부분은『삼국유사』에도 같은 내용이 수록되어 있다. 그러므로 '逈絶' 앞에는『삼국유사』의 기록에 따라 '幽谷'이 있었다고 보아도 별다른 문제가 없을 것 같다. 그러고 보면 이 문장의 앞부분은 4자구가 짝을 이루면서 자연스럽게 이어지고 있고 그 의미도

---

29) 李俁,『大東金石書』, 아세아문화사, 1976, 40면.
30) 편자 미상,「鍪藏寺碑」, 10권본『金石淸玩』제1권, 국립중앙박물관 소장. 이 책에 수록된 무장사비 본은 노중국 교수의 도움을 받아 남동신 교수로부터 입수하였다. 이 자리를 빌려 도움을 주신 두 분에게 감사를 드린다.
31) 뒤에 제시된 무장비 탁본 쪽 (2)와 (3) 참조.

분명하다. 이와 같은 맥락에서 볼 때 '碧澗千尋' 밑에 4자구가 하나 더 나오는 것이 훨씬 더 자연스럽다고 느껴지는데 '碧澗千尋'이 단독구로 되어 있어서, 혹시 그 아래 4자구가 하나 더 있는 것이 아닐까, 하는 의구심을 불러일으킨다. 게다가 '碧澗千尋'의 바로 뒤에 나오는 "□乎而塵勞而滌蕩寒"은 '□' 속에 어떤 글자를 넣더라도 좀처럼 문맥이 통할 것 같지가 않다. 이렇게 볼 때 '尋'字와 '乎'字 사이에는 한 글자가 아니라 제법 많은 글자들이 들어 있었던 것이 아닐까 싶다. 만약 그렇다면 큰 비편과 작은 비편 사이의 깨어져나간 부분이 행에 따라 2자 혹은 3자가 들어갈 수 있는 공간보다도 훨씬 더 넓었다는 뜻이 되며, 그것은 곧 '奉敎' 아래 글자가 들어갈 수 있는 여백도 훨씬 더 넓었다는 뜻이 된다.

여기서 자연스럽게 제기되는 것은 학자들이 해당 부분을 행에 따라 2자 혹은 3자 공간으로 추정을 하는 근거가 무엇인가에 대한 의문이다. 앞에서도 이미 언급한 것처럼 2개의 비편이 깨어져서 완전히 분리되어 있으므로 이 두 비편 사이의 깨어진 공간이 행에 따라 2자 혹은 3자임을 어떻게 판단할 수 있었는지 궁금하지 않을 수가 없는 것이다. 그런데 금석문의 판독문이 대개 그렇듯이 이렇게 판독한 학자들도 그 근거에 대해서는 전혀 언급하지 않고 있다. 그러므로 나는 최초로 이렇게 추정을 했던 분에게 추정 근거를 문의하였고, 그는 그 당시에 '추정을 잘못'했다고 진솔하게 대답해주었다. 뿐만 아니라 큰 비신과 작은 비신 사이의 깨어진 부분에 있는 공간이 2자 혹은 3자 공간보다는 최소한 몇 자라도 더 넓을 것이라는 필자의 견해에 대해서도 동의해주었다[32]. 이렇게 볼 때 '奉敎'의 '敎'字 아래 깨어진 부분에 들어갈 수 있는 글자 수가 두 글자라는 전제 아래서 출발한 '황룡사 승려설'은 그 전제 자체부터가 이미 잘못된 것이 아닐까 싶다.

---

32) 이 자리를 빌려 번거로운 문의에 대하여 아주 진솔하고 자상하게 대답을 해주신 최연식 교수에게 감사드린다.

4. 무장사비를 쓴 사람에 대한 재검토

그러나 그와 같은 전제가 설사 옳다고 하더라도 '황룡사 승려설'이 인정되기 어려운 또 다른 이유가 있다. 그것은 '왕희지 집자설'이 인정되기 어려운 이유와도 맞물려 있고, 아직도 '왕희지 집자설'을 수용하는 사람들이 대단히 많은 상황이기도 하다. 그러므로 차제에 '왕희지 집자설'이나 '황룡사 승려설'이 성립되기 어려운 근거를 좀 더 확실하게 제시하고, 무장사비를 쓴 사람이 김육진임을 보다 분명하게 밝혀두고자 한다. 앞에서도 이미 언급한 것처럼 많은 학자들이 왕희지 집자설이나 황룡사 승려설을 주장하는 이면에는 김육진이 무장사비를 썼다는 옛날 기록에 대한 불신이 그 밑바탕에 깔려 있다. 그러므로 반론의 실마리도 역시 새로 찾아낸 자료들과 기존 기록들을 꼼꼼하게 음미하는 데서 그 물꼬를 트고자한다. 논의의 편리를 위하여 다소 번거롭더라도 무장사비를 쓴 사람을 명시해 놓은 과거 우리나라의 대표적인 문헌들을 정리하면 다음과 같다.

순서	기록한 학자	쓴 사람	수록문헌	비고
1	李俁(1637-1693)	金陸珍	『大東金石書』[33)	
2	편자 미상	金陸珍	『金石淸玩』[34)	10권본 『金石淸玩』[35)에 수록.
3	洪良浩(1724-1802)	金陸珍	『耳溪集』[36)	김육진을 '新羅 翰林'이라 함
4	柳得恭(1748-1807)	金陸珍	『泠齋集』[37)	
5	洪敬謨(1774-1851)	金陸珍	『冠巖全書』[38)	김육진을 '新羅 翰林'이라 함
6	金正喜(1786-1856)	金陸珍	『海東金石零記』[39)	
7	李祖默(1792-1840)	金陸珍	『羅麗琳瑯攷』[40)	'撰幷書'로 기록. 800년에 건립.
8	편자 미상	金陸珍	『大東金石名考』[41)	고려비로 착각

9	편자 미상	金陸珍	『海東金石總目』[42]	
10	李裕元(1814-1888)	金陸珍	『嘉梧藳略』[43]	김육진을 新羅 翰林이라 함
11	吳世昌(1864-1953)	金陸珍	『槿域書畵徵』[44]	

보다시피 대략 조선조 말까지 우리나라 학자들은 한결같이 무장사
비를 쓴 사람이 김육진이라고 기록하고 있으며, 적어도 국내 문헌에서
김육진이 쓴 것이 아니라고 한 경우는 아직까지 하나도 없는 것 같다.
그러나 이 기록들 가운데는 자신이 직접 무장사비 탁본을 보고 확인한
것인지, 아니면 과거의 기록들을 그대로 답습한 것인지 불명확한 것들
도 많다. 4번과 7-11번이 모두 그런 경우에 해당한다. 학문이 다수결에

---

33) 李俁, 「鍪藏寺碑」, 『大東金石書』, 아세아문화사, 1976, 39-40면. 한편 박철상은
『大東金石書』의 편찬자가 이우가 아니라 이우의 아우인 朗原君 李侃이 아닐까
하는 견해를 피력한 바(박철상, 「조선시대 금석학 연구」, 계명대학교 대학원 박
사학위 발표 논문 요지, 2014) 있다.

34) 편자 미상, 「鍪藏寺碑」, 10권본 『金石淸玩』 제1권, 국립중앙박물관 소장.

35) 일반적으로 『金石淸玩』은 趙涑이 편찬한 것으로 알려져 왔다. 그러나 최근 남동신
의 연구(남동신, 『金石淸玩 연구』, 『한국중세사연구』 제34호, 2012.)에 의하면 『金
石淸玩』에는 임세권이 소장하고 있는 4권 본 『金石淸玩』, 국립중앙박물관에 소장되
어 있는 10권 본 『金石淸玩』과 6권 본 『金石淸玩』 등 세 종류가 확인되고 있다. 그
가운데 4권 본 『金石淸玩』은 趙涑(1595-1668)이 편찬한 것이나, 다른 두 종류는 그
편찬자가 확실하지 않다.

36) 洪良浩, 「題鍪藏寺碑」, 『耳溪集』 제16권, 題跋.

37) 柳得恭, 「新羅三殘碑」, 『泠齋集』 제5권, 古今體詩.

38) 洪敬謨, 「新羅金陸珍書鍪藏寺碑」, 『冠巖全書』 冊二十七, 題後, 東國墨蹟.

39) 주석 12) 참조.

40) 李祖黙, 「新羅鍪藏寺碑」, 『羅麗琳瑯攷』, (『三韓金石錄 外』, 아세아문화사, 1981,
200-201면 참조). 李祖黙의 「新羅鍪藏寺碑」와 같은 내용이 徐有榘의 『東國金石』
에도 수록되어 있음.

41) 著者 未詳, 『朝鮮金石名考』(『三韓金石錄 外』, 아세아문화사, 1981, 161면 참조)

42) 吳世昌, 『槿域書畵徵』 제1권, 羅代 編, '金陸珍 條' 참조.

43) 李裕元, 「玉磬觚賸記」, 『嘉梧藳略』 14冊.

44) 吳世昌, 「金陸珍」, 『槿域書畵徵』, 제1권, 羅代編.

의해서 결정되는 것이 아닌 이상 이런 기록들은 아무리 많이 남아 있어도 무장사비를 쓴 사람이 누구인가를 정확하게 판단하는 데는 별다른 도움이 되지 않는다. 김정희의 경우는 무장사비 탁본을 중국인 스승인 옹방강에게 보내기도 했고, 무장사를 찾아가 새로운 비편까지 발견하고 직접 탁본을 해오기도 했다. 하지만 그가 본 탁본에 무장사비를 쓴 사람이 김육진이라는 기록이 남아 있었는지, 선행 기록을 답습했는지 판단하기 어려운 측면이 있다. 그러나, 朗善君 李俁(1637-1693), 누군지는 확실하게 알 수 없으나 10권 본 『金石淸玩』의 편찬자, 耳溪 洪良浩(1724-1802), 冠巖 洪敬謨(1774-1851) 등의 경우는 모두 직접 탁본을 살펴보고 그렇게 기록한 것이 확실하다. 그러므로 여기서는 그들의 기록들을 대상으로 하여 살펴보기로 한다.

이 네 사람의 기록 가운데 가장 널리 알려진 것은 1760년 경주부윤으로 부임한 耳溪 洪良浩(1724-1802)가 그 동안 분실되어 있었던 무장사비를 다시 찾아내어 탁본을 한 뒤에, 바로 그 탁본을 살펴보고 쓴 「題鍪藏寺碑」라는 글이다.

내가 경주부윤으로 부임하여 古蹟을 찾아다니다가 '신라 鍪藏寺에 金生이 글씨를 쓴 비석이 있었으나 지금 어디 있는지 알지 못한다.'는 古老의 말을 들었다. 마음으로 개연히 여겨 邑誌를 살펴보고 아전을 보내어 찾아보게 하였다. 아전이 산의 가장 깊은 곳에 들어가니 조그만 절이 있었는데, 절의 승려가 이렇게 말했다. "이곳이 무장사 옛 터인데, 옛날부터 전해오기를 新羅 女主가 이곳에다 병기를 갈무리했다고 합니다만 비석은 보이지 않은지가 오래되었습니다." 아전이 돌아와서 사실대로 아룀에, 내가 듣고 말했다. "이미 무장사 옛 터를 찾았으니 비석은 아마도 수풀 속에 파묻혀 있을 것이다. 다시 가서 찾아보도록 하라." 며칠 뒤에 아전이 돌아와서 말했다. "절 뒤에 콩을 가는 맷돌이 있었는데, 脈理가 평범한 돌과는 달랐으므로 세워 일으키고 그 뒤를 살펴보니 바로 그 절반이 부러져버린 오래된 비석이었습니다." 내가 듣고 기이하게 여겨서 匠人을 보내어 몇 장을 拓本해 오게 했더니, 과연 무장사비였다. 그 문장을 살펴보니 新羅 翰林 金陸珍의 글씨였는데, 육진은 詞翰으로 신라에서 유명했던 사람이다. 전하는 사람들이 그 성만 보고 김생으로 잘못 일컬었던 것이다… 이에 탁본 한 장을 인각사 비 아래 붙여 粧帖 하였다. 뒤에 들으니 한 藏書家가 일찍이 무장사비 全本을 가지고 있었는데 전면과 후면을 다 갖춘 것이라 한다. 지금 내가 탁본한 것은 전면의 절반으로 후면은 콩을 갈다가 마멸되어 버렸으니 거듭 애석하다. 에오라지 두루마리 끝에 이렇게 기록하여, 물건이 숨고 타나나는 데도 운수가 있는 듯 함을 나타내려고 한다.[45]

보다시피 홍양호는 자신의 지시에 따라서 새로 찾아낸 무장사비 탁본을 직접 살펴본 뒤, 이 비석의 글씨를 쓴 서예가가 金生이라는 古老의 말과는 달리 '新羅 翰林 金陸珍'이라고 말하고 있다. 서예와 금석에 빼어난 안목을 가졌던 홍양호가 탁본을 직접 살펴보고 이렇게 기록하고 있으므로 그가 본 무장사비 탁본에는 김육진이 비문을 썼다는 내용이 있었다고 보는 것이 상식이다. 그럼에도 불구하고 무장사비가 집자비라거나 황룡사 승려가 썼다고 주장하는 학자들은 홍양호의 이 기록을 믿지 못하겠다고 말해 왔다[46]. 왜냐하면 그들은 홍양호가 제 1행

---

45) 洪良浩, 「題鍪藏寺碑」, 『耳溪集』 제 16권, 題跋; 余尹鷄林 訪古蹟 聞故老言 新羅鍪藏寺 有金生書碑 而今不知所在 余甚愾然 按邑志 遣吏訪之 入山最深處 有小蘭若 僧言是鍪藏寺舊墟 古傳新羅女主藏兵於此 而碑則不見久矣 吏歸告以實 余曰 旣得舊墟矣 碑或埋沒於林薄乎 第再往尋之 數日來言 寺後有磨豆磑 脉理異凡石 故豎起視其腹 乃古碑之折其半者也 余聞而奇之 遣工搨數本來 果是鍪藏碑 而考其文 卽新羅翰林金陸珍書也 陸珍以詞翰 顯於羅 傳者見其姓 誤稱金生也 及余西歸 拜相國兪文翼公公曰 君在鷄林 得見鍪藏碑否 余對以求得始末 公蹴然喜曰 老夫平生 聚金石錄數百卷 獨未得是碑 再按嶺節 求之非不勤矣 闔境無知者 君乃得之 好古誠過我矣 願分我一本 遂奉獻焉 乃以一本附粧於麟角寺之下 後聞藏書家 曾有鍪藏碑全本 具前後面 今余所搨 卽前面之半 而後面則爲磨豆所滅 重可惜也 聊識卷末 以見物之隱見若有數焉爾

46) 옹방강 등 왕희지 집자비설을 주장한 중국의 학자들은 홍양호 등 조선시대 학자들이 무장사비에 대해서 남긴 기록들을 대부분 보지 못했을 가능성이 대단히 높다. 하지만 역시 집자비설을 주장한 葛城末治 등 일본 학자들이나 황룡사 승려설을 주장하거나 동의한 학자들은 홍양호의 이 기록을 알고 있으면서도 불신해 왔다고 판단된다.

"…守大奈麻臣金陸珍奉教…"의 '敎'字 아래가 이미 파손된 비석의 탁본을 본 뒤, '敎'字 아래 '撰'자가 들어 있었을 터임에도 불구하고 '書'字가 들어있다고 오판을 했다고 보기 때문이다. 김육진은 비문을 지은 사람이지 비문을 쓴 사람이 아니라는 주장도 바로 이와 같은 맥락 위에 서 있다. 그러나 금석학에 대해서 조금만 조예가 있는 사람이라면 이와 같은 상황에서 오판을 하기도 정말 어렵다. '奉 敎' 아래가 깨어진 비석이 있다면 깨어진 자리에 '撰'字 뿐만 아니라 '書', '集字', '刻' 등 여러 가지 글자가 들어갈 수 있다는 것은 쉽게 예상할 수 있는 일이기 때문이다. 더구나 이 여러 가지 글자들 가운데서 최우선적으로 떠오르는 것은 '書'字가 아니라 '撰'字라는 것도 고려해야 할 사항이다. 그러므로 당대의 대가로서 비문의 일반적인 양식에 대해서 누구보다도 잘 알고 있었던 홍양호가 이토록 어처구니없는 오판을 했다고 보는 것은 아무래도 무리가 아닐 수 없다.

(1) 『大東金石書』의 무장사비 탁본 쪽   (2) 『大東金石書』의 무장사비 탁본 쪽

게다가 홍양호가 오판을 했다는 주장이 무리임을 짐작하게 하는 문

(3)『금석청완』에 수록된
무장사비 탁본 쪽

헌들도 여럿 남아 있다. 그 가운데 하나
는 현존하는 최고의 무장사비 탁본을 수
록하고 있음에도 불구하고, 그 동안 무장사
비 논쟁에서 거의 완전히 소외되어 왔던 朗
善君 李俁(1637-1693)의 『大東金石書』다.
『대동금석서』는 홍양호(1724-1802)가 태
어나기도 전에 이미 세상을 떠난 이우가
우리나라의 대표적인 금석문 탁본들을 오
려 붙이고, 해당 금석문의 명칭과 글씨를
쓴 사람을 기록해둔 탁본첩이다. 이 탁본
첩에는 두 조각의 무장사비 탁본(사진 1,
2 참조)을 수록하고 있는데, 수록된 탁본 속에는 글씨를 쓴 사람에 대한
내용이 전혀 없다. 하지만 탁본의 바로 옆에 글씨를 쓴 사람이 김육진이
라고 명시하고 있어서, 이우도 탁본을 보고 글씨를 쓴 사람을 김육진으로
파악했음을 알 수가 있다. 홍양호와 이우 등 시대를 달리하는 두 사람이
각각 다른 탁본을 보고 무장사비를 쓴 사람이 김육진이라고 기록하고 있
는 셈이므로, 이제 무장사비를 쓴 사람이 김육진이 아니기 위해서는 이 두
사람이 모두 오판하지 않으면 안 된다.

하지만 그것이 오판일 가능성이 거의 없음을 보여주는 또 다른 문헌
이 있다. 이우의『대동금석서』보다 조금 뒤에 편찬된 것으로 추정되
는[47] 편자 미상의 10 권 본『금석청완』이 바로 그것이다. 이 책에도 이제
까지 학계에 전혀 공개된 적이 없는 무장사비 탁본 쪽(사진 '3' 참조)[48]이

47) 남동신은 10 권 본『금석청완』이 1655 년경에 조속이 편찬한 4 권 본『금석청완』
    을 계승하고 있는 데다, 17세기 비첩의 특성을 고스란히 지니고 있다는 것을 근거
    로 하여 1680년 이후에 편찬한 것으로 추정하고 있다(남동신, 위의 논문, 421면).
48) 이 탁본 쪽은『대동금석서』에 수록되어 있는 탁본 (2)와 똑 같은 부분이다. 탁본 상
    태가 (2)보다 훨씬 더 좋아 보이지만 1행 아랫부분이 더 많이 깨어져 있는 것으로

딱 한 장 수록되어 있는데, 이 탁본 쪽 옆에도 무장사비를 쓴 사람이 김
육진이라고 명시되어 있다. 게다가 무장사비를 쓴 사람이 김육진임을
보다 분명하게 보여주는 또 다른 기록이 있다. 그 동안 무장사비를 둘
러싼 논쟁에서는 전혀 소개된 적이 없었던 冠巖 洪敬謨(1774-1851)의
「新羅金陸珍書 鍪藏寺碑」가 바로 그것이다.

　　鍪藏寺는 慶州府 동북쪽 暗谷村에 있다. 옛날부터 전하기로는 新羅의
女主가 병기를 갈무리한 곳이라고 한다. 『輿地勝覽』에는 "高麗 太祖가
후삼국을 통일한 후에 골짜기 속에다 병기와 투구를 갈무리 했으므로 그
렇게 이름을 지었는데, 오래된 비석이 있다"고 했다. 그 비석을 살펴보니
글씨를 쓴 사람은 新羅 翰林 金陸珍이니, 절은 신라 때 창건되었고 그 때
이미 이름이 무장사였다. 그런데 『여지승람』에서 "고려 태조가 병기를
갈무리했으므로 그렇게 이름을 지었다"고 한 것은 어찌된 일인가? 또 이
르기를 "골짜기 가운데다 병기와 투구를 갈무리 했다"고 했으니, 고려 때
병기를 갈무리 한 곳은 절 가운데가 아니라 골짜기 가운데였던가? 그렇다
면 절에서 병기를 갈무리 한 것은 신라시대부터지만 고려 태조도 또 여기
에다 병기를 갈무리했기 때문에 이와 같은 이야기가 생기게 되었을까? 절
이 신라 때 창건되었고 비석도 신라 사람이 쓴 것이니 신라 때 병기를 갈
무리했음이 단연코 틀림없다. 절이 폐허가 되고 비석 또한 있는 곳을
몰랐는데 우리 할아버지 文獻公이 경주부윤으로 있을 때 널리 찾다가 절
의 뒤쪽에서 발견했는데, 비석은 그 반이 부러진 채 콩을 가는 맷돌로 사
용되고 있었다. 드디어 몇 장을 탁본해왔는데, 탁본한 것은 앞면의 절반
이었고 뒷면은 콩을 갈다가 마멸되어버렸다. 아아 이 비석은 바로 천년이
넘는 古蹟인데, 수풀 사이에 매몰된 것이 또 몇 백 년이었다. 그런데 지금
다행스럽게 세상에 다시 나왔으니, 아마도 물건이 숨었다가 다시 나타나
는 데도 운수란 게 있는 듯하다. 비문을 지은 사람은 결락되어 알 수 없으
나 쓴 사람은 詞翰으로 신라에서 유명하였고, 書法에 자못 古意가 있으니
아마도 또한 서예로서 당시에 이름난 사람일 것이다.[49]

　　보아 (2)보다 후대에 탁본한 것이라고 생각된다.
49) 洪敬謨, 「新羅金陸珍書鍪藏寺碑」, 『冠巖全書』 冊二十七, 題後, 東國墨蹟: 鍪藏寺在
　　慶州府東北暗谷村 古傳新羅女主藏兵之處 輿地勝覽云高麗太祖統三後 藏兵鍪於谷

보다시피 홍양호의 손자로서 역시 서화와 탁본에 빼어난 조예가 있었던 冠巖 洪敬謨(1774-1851)도 역시 무장사비 탁본을 직접 살펴보고 [按其碑], 글씨를 쓴 사람은 '신라 한림 김육진'이라고 기록하고 있다. 뿐만 아니라 그는 '비문을 지은 사람은 비석이 결락되어 알 수 없지만, 글씨를 쓴 사람은 신라 사람' 즉 김육진이라고 하여, 글씨를 쓴 사람이 김육진임을 다시 한 번 분명하게 확인해주고 있다. 그러므로 이제 무장사비를 쓴 사람이 김육진이 아니기 위해서는 이우로부터 홍경모에 이르기까지 4사람이 모두 다 오판을 해야 비로소 가능하다. 한 사람이 오판을 했다고 한다면 혹시라도 그럴 수가 있겠지만, 당대의 대가 네 사람이 직접 탁본을 보고 모두 이처럼 오판을 한다는 것은 정말 상상하기가 어렵다. 이렇게 볼 때 무장사비를 쓴 사람은 일단 김육진이라고 볼 수밖에 없으며, 이래도 김육진이 아니라고 한다면 우리나라 문헌 기록 가운데 믿을 만한 것이 거의 없게 될 것이다.

그렇다면 이우 등 네 사람은 어떻게 무장사비를 쓴 사람이 김육진이라는 걸 알았을까? 아마도 그들이 본 탁본에는 오늘날 우리가 알고 있는 무장사비 비신이나 탁본보다도 더 많은 정보가 포함되어 있었고, 그 가운데 무장사비를 쓴 사람이 김육진 임을 알 수 있는 내용도 포함되어 있었기 때문일 것이다. 무장사비는 이우의 탁본이 제작될 때도 이미 크게 깨어진 것으로 보이지만50), 그 당시 무장사비가 오늘날의 그것보다

中而因名之 有古碑 按其碑 書之者新羅翰林金陸珍 則寺之刱在於羅時 而已名之以鍪藏矣 輿覽所云麗祖之藏兵而因名之者何歟 且云藏兵鍪於谷中則麗之藏兵 不在於寺中而在於谷中歟 然則寺之藏兵 自羅始而麗祖又甞藏兵於此 故有是說歟寺刱於羅時 碑亦羅人所書 則斷以羅時藏兵爲無疑也 寺墟而碑亦不知所在 我王考文獻公尹雞林 博訪而獲之於寺後 碑折其半而爲磨豆之礎遂捐數本來 卽前面之半 而後面則爲磨豆所滅也 噫 是碑也 乃是千餘年古蹟 而埋沒於林薄間 亦且幾百年矣 今幸復出於世 豈物之隱見若有數焉歟 撰之者缺而闕 書之者以詞翰顯於羅 而書法頗有古意 亦豈以筆名於當時者歟(『冠巖全書』冊二十七, 題後, 東國墨蹟).
50)낭선군이 소장한 탁본을 찍어낼 때도 무장사비는 크게 깨어져 있었던 것으로 보인

더 많은 정보를 담고 있었음은 명백하다. 왜냐하면 앞에서도 이미 언급한 것처럼『대동금석서』등에 수록된 탁본 쪽에 지금까지 알려지지 않았던 '乎而' 두 글자가 더 수록되어 있음을 확인할 수 있기 때문이다. 그러나 이우가 본 탁본에는 이 이외에도 많은 내용이 더 포함되어 있었을 가능성이 높다. 왜냐하면 이우가 본 탁본보다 훨씬 후대에 제작된 탁본을 본 홍양호와 그의 손자 홍경모가 한결같이 '글씨를 쓴 이가 新羅 翰林 金陸珍'이라고 언표하고 있기 때문이다. 김육진이 신라 사람이라는 것은 혹시 민간전승이나 비문의 내용을 통해서 짐작했을 수도 있겠지만, 그가 '翰林'이라는 것은 현존하는 비석이나 탁본에 전혀 없을 뿐만 아니라『삼국사기』등 오늘날까지 알려져 있는 그 어떤 문헌에서도 찾아볼 수 없는 내용이다[51]. 그런데 홍양호와 홍경모[52]는 어떻게 김육진

다. 이 점을 분명히 보여주는 것은 바로『대동금석서』에 수록된 탁본 쪽이다. 탁본 (1)의 상태를 자세히 살펴보면 제 1행의 '鏡'字 아랫부분이 깨어진 것으로 보이는데, 현존하는 비편도 '鏡'字 아랫부분이 깨어져 나가고 없다. 제 5행의 판독할 수 없는 '百'字 위의 글자가 깨어진 것으로 보이는데, 현존하는 비편도 바로 그 부분을 경계로 하여 깨어져 나가고 없다. 탁본 (2)의 제 1행의 '之'字 아랫부분도 깨어져 나간 흔적이 있는데 현존하는 비편도 바로 거기서 떨어져 나갔다. 그러나 그렇다고 하여 무장사비가 오늘날과 꼭 같은 모습으로 깨어져 있었던 것은 결코 아니다. 왜냐하면 앞에서도 이미 언급한 것처럼 (2)의 4행의 '乎而' 두 글자는 현존하는 비석은 물론이고 이제까지 알려진 어떤 탁본에도 없는 것이기 때문이다. 요컨대 무장사비는 이우가 본 탁본이 만들어질 때 이미 깨어져 있었다고 생각되고, 제일 작은 비편이 떨어져나갔을 가능성도 있지만, 어디를 경계로 하여 어떻게 깨어져나가고 남아 있는 부분은 어떤 형태로 남아 있었는지 현재로서는 정확하게 확인할 수 없다.

51) 자료의 부족으로 인해 현재로서는 金陸珍에 대해서는 자세하게 알 수가 없다. 다만 다음과 같은 기록을 통해 그가 애장왕 10년(809년) 중국에 사신으로 갔다는 것과, 무장사비를 쓸 때 大奈麻이던 官等이 이 때는 大阿湌으로 올랐음을 알 수 있을 뿐이다. 『三國史記』제 10권, 新羅本紀 제 10권 哀莊王 10년 조; 秋七月遣大阿湌金陸珍入唐 謝恩兼進奉方物 『舊唐書』195권 上, 列傳 149권 上, 東夷, 新羅 元和 條; 四年 遣使金陸珍等來朝貢

52) 혹시 홍경모가 할아버지 홍양호의 기록을 그대로 답습한 것이 아닌가 하는 의심이 있을 수 있다. 하지만 그는 원래 대단히 실증적인 취향의 인물이었고(황병호, 「관암 홍경모의 서화 收藏과 鑑評」, 부산대학교 대학원 박사학위논문, 2011.), 이점은 위의 글에서 무장사란 명칭의 기원을 둘러싼 문헌간의 차이를 면밀하게 고증해 들

이 '新羅 翰林'임을 알았을까? 아마도 그들이 본 무장사비 탁본에 그러한 내용이 포함되어 있었기 때문일 터다.

이렇게 볼 때 이우가 본 탁본의 대본이 된 비석은 말할 것도 없고, 그보다도 훨씬 후대인 홍양호와 홍경모가 본 탁본의 대본이 된 비석도 오늘날의 제일 큰 비편보다 더 컸음이 분명하다. 우선 비석의 일반적인 양식으로 보아 그가 '한림'이었다는 것은 "....守大奈麻臣金陸珍奉敎.... 皇龍...."만 남아 있는 제 1행 '守'字 위의 깨어진 부분에 있었을 것이다. 따라서 비석의 위쪽 부분이 지금보다 더 많이 남아 있었을 가능성이 높다. 앞에서 언급한 네 사람이 모두 탁본을 보고 무장사비를 쓴 사람이 김육진이라고 한 것을 보면 그 당시까지 최소한 '奉敎' 바로 아래 글자까지는 남아 있었다고 봐야할 것이다. 그러니까 '奉敎' 아래 글자가 남아 있었음을 시사하는 자료들은 많지만, '奉敎' 바로 아래부터 글자가 깨어져 나갔음을 보여주는 증거는 어디에서도 찾아볼 수 없다.

이렇게 볼 때, 이우 등 네 사람이 모두 오판을 했다는 주장은 더 이상 존립할 수 있는 근거 자체를 상실한 것이 아닐까 싶다. 왜냐하면 이러한 주장은 당시에도 무장사비가 오늘날처럼 '奉敎' 바로 아래 글자가 깨어져 있었다는 전제 아래서 성립될 수 있는데, 바로 그 전제를 입증할 수 있는 근거를 전혀 찾을 수가 없기 때문이다. 만약 그렇다면 '왕희지 집자설'과 '황룡사 승려설'을 주장해온 학자들은 그 동안 입증도 되지 않은 전제 조건을 바탕으로 하여 오래도록 무리하게 논의를 전개해왔다고 해야 하지않을까 싶다.

어가는 장면에서도 단적으로 확인할 수 있다. 요컨대 이러한 내용들은 어디까지나 홍경모 자신이 표현한 대로 '按其碑', 다시 말하여 비석의 탁본을 살펴보고 그 자신이 확인한 것이라고 해야 할 것이다

5. 맺음말

이상에서 필자는 '왕희지 집자설'과 '황룡사 승려설'이 대다수 학자들의 동의를 받고 있음에도 불구하고 그와 같은 주장이 근거 없는 추정에 불과하다는 것을 지적하는 한편, 무장사비는 이제까지 서예사에서 거의 언급되지 않았던 신라의 명필 김육진이 썼음이 거의 확실하다고 논의해 왔다. 이제 그 동안 논의한 내용을 요약하는 것으로 결론을 대신하고자 한다.

이우와 10권 본『금석청완』의 편찬자, 홍양호, 홍경모 등 해당 분야의 대학자들이 무장사비의 탁본을 직접 살펴보고 각각 남긴 기록에 의하면, 무장사비를 쓴 서예가는 신라의 명필 金陸珍이다. 특히 홍경모는 '비문을 지은 사람은 비석이 결락되어 알 수 없지만, 글씨를 쓴 사람은 신라사람 김육진'이라고 말하기도 했다. 그런데 무장사비가 집자비라고 주장하거나 황룡사 승려가 썼다고 주장하는 학자들은 조선시대의 이런 기록들을 보지 못했거나, 그 가운데 한두 가지 기록만을 보고 믿지 못하겠다고 말해 왔다. 김육진은 비문을 지은 사람이지 비문을 쓴 사람이 아니라는 주장도 이와 같은 맥락 위에 서 있다. 그들이 이와 같은 주장을 펴는 것은 조선시대의 학자들이 파손되어버린 제 1행의 "…. 守大奈麻臣金陸珍奉敎…." 부분을 보고 '敎'자 아래 '撰'자가 들어가 있음에도 불구하고 '書'자 들어가 있다고 오판을 했다고 보기 때문이다. 그러나 이 분야에 있어서 당대 제일의 학자였던 그들 네 사람이 모두 이런 터무니없는 오판을 했다고 보는 것은 아무래도 무리다.

더구나 그들이 오판을 했다는 주장은 당시에도 무장사비가 오늘날과 같은 모습으로 '敎'자 바로 아래가 깨어져 있었다는 전제 아래 비로소 성립될 수 있는데, 그 전제를 입증한 사람은 아무도 없다. 그러니까 그들은 입증도 되지 않은 전제를 바탕으로 하여 수 백 년 동안에 걸쳐서 무리하게 논의를 전개해 왔다고 해야 할 것 같다. 실제로 무장사비는 이우의 탁본이 제작될 때 이미 깨어져 있었던 것으로 생각되고, 그 이후로도 시기별로 그 모습이 조금씩 달라져 왔을 것이다. 그러나 이우 시대에는 물론이고 1760년 경 홍양호가 다시 찾은 무장사비도 오늘날의 제일 큰 비편 보다 제법 더 컸음이 분명하다. 요컨대 이우 등 네 사람은 오늘날보다 더 많은 정보를 가진 탁본을 보았기 때문에 글씨를 쓴 이가 김육진임을 이구동성으로 증언할 수 있었다고 해야 할 것이다.

수록처: 『대동한문학』 제 40집, 대동한문학회, 2014.

복원된 鍪藏寺碑의 몇 가지 문제점

1. 머리말

2011년 경주 암곡동 무장사터에 鍪藏寺碑가 복원[1]되었다. 이 비석을 복원하기 위해 경주시에서는 2008년 11월 문화재청과 함께 현지를 조사[2]하는 한편 2009년 3월에 연구진을 구성하여 다방면에 걸쳐 연구를 진행하였고[3], 2010년 10월에는 무장사비를 주제로 한 '신라 무장사비 국제학술회의'를 열기도 했다[4]. 하지만 이와 같은 노력에도 불구하고 비신의 원형에 대해서 아는 것보다 모르는 것이 훨씬 더 많았고, 알기 위해서 열정을 투자할 수 있는 시간도 턱없이 부족하기만 했다. 복원을 위한 연구를 담당할 연구진에게 주어진 연구 기간이 단지 9개월[5]에 불과했다는 사실은 이점을 단적으로 보여주는 사건이다. 이 9개월 동안에 국내외에 흩어져 있는 탁본들을 두루 수집하여 산산조각으로 깨어져버린 비석의 원형을 재구성해낸다는 것은 애초부터 무리가 아

---

1) 복원 연도는 복원된 무장사비 안내판에 따름.
2) 이 때 현지 조사 과정에서 무장사비 귀부에서 떨어져나간 거북머리 하나를 수습하는 성과를 올리기도 했다.
3) 그 연구 결과물들은 다음 책에 수록되어 있다.
　경주시,『무장사 아미타불 조상사적비 정비 연구보고서』, 2009.
4) 이 국제학술회의에서 발표된 논문과 토론 요지들은 다음 책에 수록되어 있다.
　경주시,『신라 무장사비 국제학술회의 논문집』, 2010.
5) 무장사비 복원을 위한 연구 기간은 2009년 3월 8일부터 같은 해 12월 8일까지였다.
　경주시(2009), 6쪽 참조.

닐 수 없었다. 게다가 무엇보다도 또 다른 비신이 묻혀 있을 가능성이 남아 있는 무장사 터 일원에 대한 전면적이고 체계적인 발굴도 이루어진 적이 없었던 것으로 알고 있다. 그럼에도 불구하고 이미 정해진 일정에 따라 지나치게 복원을 서두르고 있다는 느낌이 들었으므로, 나는 앞에서 말한 바로 그 국제학술회의에 지정 토론자로 참석하여 다음과 같이 제안한 바 있다.

신라 서예의 대표적 상징인 무장사비를 복원하는 것은 대단히 의미가 있는 일이다. 오늘 이 학회도 바로 그토록 의미 있는 일을 최대한 멋지게 이룩하기 위한 노력의 일환임은 말할 것도 없다. 그러나 복원을 하기 위해서는 먼저 원형을 확실히 알아야함에도 불구하고 우리는 무장사비의 원형에 대해서 모르는 것이 너무나도 많으며, 특히 한 줄의 글자 수와 비신의 세로 길이에 대해서도 아는 바가 없다..... 찬자 및 서자, 각자 등을 둘러싼 이견도 아직 정리되지 않았다. 현존하는 탁본을 위시한 각종 자료를 두루 수집하기 위하여 최선을 다했다고 말하기도 어렵다. 따라서 나는 무장사비를 천천히 복원하더라도 시간과 열정을 충분히 투자하는 한편, 복원 경험이 풍부한 분들을 참여케 하여 보다 완벽하게 세웠으면 한다. 인각사비를 세우기 위하여 여러 학자들이 30년 동안 시간과 열정을 투자하는 과정에서 중국과 미국에 있는 탁본까지 포함한 수십 종의 탁본을 수집했고, 그리하여 마침내 내용이 보다 완벽한 복원비를 세울 수 있었음을 상기할 필요가 있을 것이다[6].

그러나 이와 같은 제안에도 불구하고 무장사비는 바로 그 다음 해에 무장사 터에 복원되었다. 연구 상황을 통해서 볼 때 아직 복원해서는 안 될 비를 무모하게 서둘러서 복원한 것이다. 게다가 복원이라 표현을 하기는 했지만 원래 있던 귀부와 이수를 재활용했으므로 실제로 복원한 것은 비신 하나뿐이다. 그러므로 복원된 무장사비는 복원된 비임에

6) 이종문, 「이은혁 교수의 <무장사비와 왕희지 서체의 비교 고찰>에 관한 토론문」, 『신라 무장사비 국제학술회의 논문집』, 경주시, 2010, 191-195쪽.

복원된 무장사비

도 불구하고 옛날 귀부와 옛날 이수 사이에 새로 만든 비신이 끼어드는 형식을 취하고 있어서 여러모로 어정쩡하고 어색한 모습을 보여주고 있다. 우선 전혀 이질적인 느낌을 주는 新舊 부재가 뒤섞이는 바람에 전체적인 색감이 조화롭지 못하고, 전체의 1/4 정도가 파손된 이수가 비신 위에 얹혀 있어서 시각적으로도 한쪽으로 크게 기울어진 느낌이다. 두 마리의 거북 머리 가운데 하나는 아예 없고, 다른 하나도 상처투성이다. 비좌의 일부와 거북 등의 일부도 파손되어 떨어져나가고 없다. 특히 깨어진 이수 속에 삽입된 비신의 일부가 밖으로 삐죽 드러나 있는데다, 새로 만든 비신도 이미 세 군데나 조금씩 깨어져나가[7] 볼썽사납다. 물론 복원을 할 때 신구부재를 혼합하여 복원하는 경향이 있으므로 신구부재를 혼합한 것 자체가 큰 문제가 되는 것은 아닐 수도 있다. 그러나 일반적으로 구부재에다 부득이 하여 최소한의 신부재를 혼합하는 경우와는 달리, 무장사비의 경우는 구부재가 크게 파손되어 있는데다, 비석에서 가장 중요하고 큰 부분인 비신이 신부재로 되어 있어서 新舊가 조화를 이루는 조형물을 만들기가 어렵다. 이와 같은 이유로 인하여 복원된 무장사비는 새로 복원된 비임에도 불구

7) 이수에 삽입된 비신이 앞뒤로 조금씩 떨어져 나갔고, 비신의 왼쪽 면 아랫부분이 조금 떨어져나갔다.

하고 복원된 상태가 이미 만신창이가 되어 있어서 복원이란 말을 무색케 한다. 새로운 탁본의 발견 등으로 무장사비 연구가 근본적으로 진척되어 보다 완벽한 복원이 가능하게 될 경우에는, 원래 것을 그대로 두고 그 옆에다 새로운 부재만으로 구성된 복원비를 세울 것을 제안하지 않을 수 없는 것도 바로 이 때문이다.

그러나 더욱더 본질적인 문제는 새로 만든 비신이 과연 최대한 원형에 가깝게 만들어졌는지 의구심이 드는 부분이 한두 가지가 아니라는 점이다. 이 짤막한 글은 바로 이와 같은 상황에 초점을 맞추어 복원된 무장사비의 문제점 혹은 의문점들을 검토하기 위하여 집필되었다. 그러나 다른 한편으로 무장사비를 하나의 사례로 하여 오늘날 너무 서둘러 진행되고 있는 동시다발적 문화재 복원 현상에 대하여 작으나마 반성의 기회를 제공하고 싶기도 했다.

2. 복원비의 문제점과 의문점

1) 추사가 새긴 글씨의 위치 문제

아주 소박하게 정의하여 원래 상태를 회복하는 것이 복원이라면, 무장사비 복원에서 가장 중요한 것은 최대한 원래 무장사비 모습 그대로 다시 세우는 것이다. 그러므로 원래 상태를 도저히 알 수 없는 경우에는 어쩔 수가 없지만, 원래 상태를 알 수 있는 것은 원래 그대로 복원해야 함은 말할 것도 없는 사실이다. 이러한 점에서 복원된 무장사비가 가지고 있는 가장 큰 문제점은 원래 상태를 분명히 알 수 있음에도 불구하고 원래대로 복원하지 않은 부분이 여기저기 눈에 띈다는 점이다. 그 대표적인 사례의 하나로 秋史 金正喜가 친필로 써서 비신의 양쪽에 새겨놓은 글씨 문제를 들 수가 있다. 다 알다시피 김정희는 1817년(순조 17년) 직접 무장사를 찾아가서 비신에다 다음과 같은 두 가지 종류의 글씨를 남겼다. 고증과 서술상의 편의를 위하여 다소 번거로운 대로 원문과 번역문을 함께 제시하기로 한다.

(1) 此碑 舊只一段而已 余來此 窮搜 又得斷石一段於荒莽中 不勝驚喜 叫絶也 仍使兩石璧合珠聯 移置寺之後廊 俾免風雨 此石書品 當在白月 碑上 蘭亭之崇字三點 唯此石特全 翁覃溪先生以此碑爲證 東方文獻之見 稱於中國 無如此碑 余摩挲三復 重有感於星原之無以見下段也 丁丑四月 二十九日 金正喜題識(이 비석은 옛날에는 다만 한 덩이 뿐이었다. 내가 이곳에 와서 샅샅이 뒤지다가 황량한 수풀 가운데서 부러진 돌덩이 하나를 찾게 됨에 놀라고 기뻐서 크게 부르짖지 않을 수가 없었다. 그리하여 마침내 이 두 덩이의 돌을 소중한 구슬처럼 연결하여 절의 뒤 행랑에 옮겨 놓아 비바람을 면하게 하였다. 이 비석에 새겨진 글씨의 書品은 白月碑의 위에 놓아야 마땅하다. 蘭亭序의 '崇'字의 세 점이 오직 이 비석에서만 온전하여 覃溪 翁方綱 先生이 이 비석으로 證據를 삼았으니, 우리나라의 文獻이 中國에서 일컬어짐이 이 비석만한 것이 없다. 내가 여러 번 어루만지면서 星原(옹방강의 아들 翁樹崑의 字)이 새로 발견한 아래 덩어리를 볼 수 없음을 다시금 안타깝게 생각하였다. 정축년(1817년) 4월 29일 김정희 씀).

(2) 此石 當係左段 何由起星原於九原 共此金石之緣 得石之日 正喜又題 手拓而去(이 돌은 응당 왼 쪽 덩어리에 이어진 것일 터다. 무덤 속에 있는 성원을 어떻게 일으켜 세워 이 금석문의 인연을 함께 할 수가 있단 말인가. 돌을 찾은 날 정희가 또 이렇게 적고 손수 탁본해 가노라)

보다시피 추사는 기존의 비편 이외에 하나의 비편을 새로 발견하고, 이 두덩이의 비편에다 각각 소회의 일단을 써서 새겼다. 그런데 여기서 우선적으로 제기되는 것은 추사의 이와 같은 기록을 복원비에다 새길 필요가 있을까, 하는 의문이다. 앞에서 이미 언급한 것처럼 복원은 원래 상태를 회복하는 것이고, 무장사비의 원래 상태는 무장사비가 맨 처

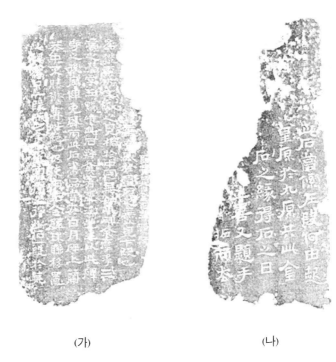

(가)   (나)

음 세워진 신라시대 상태다. 따라서 새로 복원하는 비에다 조선후기에 추사가 새긴 글씨를 다시 새기는 것은 '복원'과는 일단 거리가 멀다. 물론 추사가 지닌 문화사적 위상을 고려하면, 이 글씨들도 커다란 의미를 지니는 것은 사실8)이지만, 그렇다고 해서 훗날 새겨놓은 추사의 글씨가 복원 대상에 포함될 수는 없는 것이 아닐까?

그러나 더욱더 중요한 문제는 복원비에 새긴 추사의 글씨의 위치 문제다. 위의 글에서 살펴볼 수 있듯이 추사는 기존의 비편 이외에 하나의 비편을 새로 발견하고, 이 두덩이의 비편에다 각각 소회의 일단을

---

8) 복원을 위한 자문회의에서도 추사의 글씨를 새길까 말까를 두고 논의가 있었으나, 그의 글씨가 새겨진지 이미 오래된 것인데다 서예문화사적 가치를 고려하여 넣기로 의견을 모았다고 한다(경주시, 2009, 158쪽). 그러나 복원의 원초적 의미를 고려할 때 추사 글씨에 대해서는 안내판에다 해당 글씨의 탁본 사진 등을 넣어 안내하는 등 다른 방법으로 그 존재와 의미를 적극적으로 알려야 하지 않았을까 싶다.

써서 새겼다. 그 가운데 (1)에 해당하는 부분의 탁본은 앞 사진의 (가)이고, (2)에 해당하는 탁본은 (나)이다. 그렇다면 탁본 (가)와 (나)에 해당하는 내용들은 무장사비의 어느 곳에 위치하고 있을까? 결론부터 먼저 말한다면, 탁본 (가)에 해당하는 부분은 비신의 왼쪽(비석의 입장에서 왼쪽, 사람이 볼 때는 오른쪽. 이하 방향에 관한 것은 관례에 따라 모두 비석의 입장에서 서술함.) 옆면에 있고, 탁본 (나)에 해당하는 부분은 비신의 오른쪽 옆면에 있다. 이점은 이와 같은 내용을 새긴 글씨들이 현존하는 비편에 그대로 남아 있으므로 국립중앙박물관에 소장되어 있는 무장사비를 찾아가서 살펴보기만 하면 바로 확인할 수 있는 사실이다. 하지만 현재 국립중앙박물관 2층 서화관에 전시되어 있는 무장사비 비편은 유리가 덮인 상자 속에 들어가 있는데다가 옆면이 대부분 가려져 있다. 더구나 주변의 조명마저 매우 어두운 상태이므로 육안으로 확인하기 어렵고, 특히 (1)의 경우는 획의 극히 일부를 제외하고는 모두 다 가려져 있어서 사진을 찍어도 확인하기 어렵다. 그런데 다행스럽게도 2001년 11월 필자가 공식적인 절차를 밟아 국립중앙박물관의 허락을 받고 무장사비를 탁본할 때 찍어둔 사진이 있어서, 사실 관계를 확인할 수 있다.

(다)

사진 (다)를 자세히 보면 탁본 (가)에 해당하는 부분은 '金陸珍 奉'이 새겨져 있는 제일 큰 비편의 왼쪽 옆면에 새겨져 있다. 사진 상태가 별로 좋지 않지만, 앞뒤가 떨어져 나가버린 제 1행의 "守大奈麻臣金陸珍奉"의 바로 옆면에 탁본 (가)

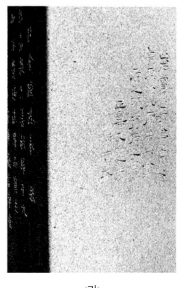

(라)

에 해당하는 글씨가 어렴풋이 보이고, 글씨가 새겨져 있는 부분의 전체적인 모양도 탁본과 꼭 같다. 이렇게 볼 때 (1)에 해당하는 내용이 비석의 왼쪽 옆면에 새겨져 있음은 아주 명확한 사실이다. 그럼에도 불구하고 사진 (라)의 복원된 비석을 보면 "守大奈麻臣金陸珍奉"의 옆면에는 (1)이 아니라 (2)가 새겨져 있다. 그럼 (1)은 어떻게 된 것일까? 이와 같은 궁금증에 대한 답변은 사진 (마)에서 찾을 수 있는데, 자세히 살펴보면 (1)은 비신의 오른쪽 옆면에 새겨져 있다.

그렇다면 (2)는 원래 어디에 있었을까? 앞에서도 이미 언급한 것처럼 (2)의 내용은 비석의 오른쪽 옆면에 새겨져 있다. 현재 이 부분도 대부분 가려져있는 채로 전시되어 있는 데다 전시 환경이 어두워서 육안으로 확인하기는 어렵다. 하지만, 사진 (바)를 자세히 살펴보면 (2)의 첫머리 부분인 '此石 當係左段 何由起'라는 글자들을 어렴풋하게나마 확인할 수 있을 것이다. 이 석면은 현존하는 세 개의 비편 가운데 두 번째로 큰 비편의 옆면인 동시에 비석의 제일 마

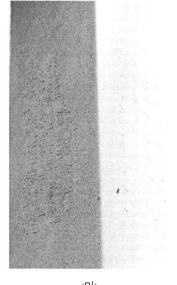

(마)

(바)

지막 행인 "寶紛敷香花……"의 옆면에 해당된다. 이곳에 새겨야 할 (2)를 "守大奈麻臣金陸珍 奉"이라는 제 1행의 옆면에다 새겨 놓았다는 것은 앞에서도 이미 말한 바 있다. 그러니까 (2)를 새겨야 할 곳에 (1)을 새기고, (1)을 새겨야 할 곳에 (2)를 뒤바꾸어 새기는 어처구니없는 실수를 범하고 있는 것이다. 이것은 실수라도 보통 실수가 아니라 복원된 무장사비를 다시 복원해야 한다고 주장해도 할 말이 없을 만큼 중대한 실수가 아닐 수 없다. 현존하는 비신을 정확하게 확인하기만 해도 일어나지 않을 실수가 어쩌다가 이렇게 일어나게 되었는지 놀라움을 금할 수가 없다.

2) 이수의 방향 문제

복원된 무장사비 이수의 앞면과 뒷면의 한 복판에는 이 비석의 명칭, 이른 바 篆額을 새길 수 있는 사각 공간이 마련되어 있다. 그 가운데 뒷면에는 '阿彌陀佛 口 口'라는 글씨가 새겨져 있음이 탁본 상으로 겨우 확인되지만, 비석의 앞면 사각 공간에는 전혀 글씨가 확인되지 않고 있다. 복원에 참여한 분들은 원래 앞면에도 전액이 새겨져 있었는데, 오랜 세월에 걸친 풍화작용으로 인해 마모된 것[9]으로 보고 있다. 과연 그

---

9) 최영성, 「무장사 아비타불 조상비 연구」, 『무장사 아미타불 조상사적비 정비 연구 보고서』, 경주시, 2009, 26쪽.

럴까? 아마도 그렇지는 않을 것 같다. 왜냐하면 이수의 앞면에 새긴 전액이 마멸되어 판독이 불가능한 것이 아니라 처음부터 글자를 새기지 않았을 가능성이 대단히 높다고 판단되기 때문이다. 이에 대해서 보다 효과적으로 설명하려면 다소 번거롭더라도 신라시대 이수와 전액의 일반적 양식에 대한 최소한의 언급이 필요할 것 같다. 이를 위하여 신라시대의 비석 가운데 이수가 남아 있는 것[10]들의 양식적 특징을 도표로 정리하면 다음과 같다.

비석의 명칭	건립 연도	비문이 새겨진 면	전액 내용	전액 공간	실제 전액 위치
武烈王陵碑	660년 이후	미상	太宗武烈大王 之碑	이수 앞면 및 뒷면	이수 앞면
鍪藏寺碑	800년 이후	앞면	阿彌陀佛口口	이수 앞면 및 뒷면	?
實相寺證覺大師 塔碑	861-893	미상(비신 분실)	凝蓼塔碑	이수 앞면 및 뒷면	이수 앞면
雙峰寺澈鑒禪師 塔碑	868년	미상(비신 분실)	雙峰山故澈鑒 禪師碑銘	이수 앞면	이수 앞면
寶林寺 普照禪師塔碑	884년	앞면	迦智山普照禪 師碑銘	이수 앞면 및 뒷면	이수 앞면

최공호, 「무장사 아미타불 조상비 귀부 및 이수 복원안」, 『무장사 아미타불 조상사적비 정비 연구보고서』, 경주시, 2009, 85쪽.
장명학, 「무장사 아미타불 조상비 귀부 및 이수 실측」, 『무장사 아미타불 조상사적비 정비 연구보고서』, 경주시, 2009, 127쪽.
최영성, 「신라 무장사 비의 書眚에 관한 연구」, 『신라 무장사비 국제학술회의 논문집』 경주시, 2010, 19쪽.
경주시, 『무장사 아미타불 조상사적비 이수 및 귀부 정비 수리 보고서』 2012, 40-41쪽.
10) 1714년 중건된 實相寺 秀澈和尙塔碑와 1928년 중건된 大安寺 寂忍禪師碑는 신라시대의 만든 것이 아니므로 논의 대상에서 제외하였음.

沙林寺 弘覺禪師碑	886년	앞면	弘覺禪師碑銘	이수 앞면	이수 앞면
雙溪寺 眞鑑禪師塔碑	887년	앞면	唐海東故眞鑑 禪師碑	이수 앞면 및 뒷면	이수 앞면
月光寺 圓朗禪師塔碑	890년	앞면	마멸로 판독 불가	이수 앞면	이수 앞면
聖住寺 朗慧和尙塔碑	890년 이후	앞면	마멸로 판독 불가	이수 앞면	이수 앞면
鳳巖寺 智證大師塔碑	924년	앞면 및 뒷면	마멸로 판독 불가	이수 앞면	이수 앞면
鳳林寺 眞境大師塔碑	924년	앞면 및 뒷면	故眞境大師碑	이수 앞면	이수 앞면

보다시피 무장사비를 제외할 경우 신라시대 비석 가운데 현재 이수가 남아 있는 것은 모두 10基다. 그런데 이 10기의 이수를 살펴보면, 이수의 앞면에만 전액 공간을 마련해둔 것이 6기이고, 이수의 앞뒷면에 모두 전액 공간을 마련해둔 것이 4기이다. 이수의 앞면에만 전액 공간을 마련해 둔 경우는 모두 그 앞면에다 전액을 새겼다. 이수의 앞뒷면에 모두 전액 공간을 마련해둔 경우에도 실제로 글씨가 새겨져 있는 곳은 예외 없이 모두 앞면뿐이다. 그러니까 모든 비석들이 이수의 앞면에만 전액을 하고 있으며, 앞뒷면에 모두 글씨가 새겨져 있는 兩面碑의 경우에도 전액은 앞면에만 국한되어 있다. 이와 같은 현상은 비석의 '이마에 篆字로 쓴다'는 篆額이란 말의 의미에 비추어 볼 때 아주 당연한 일이기도 하다. 이렇게 볼 때 무장사비 이수의 앞뒷면에다 모두 전액을 새겼다고 보는 것은 합리적인 추정이라 보기가 어렵다. 이 비석이 앞면에만 글씨가 있는 단면비라는 점에서11) 더욱더 그렇다. 요컨대 전

---

11) 이계 홍양호는 무장사비를 兩面碑로 생각하고 있었으나 실상 무장사비의 앞면에만 글씨가 있다는 것은 다음 논문에서 살펴볼 수 있다.
　　이종문, 「무장사비를 쓴 서예가에 관한 한 고찰」, 『남명학 연구』 제 13집, 남명학

액이 확인되지 않는 쪽은 마멸된 것이 아니라 처음부터 새기지 않았다고 보는 것이 옳을 것이다. 지금까지 무장사비를 설명하는 각종 기록에 등장하는 이수의 '앞면'과 '뒷면'이라는 용어 자체도 문제라면 문제다. 잘 알다시피 무장사비는 조선시대에 이미 산산조각으로 깨어져버렸다. 비신을 덮고 있던 이수도 당연히 땅에 떨어져서 그 부근에 나뒹굴 수밖에 없었고, 대략 10여 년 전까지만 하더라도 그 일부가 처참하게 깨어져나간 채 비신 바로 옆에 놓여 있었다(사진 '사' 참조). 그 뒤 누군가가 그 이수를 비좌 위에 올려놓았고(사진 '아' 참조), 복원되기 직전까지도 이와 같은 상태를 유지하고 있었다. 각종 기록들이 말하는 이수의 앞뒷면은 이처럼 비좌 위에 올려져있는 상태를 기준으로 했을 때의 앞쪽과 뒤쪽이다. 그러므로 만약 이수의 앞뒤가 뒤바뀐 채 비좌 위에 놓여있었다면, 각종 기록들이 말하는 뒤쪽이 앞쪽이고 앞쪽이 뒤쪽이다.

(사)12)

(아)

연구소, 2002.
이종문,『한문고전의 실증적 탐색』, 계명대출판부, 2005, 261-262쪽.
최영성, 앞의 논문(2009), 14-15쪽.
12) 사진: 문화재청 홈페이지에서 인용.

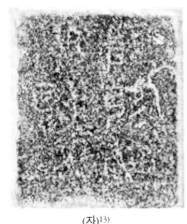

(자)[13]

여기서 자연스럽게 제기되는 것은 과연 비좌 위에 이수의 앞뒤가 바로 놓여 있었는가 하는 의문인데, 아마도 거꾸로 놓여 있었음이 분명하다. 앞에서도 이미 언급한 것처럼 무장사비 이수의 앞뒷면에다 모두 전액을 새겼을 가능성은 거의 없다. 따라서 '阿彌陀佛 □ □'라는 전액이 남아 있는 쪽이 앞쪽임이 거의 확실한데도 비좌 위에 뒤쪽으로 놓여 있었기 때문이다. 이처럼 이수의 앞뒤가 뒤바뀌게 된 것은 땅에 나뒹굴고 있던 이수를 비좌 위에 올려놓은 사람이 이 문제에 대한 깊은 이해가 없었던 데서 야기된 우발적인 실수가 아닐까 싶다. 이수의 좌우와 앞뒷면이 대체로 같은 모양인데다 남아 있는 전액도 매우 희미하여, 탁본을 해서 섬세하게 살펴보지 않고는 확인하기가 대단히 어려운 상태이기 때문에, 전문가가 아주 정밀하게 조사하지 않으면 얼마든지 그럴 수가 있는 상황이었다.

그런데 정작 문제가 되는 것은 복원된 무장사비의 이수도 비신 위에 놓여 있을 때와 마찬가지로 '阿彌陀佛 □ □'라는 글씨가 남아 있는 전액(사진 '자' 참조)이 있는 부분이 뒤쪽으로 놓여 있다는 점이다. 원래 비좌 위에 놓여 있을 때의 방향을 존중하여 그대로 올렸는지는 알 수 없지만, 원래의 방향 자체가 잘못되었을 가능성이 대단히 높다는 것은 이미 누누이 말한 바 있다. 따라서 비문은 앞면에 새겨져 있는데 전액을 뒤로 두기보다는, 방향을 뒤바꾸어 다시 올리는 것이 옳다고 판단된다.

13) 사진: 이은혁, 『무장사 아미타불조상비의 서체분석과 복원안』, 경주시(2009), 92쪽에서 인용.

3) 비신의 높이

무장사비 복원에서 가장 어려운 점은 비석이 산산조각으로 깨어져 버려 비신의 크기를 정확하게 알 수 없다는 점이다. 그래도 비신의 폭은 무장사 터에 비좌가 남아 있어서 어느 정도 정확하게 알 수가 있다. 하지만 비신의 높이는 비석의 아래 위가 떨어져 나간 데다 가운데 부분도 절단되어 있기 때문에, 그 높이를 정확하게 가늠할 수 있는 방법이 없다. 그럼에도 불구하고 복원된 무장사비의 비신을 살펴보면 그 높이가 163cm로 이루어져 있는데[14], 이러한 높이는 무엇을 근거로 한 것일까? 이에 대해서는 무장사비 복원을 위한 연구팀의 책임 연구원이었던 최영성 교수의 다음 글이 참고가 된다.

> 비의 길이는 현재로서는 정확히 알 수 없다. 세로로만 줄을 긋고 글씨를 썼지만 기실 井間線을 그은 것처럼 종횡으로 글자를 맞추어 方形의 칸 안에 썼다. 한 글자의 크기가 어느 정도인지, 또 한 줄에 몇 글자가 들어갔는지를 미루어 짐작하면 전체 길이를 추정할 수 있을 것이다. 이 비는 대개 첫 줄에서 비의 명칭만 쓰고 다음 줄에서 撰者와 書者를 쓴 것과는 달리, 첫 줄에서 비의 명칭과 서자, 찬자를 함께 썼다. 비의 규모가 작기 때문일 것이다. 당시 일반적인 용례와 현재 남아 있는 비신의 내용을 가지고 첫 행을 다음과 같이 추정할 수 있을 듯하다.

1	2	3	4	5	6	7	8	9	10	11	12	13	14	15	16	17
		有	唐	新	羅	國	鍪	藏	寺	阿	彌	陁	如	來	造	像
碑	銘	幷	序		△	△	△	守	大	奈	麻	臣	金	陸	珍	
奉		教	撰			皇	龍	寺	僧	△	△	書				

> 이로써 보면 1행에 대강 51자가 들어가는 것으로 추정된다. 51자로 가정한다면 비의 전체 글자 수는 '28행 * 51자'이니 모두 1,428자가 된다. 판독한 글자는 450여자로 全文의 약 30% 정도로 파악된다.[15]

---

14) 아래 위 삽입부를 제외하고 밖으로 드러나 있는 것만을 따짐.
15) 최영성, 앞의 논문(2009), 5쪽 및 최영성, 앞의 논문(2010), 13쪽.

앞에서 최 교수가 제시한 51자 가운데 현존하는 비석이나 탁본을 통해 확실하게 확인할 수 있는 것은 守大奈麻臣金陸珍奉 教의 10자 뿐이며, 마모로 인해 글자의 반만 보이는 '皇龍寺' 3자를 합해도 모두 13자에 불과하다. 그 나머지 글자 가운데 명확한 것은 아무 것도 없으며, 여백으로 남겨둔 공간 상황이 어떤지도 전혀 알 수가 없다. 현존하는 우리나라 비석 가운데 '有唐新羅國'이라는 표현이 처음 등장하는 것은 무장사비가 세워진지 거의 90년 뒤인 887년에 세워진 眞鑑禪師碑다. 더구나 비석의 명칭과 찬자 및 서자 등 해당 사항을 두 줄에 걸쳐서 새겨놓은 진감선사비의 경우를 한 줄에다 모두 새겨놓은 무장사비에다 적용하는 것은 아무래도 무리가 아닐까 싶다. 무장사비의 공식적인 명칭을 전혀 알 수 없으므로 무장사비에 '무장사 아미타여래조상비명병서'라고 씌어져 있었는지도 물론 알 수가 없다. '대내마' 앞에 자리하고 있을 김육진의 관직이 무엇인지도 알 수가 없고, 김육진이 비문을 찬했고 황룡사 승려가 비문의 글씨를 썼다는 것도 최영성 교수의 추정[16]일 뿐 확인된 것은 아무 것도 없다[17]. 그러니까 제 1행 가운데 확실한 것이 거의 없는 상황에서 무장사비의 1행의 글자 수가 51자라고 하는 것은 합리적인 학문적 판단이 아니라 최 교수 스스로의 표현대로 '대강' '추정'해 본 하나의 '가정'에 불과하다. 그는 '대강' '추정'해본 이와 같은 '가정'을 바탕으로 하여 무장사비 비신의 높이를 한 글자가 차지하는 공간의 크기에서 찾았던 것 같다.

---

16) 최영성, 앞의 논문 (2009), 21-24쪽 및 최영성, 앞의 논문(2010), 10-15쪽.
17) 필자는 무장사비를 쓴 사람은 김육진임이 거의 확실하고, 황룡사 승려는 각자일 가능성이 매우 높다고 생각하고 있으며, 이에 대해서는 다음의 논문을 참고할 것.
이종문, 「무장사비를 쓴 사람에 대한 재검토」, 『대동한문학』 제 40집, 대동한문학회, 2014.

글씨는 가로와 세로 각각 3.2cm 정방형 안에 앉혔다. 도입 부분처럼 정간선에서 약간 벗어난 경우도 있지만, 대부분 선내에 위치한다.[18]

이와 같은 언표를 통해서 보면 복원된 무장사비의 비신의 높이를 163cm로 제작한 이유를 짐작할 수 있을 것 같다. 1행 당 글자 수인 51자에다 3.2cm를 곱하면 163.2cm가 되는 것이다. 하지만 이미 언급한 것처럼 1행 당 글자 수가 51자라는 것부터가 '대강' '추정'해본 하나의 '가정'에 불과하다. 더구나 무장사비의 글씨가 대략 좌우의 줄이 맞아 일정한 공간 안에 들어가는 것은 사실이지만, 그 공간의 크기가 가로 세로 각각 3.2cm의 정방형인지도 의문이다. 필자가 소장한 탁본을 바탕으로 하여 정밀하게 조사해본 결과, 한 글자가 들어가는 가로의 평균은 3.123cm 남짓[19]이고, 한 글자가 들어가는 세로 공간도 3.2cm와는 차이가 있는 것 같다. 세로 공간의 크기에 대하여 보다 자세하게 설명하기 위하여, 제일 큰 비신에서 줄 당 글자가 10자 미만 되는 1행, 5행, 7행 등 3행을 제외하고 그 나머지 줄들의 글자 수와 길이 등을 도식화하면 다음과 같다.

行	측정 부분	글자 수	길이	1자 당 세로 평균 공간
2	記 ～ 于	11자	33.5	3.05
3	雙 ～ 冥	11자	34.0	3.09
4	塵 ～ 爭	12자	36.6	3.05

18) 최영성, 앞의 논문(2009) 14쪽 및 최영성, 앞의 논문, (2010) 5쪽.
19) 탁본을 통해 조사한 결과 제일 큰 비편에 온전하게 남아 있는 16행이 50.2cm, 두 번째 큰 비편에 온전하게 남아 있는 14행이 43.5cm인데 이를 합하면 93.7cm, 이를 다시 30으로 나누면 1행 당 평균 폭은 3.123cm가 된다. 한편 복원된 비를 측정해 본 결과 28행이 차지하는 폭의 합계가 88.7cm였으며, 따라서 복원비의 1행 당 평균 폭은 3.167cm 정도여서 3.2cm와는 차이가 있었다.

6	絶 ～ 千	16자	49.0	3.06
8	業 ～ 金	20자	61.6	3.08
9	圖 ～ 晏	16자	49.2	3.08
10	罔 ～ 之	21자	63.9	3.04
11	藏 ～ 西	22자	67.2	3.05
12	之 ～ 像	22자	68.5	3.11
13	眞 ～ 旣	22자	66.9	3.04
14	峯 ～ 祥	21자	63.8	3.04
15	固 ～ 莫	18자	55.3	3.07
16	百 ～ 天	15자	45.8	3.05

위의 결과를 종합해보면 조사 대상이 된 13 줄의 전체 글자 수는 227 자이고, 전체 길이[20]는 695.3cm 이다. 따라서 1자가 차지하는 세로 공간은 대략 3.063cm다. 그러므로 최 교수가 제시한 1행 51자 방식으로 복원하면 복원비의 높이는 156cm 남짓이 되어야 옳은데, 실제로 복원된 비의 높이는 163cm다. 그러니까 한 줄이 51자라는 추정 자체가 무리인 데다, 한 글자가 차지하는 세로 공간에도 실제와는 차이가 있으므로 복원된 무장사비의 비신의 상태가 실제 무장사비와 부합하는지는 대단히 의문스런 사항이다.

물론 어차피 정확한 높이를 전혀 알 수가 없으므로 복원을 하자면 가정이 불가피할 경우도 있을 것이다. 하지만 가정을 하더라도 당시 비석의 일반적인 형식을 고려하여 여러 가지 가능성을 고려해야 마땅하다. 이러한 점에서 무장사비를 복원하는 과정에서 신라시대 비석의 비폭

---

20) 각 행의 길이는 도표에 제시된 맨 위 글자와 그 위에 있는 글자의 중간부분에서 맨 아래 글자와 그 아래 있는 글자의 중간부분까지의 거리를 말하며, 1자 당 평균 공간은 소수점 아래 셋째 자리에서 반올림하였다.

과 높이의 비율을 전혀 고려하지 않은 것은 아쉽게 느껴지는 대목이다. 이점에 대하여 보다 구체적으로 설명하기 위해 비신을 장방형으로 다듬어서 세운 신라시대 비석들 가운데 비신의 크기를 알 수 있는 것을 도표로 제시21)하면 다음과 같다.

비석의 명칭	건립 연도	비신의 크기 (높이 * 폭)	높이: 폭	근거 자료
北漢山 眞興王巡狩碑	568년 이후	154 * 69센티.	1: 0.45	한국금석문종합영상 정보시스템22)
磨雲嶺 眞興王巡狩碑	568년	146.9 * 44.2센티.	1: 0.30	한국금석문종합영상 정보시스템
黃草嶺 眞興王巡狩碑	568년 추정	130.3 * 42.7센티.	1: 0.33	한국금석문종합영상 정보시스템
鳌藏寺碑	801년 추정	알 수 없음	알 수 없음	
斷俗寺 信行禪師碑	813년	5척 6촌 * 2척 5촌.	1: 0.45	海東金石苑23)
寶林寺 普照禪師塔碑	884년	264 * 137.5센티	1: 0.52	한국금석문대계24)
雙溪寺 眞鑑禪師塔碑	887년	219 * 103.5센티	1: 0.47	한국금석문대계
月光寺 圓朗禪師塔碑	890년	227 * 97센티	1: 0.43	한국금석문대계
聖住寺 朗慧和尙塔碑	890년 이후	263 * 155.5센티.	1: 0.59	한국금석문대계
鳳巖寺 智證大師塔碑	924년	263 * 120센티	1: 0.46	신라금석문탁본전25)
鳳林寺 眞鏡大師塔碑	924	184 * 101	1: 0.55	한국금석문대계

---

21) 1928년 중건된 大安寺 寂忍禪師碑와 1714년 중건된 深源寺 秀澈和尙塔碑는 당시의 양식이 아니므로 논의 대상에서 제외하였음.
22) gsm.nricp.go.kr/
23) 劉燕庭,『海東金石苑』아세아문화사, 1976.
24) 조동원,『한국금석문대계』1-7, 원광대학교 출판부, 1979-2000.
25) 조동원,『신라금석문탁본전』성균관대출판부,

위의 도표에서 드러난 것처럼 9세기 말까지 세운 신라 시대 비석들 가운데 실물이나 기록이 남아 있어서 비신의 크기[26]를 알 수 있는 것은 모두 10기다. 그런데 보다시피 무장사비가 세워지기 이전에 세워진 비석들은 모두 비신의 높이가 비신의 폭보다도 대략 2배 이상 혹은 3배 이상에 이르고 있다. 이 비석들은 모두 통일 이전에 세워진데다 귀부와 이수를 갖춘 비석이 아니라는 점에서 무장사비와 직접적인 비교를 하기는 물론 어렵다. 하지만 무장사비 이전에 세운 비 가운데 귀부와 이수를 갖춘 비의 비신이 전혀 남아 있지 않는 현재 상황에서 참고 사항이 될 수는 있다. 무장사비가 건립된 이후에 세워진 신행선사비, 진감선사탑비, 원랑선사탑비, 지증대사탑비도 모두 비신의 높이가 폭의 2배를 넘고 있으며, 보조선사탑비도 높이가 폭의 거의 2배에 이르고 있다. 비신 높이가 폭의 2배에 크게 미치지 못하는 비석들은 무장사비가 세워진지 대략 90년이 지난 890년 이후에야 처음 등장하고 있다는 점도 매우 주목되는 사실이다. 이렇게 볼 때 무장사비의 비신의 크기를 정확하게 알 수는 없지만 폭보다 높이가 2배 내외는 되었을 가능성이 높다고 판단된다. 현존하는 무장사비의 비좌의 크기를 통해서 볼 때 무장사비 비신의 가로는 95cm 내외로 추정되며, 복원비의 폭도 95cm다. 따라서 무장사비 비신의 높이는 복원비의 높이인 163Cm보다 더 높았을 가능성이 크다고 할 수 있을 것이다.

---

26) 신라 비석의 비신의 크기에 대해서는 문헌마다 기록이 들쑥날쑥하다. 그러므로 필자는 탁본 전문가인 조동원 교수가 실물을 탁본하여 측정한 것이 확실한『한국금석문대계』와『신라금석문탁본전』의 기록을 취했고, 조교수의 탁본이 없는 경우에는 한국금석문종합영상시스템의 기록을 취했다.『한국금석문대계』의 기록은 권덕영의『선림원지 홍각선사탑비 비문 복원 학술연구 용역 결과보고서』(2008, 36쪽)에서 재인용한 것임을 밝혀둔다.

4) 비신의 줄 수

　새로 복원된 무장사비의 비문의 줄 수는 28줄이다. 무장사비는 세로 뿐만 아니라 가로로도 완전히 깨어져 분리된 상태인데, 무슨 근거로 28 줄로 복원했을까? 이와 같은 의문에 대해 최영성 교수는 다음과 같이 말하고 있다.

> 깨진 빗덩이 3개에 실린 내용을 가지고 상하 좌우 내용을 따져보니 맥락이 서로 잘 통하였다. 파괴 당시 연결 부분에서 각각 두 자 정도씩 글자가 떨어져 나가기는 했지만, 상하 문맥으로 미루어 추정이 가능하다. 또한 비편 3개가 연결됨으로서 비문이 모두 28행이라는 점이 밝혀졌다[27].

　보다시피 무장사비가 28행으로 구성되어 있다고 보는 근거는 크게 두 가지다. 하나는 비편 3개가 비록 깨어진 상태지만 서로 연결되어 있다는 것이고, 그렇게 보았을 때 상하 좌우의 문맥이 잘 통한다는 점이다. 그러나 무장사비의 줄 수가 28줄인지도 의심스러운 측면이 있다. 앞에서도 이미 언급한 것처럼 무장사지에 남아 있는 귀부의 비좌를 보면 비신의 폭은 95cm 내외가 아닐까 싶고, 새로 복원비의 폭도 95cm. 그런데 최 교수가 제시하고 복원한 대로 탁본을 28행으로 맞추고 1행의 왼쪽 여백으로부터 마지막 행의 오른쪽 여백까지 재어 본 결과 비신의 폭은 89.5cm 정도였다.[28] 게다가 무장사비는 비신의 양쪽 모서리를 납작하게 깎아 냈기 때문에(사진 '차' 참조) 일반적으로 탁본에는 나타나지 않지만 양쪽에 각각 1.5cm 내외, 합하면 대략 3cm[29] 내외의 공간이 더 있다.

---

27) 최영성, 앞의 논문(2010), 5쪽. 최영성, 앞의 논문(2009) 13쪽.
28) 양쪽 여백을 제외한 28행의 폭은 87.36cm였고, 여기다 양쪽 가에 있는 1cm 남짓의 여백을 합친 결과가 89.5cm 정도다.
29) 앞에서도 이미 언급한 것처럼 현재 무장사비는 유리 속에 전시되고 있는데다가 전시 환경이 매우 어두워서 정확한 실측이 불가능하다. 이 수치도 육안으로 조사한 것이므로 약간의 차이가 있을 수는 있으나 큰 차이는 없을 것이다.

(차)

이렇게 볼 때 무장사비가 28행이라면 비신의 폭은 92.5cm 정도가 되어야 하는데, 실제로 복원된 비석의 폭은 95cm다. 그러므로 무장사비가 28행이라면 95cm로 복원된 복원비는 잘못된 것이라고 판단되고, 비신의 폭이 95cm라면 28행으로 복원된 복원비가 잘못 된 것이라고 판단된다.

이 둘 가운데 어느 쪽에 잘못이 있는지는 판단하기 어렵다. 하지만 다음과 같은 몇 가지 측면에서 줄 수가 28줄이 아닐 가능성도 신중하게 고려해볼 필요가 있다고 본다. 우선 앞에서도 이미 언급한 것처럼 무장사비가 28행이라면 비신의 폭이 92.5cm가

(타)[30]

되어야 하는데, 현존하는 비좌를 살펴보면 비신의 폭이 95cm 내외인 것 같다. 다음으로 지적하고 싶은 것은 비신의 연결 상태인데, 사진 (타)를 보면 3개의 비편이 자연스럽게 연결되어서 아귀가 딱 맞는 것처럼 보일 수도 있다. 하지만 그렇다고 하여 비편들 간의 아귀가 정확하게 맞는 것은 결코 아니다. 우선 제일 큰 비편과 제일 작은 비편은 정말 아귀가 잘 맞는 것 같지만 사실 이 비신들은 완전히 분리되어 있고 비신과 비신 사이에 여러 자의 공간이 있었음이 확실하다[31]. 제일 큰 비편과 두 번째 큰 비편도 이렇게 연결되어 있었는지는 의문이다. 왜냐하면 이렇게 연결되어 있다고 볼 경우, 사진에서 볼 수 있듯이 위아래 비신의 폭이 크게 달라져서 장방형이 아니라 사다리꼴 형태가 되어버리는데, 비신이 사다리꼴 형태로 될 수는 없기 때문이다. 게다가 비신을 사다리꼴로 연결시키는 바람에 아래 위 글자의 줄이 잘 맞지가 않다. 물론 처음에는 줄의 어긋남이 아주 미묘하게 드러나지만, 마지막 행에 남아 있는 글자들을 직선으로 그어보면, 아주 현격한 차이가 난다. 좌우를 살펴보더라도 옆줄에 있는 글자들이 일직선상에 위치하지 않고, 미묘하게 틀어져 있다. 이것은 결국 이 비편들이 우선 보기에는 사진에서 제시된 형태대로 아귀가 잘 맞는 것처럼 보일지라도 사실은 이렇게 연결된 것이 아님을 뜻하는 것으로 생각되고, 경우에 따라서는 비편과 비편 사이에 깨어진 공간이 예상 외로 넓을 수도 있을 것이다.[32]

---

30) 사진: 국립경주박물관,『문자로 본 신라』, 2002, 202면에서 인용.
31) 그간 최연식, 조동원, 최영성 교수 등이 이 두 비편 사이에 행에 따라서 두자 또는 세 자의 깨어진 공간이 있었던 것으로 추정해 왔으나, 그렇게 볼 만한 근거가 제시된 적은 없다. 조선 후기 탁본첩인 李俁의『大東金石書』등 조선후기 탁본 첩에 수록되어 있는 내용을 통해서 볼 때, 이 두 비편 사이에는 추정하는 것보다 최소한 몇 자라도 더 많은 공간이 있었던 것으로 생각되며, 이 점에 대해서는 필자의 다음 글을 참고할 것.
이종문, 앞의 논문, 2014.
32) 그리고 설사 깨어진 부분의 아귀가 맞다 하더라도 문제가 있다. 왜냐하면 아귀를

마지막으로 언급하고 싶은 것은 '상하 좌우의 문맥이 잘 이어진다.' 는 주장의 타당성 여부다. 다 알다시피 한문은 글자 한자의 차이에 따라서 문장 전체의 의미가 달라지는 경우가 얼마든지 있을 수 있는데, 해당 문장들은 가운데 부분에 그 수를 정확하게 알 수 없는 글자들이 연달아 마멸되어 있어서 '상하 좌우의 문맥이 잘 이어'지는지 판단하기가 매우 어렵다. 어떤 경우에는 그런대로 연결이 되겠다 싶다가도, 다음과 같은 경우처럼 상하의 문맥이 아무래도 자연스럽게 연결되지 않는 부분도 있는 것이다.

> …也 當此之時崖/ □ 嶻崒溪澗激迅維石巖巖山有朽壞匠者不顧咸謂不祥及… (…이 때를 당하여 벼랑/ (돌)이 가파르고 험한데다가 개울물이 격렬하게 내달리고 돌이 우뚝우뚝 쌓여 있었다. 산에 썩어서 허물어진 곳이 있어서 장인바치들이 돌아보지 않으면서 모두 상서롭지 못하다고 했다…)

위의 글에서 빗금 부분을 경계로 하여 아래 위로 비석이 깨어졌는데, 복원된 모양에 따라 비편을 맞추면 이와 같이 연결된다. 첫머리에 종결사인 '也'字가 있는 것으로 보아 그 앞에 어떤 상황을 설명하는 문장이 종결되었다고 생각된다. 이어서 나오는 "當此之時"는 일반적으로 어떤 시점에 이르렀음을 나타낼 때 사용하는 표현이며, 따라서 그 뒤에는 그와 같은 시점에 일어난 사건이 서술되기 마련이다. 그런데 이 문장에서는 "當此之時" 뒤에 무장사를 둘러싼 자연 경관이 서술되고 있다. "이때를 당하여" "벼랑/ (돌)이 가파르고 험한 데다 개울물이 격렬하게 내

맞추어 찍은 사진을 보면 제일 큰 비편 13행의 '見'이 두 번째 큰 비편의 '崖'와 같은 높이에 위치하고 있는데, 복원된 비에서는 한자 낮은 위치에 있기 때문이다. 그러니까 만약 사진대로 아귀가 맞다면 복원된 비석에서 제일 큰 비편에 새겨진 모든 글자들이 한자씩 낮게 배치되어 있다는 결론에 도달하게 될 것이다.

(파)   (하)

달리고 돌이 우뚝우뚝 쌓여 있었다."는 것인데, 이와 같은 표현은 그때 난데없는 천재지변이 일어난 경우가 아니라면 성립되기 어려운 내용이다. 이상의 여러 가지 측면을 종합해 볼 때, 비문의 줄 수를 28행으로 보는 것은 재고의 여지가 있다고 생각되며, 비신의 폭이 95cm 내외라면 전체 행수가 29행이었을 가능성 등도 신중하게 고려해볼 필요가 있을 것 같다.

끝으로 한 가지 첨언하고자 하는 것은 복원된 무장사비의 제1행과 마지막 행의 계선 밖에 있는 여백의 넓이다. 탁본이나 비신의 상태에 따라서 미세한 차이가 있기는 하지만, 사진 (파)에서 볼 수 있듯이 양쪽 界線 밖의 여백의 넓이는 1cm 남짓에 불과하고, 탁본 상으로는 나타나지 않지만 비석 양쪽 모서리를 납작하게 깎아낸 공간이 각각 1.5cm 내외라는 것은 앞에서도 이미 말한 바 있다. 그럼에도 불구하고 사진 (하)에서 볼 수 있듯이 새로 복원된 비에는 모서리를 납작하게 깎아내지 않은 채 양쪽 여백을 3cm 이상이나 남겨두고 있다[33]. 이 여백의 넓이나 모서리를 깎아낸 형태는 현존하는 비석에 그대로 드러나 있어서 원 상태를 확실하게 알 수가 있는데, 왜 이렇게 전혀 다른 모습으로 복원을 했는지 정말 궁금하다.

5) 글자의 공간 크기, 기타

복원된 무장사비에서 발견되는 또 다른 의문점 가운데 하나는 탁본과 복원비 사이에 글자가 차지하는 공간의 크기에 적지 않은 차이가 난다는 점이다. 물론 개별적인 글자 하나를 보면 아주 미세한 차이에 불과하지만, 전체를 합해보면 결코 적다고 할 수 없는 차이다. 이점을 보다 분명하게 보여주기 위하여 제일 큰 비편의 글자가 상대적으로 확실하게 보이는 부분의 길이를 행마다 비교하여 도표화 하면 다음과 같다[34].

行	측정 부분	글자 수	탁본	복원비	차이	비고
1	臣 ~ 奉	5자	14.8	15.0	+0.2	복원비에서 '臣' 위의 4글자 누락
2	測 ~ 于	12자	35.6	36.2	+0.4	
3	以 ~ 立	13자	38.2	39.2	+1.0	
4	微 ~ 爭	13자	38.7	39.8	+1.1	
5	能 ~ 者	9자	27.0	27.7	+0.7	원래 '者' 아래 글자 없음
6	絶 ~ 千	16자	48.1	49.4	+1.3	
7	中 ~ 爲	4자	11.4	11.7	+0.3	원래 '爲' 아래 글자 없음
8	業 ~ 鏡	21자	63.4	65.1	+1.7	

33) 조사해본 결과 복원비의 왼쪽 여백이 3.1cm, 오른쪽 여백이 3.2cm 정도로 측정되었다.
34) 보다 정밀한 측정을 위하여 제일 위에 있는 글자의 제일 윗 획에서 제일 아래 글자의 제일 아래 획까지를 측정 대상으로 하였다.

9	何 ~ 中	22자	66.0	68.3	+2.3	3자의 빈 공간 포함하면 22자
10	罔 ~ 事	22자	66.0	68.0	+2.0	
11	密 ~ 方	24자	72.2	74.8	+2.6	
12	府 ~ 一	24자	72.0	74.0	+2.0	
13	見 ~ 旣	23자	69.0	71.0	+2.0	
14	崒 ~ 祥	21자	63.1	65.0	+1.9	
15	之 ~ 不	20자	59.6	61.5	+1.9	
16	百 ~ 地	16자	47.6	49.2	+1.6	

위의 도표를 통해서 보면 탁본과 복원비 사이에는 상당한 차이가 있음을 분명히 확인할 수 있다. 요컨대 20자가 넘으면 대략 2cm 내외의 차이가 나고, 경우에 따라서는 2.6cm의 차이가 나고 있는 것이다. 게다가 제일 큰 비신의 1행으로부터 16행까지의 가로 길이를 측정해 보아도 탁본은 50.2Cm, 복원비는 51.3cm로 1.1cm의 차이가 난다. 그러니까 복원된 비는 실제 무장사비보다 글씨나 글씨가 차지하는 공간이 약간씩 더 크다고 볼 수 있다. 하지만 이 약간의 차이를 다 합해보면 비신의 폭과 높이가 크게 달라짐은 말할 것도 없다. 가령 비신의 높이가 만약 2m라면 6-7cm정도의 높이 차가 발생하게 되는 것이다. 물론 측정하는 과정에서 미묘한 차이가 있을 수도 있고, 비석과 탁본 사이에도 약간의 차이가 있을 수는 있다. 그러나 그런 점을 충분히 감안하더라도 이와 같은 차이는 너무 큰 차이다. 만약 현존하는 비석과 탁본을 토대로 하여 무장사비를 복원했다면 이처럼 큰 차이가 발생하기는 어려웠을 터인데, 무엇을 근거로 하여 이렇게 복원했는지가 궁금하다.

이 밖에도 복원된 무장사비에는 문제점이나 의문점이 많다. 복원비에는 짐작은 가능해도 글씨의 일부가 깨어져나가고 없는 글자들[35]이나 현존하는 탁본으로는 판독할 수 없는 글자36)까지 모두 깨끗하게 새겨놓고 있다37). 이렇게 하는 것이 과연 옳은 것인지38), 설사 옳다고 하더라도 보이지 않는 부분을 어떻게 복원했는지 의문을 자아내게 하는 대목이다. 그러면서도 무슨 이유인지 복원된 비에는 획의 흐름이 아주 분명한 글자가 포함되어 있는 1행의 '守大奈麻' 4자를 모두 새기지 않고 있는데(사진 '타', '파' 참조), 그래야할 이유가 있는지 모르겠다. 만약 우발적인 실수로 인하여 누락한 것이라면 이 또한 이만 저만한 실수가 아니다. 조선 후기 탁본첩인 李俁의『大東金石書』와 편자 미상의 10권본『金石淸玩』에 수록된 무장사비 탁본39)에 제 6행의 아랫부분 '塵勞' 위에 '乎而'가 있었음이 확인40)되나 복원비에는 이 두 글자를 반영하지 못했다. 이 가운데『金石淸玩』은 새로 발굴된 자료이지만『大東金石書』

---

35) 탁본 상태에 따라서 약간의 차이가 있을 수는 있으나 대략 다음과 같은 글자들이 이에 해당된다. (1)제일 큰 비편: 1행의 끝 敎. 2행의 끝 九, 4행의 끝 崇, 8행의 첫머리 明, 14행의 첫머리 巘, 14행 끝 及, 17행에 있는 '旣得匪棘手欲子來成之其像則'은 모두 부분적인 획만 남아 있거나 마멸이 매우 심한 상태임. (2) 그 다음 큰 비편: 1행의 끝 崖, 15행 마지막 繞天人. (3) 제일 작은 비편: 1행의 皇龍寺.

36) 그 다음 큰 비편의 마지막 행인 15행 끝부분의 周繞天人의 '繞天人' 이 이에 해당된다. 최영성 교수도 "현재 비편의 탁본에서는 '周'이하 글자는 판독할 수 없다.『해동금석원』에서 1800년대 초의 탁본을 근거로 '周繞天人'이라 탁본한 것을 따른다"(최영성, 2009, 30면)고 말한 바 있다. 그러니까 이 글자들에 대한 판독문은 남아 있지만 그에 해당하는 탁본은 나타나지 않은 상태인데, 이 3글자를 복원비에 새겨야 하는지, 또 어떻게 새길 수 있었는가 하는 의문이 생긴다.

37) 그러면서도 제 3행 끝 부분의 '而' 아래 있는 글자와 19행 끝 부분의 '燿' 아래 있는 글자는 그 일부만을 새겨 두고 있는데, 글자 판독이 안 되기 때문에 보이는 부분만 쓴 것 같다.

38) 참고로 추사의 진흥왕순수비 판독문을 보면 글자 전체가 보이지 않을 경우에는 보이는 획만 판독하고 있다(金正喜,「眞興二碑考」,『阮堂全集』제 1권, 고). 비석을 복원할 때 무슨 글자인지 짐작이나 판독이 가능하더라도 글씨가 남아있는 부분만 새겨야 한다는 것은 비석 복원의 대가인 박영돈 선생이 힘써 강조해온 바이기도 하다.

39) 10 권 본『금석청원』에 수록된 무장사비 탁본은 노중국 교수의 도움을 받아 남동신 교수로부터 입수하였다. 이 자리를 빌려 도움을 주신 두 분에게 감사를 드린다.

40) 이종문, 앞의 논문, 2014.

는 오래 전에 이미 영인되어 있었다는 점에서, 자료 조사를 조금만 더 철저히 했더라면 하는 아쉬움이 크게 남는 대목이다. 깨어져나가 완전히 분리되어 있는 제일 큰 비신과 제일 작은 비신(사진 '타' 참조) 사이에 깨어져 나간 글자 수도 행에 따라서 2-3자 정도로 보고 복원했으나 그보다는 더 많았음이 분명하며 제법 더 많았을 가능성이 대단히 높다[41]. 게다가 탁본을 보면 행과 행 사이의 계선이 아주 뚜렷한데 비하여 복원비에서는 선이 거의 눈에 띄지 않는다. 사소하다면 사소한 것이라고 할 수도 있겠지만, 원래 모습을 분명히 알 수 있음에도 불구하고 그렇게 하지 않았다는 점에서 아쉬운 마음을 갖게 하는 것이다.

3. 맺음말

이상에서 나는 최근 복원된 무장사비가 지닌 문제점 혹은 의문점의 양상들을 살펴보았다. 그 결과 복원된 무장사비에는 추사 김정희가 새겨놓은 글씨의 위치가 뒤바뀌어 새겨져 있고, 이수의 앞 뒤 방향도 반대로 복원된 것이 아닐까 의심되었다. 뿐만 아니라 비신의 높이와 비신의 폭, 비신의 전체 줄 수와 글자의 전후 및 좌우 공간, 비신의 양쪽 여백, 비신의 모서리의 모습 등에서 오류나 의문점들이 발견되었다. 탁본에 분명히 있는 글자들이 누락되기도 하고, 조금만 더 철저하게 조사했다면 보충할 수 있는 글자를 보충하지 못한 아쉬움도 있다. 더구나 오류 가운데는 현재 국립중앙박물관에 소장되어 있는 비편과 탁본들을 통해서 원래 상태를 분명히 알 수 있음에도 불구하고 원래대로 복원하지 않은 부분이 도처에서 눈에 띄어 복원이란 말을 무색하게 했다. 게다가 복원된 무장사비는 복원된 비임에도 불구하고 파손된 옛날 귀부와 파손된 옛날 이수 사이에 새로 만든 비신이 끼어드는 형식을 취하고

---

41) 이종문, 같은 논문. 2014

있어서 복원된 상태가 이미 만신창이가 되어 있기도 하다.

이와 같은 결과를 초래한 가장 근본적인 이유는 연구 상황을 고려할 때, 아직 복원해서는 안 될 비석을 무모하게 복원한 데서 찾을 수 있다. 아울러 1년 단위의 예산 편성 등으로 인하여 연구자들에게 충분한 열정을 투자할 수 있는 시간을 주지 않았던 행정 당국과, 보다 치밀하게 연구와 복원을 진행하지 못한 연구복원 담당자들도 반성해야 할 부분이 많을 것이다. 앞으로 경주에서는 반월성과 황룡사 등을 복원할 계획으로 있고, 전국적으로도 많은 복원이 동시다발적으로 이루어지고 있다. 하지만 복원을 할 만한 연구의 진척이 없는 상황에서 제한된 시간에 무모하게 복원을 진행하다보면 같은 잘못을 계속 반복하게 될 것이다.

수록처:『신라사학보』제31집, 신라사학회, 2014.

初創期 臨皐書院 硏究

1. 머리말

다 알다시피 臨皐書院은 永川의 선비들이 고려 말의 충신 圃隱 鄭夢周를 모시기 위하여 영천시 임고면에 세운 서원이다. 이 서원은 安珦을 모신 紹修書院, 崔沖을 모신 文憲書院, 鄭汝昌을 모신 藍溪書院 등과 함께 서원 설립 초창기에 세워진 서원 가운데 하나일 뿐만 아니라, 소수 서원에 이어 전국에서 두 번째로 사액된 대단히 유서 깊은 서원이기도 하다. 하지만 임고서원의 위상이 단순히 역사가 오랜 서원이라는 차원에서 머무르는 것은 아니다. 왜냐하면 임고서원은 다음과 같은 두 가지 이유만으로도 그 서원사의 역사적 전개에서 차지하는 위상이 결코 만만하지 않았기 때문이다.

첫째 임고서원에 모셔져 있는 포은의 역사적 위상이 매우 높았다는 점이다. 무엇보다도 포은은 고려왕조를 위해 목숨을 바침으로써 不事二君의 지조를 지킨'만고의 충신'이었다. 바로 이점 때문에 그는 조선 초기 한 때 조선왕조의 건국에 끝까지 저항한 간신, 역적으로 규정되기도 했다. 하지만 아이러니하게도 포은을 살해한 것이나 다름없는 태종이 즉위 초부터'만고의 충신'포은에 대한 숭모사업을 적극적으로 벌이기 시작하자, 포은의 위상은 점점 더 높아질 수밖에 없었다.[1] 둘째 성

---

1)태종은 포은에게 大匡輔國 崇祿大夫 領議政府事 修文殿大提學 兼藝文春秋館事 益陽

리학자로서 포은이 지닌 사상사적 상징성이 매우 높았다는 점이다. 포은은 "정몽주의 논리는 횡설수설이 이치에 합당하지 않음이 없다."면서, '동방이학의 할아버지「東方理學之祖」'로 추대2)했던 牧隱 李穡의 견해가 그대로 받아들여져 조선조에 와서도 높이 追崇되었다. 같은 맥락에서 우리나라 성리학의 도통은 포은에서 시작되어 吉再, 金叔滋, 金宗直 등으로 계승되었고, 鄭汝昌, 金宏弼, 趙光祖, 李彦迪, 李滉 등으로 확산되어 갔다는 것이 일반적 통념으로 자리 잡았다. 성리학이 지배하던 조선조 사회에서 포은이 이처럼 '동방 이학의 할아버지'로 평가되었으므로 그는 우리나라 성리학사에서 돌올한 상징성을 가질 수밖에 없었던 것이다.

이처럼 임고서원은 충신으로서의 역사적 위상과 사상사적 상징성이 대단히 높은 인물이었던 포은을 모신 서원이었고, 이와 같은 사실들만으로도 이미 예사 서원일 수가 없었다. 하지만 그 이외에도 임고서원이 한 고을의 서원을 넘어서 전국적인 서원으로 승화되는데 커다란 역할을 한 또 다른 요인이 두 가지 더 있었다. 첫째, 임고서원을 처음 세울 때 우리 유학사의 상징적 인물로서 영남학파의 거두였던 退溪 李滉이 음으로 양으로 서원창설을 기획·조율하고 후원했다는 사실이다. 다른 하나는 국가의 공인을 받은 사액서원이 되어 국가로부터 막대한 지원을 받았다는 사실이다. 요컨대 임고서원은 그 오랜 역사에다 충신, 성리학자로서의 포은의 역사적 위상, 그리고 서원 창립을 적극 후원한 퇴

府院君을 추증하였고, 文忠이란 시호를 내렸다. 게다가 포은은 세종 때 왕명으로 간행된 『三綱行實圖』의 忠臣圖에올랐고, 중종 12년(1517)에는 文廟에 배향되는 최고의 영광을 누렸으며, 임고서원, 崧陽書院, 忠烈書院 등 10여개의 서원에 모셔졌다. 이러한 과정을 통하여 조선조에서 포은의 역사적 위상은 우여곡절이 있기는 했지만 꾸준히 상승 곡선을 그렸다.

2) 『高麗史』117卷, 列傳 30권, 鄭夢周: "時, 經書至東方者, 唯朱子集註耳, 夢周, 講說發越, 超出人意, 聞者頗疑, 及得胡炳文四書通, 無不脗合, 諸儒尤加嘆服, 李穡, 亟稱之曰 夢周論理, 橫說竪說, 無非當理, 推爲東方理學之祖."

계의 권위, 국가에서 공인한 사액서원이라는 점들이 상호간에 상승작용을 불러 일으켜 한 고을의 서원이 아니라 전국적 위상을 지닌 중요 서원으로 승화될 수가 있었던 것이다.

임고서원이 지닌 이와 같은 위상에도 불구하고 임고서원에 대한 연구는 이제 막 시작하는 단계에 있다. 임고서원에 대한 최초의 연구는 2001년 임고서원과 소속 사찰과의 관계에 대해 간명하게 언급한 이수환의『조선후기 서원 연구』3)에서 시작되었다. 이어서 보고된 김문택의「조선후기 영천 지방의 사족동향과 임고서원」4)은 임고서원에 대한 최초의 본격적인 연구 논문으로서 서원을 둘러싼 조선후기 사족들의 움직임을 이해하는데 크게 기여하였다. 이어진 김학수의 임고서원에 관한 2편의 논문은 임고서원 연구를 새로운 차원으로 올려놓았다. 그 가운데서「17세기 초반 영천유림의 학맥과 張顯光의 임고서원 祭享論爭」5)은 임고서원에 여헌 장현광을 모실 때 幷享을 할 것인가 配享을 할 것인가를 둘러싸고 벌어진 학파간의 갈등과 그 성격을 치밀하게 검증한 논문이다.「조선후기 영천지역 사림과 임고서원」6)은 임고서원의 창건과 중창, 尊賢과 衛道, 학술과 문화의 공간으로서의 임고서원의 사회적 역할 등을 포괄적으로 다룬 논문으로서 임고서원에 대한 종합적 이해에 크게 기여하였다. 이종문의『인각사 삼국유사의 탄생』7)은 임고서원에 소속된 사찰 가운데 하나였던 인각사와 임고서원의 관계를 이해하는데 기여하였다.

3) 이수환,『조선후기 서원 연구』, 일조각, 2001.
4) 김문택,「朝鮮後期 永川地方의 士族動向과 臨皐書院」,『朝鮮時代의 社會와 思想』, 조선사회연구회, 1998.
5) 김학수,「17세기 초반 永川儒林의 學脈과 張顯光의 臨皐書院 祭享論爭」,『朝鮮時代史學報』35, 조선시대사학회, 2005.
6) 김학수,「조선후기 영천지역 사림과 임고서원」,『포은학연구』제 6집, 2010.
7) 이종문,『인각사 삼국유사의 탄생』, 글항아리, 2010.

하지만 지금까지 임고서원에 대한 본격적인 연구 논문은 아직 3편에 불과하거니와, 그나마 그 제목에서 살펴볼 수 있듯이 조선후기의 임고서원에 집중되어 있다. 이 논문에서는 바로 이와 같은 연구사적 상황에 초점을 맞추어 임진왜란 이전까지의 초창기 상황을 자료가 허용하는 한도 내에서 보다 섬세하게 살펴보기 위한 노력의 일환으로 집필되었다. 다만 임고서원 창건 과정과 퇴계의 역할에 대해서는 이미 김학수가 포괄적으로 다룬 바8) 있으므로 이 논문에서는 논외로 하고자 한다. 모쪼록 이 논문이 임고서원에 대한 이해의 폭을 넓히고 나아가서는 조선시대 서원을 이해하는데, 다소나마 기여하게 되기를 기원하는 마음 간절하다.

2. 사액 과정과 서원의 토대 확립

퇴계의 각별한 관심과 후원을 받으면서 1553년 영천의 사림들에 의하여 창건되기 시작한 임고서원이 전국적인 서원으로 부상하게 된 것은 1554년 국가로부터 賜額을 받으면서부터였다. 임고서원이 사액되고 국가적인 차원의 지원을 받게 된 경위에 대해서는 『조선왕조실록』에 무려 5번에 걸쳐 7단계로 기록되어 있다. 이 기록은 서원에 대한 사액이 이루어지는 과정을 가장 자세하게 보여주는 사례이므로 다소 번

---

8) 김학수, 위의 논문(2010) 참조. 임고서원 창건 과정에서의 퇴계의 역할에 대해서는 김학수의 이 논문에 비교적 자세하게 언급되어 있으므로 여기서는 이해의 편의를 도모하기 위하여 간략하게 서술하여두기로 한다. 임고서원 창건을 주도한 金應生, 鄭允良, 盧邊 등은 모두 퇴계의 제자들이었다. 그들은 서원 설립 과정에서 수시로 퇴계에게 자문을 구하고, 퇴계의 의견을 수용하였다. 퇴계의 명령에 따라서 서원의 규모와 절목을 결정했을 뿐만 아니라 퇴계에게 奉安文과 사당의 현판 글씨, 堂과 齋의 이름을 지어주기를 요청하기도 했고, 퇴계는 그들의 요청을 수락하였다. 아울러 퇴계는 임금으로부터 하사받은 『性理群書』(보물 1109호)를 임고서원에 기증하기도 했고, 임고서원을 직접 방문하여 참배하기도 했다. 이렇게 볼 때 임고서원은 퇴계의 기획과 조율, 그리고 정신적인 후원에 의해 탄생했다 해도 좋을 것이다.

거로운 대로 이를 단계별로 요약하여 제시하면 다음과 같다.

(1)1553년(명종 8년) 9월 경상감사에 임명된 鄭彦慤이 부임 후 순행차 영천에 도착하였다. 이때 고을의 父老와 儒生들이 정몽주의 유허지인 浮來山 밑에다 그를 모시는 서원을 지으려고 하니, 감사가 일을 함께 꽤해 달라고 요청하였다. 감사는'정몽주를 모시는 서원을 세우는 것은 마땅하지만, 지금은 흉년이 들어 재정이 부족한 상황인데 어떻게 이와 같은 큰일을 벌일 수 있겠느냐며 난색을 표했다. 그랬더니 유림들은 '서원을 짓는 경비는 우리가 웬만큼 모아놓았으니, 민폐를 끼치지 않고도 서원을 지을 수가 있다. 우리가 감사에게 바라는 것은 조정에 건의하여 소수서원의 전례에 따라 국가적인 지원을 받는 것이다. 포은의 문장과 道學, 德業과 명성은 결코 안향에게 손색이 없으며, 충렬의 측면에서는 더 빼어나다. 그런데도 지금껏 그를 모시는 곳이 없다는 것은 한 고을의 수치일 뿐만 아니라 실로 한 道의 결점이다'라고 주장하였다. 그러나 정언각은 이에 대해 미온적인 태도를 보이면서 그 당장 이렇다 할 조치를 취하지는 않았다.9)

(2)그러자 서원건립을 주도하고 있던 金應生, 鄭元良10), 盧邃 등이, 영천군수 李義에게 家廟의 춘추 祭享과 유생들이 먹을 양식, 읽을 책, 奴婢 등을 소수서원의 예에 따라 국가에서 지원해주도록 감사에게 건의해줄 것을 요청하였다. 1554년 3월 감사 정언각이 다시 순행 차 영천에 갔을 때, 영천 사람들은 이미 가묘를 완성시키고 서원을 짓고 있는 중이었다. 그 때 영천군수는 영천사림들의 건의를 경상감사에게 공식

---

9) 『明宗實錄』16권, 명종 9년 6월 14일 癸未 3번째 기사: "慶尙道觀察使鄭彦慤狀啓曰 臣前年九月, 受命下來, 巡到永川, 一鄕父老及儒生等, 全數聚會, 告臣曰: '郡北十里許, 有浮來山, 山下有古墟, 卽文忠公鄭夢周生長藏修之處. 立家廟' 構書院, 敦風化' 勵後生之願, 不日不月. 今監司下界, 盍謀所以成之?" 臣曰: "然則斯鄕無愧於安氏之竹溪, 而實有補於聖治之萬一, 奈此時屈擧嬴何?" 父老等咸曰: "我民各出資材, 其數若干, 當不煩民力而爲之, 但所望啓達朝廷, 依豊基紹修書院例施行矣. 文忠公文章道學, 德業聞望, 當不讓於文成公, 而忠列則又加焉. 至今無家廟祭享之所, 豈徒爲一鄕之羞? 實是一道之欠事."
10) 『명종실록』에는 鄭元良으로 기록되어 있으나 각종 기록을 통해서 볼 때 鄭允良의 잘못임.

문서로 건의하였고, 감사 정언각[11]은 이를 다시 조정에 공식적으로 건의하였다.[12]

(3) 정언각의 건의를 받은 예조에서는 1554년 6월 14일 '鄕儒들이 자체적으로 서원을 짓고, 소수서원의 예에 따라 국가적 지원을 요청하고 있으니 가상한 일이다. 게다가 정몽주의 인물됨이 안향에 못지 않으니 허락해주는 것이 옳다. 하지만 이와 같은 일은 막중한 일이니 대신들과 의논하여 결정하는 것이 좋겠다.'고 왕에게 건의했고, 왕이 이를 윤허하였다.[13]

(4) 1554년(명종9년) 6월 15일: 승정원에서도 경상감사 정언각의 건의 내용을 보고하면서, "이는 급한 일이 아니니 정부의 郎廳을 불러 대신에게 의논하게 하라"고 건의하니, 왕이 알았다고 전교하였다.[14]

(5) 1554년(명종9년) 7월 11일: 영의정 沈連源, 좌의정 尙震, 우의정 尹漑가 "포은의 인물됨이 안향만 못한 것이 없으므로 그의 고향에 서원

---

11) 『명종실록』에 수록된 이 글을 토대로 하여 임고서원 사액과정에서 포은의 外 6세손인 경상감사 정언각의 역할을 크게 강조한 논의가 있다. 그러나 보다시피 그는 애초 재정상의 어려움을 이유로 들어 서원 건립에 미온적인 태도를 보였다. 게다가 자체적으로 창건 경비를 마련해 놓았으므로 재정은 큰 문제가 아니라면서, 사액을 조정에 건의해 줄 것을 요청하는데도 아무런 조치를 취하지 않았다. 그가 조정에 사액을 건의한 것은 그로부터 6개월 뒤 영천사림의 요청을 받은 영천군수의 공식적인 건의를 받고나서 였다.

12) 『명종실록』16권, 명종 9년 6월 14일 癸未 3번째 기사: "今三月間, 臣再巡到郡, 品官儒生等, 咸出力, 家廟已成, 書院方構, 而郡守李義牒呈云: "文忠公 鄭夢周家廟及書院營建有司 生員金應生 幼學鄭元良' 進士盧邃等呈狀, 家廟春秋祭享及儒生供饋米糒, 所讀書冊, 支供奴婢, 出處無由, 依紹修書院例, 轉達施行."

13) 『명종실록』16권, 명종 9년 6월 14일 癸未 3번째 기사: "禮曹啓曰: "鄕儒等各出資財, 欲爲先賢, 建祀宇置書院, 又請學田' 奴婢, 悉依白雲洞書院之例, 使之守護支給, 其裨補學校之意, 有足嘉尙矣. 鄭夢周, 文章' 節行, 無讓安裕, 祀典' 學規, 在國制莫大之擧. 鄭彦愨啓請應否, 收議大臣定奪. 依允.

14) 『명종실록』16권, 명종 9년 6월 15일 갑신 2번째 기사: 政院啓曰: "永川郡立文忠公鄭夢周家廟, 而祭享及儒生供饋, 無資出之處, 觀察使啓請, 依紹修書院例, 給藏獲田結矣。 此非急事, 招政府郎廳, 議于大臣" 傳曰: "知道."

을 건립하여 학문을 연구하고 풍속을 교화하는 것은 매우 아름다운 일이니, 扁額을 하사하고 서책·노비·田結을 내리는 일들을 소수서원의 예에 따라 시행하게 하자'고 건의하였다[15].

(6) 1554년(명종9년) 10월 10일: 예조에서'일반적으로 서원의 명칭은 지명을 따라 짓는 것이므로 영천에서 짓고 있는 서원의 명칭도 영천의 옛 이름인 臨皐, 益陽 가운데 하나를 선택하자'고 건의하니, 왕이'臨皐書院'이란 이름을 내렸다[16].

(7) 1554년(명종9년) 11월 2일: 소수서원의 예에 따라서 사액을 하고, 토지와 노비를 내렸다. 아울러『四書五經』1질,『少微通鑑』1질,『通鑑續編』1질을 하사하되, 책마다 內賜記를 써서 내려서 장려하게 하고, 편액은 '林皐書院[17]'4글자를 큰 글자로 쓰되 아래쪽에 연월일과 '宣賜'등의 글자를 함께 써서 새겨 내려 보냈다.[18]

15)『명종실록』17권, 명종 9년 7월 11일 기유 2번째 기사: "領議政沈連源'左議政尙震'右議政尹漑議啓曰: "謹按鄭夢周道德節行, 無讓於安裕.於其生長之地, 建立書院, 使學徒藏修, 敦勵風化, 甚是美事. 宜宣賜扁額, 頒降書册'奴婢'田結等事, 令該曹, 依紹修書院例, 磨鍊施行何如?"

16)『명종실록』17권, 명종 9년 10월 10일 정축 2번째 기사: "禮曹啓曰: 歷考前代書院之規, 皆以地名爲號, 未有別樣取意爲扁. 宋朝四書院, 皆以地名爲號, 至賜扁榜以寵嘉之, 如白鹿洞書院'崇陽書院'嶽麓書院'應天府書院'其餘太室書院'睢陽書院之類, 不一而足. 今者永川書院, 不必別立名義, 就永川別號臨皐'益陽書院." 賜號臨皐."
이 기록에서 확인할 수 있듯이 임고서원의 '임고'는 영천의 옛날 이름이고, 따라서 임고서원은 결국 영천서원이라는 의미가 된다. 그리고 서원의 이름에 지명을 붙인 것도 서원의 명칭을 지명에 따라 짓는 통상 관례를 따른 것일 뿐이다. 임고서원은 오늘날 면 단위 행정구역인 영천시 임고면에 위치하고 있고, 현재 영천 지역의 유림들에 의해서 서원 운영이 주도되고 있다. 그러므로 항간에는 임고서원을 과소평가하는 경향이 있으나, 그와 같은 인식은 임고서원이 지닌 역사적 위상과는 큰 거리가 있는 것 같다.
17)『명종실록』에는 '林皐書院'이라 되어 있으나 '臨皐書院'의 誤記임.
18)『明宗實錄』17권, 명종 9년 11월 2일 己亥 2번째 기사: 禮曹啓曰: "鄭夢周 道德節行, 無讓於安裕. 其於生長之地, 建立書院, 藏修學徒, 敦勵風化, 大是美事. 宣賜扁額, 頒降書册'奴婢'田結等事, 一依紹修書院例施行事, 傳敎. 奴婢'田結, 則因本道監司啓本, 已移文該司處置矣. 書册, 依紹修書院例, 四書五經各一件, 以文武樓所藏帙賜送, 而綱目及事文類聚, 則餘在只一件, 賜給爲難. 以外, 校書館貿易册內, 少微通鑑,

이상에서 임고서원이 사액되는 과정에 대하여 간략하게 살펴보았거니와, 이와 같은 사액 과정에는 몇 가지 주목되는 점이 있다. 먼저 서원을 짓고 있던 영천의 유림들이 직접 조정에다 각종 도움을 요청하는 상소문을 올리지 않고 행정적인 절차를 따르고 있다는 점이다. 다시 말해서 김응생, 정윤량, 노수 등 서원 설립에 주도적인 역할을 했던 선비들이 영천군수에게 건의하고, 영천군수는 감사에게, 감사는 조정에 건의하는 공식적인 행정 절차를 그대로 밟고 있는 것이다. 그것은 풍기군수로 있던 퇴계가 백운동 서원의 사액을 감사에게 건의하고, 감사가 다시 조정에 건의하여 대신들이 국왕과 논의하는 절차를 밟아 소수서원이란 사액을 받아낸 것과 같은 경로다. 그러므로 임고서원이 사액을 받는 과정에서도 퇴계의 생각이 암암리에 작용했을 가능성이 높다. 그들이 이와 같은 행정적인 절차를 밟아 사액을 받았던 것은 그렇게 했을 때 국가적인 공인은 물론이고 한 고을과 한 道도 공인에 공동으로 참여하는 효과를 얻을 수가 있고, 그렇게 해야 앞으로의 서원 운영에도 원활하게 도움을 얻을 수가 있기 때문이 아닐까 싶다[19].

　다음으로 주목되는 것은 임고서원이 사액을 이끌어 내는 논리다. 임고서원 설립을 주도하던 영천의 선비들은 안향을 모신 소수서원이 이미 사액을 받았다는 사실에 주목하였다. 그들은 소수서원에 모시고 있는 안향과 임고서원에서 모시게 될 포은의 인물됨을 비교하고, 안향보다 포은이 오히려 더 위대한 인물이라고 주장[20]하였다. '포은의 문장과

　　通鑑續編 各一件賜送, 每書初卷, 題其年月日, 內賜林皇書院, 以示敦奬之意. 扁額則林皇書院 四字, 大字書寫, 下端具刻年月日' 宣賜等字, 順付公幹人, 同道監司處交割何如?" 上從之.
19) 소수서원과 임고서원의 사액 경로와 그 의미에 대해서는 김학수가 이미 언급한 바 있다. 김학수, 앞의 논문(2010), 123쪽 및 126쪽 참조.
20) 안향보다 포은이 더 위대한 인물이란 생각도 영천 사람들의 我田引水 式의 주장이 아니라 안향보다 포은을 훨씬 더 높이 평가했던 퇴계의 생각을 반영한 것이 아닐까 싶다.

도학, 덕업과 명성은 결코 안향에게 손색이 없으며, 충렬의 측면에서는 더 빼어나다.'는 주장이 그것이다. 요컨대 안향의 서원이 사액을 받았는데, 상대적으로 안향보다 더 뛰어난 인물인 포은의 서원에 사액을 내려주지 않는다면 형평성의 원리에 어긋나는 일이므로, 소수서원의 전례에 따라서 국가적인 후원을 해달라는 것이다. 유교의 나라인 조선에서 선비들과 등지고 정치를 할 수는 없기 때문에, 이와 같이 인물을 비교하고 前例를 따지고 들면 조정으로서도 들어주지 않기가 어려울 것이다. 좌우간 이와 같은 논리를 편 임고서원에 사액이 되자, 이와 유사한 논리가 후대에 사액을 요청하는 서원들이 상투적으로 사용하는 논리가 되었다는 것도 크게 주목되는 일이 아닐 수 없다21).

좌우간 1554년 11월 임고서원이 소수서원에 이어 전국에서 두 번째로 사액되자 임고서원은 탄탄대로를 향해 내달리게 되었다. 무엇보다도 국가에서 공인한 사액서원이라는 명예로운 훈장을 획득했을 뿐만 아니라, 왕조시대에 왕이 직접 하사한 책을 소유하게 됨으로써 서원의 위상이 크게 높아졌다. 게다가 현재 임고서원 장서에 임진왜란 전에 간행되어 내사된『精忠錄』,『論語諺解』22) 등이 포함되어 있는 것을 보면, 임고서원에는 국가에서 간행되는 중요 서적들이 계속 내사되어 서원의 권위가 더욱더 높아져간 것으로 판단된다.

---

21) 예컨대 1555년 崔冲을 모신 해주의 수양서원도 편액과 서적 하사 등을 임고서원의 예에 따라 국가에서 지원했고, 1566년 정여창을 모신 남계서원에서 소수서원과 임고서원의 예에 따라 조치해주기를 요청한 바 있다. 그들의 사액 요청에서도 은연중 인물을 비교하고 전례를 내세우고 있다.

22) 이 가운데 1585년에 간행된『精忠錄』에는 '萬曆十三年七月 日 內賜慶尙道永川臨皐書院精忠錄一件'이라는 내사기가 남아 있어서 서적이 간행되던 1585년에 임고서원에 내사되었음을 확인할 수 있다. 1590년 간행된『論語諺解』는 책 표지가 떨어져나가 내사기가 남아 있지 않으나 제일 첫 면에 '宣賜之記'라는 도장이 찍혀있어 내사되었음을 확인할 수 있으며, 대개 책이 간행될 때 내사하는 것이 관례이므로 1590년 경에 임고서원에 내사된 것으로 추측된다.

그러나 더욱더 중요한 것은 국가에서 토지와 노비 등을 내림으로서 서원을 항구적으로 운영할 수 있는 노동력과 재정적 토대를 확보하게 되었다는 점이다. 앞에서 살펴본『조선왕조실록』에는 노비의 숫자, 토지의 위치와 토지의 분량에 대한 구체적인 언급이 없지만, 다음과 같은 기록들이 남아 있어 그 대략을 살펴볼 수 있다.

(가) 을묘년(1555년)에 서원이 준공되어 명종에게 보고를 하자, 명종은 임고서원이란 현판을 내리고 봄가을로 향사를 받들게 하는 한편, 五經, 四書, 通鑑, 宋鑑 등을 하사23)하였다. 그리고 또 位田을 하사했는데 金泉 直指寺, 義興 麟角寺, 河陽 環城寺, 永川 雲浮寺 등의 위전을 임고서원에 소속시켰다. 田畓 十數多少가 문서철에 기록되어 있다.24)

(나) 임고서원은 고을 북쪽 10 리에 있는데, 生員 金應生과 幼學 鄭允良, 進士 盧遂 등이 文忠公 鄭夢周의 옛집에서 북쪽으로 몇 리쯤 떨어진 浮來山에 터를 잡아 서원을 건립했다. 그때 경상감사가 임금에게 보고했더니 10여결의 學田과 7명의 노비를 하사하였다. 開寧縣 직지사 전답은 모두 27庫 3結 63負 8束, 하양현 환성사 전답은 모두 13고 2결 5부, 의흥현 인각사 전답은 모두 6고 6결 55부 8속, 영천군 운부사 전답은 모두 22고 1결 55부이며, 이상을 모두 합하면 13결 79부 6속이다.25)

보다시피 임고서원에서 선비들을 뒷바라지 하고 서원의 노동력을 확보하기 위해 조정에서 하사한 노비는 모두 7명이었다. 서원의 규모가 어느 정도였는지 확실하게 알 수는 없지만, 이만한 숫자면 서원의

---

23) 『명종실록』에 임고서원에 사액을 하사하고 각종 지원을 해준 것이 1554년으로 되어 있어 이 기록과는 1년의 차이가 나는데, 아마도 국가적인 차원의 지원을 받은 것은 1554년이고 서원이 완공된 것은 1555년이 아닐까 싶다. 그렇게 본다면 임고서원은 1553년에 시공하여 1554년 사액을 받고, 1555년에 완공된 것으로 추측해볼 수 있다.
24) 『考往錄』, 임고서원 소장.
25) 『環城寺決立案』, 임고서원 소장.

통상적인 일을 처리하는데 별다른 어려움이 없었을 것이다. 게다가 노비는 세습되는 것이 원칙이었으므로 7명의 노비를 하사받음으로써 임고서원은 항구직으로 노동력을 확보했다고 해도 과언이 아니다. 아울러 국가에서는 임고서원 경영의 재정적 기반을 마련하기 위하여 김천 직지사, 의흥 인각사, 하양 환성사, 영천 운부사의 위전을 임고서원에 이속시켰다[26]. 하사한 위전의 물리적인 분량을 (가)에서는 '十數多少'라고 아주 막연하게 표현하고 있지만, (나)를 통해서 보면 그것은 모두 13결 79부 6속이었다. 임고서원이 확보한 위전이 어느 정도의 가치를 가진 토지인지를 대강이라도 알기 위해서는 삼국시대로부터 조선시대 말까지 장구한 기간에 걸쳐서 통용되었던 結負法[27]에 대한 최소한의 언급이 필요할 것 같다.

결부법은 수확량과 토지의 면적을 종합적인 관점에서 파악하고 세금을 부과하는 우리나라 고유의 토지제도다. 결부법에서 1결은 100짐의 곡식을 생산할 수 있는 토지를 뜻하므로 13결 79부는 1379짐을 생산할 수 있는 토지를 말한다. 여기서 자동적으로 제기되는 것은 이만한 수확량을 생산할 수 있는 토지의 면적은 어느 정도인가, 하는 의문인데, 곡식의 생산량은 토지의 비옥도에 따라서 크게 다르므로 수확량이 반드시 토지면적에 비례하는 것은 아니다. 각 사찰의 위전이 임고서원 소속으로 변경되었던 16세기 중반에는 비옥도에 따라서 토지의 등급을 6단계로 나누고 있었는데, 각 등급별 넓이는 다음 표와 같다.

토지 등급	畝	坪
1 등급	38	2.573.1

---

26) 임고서원과 임고서원에 소속된 4개 사찰의 상호관계에 대해서는 이수환(위의 책, 85-87쪽)이 개괄적으로 언급한 바 있다.
27) 이하 결부법에 대한 설명은 이종문, 앞의 책, 72-75쪽 참조.

2 등급	44.7	3.246.7
3 등급	54.2	3.931.9
4 등급	69	4.723.5
5 등급	95	6.897.3
6 등급	152	11.035.5

보다시피 토지의 비옥도에 따라 1결의 넓이가 크게 다르므로 임고서원으로 소속이 변경된 사찰들의 위전 13결 79부 6속의 구체적인 면적을 자세하게 확인하기는 어렵다[28]. 하지만 그것이 줄잡아 수만 평에 해당되는 광활한 토지임은 분명하며, 각 사찰들은 그 동안 이 엄청난 토지에 대한 세금을 국가에 납부하여 왔다. 그런데 이 땅들이 임고서원 위전으로 소속이 변경됨으로서 임고서원은 각 사찰이 국가에 납부하던 세금[29]을 수입으로 삼을 수 있게 되었으며, 이로써 임고서원 경영을 위한 재정 문제도 어느 정도 해결된 것으로 생각된다. 게다가 숭유배불의 이념에 의하여 지배되고 있던 조선조 사회에서 서원과 사찰의 일반적인 관계에 비추어볼 때, 위전의 소속 변경은 단순히 토지 문제에 그치지 않고 사찰이 서원의 소속사원으로 철저히 예속됨을 뜻한다는 것은 말할 것도 없다. 따라서 이제 막 걸음마를 시작한 임고서원은 직지사, 인각사, 환성사, 운부사 등 천년 고찰들을 휘하에 거느릴 수 있게 되었고, 서원에서 사용되는 짚신이나 종이, 서적 간행을 위한 책판 등 갖가지 물품을 만드는 데 승려들을 동원할 수도 있었을 것이다.

---

28) 그러나 넓이를 떠나 1결당 세금은 같았다. 세금은 그 해의 수확 상황에 따라 上上年에서 下下年까지의 9등급으로 나누고 상상년의 세금은 20두斗, 하하년의 세금은 4두였으며, 등급마다 2두의 차이를 두고 있었다.

29) 원래 사찰은 토지 소유자로서 국가에 세금을 납부했지만, 국가가 서원에게 세금 받을 권리를 넘겨주면서 서원에 세금을 납부하였다(최원규, 1988, 「조선후기 서원전의 구조와 경영」, 『손보기 박사 정년기념 한국사학 논총』, 587-592쪽).

게다가 임고서원은 노동력과 토지의 확보뿐만 아니라 바닷가에 위치한 무려 일곱 개의 고을로부터 생선과 소금을 제공받고 있기도 했다[30]. 일곱 개의 고을로부터 제공받은 생선과 소금의 양이 구체적으로 얼마인지는 현재로서는 전혀 알 수가 없다. 하지만 嘯皐 朴承任(1517 ~1586)이 남긴 다음 기록을 통해서 어느 정도나마 유추해볼 수는 있을 것 같다.

소수서원을 세운 초창기에 좋지 못한 땅 약간 畝와 寶米 약간 碩을 두어 열 명의 유생에게 항상 제공할 수 있는 비용으로 삼았다. 그러나 그 수가 많지 않아 간혹 흉년을 만나면 饋餉이 이어지지 않아 선비들이 편안하게 모이지 않았고, 모인다 해도 오래가지 않았다. 安相國「安玹을 말함」이 경상도의 감사가 되어 비로소 그 용도에 넉넉하도록 할 것을 꾀하였다. 이에 熊川의 어장「魚基」세 곳을 감영으로부터 서원에 移屬시키고, 영해, 영덕 등의 관가의 소금 굽는 솥 3개를 贐布를 내어 구매했다. 게다가 감사 鄭萬鍾이 天城堡 어장을 더하여, 앞으로 소속된 네 곳에서 1년에 바치는 것이 靑魚 3,500 꿰미, 食鹽 16 碩이었다. 반찬에 제공하는 것을 제외하고 그 나머지는 모두 팔아서 양식과 장과 기름과 반찬을 마련하고 집기를 설치하여 한 결 같이 서원의 쓰임에 부응하여 모두 이에 의뢰하여 떨어지지 않게 하였다[31]

이 글을 통해서 볼 때 소수서원이 생선과 소금을 제공받기 시작한 것은 안향의 후손이기도 했던 경상감사 안현이 감영 소속의 어장 3곳을

30) 임고서원 소장 『考往錄』: "庚子... 秋, 體察使 李元翼, 從事官 李尙信 姜籤, 一時來謁 于廟. 平時 院位田畓及魚鹽等事, 諸生面陳, 出送關字于開寧義興河陽等官, 始推田畓 庫數. 沿海七邑, 膽錄魚鹽, 亦送關字, 復舊例而減其伴."
31) 朴承任, 「代紹修書院有司 上戶曹書」, 『嘯皐先生文集』 제 3권, 書: "立院之初 置簿田 若干畝 寶米若干碩 爲儒生常供十員之備 而厥數不敷 或值凶荒 饋餉不繼 士不安集 集亦不久 安相國按臨是 道 始謀所以裕其用者 於是 熊川魚基三所 自營門而移屬 寧海 盈德等官鹽盆三坐 出贐布而購置 鄭方伯萬鍾 又加以天城堡魚基 四所凡前後所屬一 年所納 靑魚三千五百貫 食鹽十六碩 計饌羞所供之外 餘悉販貿 糧醬油饌 鋪設什器 院中一應用度 皆賴是不匱."

백운동서원에 이속시키고, 백운동서원에 소금 솥 3개를 제공한데서 비롯32)되었다. 그 후 백운동서원의 이와 같은 사례가 하나의 관례가 되어33) 중요 서원마다 제 각기 생선과 소금을 제공받게 되면서, 조선후기에 와서는 막대한 민폐가 되기도 했다34). 그런데 여기서 주목되는 것은 소수서원이 해마다 제공받은 생선이 무려 청어 3,500꿰미나 되고, 식염도 16석이나 되었다는 점이다. 이와 같은 사례에 비추어 볼 때, 임고서원이 제공받은 생선과 소금의 물리적인 분량도 상당히 많았을 것으로 생각되며, 생선과 소금을 제공하는 곳이 무려 바닷가에 있는 7개 고을에 걸쳐져 있었다는 것도 이러한 점에서 주목된다. 7개 고을에서 바치는 생선과 소금을 임고서원에서 다 소비할 수는 없을 터이므로, 백운동서원의 경우처럼 남는 것을 팔아서 서원에 필요한 갖가지 물품들을 구입하는데 사용하지 않았을까 싶기도 하다.

이상의 논의를 종합해볼 때, 임고서원은 국가로부터 사액됨으로써 교육기관으로서의 드높은 위상을 확보했을 뿐만 아니라 넓은 토지 및 생선과 소금 확보를 통한 경제적 토대를 마련했으며, 노비 획득으로 인한 노동력까지 확보했음이 분명하다. 임고서원은 이와 같은 경제력과

---

32) 이에 대해서는 퇴계도 다음과 같이 언급한 바 있다.
李滉, 「上沈方伯 通源」, 『退溪先生文集』 제 9권, 書: "旣而周侯去郡, 而文成之後, 今兵判公玆, 適來按道, 謁廟禮士, 凡所以增飭作養之方, 極盡其慮, 役隸之充, 魚鹽之供, 靡不指畫, 使之永賴. 自是, 監司之來, 亦皆加意於此, 而獎勵之無敢忽矣."
33) 다음 글을 보면 율곡의 집 옆에 세운 精舍에도 당시 감사가 백운동서원의 예에 따라 어염을 제공하고 있었음을 알 수 있다.
『宣祖修正實錄』 16年 9月 1日: "且珥之家側 有精舍焉 乃學徒鳩材創立者 群居受業 供億無資 故其時監司 給之以營船魚鹽 以爲朝夕之供 此 倣於豐基白雲洞之規也."
34) 다음 글은 어염의 폐단이 서원 폐단의 핵심 가운데 하나였음을 상징적으로 보여주고 있다.
柳壽垣, 「論書院」, 『迂書』 제 10권: "或曰 書院有百害而無一益 何以處之 答曰 若行此書所論 則院生募入輩 自當首先出去矣 魚鹽等物 盡歸公家矣 此後書院有無 非朝家所可知 何必曰當革罷 何必曰當裁損乎 置之不問可也."

노동력을 바탕으로 하여 서원 본연의 교육활동을 강화해나가기 위한 준비 작업을 시작했으며, 그 가운데 하나가 서적의 간행이다. 지금까지 임진왜란 이전에 임고서원에서 간행된 것이 확인되는 책은 1585년 3권 1책의 목판본으로 간행[35]된 『포은집』 하나 밖에 없다. 하지만 임고서원은 준공 직후로부터 바로 각종 서적출간 사업에 착수했던 것으로 판단되며, 다음 글에서 그간의 사정을 엿볼 수 있다.

> 나는 문득 내 자신을 헤아리지 않고, 상자 속에 들어 있는 한 책이 쉽사리 민멸될까 매우 두려워서 임고서원에서 활자를 빌리고, 또 감사 洪曇이 돈의 절반을 도와주는 데 힘입어서 겨우 일을 마칠 수 있었으나, 한 고을의 힘으로 하는 일이라 널리 반포하지 못함이 한스럽다.[36]

1561년 성주목사 황준량이 성주에서 퇴계가 편찬한 『晦菴書節要』를 간행하면서 붙인 발문의 일부이다. 이 발문을 통해서 보면 『회암서절요』를 간행할 때 사용했던 활자는 임고서원 소장의 활자였으며, 이것은 결국 서원이 세워진지 불과 몇 년 뒤에 이미 임고서원이 서적 간행을 위한 활자를 소유하고 있었음을 의미한다. 임고서원이 목판본에 비해 다양한 책을 찍는데 훨씬 더 유리했던 목활자[37]를 소장하고 있었다는 것

---

35) 일반적으로 임고서원 본 『포은집』은 1584년에 간행된 것으로 알려져 있다. 하지만 다음 기록을 보면 1584년(甲申)은 유성룡이 『포은집』을 교정하도록 명령을 받은 년도이고, 임고서원에서 유성룡이 교정한 것을 간행한 년도는 1585년(乙酉)일 가능성이 높고 1586년(丙午)일 가능성도 있다고 판단된다.
柳成龍, 「圃隱集跋」 乙酉, 『西厓先生文集』 제18권, 跋: "萬曆甲申秋, 主上殿下, 命芸閣印先生文, 先命臣校正訛舛, 且跋其後."
柳成龍, 「答金希玉玏」 丙午, 『西厓先生文集』 제11권, 書: "往年謬承撰跋之命…幷製拙跋以進, 而未及印出於書局之前, 永川書院先取而刻之."
36) 黃俊良, 「晦菴書節要跋」, 『錦溪先生文集』 제4권, 雜著: "俊良輒不自揆, 深懼巾衍一本, 易致漫滅, 借活字於臨皐書院, 又得洪使相曇助錢一半, 僅得卒事, 一邑之力, 恨未廣也."
37) 이 때 간행된 고려대학교 소장 『회암서절요』를 보면 임고서원 소장의 활자는 목활

은 그 무렵에 임고서원에서 여러 가지 서적들을 간행했거나 간행할 계획을 가지고 있었음을 의미하는 것이기도 하다. 말하자면 임고서원은 이미 확보된 경제력과 노동력을 바탕으로 하여 서원 본연의 목적인 교육활동을 수행하기 위한 제반 준비들을 착착 진행하고 있었던 것이다.

3. 『尋院錄』을 통해서 본 임고서원의 위상.

임고서원이 소장하고 있는 『尋院錄』(보물 1109호)은 임고서원이 창건되기 시작한 1553년부터 1912년까지 서원을 방문한 인사들의 신분, 자字, 거주지, 방문 연도 등을 기록한 명부다. 모두 6권으로 이루어진 이 명부에 의하면, 서원이 창건되기 시작한 계축년(1553년)으로부터 임진왜란으로 서원이 전소된 1592년 4월까지 약 40년 동안 임고서원을 방문한 인사의 숫자는 모두 522명[38]인데, 연도별 방문자의 수는 다음 표와 같다.

방문 연도	방문자 수	방문 연도	방문자 수	방문 연도	방문자 수
계축(1553)	10	갑인(1554)	0	병진(1556)	1
을묘(1555)	21	정사(1557)	29	병진(1556)	11
정사(1557)	10	무오(1558)	9	기미(1559)	29
경신(1560)	0	신유(1561)	4	임술(1562)	15
계해(1563)	6	갑자(1564)	19	을축(1565)	34
병인(1566)	0	정묘(1567)	20	무진(1568)	18
기사(1569)	5	경오(1570)	7	신미(1571)	32
임신(1572)	27	계유(1573)	15	갑술(1574)	6
을해(1575)	26	병자(1576)	9	정축(1577)	18
무인(1578)	11	기묘(1579)	15	경진(1580)	21
신사(1581)	6	임오(1582)	5	계미(1583)	1
갑신(1584)	2	을유(1585)	2	정해(1587)	2
무자(1588)	6	임오(1582)	1	계미(1583)	3

자였음을 확인할 수 있다.

갑신(1584)	8	을유(1585)	8	병술(1586)	17
정해(1587)	10	무자(1588)	2	기축(1589)	9
경인(1590)	4	신묘(1591)	7	임진(1592)	1

위의 표를 자세히 살펴보면 간지의 순서가 어긋나 있는 경우가 두 군데나 있을 뿐만 아니라 병진, 정사, 임오, 계미, 갑신, 을유, 정해, 무자년의 경우는 시간적 간격을 두고 명단이 나누어져 기록되어 있다. 게다가 『심원록』의 필체를 보면, 방문자 스스로의 친필 서명이 아니라 상당한 분량씩 같은 필체로 쓰여져 있다. 이렇게 볼 때 『심원록』에 수록되어 있는 명단은 경우에 따라서 제법 많은 시간이 지난 뒤에 한꺼번에 기록한 부분도 적지 않게 있다고 생각된다. 만약 방문자가 있을 때마다 바로 그 이름을 명부에 기록하지 않았다면 아무래도 누락될 가능성이 그만큼 높아질 수밖에 없으며, 실제로도 다른 문헌을 통해 심원했음을 확인할 수 있는 인사 가운데 누락된 경우[39]도 있다. 같은 해에 방문한 사람들의 명단이 상당한 시간적 간격을 두고 나누어져 기록되어 있는 것도 처음 기록할 때 누락된 명단을 뒤에 추가했기 때문일 것이다.

연도별 방문자의 수가 매우 큰 차이를 보여주고 있다는 점도 같은 맥락에서 주목된다. 보다시피 을축년(1565)에는 34명이 기록되어 있는 반면에 갑인년(1554)과 경신년(1560)에는 단 한 사람도 기록되어 있지

---

38) 『심원록』에 두 번 이상 방문한 것으로 기록되어 있는 약간의 인사들이 있다. 여기서는 두 번 이상 방문한 것을 모두 다 헤아린 숫자이므로 실제 방문자의 수는 이보다 약간 적다. 한편 서원이 창건된 1553년부터 광해 연간까지의 방문자가 386명이라고 보고한 논문이 있으나, 1553년부터 임진왜란이 일어난 1592년 4월까지의 방문자가 이미 522명이므로 사실과는 크게 차이가 난다.

39) 예컨대 다음 기록을 통해서 볼 때 서원의 정신적 후원자였던 퇴계 이황도 1555년 임고서원을 방문하였음이 분명하지만, 『심원록』에는 그의 이름이 누락되어 있다. 『英祖實錄』1권, 영조 즉위년 10월 23일 계사 1번째 기사: "儒生楊命和等上疏. 略曰 臣等所居永川地, 卽高麗侍中文忠公鄭夢周桑梓之鄕也. 嘉靖乙卯, 先正臣文純公李滉, 卽其舊址而俎豆之."

않다. 특히 임고서원의 사액이 건의되고 또 실제로 사액이 되기도 하여 서원에 대한 관심이 크게 고조되었을 1554년에 방문자가 단 한 사람도 없었다는 것은 정말 이해하기가 어렵다. 이러한 결과를 종합해 볼 때, 심원록에 이름이 등재되어 있는 이 522명이 임진왜란 이전까지 서원을 방문한 주요 인사 전체가 아님은 말할 것도 없다. 그러나 그렇다고 하더라도 이 방문자들의 성향을 통하여 초창기 임고서원 방문 인사의 대체적인 성격을 파악하는 데는 별다른 무리가 없을 것[40]이다. 먼저 방문자들의 사회적 위상을 살펴보기 위하여 그들을 신분별로 나누면 다음 표와 같다.

신분	인원 수	신분	인원 수	신분	인원 수	신분	인원 수	신분	인원 수
幼學	329	生員	41	進士	29	郡守	19	訓導	15
縣監	14	參奉	11	監司	8	忠毅	6	學諭	6
察訪	5	奉事	4	御使	4	都事	4	直長	3
正字	2	府尹	2	縣令	2	評事	2	牧師	1
別提	1	池城	1	兵使	1	佐郎	1	靑松	1
府使	1	孝寧	1	別坐	1	主簿	1	學錄	1
判官	1	萬戶	1	西河	1	文城	1	銀川	1

보다시피 방문자들의 절대 다수를 차지하는 것은 유학(329명)이고, 생원(41명)과 진사(29명)가 그 뒤를 따르고 있다. 아울러 주목되는 것은 군수(19명)와 감사(8명) 등 각종 벼슬아치들의 방문도 매우 빈번했다는 점이다. 임진왜란 이후의 중요 방문자와 그들이 한 일에 대해서는 산발적이나마 임고서원 소장의 『고왕록』에 기록되어 있어 그 내용을 파악할 수 있는 경우도 있다. 임진왜란 이전의 경우는 방문자의 명

---

40) 한국고전번역원이 제공하고 있는 고전 검색 기능을 통해서 임진왜란 이전에 임고서원을 방문했음이 확인되는 인사는 권호문, 노진, 조헌 등 3명인데, 이 3명의 방문 사실은 『심원록』에 모두 등재되어 있다.

단만 남아 있을 뿐 방문해서 한 일이 무엇인지 기록으로 남아 있는 경우가 전혀 없다. 따라서 이들의 서원 방문이 구체적으로 서원에 어떤 영향을 미쳤는지는 확실하지 않다. 상식적으로 판단해 볼 때 일반 선비들의 빈번한 방문은 경제적인 측면에서는 오히려 서원에 폐를 끼쳤을 가능성도 있지만, 전반적으로 서원의 위상을 높이는 데는 크게 기여를 했을 것이다. 특히 산발적이나마 자료가 남아 있는 조선후기의 사례에 비추어 볼 때, 군수와 감사 같은 관료들의 방문은 서원에 여러모로 긍정적인 영향을 미쳤을 가능성이 높다. 그들은 직접적인 행정 담당자들이었기 때문에 서원 측의 건의를 받아 서원의 이익을 최대화하고, 서원의 불편을 최소화하는 행정상의 각종 조치를 취해주었을 것이다. 아울러 그들은 방문 시 서원에 필요한 각종 물품을 하사하여 서원의 재정에도 적지 않은 도움을 주는 경우도 많았을 터다[41]. 방문자들의 신분과 함께 주목되는 것은 그들의 거주지인데, 임진왜란 이전에 임고서원을 방문한 522명의 거주지를 도표화하면 다음과 같다.

거주지	인원수	거주지	인원 수	거주지	인원수	거주지	인원 수	거주지	인원수
京(서울)	89	경주	60	안동	43	대구	30	영덕	18
榮川(영주)	14	진주	13	창녕	13	선산	13	청송	12
의성	12	현풍	11	경산	10	밀양	10	성주	9
용궁	9	칠원	8	예안	8	함양	7	함안	6
삼가	6	단성	6	상주	6	의흥	5	평해	5
영해	5	예천	5	풍기	5	순창	4	안음	4
청도	4	합천	4	신녕	4	봉화	4	고령	4
청주	3	김해	3	인동	3	충주	3	창원	3
전주	2	울주	2	연안	2	흥해	2	함창	2
남양	2	진보	2	하양	2	비안	2	성산	2
군위	2	청하	2	장기	2	해주	1	나주	1
보은	1	금산	1	해평	1	서산	1	회덕	1
죽산	1	담양	1	고성	1	개령	1	고양	1
옥천	1	영일	1	강릉	1				

---

41) 조선후기에 임고서원을 방문한 관료들의 경제적 지원에 대해서는 김학수가 (김학수, 2010, 앞의 논문, 138-140 쪽 참조) 개괄적으로 언급한 바 있다.

위의 표를 종합해보면 522명의 방문자 가운데 영남지역에 거주하고 있는 인사가 406명으로 압도적 다수를 이루고 있다. 서원이 대략 영남지역의 중앙에 해당되는 영천에 위치하고 있음을 고려하면, 이와 같은 현상은 아주 자연스럽다. 그런데 여기서 주목되는 것은 이 영남지역 인사들 가운데 퇴계 이황 학파와 南冥 曹植 학파의 영향권에 거주하고 있는 인사가 각각 차지하는 비중이다. 이를 확인하기 위해서는 두 학파의 영향 지역에 대한 최소한의 설명이 필요할 것 같다. 사람마다 다소간의 견해차가 있을 수는 있겠지만, 진주를 중심으로 한 江右의 경상남도 지역은 남명학파의 영향권이라고 볼 수 있다. 경북의 고령, 성주, 김천, 개녕, 선산, 상주, 대구, 청도 등과 경상남도의 江左 지역은 퇴계학파와 남명학파의 영향이 겹치는 지역이고, 그 나머지는 모두 퇴계학파의 영향권 아래 있는 지역이라고 볼 수가 있다[42]. 위의 도표에 있는 영남지역 인사들을 이와 같은 기준에 따라 다시 분류해보면 대략 다음과 같다.

영향권	지역과 인원 수	인원수 합계
남명학파 영향권	진주(13) 칠원(8) 함양(7) 함안(6) 삼가(6) 단성(6) 안음(4)합천(4) 김해(3) 창원(3) 고성(1)	61
퇴계학파 영향권	경주(60) 안동(43) 영덕(18) 榮川(영주:14) 청송(12) 의성(12) 현풍(11) 경산(10) 용궁(9) 예안(8) 의흥(5) 평해(5) 영해(5) 예천(5) 풍기(5) 신녕(4) 봉화(4) 인동(3) 흥해(2) 함창(2) 진보(2) 하양(2) 비안(2) 군위(2) 청하(2) 장기(2) 해평(1) 영일(1)	251
양 학파 절충권	대구(30) 창녕(13) 선산(13) 밀양(10) 성주(9) 상주(6) 청도(4) 고령(4), 성산(2) 울주(2) 개령(1)	94

위의 표에서 드러난 것처럼 영남지역에 살고 있는 방문자 406명 가운데 남명학파 영향권 인사가 61명, 퇴계학파 영향권 인사가 251명, 양

---

42) 퇴계학파와 남명학파의 영향권에 대해서는 이 분야에 대한 연구가 깊은 경상대 한문학과 이상필 교수의 다음 논문과 이 교수의 조언을 바탕으로 하여 설정하였다. 조언을 해주신 이상필 교수에게 감사드린다.
이상필, 1998, 「南冥學派의 形成과 展開」, 고려대학교 대학원 박사학위논문, 68-70쪽.

학파의 절충 지역 인사가 94명으로 퇴계학파 영향권 인사가 압도적 다수를 이루고 있다. 이와 같은 현상은 다음과 같은 몇 가지 측면에서 아주 당연하게 생각된다. 우선 임고서원이 퇴계의 제자들에 의해서 세워졌을 뿐만 아니라 사실상 퇴계가 음으로 양으로 후원한 서원이기도 하므로 퇴계학파 영향권 인사들이 많이 방문할 수밖에 없었다. 게다가 임고서원이 위치한 영천이 지리적으로 경상좌도의 퇴계학파 영향권에 속하는데다, 다수의 방문자를 낸 경주, 청송, 의성, 경산, 의흥 등 서원 인접 지역이 모두 퇴계학파 영향권에 속하는 지역이다. 따라서 퇴계학파의 인사들이 압도적 다수를 차지하는 것은 아주 당연한 일이기 때문에 특별한 의미를 부여할 필요가 없을 것 같다.

오히려 다소 뜻밖으로 생각되는 것은 지리적으로도 멀리 떨어져 있는 남명학파 영향권의 인사가 무려 61명이나 된다는 점이다. 이와 같은 현상이 나타나게 된 것은 그 당시까지는 아직 東人이 南人과 北人으로 분화되기 이전이었기 때문이 아닐까 싶다. 다 알다시피 동인이 퇴계 계열의 남인과 남명 계열의 북인으로 나누어지는 분수령이 된 사건은 1589년에 일어난 기축옥사[43]이고, 남북의 분화가 본격적으로 시작된 것은 임진왜란 이후의 일이었다. 이렇게 볼 때, 임고서원에 남명학파 영향권 인사들이 예상 외로 많았던 것은 임진왜란 전까지는 두 학파가 다 같이 영남지역이란 연고의식을 바탕으로 하여 활발하게 교류했기 때문이 아닐까 싶다. 요컨대 임고서원은 퇴계의 제자들이 퇴계의 도움을 받아 세운 서원이지만, 적어도 임진왜란 이전까지는 단순히 퇴계학파 영향권의 서원이 아니라 영남 전체의 서원이었던 것이다.

하지만 임고서원이 영남의 서원 정도에서 머무른 것은 결코 아니었

---

43) 물론 그 이전에도 퇴계와 남명의 학문적 성향과 처세의 차이로 인하여 양 계열 사이에 약간의 갈등이 있었던 것은 사실이지만, 같은 영남이라는 지역적 기반을 바탕으로 활발하게 교류가 이루어지고 있었다.

다. 보다시피 영남 이외의 거리1가 매우 먼 지역에서 서원을 방문한 인사도 무려 116명이나 되기 때문이다. 그 116명 가운데 절대적 다수를 이루는 것은 서울(89) 인사들이지만, 순창 (4) 전주 (2) 나주(1) 담양(1) 등 전라도 인사, 청주(3) 충주(3) 보은(1) 금산(1) 서산(1) 회덕(1) 옥천(1) 등 충청도 인사, 남양(2) 죽산(1) 고양(1) 등 경기도 인사, 연백(2) 해주(1) 등 황해도 인사에다 강원도 지역의 강릉(1) 인사까지 망라되어 있다. 이렇게 볼 때 임진왜란 이전의 임고서원은 영남지역을 넘어서 전국적인 위상을 가진 서원이었다고 할 수 있으며, 이점은 서원을 방문한 저명인사들을 정리한 다음 표에서도 다시 한 번 확인할 수 있다.

성명 (생몰연도)	내방 연도	당시 신분	연고 지	사승 관계	대표 관직	기타
黃俊良 (1517-1563)	계축 1553	현감	풍기	이황 문인	성주목사	이현보의 사위. 영봉서원 중수
權德麟 (1529-1573)	계축 1553	正字	경주	이언적 문인	합천군수	옥산서원 창건
柳仲郢 (1515-1573)	계축 1553	어사	안동		황해도 관찰사	유성룡의 아버지
盧慶麟 (1516-1568)	계축	목사	해주		성주목사	이이의 장인. 천곡서원설립
權東輔 (1517-1591)	계축	直長	안동	이황 문인	사섬시직 장	권벌의 아들
金彦璣 (1520-1588)	을묘 1555	幼學	안동	이황 문인		여강서원 창설
趙穆 (1524-1606)	을묘 1555	生員	예안	이황 문인	군자감 주부	퇴계집 간행. 퇴계 祠院 건설
具鳳齡 (1526-1586)	을묘	생원	안동	이황 문인	대사헌	
權春蘭 (1539-1617)	을묘	유학	안동	이황, 구봉령 문인.	홍문관 수찬	周溪書院 건립 주도
權好文 (1532-1587)	을묘	유학	안동	이황 문인		
鄭惟一 (1533-1576)	丁巳 1557	생원	안동	이황 문인	대사간	

이름						
琴蘭秀 (1530-1604)	정사	유학	안동	이황 문인	봉화 현감	
林希茂(1527-1577)	정사	유학	함양	조식 문인	우승지	남계서원 창립 주도
朴承任 (1517-1586)	정사	어사	영주	이황 문인	대사헌	이산서원에 이황 위폐 봉안
兪泓 (1524-1594)	정사	評事	서울		좌의정	
鄭師哲(1530-1593)	정사	유학	대구			정구, 서사원과 교유
全慶昌 (1532-1585)	정사	진사	대구	이황 문인	정언	
鄭復始 (1522-1595)	정사	평사	회덕	서경덕 문인	호조참의	
金八元 (1524-1589)	무오	學諭	안동	주세붕, 이황 문인	예조좌랑	
林希茂 (1527-1577)	기미	학유	함양	조식 문인	우승지	남계서원 창립 주도
李弘愨 (1539-?)	임술	유학	경주		참봉	
李楨 (1512-1571)	임술	부윤	사천	송인수 문인	경주부윤	서악서원 창건. 이황과 교유
孫曄 (1544-1600)	계해	진사	경주			퇴계 문인들과 교류
閔宗孝 (1547-?)	계해	유학	청송	김성일 문인		장현광과 교유
李仲樑 (1504-1582)	갑자	부윤	예안		경주부윤	이현보의 아들
李叔樑 (1519-1592)	갑자	진사	예안	이황 문인		이현보의 아들
白仁國 (1530-1610)	갑자	유학	영해	이천계, 김언기 문인	교관	김성일, 유성룡과 교유
李澤 (1509-1573)	을축	감사			예조참판	
金玄成 (1542-1621)	을축	正字	서울		동지돈녕 부사	
李輅 (1536-1614)	을축	생원	서울		판돈녕부사	
曺好益 (1545-1609)	을축	유학	창원	이황 문인	정주 목사	

安餘慶 (1538-1592)	무진	유학	창녕			정구, 김우옹과 교유
尹根壽 (1537-1616)	무진	어사	해평	김덕수, 이황, 조식 문인	예조판서	
閔根孝 (1550-1630)	기사	생원	청송	朴惺 문인	훈도	장현광과 교유
林芸 (1517-1572)	기사	참봉	안음	정여창, 조식 문인		
姜源 (?-?)	신미	군수	서울		청주목사	
曺光益 (1537-1580)	신미	학록	창원	이황 문인	의금부도 사	
安餘慶 (1538-1592)	신미	생원	창녕			정구, 김우옹과 교유
鄭世弼 (?-?)	신미	군수	합천		병마절도 사	이황, 오건과 교유
郭趪 (1529-1593)	임신	군수	현풍		강릉부사	
盧欽 (1527-1601)	임신	생원	삼가	조식 문인	참봉	
盧禛 (1518-1578)	임신	감사	함양	조식 문인	예조판서	
朴惺 (1549-1606)	계유	생원	현풍	裵紳, 정구 문인	안음현감	
郭䞭 (1550-1597)	계유	유학	현풍	배신 문인	안음현감	박성과 교유
李逢春 (1542-1625)	갑술	유학	안동	이황 문인	성균관전 적	이황의 族子
尹根壽 (1537-1616)	갑술	감사	서울	김덕수, 이황문인	예조판서	
崔滉 (1529-1603)	을해	池城	서울	조식 문인	이조판서	
鄭世弼 (?-?)	을해	병사	합천		~~병마절도사~~	이황, 오건과 교유
全慶昌 (1532-1585)	정축	학유	대구	이황 문인	정언	
兪泓 (1524-1594)	정축	감사	서울		좌의정	

崔顯 (1528-1582)	무인	감사	서울		예조참판	
宋廷筍 (1521-1584),	무인	都事	담양		예조정랑	
鄭芝衍 (1525-1583)	무인	감사	서울	이황,서 경덕 문인	우의정	
金彦璣 (1520-1588)	기묘	생원	안동	이황 문인		여강서원 창설
許曄 (1517-1580)	기묘	감사	서울	서경덕 문인	부제학	허균의 아버지
梁弘澍 (1550-1610)	기묘	유학	함양	조식, 성혼 문인		
閔應箕 (?-?)	기묘	참봉	영주	이황 문인	현감	
周博 (1524-?)	기묘	군수	칠원	이황 문인	교리	
魚雲海 (1536-1585)	신사	도사			형조정랑	율곡, 성혼과 가까움
孫遴 (1566-1628)	계미	유학	대구	정구, 김우옹 문인	단성현감	
洪仁恕(1535- ?),	갑신	어사	서울		동부승지	
李山甫(1539- 1594)	을유	감사	서울		이조판서	
李薿(1532- 1592)	정해	도사	예천	이황 문인	군수	
李序 (1547-1592),	무자	군수	서울		공주목사	
鄭士信 (1558-1619)	무자	현감	안동	이황 문인	선산군수	
權士諤 (1556-1612)	갑신	유학	경주		형조정랑	
趙亨道 (1567-1637)	을유	유학	청송		보성군수	
安憙 (1551-1613)	을유	진사	김해		단양군수	
權泰一 (1569-1631)	정해	유학	안동	구봉령 문인	형조판서	
金睟 (1547-1615)	기축	감사	서울	이황 문인	호조판서	

禹伏龍 (1547-1613)	기축	현감	서울	閔純 문인	안동부사	
孫起陽 (1559-1617)	기축	학유	밀양		영천군수	정구와 교유
金寧(1567-1650)	경인	유학	선산	정구, 장현광 문인		이황 흠모
趙憲 (1544-1592)	경인	銀川	옥천	이이, 성혼 문인	보은현감	

위의 도표는 『심원록』에 등재된 임진왜란 이전의 방문자들 가운데
『민족문화백과대사전』과 『두산백과사전』 등 현대에 편찬된 백과사전
에 그 이름이 올라 있는 저명인사들의 명부이다. 놀랍게도 백과사전에
그 이름이 오른 방문자의 수가 무려 70명[44]에 이르고 있는데, 이것은
결국 임고서원 방문자 가운데 역사에 상당한 족적을 남긴 비중 있는 인
사가 그 만큼 많았음을 의미한다는 것은 말할 것도 없다.[45] 바로 이 70
명 가운데 퇴계의 문인이 26명이나 되는데, 그 중에는 황준량, 조목, 구
봉령, 권춘란, 권호문, 정유일, 금란수, 박승임, 이숙량, 김언기 등 저명
인사가 포함되어 있다. 남명의 문인은 모두 8명인데, 상대적으로 지명
도가 다소 낮은 편이지만 노진과 같은 저명인사도 포함되어 있다.

특이한 것은 主理論이 중심을 이루는 영남지역의 학풍과는 달리, 主
氣論의 선구자로 알려져 있는 서경덕의 문인이 3사람이나 포함되어 있
다는 점이다. 그러나 무엇보다도 주목되는 것은 기호학파의 대표적 학
자인 이이와 성혼의 문인 조헌이 임고서원을 방문했다는 점이다. 조헌
은 영천에 있는 포은의 유적지인 明遠樓[46], 임고서원, 포은 출생지인

---

44) 도표에는 모두 74명이 올라있으나 유홍, 안여경, 정세필, 윤근수 등 4명이 두 번 방
문하여 2중으로 등록되어 있으므로 실제 인원은 70명이며, 백과사전에 등재된 인
물은 아니지만 金富儀, 蔡應麟 등 알만한 인사들이 적지 않게 포함되어 있다.
45) 하지만 이들 인사들 가운데는 '幼學'도 많기 때문에 방문 당시에 모두 저명인사였
다는 뜻은 아니다.

임고면 우항리에 위치하고 있는 孝子碑 등을 두루 방문하면서 포은에 대한 극도의 존모의 마음을 거침없이 토로하였다. 먼저 그는 1590년 12월 20일 포은의 칠언율시와 칠언절구가 걸려있는 명원루에 올라가서 무려 40구에 달하는 장편의 7언배율을 지어 포은에 대한 드높은 존경심을 유감없이 드러내었다. 특히 그는 포은의 절조가 伯夷, 叔齊와 다를 바가 없다면서, 명원루의 이름을 그들의 유적지인 淸風臺를 따서 淸風樓로 바꾸는 것이 좋겠다고 제안을 하기도 했다[47]. 같은 날 조헌은 임고서원으로 가서 제문[48]을 지어 포은의 영정을 배알한 후에 다시 서원에서 7언절구[49] 한 수를 지었는데, 이 때 지은 제문과 시에도 극도의 존모의 마음을 담았다. 마지막으로 조헌은 孝子碑를 찾아가 칠언절구 한 수를 다시 지어서[50] 포은의 효성을 찬양하였다.

---

46) 현재는 朝陽閣 또는 瑞世樓로 불림.

47) 趙憲, 「樓題仰覩文忠公所作一律一絶, 手澤如昨, 風流宛然, 終宵有感, 因記排律二十韻, 以寓平生景慕之意, 因以二十日, 往拜于臨皐書院先生眞像」, 『重峯先生文集』 제 1권: "萬仞高標鄭侍中, 平生爲國罄丹衷, 詞源屈宋騷音楚, 學派程朱聖道東, 澄汰黃流千丈渾, 全完秀氣一春融, 艱危濟世思匡主, 夙夜彌勞任匪躬, 西走帝庭朝貢節, 南和日域聘航通, 干戈免致民生困, 禮樂期看王業隆, 圉海彝倫信箕範, 百年被袵洗胡蒙, 開城宮闕垂崩潰, 漢岳松杉向鬱蔥, 安社一心惟白髮, 苞桑百計但書空, 彌綸早失三元帥, 顚覆空憐一幼沖, 隻手擎天縱無策, 匹夫抗志竟輸忠, 綱常萬古昭天地, 氣槪偏邦振傑雄, 誠感鬼神精不泯, 魂隨日月視無窮, 菀裘勝地超千里, 畫閣飛樓冠八紘, 秀句文山俱炳爛, 遺墟孤竹一般同, 瀍河永水皆淸麗, 砥柱長松兩屹崇, 信宿遊觀諸素想, 吟哦歎賞感秋蓬, 地靈自古爲人傑, 政化如今問主翁, 倘有博望爲上客, 請將明遠換淸風, 豊碑指點長郊外, 名德依然在僕僮."

48) 趙憲, 「臨皐書院祭圃隱先生文, 庚寅十二月二十日」, 『重峯先生文集』 제 13권, 祭文: "嗚呼先生, 身任綱常, 斯民實賴, 吾道之光, 公存國存, 公亡國亡, 嗚呼先生, 與國俱藏, 學闡伊閩, 斯道東方, 用具經綸, 華夷一堂, 移孝爲忠, 豊碑二鄕, 嗚呼先生, 萬古名彰, 生來一拜, 舊都後狂."

49) 趙憲, 「拜謁後 題于書院」, 『重峯先生文集』 제 2권, 詩: "純忠大節冠當時, 吏議如何敢置疑, 南服卉裳西感帝, 民登壽域士知詩, 誠通金石三韓寶, 學究天人百世師, 小子摳衣來俯仰, 宛然親覩虎龍姿."

50) 趙憲, 「愚巷里前, 歷覩先生孝子碑」, 『重峯先生文集』 제 2권, 詩: "東國少連今宋瑞, 孔門顔氏古周公, 爲言書院諸君子, 學問須思移孝忠."

이렇게 볼 때 임고서원 방문자가 지역적으로 영남지역 뿐만 아니라 전국 각 지역의 학자들이 망라되어 있듯이, 영남지역과 학풍을 달리하는 저명 학자들까지 두루 포함되어 있다고 이를 만하다. 이렇게 볼 때 임고서원은 지역적으로나 학문적으로 퇴계학파 영향권을 중심으로 하면서도 남명학파 영향권을 포괄하고 있고, 그러면서도 영남 지역을 넘어서 전국적인 위상을 가진 임진왜란 이전의 대표적인 서원 가운데 하나라고 해도 무방할 것이다.

4. 임진왜란의 발발과 임고서원

창건과 동시에 사액이 이루어짐으로써 드높은 위상을 차지하고 있었던 임고서원은 1592년에 일어난 임진왜란 때 왜적의 방화로 서원 전체가 순식간에 잿더미로 변해버렸다. 이와 함께 서원에 관한 각종 기록도 모두 사라져버렸기 때문에, 창건 후로부터 전소된 임고서원의 중창이 이루어진 1603년까지 약 50년 동안 임고서원의 역사가 어떻게 전개되었는지 확인할 수 있는 자료가 현재로서는 거의 없다. 임진왜란 때 임고서원에서 일어났던 일에 대한 기록도 다음 기록이 전부인 것 같다.

(가)萬曆 壬辰(1592년) 4월에 왜구가 바다를 건너왔다. 변방의 보고가 대단히 다급했다. 황망한 가운데 선비 李顯南이 왜구를 피하기 위해 서원을 지나가다가 院吏 全福實, 崔善梅와 함께 포은선생의 影幀을 사당 가운데 묻어두었다. 왜구들이 승승장구하여 서원을 불사르자 서원의 노비 등이 틈을 타서 가만히 영정을 담은 궤짝을 업고 자양으로 달려가서 聖穴寺의 돌구멍 가운데 갈무리 했다. 제기와 약간의 서적들도 역시 수습하여 싣고 들어가서 처음부터 끝까지 완전하게 보존할 수 있었다. 그 당시 원장은 生員 李喜白이었고, 有司는 孫宇南이었다. 그런 일이 있은 지 얼마 후에 사당과 서원의 집들이 모두 다 잿더미로 변하였다.[51]

(나)최선매는 포은 선생 서원의 유생이었다. 서원은 옛날 군의 북쪽 부래산에 있었는데, 萬曆 임진왜란 때 오랑캐가 지른 불이 사방에서 일어나 활활 타올랐다. 그 때 최선매는 廟宇를 맡아 지키고 있었는데, 차마 버리고 갈 수가 없어서 선생의 영정과 位板을 짊어지고 騎龍山의 석굴 속에 임시로 받들어 안치했다. 그리고 얼마 되지 않아 서원이 드디어 활활 타서 폐허가 되어버렸다. 난리가 끝나고 道一洞으로 묘우를 이건하여 옛날처럼 위판과 영정을 받들고 제사를 올리게 되었으니, 오늘날의 임고서원이 있는 곳이 이곳이다[52].

당시 서원의 원장과 유사가 누구라는 기록을 제외하고 보면, (가)는 임고서원이 전소되는 아주 다급한 상황 속에서 영정과 제기, 약간의 서책들을 온전하게 보존할 수 있었던 경위에 대한 기록이 전부다. (나)에서는 영정을 보존하기 위해 애를 쓴 주체가 서원의 노비에서 최선매로 바뀌어 서술되기는 했지만 역시 같은 내용이다. 이 밖에 산발적으로 남아 있는 이 무렵의 기록도 다음에서 살펴볼 수 있듯이 영정 보관에 관한 기록이 거의 전부라고 해도 과언이 아니다.

(가)계사년(1593년)에 士人 趙宗岱의 溪亭에 영정을 옮겨 봉안하여 향교의 위판들과 함께 갈무리했다[53].

(나)정유년(1597)에 왜구가 다시 제멋대로 분탕질을 일삼자 미리 영

---

51) 임고서원 소장 『考往錄』: "萬曆壬辰四月, 倭寇渡海, 邊報甚急, 蒼黃之際, 士人李顯南, 因避寇過院, 與院吏, 全福實 崔善梅, 埋置先生影幀于 廟中矣. 倭寇長驅焚劫, 院僕等, 乘間竊負影幀所藏之櫃, 走入紫陽洞, 藏於聖穴寺石寶中, 祭器及若干書冊, 亦收拾載入, 終始保完, 時, 院長 生員李喜白, 有司 孫宇南. 未幾, 廟宇院齋, 盡爲灰燼,"

52) 鄭煕奎, 「贈通政大夫工曹參議崔善梅紀績碑」: "崔善梅, (?)圃隱先生書院儒生也, 書院, 舊在郡北浮來山, 至萬曆壬辰, 蠻燹四起焚燬, 時, 善梅, 典守廟宇, 不忍捨去, 負(?)先生影幀曁祀板, 權奉騎龍山石窟, 以安之. 未幾, 書院遂煨而墟耳. 難旣定, 移建廟宇于道一洞, 奉祀位板影幀如故, 今之臨皐書院是已." 최선매의 紀績碑는 현재 임고서원 담장 밖 서남 쪽 모퉁이에 서 있다.

53) 임고서원 소장 『考往錄』: 癸巳, 移奉影幀于士人趙宗岱溪亭, 與鄉校位版, 共藏言.

정을 받들어 獐巷(현재 자양면 노항을 말함) 명협골의 돌구멍 속에다 갈무리하여 안전하게 보호할 수가 있었다[54].

    (다)무술년(1598)에 영정을 원각의 촌집에 옮겨 봉안하였다[55].

    (라)경자년(1600) 봄에 옛날 서원 터에다 초가집 한 칸을 지어 영정을 봉안하고 비로소 향사를 행하였다[56].

  임고서원 소장 『考往錄』에 수록되어 있는 위의 글들에 의하면, 부래산의 임고서원에 봉안되어 있다가 성혈사의 돌구멍으로 옮겨진 포은 선생의 영정은 다시 조종대의 계정으로 옮겨졌다. 그것이 다시 노항 명협골의 돌구멍으로 옮겨졌다가, 원각의 촌집으로 다시 옮겨 다니는 우여곡절을 겪은 끝에 1600년 봄에야 임고서원 옛터에 지은 한 칸짜리 초가집으로 돌아올 수가 있었다. 그리고 황망한 전쟁 통에 지내지 못했던 향사도 이 때 와서야 겨우 다시 지낼 수가 있었던 것이다.

  임진왜란이란 전대미문의 전쟁의 소용돌이 속에서 임고서원이 입은 피해는 실로 막대했다. 우선 서원 건물 전체가 잿더미로 변해버렸고, 8년 동안이나 향사조차도 올리지 못했다. 서원이 오랫동안 폐허로 방치되어 있었기 때문에 서원에 노동력을 제공하던 노비들도 뿔뿔이 흩어질 수밖에 없었을 터다. 그 동안 김천 직지사, 의흥 인각사, 하양 환성사, 영천 운부사 등의 임고서원 위전에서 들어오던 세금도 기나긴 전쟁으로 인하여 원만하게 들어올 리가 없었다. 우선 임고서원 전체가 완전히 폐허가 된 데다 소속 선비들도 우왕좌왕하는 상황이다 보니, 애써 세금을 거두어들일 주체 자체가 사라져버렸다. 게다가 영남지역의 대

---

54) 임고서원 소장 『考往錄』: 丁酉, 倭寇再肆焚蕩, 豫奉影幀, 藏于獐項明夾谷石竇中, 乃得保全.
55) 戊戌, 移奉影幀于圓覺村舍.
56) 임고서원 소장 『考往錄』: 庚子春, 葺草宇一間于舊基, 奉安影幀, 始行享事.

부분의 사찰들이 임진왜란의 피해를 입었으므로 임고서원에 세금을 바쳐온 사찰들도 모두 다 무사할 수는 없었다. 이점에 대해서는 임고서원 소속의 위전이 가장 많았던 인각사와 인각사 다음으로 위전이 많았던 직지사의 경우를 통해서 그 대략을 짐작할 수 있다.

(1)고을의 동쪽에 절이 하나 있는데 그 절의 이름이 인각사. 명종 때 임금의 명령으로 포은 정몽주 선생을 모시는 임고서원에 하사한 땅이다. 임진년 전쟁 통에[57] 일어난 불로 송두리째 죄다 타버려서 경치가 좋기로 이름난 곳이 오랫동안 빈터가 되고 말았다[58].

(2)宣祖 29년(1596년) 왜적의 방화로 인하여 本寺(직지사)의 건물 대부분이 소실되었다. 이때 법당 앞에는 5층 목탑이 있었다고 하였는데, 이 역시 소실되었다. 불타기 전 殿閣, 僧寮는 43棟이었으나 이 가운데 40 동이 전소되고, 오직 千佛殿, 四天王門, 紫霞門(일주문) 등 3동만 遺存하였다 한다. 이로 인하여 천 여 년 지켜오던 수많은 문화유산이 소실되고 기타 유물들도 파괴되었다.[59]

(1)을 통해서 볼 때, 인각사는 임진왜란 때 왜적의 방화로 인하여 송두리째 불타서 폐허가 되고 말았음을 알 수 있다. 게다가 (2)를 살펴보면 직지사도 왜란이 계속되던 1596년 거의 대부분의 건물들이 전소되어 폐허와 다를 바가 아무 것도 없었다. 임고서원이 완전 폐허가 되어버린 데다, 이처럼 중요 부속 사찰들도 폐허가 되어버렸으므로 임고서원과 부속 사찰의 유대 관계도 사실상 완전히 와해되어버린 것이 아닐

---

57) 그러나 都世純, 『龍巳日記』, 각종 기록을 종합해 보면 인각사가 전소된 것은 임진왜란이 일어난 1592년이 아니라 정유재란이 일어난 1597년의 일이었다.

58) 이종문 소장 고문서, 『麟角事蹟』: 縣東有寺. 麟閣其名, 而乃圃隱鄭先生 臨皐書院 明朝宣賜之地也, 壬辰兵燹, 盡爲灰燼, 一區名勝, 久成空基,

59) 직지사, 1994. 『직지사 - 본사 편』, 불지사, 200쪽 참조. 직지사가 임진왜란에 치명적인 타격을 입었다는 것은 『直指寺誌』(1980, 아세아문화사)를 통해서도 두루 확인되는 사실이다.

까 싶다. 바닷가에 위치한 일곱 고을에서 바치던 생선과 소금도 제대로 제공되지 못했을 터다. 이와 같은 일련의 상황들은 다음 글을 통해서 그 대강이나마 엿볼 수 있다.

> (가)庚子年(1600년) 가을 體察使 李元翼과 從事官 李尙信, 姜籤 등이 같은 때 와서 사당에 배알했다. 평상시에 서원의 位田畓 및 魚鹽 등의 일에 대하여 여러 서생들이 얼굴을 맞대고 진술했더니, 개령(직지사), 의흥(인각사), 하양(환성사) 등의 관청에 공문서를 보내어 처음으로 전답의 庫數를 따지고, 연해 일곱 고을에 대해서도 장부에 있는 어염을 역시 공문서를 보내어 옛날의 관례를 회복하되 그 절반으로 줄여주게 하였다.[60]

> (나)명종 때 임고서원에 사액을 하고 하양(환성사), 金山(직지사), 의흥(인각사), 영천(운부사)의 위전 십여 結을 임고서원에 떼어주어 봄과 가을에 향사를 받들게 했다. 불행하게도 임진왜란 때 서원이 잿더미가 되는 바람에 위전을 다시 수습하지 못했다.[61]

(가)에서 보다시피 임고서원이 불바다가 된지 8년 뒤인 1600년 가을, 체찰사 이원익 등이 겨우 초가집 한 칸을 지어 영정을 봉안하고 있던 임고서원을 방문하여 사당에 배알하였다. 이 때 임고서원 측에서는 평소의 위전과 어염에 대해서 얼굴을 맞대고 진술했다고 했는데, 이것은 결국 임진왜란으로 유야무야되어버린 위전 납세와 어염 제공 등을 전쟁 전의 상태로 회복시켜줄 것을 건의했다는 뜻일 것이다. 이렇게 볼

---

60) 임고서원 소장 『考往錄』: "庚子… 秋, 體察使 李元翼, 從事官 李尙信 姜籤, 一時來謁 于廟, 平時, 院位田畓及魚鹽等事, 諸生面陳, 出送關字于開寧 義興 河陽 等官, 始推田 畓庫數. 沿海七邑, 膳錄魚鹽, 亦送關字, 復舊例而減其伴."
61) 이에 대해서는 다음 기록이 참고가 된다.
『英祖實錄』 1권, 영조 즉위년 10월 23일 계사 1번째 기사: "明廟賜額臨皐書院, 以 河陽' 金山' 義興' 永川位田十餘結, 劃給本院, 以爲春秋香火之供. 不幸壬辰兵變 時, 院宇灰燼, 位田不復收拾."

때 임진왜란 이후에는 위전과 어염에 대한 수취 체제가 거의 와해된 상태였다고 판단되고, 이점은 (나)의 내용을 통해서 다시 확인을 할 수가 있다. 그 위상이 드높던 임고서원이 옛터에다 겨우 한 칸짜리 초가집을 지어 영정을 모실 수밖에 없었다는 것도 서원의 경제적 몰락을 단적으로 보여준다. 이와 같은 상황 속에서 이원익 등이 서원 측의 건의를 적극적으로 수용하고, 즉각적으로 행정적인 조치를 취함으로서 임고서원은 중창의 기틀을 마련할 수가 있었던 것이다.

5. 맺음말

이상에서 필자는 사액과정과 서원의 토대 확립, 『심원록』을 통해서 본 서원의 위상, 임진왜란으로 인한 서원 상황의 변화 등 초창기 임고서원의 몇 가지 국면에 대하여 살펴보았다. 이제 지금까지 논의한 사항을 요약하여 결론으로 삼고자 한다.

첫째, 임고서원은 서원 설립 초창기의 서원일 뿐만 아니라, '만고의 충신'으로서의 역사적 위상과 '동방 성리학의 할아버지'로서의 사상사적 상징성이 매우 높은 포은 정몽주를 모시고 있는 서원이다. 게다가 우리나라 유학사의 거장이었던 퇴계 이황이 서원창설을 기획·조율하고 음으로 양으로 후원하기도 했다. 이와 같은 여러 가지 요소들도 인하여 임고서원은 처음부터 전국적인 서원으로 부상할 수 있는 조건들을 두루 갖추고 있었다. 하지만 임고서원이 크게 도약할 수 있었던 결정적 계기가 된 것은 1554년 전국에서 두 번째로 받은 사액이었다. 사액을 받음으로써 임고서원은 가슴에 사액서원이라는 자랑스러운 훈장을 달게 되었을 뿐만 아니라, 왕이 직접 하사한 책들을 소유하게 됨으로써 그 위상이 크게 높아졌다. 게다가 사액과 더불어 직지사, 인각사, 환성사, 운부사 등 4개 사찰의 광활한 토지와 바닷가에 있는 7개 고을에서 바치는 생선과 소금, 그리고 7명의 노비를 확보함으로써 서원을 항구적으로 운영할 수 있는 노동력과 재정적 토대를 확보하게 되었다. 임고서원이 서원으로서의 위상을 높여나가는데 이와 같은 경제력과 노동력이 큰 도움이 되었음은 말할 것도 없다.

둘째, 임진왜란 이전의 임고서원의 구체적인 위상을 가늠할 수 있는 자료로는 임고서원 방문자들의 명부를 기록해놓은『심원록』이 있다. 이 명부에 의하면, 임진왜란 이전에 임고서원을 방문한 522명 가운데, 퇴계 학파 영향권에 거주하고 있는 인사가 다수를 이루나 남명학파 영향권의 인사도 예상 밖으로 많았으며, 서울, 전라도, 충청도, 경기도, 황해도, 강원도 등 영남 이외의 지역에서 서원을 방문한 인사도 무려 116명이나 되었다. 이와 같은 상황은 서원을 방문한 저명인사들의 면면을 통해서도 확인할 수 있다. 필자가 조사해본 바에 의하면, 방문자 가운데『민족문화백과대사전』등 현대의 백과사전에 그 이름이 오른 저명인사가 무려 70명에 이르고 있다. 그 가운데 다수를 이루는 것은 퇴계의 문인들이나 남명의 문인들도 적지 않게 포함되어 있다. 게다가 主理論을 토대로 하는 영남지역과는 그 학풍을 달리하는 서경덕의 문인이 3명이나 포함되어 있고, 기호학파를 대표하는 이이와 성혼의 문인 조헌도 임고서원을 방문하고 있다. 이렇게 볼 때 임고서원 방문자가 지역적으로 전국 각 지역의 학자들이 망라되어 있듯이, 학풍 상으로도 영남지역과 그 학풍을 달리하는 학자들까지 포함하고 있다고 이를 만하다. 요컨대 임고서원은 지역적으로나 학문적으로 퇴계영향권을 중심으로 하면서도 남명영향권을 포괄하고 있고, 그러면서도 영남 지역을 넘어서 전국적인 위상을 가진 임진왜란 이전의 대표적인 서원 가운데 하나라고 해도 무방할 것이다.

셋째, 전국적인 위상을 가진 서원으로 성장하고 있었던 임고서원은 임진왜란으로 인하여 치명적인 타격을 입었다. 우선 왜적의 방화로 서원 건물 전체가 잿더미로 변해버렸고, 8년 동안이나 향사조차도 지내지 못하고 있었다. 직지사, 인각사 등 중요 사찰들도 역시 전쟁 통에 폐허가 되는 바람에 토지에 대한 수취 체제가 무너져버렸고, 일곱 고을에서 들어오던 어염도 마찬가지 상황에 놓여 있었다. 전쟁 전 드높은 위상을 가졌던 임고서원이 옛터에다 겨우 한 칸짜리 초가집을 지어 영정을 모실 수밖에 없었다는 것도 서원의 경제적 몰락을 단적으로 보여준다. 이와 같은 상황 속에서 이루어진 임고서원의 중창은 1600년 서원을 방문한 체찰사 이원익 등이 서원 측의 건의를 받아 토지와 어염 등을 전쟁 이전 상태로 회복시키는 행정적 조치를 취함으로서 비로소 가능할 수 있었던 것이다.

수록처:『한국학논집』, 제63집 계명대한국학연구원, 2016.

지은이 **이종문**

　이종문은 1955년 경북 영천에서 태어나, 고려대학교 대학원에서 문학박사 학위를 받았으며,「고려전기 한문학 연구」『한문고전의 실증적 탐색』『인각사 삼국유사의 탄생』『모원당 회화나무』등 한문학과 관련된 다수의 논저를 간행하였다. 1993년 경향신문 신춘문예 당선으로 등단한 시인이기도 한 그는『저녁밥 찾는 소리』『봄날도 환한 봄날』『정말 꿈틀, 하지 뭐니』『묵 값은 내가 낼게』『아버지가 서 계시네』등의 시집과 산문집『나무의 주인』을 간행하기도 했다. 비사저술상, 한국시조작품상, 유심작품상, 중앙시조대상, 이호우·이영도 시조문학상 등 다수의 상을 수상했으며, 현재 계명대 한문교육과 교수로 재직 중이다.

한문학 연구의 이모저모

| 초판 1쇄 인쇄일 | 2019년 2월 15일 |
| 초판 1쇄 발행일 | 2019년 2월 28일 |

지은이	이종문
펴낸이	정진이
편집장	김효은
편집/디자인	우정민 박재원
마케팅	정찬용 정구형
영업관리	한선희 이성국
책임편집	우민지
인쇄처	국학인쇄사
펴낸곳	국학자료원 새미(주)

등록일 2005 03 15 제25100−2005−000008호
경기도 파주시 소라지로 228 2 (송촌동 579 4 단독)
Tel 442−4623 Fax 6499−3082
www.kookhak.co.kr
kookhak2001@hanmail.net

| ISBN | 979-11-89817-08-4 *93800 |
| 가격 | 29,000원 |